PAUSE ⏸

00:00:00

Para Família.
Minha, sua, nossa.

DEVOÇÃO VERDADEIRA A D.

DVD: DEVOÇÃO VERDADEIRA A D.
Copyright © 2020, Cesar Bravo
Todos os direitos reservados
Ilustrações © 2020, Micah Ulrich

Os personagens e as situações desta obra são reais apenas no universo da ficção; não se referem a pessoas e fatos concretos, e não emitem opinião sobre eles.

Diretor Editorial
Christiano Menezes

Diretor Comercial
Chico de Assis

Gerente Comercial
Giselle Leitão

Gerente de Marketing Digital
Mike Ribera

Editora
Raquel Moritz

Capa e Projeto Gráfico
Retina78

Coordenador de Arte
Arthur Moraes

Designer Assistente
Sergio Chaves

Finalização
Sandro Tagliamento

Revisão
Clarissa Rachid
Jéssica Reinaldo
Retina Conteúdo

Impressão e acabamento
Gráfica Geográfica

DADOS INTERNACIONAIS DE CATALOGAÇÃO NA PUBLICAÇÃO (CIP)
Angélica Ilacqua CRB-8/7057

Bravo, Cesar
  DVD : devoção verdadeira a D. / Cesar Bravo.
ilustrações de Micah Ulrich. — Rio de Janeiro : DarkSide Books, 2020.
384 p.

  ISBN: 978-65-5598-037-0

1. Ficção brasileira 2. Terror - Ficção I. Título II. Ulrich, Micah

20-3758   CDD B869.3

Índices para catálogo sistemático:

1. Ficção brasileira

[2020]
Todos os direitos desta edição reservados à
DarkSide® *Entretenimento LTDA.*
Rua Alcântara Machado, 36, sala 601, Centro
20081-010 — Rio de Janeiro — RJ — Brasil
www.darksidebooks.com

CESAR BRAVO

DVD

DEVOÇÃO VERDADEIRA A D.
~~DARKSIDE~~

This DVD is designed and manufactured to respond to the Region Management Information. If the Region number of a DVD disc does not correspond to the Region number of this DVD player, the DVD player cannot play the disc.

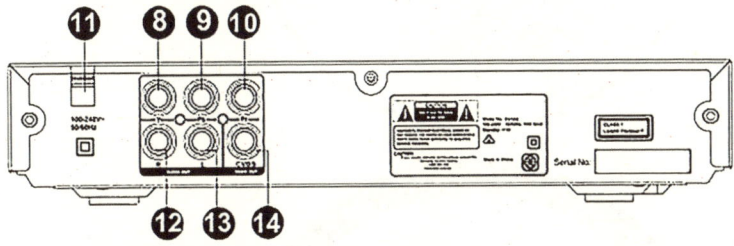

THE DVD PLAYER
HORROR

5
1

CESAR BRAVO

DVD

DEVOÇÃO VERDADEIRA A D.

DARKSIDE

This DVD is designed and manufactured to respond to the Region Management Information. If the Region number of a DVD disc does not correspond to the Region number of this DVD player, the DVD player cannot play the disc.

1
DVD
USB

A
B
C
RED
GREEN
BLUE

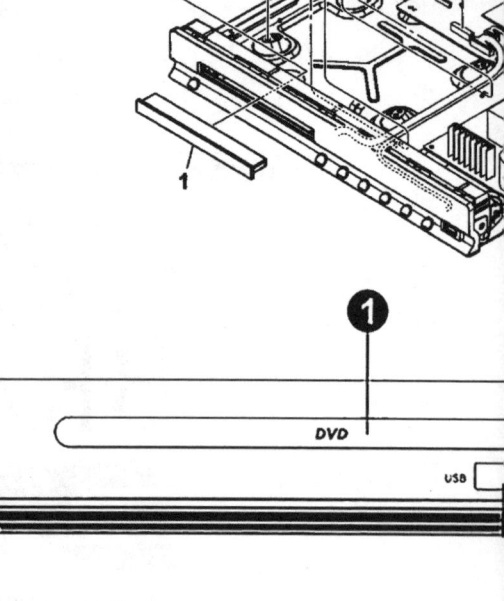

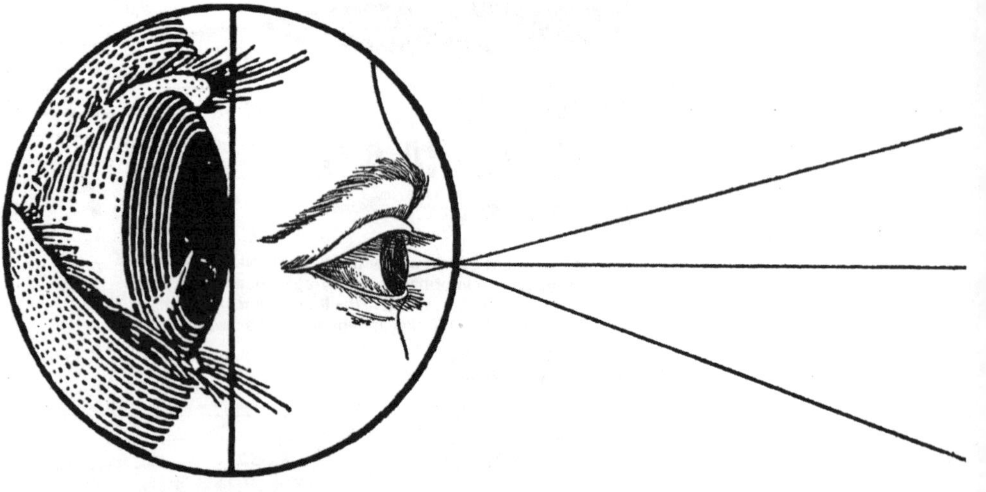

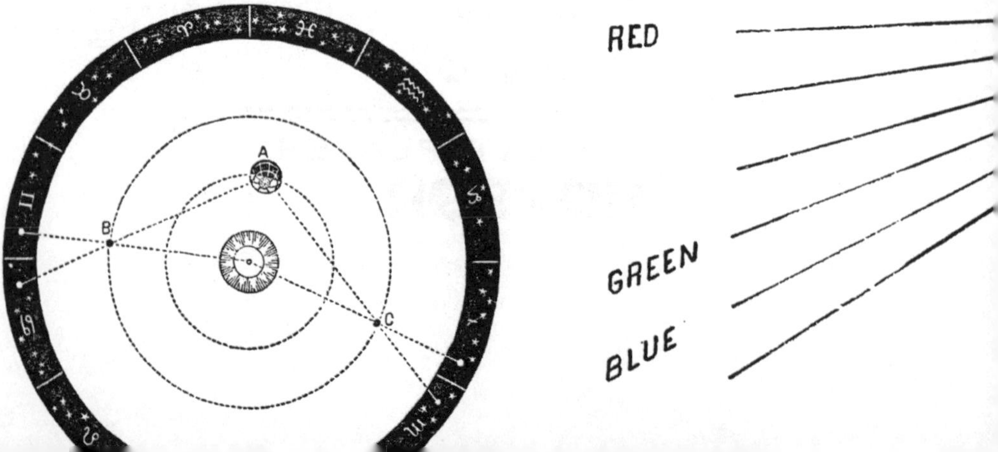

MENU

00.	DÓ MENOR	016
01.	FIRESTAR DVD & VIDEO	020
02.	PANDEMONIUM	038
03.	A VOZ QUE CAMINHAVA	054
04.	MACAQUINHOS	076
05.	BALLET ROYALE	094
06.	SOPA DE LETRINHAS	108
07.	LAR DOCE LAR	126
08.	O HOMEM DA TERRA	146
09.	GLADIADORES EM TECHNICOLOR	162
10.	CASCUDO	170
11.	BURNOUT	178
12.	AUTOCINE TRÊS RIOS	198
13.	SOLO SAGRADO	212
14.	DE ALGUM LUGAR INFINITO	224
15.	GAIOLAS ABERTAS	246
16.	DEVORAC	264
17.	BOM PRA CACHORRO	282
18.	POLAROID COLORPACK 80	292
19.	TOMADA EN PASSANT	306
20.	SETE VIDAS	320
21.	DÓ MAIOR	340

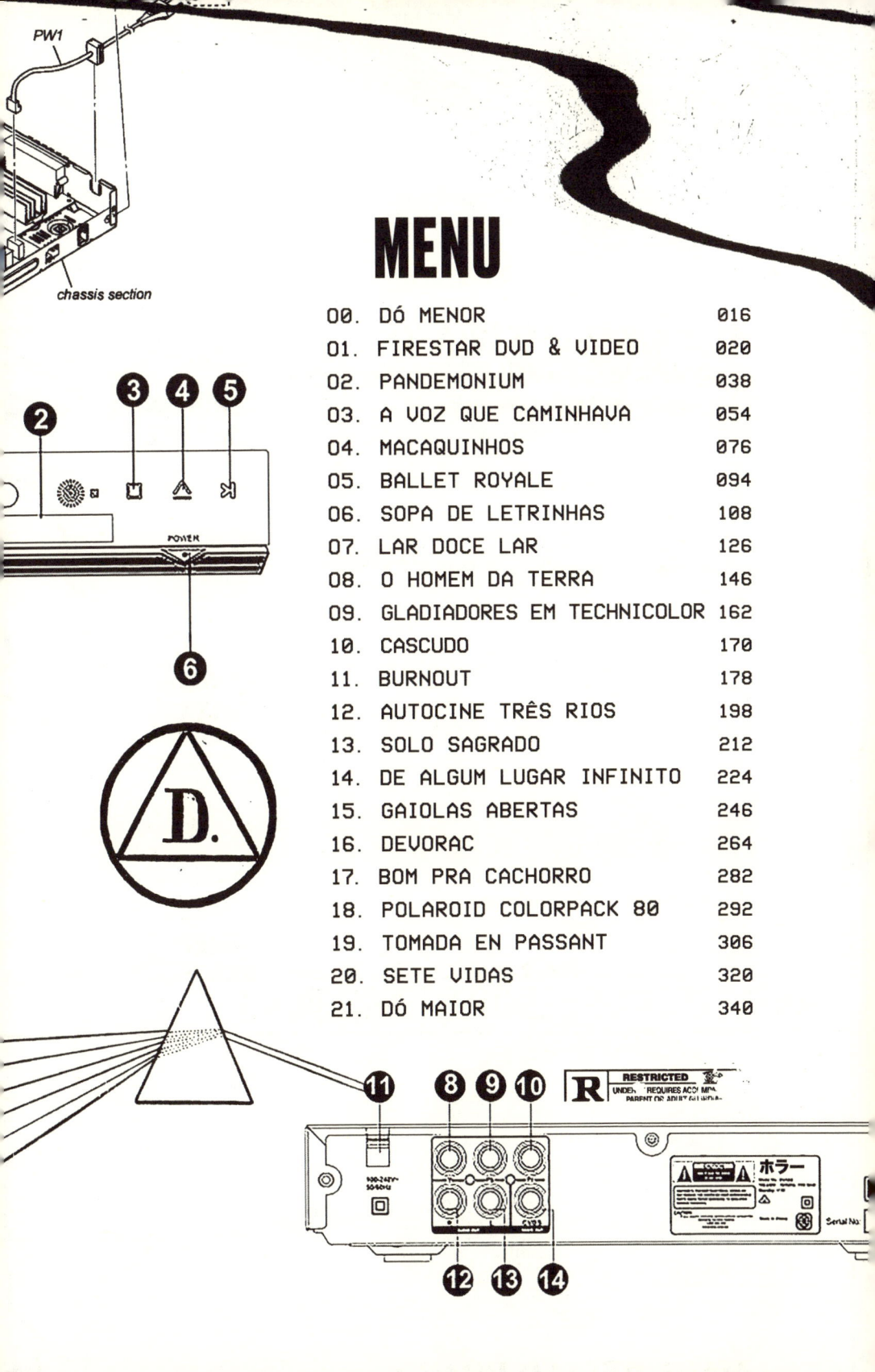

MAPA REGIÃO BRAVO
(NOROESTE PAULISTA)
Adotado pelas Prefeituras Municipais para uso de suas Repartições

TRÊS RIOS

Três Rios é um município brasileiro do estado de São Paulo, pertencente à Região do Noroeste Paulista. Localiza-se cerca de 535 km da capital do estado. Segundo o Instituto Brasileiro de Geografia e Estatística (IBGE), sua população em 1.º de julho de 2019 era de 310.608 habitantes. A cidade faz parte do eixo industrial das cidades próximas, Acácias, Cordeiros, Terracota, Velha Granada, Assunção, Nova Enoque, Gerônimo Valente e Trindade Baixa.

ACÁCIAS
Rio da Onça
CORDEIROS
GERÔNIMO VALENTE
TRINDADE BAIXA
Rio C

ESCALA
0   35   70   105
Quilômetros

MAPA TRÊS RIOS E LIMITES TERRITORIAIS

ACÁCIAS
Rio da Onça

MAPA REGIÃO BR VO

ÁGUAS TURVAS

**Você é meu rio /.. E eu, pedra de rio —
NEY MATOGROSSO, LUHLI E LUCINA**

De cima, tudo parecia diferente. No final das contas, não existe dor ou mágoa que resista a uma boa distância. Nada, exceto o tempo tingindo tudo de cinza, borrando, naufragando.

Três rios que se cruzam por baixo da terra e se arrastam por suas entranhas, rios que não lavam nem levam embora as almas que tomaram para si.

O Rio Choroso com sua fome de lágrimas, manso e de uma profundidade sem fim. O Rio da Onça, a velocidade vermelha e indisciplinada das águas, que seguem arrancando encostas e o que mais encontra em seu caminho. À direita, a vida que renasce no Rio Verde, reconstruindo o que os outros dois fizeram deixar de existir. Águas selvagens e indomáveis. Absolutamente livres.

Dos goles que aquele homem bebeu, nenhum foi tão amargo quanto o solo avermelhado de Três Rios. A tinta desbotada das paredes, as orações dos vagabundos, as lâmpadas de iodo que se acendiam para revelar a escuridão das almas. Nos jornais, fragmentos de um tempo que não existia mais, de uma felicidade que se esmaecia sob o peso incansável dos anos.

Nôa conhecia aquele cheiro da cidade, o que saía das chaminés, o que morria na carne.

De longe, o Matadouro 7 parecia cheio de vida, mas aquele era um lugar de morte, uma catedral onde todas as velas se acendiam para a dor. À direita da cidade, tudo o que restava da videolocadora era um cercado de tapumes. Cinemas transformados em igrejas, o Autocine sugado por um buraco sem fundo. Era como se o próprio tempo estivesse zangado com Três Rios, furioso, devotado a não se deixar escravizar por aquela cidade.

Solitário desde sempre, não havia rastros da família daquele homem.

Mas havia uma irmã em cada teia de aranha, um irmão no limo dos muros, um pai na vida que seguiu o vento. A escuridão do centro era sua nova mãe, os gemidos dos motéis, uma nova concubina. Todos rolando por aí, perdendo a forma, ganhando o jeito.

Por que amava tanto aquele lugar desgraçado?

Como se o amor não fosse exatamente assim, essa agonia sofrida e interminável, esse estilhaço enganoso do brilho que existiu um dia.

Ninguém é feliz o tempo todo, mas um demônio da terra sempre será filho em Três Rios, sempre terá um quintal para brincar de bem e mal.

Às costas do homem, a velha torre, sempre pronta para tocar o céu.

Como muitas coisas que só poderiam nascer e crescer em Três Rios, ela também seria abandonada um dia. Em pouco tempo, a rádio Vale do Rio Verde perderia seu reino para os celulares, os filmes deixariam as telas, as pessoas deixariam as ruas. Então, quando a tecnologia trouxesse mais um recorde de mortes, todos voltariam às suas cavernas, devolvidos ao espírito original e selvagem de onde nunca deveriam ter saído.

Amarrada à torre, mesmo aquela forca não seria mais nada.

Desfiada, apodrecida, rompida.

Assim como a cidade lá embaixo, a corda já existia há muito tempo. Muitos haviam se balançado nela, mas aquele rapaz acabara de mudar de ideia. Inexplicavelmente, ele ainda amava a sua vida, da mesma forma que amava aquela cidade rouca e delinquente.

Novamente erguidos, os olhos se banharam com o horizonte vermelho do dia que agonizava. Abaixo deles, a divisa tumoral de tantas outras cidades que viviam e prosperavam como sua amarga Três Rios. Jogadas de um lado a outro, colocadas em xeque, reestruturadas pelas mãos da ambição.

Um último olhar para a forca. Ela continuaria ali, estendida, aflorada, pronta para sentir o sal da pele.

Os carros riscam a estrada e alguns faróis atingem a torre. O homem prefere o escuro, albergado e seguro, sabendo que nenhuma luz seria capaz de ferir seus olhos de novo. Os braços em volta do corpo, o arrepio, a vida que de fato nunca foi a dele. Jogado no chão como toda aquela gente. Lançado no vento muito antes de aprender a voar.

Sem se despedir da forca, Nôa faz seu caminho de volta. Talvez devesse colocar todo aquele rancor para fora, comprar novas tintas, pintar outros quadros.

Depois de ficar tão perto da morte, a vida recebia um novo sopro de vontade, algo que impelia Nôa a seguir em frente sem vez de olhar para trás.

Não sabia quanto tempo levaria, ou se o tempo permitiria que ele chegasse tão longe.

Mas seria uma longa caminhada.

prelúdio em DÓ MENOR

Desde que o mundo é mundo, sempre alguém precisou morrer para que outro pudesse nascer. Uma espécie de troca, um tipo de comiseração que só mesmo a morte e Deus conseguiam entender. Essa também era uma crença muito forte de Sarapião, que desde os vinte anos empunhava a pesada pá do sepultamento.

Agora, ele estava com quase quarenta, e terminava de abrir a quinta das sete covas programadas (até então) para o dia.

Para animá-lo um pouco, João dos Santos ponteava o violão. Não cantava, porque sabia que em alguns momentos as palavras só trazem um sofrimento ainda maior. Sarapião, por outro lado, precisou dizer alguma coisa antes que desistisse de cavar.

— Como é que uma coisa dessas acontece? — perguntou a João. Mas talvez perguntasse ao chão do cemitério, aos insetos que moravam nas lápides, talvez perguntasse a si mesmo.

O violão mudou de nota, a tarde mudou de tom, e João respondeu, sem parar com o ponteado: — Uma tristeza.

Sarapião enfiou a pá no chão e um monte de terra foi jogada para cima.

Enquanto estava lá embaixo, imaginava como seria morar em um buraco como aquele. Quando era bem novinho, da idade dos meninos que morariam naquelas covas, costumava pensar no que aconteceria se alguém fosse enterrado vivo, e acordasse de repente, com a boca costurada e o nariz cheio de algodão. Hoje, se preocupava bem mais em pagar as contas.

Cansado, Sarapião empurrou a pá para cima e escalou o buraco. Estava com terra nos cabelos, na pele negra, tinha poeira saindo pela barra da calça de sarja azul. As costas queimavam de dor. Calado de novo, sentou-se ao lado do amigo e acendeu um cigarro Belmont. Logo as crianças chegariam. Crianças! O que significava sete famílias (oito se entrasse na conta o menino matador) se revoltando com o que não era feito para ser compreendido.

Pensando em seu filho tomando o lugar de uma daquelas crianças, Sarapião deixou uma única lágrima escorrer pela pele. Em seguida, sugou o nariz e procurou consolo no que podia se agarrar. Pelo que conhecia daquela cidade, nunca faltaria dinheiro para um coveiro pagar suas contas.

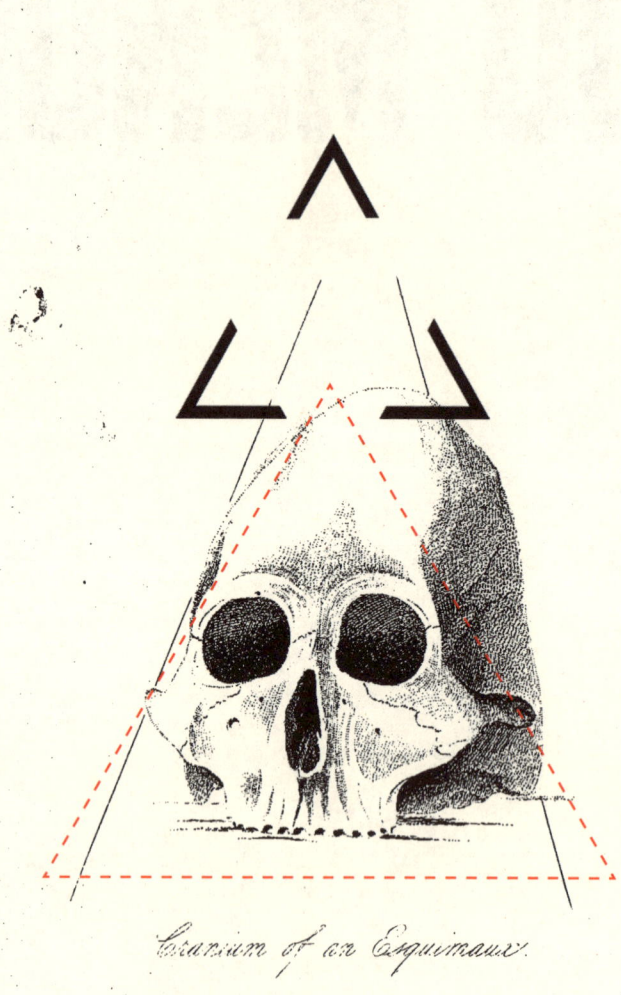

Cranium of an Esquimaux.

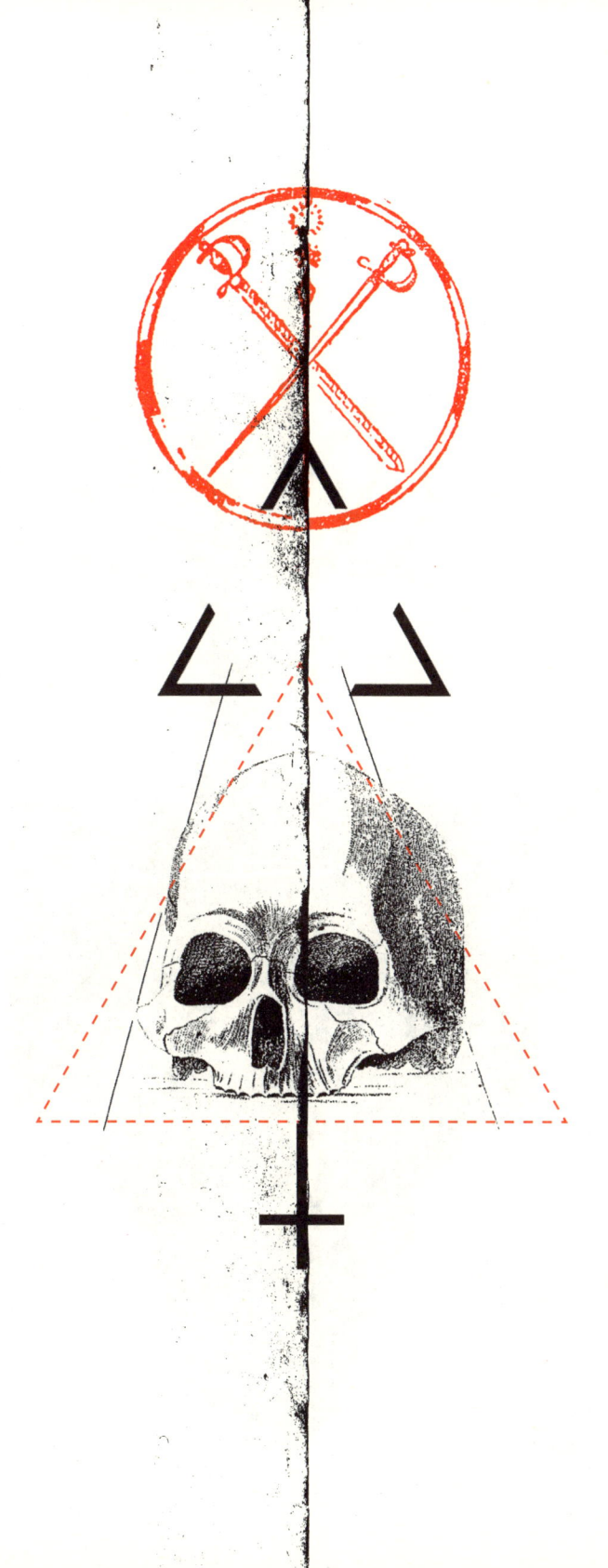

FIRESTAR
DVD & VÍDEO

```
Ah / Now I don't hardly know her //
But I think I could love her
```
— **TOMMY JAMES AND SHONDELLS**

Em um mundo perfeito, os bons momentos ficariam congelados para sempre, como um sonho recorrente, uma foto de família, uma fita de vhs pausada no melhor momento do filme. Mas quando Renan botou os olhos naquele disco espelhado, soube na mesma hora que nada seria como antes.

Ele agora cuidava da Loja Um da FireStar, enquanto seus antigos empregadores, agora franqueadores, fechavam novos negócios o tempo todo, a fim de manter sua pequena indústria de cinema funcionando (chamar de indústria, aliás, seria um enorme exagero, mas eles estavam tentando). O catálogo da FireStar DVD & Vídeo já contava com cinco filmes, e segundo Pedro Queixo (que costumava exagerar nas verdades), haviam mais seis ou sete longas em diferentes estágios de produção.

Era outra sexta-feira do mês de março.

Do ano de dois mil e dois.

Renan ainda gostava de puxar um fuminho escondido, mas as espinhas do rosto e os mullets dos cabelos tinha ido embora há muitos anos. De crédito, ele ganhou uma barba rala e uma filha. A mãe de Lívia, Giovanna, quase não passava na locadora, ao contrário da menina que não via a hora de grudar no pai. Renan engravidou a esposa quando as coisas começaram a dar certo na FireStar, quando Renan-Fimose-Fuminho passou de adolescente espinhento a jovem empreendedor. Tinha acabado de completar vinte e quatro anos e comprado um Gol GTI. Giovanna, com um útero bem mais empreendedor, já tinha vinte e sete anos e um ex-marido.

Renan consultou as horas em seu Nokia, ainda faltava bastante tempo. Por garantia, também consultou o relógio que ficava estava atrás dele, um relógio temático de *A Hora do Pesadelo*.

Sentia falta daquela época. Passar o dia todo espanando as prateleiras... ok, isso não era muito divertido. Mas sua responsabilidade terminava ali. Depois era rezar para não chover na volta para casa e deixar o corpo afundar no sofá da sala. De preferência com algum lançamento rodando no videocassete, que só chegaria nas mãos dos clientes depois que ele assistisse duas vezes. Quem faria isso hoje em dia? Assistir ao mesmo filme mais de uma vez, e muitas vezes, logo depois de terminar de ver?

Foi assim com *Eles Vivem*, *Louca Obsessão*, *O Ataque dos Vermes Malditos*, *Gremlins*, *Pulp Fiction*, *Se7en*, além de quase todo o catálogo seriamente discutível da Cannon Filmes, que incluía pérolas como *Ninja Americano*, *Falcão Braço de Ferro*, *Superman 4*, *Desejo de Matar*, *Braddock* e mais uma tonelada de filmes que só Chuck Norris e Charles Bronson poderiam ter estrelado.

— Tá com a cabeça na lua, rapaz? — uma voz cansada e abalada pelo cigarro perguntou.

— Grande Aleixo. Como vai?

— De mal a pior — Millor Aleixo respondeu.

Ele tinha se tornado famoso na cidade desde que a história da amputação voluntária de sua perna viralizou (Millor se deitou na linha do trem em noventa e três, e deu uma entrevista para a *Verdades e Mistérios*, que acabou chamando a atenção da Globo). De prêmio, ganhou a fama, algum dinheiro e uma adaptação cinematográfica, mas, pobre homem, tudo o que sobrou dele depois de nove anos foi um coto e um humor mais discutível que a qualidade dos filmes de Pedro Queixo e Dênis Penna.

— Já conhece minha nova enfermeira? Essa é Leninha. — Millor apresentou a mulher que empurrava sua cadeira.

Conhecer, não conhecia, mas era difícil tirar os olhos da moça. Leninha era o que os garotos de seu tempo chamavam de gostosa.

— Encantado, dona Leninha — Renan disse.

— Eu também estou — Millor respondeu. — Lelê, entrega as fitas pro moço registrar.

Desde que saiu do hospital, ainda com três membros intactos, Millor se tornou um dos melhores clientes da FireStar. Ele também ficou rico, graças a uma indenização paga por Hermes Piedade. O velho era osso duro, mas concordou em fechar o processo nas primeiras audiências a pedido de Kelly Milena, antiga namorada de Millor e testa de ferro da AlphaCore. Renan ainda estava bipando as fitas (dois pornôs com Silvia Saint no meio dos clássicos, o que deixou Renan menos penalizado, o velho não tinha mais braços, ou pernas, mas, sabe... vocês entenderam...) quando Millor pediu:

— Benzinho, me deixa trocar uma ideia a sós com o rapaz.

A enfermeira fez isso sem objetar e foi até a prateleira de dramas, que agora levava o nome bem menos dramático de romances.

— E você, rapaz, dá uma chegadinha do lado de cá. Eu gostaria muito de ir até aí, mas continuo sem as minhas pernas. Puta que pariu que eu queria ser um cacto pra poder brotar de novo...

— Ô Guri, dá uma força no guichê — Renan pediu ao rapaz que espelhava perfeitamente seu eu do passado. Em seguida, fez o que Millor queria, rodeando o balcão de atendimento e se abaixando perto da cadeira de rodas, para poder dar alguma dignidade ao homem. Ele já esperava o que ouviria, claro que sim.

— Eu queria alguma coisa... você sabe...

— Lote Nove?

— É, sim.

— Algum pedido especial?

O homem o encarou com alguma preocupação. Millor estava envelhecendo depressa, mesmo seus olhos mostravam o efeito do envenenamento. A assessoria de imprensa da AlphaCore ainda negava o incidente, Millor havia aceitado o arquivamento do processo, mas todos sabiam o que andava levando seus membros embora.

— Antes de mais nada, não quero que você pense que eu sou um esquisito.

— Jamais, seu Aleixo.

— Corta essa, rapaz. Eu também já fui jovem, e eu sei o que gente da sua idade pensa sobre gente da minha idade. Ainda mais gente da minha idade que se interessa por aquelas fitas.

— A gente não é pago pra julgar o gosto cinematográfico dos clientes, seu Aleixo.

O velho riu e deixou seus pequenos dentes amarelados à mostra.

— Você sempre foi esperto. Tão esperto que eu achei que você fosse passar a perna naqueles dois tontos. O Dênis ainda é esperto, mas o pouca-telha do Pedro Queixo? A mãe natureza estava confusa quando deixou aquele feto se desenvolver. Mas você tem bom coração, não é mesmo? É por isso que nunca fodeu com eles.

— Como posso ajudar, seu Millor? — Renan devolveu a conversa aos trilhos.

— Eu... eu queria saber se tem alguma coisa da minha Kelly. Você sabe, eu e ela, a gente se amava pra caralho. Mas aí aconteceu essa coisa comigo e tudo ficou diferente.

— Posso dar uma olhada, se o senhor não tiver muita pressa.

— Manda pra mim se encontrar?

— Eu peço pro Guri levar.

— Não quero sujeira nem nada do tipo, pra isso eu uso pornografia. Tudo o que eu preciso é de alguma coisa pra me levar de volta. A gente foi feliz, eu e ela. A gente era tão feliz que mesmo tando junto eu pensava: o que eu vou fazer se perder essa galega?

— Pode deixar comigo.

— E a sua menininha? Como ela está?

— Já deve tá chegando aí. A Lívia é grudada comigo, o pessoal diz que toda filha menina é assim com o pai.

— Depende muito do pai. O pai da Kelly, por exemplo, era só um velho filho da puta. Oh, rapaz, essa vida é uma boa duma biscate. Cada vez que eu penso que depois de tudo o que ela passou com o pai, escolheu trabalhar pra um canalha como Hermes Piedade, fico com ânsia de vômito. A gente sempre acha que o futuro vai trazer uma grande novidade, mas é só viver o suficiente para entender que tudo é feito de uma coisa só.

Com o silêncio de Renan, o próprio Millor acabou completando o raciocínio.

— Adaptação.

Perto das duas da tarde, Guri pesava dois quilos a menos, e tudo aquilo perdido em forma de suor. O espaço de clientes da FireStar tinha um sistema de ar condicionado decente, mas o estoque era outra história.

Desde que os negócios se dividiram (com Renan assumindo a locadora para que os sócios originais pudessem alçar voos mais altos), eles desistiram de passar o ponto e compraram a casa da direita, unindo parede a parede. Boa parte da ala nova ficou com o gênero horror e pornografia (os dois títulos que sempre geraram uma boa grana na região), o resto era estoque, que acabou dobrando de tamanho — a FireStar chegou a alugar novecentas e vinte fitas em um único dia. E nada do sistema de climatização seguir o mesmo sucesso.

— Seu Renan, onde eu ponho essa? — Guri segurava uma caixa que era pouca coisa menor que ele.

— Começa a empilhar. Tenta não botar mais de duas, pra não estragar nada. E pede pra Silvia te ajudar nisso em vez de ficar contando o final dos filmes pros clientes.

— Eu ouvi, hein! — Silvia reclamou.

Ela era um ano mais velha que Guri, mas parecia ter um pouco menos de juízo. Ela e o rapaz andavam se atracando nos fundos do estoque, Renan já tinha tido uma conversinha com Guri, (algo como "aqui não é lugar e eu conheço o pai dela"), o que provavelmente resultou em uma mudança de ponto de atracamento.

— Sério, gente, precisamos deixar tudo no esquema.

— No esquema de quê? — uma voz bem fina perguntou. Renan se esticou sobre a madeira do balcão e abriu seu melhor sorriso.

A vida pode não ter ficado mais fácil com a chegada de Lívia, mas com certeza ficou bem mais digna de ser vivida. A menina era seu pão, sua razão de abrir os olhos, o que mantinha seu casamento complicado ainda funcionando. Não importa o que digam, a verdade é que uma criança sempre acaba vedando muitos trincos na louça fina que é o casamento.

— Vamos ter umas mudanças na loja, filha. Como foi na escola?

— Muito legal!

Renan se lembrou do seu tempo de escola. Era tão legal que a molecada gostava de acordar queimando de febre...

A menina logo passou pelo balcão.

— Me sobe? — pediu.

Renan a colocou em seu colo.

— O que vai mudar, pai?

Renan terminou o que fazia no PC e abriu uma gaveta. Lá do fundo, do lugar encantado onde as melhores coisas se escondem nas gavetas, ele retirou um pacotinho quadrado, muito fininho.

— Que isso? Um CD?

— Isso aqui é o futuro, minha filha.

— E o futuro cabe aí dentro?

Renan riu.

— De certa forma vai caber um dia. Isso aqui é um DVD.

— E eu posso pegar?

— Pode, esse aqui era só teste. Você vai ver muitos desses daqui pra frente.

Lívia retirou o pequeno disco do envelope, deixou seu rosto se refletir nele.

— Noooossaa! — disse, espantada. Logo começou a rodar a coisa, metendo o dedo e observando suas impressões digitais.

— E o que a gente faz com isso?
— A gente coloca em um player.
— Igual um videocassete?
— Parecido. Só que o DVD não enrosca, tem uma qualidade um milhão de vezes melhor e ocupa menos espaço na locadora.
— É... Mas ele... — olhou para o disco.
— Que foi?
— É que ele é sem graça. As fitas são muito melhores. E as fitas a gente consegue gravar, como é que alguém grava alguma coisa nisso aqui?
— Estão trabalhando nisso, princesa, garanto que sim.
— Seu Renan? — Silvia o chamou. — O senhor pode me dar uma ajudinha?
Renan colocou a filha no chão e deixou um sorriso escapar. Quem estava à frente da sessão de horror era Lucas Phoebe. Ele era uma espécie de prodígio local da cinematologia do horror. Lucas era filho de Alessandra, uma das meninas mais bonitas da década de oitenta e cliente assídua da locadora. Ele praticamente nasceu dentro da FireStar.
— O que vamos levar pra casa hoje? — Renan já chegou perguntando. — Pode deixar ele comigo — comentou com Silvia. Depois, virou-se para o menino. — Como vão seus pais?
— Tudo certo. Minha mãe fez mais uma plástica, então ela tá de molho por uns dias.
Santo Deus, Renan pensou consigo mesmo. O que Alessandra, que recentemente ganhou a classificação de *Milf*, poderia mudar para ficar mais perfeita? A não ser seu marido (um figurão da cidade que ganhou a vida com cargas roubadas e lavagem de dinheiro), ela era quase um projeto bem-sucedido da divindade. Os anos não fazem bem a muita gente, e Millor Aleixo era prova disso, mas, com Alessandra, a mãe-natureza redefiniu a generosidade.
— Mande melhoras pra ela. Aliás, pode pegar um ou dois romances, por conta da casa. Mas diga lá, o que você quer assistir hoje?
— Tá ficando difícil, seu Renan, acho que eu já vi tudo que tem aqui.
— Quem manda começar a frequentar locadoras ainda dentro da barriga? Eu me lembro da sua mãe entre essas prateleiras, na época ela também gostava de terror.
— Tá falando sério?
— Palavra de escoteiro. Ela sempre aparecia na sexta-feira, devolvia um punhado de filmes e alugava mais um monte pra devolver só na próxima semana. E a sua mãe vivia esquecendo de rebobinar as fitas e botava a culpa no seu tio Fernando.

— Agora ela briga comigo quando eu levo terror pra casa — o garoto riu. Lucas era um sortudo em ter saído à mãe. O sorriso era dela, a cor dos olhos, só mesmo o cabelo preto e o nariz fino eram heranças do pai. Além do dinheiro, obviamente.

O menino deu mais uma olhada nas fitas. *No Limite da Loucura, Hellraiser 1, 2, 3, Louca Obsessão, 13 Fantasmas, Alien 2, A Maldição dos Mortos-Vivos*, pegou nas mãos uma raridade de Stephen King, *Jovem Outra Vez*, e a deixou de lado. Depois passou por *Um Drink no Inferno, O Mestre dos Desejos, Cronos, O Sexto Sentido* e *A Bruxa de Blair*. O problema é que nenhum dos filmes parou em sua mão, a não ser *A Bruxa de Blair*.

— Seu Renan, o senhor devia jogar isso fora. — O menino mostrou a fita.

— Não gostou dele?

— É uma bosta. Um monte de gente gritando com medo do mato? E aquele final?

Renan riu. — É uma merda mesmo. Mas tem gosto pra tudo. Aliás, falando em filmes que se ama ou odeia, acho que chegou a hora de mostrar o início da coisa toda.

— Como assim o início?

— Você viu muita coisa, e acho mesmo que é um dos clientes que mais locou horror na FireStar, mas os mais antigos nem sempre estão expostos. Já viu *Basket Case*?

— Não.

— *The Changelling*?

— Não.

— *Motel Hell, Zumbis Tóxicos, Tenebre*? E que sua mãe nunca saiba disso, mas por acaso já assistiu *Holocausto Canibal*?

— Puta merda, seu Renan! Quero todos!

— Para isso, você precisa literalmente cavar o passado, meu rapaz. — Renan se abaixou até a prateleira mais próxima ao chão, a que poucos clientes se aventuravam a olhar.

A organização dos filmes era bem simples, cada filme em sua seção (romance, policial, nacional, terror, suspense, comédia, documentário, aventura, musical) e os melhores filmes, os mais novos, sempre na altura dos olhos. Acima desses e abaixo, o que não era tão interessante. Na prateleira mais baixa, apenas teias de aranha e filmes que só eram locados por pessoas profundamente entediadas ou com sérios danos mentais.

Renan começou a retirar todos os filmes da frente, eles estavam com as lombadas para o público, com a exposição já bastante prejudicada. A prateleira era funda, então, depois desses, havia uma porção de filmes, esses espalhados. Ali já começava a ficar interessante, mas era só depois desses que a coisa pegava fogo. Haviam dezenas de títulos que o menino apenas ouvira falar, mas que nunca havia botado os olhos. Quase todos com os títulos originais! Em inglês!

— Tem legendado?

— Todos são. Os antigos sócios mantinham o nome em inglês porque a tradução era uma bosta. O pessoal tinha umas estratégias esquisitas no passado...

Fade to Black, Eaten Alive! Hell of the Living Dead, Night of the Demon, Schizoid, Terror Train, Galaxy of Terror, The Funhouse, Razorback... e a lista parecia interminável.

— Como eu nunca achei isso? — o menino perguntou, e seu sorriso era tão grande que parecia prestes a rasgar o rosto.

— A gente não mostra pra qualquer um — Renan deu uma piscadinha e voltou ao balcão.

Observando aquele menino, o atual dono da FireStar viu a si mesmo em um passado que começava a se desfazer como poeira. Se nada naquele dia voltasse a valer a pena (o que era um grande risco considerando a atual agenda), entregar aqueles filmes ao menino faria Renan deitar a cabeça no travesseiro e dormir em paz. Com sorte, o faria sonhar novamente com os dias de ouro.

O caminhão chegou às cinco e quarenta da tarde, com dez minutos de atraso, o que fez Renan queimar dois cigarros não pretendidos e mastigar um chiclete até que ele derretesse em sua boca. Atrás dele, Guri coçava o cangote, imaginando que aquele dia ainda estava bem longe de terminar.

O garoto olhava para o céu que parecia mais baixo que de costume. Grandes nuvens se uniam depressa, compondo um novo exército de escuridão. O vento também soprava com mais vontade, o que acelerava a volta dos pedestres para casa. Três Rios era uma cidade quente, o que pouca gente sabia é que o inverno a deixava proporcionalmente fria, principalmente a partir do segundo semestre do ano.

Da porta dianteira do caminhão, desceu um sujeito meio gordo, que ajeitou a calça já na metade do traseiro antes de chegar à Renan. Ele tinha um cheiro estranho, meio rançoso, cheiro de quem não dá muito valor aos banhos. O segundo homem também descia enquanto Renan ouvia:

— FireStar?

— É o que está escrito na marquise — Renan jogou o cigarro no chão e o apagou com o bico do sapato. — Muito trabalho hoje?

— Demais, só hoje foi três carga na capital. Essa novidade tá chegando com força, o pessoal do Copan também tá comprando tudo em DVD, a Video Connection, do seu Paulo, gente boa pra caramba. Osso mesmo foi o outro carregamento. Só uma loja ficou com dois carregamentos desses, e o dono só abria a boca pra apressar a gente.

— Blockbuster?

— Eles mesmo, mas se contar que eu contei, eu nego. Estão remodelando o negócio, metade do que a gente entregou é filme de criança.

— Não dão ponto sem nó.

— Nenhum rico dá. Na capital tem um monte de porta fechando. Quem não vende pra eles, acaba falindo, ou então se mudando pra longe deles. Daí, já viu... Vocês têm sorte deles não terem chegado aqui ainda.

— Isso não tem nada a ver com sorte. Prazer, Renan, eu sou o dono — enfim se apresentou.

— Cleberson, mas todo mundo me chama de Clebão. Aquele ali é o Teflon. Renan fez questão de se apresentar a ele também.

— Acho que nunca conheci ninguém chamado Teflon.

— Na carteira é Orionofre. Pode chamá de Tefrão memo, chefe, que é como todo mundo chama. Onde a gente coloca as caixa?

Renan olhou para cima. O céu cuspiu um trovão.

— Melhor levar pra dentro — disse. Em seguida girou o corpo depressa. — Opa!

Era um bando de galinhas, deviam ser sete ou oito. Elas passaram correndo, quase voando, por muito pouco Renan não pisou em uma. Os homens do caminhão riram e também saíram do caminho.

— Já é o terceiro bando que a gente vê hoje — Clebão disse.

— É a chuva. Galinha não gosta de chuva — Renan explicou.

— Minha vó diz que não presta ver galinha correndo — Guri disse.

As aves já estavam atrapalhando o trânsito do final da rua, correndo como se fugissem de um bando de raposas.

— São só galinhas, Guri. Leva os nossos amigos até o estoque, e toma cuidado pra não misturar as caixas. Assim que baixar as portas, a gente começa com as prateleiras.

— Começar o quê? — Lívia perguntou, chegando à calçada.

— A fazer bagunça, baixinha — Guri disse e mexeu nos cabelos dela. Lívia botou meio metro de língua para fora e fez um som de peido. Depois começou a rir e correu de volta para a FireStar.

Assim como as outras, a décima primeira caixa que desceu do caminhão só tinha uma informação: três letras que prometiam mudar o mundo do entretenimento doméstico de uma vez por todas. Guri a apanhou (ou tentou) e sentiu a coluna fraquejar.

— Caralho, quantos tem aqui dentro? — perguntou ao homem que o ajudou a colocá-la no chão.

— Mais de cem — Teflon disse. — Acho que é por isso que vende tanto. Imagina quantos filme dá pra colocá numa locadora qui nem essa? Com o preço que nóis anda pagando no aluguel, o tamanho do lugar pode sê a diferença entre continuá aberto ou fechá. Em São Paulo tem muita gente mudando as loja pras própria casa.

— E vocês fazem o que nessa brincadeira? Só o transporte?

— Bem que eu queria... A Vento Leste faz transporte e também distribui, metade da nossa vida é descer caixa e trazer caixa nova pra cima.

Diferente dos rapazes, Lívia estava adorando a brincadeira. Da maneira como as caixas ficaram, formaram uma pequena escada, e a diversão era escalar até chegar ao topo. Sem dúvida, muito divertido, muito perigoso de se esborrachar no chão, mas as intenções da menina iam muito além da escalada.

Ela conhecia o pai pelos avessos, conhecia bem mais do que conhecia a mãe. Quando papai ficava nervoso ele fumava demais, e ele também ficava um pouco vermelho e suava tanto nas costas que a camiseta chegava a manchar. E ele também fazia qualquer coisa para se distrair, se tivesse uma cerveja, ele estaria bebendo, como não tinha, ele estava assistindo *Loucademia de Polícia* pela quadragésima vez sem conseguir rir nadinha. Sendo uma boa detetive, Lívia não interferiu. Em vez disso, ficou onde estava, ouvindo as piadinhas sem graça e observando o vai e vem dos homens. Teflon era legal, mas o outro era esquisito. Tinha cheiro de cachorro molhado.

Mais caixas vieram, e ao final eram tantas que a menina pôde facilmente se esconder entre elas.

No salão de venda, um rebuliço de fitas e prateleiras. Tinha muita coisa no chão, ao mesmo tempo sendo embalada em novas caixas. Prateleiras novas sendo montadas. Tudo ficando até bonito, ainda que Lívia não conseguisse entender como todas as fitas antigas caberiam nos quadradinhos das novas prateleiras.

O homem que cheirava a cachorro molhado pediu um pouco de música, e o pai de Lívia colocou uma música velha, do tempo dele, daquelas que a mamãe detestava. Ela já tinha visto o clipe daquela música algumas vezes, era de uma banda chamada Skid Row. Se ela não se enganasse demais, a música era "Wasted-alguma-coisa", começava bem bonita e terminava em gritaria, como quase tudo que o papai gostava...

Enquanto a música ganhava corpo, os homens seguiam com as caixas, e Lívia sentiu uma vontade danada de chorar, quase inexplicável, que só foi embora quando o sono a tomou para si.

Lívia acordou e viu Renan todo encardido passando pela fresta entre as caixas. Ele, Guri e a garota que poderia ser sua irmã mais velha — que ela ficaria muito feliz —, Silvia. Os dois homens do caminhão também estavam um caco, principalmente o cachorro molhado, que mesmo com o friozinho do ar condicionado estava todo melecado de suor.

Lívia se levantou e se espreguiçou. Olhou ao seu redor, não havia mais a montanha de caixas que ela escalou, só umas duas ou três além das que ela usava como cama. Decidida a descobrir de uma vez o que era tudo aquilo, deixou o abrigo e foi até a área de locação.

— Cadê as nossas fitas? — perguntou a Guri.

— Ué? Tão nas caixas, baixinha — o garoto disse.

Silvia chegou mais perto e se abaixou até ela.

— Você pegou ferrado no sono. A gente tá quase terminando.

— Terminando o quê?

— Lembra aquele disco que o papai mostrou? — Renan disse do cockpit sagrado da entrega e recebimento. Tirou os óculos do rosto e coçou os olhos quando a menina assentiu. — Estamos trocando todas as nossas fitas antigas por DVDs novinhos.

A menina pensou um pouco.

Ok, parecia uma boa troca. Mas tinha um sério problema nisso, um problema grande demais para ser deixado de lado.

— E cadê nossas fitas?

— Nossos amigos vão levar pra outro lugar, onde outras pessoas vão continuar assistindo todas elas.

— E por que a gente não vai continuar vendo também?

Sem saber o que dizer, Renan fez exatamente o que todo pai dos anos 2000 faria: dissimulou.

— Já-já a gente vai pra casa.

O problema é que sua menina também era uma criança que habitava o novo milênio, e como todas os outros humanos atualizados desse mesmo e estranho período, palavras como "já-já", "não", "quem sabe mais tarde", "na volta a gente compra" ou "deixa pra depois" não faziam o menor sentido; simplesmente não tinham cabimento.

O que Lívia fez foi abrir a primeira caixa que encontrou. De dentro, depois de vasculhar um pouco, retirou uma das fitas.

— Você não vai deixá eles levarem!

— Amor, tem um DVD na prateleira atrás de você, aliás, papai comprou a coleção inteira da Disney.

— Não interessa. Eu quero essa! *A Branca de Neve* é minha! Eu assistia isso com você e com a minha mãe, ela é minha, minha! SÓ MINHA! — começou a chorar com uma potência tão assustadora que os dois adolescentes se afastaram. Como se não bastasse, Lívia começou a revirar a caixa. *Teletubbies, Power Rangers, Barbie, Digimon, Show da Xuxa*, mais meia dúzia de princesas da Disney.

Renan saiu de onde estava a fim de resolver a situação. Antes que chegasse à filha, Clebão voltou para pegar aquela caixa. Com a sensibilidade da maioria dos caras que ganham a vida só com os músculos, ele desprezou o desespero de Lívia e foi fechando a caixa.

— Tira a mão daí! Tira a mão, seu fedido!

— Lívia, já chega. Papai já explicou tudo.

— Não! Você não pode fazer isso! Não pode deixá eles levarem tudo. Isso é nosso, pai, é a nossa vida! Você não pode deixar nossa vida ir embora! Não pode! — Lívia se atracou a ele, e manteve a fita bem firme nas mãos, firme a ponto de machucar os dedos no plástico antigo e rachado da embalagem.

— Amorzinho... — Renan continuou abraçando-a. Com a mão esquerda, sinalizou que Clebão levasse a caixa sem a menina perceber.

— Dá uma aguinha pra ela, tio Renan — Silvia ofereceu um copo. Atrás dela, Teflon sacudia a cabeça, e ele parecia disposto a deixar todas as caixas para que Lívia parasse de chorar. Guri estava ao lado dele e o ouviu resmungando: — Que dó fazê isso com a minininha.

— Coração, olha só — Renan a descolou de si. — As coisas estão mudando depressa, precisamos acompanhar as mudanças ou ficaremos pra trás. Você cresceu com essas fitas, mas você era um bebê, e agora já é uma mocinha. Os filmes também mudaram, cresceram das fitas para os discos, entendeu?

— É...? — Ela fungou o nariz e o limpou com o antebraço. — Mas ninguém me jogou fora, ninguém comprou outra de mim, né? O que vão fazer com elas? Vão queimar? — ela procurou a resposta em Teflon.

— Num sei, fia. Acho que não. Eles deve vendê pra otras pessoa.

— Elas vão ficar bem, todas elas. São só fitas, amorzinho, pedaços do passado. A gente precisa deixar elas irem embora. Papai precisa desses disquinhos, eles são nosso futuro a partir de hoje. Renan limpou os olhos da menina com as mãos. — Você ama essas fitas, não ama?

Lívia fez que sim com a cabeça.

— E você pode amar os disquinhos também, não pode?

Em vez de responder, Lívia deixou Renan e abraçou bem forte a fita de *A Branca de Neve*.

— Posso ficar com essa?

— Pode, sim. Eu vou te levar pra casa, tá bom? Você não precisa ver toda essa confusão, meu amor.

A menina assentiu e levou a fita para a porta de entrada da FireStar. Sentou no degrau e o mundo nunca lhe pareceu tão triste.

Aquele salão não era mais seu parque de diversões particular, não era mais sua casa, não era nem mesmo o lugar onde ela fez seus primeiros amigos. Não importa o que seu pai dissesse, tudo o que ela sabia é que aquele lugar estava indo embora, e que dificilmente qualquer outro tomaria seu lugar.

Perto das duas da manhã, tudo estava finalmente pronto para a reinauguração do fim de semana. A FireStar ganhou espaço físico, beleza, ganhou até mesmo um ar futurístico com todos aqueles DVDs. Com o horário avançado, somente os homens continuaram trabalhando. Lívia já dormia com a mãe, Silvia a levou para casa pouco depois da menina se acalmar.

Os dois homens do caminhão ainda terminavam de fazer uma boquinha, duas pizzas que Renan pediu pelo telefone. Guri estava passando uma vassoura pelo chão, e ouviu o chefe o chamar.

Renan estava nos fundos. O rapaz chegou depressa.

— Fala, chefe.

— Senta aí. — Renan estava em frente a uma televisão antiga, sentado em uma cadeira estofada mais antiga ainda. Até onde o rapaz soubesse, aquela TV equipada com um videocassete sempre esteve ali. Quando Renan se estressava feio com alguma coisa, ele sempre ia lá, abria uma cerveja (que pegava do frigobar que também nunca saiu daquele anexo) e colocava uma VHS para rodar.

Guri ocupou a segunda cadeira e deixou o cansaço pesar sobre o corpo. Bocejou.

— Cansado?

— Eu aguento — sorriu.

Na tela da TV: *A Volta dos Mortos-Vivos*.

— Senti medo pra caramba na primeira vez que assisti esse filme.

— Tem seus momentos, né? — Guri disse.

— Tem, sim. É engraçado como as coisas mudam, e como uma mesma cena pode ser vista de diferentes maneiras com o passar dos anos. Antigamente o humor e o horror se entendiam bem, agora precisamos separar tudo em pequenos pacotinhos ou a moçada não entende merda nenhuma. Quer uma gelada?

— Sério?

— Só estou devolvendo o que fizeram por mim. Além disso, eu tô sabendo que você queima um fuminho aqui atrás, você e a Silvinha. Só toma cuidado pra não encher a barriga da menina.

— Ô loco, seu Renan — O garoto ficou vermelho.

— Eu disse isso pra minha mãe na noite em que engravidei a Giovanna, ô loco — Renan riu. — E olha que eu tinha mais de vinte anos. — Em seguida se levantou e apanhou uma cerveja pro garoto e mais uma para si. Retirou a tampa da Miller e brindou com Guri.

— Ah, Deus, como isso é bom — disse. Deu mais um gole. — Como anda o Lote Nove?

— O de sempre. Claudemir, seu Millor, o pessoal da Alpha também aparece de vez em quando. Faz uns meses que a procura aumentou, muita gente querendo rever um parente, uma ex, essas coisas.

— Humm.

— O problema é que não tem aparecido, assim, muita coisa nova. Antes a gente ainda recebia umas três ou quatro por mês, agora nem isso. Até o seu Dutra deu uma sumida — o garoto sorveu um bom gole.

— Edgar S. Dutra... Se eu te contasse que a gente já recebeu mais de cinquenta fitas dele em um único dia, você acreditaria?

— Caramba...

— E isso me leva ao primeiro ponto dessa nossa conversa.

O menino endireitou o corpo, deu outro gole para espantar o sono.

— Estamos nos preparando para os DVDs há anos, e até achamos que seria bem mais rápido do que aconteceu. Na verdade, toda essa mudança é nossa última chance de sobrevivência. Aqui em Três Rios a coisa é mais suave, mas em muitas cidades o número de videolocadoras é uma barbaridade. Muita gente comendo do mesmo bolo, entende? Isso deixa uma fatia muito pequena para cada um. O DVD é mais caro, vai atingir uma clientela mais seleta. Mantivemos alguma coisa em VHS, mas só o que realmente ainda sai. O que eu preciso que você entenda, é que em muito pouco tempo ninguém mais vai ter um videocassete. E isso nos leva ao segundo ponto dessa conversa. Antes, me diz uma coisa: você está contente com o seu salário?

O garoto engoliu a cerveja que estava na boca e torceu os lábios. — É que eu não quero ser ingrato. O senhor deu uma força quando eu precisei.

— Ser sincero não é ser ingrato.

— O que o senhor paga é bom, mas não é grande coisa. Tipo... dá pros meus gastos, mas quando eu ficar mais velho e tal...

— E se eu disser que você pode ganhar duas vezes o que recebe hoje? Quem sabe até três vezes?

— E quem eu preciso matar?

Renan riu. Aquele garoto o fazia lembrar muito de si mesmo.

— Vem comigo — Renan se levantou e deixou sua Miller sobre a TV.

Caminharam até os fundos do anexo, onde havia uma porta que só Renan atravessava. Ele apanhou a chave do bolso e espetou na fechadura.

— O que tem na contabilidade? — o garoto perguntou, um pouco inseguro, exatamente como era de se esperar de um pré-adulto dos anos dois mil.

Renan abriu a porta e acendeu a luz.

A sala estava vazia, exceto por um tapete com um enorme símbolo desenhado. Antes das perguntas, Renan puxou o tapete, e uma porta com duas argolas apareceu no chão. Ele a abriu e convidou o garoto a descer.

— O que tem lá embaixo?

— Pode descer, não vai morder você — Renan riu e começou a descer ele mesmo. O garoto demorou alguns segundos, mas logo o acompanhou. Confiava em Renan, confiava mais nele do que em seu próprio pai.

No andar subterrâneo, Renan acionou outra luz e o menino demorou quase cinco segundos para trocar o ar dos pulmões.

Eram dezenas, centenas, quilos e mais quilos de fitas VHS. Elas estavam soltas no chão, distribuídas em prateleiras, empilhadas; haviam caixas, caixas e mais caixas. Haviam caixas até onde a vista alcançava na sala — o que não ia muito longe com a iluminação vagabunda de uma arandela.

— Quer arriscar um palpite? — Renan perguntou.

— A gente vai ter uma locadora de VHS e uma de DVD separado? Porque isso aqui dá umas duas lojas.

Guri passou a mão sobre uma fita e outra, em busca da poeira. Estavam mais limpas que as VHS para locação.

— Eu mesmo cuido delas. Aliás, faço isso desde que começamos.

— Isso tudo é...

— Lote Nove, garoto. E isso nos leva ao terceiro ponto dessa conversa.

Antes de continuar, Renan sentou sobre uma das caixas. O garoto fez o mesmo, em uma caixa à frente do chefe.

— Você já deve ter ouvido que algumas dessas fitas apresentam materiais... perigosos.

— Tá falando de assassinatos, estupros e torturas?

— Um pouco menos, mas algo nesse sentido.

Guri continuou contando o que sabia. — Todo mundo que aluga o Lote Nove sabe que pode encontrar essas bizarrices. E tem muito maluco que só vem até aqui atrás disso.

— Eles não são malucos, Guri, ou pelo menos não são mais doidos que o resto das pessoas. Todo mundo quer um pedaço do outro, entende? É como se o único jeito de se sentir bem de novo fosse saber que tem alguém sofrendo por aí. As pessoas querem ver o que existe do outro lado da porta do vizinho, espiar pelo buraco da fechadura, querem o pior em segurança e ficam viciados nisso. É como uma droga.

— Eu não me importo com o que tem nas fitas. A gente faz o que precisa, é o que eu meu pai sempre diz. "A gente faz o que precisa e reza para ser o bastante." — Apanhou uma das fitas, "Aula de Ballet 5, 1992". — Eu vou receber um aumento para quê, seu Renan? Para catalogar essas fitas?

— Mais ou menos. Em um primeiro momento, vamos trabalhar na conversão desse material para DVD, os aparelhos devem chegar na semana que vem. Quanto ao seu incentivo salarial, acho que posso pagar o preço de uma locação para cada disco que você gravar. Fica bom pra você desse jeito?

Guri abriu um sorriso tão sincero que parecia ter vindo de uma criança.

— Parece que eu vou ficar rico.

Renan acionou outro interruptor às suas costas e observou atentamente enquanto as fluorescentes mostravam o rapaz perdendo toda a cor do rosto. Havia uma infinidade de fitas de VHS espalhadas no salão expandido pela luz.

— Não, filho. Você vai ficar milionário.

Grandes sucessos do cinema agora em DVD

FIRE ★ STAR
DVD & VÍDEO

MEGA PROMOÇÃO DE REINAUGURAÇÃO

DISK FILMES entregas em domicílio

Conheça nossos lançamentos e visite seus filmes preferidos com a mais nova qualidade DVD

O acervo mais completo e atualizado da região você encontra aqui. Visite a nova loja e descubra uma nova experiência com o aluguel de filmes.

TEL: 484.5666

DVD
VHS

FIRE ★ STAR A locadora de toda família.

Please follow these instructions.

Mas eu sou uma aberração
Eu sou um esquisitão
Que diabos estou fazendo aqui?
Eu não pertenço a este lugar
RADIOHEAD

PAN DEMONIUM

> But I'm a creep // I'm a weirdo // What the hell am I doing here? // I don't belong here — **RADIOHEAD**

Gabriel saiu do telefone e passou pela cozinha como um raio.

À esquerda da mesa, o pai entornava um suco de tomate e se reabastecia com as desgraças no jornal. No outro canto, a mãe colocava um copo de leite entupido de chocolate na cadeirinha da pequena Maria Luize.

— Bel! — a criancinha disse quando viu a silhueta do irmão mais velho.

— Aonde o seu filho vai com tanta pressa? — Honorato perguntou, mas o menino já tinha terminado de cruzar a porta.

— A pressa nessa família devia ser sobrenome... Por que você mesmo não perguntou pra ele?

Honorato torceu o bigode. — Porque estou perguntando pra você — e virou a página do jornal. — Que bicho te mordeu logo cedo?

Clarissa respirou fundo e se sentou. Em vez de usar a resposta que já queimava a ponta da língua, colocou um pouco de café no leite que já repousava em sua xícara Mãe-Maravilha e deu um bom gole.

— Tive um sonho ruim.
— Quer me contar?
— É ruim demais pra lembrar. E como é que você consegue tomar esse negócio logo cedo?
O marido desceu o copo de suco de tomate e lambeu o bigode.
— Eu gosto de tomate.
— Credo... Isso aí parece sangue.
— Eu também gosto de sangue.

Distante de toda aquela conversa áspera e sem sentido, Gabriel fazia os aros surrados de sua Caloi Cross vermelha girarem mais depressa. Seguia veloz, mas, como boa parte das coisas que pertenciam ao garoto, a bicicleta parecia errada em seu corpo. Também era assim com as camisetas, com os tênis, com os moletons de bandas de rock, que já ficavam curtos demais para cobrirem a barriga e ainda chegarem à cabeça. Mesmo o rosto, ainda infantil, destoava terrivelmente da estatura do corpo.

Gabriel era um dos meninos mais altos de sua sala. Também era o mais magro e um dos tijolos mais discretos dos porões da popularidade estudantil. Parte dessa culpa era a profissão do pai, açougueiro, vira e mexe sujo de sangue, mas a pior escolha da casa continuava sendo a de Clarissa, que decidiu ser inspetora de escola. O que não eximia o bom percentual de autossabotagem do próprio Gabriel, que não conseguia (ou não fazia questão de) se enturmar com os garotos da mesma idade.

Enquanto pedalava sua Caloi Cross, nada disso tinha importância. O vento embaralhando os cabelos, os pulmões se enchendo de ar, o calçamento transmutado em uma longa pista de obstáculos. Existia coisa melhor? Claro que não! E o bom mesmo era quando o pneu dianteiro passava bem perto da canela de alguém. Nesse momento, o obstáculo sempre soltava um gritinho ridículo e abria os braços, sabe-se lá por que, e Gabriel ria até perder a força nas pernas.

Depois de oito minutos de pedaladas, assovios e desviadas perfeitas, o logotipo quase radioativo da FireStar DVD & Vídeo apareceu no final do quarteirão. Podia até não existir um paraíso na Terra, mas aquele lugar chegava bem perto. Os melhores filmes, os melhores caras (mesmo o caladão do Pedro Queixo às vezes era gente boa pra caramba), e sempre tinha uma gatinha da escola, que, naquele lugar, deixava garotos estranhos como Gabriel chegarem um pouco mais perto (mas, de modo geral, um mínimo de um metro e meio de distanciamento social dos bizarros era necessário, que fique bem claro). Vez ou outra aparecia um babaca, mas no solo sagrado da FireStar até os piores caras ofereciam anistia aos seus alvos. Não era mais uma necessidade de Gabriel, porque agora ele era alto e conseguia intimidar a maioria dos nojentos, mas tipos como seu ex-melhor amigo, Claudinho Esterco, que pareciam ter vindo ao mundo só para testar o chão, enxergavam a FireStar como um oásis.

A bicicleta caiu ainda em movimento, e Gabriel entrou veloz no espaço mais celebrado de toda Três Rios. Antes de qualquer coisa, os olhos esbarraram na cartolina amarelada, pendurada no topo do balcão de atendimento. No início, foi um baita segredo, mas agora já se comentava na escola que algumas fitas para locação vinham com coisas esquisitas, e que você podia até alugar algumas delas, mas só depois dos dezoito anos. Gabriel tentou alugar duas vezes, mas nem o panaca do Renan Fuminho entrou na dele (e olha que Gabriel chegou a oferecer a ele uma semana com a *Playboy* da Xuxa que afanou do pai).

— Puta que pariu...

Para variar, uma fila enorme. Toda sexta-feira era a mesma tragédia. Não importava se eram nove horas da manhã ou nove horas da noite, sempre tinha um monte de gente formando fila para pegar os melhores filmes. Mas numa terça?! Terça-feira não era dia para aquilo tudo.

Sim, mas a escola estava fechada, e esse também era o motivo dele estar ali.

O problema com as pragas começara há três semanas, quando, meio sem mais nem menos, todos os insetos da cidade decidiram se multiplicar e iniciar uma invasão no território humano. Formigas, mariposas, moscas, cupins e baratas. Na última semana, até os besouros entraram na dança, e depois que uma menina comeu metade de um deles em um bolo de legumes, o diretor Plínio Trovador resolveu regar tudo com veneno. Quem andava oferecendo inseticida de graça à rodo era um figurão da cidade, um sujeitinho desbotado que mandava em quase tudo em Três Rios.

Na cabeça da fila estava o senhor Eulindo Pierre, um velho punheteiro que gastava metade da aposentadoria em fitas de treme-treme. Ele não olhava para Dênis, um dos donos da locadora que o atendia, mas para a direita, onde se inclinava perigosamente Veridiana Fulgor, a garota boazuda que era filha do presidente do Clube Três Rios e parecia fazer seus próprios shorts jeans com retalhos de roupas de boneca. Gabriel também estava de olho nela, mas, ao contrário do velho Eulindo, sua atuação era discreta e rápida (mesmo porque, se Gabriel olhasse por muito tempo para aquele jeans atolado, precisaria se encurvar como um caramujo para ninguém notar a emoção de seu pinto).

Atrás do velho Eulindo, uma mulher que parecia tão velha quanto ele. Dona Estela era uma boa mulher, costumava dar aulas de reforço para os cabeçudos da escola. Mas isso foi antes. Depois que o marido dela morreu, Estela vivia na locadora. Depois de Estela, alguém mais jovem. Jonas jogava futebol no time da cidade, mas alguém de Terracota virou a perna direita dele ao contrário no último campeonato regional. Agora, Jonas estava barrigudo e meio careca, andavam dizendo que ele tinha tentado se matar e tudo.

Com a distração do vai e vem dos clientes, logo chegou a vez de Gabriel.

— Ué, não pegou nada? — Dênis perguntou.

— É que eu tinha pedido pra reservar uma fita. Vocês me ligaram.

— Você é o...?

— Gabriel. O Renan me conhece.

— O Fimose? — Pedro Queixo perguntou de onde estava, um pouco alto demais. O rosto angulado banhado pela luz esverdeada de um Intel 386.

— Pega leve com ele — Dênis aliviou enquanto procurava a reserva em um caderno ensebado. — Tá bem aqui. Gabriel Cantão.

Sem se abaixar, Dênis apanhou a fita que já estava separada sob o balcão de atendimento. Passou a VHS para Pedro Queixo. Pedro marcou a locação no PC e entregou a fita ao garoto.

— Caralho, eu nem acredito.

— Pode acreditar — Dênis disse. — O que está nas suas mãos é *Pandemonium*, a coisa mais maldita que já foi filmada.

— Você já viu?

Dênis riu.

— Quantos anos você tem, moleque? — Instintivamente, Gabriel escondeu o filme atrás das costas. — Relaxa, irmãozinho, não vou tirar de você.

— Treze, faço quatorze no mês que vem.

— Então é melhor tomar cuidado com isso aí. O que o pessoal anda falando é verdade, tem coisas nessa fita que nunca mais vão sair da sua cabeça. Tem gente que ficou tão traumatizada que vendeu o videocassete.

— Pode acreditar nele. O bagulho é sério — Pedro Queixo completou.

Gabriel deu mais uma olhada na fita.

A capa tinha muito vermelho, era sangrenta, havia uma garota com o pescoço cortado e os olhos estalados. Atrás dela, prédios em chamas, carros abandonados em uma rodovia e um homem usando uma máscara de demônio. Ele segurava uma faca, e seus olhos também pareciam cheios de loucura.

— Posso pagar quando devolver?

— Pode, sim — Dênis concordou. — Só não esquece de rebobinar a fita.

Naquela noite, Gabriel esperou todo mundo dormir, saiu do quarto e voltou para a sala de televisão.

A casa da família Cantão não era lá grande coisa, os quartos eram pequenos e tinha somente um banheiro para todo mundo. Já a cozinha, desnecessariamente grande, poderia hospedar um *drive-thru* do McDonald's. A única parte boa, realmente boa daquela casa, ficava do lado de fora.

Para começar, o espaço da sala de televisão era perfeito. Não chegava a ser maior que a cozinha, mas era grande o suficiente para acomodar mais de dez pessoas confortavelmente. Além disso, tudo o que sobrava da casa principal acabava indo para lá. Isso incluía o Atari e, mais recentemente, o Master System, que parecia o casamento perfeito com uma TV National colorida. O sofá da sala de estar teve o mesmo fim, e ele era tão confortável que Gabriel poderia dormir nele. Essa era uma briga antiga, por mais que insistisse, seus pais não deixavam que ele se mudasse para o exterior da casa principal.

Já no espaço sagrado, Gabriel sentiu um jato gelado tomar seu estômago assim que tocou a VHS de *Pandemonium*. Não era muito comum aquilo de colocar cor nas etiquetas das fitas, mas naquela eles capricharam. Era uma cor estranha, algumas gotas meio repugnantes, cor de sangue seco. Além disso, Três Rios era um lugar estranho; muita gente dizia, inclusive, que era um lugar maldito, tão maldito quanto aquela fita prometia ser.

— Coragem, irmão — Gabriel disse a si mesmo e a empurrou para a boca do videocassete.

A fita logo começou a rodar, e Gabriel, um pouco mais calmo, esperava pela apresentação da produtora, dos patrocinadores, e toda aquela baboseira que todo mundo era obrigado a ver antes da porra do film...

— Caralho — disse, para dentro, como quem soluça.

Ao som de algo histérico composto em um sintetizador, o pescoço aberto jorrava sangue. O sangue escrevia em inglês, imediatamente legendado: "Recomendado para maiores de 18 anos".

Em seguida, pingava, até compor abaixo: *Pandemonium*.

Por precaução, Gabriel diminuiu o volume da TV até beirar o inaudível. Como um bom fã do gênero, ele sabia que o pior do horror nem sempre eram as imagens e o sangue falso que eles colocavam na tela.

Mas os gritos...

Quatro horas depois, Gabriel ouviu um ruído, como um galho seco riscando as folhas da janela do quarto. O som soava distante, e, ao mesmo tempo, parecia nascer de dentro do seu ouvido. Com um golpe mais forte, os olhos se abriram, então ele viu.

A coisa esfumaçada estava no canto mais escuro de seu quarto. Tinha o contorno de gente, mas o cheiro era uma coisa terrível. Cheirava a bicho morto. Carniça. O coração do menino logo saltou, e os olhos piscaram uma porção de vezes a fim de evaporar aquela aberração depravada.

Estava ao lado do guarda-roupa, fluido como fumaça, o contorno de alguma coisa que acabara de queimar. Mas a fumaça não partia, ela continuava no mesmo lugar, dançando e soltando seu odor irritante.

As visões de Gabriel não eram nenhuma novidade desde os sete anos, mas, até então, os sonhos o arrastavam para bem longe daquele quarto. O menino visitou os flancos mais escuros de Três Rios, a zona rural e as cidades vizinhas. Cordeiros, Nova Enoque, Acácias; Trindade Baixa também entrou na lista. Nessas visitas noturnas, o garoto sempre presenciava eventos terríveis. Crimes, torturas, estranhas conversas entre os homens de dentes de plástico que bebiam uísque. Gabriel acordava aos prantos, tremendo, e o pavor e o estado de confusão eram tão grandes que ele mal conseguia verbalizá-los à mãe.

Aos dez anos, os pesadelos eram quase diários. Clarissa e Honorato decidiram levar o filho a um especialista. Gabriel não deveria ter ouvido, mas acabou flagrando uma conversa entre os pais e o médico, onde eles discutiam uma possível internação em uma clínica na cidade de Assunção, caso os pesadelos não melhorassem. Os sonhos continuaram vindo, mas Gabriel nunca mais abriu sua boca.

— O que você quer? — Gabriel conseguiu algum controle e perguntou à coisa escura.

Do corpo do menino, somente os olhos para fora do lençol.

A coisa não se movia, não falava, mas ela respirava. A cada resfolegar, um pouco daquela fumaça preta chegava mais perto da cama.

— Vim para ajudar. Contar coisas que você não tem condições de saber.

— Eu não quero saber mais nada. Pra que olhar, se o que eu vejo me deixa pior que antes?

— E prefere viver na mentira? Viver como um pária?

— Toda essa cidade é feita de mentiras. Verdadeiro aqui é só o sofrimento. Toda essa gente podre fazendo o que quer. Onde você estava quando as coisas ruins aconteciam?

— Observando, Gabriel, esperando a hora certa.

A coisa respirou profundamente, e mais daquela fumaça saiu por onde devia ser a boca.

— Assistindo a filmes interessantes?

Gabriel confirmou com a cabeça. Pelo que conhecia daquelas visões, não adiantaria mentir. Eles sempre sabiam de tudo, sabiam até o que ele pensava mesmo antes que ele pensasse. Como se vivessem dentro dele.

— O que achou do último?

— Se eu tô tendo esse pesadelo, acho que você sabe.

Em um milésimo de segundo, a coisa estava sobre a cama. Agora ela tinha um rosto. Com a mesma cor da fuligem, mas um rosto. Era uma coisa, um ser, algo que o menino não arriscaria definir. Tinha dentes serrilhados e rugas que tornavam a pele um tecido devastado, o hálito cheirava a podridão.

— Não me desafie, menino. Posso tornar esta noite longa e dolorosa.

Gabriel se abaixou no lençol, cobrindo a cabeça. Apertou as pernas para que a urina não deixasse a bexiga.

— É um filme horrível, é a coisa mais terrível que eu já vi.

— E o final? O que achou do final?

O lençol desceu mais um pouco, até a metade da boca.

— Não vai me machucar se eu contar? — A coisa estava de novo na parede.

— Se disser a verdade, vai estar seguro. Mas se mentir... eu vou garantir que essa cama seja a sua casa por quarenta dias.

Não foi uma decisão difícil. Quarenta dias era um bocado de tempo em uma cama. Ainda assim, antes de responder, Gabriel quis saber:

— Aquilo não é de verdade, né? O que acontece no filme.

A coisa riu.

— Você é a própria inocência, Gabriel. Um anjo que não sabe a qual paraíso pertencer. Vamos conversar e você vai voltar a dormir. E quando acordar, tudo o que precisa saber lhe será conhecido. Podemos fazer assim?

Gabriel não disse nada. Mas o lençol deixou a boca completamente livre.

Todo bom plano começa com uma ideia bem simples — e boa demais para ser esquecida. A ideia surgiu há alguns anos, quando Gabriel era pequeno e frágil. Já o plano, a ocasião perfeita, nasceu seis meses atrás, quando o garoto ouviu falar daquele filme amaldiçoado pela primeira vez. Aconteceu na MTV, no programa novo de Gastão Moreira, Fúria Metal.

Na semana seguinte, todos os garotos queriam aquele filme, que apesar de ter entrado em cartaz nas capitais, nunca passou nem perto dos cinemas do interior. Já naquela época, Gabriel visitou a FireStar e pediu a Renan que colocasse o nome dele na lista. Renan sequer tinha ouvido falar do filme, mas naquela mesma tarde, ele disse a Pedro Queixo que podia ser um baita negócio comprar mais de uma unidade. E Pedro bem que tentou... A distribuidora informou que, a pedido dos produtores, somente uma fita seria entregue em cada locadora. No caso de várias locadoras em uma mesma cidade, a decisão seria por sorteio. A estratégia poderia ter sido um verdadeiro tiro no pé, mas a contenção só aumentou o interesse pelo filme.

O primeiro felizardo a receber o convite para a Noite do *Pandemonium* de Gabriel Cantão foi Marcos Barone, conhecido pelos garotos do Municipal como Barão. Um garoto grande e forte, o que os mais velhos chamavam de "troncudinho". Os próximos convites foram para Degliê Galês, Nelsinho Nóbrega, Tadeu Felles Graça, Fabrício Tritão, Matheus Maia, Luciana Torque e Beatrice Calisto Guerra — a Bia. Também para um rapaz mais velho, calado, o dono do nome mais esquisito das cadernetas do colégio: Sagitário Piedade. Como geralmente acontecia, ficou combinado que os meninos levariam a bebida e as meninas cuidariam da comida.

Perto das nove, Gabriel começava a mastigar as unhas. Os pais já deviam ter saído para a reunião aberta dos Filhos de Jocasta, o tal Jantar no Porão, há duas horas, mas Maria Luize tirou um cochilo e acordou aos gritos, dizendo que não iria para a casa da avó nem para lugar nenhum. Sua babá de emergência tampouco poderia vir à casa dos Cantão, a menina teve uma gripe súbita, que rapidamente evoluiu para uma crise asmática. No atual momento, Gabriel via a si mesmo telefonando para todos aqueles garotos, cancelando a Noite do *Pandemonium* e reiterando a fama de maior idiota já nascido no noroeste paulista.

Riscos extremos exigem atos extremos, foi o que aprendeu com Chuck Norris, Steven Seagal, Silvester Stallone e Arnold Schwarzenegger. Desse modo, Gabriel trouxe sua coleção de Thundercats do quarto, colocou tudo em frente à irmã, e disse: — Pode escolher qualquer um se você for pra casa da vó.

Dez minutos depois, Maria Luize estava com seu moletom de *Os Ursinhos Gummi* e uma Cheetara nas mãos, enquanto Honorato deixava as últimas recomendações ao filho mais velho.

— A gente deve chegar depois da uma, e quero encontrar o senhor na cama.

— Relaxa, pai.

— Eu vou relaxar quando voltar pra casa e te encontrar dormindo. Até lá, os números de emergência estão...

— Na porta da geladeira — Gabriel se antecipou.

— E se ninguém atender... — Clarissa completou.

— Eu ligo pra casa da vovó ou pra tia Priscila. E eu não posso abrir a porta pra ninguém estranho e nem ficar me enchendo de besteiras e chocolate. Ah é, e nada de colocar fogo na casa. Faltou alguma coisa?

— Faltou não fazer gracinhas que ainda podem te levar pra casa da sua avó Miranda — Clarissa disse.

Honorato riu e ajustou a gravata.

Como sempre, estava impecável para o encontro com os Filhos de Jocasta. Todo mundo na cidade queria entrar para aquela ordem, sabe-se lá por quê. O que Gabriel sabia é que a vida de seu pai começou a mudar para melhor assim que ele entrou na tal sociedade secreta. De atendente no supermercado a dono de açougue, e agora Honorato começava a dar os primeiros passos na exportação.

— Acho que ele entendeu — Honorato decretou. Clarissa chegou mais perto e deu um beijo na testa do filho. Gabriel esperou que ela saísse e limpou a testa. Aquilo de beijo de mãe não fazia mais sentido algum.

Sozinho em casa, era chegada a hora de deixar tudo pronto.

Fita no videocassete, ventilador na sala para ninguém cozinhar, almofadas extras, para o caso de alguém preferir o chão em vez dos sofás. Gabriel também deu uma passada na parte mais alta do armário da cozinha, para resgatar os salgadinhos que comprou escondido no supermercado. Fandangos, Stiksy, Baconzitos e Ruffles. Também amendoins salgados. Quanto ao mais importante, ainda estava nos fundos da geladeira: uma limonada feita especialmente para a ocasião.

Às dez e dez da noite, Gabriel começou a conferir o relógio a cada minuto. Uma da madrugada era tempo suficiente para a sessão de cinema, mas se o pessoal demorasse demais, a coisa ficaria apertada.

E lá se foram mais cinco minutos de impaciência e pensamentos derrotados. E mais cinco...

— Até que enfim. — Ele saltou do sofá assim que a campainha tocou. Depois, uma corridinha engessada até o portão da garagem.

— É bom você ter falado sério, Coisa Magra. Se eu entrar aí à toa, você vai precisar de outro nariz.

— Bom te ver também, Barão. Não trouxe nada pra beber?

Barão atravessou e deixou o cumprimento de Gabriel no vácuo.

— A boca.

Gabriel já recostava o portão quando notou o bloco de amigos chegando pelo outro lado da rua. Tadeu, Fabrício, Nelsinho, Matheus e Luciana. Correndo um pouco para alcançá-los, Bia e Degliê.

Todos o cumprimentaram e o encheram de sacolas. O último foi Matheus,

— O Sági não vem. Ele falou que deu algum rolo lá com o pai dele, mas eu acho que ele não ia vir na sua casa nem fodendo...

Gabriel apanhou outra sacola.

— Eu ajudo a levar pra dentro — Bia disse. — Não liga pro Matheus, ele é grosso feito uma porta, mas tem bom coração.

— Ele tem outro coração escondido? Porque o que ele mostra é uma porcaria — deu um sorriso.

Entraram juntos, devagar, quase todas as sacolas ainda com Gabriel.
— Conseguiu mesmo alugar o filme?
— Hã-ram. Eu tinha deixado o nome na lista e dei um trocado pro Fimose, pra ele segurar pra mim.
— Nem acreditei quando você ligou. Lógico que eu fiquei feliz, tava doidinha pra ver esse filme, mas é que a gente nem é assim tãããããão amigo.
— A gente vai ficar inseparável depois de hoje à noite.
Bia diminuiu os passos.
— Eu, você e o resto do pessoal — Gabriel se explicou melhor.
Na cozinha, Barão já estava pilhando a geladeira.
— Ei! Não precisa fazer merda, né? — Bia disse a ele.
— Deixa. Pode pegar o que quiser, cara — Gabriel.
— Onde vai ser? — Degliê perguntou. Ele era o único que já tinha um começo de barba razoável no queixo. Tudo bem que as meninas do colégio achavam aquilo muito parecido com um saco, mas, entre os caras, pelos impunham respeito.
— Vem comigo, tem uma sala especial aqui em casa.
— Que gay... — Nelsinho debochou.
— Deixa de ser tonto — Luciana o acotovelou.
Eles tinham um lance. Não um lance que chegasse à famosa e inalcançável perda do cabaço, mas um lance.
Aos poucos, os humores foram se acalmando. Luciana, Nelsinho e Degliê escolheram o tapete. O resto do pessoal ficou no sofá. Bia escolheu o lugar mais próximo à TV, e pediu para todo mundo ficar quieto, para não estragar o filme.
— Meu primo de Trindade assistiu no cinema — explicou em seguida. — Ele já tem dezenove anos e precisou dormir com a luz acesa. A minha tia contou que ele se sentiu mal, teve falta de ar e tudo.
— Até parece... — A voz de Barão saiu mais frágil que o habitual.
— Ouviram falar das pessoas que ficaram loucas? — Luciana perguntou. Nelsinho tentou um selinho, ela deu um chega pra lá nele.
— Acho que todo mundo ouviu — Tadeu disse.
— Teve gente que ficou tão assustada que nem saiu mais de casa. E teve aquele carinha de Gerônimo Valente — Matheus disse.
— Que carinha? — Gabriel perguntou pelos outros.
— O que comeu teu cu.
E todos os moleques começaram a rir. As garotas não riam, mas deixavam rolar. Até os anos 2000, ninguém se incomodava com a pimenta ardendo no olho dos outros, isso viria mais tarde. Naquele tempo, o que acontecia era guardar a pimenta para jogar no próximo infeliz. Bullying em cascata, reação em cadeia, esse tipo de coisa.

— Falando sério — Matheus continuou —, ele tentou afogar a irmãzinha na banheira. Quando a mãe encontrou o moleque com as mãos em volta do pescocinho da menina, ele falou que ela tinha se transformado em um... negócio, como os que tem nesse filme aí.

— Alguém leu a sinopse? — Fabrício perguntou e tirou os cabelos avermelhados do rosto. Estavam em fase de crescimento e bem rebeldes.

— Lê aí — Gabriel alcançou a fita.

— Caramba, existe mesmo — Fabrício a apanhou enquanto os garotos se aglomeravam com ele.

Naquele instante, não havia diferença alguma entre eles. Tudo o que existia era o mesmo encantamento pelo perigo, a mesma atração pelo desconhecido. De forma estranhamente ordenada, todos tocaram na fita, até mesmo Gabriel. Então Fabrício a girou e começou a ler.

> No ano de 2030, uma nova ameaça viral, a Composito-118, rapidamente atinge o mundo todo. Em uma tentativa de conter o surto de loucura que rapidamente se instaura na sociedade, as pessoas contaminadas são banidas para uma rede de hotéis russa, onde passam a ser vigiadas pelos oficiais do Exército Vermelho. Max Pownder, um lutador de kickboxing e ex-agente da CIA, consegue se infiltrar e descobre que não se trata de uma doença comum. Em uma viagem ao inferno, Max Pownder é a única esperança da raça humana.

Eles se olharam.

— Não parece mais assustador que *Braddock*... — Barão relaxou um pouco.

— Não é a trama que assusta — Gabriel manteve a tensão alta.

— E o que é, então?

— Aconteceu alguma coisa nas filmagens. Morte, artes das trevas russa, esse tipo de coisa. De algum jeito, as fitas e os rolos de filme ficaram contaminados com essa maldição, igual as pessoas ficaram contaminadas dentro do filme. E pelo que está escrito aí, a Composito-118 não é uma doença comum.

— Ai meu Deus, não quero ficar doida por causa de um filme — Bia disse.

Matheus sorriu.

— Mas eu quero. Empurra a fita aí, Tripa Seca — disse a Gabriel.

— Isso aí. Quem não quiser encarar, pode ir embora — Barão reforçou, só para não ficar por baixo.

Gabriel tomou o caminho da porta.

— Já volto. Vou pegar os copos e a limonada.

— A gente trouxe Coca-Cola — Bia disse.

— É limonada suíça, minha mãe que fez pra gente.

Aqueles adolescentes em início de carreira poderiam negar qualquer coisa, ser insensíveis, imprevisíveis e ingratos, poderiam até mastigar a hóstia dentro da igreja só para confirmar se ela sangrava de verdade. Mas negar uma limonada feita pela mãe do amigo era um sacrilégio inaceitável. Era heresia. Até onde Barão manteve os olhos abertos, acompanhou um filme intrigante, violento e bastante assustador. Quando o sono chegou sem avisar, ele bocejou uma vez, duas, e só então, já confuso, olhou para o lado, onde encontrou Fabrício dormindo. Do lado esquerdo, acontecia o mesmo com Tadeu e Matheus. Bia, perto da TV, também estava apagada. No chão, Degliê respirava em silêncio e Nelsinho tinha um fio de baba escorrendo pelo canto direito da boca. Acordado, só o dono da casa, que recolhia os copos de limonada. Barão tentou se levantar, mas bastou um empurrão de volta ao sofá para que os olhos se fechassem de vez.

O despertar ocorreu exatamente à meia-noite. Foi bem menos delicado. Barão acordou com uma bofetada no rosto.

— Puta merda... — Foi o que conseguiu dizer.

À sua frente, Gabriel empunhava um revólver. Ao lado, sentados nos sofás, amarrados nas mãos e nos pés, o restante da turma. Todos estavam amordaçados, mas era possível traduzir o grito em seus olhos. Matheus, por exemplo, tinha feito algo pior, e havia uma grande rodela escura no cavalo da calça de sarja.

— Se gritar, atiro no seu saco — Gabriel disse.

— Por que tá fazendo isso? — Barão soou frágil e inofensivo. — A gente é amigo, não foi por isso que você chamou a gente aqui?

— Se eu fosse seu amigo, não tinha despejado o calmante da minha mãe no seu suco. Você dormiu antes da metade do filme, e isso não é coisa que um amigo faz com outro. Falta de respeito do caralho...

— A gente assiste de novo, tá bom? A gente faz o que você quiser, mas para com essa merda de brincadeira. Essa arma é de brinquedo, né? Daquelas que vem do Paraguai? Dá pra ver que é.

Gabriel chegou mais perto e meteu a arma na testa do garoto. — Se eu puxar o gatilho, minha mãe vai passar o resto da vida limpando esse sofá. É de verdade, sim, tonto. É a coisa mais de verdade que você vai ver na vida!

Gabriel guardou a arma no cós da calça e recuou até um tripé, agora posicionado de frente para o grupo de adolescentes. Sobre o tripé, uma câmera de VHS Panasonic, que logo começou a piscar. Calado, o menino ajustou o foco, depois voltou a empunhar o revólver.

— Você assistiu a fita e ficou louco — Barão disse.

— Não, seu filho da puta. Eu vou dar um jeito nessa cidade.

— Matando a gente? Matando seus amigos?

— Você nunca foi meu amigo. Sabe qual foi o meu primeiro soco na escola? O seu. Segunda série. Intervalo. E um soco saiu barato porque, no ano seguinte, você quebrou a perna do Fabinho Meleca na aula de educação física.

— Isso não é motivo.

— Mas você ainda vai dar um monte de motivos. Você vai matar uma menininha dirigindo bêbado. E a mãe dela vai tomar calmante até morrer. E sabe qual é o castigo que essa cidade vai dar de volta? Uma cadeira de vereador.

De tanto se mexer, Matheus conseguiu mastigar a mordaça. Mesmo com a dicção empolada, Gabriel entendeu perfeitamente quando ele disse:

— Você ficou doido!

— Eu vou livrar essa cidade de gente ruim como vocês. Vocês não entendem, vai ser como uma rede de desgraçados, vocês vão continuar se unindo e se acobertando. Essa cidade tá doente e vocês são os novos tumores. Eu vou tirar um por um — correu com a arma até Matheus. Colocou o revólver em seu peito. — Um por um, tá ouvindo? Tá ouvindo, seu bosta?

— Não atira! Não atira em mim!

Novamente contido, Gabriel voltou a se afastar.

— Eu sei onde o velho guarda a arma faz tempo. Quando eu era baixinho, vocês me empurraram pra esse .38 um monte de vezes. Tomavam meu dinheiro, me batiam, eu pedia pra minha mãe fazer dois lanches, porque o Nelsinho Saco de Bosta sempre me roubava o primeiro. Você vai continuar roubando — apontou para o garoto com a arma —, vai roubar merenda da escola, vai ser prefeito e vai roubar mais ainda. Vocês vão fazer um monte de coisas que vão deixar essa porra de cidade pior do que já é.

— Você não sabe, não tem como saber! Foi esse filme! Essa merda de filme fritou a sua cabeça — Barão disse novamente, em pânico.

— Vai ter uma doença em Três Rios, e todo mundo vai pegar — ignorou o garoto e seguiu falando. — A doutora Luciana ali vai falar que não é nada, e um monte de gente vai morrer. Tadeu vai ser delegado de polícia, e o Degliê vai virar um advogado de bosta que sempre livra a cara de todo mundo. Vocês nunca vão parar, e quando acabarem com essa cidade, vão conseguir mais aliados e acabar com o país todo. — Chegou perto de Bia. — Eu não tinha certeza até ver a fita. Essa cidade é igualzinha ao filme, o solo de Três Rios também é podre e só gera coisas ruins. Chamei vocês aqui porque vocês são os piores. São vocês que espalham as coisas ruins por aí.

— Você é um tarado, um doente! Vai gravar essa porra dessa fita pra vender na FireStar! — Barão gritou.

— Socorro! — Matheus gritou também. Os outros se sacudiram do jeito que conseguiram para tentar se soltar.

Barão continuou falando. — Todo mundo sabe que eles sustentam aquela loja de merda com essas fitas de assassinato. Não tem dinheiro que pague isso, Gabriel! Eles vão te pegar!

— Não é por dinheiro. Acontece que eu vou gravar um final diferente pra *Pandemonium*. Uma continuação, versão do diretor, essas merdas aí. No filme, todo mundo que é bom, se fode. Mas na minha versão é diferente. Aposto meu saco que todo mundo que assistir vai pensar duas vezes antes de se tornar um filho da puta como vocês.

Gabriel engatilhou a arma.

— Tá faltando o Sagitário! — Barão tentou. — Ele é pior que a gente! Ele é pior que todo mundo!

— Eles vão pegar o Sági. Vai demorar, mas vão pegar de um jeito que ele ia preferir levar um tiro.

Apontou a arma para Bia. A menina se debateu, gemeu, tentou se soltar. De certa forma, ela era a única daquele bando de chacais que ainda não havia mostrado as garras, não em Três Rios.

— Vai acabar logo. Você vai primeiro, pra não precisar ver mais ninguém morrendo — ele disse a ela.

A situação toda se desenrolou exatamente do jeito que ele planejou. Duas rodadas de desespero. Uma dúzia de balas, gritos e disparos. Duas cenas de sangue, morte e execução.

Com o tambor novamente vazio, Gabriel trocou a arma pela fita da Panasonic e colou uma nova etiqueta no plástico da VHS, onde rabiscou com um pincel atômico:

Pandemonium 2: Ficaremos em casa.

TRÊS RIOS
18 88

Please follow these instructions.

Você pensou que eu e você
Éramos apenas um grande jogo
Mas agora você está de volta para mais
E eu esqueci seu nome

DEATH PROTOPUNK BAND

A VOZ
QUE CAMINHAVA

You thought that me and you // Were just a big game // But now you're back for more /–... And I done forgot your name — **DEATH PROTOPUNK BAND**

Garotos têm sonhos. Uma bicicleta de dez marchas, o videogame do ano, conquistar aquela garota que só olharia para eles no caso de uma combustão espontânea.

Em oitenta e quatro, o sonho de Hector Rabelo era ter um Walkman, um desejo ardente que, de uma maneira muito inusitada, só foi realizado em oitenta e oito, quando os toca-fitas portáteis haviam se tornado tão populares quanto a dívida externa do Brasil. Hector se casou dois anos mais tarde, aos dezoito, cinco meses depois de engravidar Daniela Pires Real, que até o semestre anterior só olharia para ele em um caso de combustão espontânea (e que ninguém diga que sonhos não se realizam em cidadezinhas como Velha Granada).

Do casamento, nasceram dois filhos, João Paulo (conhecido na escola como Toquinho) e Rafaela (conhecida como Rafaela). Aos oito anos, a menina era calma, ordeira, gostava de estudar semanas antes para qualquer prova do colégio. Sua única marca vermelha no boletim era uma estrelinha de parabéns ao lado do dez, logo abaixo da insígnia borrada da direção da escola. Já Toquinho, com quase dez anos, precisava se esforçar muito para passar de ano — e quase sempre era um dos garotos escolhidos para o seleto grupo da recuperação.

E o garoto dos Rabelo não era o único que precisava se recuperar.

Em noventa e nove, todo mundo parecia receoso. Os jornais e revistas diziam que o mundo estava prestes a acabar, as igrejas começavam a comprar os cinemas, todo dia aparecia alguém novo na TV, prometendo a salvação para o apocalipse ou prevenindo a sociedade (já apavorada) para a virada de três dígitos dos computadores e o início do "fim dos tempos cyberpunk" que arremessaria a sociedade de volta às guildas.

Toquinho seguia com sua vida, dividido entre a penitência dos cadernos de escola e as horas felizes na frente de seu Playstation. Em uma tarde cinzenta que cheirava à outra grande tempestade, o garoto gingava o corpo enquanto distribuía golpes de caratê em *Tekken*.

— Vai ficar o dia inteiro na frente desse videogame? — Daniela ocupou a frente da tela, ainda com o suor da academia untado no corpo. Com o corre-corre da vida moderna, havia engordado um bocado. Como retornar ao peso pré-casamento se parecia cada vez mais com uma missão impossível, seu humor seguia proporcionalmente mais pesado a cada ano.

— Se você me deixar ver... — o menino se esquivou para a direita.

Daniela continuou onde estava, tratada como um anteparo, como um vidro sujo que alguém esqueceu de limpar. Sem outras armas, ela apelou para a parede à esquerda, onde ficavam as tomadas.

— Pô, mãe! Pra que isso? — o menino disse quando a tela ficou escura.

— Pra você não ficar cego e burro.

O menino ajeitou os óculos e pensou que tipo de pessoa gasta dinheiro para sofrer em uma academia como a Esbelt Body. Se isso era ser inteligente, ele preferia morrer abraçado com a burrice. Claro que não disse nada, abrir a boca naquele momento só pioraria ainda mais a sua situação. Na última vez, foram duas semanas sem o Playstation.

Mas ele bufou. Uma bufada longa e ruidosa.

E se apoderando da velha máxima "nada é tão ruim que não possa piorar", Daniela decretou: — Já que o senhor está tão entediado, pode ir até o quartinho dos fundos e começar a arrumar aquela bagunça.

— Só eu?

— Não, não é só o senhor. Mas se eu tiver que fazer isso sozinha, corremos um sério risco de jogar muita coisa que o senhor gosta na lata do lixo. Aliás, faremos questão disso.

Depois de duas horas no quartinho dos fundos, Toquinho estava mais conformado, mais do que isso, de certa forma ele se divertia. Rever seus bonecos esquecidos, os brinquedos de quando era bebê, o carrinho de controle remoto que agora trazia duas pilhas derretidas na abertura do assoalho.

Muita coisa foi mesmo pro lixo, exatamente como Daniela havia previsto. Um caderno de desenho, dois ou três de caligrafia — que nunca o fizeram escrever mais bonito —, uma caixa de Playmobil toda ensebada pela falta de uso. Também um Motorama (esse doeu um pouco mais, mas as duas motocicletas em miniatura estavam com o mecanismo de corda arruinado). Toquinho também encontrou uma porção de brinquedos bobos, de quando ele era um bebezinho. Esses, Toquinho descartou sem piedade, até mesmo seu boneco inflável, que em tempos áureos era seu *sparing* de boxe.

— Tato? — Rafaela perguntou, empurrando a porta do quartinho. Como o irmão estava sentado no chão, a porta acabou parando em suas costas.

— Pode entrá?

— Pra quê?

— Tá chato lá dentro, a mamãe tá daquele jeito...

O menino ofereceu anistia, afinal de contas, ele havia sido um dos causadores "daquele jeito". Mas o que deveria ter feito? Como reagir quando se é tirado à força de seu videogame?

— Que cê tá fazendo aí?

— A mãe mandou jogar um monte de coisa fora, acho que ela vai começar a pintar de novo.

— E ela vai pintar aqui dentro?

— Duvido muito, mas se ela mandou, é melhor fazer.

A menina logo estava à vontade dentro da bagunça. O quartinho tinha um cheiro úmido, quase de mofo, mas que não chegava a ser mofo. Também era mais quente que o resto da casa. E era apertado. Mas tinha tanta coisa ali, tantos pedaços desconhecidos da casa, que ela sempre acabava se divertindo.

Enquanto o irmão tentava inutilmente retirar as pilhas inchadas do seu carrinho Maximus, Rafaela se esticava sobre os pés, a fim de alcançar uma sacola que estava sobre o pequeno armário do mesmo cômodo, à direita do irmão. Sem notá-la, o menino só percebeu quando era tarde demais.

— Ai! — gemeu quando a coisa o atingiu no ombro. — Dá pra tomar mais cuidado? Podia ter acertado minha cabeça, besta!

— Eu não fiz por querer. — Os olhos começaram a se encher depressa.

— Tá, só toma cuidado — o menino a acalmou. Pelo que calculava, seu Playstation estava sendo mantido por um fio muito fino, e fazer a irmã chorar iria esticá-lo muito além da resistência da linha.

E já que havia sido tão covardemente atingido, decidiu dar uma olhada naquela sacola. Um monte de cabos, um chuveiro, também um aparelho com um monte de números e alguns botões, que logo interessou à Rafaela.

— Isso é esquisito — ela riu.

— O pai já me mostrou um desses. É um UHF.

(Na verdade, o aparelho se chamava Conversor de UFH, e era da marca Kron, o que não tinha a menor importância para as duas crianças.)

— Isso aqui ficava ligado na TV pra gente sintonizar os canais.

— Nooosssaaaa — Rafaela disse, como quem se encanta por um tesouro. O menino deixou o aparelho com ela e remexeu a sacola, desinteressado, logo voltando a difícil tarefa de salvar aquele carrinho de controle remoto.

Tudo ficaria mais fácil com uma chave de fenda, e enquanto Toquinho saiu em busca de uma nas coisas do pai, Rafaela resgatou mais um tesouro daquela sacola. Diferente das outras coisas, o que ela trouxe de volta ao mundo era legal mesmo, legal tanto para meninas quanto para meninos, legal de verdade.

Curiosa, girou o objeto retangular nas mãos. Passou a mão para limpar a tampinha do deck, moveu os seis botões de equalização de um lado a outro. A coisinha ainda tinha algo lá dentro.

— Tato, quié isso aqui?

O menino já vinha voltando com uma chave de fenda. — É um Walkman.

— Um o quê?

— Um Walkman. É um toca-fitas, só que só funciona com fone de ouvido. Tem uns que funcionam sem também, mas comem muita pilha. Esse daí tá com cara de vagabundo, devia sê do pai.

— Chamou o papai de vagabundo?

— Chamei de pão duro.

Talvez fosse uma piada, mas ninguém riu. Agora o Walkman Broksonic estava nas mãos de Toquinho, e sua irmã voltava a vasculhar a sacola em busca dos tais fones.

O aparelhinho era preto, e as pequenas letras do dial e do equalizador alternavam entre o vermelho e o branco. Dava para ver de longe que não era feito para durar. Mas o menino apertou o play e a fita começou a rodar. Alguém tinha rabiscado uma letra D no verso com uma chave ou algo do tipo.

— Achei! — Rafaela o interrompeu. Com toda empolgação exagerada dos oito anos, continuou: — Tá aqui, Tato! Tá aqui o fone!

De fato, estava. E por um milagre ainda maior, as espuminhas de colocar na orelha ainda estavam inteiras. Um pouco empoeiradas, mas nada que sinalizasse o esfarelamento que geralmente acontecia.

Seguindo a rígida hierarquia do milênio passado, o menino foi o primeiro. Espetou o plugue no aparelho, colocou-os no ouvido, e quando apertou o Play novamente, ouviu um enorme estouro, que logo evoluiu para um ruído de fundo, que não chegava a ser estática; era um roaming.

— Tá ouvindo alguma coisa?

— Só sujeira — o menino apertou a tecla stop.

Mudou um botão e acessou o rádio FM. A Rádio Vale do Rio Verde disse que fazia um tempo quente e agradável de verão (apesar da escuridão do dia e de estarem no inverno de agosto). Já a faixa AM trouxe um monte de gente gritando e falando sobre como "Satanás envenenou o Brasil com carnaval, cerveja e mulher pelada".

— Deixa eu ouvir! Eu também quero ouvir!

O menino não pestanejou. Ainda tinha muito para olhar, e com Rafaela por perto, sem uma ocupação, só terminaria quando o dia virasse noite.

— É todo seu. Mas fica quietinha pra eu conseguir terminar.

Satisfeita, a menina colocou o fone na orelha e mexeu nos botões, até encontrar algo que gostaria de ouvir.

— Deixa eu arrumar pra você — Toquinho disse. Numa rara demonstração de preocupação e carinho fraterno, ajustou o tamanho do arco dos fones para que não ficasse caindo da cabeça da irmã. Como forma de gratidão, Rafaela se sentou em um cantinho e ficou quietinha pelos próximos quarenta minutos, então desistiu do quartinho e levou o Walkman consigo.

Durante aquela semana, Toquinho precisou visitar o quartinho mais duas vezes, e na quinta-feira, por volta das cinco da tarde, Daniela tinha seu tão sonhado estúdio de pintura ao seu dispor — e o garoto podia voltar a gastar os olhos e emburrecer na TV da sala.

De volta ao seu lar-doce-lar, às sete e quinze da noite da mesma quinta, Hector deixou um olá perdido na sala e se adiantou até o quarto, a fim de retirar os sapatos que pareciam dispostos a comer seus dois calcanhares.

— Por que a gente fica velho? — disse a si mesmo, quando as costas reclamaram do alongamento forçado que precisou fazer para alcançar os pés. Sentiu uma inveja danada do garoto sentado na sala. Quanto tempo fazia? Dez anos? Quinze? Como, em tão pouco tempo, ele conseguiu se tornar seu próprio pai?

Repositor de supermercado era um emprego de bosta, mas pelo menos ele tinha sossego. Desde que fora obrigado a usar aquela porcaria de gravata musgo e passou a ser chamado de "hierarquia" as coisas só pioraram. Gerente de seção? Gerente de bosta. Pior que um gerente de seção só mesmo os caras que ganhavam uma merreca para manter os pisos limpos.

Já com o chinelo Rider nos pés, Hector deu uma parada na segunda porta do corredor. Sua princesinha estava ouvindo música. Sentada em sua colcha cor-de-rosa, os olhos fechados, os pés pendentes sacolejando e tocando a madeira de cerejeira da cama. Hector entrou devagar para não a assustar.

— OI, PAI! — ela gritou quando o viu.

Hector sorriu e tocou a própria orelha. Meio atrapalhada, Rafaela abaixou o volume do aparelho.

— De onde veio isso? — Hector perguntou.

— Tava no quartinho. Se quiser, eu devolvo ele pra você. Era seu, não era?

O pai apanhou o aparelho. Era dele, sim, mas de certa forma não era mais. Mesmo assim, colocou os fones na orelha. O radinho tocava uma música antiga o bastante para ser classificada como "do seu tempo", um Hard Rock do Skid Row. Ele devolveu os fones à filha.

— Eu nem me lembrava que isso existia.

— E vai querê de volta?

Hector pareceu pensar, mas talvez estivesse só fazendo suspense, valorizando o aparelho.

— Agora ele é seu — bagunçou os cabelos castanhos da filha. — Mas esse negócio não prestava nem quando era novo.

— Não fala assim com ele — Rafaela abraçou o radinho.

Pela segunda vez, ele viu a si mesmo fazendo aquilo. Não com o Walkman, que apareceu em sua vida bem depois, mas com um cachorrinho de pelúcia movido a pilhas. Lulu foi para o caminhão do lixo quando seu dono completou nove anos, e até hoje Hector se arrependia.

— Só não coloca alto demais pra não ficar surda.

Novamente com sua idade ajustada, Hector já ia saindo quando a filha o chamou de volta: — Pai? Será que a gente pode ir no circo? Deu aqui no rádio que no sábado é mais barato.

— A gente pode falar com a mamãe. Se ela topar, eu topo.

Rafaela sorriu e devolveu o fone aos ouvidos.

Agora era uma mulher quem cantava no radinho, uma moça. Rafaela conhecia aqueles gritinhos, era a música de um filme com garotos da idade de seu irmão que saíam procurando um navio de pirata.

Bem antes daquela música chegar ao final, o rádio interrompeu Cindy Lauper e falou algo sobre um homem chamado Tancredo Neves, e ficou falando, falando e falando, foi o que finalmente fez Rafaela se desinteressar do Walkman.

No final daquele dia, a menina tentou dormir e não conseguiu. Havia alguma coisa muito errada com o mundo, algo que ela não conseguia entender e tampouco reproduzir. Ela conhecia as palavras, ela sabia o que quase todas queriam dizer, o problema é que parecia errado o que elas diziam, tão errado quanto contar a história dos Três Porquinhos e fazer do Lobo Mau uma espécie de vítima.

— Pai? Já tá dormindo, pai?

Hector resmungou alguma coisa e virou de costas para a lateral da cama. A menina voltou a chamá-lo, papai não se mexeu. Como ele não acordava, Rafaela foi um pouco mais longe e o chacoalhou para valer.

— Que foi? — Hector abriu os olhos depressa e rolou de frente para a filha. — Tá tudo bem? Tá tudo bem com seu irmão?

— Tá, sim, é que eu não quero ficá sozin...

— Que barulheira é essa? — Daniela reclamou, ainda atordoada pelo Prozac noturno. Ela andava tomando vários tarjados na tentativa de emagrecer um pouco.

Mais desperto, Hector se sentou, apanhou a filha no colo e a levou de volta para o quarto. Depois de colocar o Walkman, que estava sobre o colchão, ao lado da cama, acomodou a filha e sentou-se próximo a ela.

— Tá mais calma?

— Acho que sim.

Hector bocejou e afastou os cabelos da menina da testa. A cor era igualzinha a dele. E agora, no comprimento que estavam, se parecia exatamente com o que ele usava quando era garoto. Rafaela também tinha diastema, os dentinhos separados, exatamente como ele.

— O que assustou você? Quer me contar?

— Acho que sim.

O próximo hábito era da mãe, e Rafaela respirou fundo duas vezes antes de perguntar: — O que é Guerra Fria?

— Onde ouviu isso?

— É palavra feia? — a menina indagou, quase arrependida.

— Mais ou menos. Por que não me conta tudo?

— Falaram que o mundo ia acabar. Que iam jogar bomba por causa das tem... tensões intern... in-ter-na-cio-nais — conseguiu falar. — E falaram que ia ter um inverno que não acabava nunca e que ia morrer todo mundo, por causa de... mí... ssius.

— Não vai acontecer, amor. Não aconteceu antes e não vai acontecer agora. O problema é que as pessoas gostam de fantasiar. Estamos chegando perto dos anos dois mil, muita gente fica criando histórias pra assustar os outros.

— E por que eles fazem isso? Pra que deixar a gente com medo?

— Pra ganhar dinheiro — Hector riu. — É como nos filmes, entendeu? É tudo de mentirinha.

A menina continuava olhando para ele.

— E se você, a mamãe e o Tato ficarem congelados no inverno que nunca acaba? Eles falaram que ia subir uma nuvem de fumaça e tampar o sol, então todas as plantas do mundo iam morrer. Todo mundo ia morrer! E quem vivesse depois das bombas, ia viver só pra sofrer! — começou a se apavorar de novo.

— Shii... ei-ei, desse jeito vai acordar todo mundo. Eu tenho uma ideia — Hector se abaixou e apanhou o Walkman. A menina se afastou para baixo dos cobertores.

— Um pouco de música ajuda a pegar no sono.

— Hum... acho que não. Me conta uma história? Uma daquelas beeemmm bestas que você inventa na hora?

— Com um elogio desses, como eu posso negar? — Hector riu. Em seguida deitou metade do corpo na caminha de Rafaela e pediu um pedaço de cobertor para ele.

— Era uma vez...

Na noite seguinte e na noite depois daquela, Hector foi reconvocado pela filha, que continuava perguntando sobre possíveis fins do mundo. Quando o problema não era o muro de Berlim ou os *míssius* que colocariam o planeta Terra em um inverno sem fim, eram perguntas sobre a própria cidade de Velha Granada e as cidades vizinhas, principalmente sobre crimes ocorridos há muitos anos. Preocupado, Hector chegou a procurar por algum jornal que a menina pudesse ter encontrado, chegou inclusive a olhar no quartinho dos fundos. Também ficou de olho nos programas de tv que a filha estava assistindo, mas, depois do terceiro dia, Rafaela pareceu recuperar toda sua normalidade.

O que não mudou foi aquele Walkman pendurado o tempo todo em sua cintura, e quanto a isso, tudo o que Hector conseguia pensar é que música sempre ajudava. Foi assim com ele; por alguns anos, seu melhor amigo foi aquele mesmo radinho.

Na próxima quinta-feira, Daniela estava preparando o almoço e assistindo uma VHS de aeróbica na única TV da casa que ficava — junto com o videocassete — posicionada em um carrinho de rodinhas para conseguir mudar facilmente de cômodo. Na mesa da cozinha, o filho mais velho quebrava a cabeça em cima de meia-dúzia de problemas de matemática. Toquinho conseguia alguma decência em Humanas, mas nas Exatas era uma verdadeira tragédia. Entre um problema insolúvel e outro, uma olhada nas garotas de collant da TV, que recentemente estavam despertando muito do seu interesse durante os banhos.

— Tá sentindo esse cheiro? — ele perguntou enquanto apagava a quinta tentativa frustrada de resolver uma equação de segundo grau.

— Cheiro de quê?

— De queimado.

Daniela deu uma bela arfada na panela do espinafre. Em seguida fez o mesmo com o arroz e o feijão.

— Não é daqui.

Foi até o meio da cozinha. — É... tá um cheiro sim. Vai dar uma olhada na sua irmã.

— Ahhh, mãe, mas eu tô no meio da...

Bastou um olhar para que o menino se lembrasse que seu Playstation ainda estava na condicional. Sem contra-argumentar, caminhou até a sala, de onde parecia estar vindo o tal cheiro.

— Rafa?

A irmãzinha estava acocorada em frente às cortinas. Fazia um movimento vigoroso com as mãos, parecia assoprar alguma coisa. Ela não se virou ao ouvir o irmão. Sequer devia ter ouvido, com aqueles benditos fones presos nas orelhas.

O irmão avançou dois passos, o cheiro ficou mais forte. Vinha da direção das cortinas.

Ao ver a fumaça preta subindo, apanhou o ombro da irmã caçula com força. Rafaela se virou de repente, e por um instante, tudo o que havia em seus olhos era aquela cor branca. Aquilo foi ruim, tão ruim que fez seu irmão se afastar.

— Tato? — os olhos desceram como uma máquina de caça-níqueis.

— Sai daí, Rafa! — ele gritou e a puxou por baixo dos braços. — Tá pegando fogo! — E o fogo subiu em seguida. — Manhêêêê!!

Felizmente, Daniela estava atenta, e logo chegou correndo com a panela de água do arroz. Apesar de fervente e cheio de grãos, o líquido fez o favor de apagar as primeiras chamas. Por garantia, Toquinho encheu um copo e atirou mais água no tecido esfumaçado, enquanto a irmã sofria um pesado interrogatório.

— Que merda, menina! Tá com a cabeça aonde? Quantas vezes eu falei pra não mexer com fogo?

— Num sei, num sei! — Rafa tentava se desprender, enquanto Daniela a agarrava pelos pulsos. — Tá doendo, mãe! Tá machucando!

— Você tem sorte de eu não ser a sua avó! Sabe o que ela faria se eu fizesse uma coisa dessas? Sua avó arrancaria minhas duas orelhas e daria pra um cachorro comer. É isso o que eu vou fazer na próxima vez, tá me ouvindo?

— Tá doendo — Rafaela repetiu e deixou o choro rolar.

— E tira essa bosta da orelha! — Daniela puxou os fones da orelha da menina. Também retirou o aparelho preso ao jeans de Rafaela e jogou para longe.

De uma distância segura, Toquinho viu o aparelho rodando como um disco de hóquei até se chocar na parede.

Daniela saiu e os deixou na sala. Houve algum som de água. E os passos logo voltaram. A mãe estava com uma bucha e um sabão de pedra nas mãos. Entregou os dois para o filho.

— Você segura e ela limpa.

O garoto assentiu e a mãe foi apanhar uma pequena escada, a fim de retirar as cortinas.

Dias depois do ocorrido, Rafaela ficou, como dizem em Velha Granada, ressabiada com a mãe. Falava pouco, preferia ficar pelos cantos, ir para a escola se tornou o momento mais feliz de seu dia. Em solidariedade, o irmão tentava se aproximar, mas Rafaela respondia a quase tudo monossilabicamente, isso quando não se limitava a apenas acenar. Ela também nunca disse o motivo de ter ateado fogo nas cortinas, não disse nem mesmo que tinha sido um acidente, ou uma brincadeira. Tudo o que fazia era repetir: "eu num sei".

Com alguma frequência, pedia ao pai para que a levasse a lugares impossíveis, que não existiam em Velha Granada. Um deles, o circo dos Irmãos Vostok, não passava pela região há dez anos. Outro, o parque de diversões Ourinhos, só passou por Velha Granada no final dos anos setenta. Seu último pedido, um pouco mais estranho, foi para assistir à peça de teatro do Topo Gigio, e esse Hector nem fez questão de procurar. Sua filha também cantarolava músicas antigas o tempo todo, tentando reproduzir o inglês que deixava os fones de ouvido de seu velho Walkman.

Tentando restabelecer as relações entre mãe e filha, Hector comprou uma pequena piscina para colocar no quintal da casa. Era uma daquelas piscininhas de mil litros, feitas de lona, com armação de alumínio — e duraria para sempre a menos que você furasse a forração.

Na quarta sexta-feira desde o incidente com as cortinas, Hector encheu a piscina e brincou com os meninos até tarde da noite, aproveitou para tomar algumas cervejas, e mesmo Daniela quebrou a dieta e entornou meia garrafa de vinho. Perto das onze, as crianças ainda brincavam sob a luz presa no varal, e Toquinho empunhava uma arma de plástico e fuzilava toda família a cada cinco minutos.

No dia seguinte, o garoto acordou com a empolgação no talo. Estava calor, era sábado, seu plano era ficar na piscina até enrugar como um velho. Daniela não se opôs, e achou que aquela piscina era a melhor ideia de seu marido em todos os anos de casamento. Preparava um café com torradas a fim de recompensá-lo (um pouco mais) quando ouviu o menino gritar:

— Mãeeeee! Manhê, corre aqui!!

— Jesus Cristo — ela deixou a panela e correu para o quintal.

Toquinho estava ao lado da piscina, sacudindo as mãos em desespero. Ela puxou o filho para si assim que chegou mais perto.

Na piscina, dois pombos e um gato morto. Os pombos estavam boiando sobre a água, os olhos esbugalhados e brancos; já o gato tinha caído do lado de fora. Também estava com os olhos estalados, a boca estava escurecida, parecia cauterizada. O culpado pelo aparente massacre ainda estava mergulhado na água.

— Que gritaria é essa? — Hector apareceu na abertura da porta, com os cabelos marcados pelo travesseiro.

— Tira o fio da tomada!

— Cadê a Rafa? — ele perguntou, imediatamente perdendo a cor do rosto.

— Ainda não acordou — Daniela disse. — Desliga logo essa merda, Hector!

Ele tocou o fio e retirou a mão com urgência. Foi até o limite da pequena varanda e apanhou um pano de chão, que usaram na noite passada para secar os pés antes de entrarem em casa. Enfim, puxou o fio da tomada e caminhou até a esposa e o filho.

— Que droga — disse à piscina de morte. — O vento deve ter derrubado o fio no meio da noite.

— E não era pra ter desligado a energia?

— O disjuntor deve ter caído e mesmo assim sobrado energia. É uma casa antiga, a fiação é uma zona. Pega um saco de lixo pra gente, filho? Melhor jogar isso fora antes que a sua irmã apareça no quintal.

Toquinho tomou a direção da porta e viu Rafa parada bem no meio da abertura. Tinha acabado de acordar e já estava com aquela droga de Walkman na orelha. Ela voltou correndo para dentro assim que notou ser vista.

— Acha mesmo que foi acidente? — Daniela cochichou com o marido. Ele esticou o braço e retirou uma das pombas mortas.

— E o que mais pode ser?
Ela não disse nada. Ele continuou com a explicação.
— Os bichos foram beber água e morreram eletrocutados. O cabo despencou no meio da noite. É só somar dois mais dois.
Ainda em silêncio, Daniela respirou fundo. Assim como seu filho mais velho, ela nunca foi fã de Exatas.
Com o episódio da piscina, Daniela triplicou a vigilância sobre os filhos. Se Rafaela não tivesse colocado fogo nas cortinas da sala, ela talvez acreditasse que tudo não passou de um acidente, mas depois daquilo — e da queda livre nas notas e lições da escola —, suspeitar era praticamente uma obrigação.

Ainda assim, os Rabelo não tiveram novos incidentes ou surpresas (além de uma reclamação da escola, porque Rafaela socou o olho de uma amiguinha que a chamou de "neguinha metida à besta"; tudo bem, um soco saiu bem barato...) por duas semanas, e na terceira, nada parecia fora do normal. Daniela não se convenceu e procurou sua irmã, psicoterapeuta, para saber a melhor forma de agir com a rebeldia da filha. Núbia explicou que antecipar a fase da rebeldia adolescente era muito comum em meninas, e que isso ocorria entre os três anos e quatro anos de idade, e também próximo aos dez, tanto em meninos quanto em meninas. Orientou Daniela a ignorar qualquer tentativa da menina em chamar sua atenção, e essa parte nem foi tão difícil, afinal, nas últimas semanas a única esquisitice de Rafaela foi o cruzado de direita na amiguinha.

Só não foi mais perfeito porque alguém colocou um saco de farinha dentro da privada e entupiu o banheiro. Claro que tinha sido a menina, mas Daniela não abriu a boca. Em vez disso, pediu a ajuda de Toquinho e o recompensou com uma barra de chocolate de meio quilo.

A fim de se manter mais calma, Daniela também incrementou suas horas de ginástica. Comprou pesinhos, diminuiu os medicamentos e implementou um rígido controle alimentar. Com tudo isso, ela não só perdeu os quilos que a incomodavam como ficou visivelmente mais bem-humorada. E quando mamãe conseguiu entrar em um jeans que há dez anos ganhava vincos em seu armário, ela decidiu chamar todo mundo para comemorar.

Comprou uma tábua de salgadinhos, bolo de chocolate, refrigerante e cerveja, e disse que pelo menos uma vez por mês eles teriam uma noite como aquela (que ela batizou de Noite da Gula). Como era uma comemoração, ela também comprou balões coloridos e fez carinhas felizes em todos eles, com a ajuda de Toquinho e Rafaela.

Às nove da noite, todos estavam em volta da mesa. Daniela já estava altinha, e Hector a mantinha flutuando com mais vinho. Vê-la feliz e realizada era muito divertido.

Finalmente, chegou a hora do bolo.

As crianças estavam ansiosas, principalmente Rafaela, que não via chocolate há três semanas. De tão ansioso, Toquinho meteu o dedo no bolo, mas dessa vez Daniela deixou barato e economizou o tapa na mão para corrigir o menino.

— Tá com gosto estranho — ele disse. — E repetiu a dedada com o dobro da vontade, apenas para ter certeza.

— Deve ser a gordura vegetal do glacê.

— Não... — tomou um bom gole de refrigerante. — Tá com gosto de gasolina. E a minha garganta... ai, mãe!, ai-ai!, tá pegando fogo! — levou as mãos ao pescoço.

Começou a tossir como um maluco em seguida.

Aproveitando a distração dos pais, Rafaela desceu da mesa e correu para o quarto, batendo a porta com tudo. Hector saiu logo atrás, enquanto Daniela partia o bolo com as mãos, arrancando pedaços, tentando descobrir o que havia de errado.

— Merda — grunhiu quando reconheceu o cheiro. Aquilo era Baygon líquido, veneno de barata. Abaixo de alguns morangos removidos, encontrou muitos furinhos de aplicação, que foram feitos no glacê do bolo e escondidos com as frutinhas.

— Hector! A gente precisa ir pro hospital!

Voltaram para casa perto das duas da manhã. O processo de desintoxicação e lavagem estomacal não demorou muito, mas o médico insistiu para que Toquinho ficasse em observação por pelo menos duas horas. E o que realmente atrasou tudo foi um ônibus que virou na estrada. Pelo que Hector ouviu, pertencia a uma nova comunidade estabelecida na zona rural de Três Rios. Adultos, velhinhos, o acidente não poupou nem mesmo as crianças. Enquanto permaneceu no hospital, sete pessoas haviam morrido.

Quando finalmente podia levar sua família de volta para casa, Hector precisou perder mais meia hora para ler e assinar um termo de responsabilidade, já que a causa do atendimento do menino havia sido envenenamento. "O senhor não acreditaria no que alguns pais fazem com os próprios filhos", a auxiliar de assistente social que estava de plantão explicou.

Já em casa, Daniela recostou a porta do quarto de Toquinho e disse ao marido: — Quero que você tenha uma conversa séria com a Rafaela.

Hector riu. — Está dizendo que nossa filha de oito anos tentou matar seu irmão mais velho?

Daniela conferiu se o menino ainda dormia. Conferiu por precaução, porque a dose de analgésico e relaxante muscular administrada (a fim de relaxar e poupar a garganta) o faria dormir até a tarde do dia seguinte.

— Ele viu a Rafa colocando fogo em nossas cortinas. Foi ela.

— E ele viu a irmãzinha eletrocutando animais também? Ou entupindo o nosso banheiro? Porque, o que me parece, é que você está procurando chifre em cabeça de cavalo.

— Eu acreditaria em um unicórnio se ele me desse uma explicação decente para o que vem acontecendo.

— São crianças, Dani. A Rafa e o João são só crianças. Mesmo que nossa bebezinha tenha feito isso, ela não tem maldade no que faz.

— Sério que você está tão cego?

Hector ergueu a sobrancelha da contrariedade e deixou o corredor.

Encontrou a filha no sofá, de olhos fechados, embalando o corpo ao som dos fones. Parecia tão inocente. Claro que ela não tinha intenção de fazer mal ao irmão, onde Daniela estava com a cabeça?

O som do rádio estava tão alto que Hector sequer tentou chamá-la. Um leve toque no ombro direito parecia mais delicado e funcional.

— Ele não vai morrer, né? — ela perguntou assim que desligou o Walkman.

— Não, claro que não. O João vai ficar bom, ele só precisa descansar.

Os dois se encararam por cinco longos segundos. Ela se esticou e se atirou a um abraço. Hector retribuiu.

— Quer falar alguma coisa sobre o que aconteceu?

A menina deu de ombros, mas os olhos encheram depressa, o queixo se encheu de ruguinhas.

— Papai não tá culpando você, eu só quero entender, tá bom?

— É, mas a mamãe...

— Ela também está preocupada.

Rafa baixou o rosto e ficou mexendo no Walkman, como quem se desculpa por uma agressão ainda não cometida. Mexeu no deck, apertou o play, depois o stop, mexeu nas seis bandas de equalização.

— Acho que a culpa é dele.

— De quem?

— Dele, pai. Do radinho.

Hector continuou calado, esperando que a filha continuasse. Antes que a menina fizesse isso, ela chorou um pouco, e o pai a consolou em um novo abraço. Eles se afastaram, Hector secou os olhos da menina.

— No começo ele só tocava e falava aquelas coisas que eu tinha medo.
— Sobre o fim do mundo?
— Isso, e do muro e dos míssius. E de gente que tinha morrido. Mas depois ele começou a falar daqui, de um monte de coisa que aconteceu faz tempo. Ele falou do moço da churrascaria que foi preso, falou de um pedaço de corda que fazia milagre, falou até de um menino que acharam morto no banheiro da escola. Da nossa escola!
— Você lembra o nome desse menino?
Ela sacudiu a cabeça.
— Falaram alguma coisa sobre uma mulher? Uma mulher de branco?
A menina o olhou desconfiada.
— Como você sabe?
— Aconteceu uma coisa ruim com um menininho chamado Jonas, na época todo mundo ficou sabendo. Algumas pessoas falavam que essa moça de branco... do banheiro...
— A moça morta? A Maria do Algodão?
— É, minha filha, ela mesmo. No nosso tempo a gente chamava de Maria Sangrenta, de Loira do Banheiro... alguns meninos espalharam o boato que ela tinha matado o menino.
— O rádio também falou. Mas depois falou que era mentira, que quem matou ele foi um doido.
— Posso dar uma olhada no seu radinho? — Hector pediu.
Não foi imediatamente, mas Rafaela entregou a ele.
Assim que o aparelho trocou de mãos, Hector reclamou: — Ai!
— Que foi? — Rafa se afastou um pouco.
— Essa coisa me deu um choque.
Hector rodou o aparelho com algum receio, até chegar ao compartimento de pilhas. Possivelmente fez uma cara muito estranha, porque Rafa perguntou:
— Deu outro choque?
— Isso não devia tá funcionando. Não tem pilhas, tá vendo?
— Mas tinha. Só que quando a cortina pegou fogo, a mamãe jogou ele na parede e levou as pilhas embora. Só que ele ligou do mesmo jeito depois.
A fim de comprovar a teoria, Hector acionou o deck. E nada aconteceu. Mudou para o rádio FM, e nenhuma luz se acendeu.
— Consegue se lembrar do dia das cortinas? O que aconteceu quando o banheiro entupiu? Não estou dizendo que foi você, mas...
— Eu só lembro de eu acordando com a mamãe gritando com a gente. Nas duas vezes eu tava dormindo.

— Não foi o que seu irmão falou.

— Então ele falou mentira. Porque eu tava dormindo, juro que eu tava! Eu tava ouvindo o rádio, então fiquei com sono e acordei com a mãe gritando que nem uma doida, falando que eu era uma retardada e queria pô fogo na casa e encher todo o chão de bosta! Mas não fui eu! Não fui eu!

Hector a abraçou mais uma vez e sussurrou por sobre os ombros:

— Eu sei que não, meu anjo, eu sei que não.

— E o Tato? E se ele morrer?

— Seu irmão não vai morrer. Amanhã o papai vai acordar bem cedo e dar um jeito nessa confusão, tá bom?

Ela assentiu, ainda chorosa.

— Vai mesmo?

— Vou. E agora é hora da minha garotinha dormir.

Hector a apanhou nos braços e a levou consigo.

Naquela noite, cansada como estava, Rafa nem lembrou de pegar o radinho.

Como prometido, o relógio tocou bem cedo, por volta das seis da manhã. Hector saiu sozinho da cama e colocou um pouco de água para ferver. Passou o café, encheu uma xícara poderosa e apanhou o Walkman, que havia passado a noite no sofá da sala, bem longe dos ouvidos de Rafaela.

— Acho que nós dois precisamos ter uma conversinha — disse ao aparelho. Sem colocar pilhas novas, posicionou os fones nos ouvidos e apertou o play, se sentindo um pouco mais que idiota.

— Uooorrrrlllll — o fone disse, como um animal que acaba de ter sua hibernação interrompida. Em seguida, uma guitarra distorcida explodiu na orelha. Hector tentou desligar, mas as mãos se atrapalharam. De repente, a potência estava bem maior do que ele se lembrava. Da fita, no entanto — de uma banda de metal norueguês, Mayhem —, ele se lembrava perfeitamente.

O desespero crescia, e apesar da pressão nas teclas, a coisa não desligava. O volume cada vez mais alto, ameaçando corroer os ouvidos. E então...

O silêncio.

E o rosto pálido e surpreso de Daniela.

— Quero saber o que está acontecendo aqui, Hector. E quero agora.

Hector puxou a cadeira ao seu lado, para que Daniela se sentasse. Ela fez isso com alguma relutância.

— Eu não juntei os fatos até ontem à noite — empurrou o Walkman até ela. Daniela o tomou nas mãos. O aparelho ainda estava sem a tampa do compartimento de pilhas.

— Isso estava funcionando sem pilha?

— Não são pilhas que estão energizando essa... coisa.

Daniela fez uma cara muito, muito estranha.

— Você não precisa acreditar em mim — ouviu do marido.

— Se isso de alguma maneira pode inocentar nossa filha, acho que eu posso fazer um esforço.

Hector tomou o Walkman de volta. — Eu sempre quis ter um desses. Só que a gente era pobre, pobre de verdade, você deve se lembrar.

— Lembro que fomos ao cinema pela primeira vez no cano esfolado da sua bicicleta e eu paguei as entradas. Isso serve?

— Serve, sim — ele riu e as mãos acariciaram o Walkman. — Meu pai trabalhava na jardinagem da prefeitura, o salário que ele ganhava mal dava pra gente comer. Comprar qualquer coisa que não tivesse relação com alimentação e escola estava fora de cogitação.

— Agora entendo porque esse caco velho ainda está na família. Seu pai te deu de presente.

— Não exatamente.

— Hector, você roubou isso de alguém?

— Sim. Não... na verdade, não. O rádio era de um outro garoto, Jonas Duna. Os pais dele tinha dinheiro, o moleque vivia provocando todo mundo. Um dia ele apareceu morto no banheiro da escola municipal.

— Lembro disso. Meu pai trancou meu irmão mais velho em casa por duas semanas, falou que a polícia estava perseguindo os negros da cidade.

— Os jornais falaram que foi uma mulher que encontrou o corpo do Jonas, uma das faxineiras. O que ninguém sabe é que eu encontrei ele primeiro, eu nunca contei pra ninguém. O Jonas perseguia meu irmão, chegou a bater nele mais de uma vez, chamava ele de um monte de nome, de neguinho, urubu, essas bostas que os racistas dizem. Então o pior moleque da escola estava no chão, já meio azul, com esses mesmos fones pendurados no pescoço. Peguei dele, sim, peguei como forma de pagamento por tudo de ruim que ele vinha fazendo com meu irmão e com os outros meninos da escola. E eu aposto que ele deve ter roubado de outro menino, porque o Jonas não ia ter um Walkman tão porcaria como esse, ele compraria o melhor só pra ficar exibindo.

— Que horror, Hector. Como você pôde?

— Não fez diferença na época. Eu peguei o rádio e tratei como se fosse meu. Falei pro meu pai que era presente de outro garoto, como o rádio tava surrado, ele nunca duvidou. Minha ideia era dar o rádio pro meu irmão, mas ele nunca aceitou.

— O Samuel sabia de quem era?

— Acho que não. Mas alguma coisa dentro dele sabia. Com o tempo, eu mesmo fui acreditando na minha própria mentira, acho que quando a gente conta a mesma história várias vezes, ela acaba se confundindo com a verdade. O Jonas era incendiário também. Ele matava animais pra se divertir com o sofrimento deles, ele e os amigos escrotos viviam entupindo os banheiros da escola com papel higiênico; uma vez jogaram uma bomba feita com sal de fruta. Entende que é tudo muito parecido com o que nossa filha vem fazendo?

Daniela não se movia. Parecia paralisada pelo que ouviu.

— Sei que é difícil acreditar — Hector disse.

Ela apanhou o rádio e apertou a tecla play, seguida pela tecla stop.

— Você precisa devolver essa coisa.

E como é que se devolve alguma coisa para um morto?

Encontrando um beneficiário de testamento, é claro. E foi isso o que levou Hector até a cidade de Assunção, para onde a família de Jonas Duna se mudara em 1995. Hector conseguiu as informações em Velha Granada, com uma vizinha faladeira que ainda morava na antiga rua dos Duna.

A mulher aproveitou a chance para fofocar um pouco mais, e contou que a mãe do menino passou uns tempos internada em uma clínica de repouso, "por causa dos nervos". Já o pai, perdeu o emprego na gerência da fundição de alumínio e se mudou para a cidadezinha de Cordeiros, foi tentar a sorte em uma fábrica de tecidos. Pelo que a mulher sabia, a mãe de Jonas ainda morava com o segundo filho do casal, o mais velho, Fausto.

Hector seguiu o endereço e observou as ruas ficando cada vez mais pobres.

É engraçado como o tempo coloca tudo no lugar certo. Jonas podia ter morrido, mas a verdade não fazia dele um santo. Jonas nunca prestou. Muita gente dizia o mesmo da mãe, que acabou expulsa do conselho de enfermagem por maltratar pacientes. O pai tinha fama ligeiramente melhor, embora qualquer pessoa que tenha sido seu subordinado raramente concordasse com isso. Do irmão de Jonas, pouco se sabia, mas ele andava com uns arruaceiros da cidade até a morte do caçula. Hector conhecia muitas daquelas histórias, assim como as outras pessoas conheciam as dele. Em cidades como Velha Granada e Cordeiros, segredo e discrição não respeitam o que está escrito nos dicionários.

De dentro do Monza, Hector olhou para a casa que correspondia ao endereço riscado no papelzinho em sua mão direita. Mesmo sabendo de antemão que os Duna ficaram muito pobres, não deixava de ser impressionante.

A casa devia ter uns quatro cômodos, era minúscula. O telhado era torto para a direita, e o que restava de tinta azulada nas paredes tinha um tom desbotado e sujo. Na frente da casa havia um fusca vermelho, já com a tinta embaçada pela exposição constante ao sol.

Hector apanhou a sacolinha de supermercado onde colocou o Walkman e desceu do carro.

Atravessou a rua, e precisou chamar (com palmas) três vezes até que alguém abrisse a porta da frente. Para separá-lo da entrada da casa, um portão baixo e um pequeno jardim, não mais que um metro quadrado de mato.

— Opa — Hector disse, uma vez que o homem parcialmente protegido pela porta não abriu a boca.

— O que você quer?

— Falar com Sofia Duna. Ela está?

O meio rosto continuou à porta, mas a abertura aumentou e um homem muito alto e branco passou por ela. Os cabelos também começando a branquear, olhos muito pretos e um cigarro novo queimando na boca.

— O que você quer com a minha mãe? — o dono da casa perguntou parado ao portão.

Hector retirou o Walkman da sacola.

— Queria entregar pra ela.

O homem alto estudou Hector. — Eu me lembro de você. Também estudou no Aureliano, não foi?

— Fausto, né? Eu estudei na mesma escola que você e seu irmão. Eu só preciso falar com a sua mãe, tá bom? Não vai demorar.

Fausto analisou Hector por mais alguns segundos e abriu o portão. Seguiu na frente, e dentro da casa o cheiro de cigarro era tão forte que os olhos de Hector começaram a arder. Ele também tossiu, e só então o outro abriu a janelinha da sala. A TV estava ligada em um programa infantil, havia uma garrafa de Gin na mesinha de centro, ao lado de um pratinho com caroços secos e roídos de azeitona.

— A mãe morreu no ano passado.

— Eu sinto muito. Eu não sabia.

— Ninguém sabe, porque ninguém mais liga pra gente. Minha mãe desistiu de viver quando o meu irmão morreu. Sabe como é, o corpo ainda aguentou todo esse tempo. Ela fumava pra caralho, no fim, o câncer venceu.

— Devia parar com isso, nesse caso.

— Câncer é loteria. Pelo jeito, ainda tô ganhando. Me deixa ver esse radinho.

Jonas estendeu a ele.

— Eu me lembro quando esse Walkman sumiu. Dei uma prensa no Jonas, um dia antes de morrer. Ele negou que tinha roubado. Como nunca mais apareceu, eu quase acreditei nele. Agora, companheiro, pro seu bem, é melhor me explicar como essa coisa foi parar na sua mão.

— Pelo amor de Deus, eu não matei o seu irmão, tá bom? O caso é que quando aconteceu aquela coisa horrível com ele, eu fui o primeiro a encontrar o Jonas. Já estava sem respirar, caído no banheiro. Resumindo, eu peguei o rádio pra mim. Eu não queria ter feito isso, mas quando eu vi já tinha feito.

O outro o encarou, muito sério, indecifrável.

— Por que veio até aqui, chegado? O que você quer?

— Eu acho que esse Walkman tá assombrado. Minha filha não desgruda mais dele, e ela começou a ficar estranha desde que...

— Bem típico do Jonas.

Hector não concordou ou discordou.

— Jonas era meu irmão, mas era um menino podre. Se um sujeito não fosse uma pessoa ruim, era só começar a andar com ele. Uma vez o Jonas matou uma ninhada de cachorrinhos, quando a nossa pastora deu cria. Um mês depois, ele também matou a cachorra, deu veneno de rato pra ela. Meu irmãozinho colocou meia dúzia de limões no escapamento do nosso carro, só pra ver explodir. Na mesma semana ele enforcou um casal de araras que a gente criava e pendurou no varal. Meu pai sabia de tudo, sabia que tinha sido o Jonas, o velho queria mandar meu irmão pra um internato em Minas, mas a minha mãe, cê sabe... mãe é mãe. Ela nunca enxergou as cagadas do Jonas.

Fausto deu dois longos tragos no cigarro.

— Agora você traz ele de volta nessa merda de rádio — disse, com a voz esfumaçada e dando de ombros.

— O que eu podia fazer? Encomendar uma missa?

— Não é má ideia, só que eu tenho uma melhor. — Fausto apanhou o rádio e se levantou do sofá encardido da sala. Avançou lentamente pelo cimento queimado do piso. — Vem comigo se quiser assistir.

Hector o seguiu na mesma velocidade, sem urgência, apenas indo.

Passaram por um corredor estreito, por um quarto fedendo a cigarro, uma cozinha fedendo a óleo, e chegaram ao quintal. Havia uma marreta escorada em uma das paredes da varandinha.

— Isso aqui era do tempo em que eu ainda conseguia trabalhar — Fausto a apanhou. — Minha mãe foi deprimindo até parar de andar, caiu de cama, e ficar carregando ela de um lado pro outro fodeu com a minha coluna.

O dono da casa levou a marreta até o meio do quintal, onde tudo o que havia era um limoeiro seco e um terreiro.

— O que você fazia pra ganhar a vida?

— Demolição — Fausto disse.

O rádio foi pro chão e a marreta foi pro alto. Então desceu.

Para Hector, Fausto não batia em um rádio, mas em seu irmão morto. Batia pelo que Jonas havia feito em vida e pelo que Jonas causou depois de morto, batia porque não havia outra forma de se entender com o passado. E Fausto bateu com tamanha vontade, com tamanha fúria, bateu por tantas vezes, que logo tudo o que existia quando terminou era um punhado de terra escurecida e flagelada.

Satisfeito, o homem da marreta respirou bem fundo, trazendo um pouco de ar novo para o peito recheado de fumaça. O corpo imediatamente avermelhado, o suor começando a brotar na pele.

— Será que isso resolve? — Hector perguntou.

O outro deixou a marreta cair e começou a juntar a terra com a sola dos sapatos.

— Se resolve, eu não sei. Mas eu me sinto bem melhor agora. Você não?

Please follow these instructions.

Seu lugar é comigo
Você sente o mesmo?
Estou apenas sonhando?
Ou essa ardência é uma chama eterna?
THE BANGLES

MAÇA-QUINHOS

> You belong with me // Do you feel the same? // Am I only dreaming? /... Or is this burning an eternal flame? — **THE BANGLES**

A Rua Salles Evandro costumava ser uma rua tranquila, ainda mais em um domingo à noite. Um dia folgado, úmido e cheio de sereno. Mas tudo isso mudou quando corpos foram encontrados na casa número cento e vinte e um.

Salles Evandro, o distinto homenageado a emprestar o nome àquela rua, foi um dos fundadores de Terracota, e através da história muitos o chamaram de assassino, de facínora e de ladrão, além de uma coleção de apelidos bem menos delicados (incluamos o bom e velho "filho da puta" nessa lista).

Fato é que, desde os primeiros anos de Terracota, quando o sangue jorrava, jorrava com vontade.

Havia policiais desde o começo da noite na casa dos De La Vie.

Acumulada nos portões, a vizinhança banhada pelo azul e vermelho do giroflex também se recusava a dormir, tentando entender como um casal tão... normal poderia ter chegado a tal desfecho.

— Pelo menos o menininho não estava em casa — disse Joanne Espoleto. Ainda era bonitona aos trinta e cinco, com ancas largas de quem já botou dois garotos no mundo e um sorriso implantado a cinco paus o dente. O não tão bonito seu Silveira, outro morador da Salles Evandro, cuspiu no chão e concordou:

— Deus é misericordioso com as crianças.

— Pois é. Mas parece que ele odeia os pais.

A fim de não dizer a ela que essa era só a opinião de uma mulher desquitada e parecer tão velho quanto de fato era, seu Silveira se afastou dela e chegou perto o bastante para ver os dois corpos. Já estavam cobertos com o plástico do pessoal da polícia. De um dos sacos, escorria uma nódoa escura, como gel de cabelos, só que feita de piche.

— Santo Deus...

I

Um casal comum do início do milênio, onde ele pagava a maioria das contas e a coleção de sapatos dela não parava de crescer no armário conjugado. Uma relação tão normal que ele também precisava se masturbar pelo menos uma vez por semana porque a inovação sexual da esposa dificilmente chegava a aquecer os mortos. Ele não se queixava, afinal, essa também era outra espécie de mal do século — não a masturbação, mas a patética insatisfação sexual entre os casais. Algum probleminha com *a libido*, disseram no Globo Repórter. Palavrinha confusa. Libido, que parece masculina, mas tem conjugação feminina — exatamente o que a mãe de Eliza Leila desejava de seu genro, que estava longe de aceitar uma regra gramatical tão ambígua o tempo todo. Não por machismo ou vaidade, mas, veja bem... Valtinho era apenas... normal.

Ele e Eliza Leila se conheceram aos vinte anos (ele, vinte e dois, ela, vinte), quando ambos haviam frequentado muitas camas (já era normal, mesmo no milênio passado). Pelo que ouvira da esposa, Valtinho se deitara em um número um pouco maior delas, mas assim como ele, ela também (e provavelmente) podia estar mentindo. O casamento veio dois anos mais tarde, à contragosto da sogra de Valtinho, que achava uma união com um homem tão útil quanto acreditar na inocência do Paulo Maluf.

Os anos de ouro foram os dois primeiros.

Noitadas de quinta à sábado, muitos goles, trepadas que se estendiam até às quatro da madrugada. No dia seguinte, um banho frio e o trabalho até voltar para casa, e a certeza de que a ressaca havia sido a pior de suas vidas. Com sorte, mais um pouco de sexo depois do próximo chuveiro e um golezinho extra para fechar a noite.

As saídas e bebedeiras caíram drasticamente no terceiro ano de casamento, depois que Valtinho perdeu o emprego na seguradora de veículos e migrou para a corretagem de imóveis. Agora, ele chegava exausto em casa, e sempre estava uma pilha de nervos porque o dinheiro havia caído pela metade. Eliza Leila não reclamava, em contrapartida, perdeu bem mais que a metade do amor que sentia por aquele homem que agora só sabia se preocupar. Junto com o amor, Eliza Leila também perdeu a vontade de ir para cama mais cedo — e ganhou dores de cabeça cada vez mais frequentes, cólicas, prisão de ventre. Absolutamente normal.

Aos trancos e barrancos, a vida voltou aos eixos, mas é inegável que algumas polias se deformaram drasticamente. Vamos colocar nessa lista a paciência, a preocupação com a satisfação do outro, e não deixemos de fora o prazer de estar longe de casa e daquela outra pessoa que um dia fora tão amada. E no exato momento em que o divórcio começou coçar, a barriga de Eliza Leila começou a crescer.

Aquilo mexeu com Valtinho, mexeu de verdade. Já nos primeiros meses, o homem não reclamava, trabalhava dobrado, queria montar uma poupancinha razoável antes mesmo do bebê chegar ao mundo. Eliza Leila cada vez mais sozinha, pelos cantos, se sentindo feia e deformada, sentindo-se mais gorda e pesada que a baleia que comeu Jonas.

Michel nasceu gorducho e saudável, e, de tão felizes, papai e mamãe decidiram rasgar os papéis do divórcio.

A próxima tempestade demorou a chegar, levou tanto tempo, que parecia mesmo que a tormenta tinha se dissipado de vez. Mas quando o menino fez quatro anos, a grande nuvem voltou a descer do céu.

11

Pelo que se comentou depois, Valtinho e a sogra nunca se entenderam. Stella era divorciada há vinte anos, e o marido (e pai de Eliza Leila) tinha o mesmo valor na família que uma micose de pele. Adamastor era um estorvo, um alcoólatra desajuizado, um viciado em baralho cujo único mérito na vida foi doar seu esperma para a concepção de Eliza Leila. E o que ele, Valtinho, tinha a ver com toda essa história? Bem, ele era homem, e sendo homem, tendo duas gônadas alojadas em uma bolsa escrotal, Valtinho era a incorporação do alter ego corrosivo do sogro. Stella (mãe de Eliza) bem que se controlava, mas era taciturna, calada, e quando abria a boca, seu assunto preferido era dissertar sobre como os homens receberiam de volta todo o mal que fizeram às mulheres. E mesmo com toda essa falta de entendimento, Valtinho conseguiu sofrer quando o caixão lacrado desceu à terra, sofreu pelo filho e pela esposa que perderam alguém querido, sofreu sem imaginar que o pior ainda estaria por vir.

III

Quando tinha oito anos, Valtinho "se perdeu" às margens do Rio Choroso, um dos principais aquíferos que se ramificam pelo noroeste paulista. Sua família havia alugado uma pequena casa ribeirinha, cercada de outras pequenas casas ribeirinhas que pareciam ser habitadas por réplicas exatas daquela pequena família. Na região, era comum que as famílias passassem temporadas no camping. Pescaria, churrascos, alguns jet-skis e caiaques para alugar.

Em um dia de sol cancerígeno, Valtinho saiu com alguns garotos da vizinhança e não avisou papai e mamãe, passando o dia todo fora e só voltando perto das oito da noite. Apesar da alegria dos pais com seu retorno, Valtinho apanhou muito na ocasião. Normal...

Durante o dia feliz, entretanto, Valtinho aprendeu muitas coisas sobre a vida aquática. Conheceu lambaris, peixes-cachorro, cascudos, pacus e até uma enguia!, tudo graças às redes e varinhas de bambu dos pescadores amadores. Também ouviu suas histórias e descobriu que existiam peixes perigosos e poderosos, peixes que lutavam como verdadeiros gladiadores, mesmo depois de retirados da água. Um desses era o bagre, que tinha um ferrão serrilhado e cheio de veneno, um ferrão que era perigoso mesmo depois que o peixe morria. Outra besta dos rios era a traíra, um peixe canibal que se escondia nas sombras das águas e podia facilmente arrancar o dedo de um menino com uma dentada. Mas bagres e traíras eram a nobreza bélica das águas, e o que existia aos montes no Rio Choroso eram os caramujos.

De todos os animais e novidades aquáticas que ele encontrou naquela tarde, o caramujo era o único espécime que o menino detestou de verdade. Para ele, um caramujo era a forma de vida mais nojenta e egoísta da face (e das profundezas aquáticas) da Terra. Eram criaturas melequentas e covardes, ficavam o tempo todo se escondendo dentro da casca e só tinham algum valor depois de serem mortos — isso na opinião dos franceses, que comiam aquela nojeira.

O menino não fazia ideia, não poderia fazer, mas seria justamente com uma evolução dessa forma de vida que sua versão futura teria que conviver, até que a morte os separasse.

IV

Já nos primeiros meses depois da morte da mãe, Eliza Leila começou a mudar. Não é que sua performance noturna viesse sendo grande coisa nos últimos anos, mas depois do falecimento, Eliza Leila só usava o colchão para lamentar e chorar. Nos primeiros meses, Valtinho fez o que era certo, o que era, até certo ponto, cristão de se fazer, e a consolou todas as vezes que a viu sofrendo. Ele já havia perdido o pai, sabia que o luto podia ser um período muito cruel, sobretudo se você tem assuntos pendentes com o novo morador do cemitério. Eliza Leila e a mãe se confrontavam com frequência, não por grandes motivos, mas acontecia o tempo todo.

E três meses se passaram, outros três, e ao final de dez meses, Valtinho já não se lembrava de todas as curvas de sua mulher.

Eliza Leila, por outro lado, se lembrava de cada discussão que os dois tiveram desde o início do namoro, se lembrava, principalmente, de como sua mãe teria agido se estivesse em seu lugar. De repente, era como se um novo bloco de memória tivesse se alocado dentro daquele cérebro, com o único e sagrado objetivo de deixar seu marido transtornado.

O pequeno Michel seguia sobrevivendo aos bombardeios, tentando impedir as discussões, mas em seu aniversário de cinco anos o menininho pegou uma faca quando mamãe e papai engataram uma nova discussão.

— Malvado! Você é malvado! — o pequeno Homem-Aranha gritou.

Valtinho sentiu o calor do ódio derretendo todos os seus pequenos blocos de sanidade, enquanto Eliza Leila ria e tomava o menino nos braços, ria com a certeza de ter a melhor arma em suas mãos.

Oh, e ela usou aquela arma dezenas de vezes.

Duas semanas depois do episódio da faca, Eliza Leila decidiu instituir a Noite das Amigas. Teoricamente, nada demais, normal, mas Valtinho sentiu que estava sendo passado para trás. Como diziam os ancestrais de Terracota, "é preciso arrumar a cama antes de sair de casa" — e a cama de Eliza Leila estava virada do avesso.

Depois da Noite das Amigas veio o Café com as Amigas, a Viagem com as Amigas, o Natal com as Amigas. Expulso de sua própria vida, Valtinho se dedicava ao menino e acompanhava a tentativa de retomada da felicidade da esposa à distância, notando mudanças que ninguém mais se preocupava em notar.

V

Valtinho cultivou poucos amigos depois do casamento, e foram mais raros ainda os que conseguiriam ouvi-lo sem fazer julgamentos. Mas tinha o Arnaldo, um dos corretores de imóveis mais antigos de Terracota.

— E você tem certeza que não está criando macaquinhos? — o velho perguntou, bebericando outro gole de cerveja. Estavam em um bar reinaugurado na cidade, que agora se chamava Doze.

— Criando o quê? — Valtinho riu.

— Criando macaquinhos, você sabe, tendo ideias ruins dentro da cabeça. Não deve ser do seu tempo, mas é o que significa.

— Ela mudou o cabelo. Pintou de loiro radioativo, a mesma cor do cabelo da minha sogra.

— Alguns gostos podem ser parecidos, ainda mais no caso de mãe e filha.

— Ela também cortou, e adivinha só?

— Parece com o da sua sogra.

— Sem tirar nem pôr, o cabelo da Liza está mais curto que o meu.

— Filho, acho que você precisa ter uma conversinha com ela. Pelo que deu pra perceber, ou vocês se dobram um pouco ou vão acabar se quebrando. Faz quanto tempo que ela está... esquisita?

— Acho que desde que a minha sogra bateu com as dez. Pensamos em terapia, ela até começou a ver um médico, mas a Liza é teimosa feito uma mula. Na terceira sessão decidiu que não precisava mais.

— Mas ela precisava... — Arnaldo coçou o queixo.

— Meu Deus, eu tenho até vergonha de contar certas coisas.

— Não precisa se castigar dessa maneira, Valtinho. Se ainda não está pronto para dividir o que sente, ou se não está pronto para dividir comigo, é um direito seu. Eu só estou tentando ajudar.

— Se eu não falar, vou explodir. — Valtinho virou seu copo goela abaixo e o devolveu ao balcão com uma careta apertada. — Percebi a primeira mudança dois meses depois do enterro. A Eliza é uma mulher bonita, e ela sempre se vestiu de um jeito que me deixava maluco. Minha sogra odiava. Dona Stella era contra a exploração do corpo da mulher. Eu não reclamava da posição dela, nunca reclamei. Mais de uma vez peguei minha sogra reclamando das calcinhas cavadas da Liza, perguntando se não incomodava, se não machucava, tentando fazer a cabeça dela. E eu nunca disse uma palavra. Depois que ela bateu com as dez, tivemos um jejum dos brabos. Eu não forcei nada, não reclamei, eu evitava até olhar demais, com medo de ofender a Liza com meu desejo. É uma situação muito estranha esse negócio de lutar contra o que a gente sente por dentro, ainda mais em um caso como o meu, que envolvia a morte de alguém querido. Os dias foram passando cada vez mais devagar, e demorou muito mais do que eu esperava pra gente se entender. E quando finalmente o dia chegou...

Valtinho voltou a suspirar.

— Acho que preciso de outra bebida. — Chamou o garçom, que chegou depressa. — No dia que ela me aceitou de novo, estava usando uma lingerie estranha, uma coisa bege, enorme, sobrando pra todo lado. Eu não sei porque cargas d'água aconteceu, mas pensei que aquela calcinha fosse da mãe dela. Stella era uma mulher grande... Já a Liza, você conhece, não tem nada sobrando ali. Só que com aquele cabelo baixinho, e com aquela calcinha que parecia uma cueca... e sem nada de maquiagem. Não é que ela não tivesse o direito, mas... puta que pariu, eu me senti deitando com a minha sogra. Não consegui ir em frente e me vesti, eu não tenho esse nível de testosterona. A Liza ficou uma fera. Falou que eu não tinha tesão nela, que eu tinha uma amante, e quando eu falei sobre aquela calcinha, ela negou que fosse da mãe e me chamou de louco. E tudo foi ficando pior.

— Valtinho, com todo respeito, como pode ficar pior? Não quero ofender, mas se a sua mulher estava mesmo usando as roupas íntimas da mãe dela, de uma mulher que tinha morrido...

— Nada é tão ruim que não possa piorar, meu amigo, essa é uma triste verdade. Minha casa também começou a ganhar nova decoração. No começo eu não me importei, pensei que ela só estava querendo se reaproximar da mãe de algum jeito. Eliza mudou as cortinas, o sofá da sala ganhou tapeçaria indiana, até a tv do nosso quarto ela trocou, por um modelo mais antigo, aliás. O guarda-roupa da Liza mudou completamente. Agora, ela só usava as roupas largas, parecidas com as da minha sogra. Até o perfume, o sabonete; o cheiro da minha esposa estava diferente. Ela não falava mais comigo, e quando eu insistia, a Liza jogava na minha cara que eu não sabia como ela se sentia, que eu não merecia que ela se abrisse comigo... A palavra escroto virou o adjetivo preferido lá em casa.

Deu um gole em sua bebida antes de continuar.

— Com esse monte de porcaria presa na garganta, as brigas só aumentaram. Meu menino não entendia, e como toda criança, ele tomava partido da mãe. Liza aproveitava a situação e jogava o garoto contra mim, o tempo todo. Ameaçava me deixar, falava que ia levar o Michel embora para Curitiba, onde moram as duas irmãs dela. Passei a evitar a presença dela, e quanto mais longe eu estava, mais feliz ela ficava.

— Ela não te ama mais, Valtinho, esse é o problema.

Valtinho riu e passou o dedo sobre a borda úmida do copo.

— Não, Arnaldo. O problema é que ela está se tornando a mãe morta. Não de um jeito metafórico, mas a Liza está virando minha sogra em carne e osso.

VI

O dia seguinte foi mais um episódio da vida de Valtinho onde ficar no trabalho pareceu mais divertido que voltar para casa.

Desde que Eliza Leila começou a mudar, o homem não tinha mais prazer em assistir televisão, ler um livro, nem mesmo brincar com seu filho. A aparência mutada da esposa parecia contaminar e enfraquecer tudo de bom que acontecesse ao seu redor. Aquilo tudo parecia tão errado, tão despudoradamente ofensivo, que ele simplesmente não conseguia respirar. Em menos de dois anos, Eliza Leila havia se tornado um buraco negro, uma matéria escura, alguém capaz de aniquilar a matéria viva com sua simples aproximação.

Além de tudo, ela andava se entupindo de remédios. Fisicamente, estava ganhando rugas e ficando de cabelos brancos. Eliza Leila também engordou e começou a falar com um sotaque carregado nos erres, exatamente como a mãe, natural de Três Rios, costumava fazer. E de todas as coisas estranhas e preocupantes, a que mais perturbava Valtinho era o fato de que sua sogra talvez o odiasse, e que esse sentimento fizesse parte do pacote-metamorfose de Eliza Leila.

Em uma terça-feira, quando o cheiro de outro final de semana tedioso ainda perambulava pela casa, Valtinho encontrou algo no banheiro e decidiu tentar uma nova conversa. Eliza estava fazendo macramê quando ele entrou na sala e perguntou:

— Tá tudo bem com você?

— O que você acha?

— O que eu acho não tem importância.

Eliza Leila não tirou os olhos do tecido. — Eu estou diferente, e isso não é problema seu. Minha mudança não tem relação com a gente.

— Caso não tenha percebido, eu ainda moro nessa casa. Aliás, nós dois dividíamos a mesma cama. E, se não notou, o que acontece com você está me afetando.

— Foi você quem deixou a cama.

— Nosso quarto está cheirando a defunto!

— Querido...

— Você nunca me chamou de querido, lembra? Quem fazia isso era...

— E aí vamos nós... — Ela ergueu os olhos finalmente. — Jesus Cristo, Valtinho, minha mãe já está morta, nem assim você consegue deixar ela em paz?

— Liza, dá uma olhada no espelho. Você está...

— Estou o quê? — ela se levantou. — Velha? Gorda? Triste? O que você vai me dizer dessa vez? Que eu perdi o juízo e estou tentando trazer minha mãe de volta à vida? Que eu preferia ter morrido junto com ela?

— Mãe? — A voz fininha de Michel apareceu na porta.
— Filho, volta pro seu quarto — Valtinho disse.
Eliza Leila já estava abrindo as mãos e recebendo o menino. Botou o menino no colo, de frente para o pai, esperando que a guerra continuasse.
— Tão brigando de novo? — o menino perguntou.
— Não, papai e mamãe só estão conversando — o pai disse.
— É? — o filho encarou a mãe.
Eliza Leila distendeu um meio sorriso e, encarando Valtinho, disse ao menino: — Seu pai é um homem muito cruel. Cruel e malvado. Ele não aceita que a mamãe está triste.
— Que ótimo — Valtinho disse.
— Você é malvado! Malvado e cruel! Não faz assim com ela! — O menino gritou.
Sem querer piorar ainda mais aquela tempestade sentimental, Valtinho apanhou a chave do carro e foi até o Bar Doze, onde sabia que encontraria seu bom amigo. Arnaldo já não tinha família há muito tempo, a esposa morreu de aneurisma e o único filho morava no exterior, o bar (mesmo quando não bebia) era uma ótima maneira de não morrer de tristeza.
Quando chegou, Arnaldo tinha acabado de receber uma porção de fritas com queijo cheddar, o que provavelmente seria seu jantar.
— Queria dizer que é bom te ver, mas a sua cara não tá nada boa. Mais problemas, meu amigo?
Valtinho o tocou nos ombros e se sentiu imediatamente melhor. Ocupou o banco ao lado e sorriu.
— Imaginei que encontraria você aqui.
— Sou tão previsível assim? — Arnaldo sorriu de volta. — Come aí, um pouco de sal e gordura vão melhorar essa cara. Fredão, traz uma gelada aqui pro colega.
O homem de avental chegou depressa, trazendo uma cerveja nublada e dois copos americanos. Encheu os copos e voltou a se afastar. Os dois amigos brindaram, o gole de Valtinho chegou à metade do copo.
— Tem coisa errada. Não é só a cabeça dela, entende? Também está afetando o corpo.
— Se vamos voltar àquela conversa da sua mulher estar se tornando a...
— Ela está... perdendo alguma coisa. Por baixo — Valtinho olhou para as próprias pernas.
— Regras?
— Não, não são as regras. O que manchou as calcinhas é como um rastro de óleo. É escuro, quase preto, e cheira terrivelmente mal. Tem cheiro de coisa morta. Tenho sentido esse cheiro há algumas semanas, mas só hoje descobri de onde veio — Valtinho tocou o copo, brincando com o embaçado do vidro.

— Posso perguntar uma coisa?
— Claro.
— Promete que não vai se ofender?
— Arnaldo, depois de me aguentar tanto tempo, você pode me ofender à vontade.
— É que não me parece muito normal isso de vasculhar calcinhas.

Valtinho baixou a cabeça, levou as mãos à nuca e puxou o pescoço para baixo, em uma tentativa ridícula de alongamento.

— Que vergonha — confessou ao amigo.
— Não é vergonha se existir um motivo razoável.

Valtinho se levantou e afrouxou a gravata que estava presa em seu pescoço desde o início da manhã.

— Pensei que ela estivesse me traindo. Não sei o que esperava encontrar nas calcinhas dela, mas...
— Sabemos exatamente o que você esperava encontrar, e me parece um motivo bastante plausível. Mas você falava sobre a coisa malcheirosa que chamou sua atenção.
— Sim. Era uma espécie de óleo, não consigo colocar de outra forma. E o cheiro era como eu falei, apodrecido.
— De carne podre, como um cadáver?
— Não, não um cadáver humano. Era outra coisa. Cheirava a peixe podre.

O velho Arnaldo fez uma cara muito, muito estranha. Algo que misturava riso, incredulidade e espanto.

— Tem certeza que não é um caso de infecção? A gente sabe o que dizem do cheiro da perereca de algumas mulheres.
— Era cheiro de morte. Cheiro de alguma coisa que não deveria estar dentro dela, cara.

Arnaldo beliscou uma batatinha. Dessa vez, Valtinho o acompanhou. Também bebeu da cerveja.

— O que é mais triste nisso tudo é que eu ainda gosto daquela mulher. Eu me sinto um idiota... Como eu posso gostar dela depois de tudo isso?
— A gente não manda no coração.
— E tem o menino. Puta merda, Arnaldo, aquele bostinha é a razão da minha vida, eu não sei viver sem ele.
— É, mas do jeito que a coisa está, viver perto dele pode ser mais problema do que solução. Sua mulher está irritada, pelo que você me contou, pode estar doente, e ela já usou o menino contra você uma porção de vezes. Me parece mais sadio você cair fora.
— Eu não sei se consigo fazer isso...

Arnaldo deu mais um gole em sua cerveja, mastigou uma batatinha com queijo suficiente para entupir o hemisfério esquerdo de seu coração. — O mundo deve ter um bilhão de pessoas, e um monte dessa gente são mulheres, mulheres que muitas vezes procuram um cara legal como você. Só estou dizendo que ninguém precisa insistir em um relacionamento desgastado como o seu. Se a sua Liza precisa de tratamento médico e você não é médico, talvez deva sair do caminho.

— Não consigo pensar em outra mulher que não seja a Liza, Arnaldo.

— Pois fique sozinho, meu amigo. Para muita gente, essa é a única maneira de viver em paz.

Valtinho recarregou seu copo e bebeu tudo de uma vez, depois voltou a enchê-lo. A solidão era uma ideia bem ruim para falar a verdade.

VII

De certa forma, Valtinho seguiu os conselhos de seu amigo. Ele ficou na dele, como dizem. A sala de TV se tornou seu dormitório definitivo, os horários das refeições foram alterados para evitar um encontro, em duas semanas, eles habitavam o mesmo teto, mas não a mesma vida.

Sem as discussões, o menino voltou a se interessar pelo pai, e todo dia, depois do jantar, Michel ia até a sala-quarto para assistir algo na TV. Geralmente, desenhos animados, eles tinham uma coleção razoável em VHS. Aquele sim foi um bom negócio, Valtinho só não comprou mais títulos porque ficou sabendo tarde demais que a FireStar de Três Rios estava remodelando seu negócio.

Com o avançar das semanas, a imagem da esposa foi se tornando desinteressante, borrada, uma sombra do que costumava ser. Valtinho ainda sentia sua falta, mas já doía bem menos. Para driblar o restinho de tristeza, lia, assistia filmes antigos, tinha tempo até mesmo de reencontrar as amizades que o dia a dia deixou escapar. Às quintas-feiras, o fim do dia era sempre no Doze, com Arnaldo, e foi assim naquela última noite em que Valtinho seria visto com vida.

VIII

— Rapaz, parece que alguém teve um encontro com a fada da felicidade?
— Tá tão na cara assim?
— Se a gente levar em conta os últimos meses, é como espanar o pó de uma mesa de vidro. O que deixou meu amigo tão animado? Namorada nova, meu caro?

Valtinho riu. — Fredão, traz uma cerveja pra gente.

O velho Arnaldo já beliscava uma porção de calabresas, e Valtinho pediu uma de amendoim, só para enganar a fome.

— Um brinde! — Valtinho disse quando os copos ficaram cheios.
— A que estamos brindando? — Arnaldo perguntou. E em seguida: — Ah, e quem se importa? Saúde, meu amigo!

Os copos se tocaram e os homens beberam. Fredão sorriu discretamente de seu canto, era bom ver o rapaz feliz de novo. O proprietário do Doze não era nenhum bisbilhoteiro, mas não pôde deixar de ouvir tudo o que aconteceu com aquele cara. Tinha mais pena por causa do menininho; quem ouviu Valtinho falar, sabia que o rapaz era doido por ele.

— Ela me chamou pra uma conversa — Valtinho explicou ao amigo.
— Depois de tudo? Olha, meu filho, não quero estragar a sua alegria, mas você devia pensar melhor sobre isso.
— Eu já pensei. Ainda amo aquela mulher, Arnaldo, mesmo que ela esteja passando por uma fase terrível, eu ainda amo a Liza.
— E você tem certeza que esse amor não é só um pedaço do passado? De alguma coisa que não existe mais? Como ela está? Quero dizer, fisicamente?

Nesse ponto Valtinho perdeu muito da empolgação inicial.

— Ela parece ter vinte anos a mais, perdeu um monte de cabelo, principalmente na frente, agora ela usa um lenço. A Liza foi passar umas semanas com o pai pra resolver as coisas com ele. Eu deixei que ela levasse o Michel, no fundo já estava conformado com a separação. Quando ela me ligou ontem de noite, falando que sentia a minha falta, eu nem acreditei.

— E você? Sente falta dela?
— Achei que não sentia, aí ela se abriu daquele jeito... foi como dar uma descarga elétrica direto no meu coração. Eu tô com a Liza faz mais de quinze anos, acho que a gente merece uma última chance.

Arnaldo pensou um pouco em tudo o que ouviu.

O velho corretor não concordava que aquela mocreia merecia algo melhor que um chute na bunda, mas o cara estava sofrendo, seu amigo Valtinho não esticava um sorriso como aquele desde que a sogra foi pro beleléu. Não era justo tirar aquela felicidade do rapaz, mas também não era certo esconder o último detalhe que poderia destruí-la.

— Eu nem ia dizer nada. Mas descobri uma coisa, sobre aquela... doença dela.
— Doença?
— É, Valtinho. A doença, o cheiro — o velho olhou para o meio das pernas. — Nós falamos sobre isso.
— Doença a gente cura.
— Claro que sim. Mas algumas doenças não têm remédio, é disso que eu quero falar. Agora, preciso saber: até onde você está disposto a ouvir?
— Vai ficar de rodeios comigo a essa altura do campeonato?

O velho se ajeitou no balcão.

— Depois da nossa conversa, eu andei procurando uma explicação. No nosso ramo a gente acaba conhecendo muita gente, médicos, advogados, conheci até alguns pesquisadores, essa gente da saúde pública.
— Descobriu o que a minha mulher tem?
— Não. Mas descobri que não é a primeira vez. Em Três Rios houve um vazamento de produtos químicos, isso já tem mais de dez anos. Muita gente perdeu dinheiro, principalmente os pequenos agricultores e criadores de animais que usavam a água do Rio Choroso na irrigação das terras. O antigo Rio Escuro.
— O que exatamente você descobriu, Arnaldo? Porque se a ideia é me deixar assustado, acho que já conseguiu.
— A praga também afetou algumas pessoas, Valtinho. Chamaram de Lodo, por causa do suor e da transpiração exagerada. Com a pele tão úmida, as pessoas contaminadas começavam a apodrecer, a perder pedaços de pele. Muitas ficavam loucas, do mesmo jeito que os bichos — Arnaldo precisou de outro gole. — Internaram todo mundo em uma mesma enfermaria, porque ninguém sabia exatamente o que eles tinham, e muito menos se era contagioso. Aquelas pobres pessoas só ficavam mais e mais doentes, e os médicos testaram tudo quanto foi remédio, sem nenhum resultado positivo.
— Preciso de um gole — Arnaldo disse e tomou outro.
— Ninguém sabe se foram os remédios novos ou a doença, mas depois de algumas semanas, todos os doentes sabiam coisas uns dos outros. Detalhes, memórias de infância, era como se eles fossem uma coisa só.
— Eu consigo falar com essas pessoas? Com um dos médicos, talvez?
— Acho difícil. Quem me contou essa história também contou que os doentes desapareceram antes que se chegasse a alguma conclusão, parece que foram transferidos para uma unidade especial das forças armadas. Tá entendendo o que eu quero dizer?
— Até aqui, entendi que mesmo que essa loucura toda tenha um fundo de verdade, a sua linha de raciocínio não faz muito sentido. Pensa comigo, estamos falando de uma contaminação hídrica nos anos oitenta. Pelo que eu sei dessa história, com o fim da contaminação, veio o fim do problema. Ou estou falando alguma bobagem?

— No caso dos animais de Três Rios, não foi bem assim. Os técnicos não descobriram tudo o que precisavam, eles só chegaram perto. Parece que a sujeira na água afetou algum microrganismo, e essa pequena coisinha, esse ser doente, por assim dizer, começou a sofrer mutações e contaminar outros animais. Peixes, cachorros, até cavalos e seres humanos. Ouvi falar que um pessoal de Três Rios começou a ficar doente de novo no ano passado, e então descobriram esse mesmo germe em algumas carnes de animal. Das duas uma, Valtinho: ou as empresas de Hermes Piedade voltaram a contaminar os rios, ou essa doença pode hibernar. Pode sobreviver a congelamentos, variações de pressão, pode ficar escondida por anos. Por décadas. Pode estar em você e em mim e a gente nem sabe.

— E como nada disso vazou pros jornais?

— Estamos falando de Hermes Piedade. Aquele carcamano manda nessa região até hoje. Pelo que ouvi, ele mandou queimar quem sabia da história e manipulou os dados clínicos. O velho Hermes sempre teve essa ideia maluca de renovação do mundo, eu não me surpreenderia se ele tivesse expandido as experiências genéticas das plantas para... E aí, todos esses resíduos caem no manancial de água e... você me entendeu...

Foi a vez de Valtinho dar um gole.

— Já ouvi todo tipo de ataque a Hermes Piedade, é difícil saber onde termina a realidade e começa a ficção. Concordo que Hermes é a pior desgraça da nossa região, mas...

— Não só isso, cara. Hermes é uma espécie de adubo de tudo o que existe de errado dentro das pessoas. Não digo que sejamos santos, no noroeste paulista ou em qualquer lugar do planeta, mas esse homem... ele é algum tipo de incentivador da maldade. Um agente catalisador da canalhice.

— Sempre ouvi o mesmo de Três Rios.

— Sei disso. Em todas essas cidades pequenas que orbitam Três Rios, cidades como Terracota, é natural que exista ciúme. De certa forma, Três Rios cresceu sobre o esqueleto das cidades vizinhas. O problema com Hermes é que tudo mudou para pior desde que ele apareceu. Esse seu velho amigo só está pedindo para você tomar cuidado. Ela ainda é sua esposa, mas se ela estiver... doente... doente desse jeito... então é melhor se precaver.

— Vou fazer isso, Arnaldo. E depois farei amor com ela. — Valtinho sorriu e deixou uma nota gorda sobre o balcão.

Arnaldo sentiu uma sensação muito ruim ao vê-lo se afastando, mas preferiu não dizer nada. Um homem precisa ser livre para tomar suas decisões, precisa ser livre para fazer a merda que bem entender.

Além disso, que tipo de conselheiro moral passa cinco noites de sua semana aumentando a taxa de colesterol em um bar como o Doze?

IX

Amigos são os irmãos que a gente escolhe — principalmente quando eles dizem tudo o que gostaríamos de ouvir. Esse não foi o caso daquela noite, e todas as palavras de Arnaldo haviam evaporado bem antes do Fiat de Valtinho estacionar à frente de sua promessa de ninho de amor.

Antes de cruzar a porta, um tic-tac na boca e uma conferida no próprio hálito — depois de tanta espera, Valtinho não queria estragar tudo por conta de duas cervejas e um punhado de amendoins.

Da varanda da casa, ele ouviu o aparelho de som rolando "Eternal Flame", do The Bangles. Se aquela música era o que faltava para ele ter certeza que sua esposa estava de volta? Pode ter certeza!

— Liza? — Entrou pela porta.

O lado de dentro trazia novas confirmações. A tímida luz das velas do castiçal, nada de TV, o cheiro doce do perfume que nunca cheirou tão bem na pele de outra pessoa.

— Que bom que você chegou — a voz de Liza nasceu e o corpo apareceu em seguida.

Usava algo novo que cobria quase todo seu corpo. Mesmo com os tecidos, dava para ver que ela ganhara peso, mas o adereço era cheio de rendas, véus e cetins. Ela estava linda, e só de imaginar o que havia por baixo daquilo tudo, Valtinho sentia uma dolorosa erupção de calor.

— Senti sua falta — ele disse. Mas não chegou mais perto. Não queria assustá-la, não arriscaria que um movimento precipitado arruinasse aquela noite. Valtinho se sentia iniciando uma nova núpcia, como se estivesse prestes a desposar aquela mulher.

Eliza Leila, por outro lado, rapidamente avançou e o abraçou. Deitou a cabeça protegida pelo véu em seu peito, os pés tomaram o ritmo de "Eternal Flame".

— Cadê o Michel?

— Na casa da Soninha. Não se preocupe, amor, essa noite é só nossa.

Dançaram mais um pouco.

— Eu andei esquisita.

— Não precisamos falar disso.

— Se a intenção é manter esse casamento, acho que precisamos.

As bocas não disseram mais nada, os corpos assumiram uma estranha sincronia. Com a música chegando ao fim, Eliza Leila conduziu Valtinho, ainda dançando, até uma das poltronas da sala. Sem precisar de novos esforços, ele entendeu que deveria se sentar. Esperava Eliza Leila em seu colo, mas ela preferiu o braço da outra poltrona. Esticou a perna, posicionou o pé esquerdo perigosamente à frente da virilha do marido. Não demorou e o pé encontrou a empolgação de Valtinho. Preciso e suave, o pé calçado com uma meia fina e escura o massageou sem exageros.

— O que estamos fazendo? — Valtinho perguntou.
— É ruim?
— Não é comum.
— Pessoas mudam — ela continuou.
— Quero ver o seu rosto — ele disse.
— E eu quero ver o que eu perdi nesses meses todos — ela se ajoelhou no tapete.

Sexo oral com Eliza Leila sempre foi uma espécie de tabu, e quando ela se abaixou, ele entendeu perfeitamente a necessidade daquele véu. O novo estranhamento veio um pouco depois, quando havia mais língua e menos dentes, quando o apetite dela se mostrou faminto e carregado de saliva. Mais do que isso, havia um efeito lubrificante ao extremo, que Deus o perdoasse, mas ele nem faria questão de uma vagina.

— Oh, Liza, isso é tão bom — ele a deixou continuar. Enquanto o véu subia e descia, sentia um calor extremo descendo pelo membro, algo líquido, exageradamente farto. Incapaz de interrompê-la, Valtinho fechou os olhos e relaxou o pescoço. Se aquela era a nova Liza, ele não ousaria desperdiçar um segundo dela.

Ela retirou a boca. — Eu te amo. — Retomou o que fazia. — Quero... — intercalava a língua com as mãos — que você veja o que eu vejo. Quero que... você seja como eu — ela o tirou da boca novamente, pegou o membro na mão e apertou com força, com muita força. Valtinho gemeu e suspirou.

Ela ainda estava de joelhos à sua frente. Ele começou a erguer o véu. Queria vê-la. Queria admirá-la. Queria...

— Puta merda! — Recuou em um salto, já fechando o zíper e arriscando perder um bom pedaço de pele no movimento. As mãos tremendo a ponto de incapacitá-lo. — Puta que pariu, Liza!

Eliza Leila não estava mais parecida somente com a mãe. Estava parecida com ele, com o filho, com o vizinho da frente. O rosto havia se tornado úmido e pastoso, e ela tinha uma baba preta e podre escorrendo pela boca. Valtinho não precisou ser muito esperto para saber que aquela coisa era o tempero extra do sexo oral.

— Não tenha medo, querido.
— Liza, você tá doente! Me deixa ajudar. O que é isso? O que é... seu rosto?!
— Eu estava confusa, amor. Agora, a confusão foi embora. Nesse instante eu penso como você, como o Michel, se eu fechar os olhos, posso ter a minha mãe de volta, posso ter o mundo todo! Está tudo ligado, amor, tudo está conectado.

— Não, Liza, isso é... isso é monstruoso.

— Tudo o que é novo assusta um pouco, paixão.

— Não! Não tem nada de novo! Você está doente, não percebe?

As feições mudavam rapidamente, e era como se a pele não soubesse mais como se comportar. Agora, sem o véu, Valtinho podia sentir o hálito da criatura que Liza havia se tornado, era aquele mesmo cheiro que saía dela por baixo, a coisa podre e aquática. Valtinho conseguiu acionar o interruptor da sala, Liza gritou e se afastou, como se tivesse sido queimada. Por onde ela se deslocava no chão, ficava essa estranha nódoa. Era escura, bolhosa, pulsava como se estivesse viva.

Valtinho correu até a cozinha e voltou com uma faca de churrasco nas mãos, uma das grandes. Tremia, parecia disposto a fazer, mas não tinha a coragem necessária para fazer. Liza chegou mais perto.

— Fica parada aí — Valtinho empunhou a faca. De costas, alcançou o telefone da sala. — Eu vou pedir ajuda. Eles vão saber como ajudar você.

— Eles?

— Quem inventou essa doença maldita!

Ela chegou um pouco mais perto.

— Eu não preciso de ajuda. Na verdade... Eu é QUE VOU TE AJUDAR! — E saltou sobre ele, colando a boca na dele, deixando que a massa podre encontrasse um novo lar.

Valtinho começou a sufocar depressa, mas ainda estava com a faca nas mãos. Atordoado, ele a estocava na barriga, nas pernas, no peito e nas costas. Agora, a massa apodrecida tinha gosto de ferrugem, e ele sabia que o tempo estava acabando. A massa o invadindo e preenchendo, mudando suas percepções sobre o mundo. Um mundo que não era mais seu.

Em um último respiro da consciência, Valtinho concluiu que toda a luta dos últimos anos não passara de um esforço inútil para preservar uma união que não precisava continuar existindo. Talvez não tenha sido um pensamento unicamente seu, ou mesmo de Eliza Leila. Talvez fosse daquela coisa e dos inúmeros detalhes que tornaram suas vidas insuportáveis.

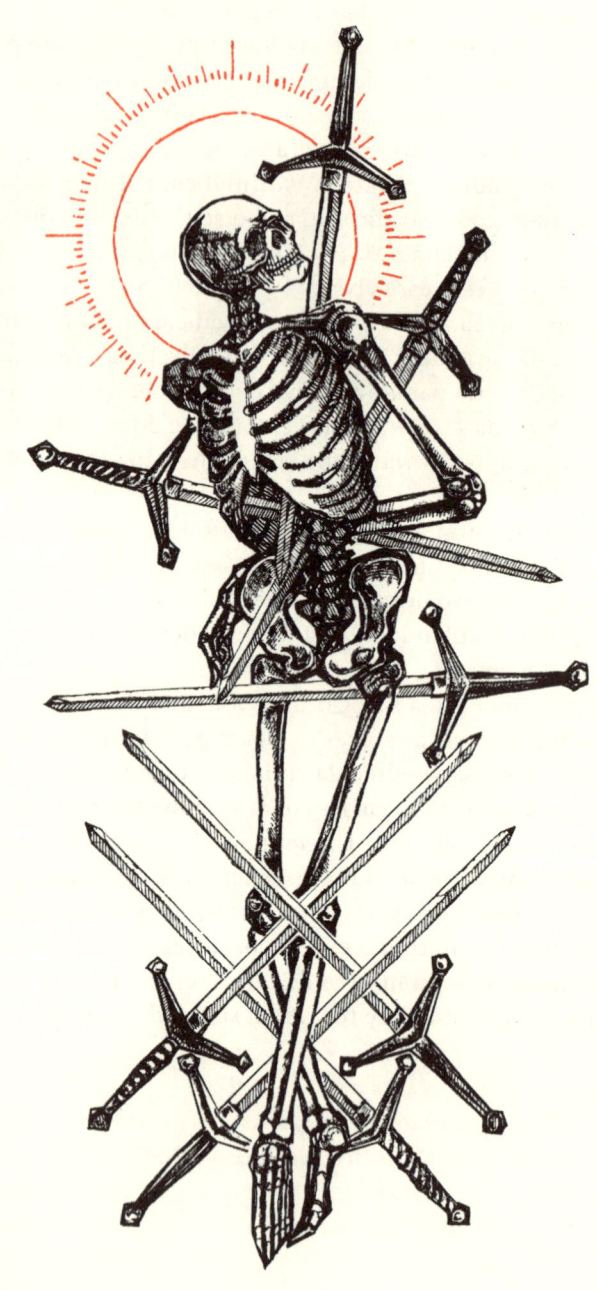

Please follow these instructions.

Mãe
Você pode mantê-los na escuridão por toda a vida?
Você pode escondê-los do mundo que os aguarda?
Oh, Mãe
DANZIG

BALLET ROYALE

Mother /.. Can you keep them in
the dark for life // Can you hide them from
the waiting world /... Oh, mother — **DANZIG**

Quando Lucille abriu os olhos de novo, só enxergou escuridão.

Segundos depois da confusão inicial, sentiu um cheiro muito forte, amônico, que lembrava urina. Apenas sequencialmente ouviu alguém por perto murmurar por dentro da mordaça.

Hummphh.

Ainda estavam por lá.

Mas quem ainda estava por lá?

Lucille fora apanhada na saída da escola, minutos depois de lecionar pela última vez para o quinto ano, conhecido na Sala dos Professores da E.E.P.S.G. Charles Evandro como Inferno na Terra. Apanhada pelas costas, professora Lucille não teve nenhuma chance de enxergar o rosto do caçador. Lembrava, sim, do cheiro adocicado do clorofórmio, da gravata esmagando seu pescoço e das exigências de não se mexer.

Sentia frio. Tinha quase certeza que trocaram suas roupas já no primeiro dia de cativeiro. A vestimenta que usava agora era mais fina, talvez uma renda, um tecido colante, algo bem leve. Nada de calçados. As mãos continuavam amarradas às costas, e a pressão fazia os dedos formigarem se ficasse sem movê-los por muito tempo. Os cabelos deviam ter sido cortados bem curtos porque o pescoço e os ombros pareciam nus e desprotegidos. A sede era tão grande que engolir causava dor.

Não havia como saber o tempo que passou naquele lugar, mas o sono chegou duas ou três vezes, então era provável que dois ou três dias tivessem se arrastado.

A única visita falava muito pouco. Chegava, trazia água e saía depressa. Chutava, se você estivesse dormindo.

Na primeira visita, Lucille ouviu a voz de uma mulher, outra prisioneira. Quem trouxe a água (também outra mulher, ao que parecia) a espancou e mandou que parasse de reclamar. Depois dessa visita, ninguém mais falou, e os goles se tornaram cada vez mais urgentes.

De vez em quando alguém chorava atrás da mordaça, e era um som horrível, muito pior que um choro declarado. Quando alguém precisava usar o banheiro, dava para ouvir os ruídos e sentir o cheiro, porque o único banheiro disponível era conhecido como calça. Lucille sentiu vontade de vomitar duas vezes, mas, com aquela mordaça, qualquer regurgitação seria suicídio. Era uma mulher forte, tinha fama de durona entre os colegas, não seria um jato de vômito que colocaria fim aos seus dias. Se fosse para morrer naquele lugar, eles precisariam fazer muito, mas muito pior.

Foi exatamente o que aconteceu antes que o sono chegasse outra vez.

— Hora de trabalhar! — gritou uma voz feminina.

Alguém gemeu.

E houveram outros gemidos antes de, após dias de escuridão, alguma luz atingir os olhos de Lucille (melhor dizendo, atingir as vendas que cobriam seus olhos).

Vermelho era uma cor perigosa, mas foi toda a cor que aquela mulher conseguiu enxergar. Só depois sentiu alguém puxando a venda (e um punhado de cabelos) e foi ofuscada pelo clarão brilhante da manhã.

Quem já ficou no escuro muito tempo, sabe como é difícil voltar para a luz. E foi dessa forma, sofrendo e lacrimejando, que Lucille encontrou a mulher mascarada.

Ela era bastante alta, forte, tinha o corpo de um estivador. Os cabelos eram claros e repicados, ainda tinham o formato triangular usado nos anos noventa. Os olhos eram de um azul radiante, hipnotizantes como o oceano caribenho. As roupas lembravam algum tipo de vestimenta safari, a cor bem próxima a um verde militar, pouca coisa mais clara. Haviam outras duas mulheres com ela, mais magras, também com o rosto coberto do nariz ao queixo, com o mesmo tecido verde das roupas. Uma delas era negra, a outra tinha olhos amendoados. As três seguravam açoitadores de cavalos, chicotes de equitação.

Circulando entre elas, um punhado de... Pareciam anões?

Rapidamente Lucille contou dez deles. Usavam uma roupa preta e larga, e máscaras de macaco. Quem estava puxando as vendas e cortando as cordas que prendiam os tornozelos das reféns eram esses pequenos seres.

Lucille conseguia ver mais pessoas agora. Ao todo, eram sete mulheres no chão. Mulheres comuns, mulheres que ela nunca havia visto antes e...

Todas estavam usando roupas de balé. Collant rosa, meias brancas, babados, lantejoulas e cetins. Todas usavam coques, o que era uma notícia um pouco melhor do que estarem carecas. A pele estava suja e oleosa, assim como as roupas. Com a impossibilidade de usar um banheiro, todas já haviam se sujado. Nos tornozelos, as notícias eram ainda piores. As pernas esquerdas estavam presas por grossas braçadeiras de metal e cabos de aço; os cabos, ligados a um anel, também metálico, chumbado ao chão.

— Quem são vocês? — Lucille perguntou.

A mulher que estava um metro à sua frente se virou e a golpeou com a varinha de açoitar cavalos. Direto no rosto. A carne se abriu sob o olho esquerdo. Enquanto Lucille reagia levando às mãos até o local da injúria, a mulher a agarrou pelo coque nos cabelos.

— Daqui em diante, só abre a boca quando eu mandar. Você é a tal professora, devia ser mais esperta que as outras.

Lucille concordou com a cabeça. Calada, chocada e apavorada. E a mulher a deixou em paz.

A sala onde estavam confinadas se parecia com um salão de dança, ou mesmo com uma academia de ginástica que perdeu todos os aparelhos. O chão, feito de madeira clara, já estava bastante surrado, com empenos e farpas e pregos se erguendo na junção das peças. Espelhos cobriam totalmente duas das quatro paredes. Os espelhos também estavam envelhecidos, com distorções e oxidações escuras em muitas partes.

As cortinas estavam recolhidas agora, e as janelas enormes do cômodo extravasavam uma natureza verde e exuberante. Muito distante, uma serpente de chumbo: a manta asfáltica de uma rodovia. O salão estava em um lugar alto, a pelo menos dez metros do chão. Lucille calculou que mesmo que estivesse com os pés livres e pudesse saltar, seria muito difícil não perder a vida na queda, ou mesmo não fraturar alguma coisa.

— Muito bem, meninas — disse a mulher mais forte e mascarada. — Não é segredo pra ninguém que vivemos em um mundo cruel. Um mundo masculino regrado pela brutalidade e a selvageria. Dor, cansaço... resignação. O que nem todas devem saber é que poucas atividades desse mesmo mundo são tão exigentes quanto a prática do balé. O que faremos aqui é uma espécie de reeducação, e acredito seriamente que, se vocês sobreviverem, serão pessoas muito melhores do que eram antes. Da porcaria de pessoas que vocês eram antes.

Uma das reféns riu e sacudiu a cabeça. Era bem formada fisicamente, madura, mas ainda jovem.

— Você é doida.

Sem que a mulher no comando precisasse pedir, as outras duas se aproximaram e a tomaram pelos braços. A refém chutou a mulher de safari. Tentou morder a segunda, que rapidamente a rodeou e segurou pelas costas.

— Me solta, sua vagabunda! Eu sou da polícia! Da polícia, tá ouvindo?

Dessa vez ela foi golpeada na barriga, e isso trouxe bastante calma à discussão. Com a ajuda do açoite de equitação, a mulher mais forte forçou o queixo da policial para cima.

— Somos Marias, Três Marias, no caso. Você e as outras estão aqui para serem reabilitadas. Daqui em diante, vocês devem obedecer, ou vão pagar o preço pela insurreição.

— Vai se ferrar — a policial disse.

Pelo que Lucille observou, os olhos da Maria Forte, Maria Um, sorriram quando ela comandou: — Segundo Movimento, meninas.

Com o comando, as outras duas Marias pressionaram a policial para baixo, e chutaram suas pernas, até que elas se abrissem. Sem novos avisos, Maria Um ergueu o coturno e o desceu contra a perna esquerda. O som do osso quebrado foi tão forte que uma das reféns saiu correndo.

Não foi muito longe, e depois de cair e tentar inutilmente se livrar da amarra do tornozelo, começou a chorar.

— Se não quiser o mesmo tratamento, é melhor voltar pro seu lugar — Maria Um disse a ela.

Os anões levaram as mãos à boca e riram, pelo menos foi o que pareceu, e a mulher loira voltou ao lugar de origem.

A policial gemia no chão. As mãos sobre o osso quebrado, um pedaço dele havia saltado para fora da carne.

Em silêncio, Maria Dois (a Maria de pele negra) se afastou até a extremidade da sala. Havia um armário de metal ali, pintado de branco, uma cruz vermelha na porta. Ela apanhou uma caixa metálica de dentro dele e refez o caminho. Entregou faixas, esparadrapo e uma tala de madeira à mulher que sofria no chão.

— Faça um curativo — Maria Um decretou. — Você ainda vai precisar dessa perna.

Em um esforço terrível, a policial conseguiu se sentar sozinha. Já suava um bocado. A musculatura do dorso tremia.

— Preciso de um antisséptico, o osso atravessou a pele.

— Você precisa calar essa boca, mocinha. — Maria Um se afastou e as outras duas a seguiram.

— Aonde vocês vão!? — Lucille perguntou.

— Não podem deixar a gente aqui! — uma outra refém disse.

— Que porra de lugar é esse? — uma terceira gritou. Era a mesma que tinha tentado correr há pouco.

Um dos anões chegou perto dela e a estapeou na cabeça, na parte de trás. Depois deu uma cambalhota e saiu saltando junto com os outros, que o abraçaram e deram gritinhos, como um bando de chimpanzés se divertindo.

— Ah, faltou apenas um detalhe — Maria Um disse, enquanto os anões passavam por ela e deixavam a sala. — Se alguma das belezas raras tiver a infeliz ideia de escapar, vai precisar mastigar a própria canela. Os cabos são de aço inoxidável.

— O que ela quis dizer com mastigar? — outra mulher perguntou assim que a porta se fechou. Era bastante baixa, tinha por volta de quarenta anos. Os olhos eram pequenos e rápidos, o tipo de olhar que não consegue (ou se esforça em) disfarçar a própria sagacidade.

— Que ninguém sai daqui com as duas pernas — Lucille respondeu. Depois se apresentou.

— Carla. — A policial com a perna arruinada gemeu.

— Liliam. — A loira que tentou correr.

— Marta. — A baixinha de olhos ligeiros.

— E vocês? — Lucille perguntou às outras.

— Letícia. — Parecia ser a mais jovem.

— Andreza. — A única sem coque, tinha os cabelos bem curtinhos.

— Solange — A única mulher negra entre as candidatas a bailarinas. — Alguém faz ideia de por que trouxeram a gente aqui?

— Se ainda estamos em Três Rios, ninguém precisa de motivos pra cometer uma desgraça — disse Carla. — Isso aqui é um pedaço do inferno.

— Eu não sou de Três Rios — Marta explicou. Outras também concordaram, e nomearam diferentes cidades da região, exceto Andreza, que morava em São Paulo, embora tivesse nascido na cidadezinha de Cordeiros. Pelo que disseram, a única moradora de Três Rios era Carla.

— E a perna? — Solange perguntou a ela. Carla havia colocado a tala e terminava com as faixas.

— Precisando me concentrar pra não desmaiar.

Lucille estava caminhando até onde o metal preso em sua canela permitia, analisando as poucas possibilidades que restavam.

— Que tipo de gente tortura alguém com aulas de balé? — Marta perguntou.

— Você já fez balé alguma vez na vida? — Solange perguntou de volta.

— A gente era pobre demais pra gastar dinheiro com frescura.

Solange respirou fundo e conteve a vontade de dizer que existiam opções públicas para se aprender uma dança — exatamente o que ela havia feito.

— Eu dancei balé por oito anos — preferiu dizer. — As aulas eram tão duras que eu dormia com as pernas para cima, para os pés desincharem um pouco. As costas doíam tanto que os ossos pareciam enroscados uns nos outros.

— E você ficou nessa por oito anos? — Liliam perguntou.

— Era um jeito de ficar longe da minha casa. Só parei porque eu engravidei.

— Todo mundo tem filhos? — Marta perguntou.

— Só adotado — Letícia disse.

— Eu tenho um meu e uma menina que ganhei do safado do meu marido — Liliam explicou. — A gente tinha se separado, quando o Chocolate voltou pra casa já tinha embuchado uma vagabunda. Acabamos ficando com a menina.

— Alguma relação com balé? — Lucille perguntou.

As mulheres sacudiram as cabeças.

— A gente precisa sair enquanto tem força — Lucille disse, mais uma vez vistoriando as janelas.

— Se encontrar alguma coisa, é melhor ser discreta — Carla a preveniu. Lucille olhou em sua direção, a policial mudou a direção dos olhos para um dos cantos da sala. Havia uma câmera seguindo os passos de Lucille.

— Mais de um ano atrás, a gente deu um flagrante na casa de um ricaço. Ele estava envolvido com tráfico de drogas, mas o que a gente encontrou no fundo falso de um dos armários conseguia ser pior.

— O que é pior que tráfico? — Marta perguntou.

— Quer que eu comece por onde? Você não gostaria de conhecer a lista toda, querida, acredite em mim. Encontramos mais de cinquenta fitas de vhs no armário do magnata. Filmes de tortura, depravação, essas coisas que os tarados pagam caro pra assistir.

— E você acha que é isso que estão fazendo com a gente?

— Parece mais lógico do que ter aulas de balé grátis com as monstrengas.

— E aqueles macacos? De onde saiu aquilo? — Andreza indagou.

— Deve ser parte do showzinho — Carla ponderou. — Eu nunca soube se era verdade ou não, mas uma das fitas mostrava um cara preso em um porão. Ele usava coleira, comia ração e apanhava; era tratado como um cachorro que matou o filho de alguém. Pode ter sido tudo ensaiado, mas parecia de verdade. Eu quase vomitei.

— Glória a Deus — Marta se benzeu. Prosseguiu baixinho para que a câmera não captasse a conversa — A gente é maioria. Aqueles macacos não são de nada. Em sete, a gente pega eles.

— Seis — Carla relembrou que estava fora de jogo.

— Não sei, não. Aquela balofa lá vai dar trabalho — Letícia disse. — E ela pode ter uma arma.

— Viu alguma arma além daquele chicotinho? — Solange perguntou.

Letícia deu de ombros.

— Ela tá certa. Se é pra gente supor alguma coisa, que seja a nosso favor — disse Carla.

— *Agora* me motivei. Nossa, muito obrigada, policial — Letícia zombou.

— Cala essa boca, pirralha — Marta estava sem paciência.

— Ei! Tá querendo engolir essa língua, tia?

A porta voltou a se abrir e o silêncio se refez, como crianças apanhadas no meio de uma malcriação.

— Estávamos pensando por onde começar com as princesas — Maria Um disse. Atrás dela, o grupo de criaturas fantasiadas entrava com a mesma coreografia símia usada anteriormente. As duas Marias restantes foram as últimas a entrar. Maria Três trazia uma corda de náilon grossa. Maria Dois fechou a porta.

— Uma delas deve ter as chaves das correntes — Lucille cochichou para Solange sem mexer os lábios.

— No balé — Maria Um explicou —, é fundamental um bom aquecimento. Isso inclui uma boa respiração, controle da musculatura e uma série de alongamentos, principalmente dos membros inferiores. Dito isso, quem se habilita a começar? Menos você, policial, parece que a sua perna não vai ajudar muito nesse momento.

Maria Um caminhou entre elas.

— Que tal você, dona Liliam? Do jeito que tentou correr, deve ter boas pernas.

Liliam se afastou em direção às janelas. Forçou a abertura de duas delas. Era inútil. — Me deixa em paz! Por que estão fazendo isso com a gente?

— Encare como uma oportunidade.

— Não toca em mim!

— Ok... Meninas, parece que vamos precisar de um incentivo — disse às outras duas.

Apesar da resistência de Liliam, em alguns segundos ela estava com a perna direita amarrada. Havia um afivelamento de couro na ponta da corda de náilon que as carcereiras trouxeram, tudo meticulosamente planejado. Maria Dois começou a puxar, e rapidamente Liliam levou as mãos à virilha.

— Você vai me rasgar! — A força aumentou. — Para, pelo amor de Deus!

Com a resistência da musculatura, Maria Três chegou em auxílio da amiga, e a força empenhada foi tanta que a musculatura da perna de Liliam começou a tremer. Tremer não, tremer era pouco, ela começou a vibrar enquanto as fibras se partiam por dentro da pele. Liliam gritando cada vez mais, as outras mulheres gritando para que aquela tortura chegasse ao fim. Só que não acabava, e a distensão foi tão grande que o sangue começou a escorrer entre as pernas.

Aproveitando a distração das Marias, Marta se levantou em um salto e usou o cabo de aço que a prendia nas pernas para enforcar Maria Dois.

— Solta ela! Solta ela agora! — ordenou para a mulher gorda.

— Melhor se acalmar.

— Solta ela agora, porra!

Maria Três soltou Liliam e se afastou, já com as mãos espalmadas. Os macacos começaram a pular e gritar, as outras mulheres tentavam socorrer Liliam. Ela chorava e mantinha a mão entre as pernas.

— Elas me rasgaram! As filhas da puta me rasgaram!

No meio do caos implantado, a única que notou Maria Um retornando dos fundos da sala com um taco de madeira nas mãos foi a policial Carla, que disse um pouco tarde demais: — Cuidado, Marta!

O taco acertou Marta com tudo, direto na parte de trás da cabeça. Atordoada, ela ainda rodopiou antes de levar uma segunda pancada, essa pela frente.

Cada uma das mulheres reagiu à sua maneira, mas a maioria procurou alguém para abraçar. Solange, não. Ela ficou sozinha, abraçou a si mesma e recuou os passos possíveis, praticamente tentando atravessar as barras de aço que ficavam abaixo da linha das vidraças.

— Tirem ela daqui — Maria Um decretou. Os macacos pararam com a algazarra e rodearam o corpo. Marta era pequena, mas era pesada, então eles a arrastaram, deixando uma mancha vermelha no chão amadeirado e irregular da sala. Uma das farpas se enroscou no collant, os macacos puxaram, metade dele ficou pelo chão.

— Não importa o motivo de vocês, isso tá errado — disse Letícia, a garota mais nova. — A gente acordou com fome, cagada e mijada, acho que o mínimo que a gente merece é uma explicação.

— Uma explicação. Muito bem, uma explicação me parece razoável. Antes me diga uma coisa, mocinha. Quando você explica alguma coisa para sua filha, ela entende? Ela entende de verdade, ou apenas finge que entendeu, apenas pra você parar de gritar e bater nela?

— Tá ameaçando a minha criança? Por que se for isso, dona, vai ter que me matar agora mesmo!

— Isso é um pedido?

— Cala essa boca, Letícia — Carla disse.

— Não, deixa a mocinha continuar, policial. Vamos ver quanto amor incondicional ela tem pra nos dar — Maria Um disse. Chegou mais perto de Letícia e cravou o azul dos olhos nos dela. — Se um dia você sentiu amor pela Yasmim, guardou no lugar mais escuro que tem aí dentro.

Letícia se calou. Recuou um pequeno passo.

— Hora de trazer a TV — Maria Um comandou com os olhos plantados nela. Os macacos saíram correndo. — E não se esqueçam dos DVDs! — reforçou.

Em poucos segundos, a perna quebrada de Carla, a virilha rasgada de Liliam e a morte precoce de Marta pareciam pertencer a um passado distante. Todas as atenções estavam dedicadas à enorme TV de tubo que cruzava a sala em cima de um carrinho barulhento. Os mascarados seguiam empurrando até chegarem bem perto da parede. Um outro macaco, um pouco menor que os outros, arrastava uma mochila pelo chão.

— Logo vamos colocar um filminho — Maria Um explicou. — Mas antes, vocês vão dançar um pouco, todas vocês. Quero os dedos no chão e os sorrisos nos rostos, e só vamos aceitar uma desistência se ouvirmos os ossinhos quebrando.

O bastão que matou Marta ficou com Maria Três, enquanto Maria Um sacou um vidrinho pequeno, com um spray na ponta, de um dos bolsos da bermuda.

— Isso aqui é um produto muito especial, Resíduo Zero *in natura*. Caso não tenham ouvido falar, nessa concentração ele derrete tudo o que não for do material isolante da embalagem. Se não fizerem exatamente o que eu mandar, vou ficar feliz em jogar um pouco no rosto de vocês.

— Isso é...

— Loucura? É o que pretendia dizer, Lucille? — Maria Um apontou o spray a ela. — Na ponta dos dedos! Agora!

Lucille não se fez de rogada e tentou se sustentar, como imaginava ser no balé, como viu tantas vezes na TV. Caiu uma vez, na segunda a unha virou ao contrário, a terceira foi um pouco melhor.

— Que coisa patética. Sua mãe teria vergonha da lambisgoia que colocou no mundo. Um balé é pra ser bonito, ouviram? Cagadas ou não, mijadas ou não, sangrando ou não, vocês vão fazer bonito ou eu juro que vou derreter a cara de todo mundo!

Muitas resistiram, mas depois de algumas pauladas e tapas no rosto, todas estavam de pé, lado a lado, simulando o melhor que sabiam de suas vidas prévias. Até mesmo Liliam, que sangrava no meio das pernas, e Carla, que precisava se escorar em Solange para não desabar, deram o seu melhor.

— Não é que eu não tenha apreciado o esforço, meninas, mas senti falta de um pouco de alegria. Pra animar vocês, vamos colocar a Nona Sinfonia. Quero todas se empenhando, quero que sintam a magia da redenção até que sorrisos largos brotem nessas carinhas tristes.
— Nunca dancei balé na vida, pelo amor de Deus — Andreza reclamou.
— Isso não é motivo pra sentir vergonha. Agora, se você não se mexer, se não se esforçar pra valer, vai ter um motivo pra ficar no chão, e vai ser um motivo muito mais sério que uma perna quebrada ou uma vagina rasgada — Maria Um disse.
— Pode soltar a gravação. — Ela comandou. Um dos macaquinhos obedeceu.
A Nona Sinfonia não era uma obra de Beethoven, e sim um enorme número nove brilhando na tela. Que logo cedeu lugar a uma gravação.
"Para, mãe! Para, pelo amor de Deus!", foi a primeira frase que a TV disse.
Ocupando a tela, uma menina de shorts rosa, sem camiseta, os cabelos embaraçados e a boca sangrando. Devia ter menos de dez anos.
"Deus não vai ouvir uma merdinha igual você!", a mãe enfiou a mão na cara da menina. Não contente, a agarrou pelo cabelo e forçou contra a cabeceira da cama. Um pouco tonta, a menina tentou correr, mas foi mais uma vez agarrada pelos cabelos. A mãe a atirou na parede.
Letícia começou a chorar, não de arrependimento, o que sentia era medo e vergonha. Todas as mulheres olhavam para a Letícia da tela, julgando-a, condenando-a. — Como conseguiu essa gravação? — perguntou.
— Seu marido comprou uma câmera. Um dia, a menina surrupiou o aparelho e gravou o que acontecia em casa. De nossa parte, só eternizamos o momento abusivo em um DVD. — Virou para os macaquinhos. — Próximo filme — Um macaquinho fez a tarefa.
Carla que espancava um menino, seu filho, com um cassetete da polícia.
— Ele não quebrou uma perna como a mãe, mas quebrou o braço direito. — Maria Um explicou e caminhou até a frente da tela. — Vocês torturaram seus filhos por anos. Surraram, feriram e humilharam. Vocês arrancaram sangue de quem só queria doar amor. Braços e pernas quebrados, hemorragias internas, sufocamentos, crises convulsivas porque o estresse era tamanho que os cérebros em crescimento simplesmente não aguentavam. Abusos — olhou para o sangue escorrido de Marta, cujo corpo já esfriava do outro lado da porta —, aluguel dos próprios filhos. Naquela TV, eles sempre pedem ajuda. Eles nunca revidam, eles podem, mas não querem, eles sabem que revidar sempre piora tudo. — Uma pausa para encarar as mulheres. — Eu não vou mentir, quase todas vocês vão morrer. Foram trazidas até aqui para isso. No fim, a que ficar de pé por mais tempo vai ter a chance de voltar pra casa. Nossa única exigência será que abram mão da maternidade e do casamento. Esse é o acordo, a possibilidade para uma nova vida. Um novo começo.

— Eu não vou concordar com essa loucura — Solange disse.

— Se não concordar, vamos jogar você daqui de cima e atirar nas suas costas, no caso de você sobreviver à queda. Helinho, seu menino, caiu de uma das janelas do seu apartamento, lembra? Acontece que alguém filmou o que aconteceu de verdade. Você vai conferir na TV.

Solange olhou para o chão surrado. Tantas farpas, inúmeras pontas se erguendo da madeira. Em alguns lugares, os pregos brilhavam, afiados.

— Não podemos dançar nesse chão. Estamos sem sapatos e...

— Vocês, venham até aqui — Maria Um convocou alguns macacos. — Parece que temos alguém aqui com muito medo de se machucar, de sentir dor. Formem uma fila, sim? Venham, todos vocês. — Os seres fantasiados fizeram isso depressa, e logo estavam pulando, batendo no peito e brincando como perfeitos macacos. — Podem tirar as máscaras.

Houve um silêncio tão grande que as respirações pareceram gritar.

— Mas, tia... — uma voz infantil disse, enfim.

— Elas não vão chegar perto — Maria Um garantiu.

— Deus do céu — Carla cobriu a boca ao ver o primeiro rosto.

Aquela criança era Edson, seu filho. Ele ainda tinha uma marca profunda no rosto, de quando ela o machucou com a fivela do coldre. Ao lado de Edson, uma menina de uns doze anos, cega do olho esquerdo.

Depois dela, um menino com a mandíbula torta. E a fila seguia, com filhos conhecidos e crianças desconhecidas. Entre todos eles, um enorme elo fraterno chamado sofrimento.

— Patrícia! — Letícia gritou. — Corre daqui, filha! Corre e traz ajuda.

A menina, no entanto, estendeu a mão para Maria Dois e a apertou.

— Agora, podem ir — Maria Um decretou. — As mocinhas aqui vão ter um longo dia pela frente.

Quase todas as crianças viraram as costas e saíram. A filha de Solange, no entanto, ainda abanou timidamente a mão, antes de decidir acompanhar os outros. Algumas mulheres tentaram avançar, momentaneamente recuperando o instinto maternal que há anos estava subjugado pela brutalidade doméstica. Acabaram rechaçadas pelas Três Marias.

Letícia voltou a gritar quando a última criança saiu da sala. Um menininho que mancava. — Isso não vai ficar assim! Quando eu sair daqui vou atrás do seu rabo gordo! Você conhece o meu homem, sua puta? Ele é um matador, ele é o pior bandido de Velha Granada!

— É mesmo, minha querida? — Maria Um perguntou.

— Você não conhece o meu homem! — Letícia repetiu.

— E quem você acha que cedeu essa gravação?

— Mentirosa! Vaca! Porca bocetuda maldita!

Nesse momento, Maria Um saiu de onde estava e chegou bem perto de Letícia. Como um mar vermelho feito de carne, as outras mulheres se abriram até que ela chegasse bem perto. Maria Um colocou o frasco do resíduo que mantinha em mãos no bolso traseiro e começou a retirar a máscara.

— Mas que merda — Letícia disse.

Maria Um não tinha muita carne na parte de baixo da mandíbula. O que ainda existia de tecido era fino, brilhante e repuxado. A metade inferior do rosto era praticamente uma cicatriz contínua.

— Minha mãe me chamava de porca também. Eu sempre fui gorda, feliz e agitada. Ela detestava gordura e amava balé, me obrigava a ter aulas, na esperança de eu perder peso. Meu pai talvez não concordasse com tudo, mas ele fazia tudo o que ela queria. Um dia eu disse que ia no balé e fui pra casa de uma amiga, comer bolo de chocolate. Minha mãe descobriu a mentira, e ficou tão irritada que esfregou soda cáustica pura no meu rosto e me trancou no banheiro. Fiquei lá daquela noite até a tarde do dia seguinte, então eles me levaram pro médico. Ele fez o que pôde com o pouco de carne que tinha sobrado.

Ela inclinou a cabeça, encarando a mulher.

— Uma das enfermeiras me tirou do hospital e levou até as Marias. Eu cresci com elas, e quando me tornei adulta, ajudei a salvar outras crianças e a formar outras Marias. Não são todas as crianças que se tornam uma de nós, mas algumas meninas não teriam outra chance de sobreviver com dignidade.

— Porca — Letícia riu e cruzou os braços. — Porcona — riu ainda mais. — Porcona bocetuda e deformada. Porca mal amada.

Calmamente, Maria Um virou de costas e recolocou a máscara. Girou de volta, sacando o frasco e aspergindo o Resíduo Zero sobre o rosto da desgraçada.

Letícia começou a gritar antes mesmo da corrosão. Quando a pele se inflamou de vez, ela se atirou no chão e começou a berrar. A pele se soltava ao atrito das palmas, o sangue vinha na sequência. Os gritos só aumentavam. Em poucos segundos já era possível observar o borbulhar do cálcio dos ossos.

Maria Um a observou, austera, até que o corpo desistisse de se mover.

Deu as costas à carcaça e disse às outras:

— Agora, vamos dançar.

Se existe um lugar mais escuro que a própria solidão humana, o endereço é o arrependimento.

Quando Lucille acordou novamente, já estava do lado de fora, sob a luz da lua cheia, com o rosto caramelado de sangue, suor e formigas vermelhas. Ela não tinha energia para fazer de outra forma, então as retirou lentamente, entre uma e outra ferroada.

Nos pés, pouca carne e muitos ossos, essa era a impressão que tinha. Nos olhos, os horrores de quatorze horas de sofrimento e agonia. A garganta não tinha mais nada de hidratação, a parte de dentro fora reduzida a um tecido áspero, seco e apertado.

No fim, restaram ela e Andreza. Apesar de experiente, a terceira colocada, Solange, foi tomada por câimbras e não conseguiu continuar. Como as outras, acabou devidamente eliminada pelas Marias. Sobre esse ato final, as mulheres podiam escolher entre o Resíduo Zero no rosto ou ingerido. Todas preferiram beber.

Na metade da madrugada, os pés das duas finalistas já estavam arruinados. Então, como a derradeira prova de resistência, elas tiveram que se sustentar apenas com os dedos mais uma vez. Andreza era pequena, leve, e isso contribuiria muito para que ela quase ganhasse sua liberdade. Infelizmente, não era para ser daquele jeito, e o osso do dedão direito do pé acabou virando ao contrário. Maria Dois e Três a levaram para fora e Maria Um ajudou Lucille a se levantar.

A colocou em uma cadeira, em frente à tela de TV que continuava mostrando as torturas e brutalidades contra diferentes crianças. Muitas vezes havia uma terceira pessoa por perto, a quem as crianças pediam insistentemente: "Me ajuda, pai", "Me ajuda, tio", "Me ajuda, vó", "Me ajuda", "Me ajuda", "Me ajuda".

Lucille chorou e chorou mais uma vez. Chorou até jurar a si mesma que jamais tocaria em uma criança de novo, ou permitiria que uma criança fosse tocada. Quando a última fita terminou, ela recebeu uma mochila nos ombros e um golpe de bastão na nuca.

Agora, se lembrava da mochila.

Estava alguns passos atrás, mergulhada no mato alto do terreno. Da construção infernal, apenas o contorno que se erguia à frente de uma enorme lua.

Lucille rastejou até a mochila, sentindo cada pequeno grão de terra se comportando como vidro. Conseguiu chegar bem perto, mas os pés falharam. Ela só a alcançou se esticando no chão. Tateou o interior e encontrou uma garrafinha de água mineral. Ficaria feliz tanto com água quanto com veneno, então rapidamente entornou a garrafa.

Voltou à mochila, encontrou um DVD em um envelope. Sem etiqueta, sem nomes, sem nada. Mas ela sabia o que estava gravado nele, assim como sabia que jamais voltaria a cometer certos erros.

Às vezes é preciso esquecer o pior da vida para que se consiga seguir em frente; mas outras, as coisas que importam a ponto de mudar destinos, é sempre melhor lembrar.

Please follow these instructions.

Você está acorrentada na sua própria tristeza
Nos seus olhos
Não há esperança para o amanhã
Como eu odeio te ver desse jeito
ABBA

SOPA
DE LETRINHAS

```
You're enchained by your own sorrow //
In your eyes // There's no hope for tomorrow //
How I hate to see you like this — ABBA
```

A menina identificou sua primeira letra do alfabeto na metade dos três anos, a primeira letra de seu nome, B de Bia.

A primeira professora foi a mãe, Diana. E naquela manhã de dor de garganta, mamãe havia colocado um caldo de galinha à frente de Bia, que não estava muito empolgada em dar uma colherada. Tudo mudou quando Diana verteu um punhado de letrinhas de macarrão no caldinho da tigela.

— Essa aqui é a letra do seu nome, B de Bia.

— É? E o da mamãe?

— A minha é essa aqui. D de Diana. Tá vendo como a sua letra parece duas letras da mamãe empilhadinhas?

— Simmmmmmmm! — A menina riu e ergueu os braços, comemorando.

Um ano e meio depois, Diana foi embora sem deixar uma única letrinha como despedida, foi embora e Bia ficou com a avó materna, que fazia o possível para continuar mantendo a sua única neta feliz.

Nos primeiros meses, Bia só chorou. Perguntava da mãe o tempo todo, não queria comer, não queria dormir, seus minutos dentro de casa eram carregados de sofrimento e ansiedade. Foi bem aos poucos, mas o amor da avó foi suprindo a falta que a mãe fazia. Bia recuperou sua rotina, voltou a sorrir e se apegou à esperança de que Diana um dia voltasse para casa.

Bia também encontrou maneiras de continuar perto da mãe. Tinha os óculos escuros de Diana, um cobertor da Branca de Neve, um punhado de pulseiras baratas e um colar de contas de vidro. Algumas vezes, ela se vestia como a mãe e fingia ser ela. Quase sempre a avó entrava na brincadeira, sempre interpretando a si mesma, e as duas só paravam quando Bia voltava a ficar triste e começava a chorar.

A menina continuou se interessando pelas letras do alfabeto.

Como seu último momento de descoberta com a mãe foram elas, tinha curiosidade de saber o que todos aqueles símbolos queriam dizer. Como se combinavam, como formavam as palavras, queria aprender a desenhar todos eles!

A avó se divertia e se esforçava a ensinar, mas, às vezes, as pessoas são jovens demais para certas coisas. Por mais que a menina tentasse, seu cérebro infantil não tinha condições de acompanhar as lições — mas isso nunca a impediu de tentar.

Em uma quinta-feira cinzenta, Eslovena estava no tanque, ouvindo os maiores hits da Jovem Guarda e ensaboando algumas roupas. Foi quando a menina largou as canetinhas hidrocor e perguntou, pela primeira vez, o que a avó já esperava há oito meses:

— O que aconteceu com a mamãe, vó?

Crianças são estranhas e, muitas vezes, elas simplesmente não querem saber. Não querem saber da morte, da doença, não querem saber da miséria que existe na casa das outras crianças da escola. Para uma criança, a divisão entre a felicidade e a tristeza é só uma porta que ninguém deve abrir.

Eslovena secou as mãos no avental e abaixou o volume do rádio.

— Ninguém sabe, minha querida. Com o vovô também foi assim, um dia ele saiu pra comprar verduras e nunca mais voltou. A sua mãe tinha aquele amigo que fazia uns filminhos, o Marco Antônio, então pode ser que eles tenham decidido passear um pouco, filmar algumas coisas por aí. Sua mãe sempre ganhava passagens pra ir pra onde ela quisesse de avião.

A menina voltou a pintar o desenho. Era algo que ela gostava muito de fazer, colorir com o jogo de canetinhas hidrocor que a avó lhe deu no Natal.

— Mas se ela só foi passear, por que não me levou junto?

— Eu não sei, meu anjinho, mas pode ser que a mamãe precisasse de um tempinho a sós com o namorado. Por que está me perguntando isso agora? Você gostava tanto de ficar com a vovó... Enjoou de mim, foi?

A menina imediatamente se levantou. Correu até a avó e a abraçou pelas costas, apertando o vestido florido bem forte. Eslovena se ajoelhou, retribuindo aquele abraço sincero. De longe, o cão pequinês da avó saiu correndo de onde estava e começou a saltar sobre Bia, tentando chamar atenção.

— Te amo, vovó.

— Também te amo, anjinho. Eu e o Toni. Nós dois te amamos tanto que você nem vai ter tempo de ficar triste.

A rotina da casa não era nada especial, mas passava longe de ser uma chatice. Além disso, a avó continuava perita em entreter sua neta. Nos diferentes cômodos da casa agora existiam jogos de tabuleiro, quebra-cabeças, livros de colorir aos montes. Também uma porção de bonecas, e até um tripé de pintura, na cozinha, com pincéis e uma tábua de aquarela. Quando o tédio chegava para valer, vovó o driblava com algum docinho e um pouco de televisão — embora a combinação açúcar e tecnologia fosse tratada como um último e indesejável recurso por Eslovena.

Bia também gostava de acompanhar o dia a dia da avó, e essa chegava a ser a parte mais divertida de toda a sua vida. Preparar o almoço, colocar as roupas de molho, varrer a casa, aspirar o sofá, molhar as plantas, muitas vezes assistir às novelas até que o sono vencesse os olhos. Percebendo o interesse da menina, a avó tratou de conseguir miniaturas de quase tudo que usava. Uma vassourinha, um rodinho, as roupinhas de boneca também ficavam de molho. E a menina tinha seu próprio regador e uma cozinha de brincadeirinha.

Às vezes, a avó fazia algo novo, como acontecia agora. Eslovena estava verificando a despensa, conferindo a validade de tudo o que encontrava e jogando o que já não prestava no lixo. A menina ia vasculhando os produtos que iam para a lata. Um arroz já aberto, um feijão com pó no fundo do vidro, dois enlatados de massa de tomate. E aquela embalagem que tinha uma menininha estampada no plástico. Bia a apanhou e levou de volta até a avó. Eslovena estava em cima de um banquinho para conseguir enxergar o que estava nos fundos do armário.

— Vovó?

— Que foi, minha filha? — Eslovena não tirou os olhos do armário.

— Posso ficá com isso? — perguntou em sua voz miúda.

— Com isso o quê, minha filha?

— Com isso, ó — Bia ergueu a embalagem. — Isso, ó — repetiu.

Eslovena olhou para baixo rapidamente e teve uma leve vertigem. Se agarrou na porta do armário.
— Só não coloca na boca. Isso aí tá estragado faz dois meses.
— Só quelo blincar.
Com a avó ocupada, a menina foi até o quintal e se virou sozinha. Apanhou uma vasilha velha (o antigo bebedouro de Toni), encontrou uma torneira ao alcance (sofreu um pouco para abrir, e se lembrou de usar o tecido da camiseta para ajudar, como viu Diana fazer algumas vezes) e a encheu com água.
A avó já tinha descido do banquinho quando a menina voltou para a cozinha, derrubando pelo chão metade do que botou na vasilha. Eslovena não a repreendeu. Em vez disso, forrou uma cadeira com um pano de prato e pediu que Bia colocasse a vasilha sobre ela.
— Vai fazer uma sopinha?
— É, sopa de blócolis.
— E vai lembrar do que a vovó falou sobre o macarrãozinho de letrinhas?
— Que não posso colocá na boca, senão minha baliga fica dodói.
— Isso, anjinho, exatamente isso. Você é uma menininha muito esperta.
Enquanto Bia colocava mais algumas letrinhas na água, Eslovena desprezava mais produtos vencidos na lixeira. No final das contas, havia bem mais do que ela imaginava, e Eslovena precisou encher duas sacolas até a boca. Terminada essa parte da tarefa, pediu que a menina tomasse cuidado para não se sujar, enquanto ela levava as sacolas para o lado de fora.
— E o senhor fica de olho nela, seu Toni.
Bia riu, ela sempre ria das gracinhas de Eslovena.
Ficar sem mãe era um saco, mas a avó sempre a tratou muito melhor. A mãe muitas vezes ficava brava, dizia que ela estava fazendo "feiura", botava de castigo e tudo mais. Com a vovó nunca era assim, o castigo mais pesado naqueles meses difíceis foi dormir meia hora mais cedo porque Bia jogou o telefone no chão de propósito. Em sua defesa, a menina teve seus motivos. Ela tentou falar com a mãe e a mãe não respondeu. Nem por telefone! Nada mais justo que acabar com aquela porcaria inútil.
Sozinha na cozinha, Bia começou a remexer as letrinhas. No início, não havia outro interesse além de preparar a sopa de mentirinha, mas logo os olhos estavam procurando por combinações naquelas pequenas letras.
Com o tempo ela se familiarizou com o alfabeto, até mesmo com o y (ispilon) e o w (os dois vêzinhos), não tão usados pela vovó. As combinações mais simples ela também já conseguia decifrar de primeira. As outras, uma pequena tabela da vovó sempre ajudava.
— Bobinha — A menina riu de si mesma e caminhou até seu quarto. Como poderia fazer uma sopa, mesmo uma de mentirinha, sem uma colher? E como, mesmo de mentirinha, alguém poderia comer aquela sopa sem outra colher?

Já com as duas colheres de plástico cor-de-rosa, ela acomodou Biazinha (uma boneca que tinha seu mesmo nome) no encosto da cadeira e voltou a se sentar. Remexeu a água que já acumulava pequenas auréolas de gordura.

— Já-já fica plonto — disse para Biazinha.

Alguns R andavam sumidos do vocabulário de Bia desde a metade dos três anos. Eslovena chegou a levá-la ao pediatra, e, não contente, a levou a um fonoaudiólogo, e ambos disseram que a "fase do Cebolinha" acontecia com quase todas as crianças entre os três e quatro anos — um pouco mais no caso de Bia, mas o retrocesso se explicava pelo trauma de perder a mãe.

Mexe pra lá, mexe pra cá, e então chega de mexer, porque era hora de Biazinha comer. A colher avançou carregando um S, e Bia só parou quando chegou a alguns milímetros da boca da boneca.

— Tá muito quente, é? Mamãe vai assoplá pa você.

Assopra uma, duas, e então finge que a boneca comeu tudo.

— Que fomona!

A colher voltou para a tigela, e a letra S logo reencontrou suas amigas.

Então, em um movimento totalmente improvável, todas as letrinhas foram para o canto da tigela. Bia achou graça, e com a pontinha da colher tentou empurrá-las de volta ao centro. Ela arrastou algumas, mas todas as pecinhas de macarrão voltaram para as bordas assim que ela afastou a colher. Mais surpreendente ainda foram outras duas letras se afastando da borda e, sem ajuda nenhuma, voltando ao centro da tigela.

— Oi? — ela perguntou. — Tá me falando oi? Então, oi! — cumprimentou, alegre. A letra I se afastou em seguida, e outras letras chegaram ao centro. — Vovó. A vovó? É isso?

As letrinhas se afastaram umas das outras, um segundo antes da avó entrar na cozinha. Eslovena parecia apressada, avançando até a pia e abrindo a torneira. Ensaboou as mãos com detergente, então sentiu alguns puxões em seu vestido.

— Já terminou a sua sopinha? — perguntou para a neta.

— É que... eu quelia que você visse uma coisa.

— E o que é? — a avó perguntou e começou a enxaguar as mãos. A neta voltou para a cadeira.

— Ahhh, agola já acabou. — Bia bateu as mãos nas pernas.

Deixou tudo onde estava e correu para o quintal. A avó ficou olhando para a sopinha sem entender nada.

Em menos de dois minutos, Bia não se lembrava da sopa ou da brincadeira com as letrinhas. Toni estava perseguindo uma galinha que apareceu no quintal, e Bia gritava sem parar, fingindo que o pequinês era algum tipo de monstro mítico que adorava devorar dinossauros.

Eslovena estava estendendo roupas no varal quando notou a menina preparando novamente a sua sopa de letrinhas.

Crianças têm a imaginação fértil e, de tão fértil, a imaginação de sua netinha chegava a assustar. Naquele exato momento, por exemplo, Bia estava conversando, rindo para a tigela, como se existisse alguém ali. A menina inclusive havia apanhado *duas* cadeirinhas e a mesinha de madeira que Eslovena comprou no mercado de pulgas da cidade onde moravam, Trindade Baixa. As cadeiras estavam uma de cada lado da mesa, e a menina não parava de cochichar.

— Num entendi o que é pra fazê.

Apanhou a colher e bagunçou o caldo. Depois saiu correndo.

Eslovena a observou de soslaio, sem se envolver, curiosa sobre como aquela brincadeira terminaria.

Bia atravessou a porta dos fundos correndo, carregando uma pequena bola amarela. — Tá aqui — informou ela.

Chegou mais perto da tigela, como quem lê alguma coisa. E então começou a bater palmas, pulando e comemorando com toda aquela empolgação exagerada das crianças. Eslovena colocou dois prendedores nos lençóis e foi até ela.

— O que é tão engraçado, anjinho?

— O plato, vó! — riu mais um pouco. Ria tanto que o rostinho branco começava a ficar vermelho.

Eslovena olhou para o prato (para a tigela velha de Toni) e tudo o que viu foi uma bagunça de letrinhas. Ela riu.

Afinal de contas, o que mais esperava encontrar?

— Não é pra rir! — a menina reclamou. E, como sempre acontecia quando estava zangada, a dicção de Cebolinha desapareceu.

— Por que não explica pra vovó o que está acontecendo?

— Não quero falar! — Bia cruzou os braços.

— Amor... nós já conversamos bastante sobre tratar a vovó assim. Se você não quer me contar, tudo bem, mas não precisa ser mal educada.

— Não *posso* falar! — ela manteve os bracinhos cruzados e virou de costas.

Eslovena balançou a cabeça, suspirando, e foi cuidar do resto das roupas.

Pelo canto dos olhos, a menina observou a avó se afastar, e só voltou para a mesinha quando a avó se distraiu de novo.

Continuou movendo a colher e as letrinhas, encantada com a tigela, até que, em um movimento errado, verteu tudo em si mesma. Quem gostou do acidente foi Toni, que comeu boa parte das letrinhas que encontrou pela grama.

Eslovena gostou bem menos, porque o jeito era antecipar o banho da menina e deixar as roupas para depois.

Como tudo na vida de Bia, o banho foi mais um evento de diversão e entretenimento, e a avó só conseguiu voltar para o quintal duas horas depois. E ainda precisou espantar um punhado de galinhas do quintal. Elas apareciam e emporcalhavam todas as roupas, estavam se tornando uma praga.

Sozinha em casa, Bia teve a melhor ideia daquela semana.

Depois do banho, a banheira ficou cheia porque vovó se lembrou que ainda precisava estender algumas roupas no varal e saiu correndo. Agora, a menina calculava rapidamente que, talvez, as letrinhas funcionassem melhor com mais água. Era uma ideia genial, principalmente aos quatro anos e meio.

Pisando em ovos, Bia se esgueirou até a porta dos fundos e esperou que a avó se distraísse com as roupas. Demorou um pouco porque as maiores peças já haviam sido estendidas no varal. Quem salvou o dia foi Toni, que começou a se interessar de novo pelas roseiras do quintal. Ele sempre cavava ali, não importa quantas vezes fosse enxotado. Enquanto Eslovena o expulsava e pressionava a terra de volta, Bia correu até o meio do quintal e apanhou o saco com as letrinhas. Seus pés ficaram um pouco sujos, nada demais: ela já conseguia (com a ajuda de um banquinho de plástico) subir sozinha e se sentar na beiradinha da banheira para lavar os pés. Vovó não sabia — e nem precisava saber, tá bom? —, mas ela conseguia.

A espuma do banho já tinha desaparecido, o que era muito bom, porque, de outra maneira, ela não conseguiria ver as letrinhas.

Bia não despejou muitas (precisava economizar para continuar brincando), e o que caiu na água rapidamente se espalhou, o que a forçou a se esticar perigosamente à beira, puxando as letrinhas que conseguia de volta. A perna vacilou no banquinho, mas a menina logo se firmou outra vez.

— Agola a gente pode convessá. — Assoprou as letrinhas. Elas começaram a se mover de novo, e dessa vez sem correr para muito longe. Bia estava encantada com aquele ir e vir em zigue-zague, aquele estranho tipo de dança.

— B... O... L... Bola! — ela gritou e correu até seu quarto, onde apanhou de novo a bola amarela.

Ao chegar na banheira, encontrou outra coisa escrita. Uma palavra de três letras. Ela também conhecia aquela.

— N... A... O. Não? Por que tá falando não? Não ela a bola?

As letras se bagunçaram e reorganizaram, e Bia teve a impressão que alguém ou alguma coisa revirava as letrinhas, procurando por alguma em especial.

N... A... O... B... O... L... A

— Eu não sei o que é... eu não entendo! — Bia enfiou a mão na banheira e embaralhou as letras. Não contente, mergulhou o braço e abriu o ralo. — Não quero mais brincar! — Saiu do banheiro nervosa e foi para o seu quarto, onde ficou emburrada até ouvir a avó voltando do quintal. Com a entrada de Eslovena, ela se acalmou e seguiu com o dia, e até ajudou a avó a guardar as roupas já passadas no armário. No jantar, fingiu que cozinhava, mas o cardápio passou bem longe da sopa de letrinhas.

Quando o dia virou noite, Eslovena contou uma história. O livro escolhido foi *A Bela Adormecida*, com pequenas variações para que a menina não sentisse medo e perdesse o sono. Bia sempre se assustava com a bruxa que, em sua imaginação, era alta e magra como um bambu. E tinha uma voz frouxa e gasta, como a voz da garota da casa ao lado que era alta e magra, e parecia uma bruxa...

— Durma bem, meu anjinho — Eslovena a beijou na testa.

Caminhava até a porta quando ouviu:

— Vó?

— Sim, anjinho?

— O que acontece se a gente dormir pla semple?

— Se for uma menina, ela espera o príncipe. Se for um menino...

— Tô falando sélio! — a menina exigiu.

A avó plantou um sorriso no rosto e voltou até a cama.

— Você se parece tanto com a sua mãe. Eu amo você do mesmo jeito que amava a minha Diana na sua idade. Uma pena que o tempo passe, minha filha. O tempo passa e as pessoas mudam.

— E o que acontece quando elas dormem pla sempe? — insistiu.

— O que você acha que acontece?

A menina pensou um pouco.

— Um dia eu vi uma abelha no chão. Eu mexi nela e ela num se mexeu. Acho que é assim. E acho que isso é dormir pla semple.

— Então você já tem a resposta, meu amorzinho. Morrer é dormir pra sempre. Como aquela abelhinha que você viu.

— Foi isso que aconteceu com a mamãe? E com o vovô? Eles tão dormindo pla semple?

— Prefiro acreditar que não. Algumas coisas a gente prefere não saber, entende? Principalmente as coisas muito ruins. Agora fecha esses olhinhos e tenta dormir. Logo o sol volta e nós duas podemos brincar de novo.

Eslovena voltou até a porta e, antes que pudesse atravessá-la, ouviu:

— Vó?

— Sim, anjinho.

— Se a mamãe não tá dormindo pla semple, e não vai voltá nunca mais, então eu nunca mais quelo falá com ela.

A avó deu um sorrisinho curto e maroto.

— E você está muito certa em fazer isso. Tenha bons sonhos, Bia.

A menina acordou e sentiu o cheiro do melhor pão de queijo do mundo.

Sentou-se na cama e fez um carinho em Toni, que sempre acordava mais cedo que todo mundo.

— Acho que o sol já voltou, Toni — fez um carinho no bichinho. — Vóóóóó?

Eslovena apareceu na porta, com o mesmo o sorriso com que foi se deitar.

— O sol já voltou? — Bia perguntou.

— Voltou, sim, amorzinho. E o café já está na mesa. A vovó vai preparar uma surpresa enquanto você escova os dentes.

— Suplesa?

— Isso mesmo.

— Obaaaa! E o Toni pode ir comigo no banheilo?

— Pode, sim. Só não tenta escovar os dentes dele de novo, tá bom? Da última vez ele só rosnou, mas ele pode decidir morder.

Dentes foram escovados e, apesar de oferecer a escova a Toni, Bia não insistiu quando ele não demonstrou interesse.

Depois dos dentes, foi a vez de Bia ajeitar os cabelos, que não ficaram muito melhores com a escovação dela. Eslovena apareceu e resolveu tudo com um rabo de cavalo.

— Agora, a surpresa — disse para a menina na cadeirinha.

— Pão de queijo?

— Mas quando foi que você ficou tão esperta? — Eslovena caminhou até o fogão. — Essa é a primeira surpresa, mas garanto que a segunda é muito melhor.

— Leitinho?

Em vez de responder, Eslovena foi até o fogão e apanhou uma tigela. Colocou na frente da neta.

— Você estava se divertindo tanto que eu não resisti em comprar mais uma sopinha. Vovó fez um caldinho bem leve, e dessa vez usei caldinho de carne, que você adora.

Eslovena ficou de pé ao lado da neta, esperando pela primeira colherada. Que não vinha...

— Que foi, anjinho?

— É que... nunca comi isso cedinho assim que nem hoje.

— Não tem problema se você não quiser agora, podemos deixar pra depois.

Bia estava quase concordando em não comer, porque era muito estranho sopa de letrinhas no café da manhã, mas tudo mudou quando ela deu uma olhada no caldo.

O... I...

— Acho que eu vou quelê, vó.

— Tem certeza?

Ela confirmou com a cabeça, animada.

— Então a vovó vai fatiar o peito do frango enquanto você come. Hoje eu quero fazer um almoço bem gostoso.

Eslovena virou de costas, e a menina assoprou as letrinhas para que elas se soltassem e pudessem formar alguma palavra.

— Ainda tá quente? — a avó se virou.

Bia cobriu a tigela.

— Tá do jeito que eu gosto — e sorriu.

A avó riu e deu a primeira machadada no peito do frango.

B... O... L... A...

Bola de novo, aquilo não fazia sentido. Por que uma sopa ia querer uma bola? Para fazer uma sopa de bola?

Mas então outra letra começou a se mexer. A letra do sapo, o S.

— Bolsa! — a menina não se conteve e bateu palmas.

— Que bolsa? — A avó perguntou. Bia leu na sopinha:

X... I... U...

As letras se mexeram de novo. E dessa vez formaram algo que ela leu bem depressa.

B... O... L... S... A

D... A

V... O... V... O

X... I... U

A menina entendeu o recado, mas desistiu de tomar o caldo. Como, em nome do Deus das Criancinhas Sem Mãe, ela conseguiria comer alguma coisa que conversava com ela?

— Vó?

— Sim, amor?

— Acho que... é que... de manhã eu gosto mais de leitinho.

— Não tem problema, a vovó guarda pra depois. — Eslovena abandonou o frango e colocou a sopinha na geladeira.

Bia desceu de sua cadeira cor-de-rosa às nove da manhã, e perto das dez entrou na surdina no quarto da avó, a fim de encontrar a tal bolsa. Ela não imaginava o motivo do pedido da sopa, mas estava gostando da brincadeira. Talvez até contasse tudo para a vovó depois, quando descobrisse o que a sopinha queria de verdade.

Entrar no quarto não era tão legal quanto esperava. Tinha o cheiro da avó, o jeito da avó, tinha uma porção de retratos da avó em uma penteadeira. Mas sem a avó por perto, o quarto parecia uma tumba, uma igreja, uma coisa assustadora.

O que Bia fazia era errado, e ela sabia que avó exigiria uma explicação se a flagrasse mexericando por lá.

Que tivesse visto, a avó tinha duas bolsas. A que ela mais usava era marrom, e ficava pendurada no negócio de camisas do canto do quarto. A outra, que quase nunca saía do armário, era maior e preta. E ela brilhava um pouco, como as bolsas de festa que a mãe tinha.

A menina apanhou a bolsa marrom para dar uma olhada. Não tinha quase nada ali, só a carteira da avó, um batom, e duas caixinhas de óculos. Também uma porção de chaves, que ela nem tirou do fundo. Pensava no que a sopa queria com aquelas bolsas. Talvez encontrasse algum presente dentro delas. Isso seria demais!

Com todo o cuidado, a menina foi até o guarda-roupa, onde sabia que a avó guardava a bolsa brilhante. Ficava na porta do meio, a mesma porta dupla que se abria para uma porção de agasalhos estendidos em cabides. A bolsa preta ficava estendida ali, entre os casacos.

Antes de apanhá-la, Bia voltou até a divisória com a cozinha, só para confirmar se a avó continuava entretida. Eslovena estava fatiando coisas fedidas. Alho, cebola; temperos. Ela não chamaria Bia enquanto não acabasse, porque Vó Vena sabia que os temperos faziam sua neta espirrar.

Voltou ao guarda-roupa.

— Saco! — a menina disse, imitando algo que a mãe fazia sempre que ficava nervosa.

A porcaria da bolsa estava presa.

Olhou ao redor, tentando encontrar algo que conseguisse aumentar sua altura. A banqueta da penteadeira poderia servir. Era um pouco pesada, mas, com algum esforço, Bia conseguiu arrastá-la. Colocou bem rente ao armário, se esticou, e ainda assim o cabide ficou muito alto.

— Sai daí, coisinha! — disse à alça da bolsa. Deu mais um tranco e a alça voltou exatamente para onde estava. A menina puxou com mais força, sacudiu, e nada da bolsa sair do armário. Irritada, começou a puxar seguidas vezes, e foi chegando cada vez mais perto da beirada da banqueta. Moveu os pés, a perna direita pisou o próprio ar e...

— Aaaai! — gritou ao deformar o traseiro magrinho no chão. O bumbum amorteceu a queda, mas o ossinho lá de dentro parecia pegar fogo.

— Biaaaaaa? Tudo bem aí?

A menina repetiria o ato seguinte muitas vezes em sua vida, mas aquela foi a primeira vez que ela engoliu a vontade de chorar. Bia se levantou, bateu no chão duas vezes para dispersar as lágrimas. — Eu só tô brincandoooooooô!

Esperou que a avó entrasse no quarto e a apanhasse em flagrante, e ela contaria toda a verdade. Isso foi o que aprendeu com a mãe. Diana não mentia e nunca aceitava mentira de ninguém. Mas Diana desapareceu, então que fosse para o Inferno com as lições de vida e o namorado bestão dela!

Contudo, nada precisou ser feito.

Bia apanhou a bolsa e a levou até a cama. Enfiou a mão lá dentro, e por um momento lembrou de *A Bela Adormecida*, onde a princesa se furava com uma agulha e dormia para sempre. Os dedos seguiam encontrando superfícies estranhas, pontudas, uma agulha não seria inesperada.

Tomando o máximo de cuidado para não apertar, ela se encorajou a puxar uma das peças. Era um pouco pesada, mas puxou até o final.

— Nossaaaaaa! — disse, espantada, ao ver o brilho do ouro e das pratarias.

Um anel brilhante, um cordão de ouro, uma pulseira de prata que ela já tinha visto no punho de Diana um milhão de vezes. Mais fundo, na bolsa, encontrou outras coisas, e a que mais chamou sua atenção foi a carteira de sua mãe. Aquilo deu uma vontade danada de chorar. Por ela, e também pela avó, que guardou todas aquelas coisas da mamãe para matar a saudade. Quase sem conseguir se controlar, Bia conseguiu devolver a bolsa ao armário (mas na parte mais baixa, para que a avó pensasse que tinha caído do cabide). Correu até o banheiro e começou a chorar.

Eslovena ouviu a porta do banheiro se fechando com mais força do que o necessário e foi até lá, com a machadinha suja de frango nas mãos. A menina disse que tinha "um cocô quelendo sair" e a avó voltou, rindo, para a cozinha.

Quando a menina saiu, correu até a pia e pediu um abraço. Ficou grudada em Eslovena, sem dizer nada, por quase um minuto inteiro. Não chorava mais, e a mão esquerda apertava um anel que costumava ficar no dedo de sua mãe. Sem saber o que estava acontecendo, ou como agir, a avó retribuiu o abraço.

— Tudo isso é saudade? — perguntou.

— É. É, sim.

Se a avó percebeu algo de errado com aquela bolsa preta, ela nunca perguntou à neta. O que Eslovena notou, com certeza, foi o fim da fase do Cebolinha, e o apetite voraz da neta pelas letras, com a exigência constante em saber cada vez mais sobre como as palavras se formavam e o que elas queriam dizer. Assim como notou o apetite por caldos e sopas de letrinhas, que obviamente mantinham uma estreita relação com a escrita e a leitura. Eslovena apoiou, afinal de contas, que mal havia em aprender a ler um pouquinho mais cedo?

Em menos de um ano, a menina já sabia unir muitas palavras, e a exigência por sopas de letrinhas chegou a tal ponto que Eslovena precisou manter um pequeno estoque em casa. A menina comia pelo menos um caldo a cada dois dias, e ficava pela casa com um prato raso, uma panela, ou o que mais conseguisse encontrar para brincar durante o dia.

Quase sempre a avó ficava de olho porque o fala-fala da menina com as tigelas a deixava receosa. Era o que acontecia mais uma vez, enquanto ela escolhia o arroz para o almoço. A menina não parava de ir e vir, pegando objetos, os devolvendo, às vezes reclamando consigo mesma e bufando. Ela já tinha separado uma boneca, talheres de mentirinha, o controle remoto da TV, o pé de uma pantufa de jacaré e o acendedor do fogão.

— Minha filha, o que é tudo isso?

— Deixa eu! — a menina se empertigou.

— Deixo, mas se continuar trazendo coisas pra cá, daqui a pouco não vamos conseguir andar. Por que não me conta o que é tudo isso e eu tento te ajudar?

A menina olhou para a avó, e em seguida devolveu os olhos ao prato de letrinhas. — Eu não quero falá — ela assoprou o pratinho.

A avó voltou a se distrair com o arroz e a menina brincou mais um pouco. Logo saiu da cozinha novamente e voltou com uma pilha AA, um pianinho e um carrinho de boneca. Como toda criança tão jovem, alguns minutos foram o bastante para que ela esquecesse completamente da discussão com a avó.

— Vó?

— Hum? — vovó não parecia tão esquecida.

— Você gostava da mamãe?

— Claro que sim. Sua mãe era uma criança adorável.

— Gostava dela igual de mim?

Eslovena deixou o arroz e olhou para a menina por cima dos óculos.

— Acho que eu gosto mais de você.

Bia riu e assoprou o pratinho. Levou a mão direita para bem perto e começou a falar baixinho consigo mesma.

— E por que a gente se via pouco antes, quando eu tava com a mamãe?

Eslovena não tirou os olhos da mesa, mas a menina se esticou até conseguir ver seu rosto sisudo. As mãos da avó se moviam mais depressa, tratando os grãos de arroz como se eles fossem piolhos.

— Sua mãe era egoísta. Ela não me queria por perto.

— Mas a vovó gosta dela, né, vovó?

— Claro que sim, toda mãe gosta da filha. Mas, quando os netinhos chegam, tudo fica diferente. Vocês são mais doces, mais gentis, desde que você veio pra cá, essa casa se encheu de luz.

— De luz? — perguntou, intrigada.

— Isso mesmo.

— E antes? Antes era tudo escuro, vó?

Eslovena demorou um pouco para achar a melhor forma de responder àquela pergunta.
— Era triste.
A menina voltou a ficar calada, mas, na metade do minuto seguinte, se levantou e correu para o quarto. Dessa vez, Eslovena deixou seus grãos e se esticou toda, a fim de enxergar o que havia no prato.
Foi em um piscar de olhos, mas ela pensou ler a sílaba "ma" se formando antes das letras se separarem de novo.

A noite caiu depressa, e neta e avó se falaram bem pouco, até que chegou a hora de dormir. A menina continuou entretida com suas sopinhas e comidinhas, com o ir e vir de coisas de diferentes cômodos da casa. Perto das dez, como era rotina, a avó a colocou na cama. Preparou um leite com bastante achocolatado e serviu junto com algumas bolachinhas Panco. Esperou que a menina terminasse de comer, então apanhou um dos livrinhos de histórias.
— Eu não quero.
— Não? — Eslovena se surpreendeu.
— Eu já sou grande. Não quero historinha de criança. — A menina se cobriu e virou de costas.
Eslovena lembrou de Diana.
Ela também costumava ser doce e independente ao mesmo tempo. Mas a mãe de Bia era muito mais independente do que doce, bem mais parecida com o pai. Aliás, o pai de Diana era piloto de avião, e Diana trabalhava como comissária de bordo até... até ela sumir.
— Cresça com calma, minha neta. O mundo vai esperar o seu tempo, não precisa ter pressa em se tornar uma adulta. Aproveite enquanto você ainda é criança, me deixe aproveitar a sua companhia. Quando a gente cresce, tudo muda, os nossos pais, nossos avós, todos eles vão perdendo a importância.
— Eu também vou? — Bia perguntou, sem se virar de frente.
— Não, anjinho. Você, não. Não importa o que você faça, você sempre será o amor da minha vida.

Eslovena tinha o sono de um passarinho, mas naquela noite dormiu como uma pedra. O sono veio com tudo, e a tombou antes mesmo que ela terminasse de tomar seu chá.

Então vieram os sonhos, e os ruídos que ouviu adormecida não foram suficientes para acordá-la, não foram fortes o bastante nem mesmo para que ela abrisse os olhos. Não obstante, em algum nível frágil de consciência, ela os ouviu. Eram tilintares metálicos, frases soltas na voz da neta, passos rápidos pela casa.

Recobrar os sentidos foi como cair de volta no corpo, e Eslovena imediatamente percebeu que a porta de seu quarto estava fechada, o que a deixou em estado de alerta. Ela e a neta haviam combinado há muito tempo que as portas sempre ficariam abertas durante a noite. Tentou se levantar depressa e o mundo rodou como um carrossel. Eslovena se apoiou na cama, depois na parede, e foi assim que conseguiu chegar à porta.

A mão foi para a fechadura, mas a porta não abriu. Eslovena repetiu o movimento outras três vezes, até se convencer de que estava trancada.

Nos noticiários, sempre ouvia que a violência estava aumentando na região, mas ela não era rica e nem morava em uma casa enorme, por que diabos alguém invadiria sua casa? Em seguida, pensou na neta e sentiu um calafrio. Existem homens maus e existem aqueles que nem deveriam ser chamados de homens, e essas... bestas, podiam fazer coisas com menininhas como Bia, coisas horríveis.

— Biaaaaa! Bia, fala com a vovó!

Mas Bia não respondeu.

— Pelo amor de Deus, eu dou o que vocês quiserem, mas não machuquem a minha netinha! Não toquem ne...

Eslovena parou de falar e arfou o ar mais profundamente. Havia um cheiro diferente. Fumaça. Afastou-se da porta, não enxergou nada. Nenhuma fumacinha, nenhuma névoa. Não ainda.

— Pelo amor de Deus, alguém me ajuda! — gritou. — Me ajuuuuda! Minha casa tá pegando fogo! Eu tenho uma netinha!

— Tá falando com quem, vó? — ouviu do outro lado da porta.

— Bia! Bia, graças a Deus! Abre a porta pra vovó!

— Eu... acho que não.

— Bia! Você precisa abrir! Estou sentindo cheiro de fumaça, você consegue ver alguma coisa pegando fogo?

— Ah-ham. Tô vendo fogo, sim. Eu que acendi.

A única reação possível foi se afastar da porta.

— Bia, abre essa porta agora!

— A mamãe disse que não.

— Sua mãe foi embora, Bia! Tá lá no alto, lembra? No avião? Fazendo filminhos? Ela não vai voltar, minha filha, ela fugiu com aquele namor...

— Não! — Bia gritou. — Ela não tá no alto, vovó! Não fugiu nada! Ela contou tudinho pra mim.

— Bia, isso é impossível. Eu não sei quem está enchendo a sua cabeça de minhoca, mas não é a sua mãe.

— Ela fala na sopa, tá bom? Eu não entendia, mas agora eu sei juntar as letrinhas! Você fez ela dormir, e o vovô também. Matô e colocô eles na terra do jardim! E vai me colocá lá também.

— Não é verdade, meu amor! Se me deixar sair daqui, eu posso provar que não é verdade!

— É verdade, sim. Eu cavei no jardim, vovó. Cavei e achei um dedo todo fedido! E eu achei as coisas que eram dela, as pulseirinhas da mamãe e um montão de coisa. Mamãe falou que você é doida, uma velha feia e doida!

— Não, anjo, eu jamais faria uma coisa dessas. Eu amava a sua mãe com todo o meu coração, assim como amava o seu avô. As coisas não são o que parecem, seu avô tinha uma segunda família, entende? Eu fiquei com raiva. E a sua mãe, ela sempre teve esse sonho de morar em outro país. Ela arrumou aquele namorado bandido, ele não era um homem bom. Eu livrei a gente dessas pessoas ruins, meu amorzinho, precisa acreditar nisso.

— Não é o que a mamãe falou. E a mamãe nunca mente.

Eslovena ouviu pequenos passos se afastando depressa e a fumaça ficou mais forte. Ela gritou um bocado. Tentou abrir a janela, mas alguma coisa travava a abertura. Pensou em dois pedacinhos de madeira ou coisa parecida nos trilhos externos.

Quando a fumaça começou a sufocá-la, ela correu ao banheiro, então notou a banheira ainda cheia, com um monte de letrinhas boiando na superfície.

C... O... M...

A... M... O... R...

D... I... A... N... A

SOMOS O SEU COMBUSTÍVEL.

COBRA DE FOGO
GASOLINA

POSTO DE GASOLINA
E BORRACHARIA

Please follow these instructions.

Eu não estou nem aí
Para a minha má reputação
Você está vivendo no passado
Esta é uma nova geração
JOAN JETT

LAR DOCE LAR

```
I don't give a damn 'bout my bad reputation //
You're living in the past /
It's a new generation — JOAN JETT
```

Duque meteu o pé no acelerador e os pneus gritaram de novo. Paloma esperou que a curva terminasse, e em seguida meteu metade do corpo para fora do GTI vermelho: — A gente ganhou, filho da putaaaaaaaa!

Na estrada, uma fumaça escura ia ficando para trás, e dentro dela um oficial de polícia fritava entre as ferragens. No rádio, Lobão dava o recado sobre a vida bandida e Duque fazia o GTI voar pelo asfalto de uma nova curva.

— Senta esse cu aí, porra! — ele puxou Paloma de volta.

Deu uma nova olhada no retrovisor, parecia um pouco cedo para comemorar. Durante o assalto, tudo saiu razoavelmente bem, mas o que aconteceu depois foi estressante. Policiais filhos da puta, por que alguns não desistem? Por que morrer pela miséria que recebem?

No espelho, nenhum carro se aproximando, apenas o rosto ainda mascarado, um Darth Vader vagabundo com cheiro de talco que aquecia a pele como se o rosto estivesse enfiado em um forno.

Paloma, que usava uma máscara de Sloth, de *Goonies*, já estava liberando o rosto. Era bonita, jovem e sustentava um brilho perigoso nos olhos castanhos. Aquele olhar audaz agora se voltava para o homem ao seu lado. Ainda de máscara, o motorista do GTI finalmente se permitia relaxar um pouco. — Viu só como aquele merda pegou fogo? — Duque disse. — Hoje vai ter porco assado no almoço!
— Será que ele tá morto?
— Claro que tá, caralho. E se não estiver, tô torcendo pra ficar aleijado. E quem mandou a senhora tirar a porra da máscara?
— Você acha mais discreto duas pessoas de máscara dentro de um carro vermelho?
Darth Vader a encarou por três perigosos segundos de estrada.
— Não dá uma de espertinha pra cima de mim, gata — ele disse. Puxou a própria máscara e a atirou pelo vidro. — Me acende um cigarro.
Paloma ofereceu o tubinho de Minister a ele. Acendeu outro para si.
Lá fora, um pequeno lagarto, um calango, notou uma coisa vermelha fazendo um monte de barulho na sua estrada. Não sabia bem o que era aquilo, mas sabia que precisava do asfalto quente para aquecer seu sangue. A coisa rugia como um trovão. E foi ficando cada vez maior, e cresceu tão rápido que...
Proufff!
O bicho ficou parecendo um tapete.
— A gente combinou que não ia matar ninguém — Paloma disse.
— A gente combinou que não ia matar se não precisasse. Só que precisou, porque a senhora ficou com peninha da porra do gerente do banco.
— Não foi pena, achei que ele estava falando a verdade.
Duque riu. — Verdade? Em um banco? Você é muito tonta mesmo. Tava na cara que o filho da puta tava mentindo. Eles mandam os gerentes falarem isso de "eu não tenho a chave do cofre", mas é tudo conversa.
— Você atirou nele.
— Atirei em uma perna, ele ainda tem a outra. — Duque tragou fundo.
Paloma se calou. Ele era grosso como uma parede chapiscada, mas cuidava dela. Não fosse aquele cara, ainda estaria morando com o avô e o tio, que gostavam muito mais dela do que deveriam. Os dois já haviam *tentado*, da última vez foi por muito pouco, aconteceu uma semana antes de conhecer o Duque. Um pouco depois, quando estavam namorando há uns quinze dias, Duque entrou na casa dela esbofeteando todo mundo na cara. Nos próximos meses, morando com ele, Paloma descobriu que seu salvador não era exatamente um príncipe encantado, e que esbofetear rostos era algum tipo de compulsão, mas ela segurava a onda.

— Pra onde a gente tá indo?

— Com o dinheiro que a gente tá levando, não faz diferença.

— Eu sei, mas...

— Não dá mais pra ficar em Rio Preto, porra! Deu merda, não tá vendo? A nossa cabeça tá a prêmio.

— E pra onde a gente tá indo, caralho?

— Por acaso você é imbecil? Cala essa boca e lê as placas.

Mas as placas não vinham, e o gol GTI começou a ir cada vez mais rápido. Por mais impossível que parecesse, a paisagem mudava em uma velocidade ainda maior, e não demorou muito para Duque se preocupar com isso.

— A gente precisa achar um posto. O tanque não segura mais meia hora.

— Faz quanto tempo que a gente tá nessa estrada? — Paloma perguntou. Estava mais relaxada, as pernas no painel, o banco recostado. Pernas bonitas que sempre acalmavam seu homem quando estavam à mostra.

— Quase duas horas.

Paloma se endireitou no banco.

— Isso não faz sentido, desse jeito a gente vai acabar no Mato Grosso.

Duque respirou fundo e atirou a guimba do cigarro pela janela. A bituca caiu e não encontrou nada para queimar.

Agora, tudo o que havia ao lado daquela estrada era uma terra escura, quase vermelha. Um deserto vermelho.

— Tem uma placa ali — Paloma avisou.

Duque diminuiu a velocidade. — Posto Cobra de Fogo, 2 km — ela disse. — Acácias, 5 km. Já ouviu falar?

— Não, mas essas cidades nascem igual pelo encravado. Se tiver um hotel, a gente pode passar a noite.

Seguiram pela estrada, e agora o rádio só capturava estática e estações evangélicas. Um desses radialistas do Senhor dava o recado ao seu rebanho: "O inimigo é ardiloso, meus irmãos. O inimigo sabe do que você gosta e vai deixar você se lambuzar. Não aceitem o pecado! Sejam firmes na estrada do Senhor. Se Jesus permite a prova, é porque confia na sua decisão. Estamos na Avenida Fruto Sagrado, número 42, em Três Rios. Deixe a nossa igreja cuidar de você".

Duque tirou a mão direita do volante e a levou para o meio das pernas de Paloma. Forçou mais do que devia, ela se encolheu.

— Tá com medo da luxúria, é?

— Tô morrendo de fome.

Duque migrou as mãos das pernas para a nuca da mulher. Acariciou rapidamente, e logo começou a empurrá-la para baixo. — Tenho leite, tá a fim?

Ela se forçou contra o banco, ele a puxou com mais força, ela retirou o braço com as próprias mãos.

— Presta atenção na estrada, Duque. Morrer com um porta-malas cheio de dinheiro não tá nos meus planos.

— Você vai fazer o que eu mandar, ou não vai nem chegar perto de ter um plano — sibilou para a mulher.

Ao sentir o perigo rondando, ela mudou a direção da conversa. Melhor dizendo: mudou sua mão direita.

Assim que chegou ao meio das pernas dele, a expressão esvaziou.

— Depois eu vou dar mais do que você merece — apertou para valer. — Só me leva pra um hotel antes, com uma cama cheirosa, a gente merece uma foda decente.

— Adoro quando você fala besteira.

Paloma continuou com as mãos onde estava e chegou mais perto do banco. Mergulhou a língua no ouvido de Duque e gastou boa parte das sacanagens que acumulou na vida.

— Chega pra lá ou vai me fazer bater o carro — ele a empurrou e se ajeitou.

"Agora todos falam de Hermes como se ele fosse o próprio Inimigo. Logo ele, que ajudou nossa cidade a prosperar, logo ele, que encheu nossos pratos e nos devolveu o nosso orgulho. Vamos ajudar nosso grande benfeitor ou não? Vamos calar a boca dessa gente que o ataca sem trégua ou não? Então gritem amém, meus irmãos! Quero um amém tão alto que até Nosso Senhor Jesus Cristo vai escutar em seu trono! Amém! Amém! Am..."

— Chega dessa merda. — Ele trocou o sermão por uma fita do Guns N' Roses.

Posto de Serviços Cobra de Fogo.

Serviços e aquele lugar não pareciam se encaixar.

O Cobra era um desses postos esquecidos no meio do nada. Uma árvore seca, um jardim sem grama, uma cobra de acrílico cheia de poeira, que num passado remoto serviu para divertir as crianças da estrada.

— Puta merda — Paloma respirou fundo. — A gente vai pegar tétano nessa birosca.

— Prefere empurrar o carro até Tocantins? — ele freou.

Ela levou à mão à maçaneta e apanhou uma jaqueta jeans delavê do banco de trás. — Vou descer um pouco, minhas pernas tão começando a encolher.

Enquanto Paloma recebia os olhares de dois garotos em motos Agrale, Duque aproximava o GTI das duas bombas do posto. O frentista que veio atendê-lo era bem magro, usava um boné vermelho da Massey Ferguson e mascava um cigarro de palha. Parecia ter rolado na fuligem.

Paloma continuava caminhando pelo posto; fazendo o reconhecimento, por assim dizer. A cobra de fibra de vidro era uma sucuri, tinha cerca de dois metros e era possível entrar nela, pelas costas vazadas. Parecia que estava sendo abraçada pela serpente. Paloma não resistiu ao convite e entrou na estrutura.

— Melhor tê cuidado com as cobra, drópi —um rapaz disse.

Já fora chamada de docinho, meio cafona, mas drops? Puta merda... Paloma esticou o dedo do meio. — Chupa isso aqui.

Um dos rapazes começou a descer da Agrale. A buzina no GTI gritou alto.

— Algum problema aí? — Duque também desceu. Era um cara grande, careca, mal-encarado como Charles Bronson acordando antes da hora.

— Não liga pra eles, tão só olhando — o frentista disse.

— Tão olhando demais pro que não é deles.

Eles se encararam. Um dos moleques deu partida na Agrale, o outro o seguiu. Os dois esticaram os dedos do meio e saíram levantando poeira por uma estrada de terra secundária às costas do Cobra de Fogo. Duque não provocou de volta. Carregava a arma na cintura, mas usá-la novamente só chamaria atenção.

— Quanto vai ser, chefia?

— Enche — Duque entregou a chave.

O frentista apanhou a mangueira e começou a encher. Deu uma olhada em Paloma, que desistira da serpente e se interessava pelos vidros ensebados da lojinha de conveniência do posto.

— Tão vindo de longe, amizade? — o frentista perguntou.

— Esse fim de mundo deve ser longe de qualquer lugar.

O frentista cuspiu de lado. Um cuspe escuro e lodoso.

— Qual a cidade mais próxima? — Duque quis saber.

— Acácias. Mas você e a menina vão ter problemas por lá. O povo meio que parou no tempo. Três Rios fica logo à frente e é bem melhor. Só passar pelo trevo morfético de Acácias e continuar seguindo, mas presta atenção na Ponte do Onça, o acesso pra Três Rios fica logo depois dela. E toma cuidado pra não acelerar muito esse bichão, a polícia às vezes fica de olho em quem vem de fora. Falando nos homi, deixa uma gaita no jeito, se te pegarem, diz que o Ednaldo do Cobra de Fogo é seu conhecido.

— Ednaldo do Cobra de Fogo.

— Ao seu dispor. E se o senhor puder me agraciar com um desses cigarros ali do painel, eu vou ficar mais feliz ainda.

Duque sorriu e se enfiou no carro. Havia algo mágico no sotaque carioca, algo que o desarmava. Entregou o Minister e Ednaldo enfiou na boca.

— Não tem problema fumar do lado da bomba?

— Se não explodir, não tem, não.

Duque aproveitou para também colocar um cigarro na boca e acendeu os dois. — Não deu pra não perceber seu sotaque. Chegou do Rio faz tempo?

— Um ano e pouco. Saí de lá na última enchente. Carioca já nasce no meio da água e num é só do mar, não. A gente constrói, reconstrói, e a chuva vem e destrói tudo de novo. Quem tem condição, fica numa boa, mas quem mora em casa velha tá lascado. Saí de lá assim que parou de chover. Tive foi sorte de não morrer.

— E aqui é bom?

Ednaldo riu.

— É seco.

Aos fundos do Cobra, Paloma olhava para as revistas expostas na lojinha de conveniência. Tirando as capas com mulheres nuas, existiam mais cinco ou seis, e todas sobre carros. Ao lado das revistas havia uma cristaleira, com animais mortos, empalhados.

Paloma chegou mais perto e tocou o vidro com a unha do indicador. O homem que cuidava do pequeno comércio não tirou os olhos do jornal que lia.

— São de verdade? — ela perguntou. O homem baixou o jornal e começou a dobrá-lo. Em seguida, o largou no balcão.

Ele conseguia ser a coisa mais estranha de todo o lugar. Usava uma roupa branca de ferir os olhos, cabelos ralos puxados para trás, óculos grossos e enormes que pareciam ter sobrevivido aos anos setenta.

Percebendo o estranhamento da garota, ele riu, e o riso foi ainda mais branco que as roupas que ele usava. — Os bicho era de verdade antes de encherem o cu deles com estopa.

Paloma não soube muito bem como reagir, entendia que gente simples não tinha muito filtro nas palavras, mas aquilo parecia gratuito até para um matuto.

— Estão à venda? — engatou outra pergunta.

— Esses aí, não. Mas tem mais um monte ali atrás. Se a dona quiser, eu mostro. Tem tatu, porco, carcará, tem até um urubu rei. Pra uma mocinha jeitada como você, não vai custar muito.

Os olhos do homem praticamente a despiram. Paloma se sentiu lambida, violada e encurralada, tudo ao mesmo tempo. O homem de branco tinha muita saliva nos dentes, nos lábios, saliva que o fez pigarrear duas vezes, como um animal velho que reencontra o cio. Aproveitou o interesse do sujeito para abrir o vidro e se apropriar de um souvenir que estava na mesma cristaleira.

— Fica pra próxima — Paloma foi saindo, imaginando que aquele porco ainda lia o contorno de seu traseiro.

— Devia cuidar bem dela, chefia — o frentista Ednaldo.

Duque riu enquanto ela saía da loja.

— Ela sabe se cuidar sozinha.

Duque pagou o homem e voltou para o carro.

— Pegou cigarro? — perguntou quando chegaram de novo à estrada.

Ela abriu a jaqueta e mostrou a ele. Um pacotão de Parliament.

— Só deu pra pegar esse. O resto tava com o esquisitão do balcão. Num lugar sujo como aquele, dá pra acreditar que alguém use roupa branca?

Duque deu uma olhada pelo retrovisor, uma última olhada no posto. Ainda pensava naqueles dois garotos de moto.

O espelho, no entanto, mostrava outras coisas.

Pelo reflexo, o Cobra de Fogo estava em ruínas. A cobra de fibra de vidro já partida ao meio, o letreiro luminoso com o logotipo do posto estilhaçado pela metade. Também haviam duas carcaças de veículos, uma delas estava parada no meio da estrada. Um cachorro branco dormia sobre a ferrugem. Ao lado, duas meninas com vestidos de chita clarinhos. Um deles não tão claro porque havia uma explosão de sangue na altura do ventre.

— Ei! — Paloma reclamou. Com a freada brusca do carro, ela chegou muito perto de socar o rosto no painel.

Aturdido, Duque continuava olhando para trás, dessa vez por entre os dois bancos.

— Que porra foi essa? — ela perguntou e também se virou.

Duque sacudiu a cabeça vigorosamente, como se espantasse abelhas.

— Achei que tinha visto alguma coisa.

— Polícia?

Duque fez o carro andar sem dizer nada e não economizou no acelerador.

A estrada não parecia acompanhar a velocidade do carro e, em poucos segundos, trocou sua esterilidade por longos trechos de cafezais e limoeiros. Acima deles, um céu queimado e borrado, tomado por coágulos, como se alguém o tivesse pintado às pressas. Havia algo errado com aquele céu, com aquela terra, com aquele chão.

— Fica de olho nas placas. Ou essa estrada está se esticando ou erraram feio na estimativa de tempo.

Paloma esfregou os braços. — Tá esfriando.

— Que horas são?

— Cinco pras três. A gente precisa dormir um pouco, não dá pra ficar mais de dois dias no ar.

— Tem que dar — Duque disse.

Um segundo depois, o céu explodiu como uma granada, um canhão, um trovão tão forte que fez o carro sacolejar de um lado a outro.

Paloma chegou mais perto do vidro da frente e olhou para o céu. Fez o mesmo pela janela lateral. Enfim, olhou para trás.

— Não tem nuvens de chuva.

O carro continuou rodando, deixando o café e os limões e visitando a cana-de-açúcar. Enquanto isso, o asfalto ia se tornando ridiculamente liso. Também um pouco mais claro, como se fosse feito de concreto. Parecia não existir nada além disso, nem uma sombra de cidade, absolutamente nada que não fossem novos campos e plantações.

— Porra de dia estranho — Duque desabafou e ligou o rádio.

— Tem alguma coisa ali — Paloma disse, depois do que pareceu uma nova eternidade de estrada.

Era uma construção grande, parecia em bom estado.

— Museu das Sombras — Duque leu na placa de acesso.

— Não quer parar pra pegar informações?

Duque freou o carro suavemente, mas ficou no meio da pista, com o motor ainda ligado.

— Dá uma olhada no estacionamento. Não tem ninguém e nós estamos com o porta-malas cheio de dinheiro. Pode dar merda.

— Com a polícia?

— Não... com gente feito eu e você. Quando tem pouca carne, os cachorros disputam até a carniça. Não tem ninguém nessa estrada, e aquela droga ali nem parece fazer parte do mundo.

Duque não esperou sua ideia ser rebatida e continuou seguindo. Em uma nova olhada no retrovisor, viu um carro no estacionamento. Entre o carro e a portaria, havia uma família, mãe, pai, dois frangotes (um menino e uma menina). Mas Duque sabia que eles não estariam lá se olhasse diretamente para a construção.

O céu explodiu de novo, e dessa vez os pedais do carro chegaram a sacolejar.

— Já é o terceiro — Paloma disse.

— Segundo.

— Não. É o terceiro. Você não lembra do outro porque a gente achou que era tiro, mas não era. O policial que bateu o carro ainda tava bem longe do nosso carro.

— Meu carro.

— Do *seu* carro, Duque querido. Porra, cara, dá um tempo.

Duque não esboçou reação. Mas logo a mão direita se soltou do volante e acertou o olho esquerdo de Paloma. Enquanto ela levava às mãos ao local da pancada, ele acendia um cigarro.

— É bom não esquecer quem manda aqui. Cada vez que você esquecer, eu vou precisar te lembrar. Odeio isso tanto quanto você, amor, mas alguém precisa te ensinar o que é respeito.

Mais trezentos metros de silêncio.

— Se faz alguma ideia do que tá acontecendo, é melhor falar de uma vez — Duque disse.

— Deixa pra lá.

— Isso não foi um pedido, Paloma.

Ela respirou fundo.

— Cada vez que o céu estoura, a estrada fica diferente. Muda o asfalto, o que tem do lado de fora, muda até...

— O céu — Duque completou. — Muda até o céu.

— Isso. Como o céu pode mudar de uma hora pra outra?

Duque continuou dividindo os olhos entre a estrada e o retrovisor. Não sabia se o que via era o antes ou o depois, mas com certeza não era o agora. Haviam construções, parques industriais, coisas que de fato não estavam ali, não no agora. À esquerda, um grupo de crianças esfarrapadas ganhava distância no acostamento. À direita, uma siderúrgica despejava carbono no céu. Nada daquilo havia sido visitado antes do retrovisor.

Conforme as visões se acumulavam, Duque assumia que as coisas do espelho não eram o produto de sua mente sobrecarregada, mas um novo nível de... realidade.

Depois de um longo aclive, outra daquelas explosões. E, dessa vez, algo novo surgiu no espelho retrovisor quando o carro avançou quinhentos metros de descida: um pequeno pontinho preto na estrada, que começou a crescer a uma velocidade vertiginosa. Duque pisou mais fundo tentando manter a distância, Paloma notou, mas não o questionou. Ele pisou mais, a mão esquerda se ajustou com força sobre o couro do volante, a direita foi pro acionador do turbo. Paloma olhou para trás.

— Que foi?

— Tem um desgraçado colando na gente.

— Não tô vendo ninguém.

Duque olhou o espelho mais uma vez, o Opala Diplomata estava voando baixo, já a menos de dez metros. No teto, um giroflex de base imantada, grudado bem acima da porta do motorista.

Mais peso no pé e o GTI voando na estrada. Mais uma olhada no retrovisor, e tudo que se via era o carro preto, vidros também escurecidos, parecia impossível que alguém do lado de dentro pudesse enxergar a estrada. A próxima curva fez os pneus gemerem e provou que o motorista do carro preto enxergava, e enxergava muito bem.

— Para com isso, Duque! Tá me assustando!
— Assustando? E o que você acha que eles vão fazer com a gente?
— Eles quem?! Não tem ninguém atrás da gente, Duque! Ninguém!

Duque olhou para a estrada à frente e para o retrovisor. Pista vazia à frente. Porcos colados na traseira do carro. Claro que Paloma podia estar certa, ele queria que ela estivesse certa, mas não antes de confirmar com os próprios olhos.

Duque deixou o braço rígido como uma pedra ao volante e inclinou o corpo rapidamente, apenas o suficiente para ver o que acontecia perto do para-choque traseiro. Como Paloma disse, não hav...

— Duqueeeeeeeee!

Acidentes de carro são uma das coisas mais imprevisíveis que os roteiristas do acaso colocaram na Terra.

Algumas vezes, um carro se choca contra uma parede e tudo o que acontece com os passageiros são alguns arranhões. Em outras, um choque ridículo na saída do semáforo lança o rosto do motorista contra o painel e transforma o cérebro em mingau de aveia. No caso do GTI de Duque e Paloma, uma lebre branca foi a responsável por tirar o carro da estrada.

Com a velocidade do carro, a carcaça ganhou o peso de um rochedo. Mais do que isso, a coisa branca entrou pelo para-brisa até a metade, espalhando sangue no rosto de Duque. Ele ainda tentou controlar o GTI, mas a reação de puxar o volante para o lado colocou tudo a perder.

Pequenas porções de tempo fazem uma diferença enorme em situações de crise. Antes da colisão, Paloma teve três longos segundos para observar quem acabou atirando aquele coelho morto na direção do carro. Era um homem de macacão jeans e chapéu de palha. Alguém que ela e o namorado tomariam por um matuto. Pois bem, o matuto simplesmente rodou o bicho pelas orelhas e jogou, como um caçador lançando uma boleadeira.

Após esse tempo, foi o golpe com as costas no vidro dianteiro (sabe-se lá com qual magia isso aconteceu), o deslocamento do vidro e uma dúzia de rolamentos deixando pedaços de pele no asfalto quente. Em um último gole de adrenalina, a visão do carro se arrastando de ponta cabeça e deixando uma língua de fogo no chão.

E o escuro que chegou depois.

"Ela tá cordada?"

"Como é que vô sabê? Passa mão nela pá vê."

Da subsconsciência de onde Paloma estava, as vozes pareceram engrossadas e cheias de eco.

Só quando uma pele semeada de calos deslizou por sua barriga que ela subiu o próximo degrau na escala de percepção, ainda bem longe do topo. Quando a mão se decidiu pelo caminho até os seios, o próximo degrau não foi vencido, mas quando os dedos grossos do agressor galgaram os mamilos, foi como um mergulho na água fervente.

— TIRA TUA MÃO DE MIM, FILHO DA PUTA! — Paloma gritou com toda a força que tinha.

O agressor, um velho de mãos grandes e poucos dentes, riu. Tirou as mãos, sim, mas fez isso bem devagar. Depois cheirou a mão, abriu os dedos e colocou a língua entre o indicador e o médio: — Lá-lá-lá-lá-lá.

— Cê vai infiá o piru nela, Dóla? Vai memo? — o sujeito ao lado perguntou. Era o lançador de coelhos.

— Cala essa boca, infiliz. Num é sempre que o Menino Jesuis dá um presente desse pá nóis, então a gente vai tratá a moça com respeito.

Ele encarava Paloma, que não movia um músculo que não pertencesse aos olhos. Mesmo a respiração estava contida, a fim de diminuir o volume dos seios, dos músculos da barriga, de todo o resto. Queria emagrecer, diminuir, evaporar.

Com a subida dos novos degraus, Paloma recuperou sua última memória, e junto a ela uma dor lacerante no punho esquerdo. Tentou mover os dedos...

— Deus — lamentou quando pareceu ter ferro derretido no lugar dos ossos.

O lugar lembrava uma oficina mecânica. Ela estava presa, mantida de pé, os braços e pernas amarradas a um grande tablado de madeira (uma porta?) que a mantinha ereta. As correias que a imobilizavam nas pernas e braços eram de couro, não estavam novas, mas pareciam em bom estado. Já a mão comprometida que a correia esquerda prendia começava a se tornar uma massa amorfa.

— A gente não consiguiu consertá sua mãozinha. Capaiz até de tê que rancá — o homem de macacão disse. — A gente arremendô as perna e um corte feio no seu rabo, acho até que vai ficá muito bão. Pelo menos vai dá pá...

— Cala essa boca — o outro tomou a frente do velho. — Não liga pra ele. O Juca tem atraso, ele comeu merda porque demoraro pra tirar ele da mãe. Mas ele falô a verdade. A gente cuidamo docê, achamo que ainda dava um cardo.

— Tinha um cara comigo, cadê ele?

— Tá morto.

Paloma desistiu de segurar as lágrimas. Não é que ela amasse aquele infeliz, mas, sem Duque, ela não tinha chance. O que ainda lhe restava de vida seria dividida com aqueles porcos, com o que eles quisessem fazer dela, por todo o tempo que eles quisessem fazer com ela.

— Me deixem ir. Isso não precisa ficar pior do que já tá. Vocês salvaram a minha vida e o Duque morreu no acidente, é o que eu vou falar se me perguntarem.

O homem de macacão tinha uma expressão confusa no rosto, que logo se atenuou e se tornou outra coisa, um riso.

Começou a rir baixinho, como uma criança prestes a ser repreendida.

Da mesma forma que um pai forçando sua própria autoridade faria, o homem grande segurou o riso, mesmo sabendo que não duraria muito.

E logo os dois explodiram de rir. Riram tanto que o homem gordo peidou, e disse "opa", e peidou mais uma vez.

— Conta pá ela, Dóla. Conta pá nóis vê a cara di tonta dela, vai.

— Contar o quê? Que tipo de doença vocês têm?

— Mió gravá isso tamém — Dóla disse. — Vai valê alguma coisa.

O homem de macacão não se mexeu.

— Tá esperano o quê, disgraça?

— É que ela inda tá de rôpa, Dóla. E a gente sempre deixa elas peladinha — bateu palmas.

— Dessa veiz vai sê diferente.

— Se você tocar em mim, eu vou arrancar o seu pinto.

O homem chamado Dóla riu. — É o que todas diz. Qual é o pobrema das muié com os nosso pinto?

À frente dos dois, o magrelo que usava o macacão ajustava um tripé a uma pequena câmera. Era meio atrapalhado nisso também, mas provavelmente já havia feito a mesma coisa muitas vezes. Havia certa habilidade.

— Mandá óleo na carrapeta, Dóla! — disse.

— Moça, o que eu vô contá vai doê, mai tarveiz as coisa fique mais fácil pá nóis dois.

— Me solta, pelo amor de Deus, me deixa ir — Paloma implorou.

— Conta pá ela! Conta pá ela! — o magro de macacão chegava a saltar.

— Liga a porra da câmera — Dóla disse.

— Contar o quê, caralho? — Paloma chorou mais um pouco. — Contar o quê, porra?

O sujeito no comando chegou bem perto, perto a ponto de poder esticar a língua e tocá-la nos lábios, se quisesse. Prevendo isso, Paloma virou o rosto.

— Seu namorado vendeu você pá nóis.

E, novamente, o tempo se alongou como um elástico.

Duque podia ser um maldito egoísta, mas não estava certo. Aquilo de vender simplesmente não fazia sentido.

— Vendeu porra nenhuma.

— Porra é que eu vô colocá na sua boquinha se ocê não manerá essa boca. Ele vendeu, sim, o cara que chama Duque. A gente até gravô uma fita com ele falando do assalto no banco, docê e de como ele ficô sem um centavo quando cê fugiu com o dinhêro. Ele gravô a confissão e deixô quase todo o dinhêro. E a gente deixô ele í.

O homem de macacão riu, e pareceu uma criança de três anos que ainda não aprendeu a controlar as emoções.

— Vocês são burros? Ele vai mandar a polícia de volta!

— Ei! A gente nem é burro! — o cara de macacão se ofendeu. — O Dóla sabe fazê conta e ele cuida de nóis desde que nóis nasceu. O Dóla ainda é menos burro que eu!

O homem gordo não precisou mandar o outro se calar de novo, apenas olhou para ele. E depois olhou para a garota.

— Você é uma minininha lazarenta que não entende como funciona o mundo dos hómi. Se a gente fechô um acordo, fechô e pronto. Seu dono fez um acordo comigo, ele conhece meu amigo Ednardo do posto, então não vai dá zebra, não. E se dé, eu tenho a fita que vai mandá ele pra cadeia. Tá pensando o quê? Que o povo daqui vai acreditar nocê em vez de acreditá ni mim? Em vez de acredita na fita? Eu sô um hômi temente a Deus...

— Pra sempre seje lovado — o magrelo disse, olhando para o alto.

— E todo mundo sabe disso. Vô na missa, trabaio pesado, ocê é só uma sirigaita. Seu hómi tamém sabe disso, por isso ele deixou ocê aqui, pra gente educá.

Foi chegando mais perto de novo, a boca se lubrificando, um apertão no saco quando conseguiu sentir o cheiro dela.

— Cê ainda tá fidida, tá do jeito que eu gosto.

— Não chega perto, não faz isso. Quanto ele pagou? Eu pago o dobro, pago o triplo!

— Não vai dá. Agora eu não quero mais dinhêro. Quero o que tá guardadinho na sua carcinha.

— Não! NÃÃOOO! SOCORRO! SOCORROOOOOO!

— Óia só como ela grita! — o homem riu, girando de costas e encarando a câmera. Em seguida, tirou um canivete de castrar porcos do cós da calça.

— E vai gritá bem mais.

Voltou a chegar perto, a lâmina encontrou o botão do short jeans e o fez pular para longe.

— Espera aí, não precisa me machucar. Eu dou o que você quer, tá bom? Dou pra você e pro seu irmão.

— Cala essa boca... conheço gente da sua laia. Se eu vou tê o que eu quero do memo jeito, vou tê do jeito que eu quero. Vai doê, moça, vai doê porque cêis vem do pecado. — A mão esquerda começou a subir pela coxa de Paloma, até que encontrou o que buscava. — Pra fazê a gente pensá sujêra, coisa podre que num é do reino de Deus — forçou a mão para cima, forçou tanto que as pernas de Paloma tremeram. O que fez Dóla apertar um pouco mais.

Quando o desespero se torna a única voz, a gente grita de verdade. E o grito de Paloma não saiu pela garganta, mas pela musculatura arruinada da mão esquerda. Ela a puxou para cima com tanta força, que sentiu um monte de pele ficando pelo caminho. Com metade dos ossos íntegros, não houve tanta resistência em conseguir tirá-la do couro.

Dóla ainda estava com a mão nela, empurrando o jeans para dentro. A outra mão segurava o canivete na cintura de Paloma, a lâmina já tirava algum sangue.

— Não esquece de virá di lado quando infiá o piru nela — o rapaz da câmera lembrou.

Dóla rasgou a camiseta de Paloma e começou a passar a língua na garota. No bico do seio direito, no colo, subindo pelo pescoço. Paloma podia ver a orelha peluda, e ela sabia que a orelha é sempre um ponto fraco em qualquer besta. Dóla subiu e desceu aquela língua de sapo mais três vezes até que a orelha chegou perto o bastante. E ela enfiou a língua bem fundo no buraco.

— Num faiz isso, meretriz — o homem disse a ela. Mas já amoleceu a pressão na virilha.

— Posso fazer melhor — Paloma sussurrou. A mão desgraçada retomando a circulação e alguma firmeza. — Posso fazer o que nenhuma puta faz. Enfiou mais a língua e sentiu o azedume do buraco, um gosto adstringente, era como chupar a casca de uma romã. E o agressor amoleceu ainda mais. Amoleceu as duas mãos.

Com uma sincronia perfeita, ela arrancou aquela orelha com uma única mordida, enquanto a outra mão parcialmente flagelada mudava a direção do canivete.

O homem gordo usava uma regata encardida, e a lâmina a atravessou com facilidade, assim como atravessou a barriga. Ela sabia que não conseguiria tomar aquele canivete com a mão como estava, seria preciso desorientar aquele porco para conseguir fugir.

O porco gritava. Uma mão na orelha, outra no ferimento da barriga.

Não foi fácil, mas ela conseguiu desafivelar a mão direita antes dele voltar ao ataque. Quando Dóla chegou à frente, empunhando aquela merda de canivete, ela cuspiu aquela orelha no chão e o deixou atordoado de novo. Manteve a mão direita onde estava, como se continuasse presa. O irmão estúpido de Dóla não sabia como agir, ficou indo e vindo, rodando em volta de si com as mãos na cabeça.

— Você arrancô! Arrancô a minha oreia! — o porco disse. — Desgraçada! — A agarrou pela nuca. O canivete embaixo do olho direito. — Eu vou abrir uma boceta na sua cara e vou socá o pau nela!

A cabeça de Paloma foi para o lado enquanto a mão direita encontrava o saco do porco. Ela apertou a calça frouxa até sentir que as bolas estavam em suas mãos. Então deu tudo o que tinha, apertou até sentir uma pequena explosão. Continuou apertando até ouvir a segunda, e torceu as bolotinhas, na intenção de romper as pequenas e frágeis ligaduras dos dois escrotos (o que deve ter conseguido, porque Dóla continuava caído, chorando no chão). Ainda com as pernas presas, ela desceu o corpo e recuperou o canivete. Soltou as pernas e abriu o porco na garganta, uma sangria perfeita.

— Cê matô ele! Matô ele! O que vai sê di mim sem ele, sua morfética? — O outro caiu de joelhos ao lado do corpo. Segurou a mão do homem que ainda agonizava e cuspia bolhas de sangue pela nova abertura que ganhou no pescoço. — Como eu vô vivê sem meu irmão Dóla?

— Não se preocupe com isso.

Não havia um carro decente, mas havia uma moto. Não era uma moto boa, uma Agrale vagabunda, mas daria pro gasto.

E tudo o mais que existia naquele lugar não fazia o menor sentido. Revistas, jornais, aparelhos domésticos. Apesar de ser tudo tão velho, as tecnologias pareciam muito mais modernas do que as que conhecia, principalmente o telefone encardido que encontrou no bolso do Porco-Dóla.

Não encontrou nenhum jornal na oficina, mas a revista de mulher pelada com uma moça chamada Juliana Paes fazendo a capa dizia, em seu miolo, que o ano era 2004, e que Lula era o novo presidente da República. Em uma revista ao lado, datada em 2001, a foto de um ataque terrorista às torres gêmeas de Nova York.

Que todas aquelas revistas voltassem para o inferno, porque Paloma tinha coisas mais importantes para pensar. A mão esquerda, por exemplo, continuava arruinada, e Paloma a amarrou no guidão da moto para que não precisasse apertar por conta própria. Doía, latejava como espinhos brotando dos ossos, mas com a dor ela podia lidar. O que a transtornava era algo muito mais devastador.

Duque tinha saído há algum tempo e a pé, o que dava a ele alguma dianteira e nenhuma velocidade. Ele não faria o caminho de volta e ela sabia disso. Antes de deixar o cativeiro, Paloma viu a fita com o depoimento de Duque e o acordo selado entre os homens. Eles beberam quando o dinheiro trocou de mãos, Duque não tentou reagir em momento algum, não tentou reagir nem mesmo quando ficou ao lado de uma chave de grifo enorme, que poderia facilmente tombar aqueles dois. Ele tinha um curativo no braço, uma tala. No rosto, um grande rasgo, mas parecia mais inteiro do que ela se sentia.

A estrada continuava mudando a cada segundo, e o retrovisor da moto continuou contando mentiras, que ela logo entendeu como verdades de uma outra realidade.

Em um trecho, havia um deserto no retrovisor, mas a longa linha reta depois dele mostrava quilômetros de pés de laranja. Em outro trecho, alguém espancava um jovem na estrada, mas a pista estava vazia anteriormente. A cada estouro, uma mudança, a cada mudança, a certeza de que retornar seria impossível. De qualquer forma, para o quê ela retornaria? Para a vida bandida? Para homens como Duque e aqueles dois? Para cidades que passavam suas noites em claro, se divertindo com o corpo e a miséria de garotas como ela?

Aos poucos, as explosões terminaram, e Paloma chegou à entrada acanhada da cidade chamada Acácias. Sequer diminuiu a velocidade. O que ela buscava não estaria ali. Primeira regra de Duque: se der merda, jamais pare na próxima cidade.

A quinhentos metros do trevo, uma nova placa perfurada com mais de uma dúzia de tiros: Três Rios. A cidade estava riscada na placa, e alguém pichou abaixo do nome, com tinta branca: INFERNO. Paloma riu e puxou o acelerador para trás. Seu avô decente a chamava de "demônia", sem dúvida, seu apelido carinhoso preferido.

Paloma esticou o acelerador ainda mais.

Algumas vezes, a estrada conseguia ser uma penitência. Em outras, era o melhor lugar desse mundo, e era o que Paloma sentia agora, distorcendo a periferia dos olhos e sorvendo o sabor empoeirado do vento. Havia poesia na estrada, frases curtas, verdades contundentes. Na estrada, cada coisa conta sua própria história sozinha.

Casas demolidas aos tijolos, fábricas transformadas em ninhos de pombos e morcegos, carcaças de animais que se aventuraram a cruzar o asfalto. Foi só depois de um bocado de histórias de morte que ela encontrou uma chance de voltar à vida.

Escrito em tábuas acinzentadas pela velhice:

— Bar e restaurante Melão Maduro — sua voz se perdeu no vento.

Duque era ruim em uma porção de coisas, mas ele a ensinou a reconhecer a estrada, as estalagens e os perigos, a ensinou a viver no mundo sem parada dos ratos.

Reconhecer carros "fora de contexto" era um bom exemplo.

Em uma situação de fuga, Duque jamais pararia em um muquifo se existisse um único carro decente estacionado à frente, isso era certo. O mesmo valia para placas de outros estados, e também para placas especiais, de carros oficiais.

Duque também a ensinou a avaliar o perímetro antes de se aventurar a entrar. Assim, ela preferiu descer da moto do outro lado da estrada vicinal, sob as sombras de uma paineira. A mochila com o dinheiro recuperado também ficou por ali, entocada no mato. Seu único erro era não ter um capacete, se bem que cobrir o rosto era uma moeda que jogava para os dois lados.

Não foi fácil soltar a mão esquerda da manopla. Com a velocidade e os sacolejos da estrada, os nós do tecido e as secreções pareciam ter formado uma cola. Agora, a pele que restou estava escura como sangue pisado, dura como *rigor mortis*; a única notícia boa era que não doía. A mão também estava um pouco fria, e os movimentos se foram de vez. Talvez perdesse aquela mão se não encontrasse um hospital depressa. Mas ela também aprendeu com Duque que era preciso persistência quando se encontra um bom objetivo para continuar vivo — definitivamente, ele tinha razão nessa.

Antes de entrar, uma olhada pelas janelas laterais, tomando o cuidado de não ser notada.

O fôlego se foi quando ela o viu. Duque estava ali. Sentado, de roupas limpas, tomando um destilado no balcão. A mala com o que sobrou do dinheiro acertado com os maníacos estava no chão, ao lado do banco.

Ele nunca chamou a polícia, nunca procurou ajuda, ele simplesmente a deixou com os monstros e caiu fora. Negócios "de homem para homem". Babaca do caralho.

Paloma sentiu tanta raiva que seu estômago encolheu. O coração, por outro lado, acelerou como uma turbina. Dentro do cérebro havia um peso estranho, invasivo, que não chegava a ser dor, mas incomodava bem mais. Como uma semente amarga que não pode ser cuspida até que se dissolva por completo na boca.

Não havia muita gente no lugar. Dois homens jogavam sinuca, enquanto outros dois se empilhavam no balcão, à direita de Duque. O homem que atendia o bar estava de costas, fritando alguma coisa.

Havia uma única mulher, passando um pano pelo chão. Não devia ser muito velha, era o que o rosto contava. Já o corpo mostrava a mudança resultante de várias gestações seguidas. Atrás dela, no chão já limpo, uma cachorra magra, com as tetas cheias e volumosas, embora não houvesse nenhum filhote por perto.

Paloma entrou e ninguém a notou, sequer olharam na direção da porta. Talvez atraída pelo odor dos machucados, a cachorra foi a única que percebeu que alguma coisa estava muito errada. O animal não foi até Paloma, mas saiu de onde estava e se deitou sob a mesa de sinuca. Passando por perto da mulher que limpava o chão.

— Reis — disse a mulher com o pano.

E Reis, o homem que fritava alguma coisa na chapa, se virou por um instante. Talvez não tenha encontrado nada que pudesse soltar pela boca.

Aquela garota parecia ter saído de um moedor de carne. As roupas estavam rasgadas, havia sangue nas pernas, no pescoço e nos braços. A mão esquerda estava escurecida. Os cabelos estavam pesados de óleo, suor, e de alguma coisa que também podia ser sangue. Ela mancava e respirava com dificuldade.

— Quer que eu chame um médico? — Reis perguntou, enfim, e Duque também se virou na direção dela.

O tempo se estica quando estamos ansiosos, e Duque deve ter sentido muita ansiedade até que aquela chave de grifo finalmente encontrasse sua têmpora esquerda.

O tempo se encolheu em seguida, e ele foi do banco para o chão em meio segundo, e demorou menos ainda para o grifo descer de novo e inverter os ossos de seu nariz.

— Você me obrigou a fazer isso, *princesa* — Paloma disse antes de subir o ferro de novo. O golpe, agora na testa, também causou uma invaginação.

— Precisa aprender a ter gratidão.

O olho direito explode.

— Eu tenho feito tudo por você, e o que eu recebo em troca?

Outra pancada, na maçã esquerda que também muda de relevo.

— Sou seu macho e vou ter a sua boceta quando eu quiser — uma porrada no pescoço. — Ou pode cair fora da minha casa.

Bate.

— Ingrata de merda!

Bate.

— Vagabunda!

Bate.

— Filha da puta!

Bate e volta a bater.

— Faz o que eu mando!

O rosto já reconfigurado a uma massa amorfa de carne, músculos e ossos fragmentados. As pernas tremendo cada vez menos a cada nova concussão.

— Vou deixar a vagabunda com vocês, podem ficar com ela e com o dinheiro — Paloma engrossou a voz e soltou a ferramenta ensanguentada no chão. Depois, se abaixou e apalpou a cintura de Duque.

Ficou com a sua carteira. Chegou bem perto do que sobrou de um dos ouvidos: — Não sou sua propriedade, seu merda. Nunca fui sua e não vou ser de ninguém. — Se levantou. — E eu não sou a sua mulher! — começou a chutar a carcaça. — Não sou sua gatinha! Como pôde me vender? Como alguém é capaz de vender outro ser humano! Como?! Como, seu merda?

Ela se abaixou na altura de Duque. — Maldito! Desgraçado! Cachorro! — o socou com os punhos. A mão esquerda vertendo sangue e manchando a camisa do cadáver, respingando pelo chão, se misturando com o que saíra do rosto de Duque. Exausta, Paloma não conseguiu continuar com aquilo.

— Porco — deixou um pouco do choro sair.

Pelo bar, ninguém sabia como agir, e mesmo que tivessem uma vaga ideia, ninguém se arriscou a colocar em prática. Quem se mexeu foi a cachorrinha vira-lata, que deixou o abrigo e lambeu a mão entumecida da mulher caída sobre os joelhos.

Paloma se levantou, enxugou os olhos e sugou o nariz. Os homens a encaravam, respiravam fundo, empunhavam tacos de bilhar e garrafas de cerveja. Assustados, pareciam incapazes de acreditar naquele massacre. Ela matou o cara. Matou o cara bem ali. Ela não queria uma briga, queria exterminar o sujeito.

— Ele mereceu — Paloma justificou.

A mulher com o pano de chão chegou mais perto da carcaça.

— Tem alguma coisa de valor aí, dona? — perguntou.

Paloma deu de ombros.

— É pra ter na mala.

— Se deixar comigo, a gente dá um jeito nele. Por aqui, ninguém se mete em assunto que não é nosso. Pelo seu estado, a dona sofreu do mesmo jeito que o consagrado aí no chão.

Paloma apanhou a mala e entregou para a mulher. Ela rapidamente a abriu e disse: — Tá mais que pago, dona.

— Tem alguma cidade por perto?

— Tem Três Rios. É só seguir as placas.

Paloma virou as costas e continuou andando. Aprendera com o velho Duque que a estrada podia ser o melhor lugar desse mundo. O que percebia agora, enquanto subia na moto e a colocava de volta ao asfalto, é que a própria estrada teria que ficar para trás.

Please follow these instructions.

Aqui estou eu
Você me enviará um anjo?
Aqui estou eu
Na terra da estrela da manhã
SCORPIONS

O HOMEM
DA TERRA

Here I am // Will you send me an angel // Here I am // In the land of the morning star **— SCORPIONS**

Gemma botou mais lenha no forno, colocou uma bonequinha de pano nas mãos do bebê e voltou a escolher o feijão. Ao lado dela, a vizinha de lote, Matilda D'Ávila, continuava cabisbaixa e pensativa.

As duas mulheres eram italianas, haviam chegado ao Brasil no mesmo navio (o primeiro com a finalidade de trazer imigrantes), e quis o destino que recebessem lotes vizinhos do grileiro que acertou tudo com as famílias. Também coincidência foi o fato de ambas terem acabado no interior de São Paulo, o que não era um destino tão comum aos primeiros imigrantes, que quase sempre preferiam o sul do país, onde o clima era mais fresco e mais próximo do que existia na Itália, ou mesmo no Japão.

As duas mulheres também tinham quase trinta anos, embora a vida sofrida as atirasse para perto dos cinquenta.

— E o seu Otto? Como vai indo? — Gemma perguntou. Escolher feijões em silêncio era tedioso, e os mais antigos diziam que dava azar.

— O coitado só trabalha. Coloca semente na terra, rega e tenta fazer dinheiro com o que sai. Ele tem saudade da Itália, diz que quer juntar dinheiro pra voltar, que a gente nem devia ter saído...

— E o que ele ia fazer lá? Morrer de fome? Morrer na mão do governo?

— Ele pensa que estamos morrendo aqui também... Ah, minha amiga, eu bem queria que ele fosse mais parecido com o seu Ítalo.

— Homem é tudo igual. Se eu pudesse escolher, queria que eles fossem mais parecidos com a gente.

A outra se abanou, e logo voltou ao normal.

— Pelo menos o seu homem é progressista, quer melhorar de vida.

— O Ítalo é teimoso, isso sim. A única coisa que ele já desistiu na vida foi de desistir de alguma coisa. Mesmo a nossa saída da Itália... pra ele nunca foi uma desistência. Se você perguntar, ele vai falar que veio pra cá porque a oportunidade era maior, e que isso é ter inteligência.

Matilda deu uma olhada na abertura da porta da cozinha. Era manhã. O lado de fora estava branco como algodão. Calor demais era ruim. A uva não vingava, os grãos apodreciam...

— Essa terra não gosta da gente — Matilda disse.

Gemma ergueu os olhos. Pensou, sem abrir a boca, que uma mulher como aquela jamais teria um homem como o seu Ítalo. Ele era um entusiasta irrefreável. Ficava bravo e frustrado como todo homem, ficava um pouco pior quando bebia, mas uma conversa como a de Matilda jamais seria tolerada.

— A terra gosta de quem gosta dela — Gemma puxou alguns grãos. — Você devia dar um filho pro seu Otto. Meu Ítalo também tinha menos disposição antes de vir as crianças, agora ele trabalha como um leão. Eu só não sei se é pela vinda dos meninos ou felicidade de quando a gente estava encomendando.

As duas riram, Gemma, um pouco mais. Como muitas italianas, ela falava o que não devia e se fartava com o resultado.

— Nem isso a gente consegue.

— Você não pega barriga? Porque, se for isso, faço um chá de dente-de-leão com unha-de-gato e está resolvido.

— O problema é o Otto. Não tem chá nesse mundo que deixe ele de pé. Dá até pena. Ele vinha me procurar, eu deixava ele me achar, e era dois minutos pra ele sair da cama nervoso, com raiva dele mesmo. Eu parei de insistir.

— Ele não tá intimidado? Você conhece os homens, eles não gostam muito que a gente... goste.

— O seu Ítalo também é assim?

— Finge que não, mas é. Homem gosta de tá no mando da situação o tempo todo. Se eles percebem que a gente gosta demais, começam a ficar nervosos. Daí *fi-fu* — assoviou. E as duas riram de novo.

Gemma continuou com os feijões. A bebê chorou e Matilda se levantou para entreter a menininha. Logo o choro virou alguns risinhos.

— Você tem jeito com criança, devia insistir até conseguir. Se o problema é com o Otto, também tem aquela ciganada que mora lá na Sete Águas. Minha mãe falava que cigano é bicho tinhoso, mas que eles dão jeito em tudo. Se quiser eu falo com o Ítalo, pra ele dar uma assuntada. Hoje mesmo ele precisou levar uma encomenda até lá.

E a bebê berrou de novo.

— Cruz credo — a outra se benzeu. — Prefiro morrer sem filho.

Longe de sua casa, Ítalo Dulce terminava de descarregar a carroça. O dinheiro em Vila de Santo Antônio era curto, e quem pagava um pouco melhor eram os ciganos, com quem ninguém queria fazer negócio. Diziam coisas ruins de todos eles, mas uma mulher chamada Sarah, a feiticeira Sarah, era o alvo. Muita gente da região procurava a mulher para mudar sua sorte. De fato, muitos conseguiam, embora o preço geralmente fosse alto demais.

Com um sol daquele, a cabeça chegava a queimar.

Ítalo trabalhava duro do mesmo jeito. Para ele, o trabalho era a única coisa que mantinha um homem longe da miséria, tanto financeira quanto moral. A carroça daquele dia levava uma saca de feijão, duas de arroz, açúcar, um pouco de cebola, milho e coentro. Metade de um porco.

Entre um respiro e outro, um resfolegar da mula Andorinha. Ela gostava tanto de seu tratador que fingia não se incomodar com o calor e o peso que carregava. Eram tempos difíceis, tempos de mudança e adaptação, e até aquela mula sabia que era bom ter um rosto para confiar.

Depois de amarrar Andorinha em uma árvore e descer as primeiras sacas, Ítalo secou o suor da testa e olhou para as lonas que eram as casas daquele povo cheio de mistério, em busca de um sinal de vento. O ar continuava comatoso, mas o menino vinha caminhando depressa, pisando duro e carregando uma mala de couro velha em uma das mãos. Na outra, alguma coisa feita de madeira.

Parou sob a sombra da mesma árvore, bem ao lado de Ítalo.

Era um menino novinho, cabelos pretos e escorridos, a pele escura e bonita como a de um indígena.

O menino deixou a mala (bem grande, quase maior que ele) no chão e começou a montar a coisa de madeira. Como não disse nada, Ítalo também nada disse.

— Ai! Porcaria — o pequeno reclamou logo em seguida.

— Quer ajuda aí?

O menino não respondeu. Encarou Ítalo com desconfiança.

— Enfiou uma farpinha, não foi?

Nada de reação do garoto.

— Farpa, menino, uma lasca de madeira.

— Eu sei o que é frapa.

— É farpa — Ítalo chegou mais perto. — Pode confiar em mim, eu não vou machucar você.

— Acho bom. Senão a minha irmã te pega.

Ítalo começou a montar o negócio de madeira para o menino, era um cavalete de pintura. — Quem é a sua irmã? Talvez eu conheça.

— Iolanda. O seu povo chama ela de Cigana, igual chamavam meu pai de Cigano. Acho que foi um tonto da cidade que começou com isso. E agora todo mundo repete igual papagaio. Cigano, cigano, cigano. Parece até que a gente não tem nome.

— Pois eu tenho nome e me chamo Ítalo, que é a mesma coisa que italiano. Mas se incomoda você tanto assim, por que não me diz o seu nome?

— Wladimir. Mas ninguém me chama de cigano porque eu não respondo.

— Posso dar uma olhada na sua mão, Wladimir?

— Na frapa?

— Isso. Se me deixar tirar, vai parar de doer.

Um pouco receoso, o menino esticou a mão. Não confiava em gente branca, não confiava e não gostava. Todo branco que conhecera até ali só queria duas coisas: pegar o dinheiro deles ou machucar alguém.

— Tá certo, Wladimir, tem um pedacinho de madeira na palma da sua mão, um pedacinho dos bons. Se não tirar daí, vai juntar pus e ficar feio.

— Feio já tá — o menino deu de ombros. — Puxa logo. Meu pai sempre falava que a dor é uma coisa boa, que aproxima a gente dos santos.

— Vou contar até três — pegou a mão dele. — Um — e puxou.

— Ai! — Wladimir retraiu a mão com tudo.

— Prontinho, tá bem aqui a maledeta — Ítalo exibiu a farpa e limpou os dedos contra a calça. O menino olhava a palma da mão, que sangrava um pouco.

Sem pedir permissão dessa vez, Ítalo apanhou seu braço. Lambeu o próprio dedão e colocou no ponto onde estava o machucado.

— É só apertar um pouquinho que para o sangue.

O menino deixou, com sangue já estava acostumado. Por muito tempo, seu pai foi o homem santo da tribo. Fazia curas, feitiços, e muito do que fazia exigia sangue como favor, como parte do contrato. Sangue de gente, de bicho, sangue dele mesmo.

Ítalo tirou o dedo. Ainda havia um pouquinho de sangue. Tornou a lamber o dedo e colocá-lo de volta no ferimento. Quando tirou pela segunda vez, a pele estava um pouco vermelha, mas não havia mais sangramento. O menino se afastou e começou a retirar coisas da mala velha. Uma folha grande de papel cru, pincéis, uma tábua de aquarela.

— Quer dizer que você é um pintor?

— Bem que eu queria — Ajeitou seus pertences. — Por aqui todo mundo fala que pintar é perda de tempo.

— Não quero contrariar sua gente, mas se você ganhar dinheiro com isso, ninguém mais vai falar que é perda de tempo. Dinheiro é uma grande coisa pra qualquer pessoa. Preta, branca ou amarela.

O menino continuou montando suas coisas e Ítalo voltou ao trabalho.

O trato era deixar as compras naquele ponto porque o povo cigano não queria nenhum branco de olho nas moças da tribo, foi o que Sarah explicou a Ítalo, naquele já distante primeiro dia de negociação. As trocas eram feitas na base da confiança, um cigano levava o dinheiro e a lista de mercadorias, e, depois, Ítalo deixava tudo ali, sob o Salgueiro, com dia e hora marcados.

— Eu queria ir embora daqui.

O menino surpreendeu Ítalo mais uma vez. Que se lembrasse, nunca tinha ouvido um cigano dizer nada parecido.

— Esse é o seu povo, sua família. Não é fácil deixar tudo pra trás — Ítalo desceu dois pequenos fardos de açúcar. Mais dois barris de banha, um pouco de água para a mula e estaria terminado.

— É claro que deixei minha Itália, mas às vezes acordo no meio da noite e não sei se estou aqui ou lá. Sinto até mesmo o cheiro da terra, o vento mais frio... Por que esse desejo de ir embora, menino? — perguntou.

Era bom falar com ele. Ítalo tinha a caçula, mas a bebê não sabia falar, e seus filhos homens já estavam perdendo o interesse em conversar com ele.

— Não conta pra ninguém? — Wladimir molhou o pincel na tinta vermelha.

— Palavra que não conto.

— Meu pai maltratava minha mãe. Arrancava sangue e tudo. Eu acho que ela gostava, mas eu ficava chorando do lado de fora, ouvindo ela gemer. Um dia ele riscou a barriga dela com uma faca, saiu um monte de sangue, mas ela falou pra eu calar a minha boca se eu não quisesse me cortar também.

— Mas se ela concorda, não tem muito o que ser feito...

— Ela não concorda com mais nada. Ela morreu e o meu pai também. Só quem ficou viva foi a minha irmã, mas ela nunca gostou de mim — o pincel se chocou contra a tela com tudo. Com golpes tão fortes, um bocado de respingos voou na roupa do menino. Ele continuava, e por um momento Ítalo sentiu o corpo todo se arrepiando.

Ouvir uma criança despejando tanta dor, tanta raiva...
— O tempo ajeita as coisas, filho. Precisa ter paciência — foi o que conseguiu dizer, enquanto oferecia água para a mula. — Se Deus colocou vocês na mesma família, devem aprender a viver juntos.

O menino deu mais duas pinceladas vermelhas e ergueu os olhos. Pareceu bem mais ardiloso do que poderia ser naquela idade.

— E quem falou que foi Deus?

Ítalo Dulce chegou em casa quando o dia começou a ir embora. Alimentou a mula, arrumou as sacas no galpão (deixando as mais antigas à frente e as mais pesadas abaixo). Depois entrou em casa e encontrou Gemma preparando alguma coisa na pia. Chegou mais perto do filtro de barro e se serviu com água. Calada, ela se chegou a ele. Virou de costas, afastou os cabelos do pescoço e deixou que os quadris falassem por ela.

— Mulher, eu tô todo sujo. Tô fedendo como um porco.
— Gosto do seu cheiro.
— Vai gostar mais se eu tomar um banho.
— Vai gostar mais se não me fizer esperar. A bebê dormiu, se ela acordar vai demorar pra dormir de novo.

Ele a abraçou pelas costas, cheirou seu pescoço.
— E os outros dois?
— É aniversário do filho do meio dos Minoro. Os nossos saíram faz uma meia hora, não voltam tão já — de costas, as mãos encontraram a nuca de Ítalo.
— Tá querendo arrumar mais um?
— Se Deus mandar, eu cuido.

As mãos de Ítalo puxaram o vestido para cima, até que pouco dele restasse entre as peles.

Não foi longo, não foi teatral, foi pura carne, paixão e gemidos contidos. Foi como fazer aquele dia quente como o Inferno ter valido a pena. Ao final, as respirações cederam, ela desceu o vestido e prendeu os cabelos em um coque.

— Agora pode tomar seu banho.
— Doida — Ítalo disse e seguiu seu caminho. Ela voltou aos temperos.

Foi um banho um pouco mais longo que o ato, e assim que Ítalo voltou a cruzar a porta da cozinha, a bebê abriu os olhos. Não chorou, em vez disso deu um solucinho que tanto poderia ser um riso como algum gás lácteo tentando deixar o estômago. Não demorou e ganhou um chamego do pai.

Gemma já tinha posto os pratos à mesa, a comida já cheirava. Carne de porco. Era o que eles mais comiam. Porco e galinha. O suco era dos limões da propriedade, a água nascia em poço.

O pequeno comércio de Ítalo era um negócio mais próspero que o plantio arrendado e a pura sobrevivência, mas não deixaria ninguém rico. O pouco que sobrava, acabava indo para os filhos, que brotavam como mato naquela terra escura. Não fosse a compra rotineira dos ciganos, era bem provável que ele já tivesse desistido do comércio e tentado a sorte no garimpo. Era o que muita gente andava fazendo.

— Como foi com a ciganada?

— O de sempre.

— E eu sempre fico preocupada até você voltar.

— Não é uma gente ruim, Gemma, eles só são mais reservados. O povo da região trata os ciganos como bandidos, eles tão certos de se prevenir.

— Não é de roubo que as pessoas têm medo. É do... credo... gosto nem de falar — Gemma se benzeu.

— Então não fala. Encontrei com o Otto na estrada, tava entregando leite. Coitado do Otto, eu já cansei de falar que leite não vai deixar ele rico, mas tem gente que não ouve ninguém. Depois fica velho e resolve ouvir, mas aí já não serve pra mais nada.

— A Matilda passou a tarde aqui em casa, proseando. Quer pegar barriga e não tá conseguindo.

— Barriga ela já tem e não é pouca — Ítalo disse.

Gemma tentou não rir dessa vez, mas não conseguiu. E riu exatamente como uma italiana, sem economizar nadinha.

— Otto não tá bem — Ítalo disse. — Anda bebendo demais, arrumando confusão. Se continuar desse jeito, nem o leite dele vão querer daqui a pouco. É o que acontece quando um homem não consegue prosperar na vida. Ele murcha, seca, igual uma planta sem água.

— Ítalo, nem tudo na vida é dinheiro.

— Claro que não. Mas se você tirar o dinheiro, o que dá pra fazer de bom nessa vida?

No dia seguinte, bem cedo — bem cedo mesmo, por volta das quatro da manhã —, Ítalo foi até a nascente do Rio Escuro (como os moradores de Vila de Santo Antônio chamavam o local, embora o aquífero não fosse exatamente uma nascente), para buscar mel. Existiam muitas bananeiras à margem, e as abelhas pareciam gostar mais daquelas flores do que de qualquer outra. As colmeias naturais ficavam acima de uma gruta, conhecida pelos arredores como Gruta dos Pecados. Segundo diziam, a gruta costumava ser o local de encontro de alguns jovens casais da região. E foi assim, até que um dos fazendeiros ricos pegou a filha com um caseiro. O rapaz morreu ali mesmo.

Rapidamente, o lugar consolidou a fama de assombrado e quase ninguém se aventurava a passear na gruta. Como não acreditava mais nisso do que acreditava na feitiçaria dos escravizados, Ítalo continuava apanhando mel para a sua Gemma. Ele já havia formado outras duas colmeias, e era dessas, dos caixotes, que ele retirava seu mel.

De manhãzinha era sempre melhor, porque as abelhas estavam mais mansas. Depois que o sol subia a pino, era quase certo voltar para casa todo picado. Ítalo deixou Andorinha (a mula) à sombra de uma árvore de tamarindo e amarrou uma camisa velha no rosto. Ele embebeu outro pedaço de pano com banha e improvisou uma tocha. As abelhas ficavam desorientadas com a fumaça, ficava fácil retirar os favos. Ítalo também pegava só o necessário, ele nunca pensou em fazer daquilo um comércio. O mel era de sua Gemma, só dela.

Com a perícia de quem fazia aquilo há bons anos, Ítalo apanhava os favos e os deixava em tachos de alumínio. Algumas abelhas ainda ficavam presas, mas quase todas conseguiam se desvencilhar e voltar para a colmeia assaltada.

O vento forte daquele início da manhã fazia um exagero de fumaça. Os olhos ardiam, a tosse chegava, mesmo as abelhas zuniam alto, muito mais agitadas do que das outras vezes. Além disso, elas estavam acordando. O sol já começava a aquecer a água do Rio Escuro.

— Melhor tomar cuidado com elas — disse a voz.

Ítalo se distraiu por um segundo, mas não chegou a comprometer o que fazia. — É bom não chegar muito perto — avisou Ítalo. — Elas ficam bravas quando venta forte.

Estava de costas, mas se estivesse de frente, teria visto o homem se abaixar. Depois o teria visto apanhar um punhado de terra e deixar cair no mesmo vento, que imediatamente se acalmou. Aproveitando a situação, Ítalo apanhou mais um favo e apagou sua fumaceira, mergulhando a tocha nas águas agitadas do rio.

— Veio pegar mel também? — Ítalo quis saber.

— Não sou muito de doce.

O sujeito usava uma calça social puxada para o bege e uma camisa branca. Estava descalço, nada de gravatas, o colarinho da camisa estava com os dois primeiros botões abertos. Tinha certa idade, talvez cinquenta ou um pouco mais, era o que os cabelos cinzentos diziam. Os olhos verdes sinalizavam que era menos, que ele ainda tinha disposição da juventude.

— Não cansa, não, Ítalo?

— Como é que sabe meu nome? A gente se conhece?

— Lugar pequeno. Por aqui todo mundo sabe de todo mundo. Você arrendou as terras de Honorato, não? Ele não costuma fazer isso. Prefere os italianos na senzala, onde ficavam os negros dele.

— Eu ainda trabalho pro seu Honorato. Consegui comprar a terra porque não tenho medo de trabalhar mais que os outros. E o senhor devia medir suas palavras pra falar comigo. Sou da paz, mas se quiser uma briga, só saio dela depois de morto.

O homem continuou sério por um tempo curto e extremamente irritante, então sorriu.

— Só estou testando você, rapaz. Querendo ver se tem a fibra que eu venho buscando.

— Quem tem fibra é coco, moço. Eu vou andando.

— Não quer nem mesmo ouvir? É uma proposta boa, uma proposta que pode mudar a sua vida.

— A morte também muda a vida da gente, e eu não tô gostando nada dessa sua conversa.

Ítalo levou os barris de mel e começou a colocá-los no lombo da mula.

— Para alguém que sabe ler e escrever, pensei que você fosse mais esperto. E muito mais homem.

Antes de se virar, Ítalo desembainhou um facão que estava preso à mula.

— Escuta aqui, sujeito. Não sei quem é o senhor ou por que tá querendo confusão, mas vai encontrar se abrir essa boca de novo. Eu cheguei nessa...

— Nessa terra de merda depois de sessenta dias no mar — o homem descalço completou por ele. — E você enterrou mais de vinte pessoas na água e teve diarreia por quinze dias seguidos — continuou. — Seu primeiro filho também quase morreu, mas alguém disse que xarope de maçã com gengibre ia curar o menino. E curou.

— Como sabe de tudo isso?

— Porque eu estava lá.

— Não lembro do senhor.

— Eu não sou o senhor de ninguém.

Os dois se encararam de novo, e o facão escolheu a bainha.

— Ítalo Dulce... Filho de Ettori Dulce e Nina Cassini Dulce, neto de Dante Dulce. Você tem pensado em prosperidade e progresso, na saúde de seus filhos, em uma maneira de dar tudo o que sua amada esposa, Gemma, de fato merece.

— E isso é errado?

— Certo e errado são convenções humanas.

— Se for falar difícil comigo, a conversa acaba aqui.

— Jeito de ver as coisas Ítalo. Certo e errado são só jeitos diferentes de ver a mesma coisa.

— O que o senhor quer comigo? Pra saber tudo o que sabe deve ter fuçado os papéis da imigração. Por que se deu ao trabalho?

— Também estive com os ciganos, e se aquele povo, que não confia em ninguém, confiou em você, então você merece toda a minha atenção.

Os olhos se encontraram novamente, havia uma espécie de sinceridade naquele sujeito. Ele não estava preocupado em só dizer coisas boas, mas parecia acreditar em cada palavra que vertia pela boca.

— Preciso de alguém pra semear essa terra com um mundo novo, Ítalo, um mundo cheio de progresso. Como pode ver, já não sou mais tão jovem. Além disso, essa terra merece alguém que a entenda, que a escolha para ser sua. Mais do que qualquer outro, você preferiu ficar aqui. Fez filhos aqui. Fará netos, se estiver disposto a me ouvir.

— E é só isso o que eu preciso fazer? Ouvir?

O outro sorriu.

— Primeiro você precisa apertar a minha mão.

Naquela manhã, o mel chegou escuro e fedido na casa dos Dulce. O menino do meio teve febre e a bebê chorou o dia todo. A mula Andorinha também tentou morder seu dono pela primeira vez, e, assim que Ítalo a alimentou, ele foi pro armazém de grãos, onde passou o dia todo em cima de um caderno, escrevendo coisas.

Gemma tentou saber o que se passava, mas Ítalo não lhe deu atenção — como faria pelo resto daquela semana. Ela tratou de cuidar dos filhos, que era sua principal função naquela casa.

Como nenhum Dulce tinha ouvido falar que mel apodrecesse, Gemma acendeu uma vela branca ao lado do vidro. Rezou dois Pais-Nossos, uma Ave-Maria e enterrou tudo, pensando se aquilo poderia ser um sinal de algo ruim que estava vindo.

O mel novo chegou dias depois e, junto com ele, uma caixa de abelhas. Ítalo a colocou perto do pomar da propriedade, e pediu que os meninos mais velhos ficassem longe daquilo.

Daquele dia em diante, toda semana ele vinha com mais mel, e a cada mês uma nova caixa de abelhas nascia junto às outras.

Em seis meses, Ítalo vendia mel para toda a região. Em um ano, tinha uma produção que lhe permitia comprar terras vizinhas (inclusive de Otto, que finalmente conseguiu voltar para sua Itália). Em dois anos, Ítalo Dulce tinha migrado das abelhas para o latifúndio, de onde nunca mais saiu.

Morou sempre no mesmo endereço, embora a estrutura antiga tenha sido derrubada para dar lugar à maior casa do povoado. Ítalo também ajudou na fundação da cidade que foi batizada de Três Rios e investiu no mercado das carnes, formou todos os seus filhos com o dinheiro que recebeu.

O que nunca mudou foram suas visitas para a nascente do Rio Escuro, embora o meio de condução tenha mudado um bocado. Dos pés à mula Andorinha, da mula ao cavalo, do cavalo ao carro.

O homem descalço que o encontrava perto da gruta nunca mudou, não envelheceu um único dia, e com o tempo Ítalo se cansou de perguntar sobre isso. Ele temia o que iria ouvir, claro que sim, assim como temia o dia em que teria que pagar sua parte daquele acordo que vinha sendo tão vantajoso.

Dizem que nada pode durar para sempre, principalmente a sorte e o azar, mas a boa-venturança de Ítalo passou a desafiar qualquer probabilidade.

Com tamanha riqueza o encontrando tão depressa, era de se esperar que os inimigos surgissem junto com as moedas no banco. E eles vieram aos montes. Na primeira emboscada, Ítalo conseguiu escapar de um assalto enquanto deixava um depósito polpudo no banco (a polícia chegou na hora exata em que os bandidos deixavam a agência). Na segunda, um dos sócios nos negócios (Sebastião Torque) tentou roubá-lo e foi descoberto por um contador. O terceiro foi um sequestro (esse sem explicação até o último dia de vida de Ítalo; pelo que viu, alguém entrou no cativeiro e acabou com os sequestradores, mas ele nunca soube dos detalhes). Depois de ficar um pouco mais rico ao se tornar associado de um importante banco nacional, Ítalo conseguiu vender suas ações um mês antes da pior crise econômica da história. O pouco que perdeu, recuperou no garimpo, quando descobriu esmeraldas nas terras que costumavam ser dos ciganos.

Entre os fracassos, apenas a frustração de ter que renegar uma filha, que jamais entendeu o valor de ter um Dulce pesando em seu nome. Eram tempos estranhos e difíceis para um pai, tempos que uma filha impetuosa jamais conseguiria compreender.

— O que você tem hoje, meu velho? — Gemma perguntou no dia em que seu marido perderia a vida.

— Estou um pouco cansado.

— Cansado? Você?

Pelo espelho, Ítalo sorriu e remoçou alguns anos.

— Tivemos uma boa vida, não foi? Filhos, uma penca de netos, histórias que eles contarão para os netos de seus netos. Acho que se eu tivesse que mudar uma vírgula em tudo o que vivi, encontraria dificuldade.

— Que conversa boba, homem de Deus. Se está pretendendo morrer, é melhor deixar tudo no meu nome.

Ítalo sorriu e terminou de ajustar a gravata. Deu uma olhada nos cabelos. Eles estavam finos e pesados, estavam velhos. Gemma continuava sentada à penteadeira, passando uma maquiagem leve e colocando seus brincos de esmeralda. Era vaidosa e, de certo, morreria vaidosa. Mas o motivo para tanto esmero era outro, um almoço na casa da nora que ela não suportava. Como Gemma amava seus netos, calculava que valia a pena o castigo.

— Dá um beijo nos meninos por mim — Ítalo disse.
— Devia dar você mesmo, não acha?
— Hoje é sexta. É dia de ir até o rio.
— Isso nunca vai parar, vai? Faz quantos anos que você vai toda sexta-feira naquele mesmo lugar? Trinta?
— Um pouco mais. Nunca faço as contas pra não entregar minha idade.
— Velho bobo.
— Velho bobo que te ama — ele a beijou no pescoço.
— Bobo e assanhado.

Os dois riram de novo e ele caminhou até a porta. Antes de ir, deu uma última olhada na mulher com quem dividiu a maior parte de sua vida. Depois saiu e recostou a porta, sem fazer ideia de que aquela seria a última vez que veria sua esposa.

Como sempre acontecia, o homem descalço já estava à beira do rio quando ele chegou. Sentado em uma das rochas em frente à gruta, atirava pedrinhas que perturbavam o arraste sereno das águas escuras.

— Bom dia — Ítalo disse.

O outro atirou mais uma pedrinha antes de responder.

— Tão bom quanto outro qualquer. Sente-se para conversarmos.

Ítalo deixou os sapatos de lado, se sentou, mas não houve conversa melhor que ouvir o barulho das águas.

— Hoje ficaremos calados de novo? — perguntou depois de alguns segundos.
— Não por muito tempo.

Mas não voltaram a falar. Eles só ficaram ali. Sentindo o vento na pele, observando o breve orvalho da agitação das águas, dando atenção a um ou outro passarinho que se aventurava nas margens. Acima deles, as bananeiras continuavam semeando frutos, mas as abelhas, inseguras com o rapto constante de suas colmeias, haviam se mudado há muito tempo.

— Você sabe que dia é hoje? — o homem da Terra perguntou.
— Ainda não.

— E quer algum conselho de minha parte?
— Tenho meus próprios conselheiros, então podemos ser somente amigos.
Havia paz no rosto do sujeito, havia tranquilidade quando ele disse:
— Não sou seu amigo.
E se levantou.
— Se você vem a essas águas desde que era moço, vem até aqui por seu único interesse.
— Venho até aqui porque essa é a minha parte do nosso acordo.
— Sua parte é fazer Três Rios prosperar.
— E foi o que eu fiz.
— Exatamente.
O homem que mudou a vida de Ítalo estava de costas, e o imigrante não pôde deixar de pensar em como seria fácil acabar com ele. Isso se assumisse que aquele ali fosse um homem comum para ser abatido de tal forma, algo de que ele não tinha certeza.
— Cumpriu bem a sua parte e eu cumpri bem a minha. Agora é nosso dever encerrar este conluio.
— Me lembro com saudade de quando não entendia as suas palavras.
— Sinto a mesma falta de quando era capaz de te ensinar alguma coisa.
Ítalo respirou bem fundo.
De certa forma, ele sabia. Sabia há meses.
— Vou morrer desse mal que cresce em mim?
— O tumor em seu estômago? Não. Não quero sofrimento a você. Prefiro que morra como um irmão, um oponente valioso, alguém que teve seu valor reconhecido. O que vamos fazer é dar um mergulho, eu e você. Eu, do meu jeito, você, do seu.
Calados, era possível ouvir a respiração de Ítalo se acelerando. Era possível ver as veias mais saltadas se inflando na pele fina das têmporas.
— Eu não estou pronto. Preciso de mais tempo.
— Tempo é tudo o que os homens pedem. Tempo para pensar, para agir, tempo para descobrirem quem realmente são. Um homem detesta a velhice porque é nela que ele finalmente entende quanto tempo perdeu. Não foi o seu caso, Ítalo. Você viveu bem, conquistou suas posses, fez mais amigos do que inimigos. O que mais um homem pode querer?
Ítalo riu.
— A eternidade.
— Você também vai ter isso. Não da maneira que espera, mas garanto que vai ter.
— Existe alguma maneira de adiar esse fim? De receber algum tempo para me despedir?

— Sempre existe uma maneira, nós, negociantes, sabemos disso. O problema, caro Ítalo, é que os astros já rodaram lá em cima, e nesse exato momento um dos seus netos está no fundo de uma piscina. Melhor dizendo: estava.

— Eu preciso ir — Ítalo arregalou os olhos.

— Não está ao seu alcance, mas o menino vai sobreviver se você mergulhar nessas águas. Sua Gemma está a caminho, ela sabe que o marido está aqui. Ela vai chegar tarde demais para impedi-lo, mas o menino receberá o gole de vida que você perderá. Mais uma vez, é tudo ou nada, caro Ítalo, nossa última aposta juntos. É partir ou deixar ir.

Ítalo colocou o paletó no chão. Cerimonioso, subiu as mangas da camisa. Retirou a aliança do dedo e a deixou sobre uma das rochas.

— Quem é você? Preciso saber a quem vendi a minha alma.

— Não pode vender o que não é seu. Eu sou esse lugar, Ítalo. Sou o sangue que adubou a terra, o violino dos ciganos, sou o bem que ninguém vê e o mal que não pode ser reparado. Quando fechar os olhos, estarei velando seu despertar. Quando chegar à sua última nota, eu reescreverei a canção.

— Você é ele? É quem eu estou pensando?

— Sou o que preciso ser, e o que precisava ser para você, da mesma maneira que você foi tudo o que essa cidade precisava. Vá em paz, Ítalo Dulce. Existirão lágrimas do lado de cá, mas nenhum sofrimento o espera do outro.

Ítalo terminou de erguer as mangas e estendeu sua mão. O outro a apertou.

— Não sei se devo agradecer, mas você cumpriu sua parte. Isso é mais do que se pode esperar de muita gente nesse mundo.

— Agradeço a você, Ítalo Dulce. Tenha uma boa travessia.

Com quase nenhuma dificuldade, Ítalo conseguiu chegar ao meio do rio. Sabia nadar muito bem, e seguiu se afastando com suavidade, flutuando como uma folha seca, até que o motor do segundo Ford da família Dulce roncou a alguma distância.

Ítalo sentiu alguma coisa puxando-o para baixo.

— Está feito. — O homem descalço secou os olhos e voltou para a escuridão de sua gruta.

Seu aluno e mestre tinha ido embora, e, para onde ele foi, não poderia mais ser alcançado.

Sua tarefa estava finalizada, a cidade continuaria prosperando, crescendo e se esticando sobre os ossos do passado. Ítalo Dulce não foi o primeiro, ou um exemplo que merecesse ser seguido à risca, mas fez o que melhor que pôde com o que recebeu nas mãos. Isso é mais do que se pode esperar da maioria dos homens.

TRÊS RIOS
1888

Please follow these instructions.

Vá/Não se vá
Por que você não fica comigo mais um dia?
Se nós conseguirmos passar por mais uma noite
Se nós conseguirmos passar por mais uma noite
OINGO BOINGO

GLADIADORES
EM TECHNICOLOR

```
Go / Don't you go // Won't you stay
with me one more day /.. If we get through
one more night // If we get through one
more night
```
— OINGO BOINGO

A pré-adolescência é uma ótima fase para duas coisas: abusar da imaginação e testar todos os limites possíveis.

Cleber, Juliano e Lívia pareciam levar essa estatística muito à sério, e estavam se dedicando arduamente a essas duas opções em mais um dia de filmagem aos fundos da Igreja Matriz.

Em Três Rios, o boato de que as câmeras de VHS captavam bem mais que o que se passava na realidade começou bem antes deles nascerem, mas, com os anos, a coisa ganhou nuances de uma superprodução. Diziam que as câmeras capturavam fantasmas, entidades extraterrenas, até mesmo coisas que se passavam tanto no passado quanto no futuro. E nada disso era o foco daqueles três. O que realmente lhes importava era terminar o próprio filme.

— Caramba, Cleber! Dá pra parar de rir? — Lívia perguntou. Os outros dois eram seus amigos, e primos um do outro. Como todo girino humano, eram bem menos maduros que as girinas da mesma safra.

— É que ele tá ridículo — Juliano disse em meio a risos incontroláveis.

— Cala a boca! — Cleber se defendeu.

O fato é que aquela peruca loira e o excesso de lápis para simular a barba do Kurt Russel deixou muito a desejar. Além do mais, as roupas rasgadas e a camisa deixaram o menino parecido com um andarilho.

Segundo o roteiro de *A Batalha de Devorac* (escrito por Juliano e revisado por Lívia), a aventura teria um quê de *Os Aventureiros do Bairro Proibido*, um filme antigo e cheio de chineses que Lívia resgatou do último lote de fitas vendido por seu pai, o dono da reinaugurada FireStar DVD & Vídeo. O problema é que nenhum deles servia para o papel, e o único amigo que tinha ascendência japonesa que topava filmar, Miguel Takashi, estava de castigo depois de colocar fogo no gato (um acidente terrível, enfim, o gato sobreviveu).

— Vai, agora você briga com o Juliano, e dessa vez briga direito, senão eu mesma vou ser o Jack!

A maquiagem do Juliano também não estava lá essas coisas. Na cena que interpretavam, Juliano era o guerreiro-fantasma-japonês (aliado do terrível Devorac) que atirava raios como o Raiden do *Mortal Kombat*. Para compor o figurino, ele estava enrolado em um lençol azul e usava um chapéu de praia da mãe, além de meias cortadas nas mãos, no melhor estilo Michael Jackson.

— Tá esperando o quê? — Lívia perguntou.

— É a Camila — o garoto explicou. — Ali ó — apontou para a garota.

— Ah, que merda — Cleber lamentou um pouco mais.

Camila era a garota mais bonita da classe. Ela não era de jeito nenhum tão legal quanto Lívia, mas era o que todos os garotos imaginavam como a namorada perfeita. Cheiro doce, rosto brilhante, longos cabelos de boneca.

— Seus ridículos... — Lívia lamentou, e ficou a cara da mãe. — Tomara que o Devorac coma vocês dois.

Ela tinha toda razão, mas o problema é que, para um garoto com menos de doze anos, o ridículo é muito mais presente do que a vontade de mexer no piu-piu na hora do banho.

— Se vocês não fizerem essa cena direito, eu vou guardar a câmera até o Natal. E não vai adiantar ficar pedindo depois, porque eu nunca mais vou brincar com vocês. Nem depois do Natal.

Camila já estava se afastando. E assim que ela desapareceu junto da mãe pela porta do açougue, a ação recomeçou.

— Precisa fazer os raios, Ju! Não é desse jeito — Lívia parou de gravar mais uma vez, irritada. — E você tá parecendo um gafanhoto — explicou para o outro garoto. — O Jack não ficava pulando desse jeito.

— Pchuiuuuuu — Juliano ergueu os braços como quem invoca a tempestade. — Agora tá bom?

— Tá melhor, mas tenta não cuspir da próxima vez.

Os garotos se encararam.

— No três! — Lívia iniciou a contagem.

Os fundos da igreja não eram a melhor coisa desse mundo, mas com um pouco de imaginação, era algo como uma fortaleza, um castelo. Os meninos lutavam acima das escadas, em frente a uma grande porta de carvalho, toda entalhada com motivos religiosos. Até dois anos atrás, Lívia morria de medo daquela porta. Os animais, as pessoas ajoelhadas, principalmente Jesus Cristo que, de tão perfeito, parecia prestes a sair da madeira.

— E... Corta! — ela disse enfim.

— Essa valeu?

— Acho que sim — ela foi caminhando até um banco mais limpo da merda de pombo que estava por toda praça.

Lívia ficou no meio, Cleber à direita, Juliano à esquerda. A fita sendo rebobinada ainda com a imagem na tela, o que sempre arrancava sorrisos dos meninos. Lívia parou em um ponto onde os três conversavam, um dos raros momentos em que todos estavam na tela.

— Minha mãe falou que a gente vai embora de Três Rios — ela disse. Disse assim, de pronto, como quem tenta tirar o peso real que as palavras têm.

— Embora pra onde? — Cleber riu.

— Pra outra cidade. Porque se a gente não fizer isso, meu pai e a minha mãe vão se separar.

Juliano se afastou um pouco e olhou bem para ela.

E começou a rir. E Cleber começou a rir junto com ele. E eles riram tanto, que a menina também riu.

— Eu tô rindo porque vocês são dois bobos, mas a gente vai embora mesmo. Eu não tô inventando dessa vez.

Isso acabou com o riso. Primeiro em Juliano, depois em Cleber.

— Minha mãe falou pro meu pai que ela cansou dessa cidade. Meu tio morreu, o irmão dela, alguém deu um tiro nele. Eles foram pescar, mas parece que todo mundo ficou doido e começou a brigar. Falaram que o moço que atirou nele nem é daqui da cidade. Minha mãe falou que essa cidade só tem gente que não presta e o meu pai não gostou. Ele falou que o meu tio era um desocupado, que é quando alguém não tem trabalho.

— E ele era? — Juliano perguntou. Porque qualquer assunto, qualquer outra coisa era melhor que perder alguém como Lívia.

— Devia ser, mas minha mãe não gostou nada. Então ela falou que nem todo mundo era capacho igual meu pai. E falou que a locadora tinha virado uma porcaria.

— A FireStar é o lugar mais legal dessa cidade — Cleber disse.

— Eu também acho — Lívia disse. — E o meu pai também. Só que agora ninguém mais pega tanto filme que nem antes. Ele falou pra minha mãe que a pirataria tá matando todo mundo, depois que ela gastou um dinheirão numa bolsa. Acho que foi isso que começou a deixar ela com raiva. Depois eles brigaram porque minha mãe tava ligando demais pra alguém. Eu não sei quem era, e nem o meu pai, mas ele falou que ia descobrir. E então alguém ligou e falou que ia bater no meu pai.

Ficaram em silêncio, olhando a tela pausada e tentando encontrar uma maneira para aquele abraço coletivo durar para sempre. Do alto de uma das árvores (Lívia não sabia o nome, mas sua mãe sempre dizia que aquele tipo de árvore só servia para fazer sujeira), um urubu alçou voo desajeitado e parou no beiral da igreja, ao lado de outro pássaro preto.

— Vocês podem voltar, eu acho — Cleber disse, tentando achar uma saída. — Depois que eles ficarem bem de novo.

— Acho que não. Primeiro que eu acho que eles não vão se acertar nunca. E a gente sabe que as crianças têm que ficar com a mãe, e a minha mãe tem raiva dessa cidade. Ela queria ter saído daqui pra estudar fora, o meu avô nunca deixou.

— Nem todo mundo gosta de Três Rios — Juliano disse. — Minha avó falava que a cidade não prestava. Que ela já viu árvore sangrando e conheceu gente que viu o Diabo.

— Sabe o Pietro? — Cleber perguntou. — Ele falou que um monte de gente vê o Diabo por aí. E que tem dia que ele é velho, depois novo, e que já teve vezes dele aparecer como criança. O Pietro nunca viu, mas a prima dele, a Cristina, ela foi parar no médico e tudo.

— Por que ela viu o Coisa Ruim? — Lívia indagou.

— Ele falou que ela via umas coisas na janela, no reflexo. Um dia ela viu um negócio tão horrível que ficou no canto, encolhida, esperando alguém chegar em casa.

— Credo — Juliano disse.

— Credo mesmo — Cleber concordou. — Eles falaram quando vocês vão?

— Ainda não. Meu pai diz que só sai daqui quando vender a locadora, porque ele não pode entregar nosso futuro a preço de banana. E ninguém tem dinheiro porque o governo fez alguma cagada.

Os dois meninos riram para valer.

— Que foi?

— É que nenhuma outra menina da escola fala palavrão — Juliano explicou.

— Cagada não é palavrão.

— E o que é, então?

— Palavrão? Acho que buceta é palavrão. Cu também é, mas cu é diferente. Buceta é muito melhor de falar — Lívia disse e ficou bem séria. Os meninos, escandalizados, olhavam mais sérios ainda para ela.

Aos poucos, Lívia começou a suavizar a expressão, então explodiu o riso como um gêiser feito de cuspe. Os dois fizeram a mesma coisa, e Cleber riu a ponto de socar o joelho. Logo foram se controlando.

— Então a gente nunca mais vai fazer filme, né? — Juliano disse. — Era por isso que você tava fazendo tanta questão. Na semana que vem começam as provas, e você vai embora antes da gente ter tempo de novo.

— Você e o Cleber podem continuar fazendo filme, porque você são dois. Eu sou só uma, e fazer filme sozinho é chato pra caramba. Aí, na cidade nova que eu nem sei qual é, vão fingir que eu nem existo só porque eu vim de fora.

— Igualzinho fizeram com o Paulinho Punheta — Cleber disse.

E os três ameaçaram uma nova crise de riso, mas essa terminou depressa.

— Mas no seu caso vão chamar de Lilica Siririca — Juliano disse.

— Besta! — ela o socou com tudo no braço. — Agora todo mundo presta atenção que eu vou colocar o filme.

Começava com uma cartolina amarela: *A Batalha de Devorac*.

Logo depois, Juliano aparecia em uma bola de fumaça (que o fazia tossir como um doido, porque aquilo era só papel queimado), lançando golpes de caratê que ele aprendeu em outra fita da FireStar. Na sequência, Lívia estava amarrada na linha do trem, perto de onde um cara perdeu a perna, gritando por socorro. A primeira luta era bem ali, na linha, no terreno onde possivelmente ainda existia um pouco do sangue daquele infeliz. Todo mundo o conhecia na cidade, a história de Millor foi parar no Fantástico e tudo.

O combate sangrento terminava com Kurt-quase-Russel-Cleber libertando a refém segundos antes do impacto do trem (outra cartolina, com a foto de uma locomotiva) e saindo em uma perseguição frenética (de bicicleta) ao Japonês Elétrico, interpretado por um Juliano nada japonês.

Uma batalha épica acontecia em cima do muro do cemitério, depois passava pelo terreno comido pelo fogo do terreiro de Mãe Clemência, até que, finalmente, acontecia o final grandioso na Catedral Elétrica, conhecida pelos descrentes na cinematografia caseira como fundão da Igreja Matriz.

Quando a reprodução terminou, Juliano e Cleber se abraçaram, visivelmente emocionados. Um pouco menos emocionada, Lívia se juntou a eles. Ela também interpretava, mas no fundo sabia que seu futuro estaria na direção.

Já era tardinha, e o céu acumulava muitos rios de fogo no azul que se preparava para dormir. Lá em cima, pássaros aproveitavam a única liberdade que valia a pena. O voo, a levitação, a queda livre. Para variar, a ideia de ir para casa foi de Cleber, que morria de medo de tomar uns safanões do pai. Lívia conseguiu mais meia hora de crédito com ele evocando a Quinta Emenda da Amizade Plena: eu vou embora e a gente nunca mais vai se ver.

Passaram pelo clube do livro que só tinha livro chato e gente velha, pelo Museu Municipal que cobrava caro para mostrar meia dúzia de ossos de dinossauro e pelo Burgo-Louco, afamado como o maior hambúrguer de toda região, embora todo mundo soubesse que ele nunca chegou perto dos 1,8 kg de gordura e morte lenta do antigo hambúrguer do Porcão. Dois quarteirões depois, cruzaram o caminho de algumas galinhas que ultimamente eram mais frequentes em Três Rios que os gatos. Decidiram correr atrás delas e filmar tudo (Lívia disse que seria uma boa abertura para o filme já que o Devorac comia galinhas). Exaustos, acabaram rindo e deixando as galinhas em paz.

Já estavam passando em frente à escola quando Lívia soltou um soluço. Como quase todos os garotos com menos de quinze anos, os dois meninos se entreolharam, sem saber o que dizer para fazê-la se sentir melhor.

— Que foi? — Foi tudo o que Juliano conseguiu.

— Não fica assim — Cleber completou, se saindo um pouco melhor.

E ali estavam de novo, abraçados, pensando que o mundo nunca mais seria como antes.

— Eu não vou falar isso nunca mais, mas vocês são os melhores amigos que eu tenho. É bom vocês me ligarem quando eu for embora!

— A gente vai ligar, sim, e a gente vai lá na locadora pedir pro seu pai ficar — Juliano disse.

— Isso aí — Cleber gastou um soluço.

Naquele instante raro, aqueles garotos respiraram o mesmo ar, falaram a mesma língua sem precisar abrir a boca. E como nada de bom nesse mundo imperfeito consegue durar mais do que alguns segundos, o motor de uma moto Agrale começou a pipocar pelo começo da rua. Os três se soltaram, mas continuaram onde estavam, em frente à escola que, entre muitas outras coisas, os forjou como melhores amigos.

Voltaram a se aglutinar quando a moto parou bem à frente deles.

A moça que dirigia parecia ter saído do inferno. As pernas sangravam, o braço sangrava, a mão esquerda parecia ter sido pisoteada por um mamute em situação de cólera. Ela tinha poeira de estrada nos cabelos e no resto todo, tinha tanta poeira que a testa havia formado duas ou três rugas escuras.

— Que cidade é essa aqui?

Juliano tentou falar e a voz não saiu. Cleber nem tentou.

— Três Rios — coube a Lívia responder.

A moça da Agrale riu e mostrou dentes brancos demais para aquela cidade.

— E quem nasce em Três Rios é o quê?

Lívia olhou para o estado dela e não conseguiu mentir.

— É monstro.

TRÊS RIOS
1888

Please follow these instructions.

Seu diabo de branco inofensivo e inocente
Você roubou a minha vontade sem lutar
Você me encheu de confiança, mas cegou meus olhos
Você me enganou com visões do Paraíso

STYX

CASCUDO

> Harmless and innocent you devil in white // You stole my will without a fight // You filled me with confidence, but you blinded my eyes // You tricked me with visions of Paradise — **STYX**

Miguel Romano tentou reencontrar sua alegria por muito tempo, mas como dizem: o paraíso é feito para poucos. E dentre esses poucos, ele certamente diria que um número ainda menor de pessoas seria capaz de reconhecê-lo, quase todos, tardiamente.

O odor viciado do cômodo, a baixa penumbra, o calor untava a pele e convidava o torpor a habitar novamente aquele corpo. Estava pronto. Tudo arquitetado segundo a antiga profecia cigana. A alguns metros, um pequeno ponto luminoso brilhante, o olhar de uma Super 8, um detalhe, uma comprovação tecnológica de que tudo é possível para quem tem fé. Em um passado distante, Miguel Romano era um técnico desses estranhos aparelhos capazes de paralisar o tempo. Agora, o tempo tinha o mesmo ritmo moroso das velas. Pela parafina da base, suores marrons, negros e cor de vinho formavam dezenas de gotas de lágrima. A nudez do penitente justificada: não existe outra forma de se apresentar aos deuses.

Nas costas, riscos queloidais que o preparavam há meses para aquele momento.

É certo que o milagre raramente seja a primeira escolha de um homem, mas quando os joelhos se vergam, existe um estranho equilíbrio entre o andar de cima, e o de baixo. O que ainda morava nos porões do mundo representava a esperança de Romano. Acima, no maldito Deus, somente a certeza de ser repetidamente ignorado.

— Se manifeste, se manifeste em mim, eu imploro — Romano arquejou.

Mais um soluço contido.

Mais gole no vinho *bouchonée*.

Mofo, ácido acético, vinagre, a concentração muito próxima ao insuportável.

À frente, no pequeno altar improvisado, um colchão feito de carvão e britas. Sobre ele, uma foto da esposa e outra do filho.

Os dois foram levados.

Mutilados, seccionados, amputados. Retirados dos jardins do mundo como pequenas ervas daninhas.

Naquele cômodo sufocante, não havia mais espaço para dúvidas. O acidente de carro, a desesperança, o olhar frio dos médicos, "estamos fazendo o possível".

E o que é o possível para uma criatura incompetente como o ser humano? Eles, os que curam, estão sendo aparados por mãos divinas? Ou são apenas mecânicos bem-intencionados que não compreenderem a engenharia do que pretendem consertar?

Uma vela preta oscilou e Miguel orientou os olhos. A vela oscilou de novo.

Era o sinal, tinha que ser um sinal.

E depois de dolorosos segundos de dúvida, a confirmação.

Miguel não se importava com estimativas ou exatidões, mas o quarto estava quente a ponto de sufocá-lo. A fim de se refrescar, de manter uma vida que pudesse restaurar outras duas da morte, ele se banhava com um pequeno tecido verde: um lenço de Serena, seu grande amor, a esposa enterrada, a metade que apodrecia no solo quente e desgraçado daquela cidade de fel.

Lá em cima, centenas de metros depois do concreto do prédio, o céu se parecia com uma poupa vermelha, pisoteada e estraçalhada. Coágulos, pedaços, restos de outro um dia que não mereceu ser vivido.

Outro olhar para a foto de Serena. Ela segurava o neném nos braços, o sustentava como quem suporta a graça do próprio Deus. Ao lado, uma foto do menininho sozinho, deitado no berço, tentando sorrir para o fotógrafo amador que por força do acaso era o seu pai.

— Desgraçado — Miguel trocou o riso do filho morto pelo teto fustigado da casa.

Há três anos ele não tinha um lar, não tinha descanso, não tinha paz, fome ou sono. Há três anos ele se esquecia do que era ser gente, ser humano, alguém digno de habitar essa esfera hostil.

Sete meses.

Isso não é idade para alguém morrer.

Do lado de fora daquele útero feito de tijolos e velas, ninguém se importava com seu bebezinho morto. As pessoas continuavam trabalhando, indo para seus caixões de mentira, vivendo sua própria eternidade. Velhos, adultos, outras crianças. Bem ou mal, estavam todos vivos.

Por que com ele precisou ser diferente? Que direito era esse que o céu sentia de tirar tudo o que ele amou um dia?

— Maldito — disse ao teto e o calor aumentou mais um pouco.

Vencer a morte talvez fosse o pior dos pecados. Compreensivelmente, o mais desejado de todos.

No aquário do canto da sala, os peixes começavam a subir.

Naquele espaço não havia mais espaço para a vida, para o belo, tudo o que havia era o repúdio.

Desde o início do ritual, o jejum azedo do hálito estava se misturando ao fedor das axilas, a falta de banho compondo um coro profano, uma ode insultuosa aos dias de glória onde um humano podia ser o animal a que fora destinado.

Mais uma crise de tosse. O corpo arqueando, as escápulas amplificando o tamanho das costas.

— Vou trazer vocês de volta.

Talvez sim. Provavelmente? Mas que tipo de homem despreza sua única chance de consertar as coisas?

Diferente da esposa e do filho, nem a morte o quis. E Miguel Romano a convocou por três vezes.

Veneno. Tiro. Inanição.

Socorro, gatilho quebrado, paramédicos e reidratação.

As velas se apagando de repente. As pupilas se dilatando outra vez.

Um odor sulfuroso aumentou e a tosse voltou a vencer. Um pouco de vômito. Aquoso, bolhoso, inerte. O ar queimando na entrada, depois forçando uma maneira de deixar as narinas.

— Esse corpo já não me interessa — Romano disse. — Essa vida. Nada de mim continua a me pertencer. Eu me rendo, engenheiro, me rendo à luz da manhã, à estrela do alvorecer. Não sou digno, nada tenho a oferecer senão meu sofrimento, mas ele é o que tenho de mais meu. Usa meus músculos, faça da minha dor uma gema e uma casca; consuma o que ainda me torna humano.

Alguém ouvia jazz do outro lado da parede. Lento e moroso, agradavelmente descompassado. O som sangrando em cada pequeno músculo auricular, pequenas escamas se esgueirando entre as curvas. As paredes do cômodo se rendendo ao vermelho. Os peixes ainda subindo no aquário, perdendo cada pedacinho de cor. Os olhos já limados, testemunhas do encontro com a morte.

O calor aumentando. A luz vermelha registrando. Os pulmões expelindo seu muco lodoso pelas paredes da garganta.

É preciso sofrimento para vencer a morte. É preciso sobrepujá-la em sua dor para se beneficiar com a cura. Esse é o único caminho para a resolução, para o reencarne.

À frente, outros dois corpos aguardavam a chegada do grande príncipe, do senhor desse mundo, do último a cair.

Aquela não era sua família, Miguel bem sabia, mas poderia vir a ser. Gente de rua. Gente que muita gente não chamava de gente. Não era tão difícil encontrá-los, um prato de sopa era o bastante para trazê-los para perto. Romano só precisou das receitas para anestesiá-los e deixá-los mais mansos.

A cerimônia já durava três dias.

Fome, sofrimento, calor.

Dizem que os pais ouvem melhor quando seus filhos estão chorando, mas o grande pai ignora sua prole o tempo todo. Talvez fosse justamente essa a grande missão divina: ignorar, fingir não ver, ser o último a saber. Enquanto a missão do outro, do chamado oponente, era oferecer o consolo, a gana e a paga que faltava a boa parte dos homens. E o que um homem deseja senão sua própria felicidade?

O grande pai não quer ninguém feliz, nunca quis. Seu interesse é o louvor, a defesa, a adoração. O rei celeste quer que seus filhos sejam mais um tumor sagrado em seu imenso manto celestial.

Quando as primeiras gotas vermelhas exsudaram nos retratos, os olhos de Romano fizeram o mesmo. Sangue era vida. Era paixão e reparação.

— Vocês não deviam ter ido embora, meu amor; não foi certo.

Não, não foi. Como também não devia ser certo um padre cristão trair seu Ser celestial com uma mulher feita de carne e osso. Era o que estava escrito para quem tivesse a coragem de ler. O Deus daquele homem, o pequeno e vingativo Deus daquele homem, o puniu com a pior das dores, sequestrou para si sua família; o matou em vida. Desde a despedida, Romano estava condenado ao céu sem brilho, ao sol sem amarelo, ao despertar sem alegria. E na penumbra daqueles dias de tentar morrer, um raio de sol apareceu no hospital. Um homem amorenado, velho e saudável, sorridente em seus caninos feitos de ouro. Ele ensinou o caminho e deu a opção da caminhada. E Miguel seguiu por ele, deixando pedaços dos pés em cada curva, se hidratando com a poeira da estrada, bebendo da própria garganta seca.

— É hora, Romano — a voz encarnada no mundo proferiu cheia de decisão.

Sem olhar para trás, Romano engoliu os restos de saliva que ainda brotavam na boca.

Nunca imaginou que a voz do demônio pudesse ser tão densa e, ao mesmo tempo, tão doce.

— Eles vêm? — perguntou o penitente.

— Se não vêm, o que mais eu poderia oferecer?

O hálito era ruim, muito pior que a fedentina acumulada no quarto.

Enquanto os passos da coisa avançavam, os olhos de Miguel se mantinham no chão. Não era prudente olhar diretamente para a Estrela, não era prudente olhar de forma alguma. Ainda assim, os olhos puderam ver os cascos, as marcas no chão, a pele irrigada pelas antigas feridas de guerra.

— Tudo isso para ter sua gente de volta? — o Convidado perguntou.

— Eles são tudo que eu tenho. — Uma pausa. — Que eu tinha.

— Então tens bem pouco — a serpente sorriu. E depois resfolegou, como quem volta de um passeio com a morte.

As garras içaram a mulher de rua pelos cabelos. Os rostos humano/inumano se aproximaram. Os olhos dela estavam abertos, o mesmo com a boca, mas tudo o que se movia era o centro dilatado das órbitas. A carne parecia um pouco velha, estava suja, faltavam-lhe alguns dentes. O bebê continuava parado ao seu lado, igualmente sedado, magrinho a tal ponto, que as costelinhas afloravam um desenho de ossos.

— Usastes das ervas? — a besta soltou os cabelos da mulher. O som da caixa craniana ricocheteou alto, TUC! sólido, parcialmente acordado.

— Fiz o que estava escrito. Eu quero eles de volta. Minha mulher e meu filho.

— Sabes o preço a pagar?

Miguel assentiu. — Sei, sim.

— Eternidade pode significar muito tempo.

— Tempo é tudo o que eu tenho. — Cinco segundos depois. — Terei meu tempo com eles? Posso ter meu tempo com eles?

— Vai ter o que foi negociado. Nem mais, nem menos.

A mão forte, de seis dedos, se aproximou do alicate de corte. Estava no chão, ao lado do penitente. Miguel suspirou, já ciente do que estava por vir.

— Precisa dar de comer a eles, Miguel Romano. Se queres que eles voltem a andar entre os vivos, precisa tratá-los como tal — estendeu o alicate. — Ofereça o que te faz humano.

Trêmulo, consumido, Romano apanhou o alicate de corte. Posicionou a lâmina no dedão esquerdo, e com a mão direita, forçou o alicate em um só golpe.

— Ahhhhhhhhh! — O ar gritou ao sair. A boca se encheu de cuspe. O cuspe desceu pelo queixo. No chão, o primeiro polegar opositor parou de rolar.

— Dê de comer a ela! Dê de comer à mãe do teu filho. — A voz da criatura imperou.

De imediato, sorrindo — apesar da dor da amputação —, Romano colocou a falange na boca da mulher de rua. Como se reconhecesse o néctar da vida, a mulher sugou a ferida com avidez, chupou como quem suga uma última gota de vida. Os olhos retomando o brilho, a boca retomando a cor.

— Basta! — o Invocado ordenou. — Agora faz o mesmo com a cria!

Sem relutância, Romano tombou seu segundo polegar ao chão. Assim como fez a mãe, o bebê também sugou a ferida, sugou-o como um seio transbordante de leite.

— Agora é a tua vez — a voz sobre os cascos explicou.

Com um pouco de nojo, Romano se alimentou de si mesmo, com o dedo esquerdo caído no chão. Coube ao demônio se alimentar com o outro.

Não foi como Romano esperava, e em vez de descer, o polegar direito se alojou e inflou em sua garganta. O sufocamento veio depressa, e por esse fino fio que se esticou entre a vida e a morte, a coisa invocada galgou sua nova saída do Inferno.

Enquanto o penitente asfixiava, a figural bestial diminuía, se aglutinava, se reduzia. Aos poucos, se tornava comum, quase ordinária e sem encanto, algum desses rapazes que se encontra pelas ruas. Um pouco bonito demais, admita-se, mas nada além disso. Assim como seu evocador, o rapaz também tossia. A exemplo da família de Romano, ele também renascia.

Quando tudo parecia fim, alguém acudiu a carcaça asfixiada de Miguel Romano. E aquele dedo, aquele bolo, se desfez como se nunca tivesse existido.

— Serena? Serena, é você? — Romano arfou.

Não parecia Serena. Aquela mulher de rua se parecia com qualquer coisa, menos com a sua falecida esposa.

Ela perguntou: — O que você fez? Por que você fez isso?

— Por nós! Por ele! — Romano respondeu.

A mulher olhou para o lado. Para o bebezinho. — Essa criança não é nosso filho! O que você fez, Miguel? O que você trouxe pra essa família? Pra nós?

— Eu queria vocês comigo, eu... eu não conseguia esquecer. Tenha calma, vai ficar tudo bem — tentou tocá-la. Ela não permitiu.

O aleitado ressuscitado chorava como uma cabra. Um choro prematuro, entrecortado, cheio de agonia. Havia sangue escorrendo pela boca trincada e pequena, ansiosa pelo bico leitoso da mãe.

— Essa não sou eu! Esse não é nosso filho! O que você fez!?

— Seu esposo ajustou as contas com o Comandante — o jovem disse e apontou o dedo para o teto. Estava nu, um pouco suado, os cabelos sem corte, parcialmente untados pela umidade que nascia do rosto.

— Quem é ele? O que é ele? — A mulher que alojava Serena voltou a gritar. O bebê urrando suas sílabas desalinhadas e distorcidas, "mhããã, nheãããã!", a temperatura do quarto aumentando.

— Ele é o que restou pra nós.

— Não! Você não pode! Não é direito! Por que não me deixou morta! Por quê?!

— O rapaz se apropriou de uma camisa e das calças que encontrou em um monte malcheiroso e se vestiu. Passou a mão pelos cabelos. Abaixou-se e apanhou uma pequena adaga, usada nas autoflagelações do penitente.

— Se o seu desejo for voltar a estar morta, isso pode encurtar o caminho. E faça o mesmo com o menino, nada me entristece mais que uma criança rejeitada.

— Você não pode! — Romano gritou, já se acuando até um canto da sala. — Não foi isso o que você combinou comigo!

O jovem abriu a porta e sorriu, e de repente cada dente daquela boca se pareceu com uma nova mentira.

— Você recebeu a sua mulher e o seu filho morto de volta, essa era a minha parte do acordo. A sua, como você sabe, era me trazer de volta. O que acontece daqui em diante é a parte dela, e do seu filho que morreu enquanto você se desentendia com seu Deus.

— Não! Serena, não ouça o que ele diz! Não!

O demônio recostou a porta.

A criança chorou.

E o demônio sorriu.

Trindades e tríades, porque só dessa forma o mundo se equilibra.

O jovem demônio preferiu tomar as escadas, nada de elevadores e daquela tecnologia que só servia para aumentar a preguiça dos corpos. No hall da recepção mixuruca do edifício Glória, um jornal amassado. A data era um sábado, catorze de dezembro de sessenta e oito.

Três Rios.

Sim.

Um lugar para chamar de seu.

Please follow these instructions.

Eu sou o homem dentro da caixa
Enterrado em minha merda
ALICE IN CHAINS

BURNOUT

I'm the man in the box // Buried
in my shit — ALICE IN CHAINS

O menino assistia *A Turma do Manda-Chuva* e torturava um pianinho eletrônico no tapete fino da sala. Na cozinha, a mãe preparava o jantar enquanto, lá fora, alguém da vizinhança discutia, socando portas e jogando talheres no chão.

Mesmo com a barulheira, era bom estar de bobeira em casa. Poder tocar o pianinho e se jogar de costas no tapete quando os dedos ficavam cansados, melhor ainda era estar longe dos outros meninos da escola. Graças à profissão de seu pai, eles implicavam com Murilo o tempo todo. Talvez esse fosse o motivo do pianinho e das músicas serem tão importantes: se o menino ficasse bom naquilo, bom de verdade, poderia se tornar um músico e nunca precisaria fazer as coisas que o pai fazia para ganhar a vida.

O escapamento de um carro explodiu lá fora. O acelerador rugiu e o motor morreu de vez. A porta do carro bateu com tudo e passos pesados chegaram perto da porta da sala, que se abriu e voltou a fechar com a mesma falta de paciência.

Enquanto o filho de oito anos desligava o pianinho e reduzia o volume da TV, Régis desabava na poltrona. Murilo manteve os olhos na tela e se encolheu um pouco, a fim de não ser notado. O cheiro do pai estava forte de novo, tão forte que chegou na cozinha.

— Régis... de novo no sofá com essa roupa? — Marli apareceu na divisão dos cômodos.

Régis apenas a encarou. Foi o bastante para Marli voltar para onde estava.

Existia tanta coisa naqueles olhos, tanta angústia, que, se alguém olhasse para eles por muito tempo, era bem possível que enxergasse os horrores que as córneas registravam o dia inteiro. Com um pouco de imaginação, o observador poderia até mesmo ouvir os gritos, e com uma pitada de empatia seria capaz de sentir o gosto metálico que se alojava no fundo da boca a cada sessão de assassinato.

— O que cê tá vendo nessa bosta, moleque? — a voz densa perguntou.

— Nada — o menino respondeu, sem mover nada além da boca.

Quando o pai chegava do trabalho, não era uma boa ideia ficar olhando para ele, a menos que se tratasse de uma ordem direta. Vez ou outra, o dono da melhor poltrona da sala se sentia desafiado e, nessas horas, ele costumava ser bem violento. Quando Murilo tinha três anos, o velho quebrou uma das suas pernas em uma surra. Depois levou o menino para o hospital. Os médicos consertaram a perna direitinho, e ele nunca esqueceu a lição.

— Põe no jornal. Eu não sou obrigado a ralar feito um desgraçado e terminar o dia vendo essa porra.

O menino apanhou o controle remoto do videocassete e começou a procurar. Os dedos pequenos falhavam vez ou outra, e nada do jornal aparecer.

Com a demora, Régis se levantou e foi até a cozinha. Abriu a porta da geladeira e ficou em frente a ela, refrigerando a barriga. Apanhou uma lata de cerveja. Abriu ali mesmo, fazendo o anel da lata estourar bem alto. Entornou tudo em dois goles. Apanhou outra, estourou o anel, deu outro gole de meia lata.

— Vou fazer o filé à milanesa que você gosta. Não toma muito, não, senão perde o apetite.

— Cuida da tua vida, Marli — o homem se arrastou até a mesa. Da cadeira, deu uma boa olhada no traseiro da esposa, no leve mexe-mexe de seus quadris enquanto ela fatiava os peixes. E mais um gole na cerveja.

Se pelo menos ele ainda... funcionasse.

— Eu passo o dia inteiro naquele lugar maldito. Oito da manhã eu já tô com uma marreta na mão, abrindo a cabeça daqueles bicho. Acho que eu tenho o direito de escolher o que eu bebo ou deixo de comer.

Marli continuou com o que fazia, peixe de novo, porque seu marido não suportava nada vermelho dentro da boca.

— Eles ficam aqui dentro, Marli. Gritando e sofrendo aqui dentro.
— Você teve chance de sair e preferiu ficar.
— Tá falando do rabo murcho do seu irmão?
— Ele tentou ajudar.
— Claro que sim. Passar o dia inteiro virando lata de cimento pra ganhar a metade do que eu ganho no Sete seria uma puta ajuda. Se quer saber, eu fiquei foi com muita vontade de fazer com o Gil o que eu faço com os bicho. Se ele quisesse mesmo me ajudar, tinha me colocado do lado dele, de mestre de obra.
— E o que você entende de obra, homem de Deus? — ela se virou, as mãos na cintura por um segundo.
— O mesmo que eu entendo de lata de cimento.

Marli voltou a se virar e começou a passar os filés na maisena para levar ao fogo. Essa parte era bem rápida, e em menos de dez minutos o prato estaria cheio de pedaços empanados e quentinhos.

— Vai tomar seu banho. Essa roupa tá com sangue daquele lugar. Se demorar muito, as moscas vão começar a chegar.
— Tá com nojo de mim, Marli? Do meu cheiro?

Foram dois longos segundos até a resposta mais segura chegar. — Eu nunca vou ter nojo do meu marido.

A fim de comprovar a teoria, Régis se levantou e foi até ela. Se encaixou atrás da esposa, levou a boca até o pescoço. As mãos a puxaram pela cintura com alguma força.

De onde estava, ele não conseguia ver o rosto de Marli, mas se pudesse fazê-lo, teria uma nova definição para a palavra resiliência. Os olhos fechados, o queixo cheio de furinhos, a boca apertada e os pulmões lacrados, para não correrem o risco de carregar aquele ar contaminado para dentro deles.

— Você ainda gosta, né, sua safada?
— Você é meu marido, não é? Agora vai tomar o teu banho, quem sabe a gente consegue hoje? — ela disse.

Ele se afastou. — Não é culpa minha.
— Não falei que era — Marli colocou mais um filé no fogo.

Régis deu outro gole na cerveja e deixou a lata vazia na pia, ao lado do prato com filés empanados, a fim de incrementar a discussão. Sem resultado, acabou desistindo da cozinha.

— Quem essazinha pensa que é? — resmungou, já bem perto do banheiro.

Claro que ele não funcionava como antes, mas como poderia?

Para começar, ela não dava a mínima para ele. Era sempre tudo para o pirralho. Toda a atenção, todo o carinho, até a merreca de dinheiro que sobrava acabava virando brinquedo nas mãos daquele moleque.

— Mosca morta...

E na cama, então? Como, senhor Deus, ele ia conseguir ficar duro com aquele desânimo? Era como enfiar o pau na lama. Sempre a mesma calcinha cor de terra, sempre a mesma pressa, sempre a mesma falta de... novidade. No começo era diferente. Ela gostava de colocar na boca. E ela fazia com vontade, e não com aquela cara de quem chupa um pepino podre. O que Marli andava pensando? Que ele era uma máquina? Ele também gostava de um pouco de aquecimento antes do jogo, porra.

Ele fazia sua parte. Ele se debruçava e fazia o que precisava fazer. E ele até gostava, faria até mesmo sem precisar. O que acontece com algumas mulheres depois que elas se tornam esposas?

— Cheiro... — Régis se cheirou no sovaco — grande coisa.

Tirou a calça encardida e a jogou, com força, no cesto. Fazia questão que seu odor azedo se misturasse às roupas da mulher e do menino.

Cheiro que, aliás, era bem pior no começo do casamento, quando ele trabalhava no sistema de coleta da prefeitura, que o pessoal gosta de chamar de lixeiro, só para se sentir melhor que os caras que fazem a limpeza urbana. Mas naquele tempo ela não reclamava, e olha que eles chegaram a trepar duas vezes antes do banho.

— Quem é que tem vontade desse jeito... — Retirou também a camisa. Havia mais sujeira nela, principalmente perto da gola, que era onde o jaleco feito de lona não protegia. Sangue de bicho. Galinha, porco, principalmente gado.

Ele seria mais feliz se Marli fosse como a mulher do Digão, um outro cara que passou pelo abate. Digão contou que assim que chegava em casa, ela queria, que nem deixava ele tirar a roupa direito. Falou que às vezes ela já estava esperando na sala, do jeito que o Diabo gosta. Ele contou que ela usava "roupa de puta", e que fazia "coisas que nem as putas faziam", e que ficava mais assanhada ainda se ele não tirasse a roupa suja. Isso que era mulher, não a travada da Marli.

Deu uma mexida nas bolas. Elas pareciam menores, murchas.

Com a água do banho, o dia começou a voltar, como sempre acontecia. Os gritos do supervisor, as confusões que sempre rolavam entre os abatedores. O tempo era curto, uma boa morte (que na verdade era um desmaio sem chances de recuperação) precisava acontecer em menos de três minutos. O Matadouro 7 tinha duas pistolas de ar, mas aquilo era só para satisfazer a fiscalização. Com a pistola, o gosto da carne ficava diferente, então o grosso do abate ainda acontecia na marreta, que sempre demorava um pouco mais, principalmente se o infeliz segurando o martelo fosse novo na função.

Enquanto a água caía em seus olhos fechados, Régis imaginava sangue. A água vermelha e grossa escorrendo, manchando a pele, se empoçando entre os pés. Sangue nos cabelos, sangue no pau flácido, sangue entre as duas metades da bunda. Sangue, sangue, sangue. Junto às imagens, delírios de um sexo que não aconteceria. No pensamento daquele homem, uma Marli o aguardava amarrada em uma cama, vestindo a roupa de puta da mulher do Digão. As pernas estendidas e bem abertas. Ele está de olho no prêmio, segurando uma marreta. Entre suas pernas, um membro disposto, exagerado, bem maior do que costumava ser. Marli chora, chora feito uma novilha. Ele ri como um doador de sêmen. Quando abre os olhos, assustado com o inferno que acabou de visitar, o menino está batendo na sua porta, reclamando que precisa usar o banheiro.

— Já vai, caralho!

O relógio do videocassete marcava pouco mais de duas da manhã. Régis continuava de olhos fechados, em frente à TV. A sala cheirando a cigarro, a última cerveja ainda esquentando na mão direita. Ele usa a regata branca que vestiu depois do banho, mas agora ela tem uma mancha de gordura. Nas pernas, um short largo e quadriculado, um pouco mais surrado que a camiseta sem mangas. Régis endireitou o corpo e o arroto escalou a glote. Um gosto azedo subiu junto com ele, tão ruim e concentrado que os olhos lacrimejaram e ele acordou.

O quadril parecia encaixado, soldado na poltrona. Depois de um dia inteiro forçando as costas, cada pequena vértebra parecia implorar por um pouco de paz. Com algum esforço, ele conseguiu se levantar, mas endireitar a coluna levou mais três passos.

A casa já estava escura. Naquele horário, toda a luz vinha da TV ligada na sala. Régis botou a mão no interruptor da cozinha e apertou os olhos, esperando o clarão que, contudo, não veio. Teclou mais duas vezes, sentindo a irritação crescente se irradiando da palma das mãos. De tão irritado, estava prestes a socar aquela merda quando a cozinha se iluminou com a cor vermelha do sangue.

— Caralho — ele balbuciou, sem conseguir fazer nada melhor.

À frente, três coisas, criaturas, híbridos.

O plano era se afastar lentamente de costas e voltar a cruzar a porta. Mas as costas foram impedidas pela madeira fechada.

Régis girou o corpo rapidamente, forçou a fechadura, golpeou a porta.

— Marrrlllliiiii! — gritou.

E uma das coisas relinchou à frente.

Eram parte humanos, parte animais. Um deles tinha cabeça de porco, outro, uma cabeça de bode. O terceiro vestia a cabeça de um boi. Dos joelhos para baixo, as coisas também conservavam as patas dos animais. Na junção dos seres havia um tecido rugoso, verdolengo e cauterizado, uma cicatriz já consolidada. Abaixo, o que restou de um avental de açougueiro descendo até bem perto dos pés. Cabeça de Bode soltou um berro distorcido. Cabeça de Porco afiou os cascos no chão. Boi mugiu baixo, um suspiro cheio de raiva.

— Eu não tenho culpa. Vocês têm que ir atrás deles, dos donos. Eu nem queria matar vocês.

As coisas se adiantaram, Cabeça de Bode arrancou algo da cintura. Era uma ferramenta de desossa, uma machadinha.

— Sai da minha casa, eu sou temente a Deus.

Os outros também sacaram suas ferramentas, uma serra de ossos e um punhal. O punhal estava com o Cabeça de Porco.

— Eu não como mais carne, tão ouvindo? Tão atrás do cara errado! O homem que vocês querem não tá nessa casa!

Os três pararam de avançar. Naquela língua de bicho, trocaram alguns bufos e relinchos. Porco grunhiu alto, cheio de irritação. A cada movimento daquelas coisas, um novo pingo vermelho manchava o chão. Eles estavam encharcados, a pele, os pelos, os cascos bifurcados.

— Vão olhar a geladeira das casas pra achar os culpados. Todo mundo nessa cidade come a carne do matadouro. Todo mundo come carne! O que vocês querem? Me castigar porque eu levanto o martelo só vai adiar o problema. Eles vão colocar outro no meu lugar, entenderam?

Cabeça de Boi pareceu rir. E mais sangue escorregou pela boca.

Régis caminhou pela cozinha mantendo a maior distância possível daqueles seres. Eles o seguiam sem avançar, girando, as ferramentas afiadas em riste. Os olhos quase humanos, focados, mantinham o interesse na vítima. Respiravam com dificuldade, e Régis tirava suas conclusões.

— Vocês não me enganam. São só três babacas fantasiados, três daqueles ativistas de merda que querem fechar o matadouro.

Estava na frente do armário da cozinha. Enquanto falava, de costas, abria a primeira gaveta, a que guardava os talheres. As mãos conheciam os metais, foram anos e anos alternando entre o açougue e a matança, mais da metade de uma vida dedicada à carne.

— Já expliquei que não como mais os parentes de vocês. Eu mato porque é o meu emprego, é tudo o que me sobrou pra fazer.

Cabeça de Bode avançou um passo.

— Paradinho aí! — Régis revelou a faca que conseguiu pegar. Era uma das boas, das grandes. — Eu não sei quem vocês são, mas sei usar uma faca! Juro por Deus que eu vou furar a barriga de alguém!

Cabeça de Porco riu a ponto de envergar o corpo. Riu tanto que contagiou Cabeça de Boi, que também começou a bufar.

O Bode, com um movimento assertivo, preferiu chicotear o braço de Régis com um pedaço de couro que arrancou da cintura. Bastou um tranco e a faca foi parar na metade da cozinha. Régis ainda dobrou os joelhos tentando alcançá-la, e, antes que conseguisse, sentiu a mão pisoteada pelo Cabeça de Boi.

— Eu tinha que tentar, esperavam que eu morresse e pronto?

Tentou puxar a mão, mas o peso da criatura era o mesmo de um boi confinado. O casco afiado esmagando os ossos, a dor rapidamente escalonando ao insuportável.

— Vai quebrar! Vai quebrar minha mão, porra! — Régis sofregou.

Enquanto isso, o Cabeça de Porco o rodeava, até parar às suas costas. Com um puxão, as pernas foram abertas. A humilhação surgiu instantaneamente, porque Régis sabia o que era feito com os animais dispensados da reprodução.

— Que porra é essa? — a voz saiu desencorajada.

Cabeça de Bode apoiou um dos cascos nas costas, a pressão fez a coluna gemer e estalar. Pelo canto dos olhos, a pouca visão de Régis só permitiu ver o brilho do aço. Cabeça de Bode o empunhava com as duas mãos, a lâmina para baixo, então a pequena subida antes da descida fatal.

— Nãooooo!

O pavor o obrigou a fechar os olhos.

— Não!

Ele gritava na escuridão da noite.

— Não...

A voz foi diminuindo. Estava mais calmo agora.

A noite não estava mais avermelhada, havia voltado ao azul. A porta da geladeira ainda aberta. Um pedaço de carne descongelando em um prato. Régis precisou se esforçar para sair do chão. Os ossos tremiam, o corpo parecia seco e desidratado. Havia uma escoriação na mão direita. Bem devagar, conseguiu ficar em pé. Olhou de novo para o pedaço de carne. O estômago escoiceou.

— Estou perdendo o juízo — disse antes de recostar a porta.

— Estou perdendo o juízo — repetiu à Pedro Canis na manhã seguinte, enquanto esperavam a matança recomeçar.

Já haviam feito o primeiro abate do dia, pelo menos quinze cabeças. Agora, o segundo lote de gado escalava novamente o corredor da morte, mugindo, se esbarrando enquanto avançava, animais confusos e irritados, como pessoas se engalfinhando em um metrô no horário de pico.

— Percebi memo que sua marreta tava divagá — Pedro cuspiu de lado.

As moscas já começavam a rodeá-lo. Ainda era suportável, mas depois das dez era preciso manter a boca fechada para não comer algumas.

— Já parou pra pensar no que eles sentem?
— Eles? Eles quem, hômi?
— Eles, os bois.

Pedro Canis se acomodou no alambrado, deu uma olhada ao redor e acendeu um cigarro. Agora era a frescura de não poder fumar. Matar bicho na paulada tudo bem, mas fumar parecia mais pecaminoso que se masturbar na igreja.

— Os animal vive bem, eles vive melhor que nóis. Hoje em dia diz que o boi não pode sofrê de contrariedade, senão a carne fica ruim. Eles come do melhor pasto, as mãe só são separada dos bizerrinho na hora certa, memo aqui, pode repará que a gente mata um de cada veiz, que é pro infeliz que vem atrás não percebê o que tá acontecendo.

— Mas eles gritam. Tem boi que chora, boi que se mija. Eles sabem.
— Deve sabê, sim, mas você me perguntou da vida deles, não da morte.
— E tem diferença?
— Claro que tem. Imagina um boi desses criado sorto. Cheio de carrapato, de doença, servindo de moradia pra otros bicho. As vaquinha sendo estrupada. Eu tenho pra mim que certos animal vive melhor quando serve de comida.
— Tem animal que come gente. E a gente não é considerado comida.

Os dois ficaram calados. A respiração de Régis começou a ficar mais alta.
— Diz logo o que tá aconteceno, Régio.

Régis olhou ao redor antes de começar a falar. Queria ter certeza de que não seria ouvido, e de que teria tempo suficiente para falar tudo o que precisava. Pedro Canis não era nenhum psicólogo, mas matava bicho desde os anos oitenta.

— Ando tendo uns pensamento ruim.
— Aqui no 7 ou...
— O tempo todo. Às vezes, eu olho pra Marli e sinto vontade de fazer com ela o que a gente faz com os bicho. Quando chego em casa, tudo o que eu quero é sossego, e sempre tem alguma confusão me esperando. A gente tem um menino novo, e vou te contar, aquele bostinha me tira do sério.
— Criança é assim memo.

Régis respirou fundo de novo. Naquela manhã, todo ar do mundo parecia pouco, bem pouco.

— Não é culpa do moleque ou da Marli, é alguma coisa comigo, aqui dentro — bateu na cachola. — Ando com medo de me acontecê alguma coisa, dos bicho se vingar de alguma maneira. Mesmo lá em casa eu escuto eles gritando e sofrendo.

Antes de voltar a falar, Pedro Canis deu uma boa olhada no horizonte.
— A gente não pode tá aqui enquanto faz as coisa que faiz. Precisa tá em outro lugar. Já vi gente saindo do abate direto pro manicômio. Vi gente tomando remédio, gente que endoideceu e discontô na família. É o sofrimento deles,

dos bicho. A gente não pode levá isso pra casa. Em noventa e cinco, um rapaz perdeu as estribeira aqui memo nessa esteira. Ele se banhou com o sangue dos bicho, pegou um punhado de tripa e foi atrás do seu Piedade. Ele ameaçou fazer o velho comê aquela nojeira, e tava quase conseguino quando os seguranças chegaro. Ninguém nunca mais soube dele, mas... — respirou fundo.

— Mas?

— Nesse nosso trabaio, muita gente perde as noção da realidade.

Tomaram mais alguns goles de silêncio, algo que os dois precisavam.

— Acho que alguma coisa estragou aqui dentro de mim. Eu não consigo mais nem comê carne. Quando eu boto na boca, sinto o gosto do sangue todinho, parece que eu tô bebendo sangue. Agora são esses pesadelo.

Pedro sorriu levemente, um riso meio desesperado.

— Sonho ruim é parte do nosso ordenado, meu amigo. Mas pra tirá um pouco do peso, tenta imaginá que os bicho é outra coisa. Uma coisa que você pode machucá sem senti culpa. Um disarfeto, pode até sê alguém do passado, um chefe fia-da-puta, alguém que cê precisou ingulí e nunca conseguiu guspí.

— E funciona?

O riso voltou ao rosto de Pedro Canis. À frente, o primeiro boi do novo lote começava a tremer suas pernas na esteira.

— Cê vai podê testá na prática — Pedro disse. — Faiz o próximo.

Régis se adiantou um pouco e enovelou as mãos na marreta, não colocou muita força. Com o tempo, a madeira ficava curtida pelo suor e pelo sangue dos bichos. O resultado era uma espécie de visgo, uma nódoa solidificada que oferecia uma aderência eficiente e repulsiva.

Olhou nos olhos do bicho. O boi mexendo a cabeça para os lados, procurando pelos amigos, desconfiado que alguma coisa muito ruim estava prestes a acontecer. Estava apavorado e Régis podia sentir. As mãos do matador também tremeram um pouco, a saliva da boca amargou...

Um tremor nos nervos capaz de afrouxar a musculatura do braço surgiu.

— Faz o que eu falei, pensa num disarfeto — Pedro repetiu.

Mas não era um desafeto que estava ali, era um boi. Um ser de quatro patas que não representava ameaça maior que seu próprio desespero e falta de entendimento. Os olhos do bicho estavam tão arregalados que deviam estar doendo. No chão, já havia uma poça de urina. Entre as pernas, a bolsa escrotal estava retraída à metade.

— Você consegue — Régis disse a si mesmo e estreitou os olhos. Ergueu a marreta e voltou a abri-los.

Quem estava na esteira não era mais o boi, mas um homem alto, queimado de sol, o rosto de aço e a barba emergindo em longos fios cobreados de ferrugem.

— Pai?
— Mió trabaiá direito com essa marreta, seu muleque de bosta.
— Pai, eu...
O homem fechou ainda mais a expressão e começou a desatar o cinto.
— O que vai fazer? Eu não sou mais aquele menino.
— Num é, não, fio duma égua, num é memo. Virô um homizinho de bosta. Eu vô te ensiná como o mundo trata gentinha que nem ocê. E num vai adiantá corrê pra saia da tua mãe, a não sê que ocê queira vê ela castigada tamém.
O cinto estava na mão. Só a fivela devia pesar uns trezentos gramas. O cinto em si tinha pelo menos sete centímetros de espessura. Feito de couro, couro de verdade, pele de bicho.
— Não dessa vez — Régis ergueu mais a marreta.
— Vai fazê o que com essa porquêra? Dá na minha cabeça? Acha que tem saco pra isso, seu verme? Pra encará o teu véio? — O homem chegou mais perto, bem perto. A marreta tremendo nas mãos de Régis. — Tá muito bão, lazarento. É mió acertá bem aqui. — Golpeou a própria cabeça com fúria, fez isso três vezes antes de continuar. — Mió rachá minha cabeça até os miolo pulá pra fora. Porque se ocê não fizé isso, vai apanhá tanto que vão precisar abri as suas perna pra costurar os osso do cu!
A marreta tremia, mas não descia. E a expressão carbonizada do pai começava a ganhar um sorriso que conseguia ser pior do que o que havia antes.
— Frôxo. Ocê puxou a tua mãe. Sempre foi frôxo.
— Cala essa boca.
— Frôxo, sim. Galinha. Covardão.
— Mandei calar essa boca, pai — Régis disse em um gemido raivoso, sem abrir os dentes.
— Aposto que nem o sirviço de casa ocê anda fazendo. A Marli ainda é cavalona, vai acabá trepando com outro. Vai, sim. E é bem capaiz do novo pai do teu fio sê bem melhor que ocê. Se é que o moleque saiu memo desse teu saco mucho. Vai ficá me oiando, infiliz? Ou vai...
E a marreta desceu.
E voltou a subir.
E desceu mais uma vez.
E outra, e *outra*, e mais outra vez...
— Carma, rapaz! Carma, pelamordedeus! — Régis ouviu a voz de Pedro Canis resgatando-o do delírio.
Perto dos pés, encontrou apenas uma massa disforme do que um dia compôs a cabeça de um boi. O sangue estava para todo lado, na pele, na marreta, nas roupas. Havia pedaços do que saiu do bicho emaranhando os cabelos.
— Você pegô ele, pegô ele, sim.

— Puta merda... Como eu vou explicar isso? — Régis pousou a marreta no dorso no bicho.

— Eu ajudo. A gente fala que foi um... um acidente. Eu memo vi. O bicho ia te matar, conseguiu se soltá do brete, então ocê matou ele, matou pra valer, pra se defender. Era ele ou ocê.

— Puta merda, que lambança é essa? — a voz de Breno Estrela, supervisor do abate, surgiu como um castigo instantâneo.

E Pedro Canis repetiu a história, exatamente como tinha acabado de propor. Régis só precisou abrir a boca no final para confirmar tudo.

— História mal contada do caralho — Breno disse. — Bom, vocês deram sorte. Seu Piedade mandou avisar que hoje tem hora extra, então deem um jeito nessa confusão e fica tudo certo.

— Mais boi pra hoje, seu Breno? — Pedro perguntou.

— Mais dinheiro também. O caminhão tá vindo de Cordeiros, e com esse boato da volta da vaca louca o pessoal de Trindade tá pagando dobrado.

— A gente também precisa de descanso, seu Breno, os braço quase num guenta — Pedro disse.

— Vou mandar duas garrafas pra ajudar no ânimo. Reserva especial, veio lá de Minas.

Dito isso, Breno começou a se afastar pelo lado de fora do brete.

Quando o supervisor estava a dez passos, Pedro disse ao colega:

— Melhor não discutir com ele depois dessa cagada. Eu faço as primeira déiz cabeça, depois cê volta pra marreta. A gente vai revezando pra não se esgotá. Agora tome tenência e me ajuda a limpá essa xujera.

Já passava da meia-noite quando os últimos bois surgiram na esteira.

De tantas cabeças, os homens ganharam o reforço de dois rapazes da limpeza, e, pela primeira vez naquele mês, puderam utilizar as pistolas de ar. Essa parte não foi tão simples, principalmente para Luisinho Pimenta, um dos caras escalados de última hora. Ele acabou errando o tempo e acertou o olho do boi, que escoiceou, e, na confusão, acabou quebrando a perna. O bicho ficou ali, preso no brete, gemendo, até que Régis resolveu tudo com a marreta. Não foi uma morte boa, não foi rápida, e ele se sentiu bem mais desgraçado do que herói.

E houve aquele último boi.

O bicho não era como os outros. Não estava tremendo, não havia urina descendo; ao contrário, ele parecia desafiar o olhar cansado do matador. Claro que tudo podia ser fruto da cabeça torta de Régis, mas se isso fosse verdade, Pedro, igualmente exausto, não teria dito:

— Esse aí é o que manda nos ôtro.

Foi como se o animal o ouvisse, porque na mesma hora ele raspou os cascos no metal do chão. Em seguida, bufou tão forte que um bocado de vapor deixou seu focinho. Os olhos colados nos olhos de Régis, apertados, cheios de raiva.

— Eu também não gosto disso, amigo. Mas a gente não é pago pra gostar do que faz.

O bicho parado, uma estátua feita de carne e couro.

Como não se mexia, um dos rapazes miúdos que ajudavam a tocar o gado começou a fazer barulho, a cutucar o bicho com uma vara eletrificada, vara de choque. O boi não se incomodou; embora a musculatura tremesse a cada descarga, as patas não se mexiam.

— Vem, disgraça. Vâmo acabá logo com isso.

O boi veio, sim, mas da forma como andava, ele bem lembrava um tigre. Os passos lentos, o corpo quase rebaixado, o corpo pesado se rendendo à marcha.

— Tá disarfiando nóis — Pedro resmungou e se benzeu.

Régis ergueu a marreta, o bicho continuou avançando, sem mostrar receio ou se intimidar. Os olhos cada vez mais baixos, cada vez mais cerrados. Quando chegou bem perto do final do corredor, o brete se fechou. Geralmente esse era um momento onde os bichos se desesperavam, tentavam escapar, uma vez confirmado que aquela esteira seria sua última caminhada. Não aconteceu com aquele boi. Quando a marreta começou a descer, tudo o que ele fez foi erguer os olhos, bufar e travar o corpo. Morreu como quem diz: "essa conversa está longe de terminar".

Naquela noite, Régis foi um dos últimos a deixar o Matadouro 7. O corpo pesava, a mente já não sabia muito bem onde estava, ou para onde queria ir. Tudo o que existia era a inércia, o estranho hábito de concordar com uma vida que mais parecia um castigo.

Com algum esforço, Régis dobrou a coluna e se sentou ao volante do Uno. Girou a chave. E absolutamente nada aconteceu.

— Eu não acredito — disse a si mesmo. Tentou fazer o carro funcionar mais meia dúzia de vezes antes de desistir.

A opção era pedir para usar o telefone do escritório, mas naquele horário não devia ter mais ninguém por lá. Também havia a guarita de vigilância, mas o guarda era um filho da puta que com certeza ia querer um troco para chamar o socorro (sendo a única opção, o caga-sebo do Jurandir ia pedir bem mais do que um troco, aliás).

— Que se foda.

Régis fechou a porta com tudo e decidiu fazer o caminho a pé. Era longe, ele estava podre de cansaço, mas no estado de fúria e indignação que experimentava, andar um pouco poderia ser útil.

Caminhou cerca de duzentos metros até que as luzes do Matadouro 7 se tornassem frágeis, então a noite começou a conversar com ele. Régis disse a ela, disse mesmo, falando sozinho:

— Eu não aguento mais essa vida.

E caminhou mais cinquenta metros.

— É só trabalhar e sentir raiva. É só lamentar por ainda tá vivo. Como se dar conta de mim mesmo já não fosse muita merda... Mas não, não é nem o começo. Eu ainda tenho que sustentar a mosca-morta da Marli. Mas você tinha que enfiar o pau nela, né, Réjão? Tinha que enfiar tão fundo que ela embuchou. Sabe o que é aquele moleque? Ele é a bola de aço que colocaram na tua perna, imbecil. Régis, seu filho da puta, você podia ter controlado esse pinto. Com o dinheiro que você ganha, podia ter guardado um troco, alguma coisa pra começar um negocinho. Coisa pouca. Umas cabeça de boi. Foi o que o Zé Marino fez, e agora em vez de matá, ele traz bezerrinho pro mundo.

— É culpa dela, sim. Ela não tá nem aí pra você. Ela não te respeita, e o moleque aprendeu com a mãe a fazê a mesma coisa. E ela fica em casa o dia inteiro. E você fica na matança.

A noite estava ficando cada vez mais escura, a ponto de não se enxergar muito das luzes da cidade. Nada de carros para pedir carona... A cidade estava morta e apodrecendo depressa. Quanto mais dinheiro ela comia, mais podre ela ficava.

— Sua mulher não tem vontade. Ela até dá pra você, mas faz por obrigação.

E a noite sussurrando em sua escuridão, fazendo a mesma boca assumir parte do que ela queria dizer.

— Ela pode ter outro.

Será mesmo?

— Não seja tonto.

Ele falava consigo mesmo.

— Tonto? Ela não anda enfiada no telefone? Por que ela decidiu voltar pra igreja? Você não vai, Réjão. Não vai ver Deus, mas ela vai. E você sabe que tem um monte de homem melhor que você puxando o saco sagrado de Jesus Cristo.

— Não. A Marli é honesta.

— O moleque nem parece com você. Ele tem a pele moreninha, não como a da mãe, é bem mais escura. O olho dele é puxado, não é como o seu.

— Vagabunda.

— Vagabunda.
— Ela não quer trepar porque tá fazendo isso com outro.
— É bem possível. Mas tá cedo pra ter certeza.
— E se eu der uma prensa nela...
— Se você der uma prensa nela...

Régis começou a andar mais depressa. O coração acelerado, queimando o sangue envenenado que passava por ele.

— Ela tem nojo de mim. Tem nojo do meu cheiro, do meu gosto. Ela não tinha nojo antes.

E a noite sussurrou:
— A mulher fica diferente quando tem um amante.
— Vagabunda.

Na última vez, ela estava mais exigente. Subiu nele e ficou provocando, ficou dizendo sujeiras que o intimidaram. Foi por isso que ele parou de funcionar, porque ela ficou pressionando, dizendo coisas sujas. Cansado como estava, ele não conseguiu segurar muito tempo.

— Ela fica feliz quando você se mela antes da hora, fica com aquela cara de puta no rosto. Ela faz de propósito, provoca pra acabar logo. Mas com o outro... Com ele, ela faz diferente. Você devia dar o troco.

— Eu devia acabar com ela.
— Dar o que ela quer.
— Sim, dar o que ela quer.
— Você vai, Réjão? Vai dar o que ela quer?

Régis parou de caminhar. Havia alguma coisa logo à frente. Era aquele boi, aquele mesmo desgraçado que encerrou seu dia de matança. Estava no meio da estrada, meio esfumaçado, os olhos vermelhos como os olhos de Satã. Ele mugia e raspava os cascos, desafiava, erguia terra. Atrás dele, uma fumaceira vermelha, uma névoa feita de sangue. Da névoa, os sons de Marli gemendo sujeiras, suspirando, respirando depressa como se entubasse um colosso.

— Vou arrebentar com ela.
— Vai, sim. — Os gemidos aumentaram e o boi bufou. E as mãos do matador se fecharam com tanta força que as palmas verteram sangue.
— E do que uma vaca gosta, Réjão?
— Da marreta — ele respondeu e saiu da estrada.

Àquela altura da madrugada, o perímetro notadamente urbano parecia deserto. Poucos carros, quase nenhum pedestre, comércios fechados. Até mesmo o ponto de prostituição mais famoso da cidade, a Avenida Salú Magiori, contava apenas com duas ou três mulheres. Uma delas disse um gracejo à Régis, que não diminuiu o passo ao ouvi-la. Mas ele deu uma olhada nas carnes daquela mulher e se imaginou dentro delas. Mas a mulher que ele imaginava não era tão moça quanto aquelas, e quem usava as roupas era Marli.

Duzentos metros à frente, encontrou o Bar do Esperança de portas abertas. Régis ainda estava meio alto por conta de toda cachaça que entornou durante o dia, mas imaginava que precisaria se manter na estratosfera se quisesse colocar todos os pingos nos ís com sua Marli.

— Boa noite — disse ao homem que servia os copos.

— Boa.

Esperou que Régis se sentasse.

— O que vai sê, moço?

— Duas da brava.

O homem chegou mais perto e dispensou a primeira dose.

— Vai querer no mesmo copo?

— Se o meu cheiro tiver incomodando, eu posso bebê lá fora.

O homem olhou ao redor.

No balcão havia um velho com a pele tão encardida quanto as roupas imundas, outro com uma calça engraxada, e uma mulher de uns sessenta anos, acabada e maquiada em excesso, que a Régis se pareceu com uma prostituta à espera de um milagre.

— O seu cheiro é o cheiro do seu trabalho, moço. Ninguém tem o direito de achar ruim. Aqui eu atendo cortador de cana, lixeiro, gente que trabalha fazendo maquiagem de defunto, atendo polícia e atendo puta do mesmo jeito. De onde eu vejo, a única vergonha é pedir fiado. O problema do mundo é a vadiagem. Nunca foi o trabalho duro.

— Vou lembrar disso.

O homem serviu mais um dedinho de pinga como cortesia.

— Conheci muita gente que trabalhou no 7. Você veio de lá, né não?

— Vim, sim.

— É uma profissão difícil. Quem vê o bife no prato não imagina como foi que a carne chegou lá. Não que eu seja um desses que passa a vida nas verdura, mas eu respeito o sofrimento dos bicho.

— E que diferença faz, se o senhor come do mesmo jeito?

— Matar pra comer é uma lei da natureza. Matar por ganância é que é o erro. E tem mais: se ninguém comesse, ninguém precisava matar.

Régis deu uma risadinha.

— Minha mulher devia ouvir o senhor.

O único garçom do Esperança mudou o jeito de olhar, mudou como quem já passou por aquilo. Chegou mais perto. Segredou:

— Se ela não gosta do seu cheiro, você devia dá um corretivo nela.

Os dois se encararam, e Régis, de uma só vez, entornou o que havia no copo. Depois se levantou e enfiou a mão no bolso, tirou uma nota de vinte.

— Pode ficar com o troco.

— Eu não quis ofender.

— Quem tá me ofendendo é ela.

Pedro Canis, irmão de armas de Régis, costumava dizer que o Diabo sempre encontra um jeito de aumentar a miséria do homem.

Naquele fim de noite, bêbado, cansado, e com um dilúvio de ideias ruins inundando sua cabeça, Régis se deparou com um carro estranho estacionado em frente à sua casa. Era um Fiat também, só que um carrão.

A fim de não surpreender sua esposa e o dono daquele carro (caso o homem estivesse em sua casa) antes da hora, Régis abriu o portão com cuidado, usando cada neurônio ainda são na difícil tarefa de não fazer barulho. Seu mundo já rodava com o dobro da velocidade normal.

Chegou mais perto da janela. As cortinas estavam fechadas, exceto por uma pequena fresta. Por ela, Régis viu Marli na poltrona dupla da sala. À frente, na pequena mesinha que geralmente sustentava as pernas cansadas de seu marido, um jarro com água e uma bandeja com biscoitos.

Na mesma poltrona, perigosamente próximo, aquele cara.

Régis o conhecia de vista.

Em algumas das vezes que foi até a igreja buscar Marli e Murilo depois do culto, ele viu aquele mesmo rosto liso.

Não era muito jovem, mas era mais jovem que Régis. Também era mais forte — agora, sem o paletó, dava para ver bem esse detalhe. O que mais incomodava, entretanto, sequer estava relacionado àquele homem, mas à Marli, ao sorriso de Marli. Ela não ria daquele jeito para ele há pelo menos cinco anos. Os olhos dela pareciam até mais brilhantes, a pele estava corada, as pernas se mexiam em uma demonstração de tensão, tentação, ou outra coisa pior que começava com a mesma letra.

Então era assim. Ele saía de casa para trabalhar, ralava um dia inteiro, arruinava sua vida atrás de uma marreta, e aquela vagabunda...

Não era o jeito que o cara olhava para ela, mas o jeito que ela olhava para ele. E isso não quer dizer que o safado ficasse muito atrás. Só que, no caso dele, os detalhes eram outros. As pernas, por exemplo, elas estavam abertas demais. O peito estava empinado, as costas eretas, ele estava se exibindo, como um pavão ou um ganso, como um potro.

Régis fechou as mãos novamente. Deixou a janela e foi até os fundos da casa. Havia algo especial em sua oficina improvisada. Uma relíquia, um presente por seis longos anos de abate. Quem entregou a marreta gravada com o número 7 do matadouro foi o próprio Hermes Piedade. O velho fazia isso com todo funcionário que durasse muito tempo na função. Piedade era osso duro, aquela era sua maneira de mostrar algum reconhecimento.

Com o aço nas mãos, Régis sentiu algo que realmente o surpreendeu. Olhou por entre as pernas para ter certeza, notou o volume que se projetava no tecido. Os pensamentos ruins destilados pelo álcool se voltaram para Marli. Ela era uma traidora, e isso dava a ele o direito de puni-la.

Mas antes...

Antes ele se resolveria com aquele pavão. Chegaria por trás, bem manso, e o acertaria bem no meio daquela cabeça de bosta.

Assim que Régis deixou a oficina, já de marreta na mão, perdeu a respiração. Era aquele último boi. Ele estava em sua casa, e dessa vez não estava sozinho. Os três híbridos estavam ao lado, pingando sangue, babando as secreções esquecidas na boca. O cheiro era de sangue, mas também era de bicho. O odor podre e orgânico do confinamento.

— Eu só quero resolver com ela. Depois vocês podem fazer o que quiserem comigo — Régis disse e empunhou a marreta. Porco grunhiu, Cabeça de Boi bufou, mas Cabeça de Bode abriu a porta e ofereceu a passagem. Retraído, Régis avançou entre eles, com medo de tocá-los, acreditando piamente que tudo o que acontecia, não só tinha um motivo, como acontecia de verdade. O último a homenageá-lo foi o boi com a cabeça rachada, que flexionou a cabeça deformada quando Régis passou por ele.

Ouvia a conversa da sala. Ela ainda estava rindo. O tom da voz do Don Juan era grave e bonito, ponderado e constante.

As mãos pesando na marreta. Os dedos untados com a gordura do suor.

Antes da próxima porta, uma pequena pausa. Régis olhou para trás.

Nada dos monstros, só mesmo a cor deles ainda estava lá. Aquele vermelho sangue que tomava todo o resto da noite para si.

Avançaria de uma só vez, e então desceria a marreta com tudo. Primeiro nele. Depois nela.

Marli ainda serviria a ele uma última vez. Ela veria que ele ainda era um homem, sentiria do que ele era feito. Se gostasse, talvez ficasse viva por um tempo, mas só se ela aceitasse fazer as coisas mais sujas que ele conseguia imaginar, só se ela repetisse o que fazia com o amante.

O que ela estaria usando por baixo? Coisas grandes?

Ou roupa de puta?

— Vadia — ele gemeu.

Respirou fundo de novo.

E saltou.

Era mais um dia de matança no Matadouro 7. Dessa vez, no entanto, muitos funcionários (incluindo dois operadores de marreta) estavam ansiosos depois da folga forçada. A gestão pediu que alguns deles tirassem uns dias para descansar depois do que aconteceu com o antigo funcionário.

Para alegrá-los na volta, Breno Estrela providenciou uma carreta e meia de gado, a fim de reabastecer os açougues da região.

Como sempre, a maior parte do trabalho era silenciosa, mas, entre uma pancada e outra, os homens aproveitavam para colocar a conversa em dia. Como o assunto principal era delicado, antes de chegarem a ele Pedro e Tonho conversaram sobre o clima, sobre as acusações a Hermes Piedade, e era provável que tivessem ficado só nisso, se Tonho não tivesse perguntado:

— E Régis? O senhor nunca percebeu nada diferente nele?

Pedro esperou até prenderem mais um no brete, então desceu a marreta.

Clack!

— É um serviço disgramento. O Régio num é o primeiro e nem vai sê o último.

Enquanto a esteira seguia para a desossa, a conversa continuava.

— Será que é verdade que o menininho viu tudo?

Pedro Canis pensou um bocado antes de responder. No fim, achou que devia contar. Afinal de contas, se Tonho ficasse horrorizado, mas muito horrorizado mesmo, pode ser que não deixasse a loucura chegar tão perto, como foi o caso de Régis.

— A minha muié conhece a Marli. Elas vão na mema igreja. Lá vem ele — Pedro se interrompeu e ajustou a forquilha no pescoço do animal. Com a ansiedade em ouvir a história, a marreta de Tonho desceu ligeira e perfeita.

Clack!

A esteira correu de novo.

— Parece que Régio chegô em casa e pegô a dona Marli conversando com um irmão das igreja. Ela tava precupada com o esposo que num foi pegá ela depois do culto. O moço que tava com ela era da polícia, trabaiava como investigador lá em Véia Granada. Ele fazia as coleta de dízimo da região, só que o Régio num sabia disso. Quando a dona Marli ficô nervosa na igreja junto do filho naquela noite, o pastor pediu pro moço dá uma carona pra ela, o que ele fez com gosto. Essa gente da igreja gosta de se ajudar, cê sabe...

E mais um boi foi para a esteira.

— Dona Marli contô que o Régio apareceu com a marreta, e tava pronto pra deitá ela na cabeça do sujeito quando o menininho apareceu na porta do corredor e chamô pelo pai. Ele se distraiu coisa de um segundo, mas o investigadô foi rápido, então, quando a marreta desceu, acertô o Régio bem no meio da testa. Pá!

Mais dois bois vieram e as marretas desceram em silêncio.

Tounc!

Tunk!

No terceiro, Tonho recomeçou a conversa.

— Eu tava urinando e ouvi o Cléssio e o Digão falando que o Régis tava meio doido. Parece que ele via coisa, tava tendo pesadelo acordado e tudo. E eles também falaram que a Marli tava saindo com o polícia e que o moleque nem é filho do Régis.

— E ocê, Tonho? O que ocê acha?

— Sei lá... Eu nem conhecia o tal do Régis. Mas ocê trabalhava com ele, então deve sabê de alguma coisa mais certa, né?

Pedro cuspiu de lado, e o cuspe saiu meio amarelo, contaminado com o tabaco que ele fumava.

— Eu sei matá bicho. Não é o que eu gosto, num é uma coisa bunita, mas é o que eu sei fazê bem. Régio tamém era bão nisso, e se cê qué sabê, ele também era um bom hômi. O pobrema do Régio era otro. Era a pior coisa que pode acontecê com um homi. Sabe qual é a pior coisa que pode acontecer com um hômi, Tonho?

— Sei não, senhor — Tonho disse e puxou o pescoço do boi com uma ferramenta em forma de U, que servia para expor a testa do bicho.

— A pior coisa prum hômi é não gostá dele memo.

Tunk!

Please follow these instructions.

Não sou como eles, mas posso fingir
O sol se pôs, mas tenho uma luz
O dia acabou, mas estou me divertindo
Acho que sou idiota, ou talvez apenas feliz
NIRVANA

AUTOCINE
TRÊS RIOS

I'm not like him/ but I can pretend // The sun is gone/ but I have a light // The day is done/ but I'm having fun // I thing I'm dumb/ maybe just happy — **NIRVANA**

1

Yuri borrifou mais um pouco de perfume e imediatamente espirrou de novo, como um gato que insiste em meter o nariz onde não devia. Ajustou a camisa de popeline, deu um jeito nos cabelos com os dedos e admirou o espelho, enquanto Chris Cornell gritava algum desejo obscuro no Sony do canto do quarto.

Passou pela sala, perguntou sobre a chave do carro e ouviu do pai:

— Cuidado pra não sujar meus bancos.

— Sujar com o quê, pai? — perguntou Soninha, irmã caçula de Yuri.

— Com doce — o velho riu e atirou as chaves do Opala ao filho. — E não esquece de encapar o cabo do martelo — o pai arrematou.

— Que martelo, pai? — Soninha se interessou de novo.

Dessa vez Yuri não ouviu a resposta, já estava longe, escapando pela porta que levava à cozinha. Como em muitas casas de Três Rios, a porta da frente (e a primeira sala da casa) era basicamente um enfeite, um pequeno e requintado adorno cujo único objetivo era existir.

Na cozinha, a avó cega de Yuri brincava com alguns grãos de feijão, enquanto a mãe do garoto, Solange, escolhia os melhores. A avó Rita espirrou assim que sentiu o cheiro do rapaz.
— Minha nossa, alguém quebrou um vidro de perfume?
— Sou eu, vó.
— Tomou banho de perfume, filho? — A mulher riu.
— Ele vai ver a sirigaita — Solange disse. — Vê se não volta muito tarde, o senhor precisa levar a sua irmã pro balé às oito.
— Eu acordo antes — disse, e foi saindo.
— E o meu beijo?
Yuri voltou e pagou o débito.
— Credo — Solange disse —, que beijo de pica-pau.
A velha riu.
— Deixa o menino beijar quem ele tá com vontade, minha filha. Beijar a mãe é abençoado, mas é mais sem graça que lamber isopor.

2

Batizar o drive-in de Autocine Três Rios foi ideia da esposa de Antônio Lins, Elizabeth, que, a exemplo de seu nome, tinha uma mania de grandeza indisfarçável — o oposto de seu marido, que gostava mesmo era de passar a vida encolhido.

A principal sessão da noite começava às oito e meia, e as coisas começavam a ir bem de novo depois que o maior cinema da cidade foi embargado pela prefeitura, com algum problema de infiltração de solo. Enquanto os carros não chegavam, Antônio presenteava a si mesmo e ao seu melhor amigo com um café e alguns biscoitos de água e sal.

Fazia um pouco de frio. O tempo estava, por assim dizer, carrancudo. Pouco antes das sete, o dia já tinha se tornado noite, com nuvens da cor de chumbo ameaçando cair sobre a terra.

Nos tempos áureos, no lugar daquele café existiria um bom conhaque nas xícaras, ou algo mais forte e intencionalmente vagabundo. Depois que Deus levou Elizabeth para o reino dos céus, as coisas mudaram, a bebida se tornou amarga e corrosiva, e a vontade de encher um copo quase sempre perdia para a memória da falecida.

Beth ainda estava ali. Na pequena casa que se escondia aos fundos do terreno, na letra das etiquetas que catalogavam os filmes, na sala de projeção que vez ou outra ainda emanava o cheiro adocicado de seu perfume. Estava, principalmente, no coração surrado de Antônio, nas memórias daquele velho que insistia em continuar parado no tempo.

— O que tem pra hoje? — Adamastor perguntou. Um grande amigo, o único rosto que sobreviveu do colégio.
— Sete.
— Sete?
— Isso. *Sete Crimes Capitais*.
— É filme bíblico?
Antônio riu.
— De certa forma.
Continuaram com o café, dividindo o pouco que havia de biscoitos.
— Eles vieram de novo — Antônio confidenciou.
— Os carcamanos?
Antônio confirmou com a cabeça.
— Faz uns três dias. Dois caras. Falaram que hoje era o último dia pra eu aceitar a proposta, senão ia ficar bem menos vantajoso pra mim.
— Você devia chamar a polícia.
— Nós dois sabemos quem é o dono da polícia.
Adamastor se debruçou na janela.
De frente para ele, uma prova gigante e de cor laranja brilhava para evidenciar o que eles acabaram de dizer.
O dono daquela construção não era só dono da polícia, era dono da cidade inteira. Açougues, indústrias, pequenos comércios... A parede colorida ao lado do drive-in pertencia ao seu mais novo empreendimento, Supermercados Piedade. Agora já existiam dezenas deles pela região, e tudo isso em menos de cinco anos.
— Essas ameaças precisam acabar — Adamastor disse.
— É só o que eles sabem fazer.
Adamastor deixou a janela e colocou a xícara vazia em um cantinho. Viu algumas galinhas que andavam sassaricando pelo terreno. Elas apareciam por toda a cidade ultimamente. Mais do que nos anos anteriores.
— Me diz uma coisa, eles chegaram a oferecer algum valor decente?
— O que é decente pra você?
— Por esse lugar? Uns trezentos.
— Ofereceram um pouco mais, chegaram perto dos quinhentos.
Adamastor deixou um assoviozinho escapar.
Antônio não parecia tão empolgado.
— Não tem preço que pague esse lugar. Não são só paredes, entende? É o passado por perto, é a Beth ali no canto implicando comigo, os meninos correndo enquanto eu ralo na projeção. O Autocine faz parte dessa cidade, faz parte de mim.

— Estamos velhos, meu amigo. Às vezes, deixar o mundo rolar ladeira abaixo é o único jeito de não sermos atropelados por ele. Sair do caminho, percebe? Essa gente é perigosa. Todo mundo nessa cidade sabe que não é bom mexer com eles.

— Esse lugar é a minha vida, ainda pretendo terminar os meus dias naquela casinha que fica lá atrás.

Adamastor sacudiu a cabeça.

— Você é teimoso feito uma mula, sempre foi. Devia pensar com carinho na proposta dos indecentes. Quinhentos paus nesse momento? Eu vou te dizer que desde que o depravado do Collor tomou nossa poupança, o preço dos imóveis só caiu. Sem contar que tem aquele buraco enorme que não para de crescer lá atrás. O velho deve tá com medo daquela coisa crescer e engolir o mercado dele.

— Duvido muito que aquele homem tenha medo de alguma coisa que não seja os filhos. Eles querem montar um depósito no meu drive-in, por isso estão tão interessados.

— Depósito de quê?

— De carne. Um rapazinho do mercado acabou deixando escapar. O Autocine fica bem na rota de alguns supermercados, e o acesso secundário até o matadouro fica a menos de um quilômetro daqui.

— Pensa bem, o que dava dinheiro nos cinemas de cidades como Três Rios era a Boca do Lixo. Lucélia Santos, Vera Fischer... A Torres em *A Marvada Carne*, ainda menina. Elas faziam bilheteria e agradavam o povo, e quando chegava algum Mojica, aí era terror de verdade, não essas porcarias de hoje em dia. Acabaram até com a Embrafilme, meu amigo. O cinema nacional morreu.

— O filho da puta do Collor de novo.

— Não foi só ele. Ninguém quer saber de cinema nesse país, aqui mesmo, nessa cidade, todo mundo prefere gastar seu dinheiro naquela videolocadora. Pro nosso drive-in sobra essa gente que quer economizar no motel. E não digo isso com azedume, digo como o abençoado que segura a lanterna pra não deixar a coisa descambar de vez.

— Eles não vão transformar meu cinema em uma câmara frigorífica, Adamastor. Não vão mesmo.

— Tonho... Isso aqui nem é um cinema.

Antônio virou seu café frio e deixou a xícara em um cantinho da mesa que suportava o projetor.

— Se tem uma tela grande e gente pagando pra assistir filmes, então é um cinema pra mim.

3

Liliane era a coisinha mais bonita do Colégio Municipal. Pernas compridas, saias curtas, cabelos pretos na linha da cintura e um batom vermelho sempre tingindo a boca. Entre todos os mistérios que permeavam a região de Três Rios, um dos maiores era: o que aquela garota viu em um cabeça de bagre como Yuri Rurik.

Às oito da noite, como combinado, o Opala Diplomata de Yuri estacionava em frente à única casa salmão da rua Sete de Outubro. Sem que ele precisasse descer do carro, houve um movimento nas cortinas da sala da frente. Liliane saiu pela porta em seguida.

— Tá cheiroso — ela disse assim que entrou pelo lado do carona.

Depois, um beijo. E um espirro.

Percebendo o risco daquela noite terminar em alergia, Yuri abriu as janelas do carro antes de arrancar novamente. Seguiu em baixa velocidade, a fim de não embaraçar os cabelos rigidamente lisos de sua namorada. Naquela noite, ela estava além da perfeição, inclusive no cheiro, com algumas notas de morango.

— Você tá linda — ele disse.

— Bom pra você — ela devolveu. — Porque esse é só o começo.

O corpo do garoto imediatamente se encolheu, vitimado por uma ereção instantânea.

Tinham ido para a cama poucas vezes. Na primeira, Yuri deixou a empolgação escapar antes da hora, mas conseguiu se recuperar e investir em uma nova tentativa. No segundo encontro tudo foi estranho e rápido, porque acabou acontecendo na casa de Liliane, na cama do irmão com problemas mentais dela (o quarto de Espoleta era o único com chaves na casa). Liliane não tinha muito dinheiro, o pai tinha fama de violento, a mãe havia sido presa por latrocínio quando Liliane era mais nova. Em uma cidade como Três Rios, ninguém se esquecia desses detalhes.

Yuri não resistiu e a tocou no joelho. Deslizou a mão até as coxas. Liliane estapeou sua mão.

— Foi mal — Yuri se desculpou.

— Mal não foi, mas eu não quero que você bata o carro — ela sorriu.

Cinco quarteirões e meio depois, chegaram ao drive-in, e assim que entraram, os pensamentos luxuriosos foram trocados pelo pôster de *Se7en: Os Sete Crimes Capitais*, onde Brad Pitt e Morgan Freeman pareciam bem mais nervosos do que de costume. Ao lado de *Se7en*, um pôster de *Epidemia* (depois de uma longa e pestilenta espera), que mostrava o mesmo Morgan um pouco mais à vontade ao lado de Dustin Hoffman e Rene Russo. Preso ao mesmo alambrado, um cartaz desbotado de outros anos do filme *Matou a Família e Foi ao Cinema*, com Claudia Raia tornando tudo mais interessante.

— Gostou da foto, Yuri?

— É... o Morgan Freeman é demais — o rapaz disfarçou. Ela riu, deixando bem claro o que a atraía nele. Yuri era afobado, incansavelmente sem noção, mas ele a fazia rir até quando não queria. Com os outros caras era diferente, a maioria deles se preocupava bem mais com suas motos e com o prazer que conseguiriam obter dela.

Dentro do drive-in, Yuri já desconfiava que não seria tão fácil ir aos finalmentes com Liliane. Não que ela não quisesse e não houvesse um cobertor auspicioso no banco de trás, o problema é que...

— Nunca vi tanta gente num dia só.

— Brad Pitt, meu lindo, poderes de Brad Pitt.

O Opala continuou deslizando entre as britas, fazendo o possível para não levantar poeira nos outros carros.

Não era uma tarefa fácil, o chão do Autocine era basicamente terra batida e pedrinhas. Com um pouco de paciência, Yuri estacionou o carro. Para o caso de conseguir ir para baixo daquele cobertor auspicioso, escolheu a vaga entre dois carros baixos — assim, nenhum tarado ia ficar espionando com muita facilidade.

Segundo seu pai, antigamente era permitido cobrir as janelas laterais dos carros, algo que acabou sendo proibido pela antiga dona do drive-in, que morreu de ataque cardíaco há uns anos.

— Tá bom aqui? — Yuri perguntou antes de desligar o motor.

— Tá ótimo. — Liliane espirrou de novo.

Antes do filme começar, Adamastor corria com sua lanterna até os carros e deixava um cardápio com os doces, salgadinhos e refrigerantes disponíveis. Não era muita coisa e quase tudo tinha o triplo do preço, mas algumas pessoas ainda compravam. Era o caso de um dos passageiros do Opala.

— Tenham uma ótima sessão. Vão querer alguma coisa?

— Só uma Fanta — Liliane disse.

— Só tem Sukita.

— Tá ótimo.

Adamastor anotou o pedido e saiu com a sua lanterna.

— Acho isso tão romântico — Liliane disse.

— Sinto falta do cinema de verdade.

— Sério? Aqui a gente tem mais liberdade. Não tem nenhum engraçadinho atrapalhando o filme, ninguém tossindo, acho até que é mais seguro. E se o filme estiver chato, a gente pode... — piscou e riu.

— Danada.

Liliane riu mais um pouco. Foi para perto de Yuri e se recostou nele. Em seguida empurrou um CD no Pioneer, um acústico do Nirvana. O som rolou por um tempo, e esse curto período de música deixou aquele casal tão triste que o sexo não parecia sequer uma possibilidade.

— Por que será que ele fez isso? — Yuri traduziu o que quase todos os fãs do Nirvana se perguntavam há mais de um ano.

— O Kurt pensava nisso fazia tempo, só não viu quem não quis.

— Tá dizendo que sabia que ele ia...

— Não — Liliane respondeu. — Tô dizendo que algumas pessoas carregam muita dor nelas. O Kurt, o Chris, Layne, já reparou nas letras do Pearl Jam? Sei lá, acho que Seattle tem mais dor que todo resto do mundo. E quer saber o que é mais triste?

— Não sei se eu quero saber.

Mas Liliane não deixaria de falar e ele não deixaria de ouvir.

— Eles são o que são, são especiais assim, por causa dessa tristeza, dessa agonia que eles sentem. Ninguém consegue escrever "Lithium" ou "Smells Like Teen Spirit" sem se sentir uma merda, ou fazer um disco como *Dirt*... no fundo, é o mesmo que nós sentimos.

Yuri beijou-a na cabeça, e abraçou-a com mais força.

— Dor passa.

— É por isso que eu gosto de você — ela disse.

— Por que eu sou bonitinho?

— Não, bobo. É porque você não exige nada de mim, você me aceita. Já reparou como todo mundo nessa cidade se detesta? Como todo mundo quer mudar a gente o tempo todo? Em Três Rios não existe felicidade, por aqui rir demais é sinônimo de ser besta.

— Felicidade é só um pedacinho de tempo pra gente aguentar o que vem depois — respondeu.

Liliane suspirou junto com os aplausos do rádio.

— O depois é cruel, Yu. Daqui a pouco a gente vai ter a idade de nossos pais e não fez nada de bom na vida. Essa cidade vai mudar, esse lugar vai deixar de existir. Às vezes eu penso como o Kurt, que nunca encontrou seu caminho. Seu caminho de verdade, sabe?

Yuri, que queria ser publicitário e provavelmente repetiria a mesma carreira no exército que o pai, só conseguiu concordar.

— Sei, sim.

4

Do lado de fora, uma Fiat Fiorino com vidros escurecidos estacionava pouco antes da entrada do Autocine. Dentro do utilitário, três homens, todos usando roupas pretas, arrematavam os últimos detalhes. Um deles tinha cabelos claros, outro era bem mais baixo. O terceiro era muito forte.

— É só pra assustar. Um puta susto, mas só um susto — disse o de cabelos claros. — Se a gente fizer do jeito certo, o velho vai molhar nossa mão com gosto.

— Uma prensa dessas sem adiantamento é um puta risco, isso sim — disse o mais forte. — Acho bom o velho honrar as calças.

— Aquele velho tem mais pau que nós três juntos. Melhor tomar cuidado com a boca quando a gente começar a gravar — o homem mais baixo falou, já com uma filmadora na mão.

— Você não conhece o meu pau. — O grandalhão foi abrindo a porta traseira e colocando o revólver na cinta.

— Onde você vai com essa merda? — O loiro que conduzia a operação o segurou pelo braço.

— Onde eu for, ele vai comigo. — O outro se desvencilhou e manteve o revólver consigo. — Deixou o seu em casa?

Cabelo Loiro não respondeu.

Antes de descer, o homem com a câmera profetizou:

— Isso vai dar merda.

5

Tomaram o caminho da sala de projeção, que ficava às costas do terreno, depois de todos os carros. Com o pátio cheio daquele jeito (e não que fosse grande coisa, cerca de trinta e cinco carros), e a penumbra sendo quebrada apenas pelo facho de luz projetada, quase ninguém prestou atenção nos homens que se confundiam com a noite. Mas Yuri, que por algum mistério da natureza olhou para o lado naquele exato momento, pensou ter visto alguma coisa se esgueirando pelas paredes. Não disse nada à Liliane, um filme como Se7en podia gerar muita tensão, medo, e ele não queria fazer papel de bobo imaginando vultos no estacionamento do drive-in.

Na tela, Brad visitava outra cena de crime. Fachos de lanterna perfurando a penumbra do quarto, miniaturas de pinheiros penduradas para todos os lados. Morgan está entre os pinheiros, segurando um calhamaço de anotações. Brad está abaixado, ao lado de uma caixa. Segura uma pistola e usa uma luva verde. Ele encontra um punhado de fotos bizarras e mostra a Morgan.

— Mô? — Liliane disse quando Brad se levantou.
— Que foi?
— Preciso ir no banheiro — respondeu, sem sair do ombro de Yuri.
— Sério?
— Hum-rum — ela confirmou e dessa vez se afastou. — Eu não devia ter tomado aquele refrigerante. Se eu não for agora, vou fazer na calça.

Não parecia uma ideia tão ruim quanto perder o resto do filme, mas Yuri preferiu perguntar: — Não dá pra fazer em um cantinho?

— Não, né! Deixa que eu vou sozinha, pode assistir o filme. Tem um banheiro do lado da sala de projeção, o tiozinho sempre deixa as meninas usarem.

— Eu vou junto. Dá pra ver de lá enquanto você faz.
— Desculpa...
— Depois você paga — ele riu. E ela o beijou cerzindo as pernas e abrindo a porta do Opala.

Como não poderia ser de outra maneira, Liliane caminhou com as pernas juntas, rapidamente, temendo que a bexiga estourasse a cada novo passo. Ao seu lado, Yuri praticamente caminhava de costas, a fim de não perder nada.

Na tela, uma nova discussão entre Brad e Morgan, perto da escada. Logo depois, uma encrenca com um fotógrafo. Uma passada pelo hospital. Morgan atende ao telefone.

Em um estranho déjà-vu, Yuri sentiu que algo muito ruim estava se aproximando deles. Durou um segundo, quem sabe um pouco menos, mas, por um breve instante, todas as cores do mundo foram sugadas pela escuridão que se alojava em seu cérebro.

— Anda logo, mô! — Liliane insistiu e o puxou mais uma vez.

Precisaram caminhar mais vinte metros até chegarem à sala de projeção. O facho de luz da janelinha tinha a forma de um triângulo de luz, mas Yuri continuava com aquela sensação escura dentro dele.

— Pede a chave pro tiozinho, se eu der mais um passo vou mijar na roupa! — Liliane se colou à porta da casinha do banheiro. Era pequeno, com telhas de brasilite, mas pelo menos tinha paredes e era limpo.

Uns dez metros atrás do banheiro, bem perto da casa do dono do cine, havia um monte de cavaletes em semicírculo. Do lado esquerdo dos cavaletes, um monte de areia e outro de brita. Blocos de concreto. Naquele ponto a noite parecia mais clara, e havia um enorme buraco no chão, que devia ter uns três metros de diâmetro. Se a vontade de fazer xixi não estivesse tão grande, Liliane teria olhado melhor para aquela coisa, mas na penúria que experimentava, todo seu foco era uma maneira de aliviar a bexiga.

Yuri continuava à porta da sala de projeção, pronto para bater de novo e gritar pelo cabineiro. Mas antes que pudesse tocá-la outra vez, alguma coisa irrompeu contra a madeira.

pow!

Ele pulou para trás como um rato.

— Que foi? — Liliane perguntou.

— Tem alguma coisa errada.

— Merda... Não olha pra cá! — ela exigiu e começou a se abaixar ali mesmo, na porta do banheirinho. — Fica de olho se o lanterninha não tá por aí! Ah, Jesus, como é bom mijar... minha nossa senhora — ela suspirou e deixou a ducha dourada descer.

Yuri continuava tomado pelos ruídos da sala de projeção. Gemidos. Algo se quebrando. Colou o ouvido na porta para ter certeza, e dessa vez a madeira se moveu e o acertou com tudo. Yuri tombou no chão e Liliane se levantou de onde estava, renovada. Velho Antônio tentou atravessar a porta aos gritos.

— Me ajudem!

Estava sangrando. O nariz já era um edema sujo de sangue. A boca estava cortada, a camisa branca estava manchada e rasgada. Em um relance, Yuri viu o velho Adamastor, o lanterninha, caído em um canto. Estava apagado, um riozinho de sangue descia da sua testa até o queixo. A lanterna, ainda acesa, estava ao seu lado.

Yuri sentiu a escuridão se revelando bem ali, e, de tão poderosa, de tão intensa, ele não conseguiu sair do lugar. Foi Liliane quem correu e apanhou o velho pelo braço. Ao mesmo tempo, um rosto mascarado, com olhos duros como granito, tomou a decisão de puxá-lo de volta.

— Solta ele! Eu vou chamar a polícia! — ela gritou.

— Some daqui! — outro dos homens disse. Alguns fios loiros escapavam pela máscara de crochê. Ele tinha um triângulo tatuado na mão direita.

— Pai? — Liliane perguntou.

— Mandei ir embora!

Mas o homem de olhos duros tomou a garota pelo pescoço. O terceiro cuidou de Yuri, e o loiro cuidou do velho.

— Ela sabe demais! Vai abrir o bico! — disse Olhos Duros.

— Ninguém viu a nossa cara — Cabelo Loiro disse.

— Deixa a gente em paz! — Yuri disse.

O homem que Liliane chamou de pai encarava Olhos Duros, que apontava uma arma para a garota. Os olhares furando uns aos outros.

— Vai sujar o chão de casa com sangue? — Cabelo Loiro perguntou. — O que vai dizer pro velho?

— Que você fez merda.

— Não — disse Antônio —, não precisa ser desse jeito. Eu sei quem são vocês e... e eu vou embora, tá bom? Eu vou entregar esse lugar. Vocês não precisam machucar a menina e o rapaz.

Os três chantageadores se encararam.

— Se chamar a polícia, vai se arrepender, velhote. — O homem que imobilizava Yuri pela garganta o apertou ainda mais. Yuri começou a ficar vermelho.

— Pai! Manda eles pararem! Pai!

— Cala essa boca! Não sou seu pai, vagabunda! — Cabelo Loiro disse.

Mas era ele. A voz era dele. A raiva em mandar era dele. Liliane começou a chorar na mesma hora. Irritado, o homem que a imobilizava deslizou a arma para baixo, para a área pubiana da garota.

— Ele não é o papai, não. Seu pai não deixaria eu continuar com isso aqui.

O revólver apontou para o ventre, a outra mão percorreu os seios.

— Solta ela — Cabelo Loiro disse.

— Ou vai fazer o quê? — O outro a apertou no seio direito.

Cabelo Loiro sacou sua arma do cós da calça como um pistoleiro do Velho Oeste. Um único tiro. Direto no olho esquerdo. Olhos Duros sangrava no chão. Morto.

Atordoado, Antônio se esgueirou até Adamastor, tentando despertá-lo. O homem que o segurava recolhia o revólver ao cós. Também livre, Liliane foi até Yuri. O homem baixo já estava longe.

— Caiam fora daqui — Cabelo Loiro disse aos dois.

— Pai! Como eu ia saber? Como eu podia saber?

— Cai fora da cidade e não volta nunca mais. Esse lugar é podre, menina. Vá embora ou ele vai corroer você como faz com todo mundo. E você, velho, já sabe o que fazer.

Cabelo Loiro apanhou a filmadora do chão e também deixou a sala de projeção. Liliane ainda chorava. Aquele homem era seu pai, e ele não poderia ou se interessava em protegê-la.

— Por que pegaram o senhor? — Yuri perguntou ao dono do Autocine.

— A milícia de Hermes Piedade. Essa gente não desiste, meu filho, eles querem esse terreno e não vão parar enquanto não conseguirem. Chama uma ambulância pra gente, tem um telefone ali — apontou.

— Yuri... eu... — Liliane não sabia o que dizer.

Yuri foi até o telefone. Discou os números com alguma dificuldade. Tremia muito.

— Mandem ajuda, alguém se machucou feio aqui no Autocine. Venham depressa ou ele vai morrer! Tem um bandido morto no chão, um... isso, é um ladrão, sim.

Yuri desligou o aparelho.

— E eu? O que eu faço, agora? — Liliane perguntou a ele.

— A gente vai embora.

— Embora? Embora pra onde, Yuri?!

— Pra longe daqui. Essa cidade vai acabar com a gente como faz com todo mundo. Você tem razão, ninguém pode ser feliz em Três Rios. A gente usa o carro do meu pai até onde der e começa tudo do zero. — Olhou para Antônio. — O senhor pode vir com a gente.

O velho mantinha os olhos perdidos. Ainda sangrava na boca.

— Acho que não — ele se levantou e escorou o amigo Adamastor, que recuperava alguma consciência. O recostou sentado à parede. — Essa cidade já fez o que queria comigo. Eu já sou dela, do mesmo jeito que ela mora em mim. Com vocês é diferente. Vocês têm tempo.

— E se eles voltarem?

— Essa gente só para quando consegue o que veio buscar. Eu vou dar a eles. De qualquer forma, essa cidade nunca deu a mínima pro cinema.

— Vamos — Yuri insistiu. Liliane se apoiou nele e deixou os olhos se encherem com a confusão que sentia.

— Vai acabar com a sua vida só pra me ajudar?

Ele a abraçou. Depois secou os olhos da garota e sorriu.

— Eu vou começar a viver agora.

Kodark

Kodark ETERNAS LEMBRANÇAS

ULTRACOLORS 666

Please follow these instructions.

Então vamos caminhar todos juntos, oh meu Deus
Todos nós podemos caminhar juntos, oh meu Deus
Você tem seus problemas, não precisa enfrentá-los sozinha
Todos nós podemos caminhar juntos, sim meu Deus
SLADE

SOLO SAGRADO

> So let's all pull together, my oh my // Yeah, let's all pull together, my oh my /.. We can ride the stormy weather / If we all get out and try // So lets all pull together, my oh my — **SLADE**

Saulo Renan Sampaio mal cruzou o boas-vindas enferrujado da cidade e foi procurar alguma coisa para comer. Sabia que uma viagem do Rio de Janeiro à Três Rios paulista não seria nenhuma molezinha, mas dez horas assando dentro de um Corsa passava perto de um ritual de purificação.

Que as escrituras dissessem, um bom homem, sobretudo um bom pastor, não deveria reclamar das pedras que encontra pelo caminho, e sim usá-las, como disse o próprio filho dos céus, para edificar sua igreja. Não uma igreja como a que os romanos fizeram, cheia de orgulho e vaidade, mas uma verdadeira catedral para honrar a Deus, um lugar especial onde os irmãos pudessem se reunir e render graças ao Senhor.

— Vai querer o que, chefia? — o homem do balcão perguntou.

Saulo não tinha muito dinheiro, o que direcionava suas escolhas para bem longe do glamour matinal.

— Um café grande. E se o senhor tiver um pão na chapa no cardápio, vou querer um também.
— Com queijo?
Saulo não soube exatamente que tipo de pão na chapa levava queijo, mas disse: — Manda ver.
O homem virou de costas, fungou o nariz e deu alguns passos até o refrigerador. Ficava aos fundos do botequim, ao lado de um pôster descorado da segunda morena do É o Tchan. Apanhou uma embalagem com queijo já fatiado, uma margarina e levou até o lado da chapa. Depois fatiou o pão.
— O senhor não é daqui — disse.
Saulo riu. — Com o meu sotaque não dá pra enganar ninguém, né não?
O homem frigiu o pão, retirou da chapa e besuntou de manteiga. Devolveu à chapa e deixou o pão frigindo mais um pouco. Girou o corpo para Saulo.
— Veio fazer o que na nossa cidade, amigo?
Saulo sequer pestanejou.
— Trazer a palavra de Deus.
Foi a primeira vez desde sua chegada que o sujeito do outro lado do balcão mostrou os dentes. Uma visão não muito agradável. O riso do homem era torto, e amarelado pelo cigarro.
— A palavra muita gente tem, o problema é querer ouvir. Ainda mais aqui em Três Rios. Qual é o seu nome, moço?
— Saulo.
— Satisfação, meu nome é Mario Luiz, mas o pessoal me chama de Porcão. Eu tinha uma lanchonete nos anos noventa. Fechei as portas, mas o apelido continuou comigo. Quer dizer que o senhor veio pra ficar?
— Esse é o plano.
Porcão sustentou o olhar.
— Já tem onde dormir?
— Aluguei um quarto numa pensão.
Alguém entrou no bar e colou o corpo ao balcão. Porcão se afastou para dar atenção ao novo cliente. Era um homem bem velho, com roupas mais velhas ainda. Usava um chapéu camuflado que parecia ter saído da bunda de alguém.
— Fala, Jão.
— Uma branquinha pá nóiz.
Porcão apanhou uma garrafa de cachaça 29 e serviu uma dose ao homem. Jão matou "de testa" e pediu mais uma, que decidiu apreciar melhor, com um golinho de beiço. O dono do bar voltou até Saulo. Notando que o café havia chegado ao fim, ofereceu mais um, por conta da casa. Saulo agradeceu e deu outra mordida em seu pão. Era a primeira vez que ele comia um pão na chapa com queijo, e o resultado era a melhor surpresa do dia. Um pouco engordurada, mas boa do mesmo jeito.

— Já sabe onde vai montar sua igreja? Por que o dono do cinema daqui não vai vender nem ferrando. Uns tempo atráis apareceu outro moço com essa mesma intenção de igreja, o seu Di Niro deu um passa fora nele. Ele não vende aquele cinema por dinheiro nenhum.

— De Niro?

— É Di Niro mesmo. Di-Ni-Ro. O nome de batismo é Severino, e como ele é a cara do outro, começaram a chamar desse jeito. O pai dele morreu dentro daquele cinema, Cine Glória, o povo daqui fala que o Di Niro ainda fala com o fantasma — Porção se benzeu.

Saulo riu, mas não o contrariou. Ainda era cedo para desmistificar os fantasmas consolidados da cidade. Como não era nem nove da manhã, era cedo demais para qualquer coisa. O jovem pastor saiu de madrugada a fim de evitar o trânsito pesado das rodovias, agora, entre um bocejo e outro, já não tinha tanta certeza de ter valido a pena.

— Ouvi falar de um terreno promissor — Saulo explicou. — Parece que o proprietário se chama Renan. Encarei como um sinal divino, Renan também é meu nome do meio.

Porção torceu o rosto, tentando puxar na memória de quem se tratava.

— Deve sê o da locadora — Jão ajudou. — Aquela que pegô fogo. Eu nunca tive dinheiro pra filme, mas lembro dos mais novo fazendo fila na porta da loja. Isso já faz uns dez, quinze ano. Naquele tempo eu ainda trabalhava pro sujo do seu Piedade.

— Isso memo! — Porção celebrou. — Chamava FireStar.

— Nome besta do caraio — Jão disse. — Eu sempre chamava de locadora e tudu mundu entendia. Tive pena dos dono quando aconteceu, aquele negócio era bem mais que emprestá filme, era a vida deles. Me alembro da menininha, foi uma tristeza que só.

— Vamos dar uma nova vida pra aquele lugar, restaurar a alegria do passado e trazer as boas novas. A mão de Deus é poderosa, e fica ainda mais potente quando os irmãos se unem na construção de um novo amanhã. Se tudo funcionar como espero, inauguramos em trinta dias.

Jão riu e deu mais um gole na pinga. Continuou com o riso na boca.

— Eu falei alguma coisa engraçada, meu senhor? — Saulo assumiu alguma autoridade. Se ele seria o pastor daquelas ovelhas, então era melhor mostrar logo o peso do cajado.

— Por aqui a gente diz que "falá, até papagaio fala". Desejo sorte pro senhor, moço, eu ia ficá feliz se Deus voltasse a oiá pra Três Rio. O Porção sabe do que eu tô falando.

Saulo olhou para o homem do balcão. Porção estava com os olhos em Jão:

— Minha mãe falava que em boca fechada não entra musquito.

Saulo deixou suas duas malas na pensão e foi direto para a imobiliária Verdes Rios, onde apanhou a chave do que seria seu recomeço, sua chance de retribuir tudo de bom que vinha recebendo do Criador. Antes disso — a vida desregrada e cheia de vícios —, não importava, antes ele não era um soldado do Senhor, era apenas um moleque inconsequente, o filho mimado de uma fortuna que começava a apodrecer.

Preferiu estacionar o carro do outro lado da rua da locadora para evitar a especulação dos vizinhos.

Aprendeu um pouco tarde que tudo na vida tem a hora certa para acontecer, e que a antecipação nem sempre é o melhor movimento, principalmente quando o assunto é a religião dos homens.

Desceu do Corsa e deu um jeito no paletó amassado. Ajustou as fraldas da camisa para dentro, arrumou os cabelos com as mãos.

Do lado de fora, o lugar ainda guardava um pedaço da marquise, uma felicidade borrada e fustigada que levou Saulo de volta ao Rio de Janeiro em questão de segundos. Sentiu o calor do vento na pele, ouviu o riso dos amigos, revisitou sua casa, muito antes dela se tornar uma prisão solitária e angustiante. Havia uma locadora bem embaixo de seu apartamento, ali mesmo, em Copacabana, do lado da loja de discos Guanabara.

Quando as lembranças o deixaram em paz, Saulo atravessou a rua.

O portão da FireStar tinha correntes grossas e um cadeado enorme, e o motivo estava bem claro em uma olhada mais atenta. As janelas tinham sido estilhaçadas, ainda havia alguns cacos espalhados pelo chão. As paredes estavam pichadas, e onde a tinta original fora chamuscada pelo fogo, usaram spray branco. As frases e símbolos eram variados, mas duas inscrições eram perfeitamente claras: as palavras "devoção verdadeira" riscadas de vermelho e "Provérbios 28:24".

Um bom soldado sempre carrega sua espada, e Saulo sacou a sua bíblia a fim de atestar o que estava escrito no livro sagrado. Ele já sabia, mas a autoconfiança já destruíra homens bem melhores que ele.

Leu em voz alta, com o livro aberto nas mãos: "O senhor detesta quem se utiliza de medidas e pesos desonestos".

Bem, encontrar uma citação bíblica logo na entrada não deixava de ser um sinal, um aceno dos céus, como costumava dizer o homem que o colocou no caminho, irmão Jurandir.

Encorajado, Saulo abriu o cadeado e afrouxou as correntes. Só então notou uma galinha rajada sobre a murada que prendia a grade. Ele a afugentou sem muito esforço. Não tinha nada contra galinhas, mas o muro tinha se tornado um banheiro.

Seguindo a correria da galinha, descobriu outras quatro amigas a esperando a uns cinquenta metros, bicando a calçada.

Assim que passou pelas grades esqueceu as galinhas e notou parte de um pôster de *Os Outros*, com Nicole Kidman. Um dos poucos cartazes sobreviventes, e mesmo assim estava bastante chamuscado e escurecido.

Encontrar a chave para a porta lateral no molho que recebeu da imobiliária foi outro desafio — a porta da frente estava arruinada, os trilhos derreteram e se soldaram ao metal das roldanas.

Depois de testar três chaves, ele conseguiu encontrar a correta.

— Meu Deus, que cheiro horrível. — Reclamou na primeira arfada de ar.

O odor era penetrante, repugnante, quase químico. Havia, claro, o cheiro de acetato das fitas, o odor queimado das embalagens de DVDs, mas também existia essa essência azeda, quase rançosa. Depois de tantos meses, aquele cheiro não deveria estar ali, não com tantas janelas depredadas.

Não havia muita esperança de luz elétrica, mas Saulo decidiu checar a caixa de disjuntores assim mesmo. Abri-la também não foi tarefa fácil. Assim como na entrada principal, o fogo havia trabalhado por lá. Com alguns golpes pela lateral da portinhola, um monte de material oxidado se esfarelou pelo chão. Com mais um pouco de força, a porta se abriu.

Saulo acionou os disjuntores um a um e, como esperava, nenhuma lâmpada se acendeu. As fluorescentes ainda estavam lá, mas certamente a fiação acabou derretida pelo fogo.

Antes de voltar a fechar a portinha, o futuro locatário encontrou um papel enrolado, preso por um lacinho vermelho. Curioso em como aquilo sobrevivera a um incêndio, não resistiu em descobrir o que era. O papel viciado insistia em se manter esticado, parecia uma mola. Devia estar naquela mesma posição há muito tempo. Já o lacinho estava meio podre — ele se rompeu assim que Saulo o forçou.

Era uma fotografia em Polaroid. Dois homens e um garoto. Um dos homens fazia uma mesura, apontando para a marquise orgulhosa da FireStar DVD & Vídeo. O outro homem, meio careca, segurava uma lata de cerveja azul na mão. O garoto do trio estava meio envergonhado, um pouco cabisbaixo no registro imortalizado.

— Moço? — alguém disse às costas de Saulo.

Compenetrado como estava, foi inevitável se sobressaltar.

— Oi.

— Não queria assustar o senhor. É que faz tempo que esse lugar tá fechado, fiquei curiosa quando vi o portão aberto.

— A senhora mora por aqui?

— Marlene, meu nome é Marlene. Moro aqui faz mais de trinta anos, nessa mesma rua. — Ela deu alguns passos pelo lugar. — Uma tristeza tudo isso. Ainda me lembro quando eles começaram, Pedro e Dênis, dois frangotes. Nem eles esperavam o sucesso que tiveram com essa locadora.

— Acho que ninguém esperava. Eu cresci na capital do Rio de Janeiro. Por lá a coisa também explodiu. Só no meu bairro chegamos a ter cinco locadoras. Era uma loucura.

— Acredito que sim, mas o que deixou o Pedro e o Dênis endinheirados não foram as fitas oficiais, foram aqueles outros filminhos que eles alugavam.

— Filminhos?

— É, sim. Se o senhor quiser, outro dia eu conto a história, mas se me perguntar na frente de outra pessoa, eu nego tudo. Não quero confusão com... com quem fez isso aqui.

— O incêndio? Não foi acidental?

Marlene deu mais alguns passos pelo salão, os olhos atentos às paredes, procurando por pôsteres que não existiam mais.

— Me lembro do dia da abertura. Eram só eles dois e um rapazinho que recebia o ordenado em fitas. Ele era filho de uma grande amiga, Gisele. Pobrezinha... Ela tomou um par de galhos do safado do marido. Já o menino tirou a sorte grande com os sócios, pelo menos até colocarem fogo em tudo.

— Fico pensando nos motivos que alguém teria para atear fogo em uma locadora. — Saulo disse. — Algum concorrente?

— Eles nunca tiveram concorrência na região. Hoje em dia, os dois primeiros donos estão na capital... eu não ficaria surpresa se eles começassem a abrir lojas de novo. — Marlene parou de falar e pensou um pouco, calculando se deveria mesmo abrir a boca de vez. A língua não teve a mesma tenacidade, e logo se desdobrou como um tapete. — Foi por causa daqueles filminhos, sim, é o que se comenta a boca pequena. Ninguém gosta de ter a vida exposta sem autorização, sem contar que algumas daquelas fitas, meu Deus... é melhor não falarmos nisso, meu filho. O que está feito está feito, e nada do que dissermos trará de volta a glória que esse lugar já teve.

Saulo sorriu de leve. — Engraçado a senhora dizer isso.

— Pretende reabrir a locadora?

Saulo manteve aquele sorriso morno, não disse nem que sim, nem que não.

— Filho, se tem uma coisa irrefreável nesse mundo de Deus, é a curiosidade de uma mulher velha. Não faça isso comigo, tá bom?

— Fundaremos nossa igreja nesse terreno. Eu estava em dúvida, mas depois de conhecer o nome do antigo dono e um pouco da história... tem que ser aqui.

— Não seria melhor em um cinema?

— Cinemas, locadoras, teatros, todos são templos de adoração às artes. O que faremos aqui é fundar um novo templo, um local de adorar e dar graças ao nosso Deus.

Marlene pensou um pouco (bem pouco) antes de se render a perguntar:

— Por acaso o senhor não é um desses crentes, é?

Nada que envolva salvação é uma tarefa fácil, e Saulo confirmou essa premissa já nas primeiras semanas de reforma. Para começo de conversa, muitos empreiteiros negaram a tarefa dizendo que aquele lugar não "merecia" ser transformado em uma igreja. Apesar da insistência do jovem pastor, ele só conseguiu contratar uma equipe na terceira semana.

Com os materiais comprados e os trabalhos começando, tudo parecia ter entrado nos eixos, e então o eletricista sofreu um acidente horrível. O homem ficou internado duas semanas, e quando recebeu autorização para voltar para casa, informou a Saulo que estava deixando a obra. Também disse que não devolveria um centavo do que recebeu antecipadamente, porque alguém tentou matá-lo. Saulo explicou, argumentou, mas o sujeito garantiu que havia desligado a energia, e que alguém religou de propósito, a fim de acabar com ele.

Na semana seguinte à substituição do eletricista, quem teve problemas foi o pintor, que também assumia as vezes de gesseiro. O homem simplesmente caiu da escada e fraturou o fêmur esquerdo e a bacia, e dessa vez a fiscalização municipal foi convocada para descobrir o que estava acontecendo. Saulo nunca soube quem chamou os fiscais, mas passava a acreditar piamente que alguém, ou alguma força, tentava sabotar a edificação de sua igreja.

Para conseguir impedir o embargo, Saulo desembolsou trinta porcento do orçamento da reforma nas mãos do fiscal, e mesmo assim o homem não garantiu que novos incidentes seriam ignorados.

E as desgraças estavam longe de acabar.

Semanas depois, um dos pedreiros levou uma pancada na cabeça (enquanto ajustava alguns pisos cerâmicos do lado de fora, uma telha desabou sobre ele), já o mestre de obras foi atingido no pescoço por uma torneira da antiga cozinha da locadora. Sem nenhuma razão aparente, o metal foi expulso da parede a uma pressão altíssima, mesmo com o registro fechado. Quedas se tornaram constantes, chegou ao ponto do próprio Saulo pensar que alguma coisa muito fora do comum acontecia naquele terreno.

Ainda assim, as obras avançaram até a conclusão da igreja, batizada e registrada como Igreja Águas da Paz.

Com a sacralização da casa e os primeiros cultos ao Senhor, os eventos cessaram completamente, e Saulo foi capaz de formar sua congregação e torná-la consistente e promissora. Havia muita gente humilde entre as fileiras, pessoas que o catolicismo, predominante da cidade, não fazia muita questão de enxergar. Pessoas que pareciam feitas da mesma matéria, saídas de uma mesma linha de produção. Mas quando o homem de camiseta vermelha entrou, tudo isso mudou.

Foi impossível não olhar para ele. Saulo chegou, inclusive, a interromper sua narrativa inflamada sobre "como o Inimigo se infiltrava na vida das famílias, atirando os homens na bebida e as mulheres na prostituição" para esperá-lo se acomodar. Narrativa esta que foi retomada assim que o homem encontrou um assento.

— O Inimigo, meus irmãos, o Diabo, ele não vai chegar e se apresentar como o opositor da humanidade. Ele vai chegar de mansinho, vai oferecer favores, muitas vezes ele se passará por um grande amigo, até mesmo um líder religioso ou um político disposto a melhorar sua vida. Não vamos falar mal dessa ou daquela religião, desse ou daquele partido, mas vocês, TODOS vocês sabem do que eu estou falando. Essas casas que se dizem obreiras de Deus, sustentam uma foto de Jesus e uma do Diabo, pregadas às suas portas.

— Bravo! — O homem de vermelho se empolgou e bateu duas palmas discretas. Foi seguido por outras palavras de incentivo.

Saulo continuou: — Não devemos aceitar os favores do Inimigo! Não devemos aceitar emprego, comida, não devemos aceitar uma única moeda! E vocês sabem por quê? Imaginam por quê?

Saulo terminou em um novo grito que ecoou pelas caixas de som da igreja e encarou seu rebanho.

As pessoas desviavam, evitavam sustentar o olho no olho, temendo que Saulo enxergasse o que eles tanto lutavam para manter escondido. Suas sujeiras, seus pensamentos pecaminosos, a luxúria que frequentemente habitava não só a penumbra de suas camas, como também as horas mais iluminadas de seus dias. Na terceira fileira, uma mulher começou a chorar. Estava ao lado do homem de camisa vermelha, que deixava um riso franco perambular pelo rosto.

— Não devemos aceitar préstimos do Inimigo, porque ele sempre nos cobrará em dobro. Se ele nos curar de uma perna, vai nos deixar sem as duas, se ele nos emprestar dinheiro, nos lançará na miséria, e àqueles que desejam a fama!, esse resumo ímpio da nossa imundice arrogante!, tudo o que receberão será a aniquilação social, o completo anonimato. O esquecimento.

Olhou sua audiência.

— Precisamos sempre olhar atentamente para a mão estendida antes de aceitar o que ela oferece. Aqui, nessa casa de Deus, podemos confiar uns nos outros, podemos e devemos acreditar na ajuda que nos é oferecida. Como forma de retribuição, entregamos nosso dízimo, devolvemos ao senhor dez porcento do bem que ele nos permitiu conseguir. E Deus nos dará mais cento e dez, cento e vinte, cento e sessenta!

— Glória a Deus! — A mulher emocionada gritou, lembrando de uma música bonita do Engenheiros do Hawaii.

Outros ecoaram a mesma expressão reduzida: — GLÓRIA!

Um homem de camisa azul-cobrador espalmou as mãos ao teto.

— Quanto ao Outro... tudo o que o Ardiloso oferece é danação. Ele veio para roubar o que Deus nos ofertou. É isso o que o Diabo é, um ladrão, um enganador, um desonesto!

Extasiado pela própria oratória, Saulo se escorou na única cadeira do palanque baixo onde professava, a fim de recuperar as energias. Estava completamente suado, um pouco vermelho, o peito ofegava em busca de ar novo. O microfone, ainda próximo à boca, captava a potência das respirações forçadas.

Ouvindo o clap-clap de novas palmas, Saulo ergueu o semblante, e algo dentro dele acusou quem encontraria, antes mesmo dos olhos se firmarem.

O homem de camisa vermelha batia palmas e sorria, e a vontade das mãos fez com que outros fiéis o acompanhassem. Em dois segundos haviam cinco deles, e em menos de dez, a igreja inteira aclamava seu pastor com devoção. Os olhos de Saulo, entretanto, continuavam naquela estranha figura, e assim permaneceram, presos, até que o culto chegasse ao fim.

Era costume o pastor ficar pela igreja depois do culto, oferecendo auxílio espiritual aos mais aflitos. Naquela noite, entretanto, rios de eletricidade riscavam o céu, que rugia como se estivesse sendo açoitado. A maior parte dos fiéis, assustados, deixaram a igreja às pressas e correram para suas casas. Na antiga FireStar ficaram apenas Saulo, Dardânia (sua ajudante), Timóteo Junqueira (marido de Dardânia), e dois ou três fiéis. Entre eles, aquele homem, que se aproximou do pastor tão logo Dardânia e o marido saíram do salão a fim de escoltarem os últimos irmãos até o carro com um guarda-chuva.

— Foi um culto muito bonito, pastor — o homem disse e estendeu a mão.

— Saulo, seu criado.

— Caleb — o outro também se apresentou.

— Novo na cidade, Caleb? Não estou aqui há muito tempo, mas não me lembro de ver seu rosto por aí.

— Três Rios é bem maior do que os olhos mostram — Caleb explicou. — Sou vendedor de sementes, rodo o país inteiro, mas sempre que posso, passo uma semana ou duas por aqui. É uma cidade boa pra quem é bom com ela — sorriu. Tinha um riso bonito, um pouco provocador, mas bonito.

— Tenho me esforçado para merecer a confiança que os irmãos depositaram em mim.

— Isso ficou claro na celebração de hoje, pastor. São boas pessoas, mas são um pouco ariscas no começo. No Rio de Janeiro as pessoas são mais dadas, mais calorosas.

Saulo diminuiu a abertura dos olhos.

— De onde mais podia ser esse sotaque? — o homem chamado Caleb riu com vontade, com exagero. — Eu tive um amigo que dizia que vocês, cariocas, parecem passarinhos assoviando. Deodoro. Um bom homem, se me perguntarem.

Caleb não convenceria um condenado à forca, mas o pastor não voltou a questioná-lo. Cidades interioranas gostam da fofoca como políticos gostam de mentir, então é mais do que óbvio que um pastor não ficaria à salvo da curiosidade do povo.

— Quando entender que é hora de fincar raízes em algum lugar, posso ajudar nisso. Temos muitos irmãos dispostos a ajudar em nossa congregação.

— O preço dessa ajuda pode ser alto demais para alguém como eu — Caleb explicou. — Mas digamos que eu me interesse, o que o senhor oferece para que eu me junte a esse seu pequeno... circo?

O rosto de Saulo não soube exatamente qual expressão assumir, acabou optando por uma neutralidade séria.

— Melhor tomar cuidado com as palavras. Nós, os homens, somos joguetes nas mãos do Inimigo. O que o senhor acabou de chamar de circo é uma das armas mais poderosas no combate à maldade.

— A única maldade que encontrei veio de dentro dos homens.

O homem deu as costas a Saulo e avançou lentamente pelo salão. Vazio como estava, seus passos ecoavam como cascos. Saulo esfregou os braços. Com a chuva, a noite esfriava depressa.

— Culpam o Diabo por tudo. O Inimigo, o Opositor, o Dedo da Desavença, o Rumor Amargo da Maldade. Se o Diabo tivesse tanto tempo e interesse, já teria tomado esse mundo faz tempo.

— Quem é você? — Saulo perguntou.

— O mensageiro não é importante. Não é isso o que se diz entre os pastores? Que vocês são somente a língua da inteligência divina? O mapa e não a estrada? — O homem estava de costas, rindo.

Levou um instante para Saulo ter plena certeza.

— Se afaste de mim, Impuro. Não tenho negócios com você. Não tenho e nunca vou ter.

— Nunca é uma palavra definitiva demais quando o assunto é a raça humana. Essa é uma terra cheia de surpresas, um terreno encharcado de sangue, pastor. Nada do que se faz aqui passa despercebido a um lado ou ao outro.

O homem voltou a se virar e chegou mais perto de Saulo. Bem depressa, o ar entre os dois foi se aquecendo, a ponto de Saulo sentir pequenas gotas de suor brotando no rosto. O homem à frente estava com a pele diferente, quase plástica, quase cerâmica.

— Quando cheguei nessa terra, ela me acolheu sem perguntar de onde eu vim. Ela fará o mesmo por você, pastor, desde que você a alimente com o que tem de melhor. Você não precisa fazer novos inimigos, é só ficar do seu lado da linha. — Os olhos do homem chamado Caleb ganharam um contorno mais claro, quase caramelizado.

Saulo recuou mais um passo. Tropeçou em uma das cadeiras, perdeu o vigor nas pernas e precisou se sentar. Enquanto o outro se afastava, sentia a onda de calor o consumindo. O som dos passos, o som dos cascos. Os olhos pesando enquanto o mundo começava a perder a forma.

— Seu Saulo! Deus do céu, seu Saulo! Tá tudo bem com o senhor? — Dardânia irrompeu pela porta por onde o outro saiu.

Saulo se escorou nela e conseguiu se reerguer. O homem começava a desaparecer pela saída.

— Quem era aquele? — ela quis saber.

— Um Inimigo — Saulo respondeu de pronto, sem intenção ou capacidade de ser mais claro em sua resposta.

— Deus tenha piedade — Dardânia fez a cruz no peito.

— Ele já está tendo, irmã — Saulo disse. — Se o Oponente se incomodou em vir até aqui, é sinal de que estamos no caminho certo.

Please follow these instructions.

É o fim do mundo como o conhecemos
É o fim do mundo como o conhecemos
(É hora de eu ter um tempo sozinho)
REM

DE ALGUM LUGAR INFINITO

```
It's the end of the world as we know it //
It's the end of the world as we know it //
(It's time I had some time alone) — REM
```

Os dois meninos ameaçavam morrer de tédio quando o pai teve a grande ideia.

A chuva que nunca acabava (como ficaria conhecida nos jornais da época) começou em Três Rios no dia seis de dezembro de dois mil e cinco. Quarenta dias depois, ela continuava caindo. Com o volume exagerado e inesperado de água, os serviços menos essenciais foram parando aos poucos, embora o prefeito e os empresários locais tenham feito o possível para que os trabalhadores morressem afogados — como dizem, vão-se os CPFs, ficam os CNPJs...

Os Nobre eram uma família como tantas outras, exceto talvez pela profissão do pai, que trabalhava como engenheiro de trânsito. Isso fazia de Tales Nobre um homem ligeiramente odiado em Três Rios, principalmente depois que ele decidiu mudar a direção das ruas do centro e colocar alguns radares extras. Agora, com a situação das chuvas, Tales ficava o dia todo na frente do computador, com o telefone na orelha, falando com o pessoal (tão amado quanto ele) da prefeitura. Com tamanha dedicação, muitas vezes Tales conseguia ser odiado não só nas ruas, mas também dentro de sua própria casa.

Naquela exata manhã, por exemplo, quando seu filho mais novo perguntou à mãe por que o pai ainda continuava trabalhando se todo mundo estava de férias, ouviu como resposta:

— O seu pai gosta mais do trabalho do que da gente.

E por mais que gostasse do trabalho, não andava sendo nada fácil se concentrar com dois diabinhos incendiando a casa. Uriel era o mais atentado e tinha dez anos; o irmão, Elder, dono de um temperamento ligeiramente menos incandescente, tinha doze. Para piorar tudo, o videogame principal da casa estava com a fonte de alimentação queimada, e mamãe sentia uma segunda tempestade sair dela quando precisava entreter seus dois óvulos fertilizados sozinha. Foi o que levou Tales ao sótão, para o resgate de um antigo combatente na guerra contra o tédio.

— Eu não acredito... — Denise lamentou assim que viu aquele isopor cheio de poeira descendo as escadas.

— Se preferir, pode tentar distrair os dois sem isso.

— Reza pra essa bosta ainda funcionar.

Não era uma bosta. Era um grande amigo, um parceiro, um Natal perfeito.

— Um Atari? — Elder perguntou, tão empolgado quanto alguém que precisa tomar banho antes de ir para a igreja.

Já o irmão, era mais olhos que rosto.

— Uoouuuu, isso é tãããão legal!

Como Tales esperava, a empolgação do baixinho logo arrastou o irmão.

— Será que ele liga?

— É o que vamos descobrir. — O pai dos garotos levou a caixa para a sala.

Logo o cômodo também recebeu a ilustre visita de Denise, que trouxe um perfex úmido.

— Limpa a caixa antes de colocar no chão. E quando abrir, dá uma olhada se não tem nenhum bicho.

— Amor...

— Da última vez que você mexeu nele, eu estava grávida do Uriel. As formigas devem ter feito ninhos dentro dessa coisa.

— Legaaaaallll! — Uriel disse.

— Ela tá brincando, tonto — o irmão elucidou. — Né, mãe?

Mas a mãe já estava voltando para o quarto, onde assistiria *Ghost* pela décima quinta vez. Patrick Swayze era tão lindo, tão perfeito. Se Tales fosse metade daquele homem, ela não se irritaria com ele, mesmo que Tales "Swayze" ainda trabalhasse como engenheiro de trânsito e fosse chamado de corno-veado-filho-da-puta por toda a população local. Infelizmente, a única coisa semelhante entre seu marido e aquele filme era o fato dele tratar o resto da casa como fantasmas.

Na sala, um Tales bem pouco Swayze continuava desembalando seu ex-melhor amigo.

Console em um pedaço do sofá, controles no outro, eliminador de pilhas esperando no tapete, ao lado de uma dúzia de cartuchos que passavam pela inspeção rigorosa do pequeno Uriel. Elder se interessava por outra coisa, que ele não fazia a menor ideia do que se tratava.

— É a seleção de banda.
— De rock? — Uriel perguntou.
— Deixa de sê tonto — Elder devolveu. Uriel mostrou a língua para ele.
— Era graças a essa caixinha que a mágica acontecia.

De posse da caixinha mágica, Tales chegou mais perto da TV. A girou sobre o rack, deu uma boa olhada. Então começou a bufar e coçou o topo da cabeça.

— Que foi, pai?
— A TV é moderna demais pra ele. Acho que a gente vai precisar pensar em outra coisa.
— Ahhh, não! — Uriel lamentou, mas logo encontrou uma possível solução.
— E aquela que tá lá no fundo?
— Aquela bosta nem liga mais — Elder disse.
— Olha a boca, rapaz.
— Liga, sim, certeza que liga — Uriel insistiu.
— A gente podia trazer ela pra cá — Elder sugeriu.
— Sim, mas teríamos que fechar a mãe de vocês no banheiro. Anda, me ajudem a pegar tudo e levar lá pros fundos. A gente monta a TV na mesa de churrasco, tá bom?
— A gente vai fazer churrasco? — Uriel perguntou.

Tales já sabia o que o outro filho diria antes mesmo de ele abrir a boca.
— Não, tonto.

A TV ligou de primeira, e por quase duas horas Tales esqueceu completamente do trabalho. O rancho era coberto com telhas, mas o céu continuava deixando a água cair pelos beirais. Lembrar como era instalar um Atari também não deu trabalho algum, era como se Tales tivesse feito todas as conexões no dia anterior.

Ele e os meninos jogaram *River Raid, Enduro, Space Invaders, Pac-Man* e *Seaquest*. Depois jogaram *PitFall, Moon Patrol, Venture, Decatlon* e *Adventure* — que parecia ser, por algum mistério incompreendido da natureza, a fita preferida de todos os meninos de todos os tempos. A cada quinze minutos, Tales deixava o console e verificava a caixinha espetada na tomada — o eliminador de pilhas — que sempre esquentava um pouco. Agora que estava jogando, as memórias voltavam tão claras quanto o sol que não brilhava há dias. Ele já tinha perdido uma caixinha daquelas quando era menino, a coisa derreteu depois de uma noite inteira esquecida na tomada. E foi agarrada àquela memória esquecida, como uma doença latente, como um vírus, que a pior ideia daquela tarde reencontrou vida.

— Tenho uma brincadeira nova pra gente.
— Tem mais fitas? — O menino mais velho perguntou.
— Não, as fitas estão todas aí. E, dessa vez, vocês não podem contar nada pra mamãe.
— Por que não? — Uriel perguntou.

Como naqueles dias o politicamente correto era só um raro prefeito ou vereador que não roubava, Tales lançou mão da Quinta Emenda da Cartilha Internacional da Covardia Masculina e improvisou:

— Porque a mamãe é uma menina. E uma menina como a mãe de vocês pode não gostar muito do que eu vou mostrar.

Mais uma vez, Tales foi para as costas da grande Toshiba de tubo. A tela já era colorida, mas uma das primeiras. Caixote de madeira, autofalantes decentes, dava para sentir alguma realeza nela, coisas que o tempo e a poeira não conseguiram arrancar.

— Quem me ensinou esse truque foi um amigo que trabalhava na locadora.
— Que locadora?
— FireStar. Agora virou uma igreja, mas no meu tempo era onde a gente alugava filmes e fitas de videogame. — Tales começou a mexer lá atrás e a tela mexeu junto. — Também era um bom lugar pra passear, passar o tempo.
— Passar o tempo lendo caixas de filmes parece uma droga — Elder disse.
— Era bem mais que isso. No meu tempo não tínhamos tanta informação, então quando pegávamos aquelas caixinhas, era como ler uma revista ou assistir a um programa de TV, uma experiência tão forte que víamos o filme na nossa cabeça, antes mesmo de colocar a fita no videocassete.
— Igual o que a mamãe quer jogar fora? — Uriel perguntou.
— Isso aí. Mas nós não vamos deixar ela fazer isso.

O céu estourou de novo, e mais um monte de água desceu pelas telhas.

— Xiii, só tem chuvisco — Uriel tornou a dizer, quando a imagem de Venture se desintegrou de vez.
— Quieto, deixa ele terminar — Elder disse.
— Tenham paciência com seu pai, acho que perdi o jeito.

Mexeu mais um pouco, girou de um lado, do outro, ligou e religou o Atari e nada diferente da chuva de estática apareceu na tela.

— Não deu? — Elder perguntou.

— O que era pra ter acontecido? — Uriel foi mais específico.

— Deixa pra lá, acho que é melhor assim.

Em uma sincronia perfeita, tão logo terminou a frase, um raio riscou o céu. Elder e o pai olharam para cima ao mesmo tempo, mas Uriel continuou olhando para a tela. Ele viu o mesmo raio aparecendo entre os chuviscos, como se a chuva branca da tela também fosse de verdade.

— Pai? Tem alguma coisa acontecendo.

Tales chegou mais perto e colocou a mão sobre a tela, e assim que a pele tocou o vidro, o fragmento de imagem que o menino pensou ter visto desapareceu.

— Juro que tava aí.

— Tá inventando — Elder disse.

— Não tô, não!

— Ei, ei, ei, vamos acalmar ou a gente para por aqui. O que você viu, filho?

— Tinha alguma coisa no chuvisco. Parecia que o sinal tava fraco.

Tales riu. Aquilo de sinal fraco era tão anos dois mil.

— No meu tempo, a gente dizia que tava fora de sintonia. Isso porque existia um aparelhinho pra encontrar os canais: o conversor de UHF. É mais ou menos o que a caixinha mágica faz lá atrás. Do jeito certo, ela encontra um canal muito especial, era o que eu queria mostrar. Eu vou tentar de novo, e vocês me avisam se acontecer alguma coisa.

Os meninos não piscavam. Aquilo era melhor que brincar de lutinha.

Sentiam um pouco de medo. Uriel, um pouco mais. E, rapidamente, descobriam que ficar assustado de propósito era legal para caramba.

— Aí! Apareceu de novo, pai! Apareceu!

Uriel estava tão empolgado que começou a abraçar o irmão. Dessa vez Elder retribuiu e gritou junto com ele.

— A gente conseguiu! A gente conseguiu!

— Vão conseguir uns tapas na bunda se não pararem com essa gritaria — Denise disse. A janela do seu quarto dava para os fundos da casa, e com toda aquela agitação ela não conseguiria admirar Patrick Swayze. Um pouco de chuva tudo bem, deixava o filme até mais imersivo, mas aquilo? — Por que essa gritaria?

— É que... — Uriel começou a falar.

— A TV não queria funcionar e agora funcionou — Tales explicou. — Agora, todo mundo quietinho! — Fechou a expressão. E assim que a janela se fechou, ele voltou a rir. Os meninos também riram, principalmente Elder, que fazia sons peidosos pela boca.

— Que canal é esse, pai? — Uriel quis saber. As roupas eram estranhas, coloridas demais, e os cabelos eram um horror completo. Para alguém tão jovem, a imagem parecia mesmo com um filme, um bem ruim.

— A gente nunca descobriu. Mas esse meu amigo da locadora falava que era coisa de verdade, vida real que vinha de algum lugar. Às vezes, a gente reconhecia Três Rios, alguma cidade da região. Mas às vezes parecia que tinha sido filmado em outro país.

— O Picote da escola contou que o pai dele tinha umas fitas estranhas, mas a gente falou disso igual fala da Loira do Banheiro e do corpo-seco, essas coisas que não existem.

— O que é corpo-seco? — Uriel se interessou.

Elder e Tales trocaram um longo olhar. Não era hora para aquela história.

— Eu e o tio Toninho, que não era tio de verdade, mas um grande amigo da família, ficávamos horas olhando para a TV, tentando descobrir de onde vinham essas coisas — Tales confessou.

E voltou no tempo por alguns segundos. Algumas vezes, o que chegava até a TV não era tão divertido. Em ocasiões ainda mais raras, algum som acabava chegando junto com as imagens, e eram sons distorcidos e medonhos, coisas que uma criança, ou mesmo um adulto despreparado, não deveriam conhecer. Pensando bem, mostrar aquilo para os garotos não era uma ideia tão boa assim.

— Vamos voltar pro jogo? Acho que eu ainda tenho um tempinho.

— Agora? — Elder questionou, manhoso.

— Eu ainda queria ver! — Uriel fez coro.

E de repente a frustração era tão grande que Tales podia sentir seu cheiro.

— A gente pode ver mais um pouquinho, mas vocês precisam *prometer* que não vão mexer nisso sem o papai por perto.

— Por que não? — Uriel perguntou.

Capitulo dois da Cartilha Internacional da Covardia Masculina: Covardia Paternal. — Porque vocês podem levar um choque atrás da TV. Não é seguro, entenderam?

— Mas a gente nunca levou choque na TV da sala, e eu mesmo coloco o Playstation, papai.

— A TV da sala não tem a idade do seu avô, meu filho.

Os meninos não acreditaram naquilo, mas quando o papai falava sério, ele falava sério de verdade.

O que não significava de maneira alguma que alguém iria obedecer...

A chuva continuou caindo no dia seguinte, e estava um verdadeiro dilúvio quando Tales precisou tirar o Renault da garagem (segundo disseram no telefone, o Rio Choroso havia transbordado e impedido o acesso aos bancos do centro, ou seja: alguém resolva o problema dos bancos, porra!). Denise também tinha o que fazer, era professora de português, e os alunos não podiam ficar sem suas matérias. O que ainda estava ao seu alcance era preparar as lições de casa e enviar por fax para a escola, até que aquele período úmido e turbulento fosse embora. Não eram todos os pais que iam pegar as lições na escola, mas Denise dormia tranquila.

Com os pais ocupados, os meninos rapidamente se entediaram de novo, e depois de uma longa partida de *War* (outro jogo que o papai trouxe do sótão), Elder acabou se lembrando do Atari. Quem se lembrou do resto, uma hora depois, foi Uriel, que deixou o controle remoto de lado e perguntou:

— Será que a gente consegue fazer funcionar?

Elder demorou alguns segundos para responder. Se o pai tivesse dito a verdade, ele podia levar um choque naquela velharia. E mesmo sem acreditar muito no que ouviu, o menino tinha duas ou três revistas *Eletrônica Total*, e elas sempre advertiam sobre o risco de umas pecinhas chamadas capacitores eletrocutarem alguém.

Por outro lado, que tipo de irmão mais velho ele seria se a resposta não fosse um confiante e destemido "Claro que sim!"? Então foi o que ele disse.

— Só segura a cadeira pra mim.

O baixinho correu para perto do irmão. Uriel ainda estava na idade mágica onde ajudar era a melhor coisa do mundo, pelo simples prazer de servir para alguma coisa.

Segurou firme, mas a verdade é que não tinha muita força. No caso daquela cadeira tombar, o único ato heroico possível seria se foder junto com Elder. Mas tudo bem. Porque se foder com o irmão mais velho também era legal demais (não tão legal quanto tomar na cabeça enquanto ajudava o pai, mas servia...).

— Ele mexeu só um pouquinho.

— Segura essa cadeira, Ú! — Elder disse quando as pernas tremeram e a cadeira tremeu junto.

Moveu a chave de um lado, depois do outro.

— Agora vai lá e vê se apareceu alguma coisa.

— Pode soltá aqui?

— Pode, mas vai logo.

Elder se apoiou nas costas da TV e Uriel foi para a frente da tela. Teve tempo de olhar, mas não disse nada.

— E aí? Tem alguma coisa?

— Tem, sim.

— E o que é?
— Você vai ter que olhar.
— Uriel?
— Eu.
— A cadeira, tonto!

Em um segundo, o menininho estava de frente para a cadeira, as mãos apoiadas no encosto, mas o rosto ainda vidrado na TV, mesmo sem poder ver a tela. Temendo por um desabamento sem rede de proteção, Elder desceu com o dobro de cuidado e foi para a frente da TV com o irmão.

— O que é isso? — perguntou.
— Parece que elas tão dançando. E isso... no chão é...
— Parece sangue.
— E isso na roupa delas... — Uriel começou a perguntar.
— Só pode ser bosta.

Os dois mantiveram um silêncio cúmplice e horrorizado. As mulheres estavam dançando, sim, usando roupas de balé. Havia uma mulher no comando, ela usava uma roupa diferente, de caçadora, ela e outras duas mulheres mascaradas. O resto das moças usava roupas de balé. Não havia som algum, nem mesmo estática, o que os meninos consideraram muita sorte. Pelo rosto das mulheres, dava para ver que eles estavam sofrendo e gritando. A mulher gorda as fazia saltar, e o chão estava cheio de uma coisa escura, que os meninos tinham quase certeza (quase, já que a imagem estava em preto e branco) se tratar de sangue. Uma das mulheres estava caída, e os olhos dela estavam parados. Outra tinha uma coisa escura (sangue?) descendo pela perna. Em um canto, uma mulher de cabelos curtinhos estava ajoelhada, e a mulher gorda parecia ameaçá-la com um spray.

— Será que isso tá acontecendo agora? — Uriel perguntou em um fio desencorajado de voz.

Aquilo era errado, e era tão errado que ele tinha impressão que uma daquelas mulheres iria saltar da tela e agarrá-lo pelo pescoço. Talvez colocasse aquela roupa cagada nele e o fizesse dançar, enquanto as outras o chamavam de mariquinha, de boiolinha e de mulherzinha. Ele não gostava de ser chamado daquelas coisas, não entendia exatamente o motivo, mas não gostava.

— Acho melhor desligar — disse.
— Também acho.

E teriam feito isso, se a imagem não tivesse mudado depois da tela ficar preta. O que viam agora era um homem com uma marreta na mão. Ele parecia louco, subindo e descendo aquela marreta. No chão, pedaços de carne e metade da cara de um boi. A marreta desceu de novo, e um olho explodiu para fora.

Uriel correu e se abraçou ao irmão, que pela segunda vez em seus doze anos aceitou um abraço sem reclamar na mesma semana.

— Eu tô com medo, El. Tô com medo de verdade.

Como se o tivesse ouvido, a TV pipocou e o autofalante soltou uma gargalhada cheia de catarro. Depois um rosto velho, torto e colorido de verde apareceu no lugar do homem da marreta. Os dentes do homem eram amarelos, e ele ria, enquanto cinco ou seis pessoas eram içadas pelos braços.

— Chega! Eu não quero mais ver! — Uriel disse. Estava prendendo o choro, sabia que o primeiro soluço traria um mar de lágrimas com ele. Elder correu até a TV. Apertou o botão que desligava o aparelho, mas ela continuou como estava, com aquele rosto verde, aquele riso esganado. Convencido a acabar com aquela coisa, Elder foi até a tomada. Puxou com tudo. A TV desligou e ele gritou:

— Ai!

Massageou as mãos.

— Que foi?

— Essa merda me deu um choque.

— Meninos? Tá tudo bem aí atrás? — A voz de Denise restaurou a sanidade dos dois. Elder continuava massageando aquela mão.

— Tá sim, mãe. A gente tá jogando o videogame do pai.

— Quando terminarem, venham aqui em cima para estudar com a mamãe. Passei lição nova pros dois.

Ela não precisou pedir duas vezes. Em todos aqueles anos de infância, estudar português nunca pareceu tão urgente. Estavam na porta da cozinha quando Elder deu uma última olhada para a tela escura da TV. E ele pensou mesmo que aquele homem horrível ainda estivesse por lá.

Tales chegou por volta das sete da noite, molhado como um pinto, como diziam na região. Deu um espirro assim que desceu do carro e gritou: — Môr, me arranja uma toalha pra eu não molhar a casa inteira, por favor?

Com uma previsão tão catastrófica, Môr agilizou uma toalha.

A entrada de veículos da casa ficava aos fundos, e a garagem ficava ao lado do rancho, onde ainda estava aquela TV que, graças aos incríveis poderes da eletrônica analógica, ainda funcionava. Enquanto Denise trazia a toalha, Tales olhava para a bagunça de cartuchos sobre a mesa. Pelo jeito o Atari continuava enfeitiçando as crianças. Magia da boa, magia de primeira. Também notou uma porção de galinhas em cima do muro. Elas estavam por todos os lados, alvoroçadas com toda aquela chuva.

— Não esquece de tirar o sapato — Denise entregou a toalha a ele. — Conseguiu resolver tudo?

— Mais ou menos. O tudo que eu precisava resolver hoje era devolver o acesso aos bancos, nisso eu dei jeito.

— Tá muito feio por lá?

— Bastante. O problema são os rios. — Tales tirou os sapatos, a camisa molhada e continuou secando os cabelos. — Com a quantidade de água que vem caindo, eles acabam transbordando. Existe uma infraestrutura subterrânea que geralmente dá conta do recado, mas com um volume de água desses não tem como segurar.

— A gente brincava nas galerias quando era criança. Minha mãe falava que tinha uma família de jacaré morando lá embaixo. Todos enormes, porque cresceram comendo os produtos químicos da AlphaCore.

— Tem cara de Sessão da Tarde — Tales riu.

— Acho que o SBT comprou. *Alligator: O Jacaré Gigante* — ela riu.

Tales entregou a toalha de volta e finalmente entrou em casa.

Passou pela cozinha, e então parou de andar.

— Como foi que conseguiu essa benção?

Os dois meninos estavam à mesa da copa com alguns livros abertos, fazendo suas tarefas. Obviamente eles notaram o pai, mas nenhum deles deixou de segurar o lápis por isso.

— Eu nem precisei insistir. Estão aí desde o meio da tarde.

Abismado com a novidade, o pai chegou mais perto.

— Ei, tá fazendo sombra! — Uriel reclamou.

Tales fez uma careta ainda mais surpresa e foi direto para o banho, de onde pulou direto para o jantar, e, finalmente, direto para a cama. Estava deitado antes das nove, embora a cabeça só tenha desligado duas horas mais tarde, quando a chuva ficou um pouco mais mansa do lado de fora.

— AHHHHHH! Tira ela! Tira ela daqui!

— Puta merda! — Tales abriu os olhos e pulou da cama. Uma olhada de relance para o relógio do aparelho de DVD, três e dez da madrugada.

Com a saída abrupta, um tropeção na quina da porta. Em seguida, uma derrapada no tapete do corredor e o erro em acertar o interruptor de luz de primeira. Bem mais calma (como geralmente acontece com as mães), Denise se sentava na cama, acendia o abajur e perguntava: — Tá tudo bem aí?

— Nããão! Não! Não põe a mão em mim! — A voz de Uriel gritava.

— Carai-caraio-caraio! — era tudo o que Elder conseguia dizer.

— O que foi?! — Tales entrou e dessa vez acertou o interruptor. O que não adiantou nada, porque a porcaria da luz não acendeu.

— Ali! Tá ali, pai! Ali! — Elder apontou para a esquerda do guarda-roupa.

Tales olhou na mesma direção e sentiu o estômago enovelar. Não havia nada visível, nada com uma forma, mas havia alguma coisa. Era como uma floculação de luz nos padrões RGB. Flocos vermelhos, verdes e azuis, fragmentos frágeis, quase invisíveis, nadando de encontro uns aos outros.

Não durou muito, e assim que Denise acendeu a luz do corredor, todos eles se foram. Como Tales não se mexia, ela acabou acudindo os garotos. Os meninos pularam nela como dois pequenos macacos.

— Foi só um sonho, tá bom?

— Não! Não foi! Ela tava ali, tava bem ali, mãe! — Uriel insistiu.

— Quem, meu anjo? Quem estava ali?

— A menina, a menina morta! Ela tava olhando e rindo. Ela é estranha, mãe, ela tem baba preta saindo da boca e não para de falá!

— Eu também vi, mãe, tinha alguma coisa ali, bem ali onde o pai tá.

Por segurança, Tales deu um passo para o lado.

— É esse monte de jogos o dia inteiro. Antes era o videogame da sala, agora é aquela porcaria lá dos fundos. Muito videogame frita o cérebro, eu já falei isso pra vocês dois.

— Credo, môr. Tá parecendo a minha mãe.

— Porque sua mãe devia ser uma mulher razoável.

Duas ideias opostas nessa frase. O tempo verbal dizia que Denise ainda cultivava o famoso ranço nora-sogra. Por outro lado, o fato dela admitir que dona Matilde fora, um dia, alguém razoável, colocava Tales em uma situação bastante perigosa.

— Pode voltar pra cama, eu fico com eles — ele disse.

— Isso aí. Noite dos meninos — ela disse e saiu do quarto. Voltou em dois segundos para dar um beijo em cada filho. Na nova e definitiva saída, uma última orientação: — Vê se não fica de papo com os dois, seus filhos precisam dormir ou vão ficar de mau humor o dia inteiro. Já não é legal ficar presa nessa casa, mas com duas crianças brigando o tempo todo é impossível.

Tales sentou na cama e colocou o caçula ao seu lado, de frente para Elder.

— Ficaram mexendo na TV, né?

Elder nem tentou negar. — Como é que você sabe?

— Porque eu mexi nela por muitos anos. Eu mexi com aquela coisa por tanto tempo, que chegou num ponto onde eu não sabia mais o que era verdade, ou o que era coisa da minha cabeça. O que foi que vocês viram?

— A menina morta — Uriel repetiu.

— Não foi só ela. A gente tá com medo desde hoje de tarde. Porque a TV mostrou um monte de gente machucada.

— Isso não deveria assustar um garoto que gosta de ficar jogando *Silent Hill* e *Resident Evil*.

— É, mas... aquilo que a gente vê na TV... Aquilo não é de verdade, né? E se foi de verdade, aquilo não pode sair da TV, né?

Tales não disse nada.

— Né, pai? — Uriel insistiu.

— Querem a verdade ou querem voltar a dormir?

Naquela noite, Tales juntou as camas e dormiu no quarto dos filhos. No dia seguinte, acordou antes da casa inteira, com um pouco de dor de cabeça e as costas fora do lugar. Ficar velho era mesmo uma merda. Na idade daqueles dois, ele poderia dormir de cabeça para baixo uma semana e ainda acordaria belo e formoso.

A chuva continuava caindo, e ele pensou em dar uma olhada naquela TV, agora que conseguiria fazer isso sem ser interrompido. Apanhou a garrafa térmica com café, uma chave de fenda e o celular, para o caso de uma nova (e provável) emergência no centro da cidade. Como boa parte da população, ele estava dispensado de ir ao trabalho, até mesmo porque chegar ao trabalho com toda aquela água era sempre uma loteria. Muita gente ainda saía cedo de casa obrigatoriamente, era o caso dos bancários, médicos e funcionários de supermercados e drogarias. O incompreensível era um ou outro afetado que, tendo opções, calculava ser um puta negócio arriscar a vida para defender a rabeta sequinha do patrão.

A verdade é que a água estava arruinando boa parte da infraestrutura da cidade desde a semana anterior. Ruas alagadas, enchentes esporádicas, duas pessoas tinham morrido e uma dúzia desapareceu. Três Rios tinha uma história de amor e ódio com suas águas, uma maldição que se estendia desde a fundação da cidade.

Dessa vez, Tales não se esforçou muito com a caixinha seletora. Ele colocou na metade do curso, reabasteceu sua xícara de Super-Pai (era personalizada, um Superman com o rosto dele, que Denise chamava de Pai-Aço) e foi para a frente da tela.

— A gente já passou por isso antes. Não precisa me fazer esperar. — A TV continuou chovendo estática e Tales continuou tomando café. — Eu sei que tivemos nossos desentendimentos, mas até ontem, achei que era coisa da minha cabeça. — Deu um gole no café. — Eu não tô dizendo que não via nada, mas não vejo motivos pra você assombrar meus filhos à noite.

Um trovão discreto rasgou o céu. De sua cadeira, Tales olhou para as nuvens carregadas do lado de fora do rancho. Então desviou os olhos, depois de um novo clarão. Os olhos acabaram na TV, que pareceu se alimentar de toda aquela energia desperdiçada lá em cima. Ela clareou, voltou aos chuviscos de sempre, ondas diagonais passaram pelo mar de estática. Logo depois, uma imagem clara como uma reprodução em DVD.

— Puta merda.

Havia um garoto empunhando um revólver. À frente dele, outros meninos e meninas, amarrados e amordaçados. O volume estava reduzido, e Tales rapidamente chegou mais perto da TV, girando totalmente o botão no sentido horário. Um grande erro.

— Meu Deus do céu — disse, perplexo, quando as balas estouraram e começaram a furar as crianças.

— Não... para, Gabriel... não mata a gente — uma menina gemeu, depois que a bala rasgou sua mortalha junto com parte da carne do rosto.

Mas o garoto chamado Gabriel recarregou o tambor e atirou em todos eles de novo. Em seguida, o menino chegou perto do aparelho de gravação e interrompeu a filmagem. Jesus Cristo, ele era pouca coisa mais velho que Elder.

— Pai? — ouviu atrás de si.

Tales se esforçou para desligar rapidamente a TV.

— Ele matou todo mundo de novo? — Uriel perguntou.

— Você já tinha visto essa... coisa?

— Hum-rum. A gente viu ontem, eu e o El. — O menino chegou mais perto querendo colo, ainda estava um pouco manhoso de sono. Uriel acordava devagar, igual à mãe.

— Não sabemos o que aconteceu de verdade.

— E o que você contou ontem? Era verdade?

— A parte que eu sabia da verdade. Ninguém nunca descobriu como isso acontece, mas pode ter alguma coisa a ver com a cidade. Três Rios fica sobre um enorme manancial de água, e a água é capaz de fazer coisas estranhas.

— Sério?

Tales riu.

— Era o que a gente acreditava quando o papai tinha a sua idade.

Ficaram mais algum tempo quietos, ouvindo a chuva e observando o próprio reflexo na tela da TV desligada.

— E que eles tinham algum recado. Mas isso ninguém conseguiu provar. As imagens nem sempre faziam sentido, às vezes entrava um pedaço da novela das oito na metade de um racha de carro.

— O que é um racha?

— Uma corrida, só que contra a lei.

— E por que é contra a lei?

— Porque é no meio da cidade, e pessoas podem se machucar.

— As coisas vão continuar aparecendo no quarto?

— Acho que não, filho. O papai vai desligar a TV e levar ela pro quartinho. E hoje mesmo eu vou passar em alguma loja que ainda estiver aberta e comprar outro videogame pra gente.

— Sério? — O menino girou o corpo e encarou o pai.

— Seríssimo. Mas você vai ter que me prometer, você e o seu irmão, que vão obedecer quando a mamãe pedir pra dar um tempo e fazer os deveres da escola.
— Mas não tá tendo escola.
— Só eu tô vendo um Playstation desaparecendo?
— Não! Eu prometo!
— Então estamos acertados. Agora vai acordar o seu irmão e conta a novidade pra ele.

Uriel abraçou o pai, disse que o amava e desceu da cadeira.

Tales ficou mais um tempo sentado, imaginando o que aquela TV queria dizer dessa vez. Claro que ele não disse a coisa toda aos meninos.

Em oitenta e seis, quando aquela TV era considerada muito boa, ele passava horas e horas em frente à tela. Muitas vezes o fazia com Renan, um bom amigo, o Renan da locadora, como acabou ficando conhecido já naquela época. E foi secretamente que os dois anotaram horas e horas de reproduções. Gravar o que a TV mostrava nunca foi possível, e se Renan descobriu uma maneira, nunca contou a ele. Os videocassetes simplesmente não registravam nada. Tudo o que saía na tela era um chuvisco pulsante, uma espécie de realimentação do sinal. Ironicamente, Tales descobriu um sinal muito parecido anos depois, em uma reportagem sobre transcomunicação (comunicação com o mundo dos mortos, ou com outras dimensões, como disseram no jornal).

— Você precisa voltar a dormir, minha amiga — ele se levantou. — Desculpe ter tirado você da aposentadoria à toa, mas eles ainda são muito novos pra esse tipo de coisa.

Na infância, promessas são coisas sérias, e naquele mesmo fim de tarde Tales chegou com um Playstation novinho. Era um outro aparelho, que ele conseguiu na troca do console queimado e mais algumas parcelas. Nada que importasse aos dois meninos que ficaram jogando até as duas da madrugada. Denise implicou um pouco, mas bem pouco, afinal de contas, foi graças aos poderes mágicos do Playstation que ela conseguiu assistir a outros filmes do Patrick Swayze, e dessa vez com Keanu Reeves, que era outro pedaço de bom caminho. Coisa boa, coisa do seu tempo, por assim dizer.

Por garantia, Tales demorou a dormir naquela noite, ficou enrolando com um livro até que o relógio passasse das três e dez da madrugada.

No outro dia, encontrou seus dois garotos na sala, com o Playstation ligado de novo. Exceto pela chuva ainda pesada do lado de fora, tudo parecia ter voltado à normalidade, e Tales aproveitou seu domingo.

Na segunda-feira, precisou sair por volta das nove, e ficou fora o dia todo. Quando voltou, exausto, perto das sete da noite, encontrou os dois filhos nos fundos da casa. Elder estava lendo uma revistinha do *X-Men*, e Uriel gastando sua criatividade com um lego.

— Já enjoaram do videogame?

— A mãe enjoou — Uriel deu de ombros.

Tales sorriu e foi para a porta, implorar uma toalha seca à Denise. Não tocou no assunto videogame, pareceu mais seguro naquele momento. Em vez disso, sugeriu um vinho, um prelúdio do que poderia ser uma noite mais quente e generosa do que discutir o tempo de exposição dos filhos à TV. Denise concordou e preparou uma mesa com vinho, queijo e alguns salgadinhos; refrigerantes para as crianças beliscarem. Às onze e meia, ela apagou a luz do quarto e imaginou Patrick Swayze dizendo que estava com saudades. Ela amava seu marido, mas depois de vinte anos casada, precisava de um pouco de ilusão para se manter empolgada.

Não foi incrível, mas foi bom. Foi gostoso e confortável, um reflexo perfeito do que era um casamento moderno. E tudo bem com isso, não deveria ser pecado se conformar com um pouquinho de paz, estagnação e sossego. Do lado de Tales, menos imaginação e mais hormônios, como geralmente acontece com os homens. Além disso, Denise, mãe de dois filhos, tinha bem menos barriga que ele, o que dispensava imaginação para desejá-la. Depois de um pouco de atividade, o merecido sono, bem mais desejado naquela noite. Tales estava cansado, cansado de verdade. Os problemas não paravam de aparecer na cidade, e quando ninguém conseguia se locomover, a cabeça corria solta em busca de culpados.

Os olhos se abriram novamente às cinco e quinze, quando Tales ouviu sussurros vindo do quarto dos filhos. Tentou ignorar e deixar para lá. Sejamos honestos: enquanto eles não gritassem, tudo estaria sob controle. O problema é que eles não paravam, e entre um sussurro e outro, um incômodo assustador começou a tomar corpo no cérebro semiadormecido de Tales.

Levantou com o mínimo de ruído possível para não acordar Denise. Ela ainda estava tentando digerir a história do videogame, e mesmo assim concordou em fazer amor com ele. Ela merecia dormir.

Da porta, viu um cobertor verde iluminado de dentro para fora, uma cabana.

— O que estão fazendo acordados?

Um dos dois meninos gritou de susto, mas Tales nunca soube qual foi.

— A gente tava contando histórias — Uriel disse.

— A essa hora?

— É que a gente não conseguia dormir — Elder assumiu o depoimento.

Pouco convencido, Tales se sentou na cama que estava vazia, a de Uriel.

— O que acordou vocês? Mais pesadelos?

Os meninos olharam um para o outro.

— É melhor contar pra ele.

— É melhor contar o quê, seu Uriel?

— É a menina morta, ela falou na TV. Vai acontecer uma coisa ruim, pai.

— Tá me dizendo que você e seu irmão continuam mexendo com aquela porcaria?

— Se a gente não mexê, ela não deixa a gente dormir — Uriel explicou.

— Eles ainda tão aparecendo, as coisas que tem na TV. A menina contou que ela levou um tiro e ficou em coma. E aquilo na boca dela é sangue e não seca nunca. E ela...

— Se a gente não assistir, eles vêm pro quarto — Elder disse.

— Ei, eu sei que botei medo nos dois, mas a TV é só um aparelho velho que faz coisas esquisitas. Eu só quis animar um pouco vocês.

Os meninos não pareceram convencidos.

— Amanhã a gente se livra dela, tá bom? Eu pego a TV de manhã, boto no carro e tento trocar por...

— Mais jogos de videogame? — Uriel completou. — E agora você vai falar que...

— Acha que o Pirelli dá um desconto — Elder continuou.

— Como sabiam que eu ia dizer isso?

— Do mesmo jeito que a gente também sabia que você ia entrar no quarto. — Elder estendeu um bloquinho de anotações com a capa do Batman a ele. — Tá tudo aqui. A gente escreve tudo o que ela conta.

Tales sentiu tanto medo que demorou alguns segundos para apanhar o bloquinho. Então ele mesmo não havia feito a mesma coisa? Ele mesmo não passou anos aprisionado por aquela mesma ideia de...

— Foi uma ideia idiota e eu assumo isso, mas agora acabou. Não quero mais ouvir vocês falando sobre essas coisas.

Uriel riu.

— O que foi agora?

— É que o El escreveu isso no caderninho. E agora você vai falar: "Você não ouviu o que eu acabei de falar?".

Tales ficou onde estava, sem reação melhor do que uma respiração curta e acelerada. Aquilo estava ficando esquisito.

— Ela também sabe da chuva, pai — Elder disse. — E ela sabe o que vai acontecer por causa da chuva. A gente ia mostrar, mas tinha que esperar até hoje, porque a TV falou que ia ser assim.

— Tem um homem mau lá na chuva — Uriel disse. — Mas ele não sabe que é mau. Ele acha que é bonzinho.

Tales fechou o caderninho e se levantou.

— Agora quero os dois de olhos fechados até o sol nascer de novo.

Os meninos riram. De alguma forma, eles já tinha ouvido aquilo.

Sendo engenheiro de trânsito, Tales era um dos poucos homens que conhecia todos os problemas de infraestrutura da cidade, os pontos frágeis, por assim dizer. O que o impediu de fechar os olhos e deixar sua casa antes mesmo de escovar os dentes foi exatamente isso, uma pequena palavra escrita com a caligrafia terrível de Elder.

Igreja da Saudade.

O pessoal mais antigo gostava de dizer que o lugar ainda era assombrado pela viúva de Ítalo Dulce, Gemma Tenório Dulce. Durante a infância, Tales foi até lá algumas vezes, sempre com sua tropa de amigos armada com estilingues e bicicletas velozes. Com motivos bem menos nobres, também revisitou a igrejinha na adolescência, e foi em uma dessas visitas que ele e Denise dormiram juntos pela primeira vez (embora tivessem dormido bem pouco...).

Diziam que a viúva Dulce protegia os casais, desde que levassem um botão de rosas para ela.

Agora Tales estava parado à frente da igrejinha, com uma capa de chuva amarela nos ombros e uma rosa vermelha nas mãos. Chovia torrencialmente, e alguém sem um relógio poderia confundir facilmente o início da manhã com o início da noite.

A pequena igreja ficava logo no começo da cidade, no meio de uma mata preservada e protegida pelo empresário Hermes Piedade. Era impossível dizer o real interesse do carcamano naquelas terras, mas desde oitenta e nove ninguém estava autorizado a visitar a igrejinha. Ninguém que não fosse engenheiro de trânsito da cidade, obviamente.

Próximo àquela igreja — alguns metros abaixo dela — havia um enorme manancial de água, que nunca foi devidamente reforçado para não transbordar com as cheias. A estrutura era estável há séculos, mas não deixava de ser um Calcanhar de Aquiles de Três Rios.

A igreja foi erguida como uma homenagem póstuma a Ítalo Dulce, por sua viúva. Diziam que ele morrera bem ali, afogado, tentando salvar o filho. Algumas pessoas diziam que tinha sido suicídio. A esposa não descansou até encontrar o corpo, que só apareceu dois dias depois, enroscado em um bolo de arames farpados. Gemma o colocou em uma carroça e o levou de volta para a fazenda, onde seu marido foi velado e enterrado. Ela nunca superou a perda, e começou a fazer aquela igreja com as próprias mãos, algumas semanas depois. Somente depois de um ano, quando a Igreja Católica soube do que se passava, ela recebeu ajuda. A igreja acabou abandonada com a sua morte, mas nunca deixou de atrair todo tipo de curiosos.

— Sabia que você viria — ouviu às suas costas.

Tales se virou depressa, pensando que encontraria um inimigo em vez de...

— Caralho, não posso acreditar nisso. Renan? O que está fazendo aqui? Pensei que estivesse morando fora.

— E estou, em São José do Rio Preto.

— Você nunca parou, não é mesmo? Meteram fogo na sua locadora, transformaram o lugar em uma igreja, seus ex-chefes deram no pé... Mas você nunca parou de ouvir o Lugar Infinito.

— E como eu poderia ter parado? Eu não tive a sua sorte ou a sua competência, Tales. Tudo o que eu tinha, tudo o que eu sempre tive foram os filmes. Eu não sei o que teria sido de mim sem eles, provavelmente estaria trabalhando pra alguém que eu detesto.

— Não é tão ruim quanto parece.

Ficaram em silêncio mais um tempo, olhando a chuva que parecia disposta a conversar mais alto que qualquer um.

— Eu caí na besteira de contar para os meus filhos. Depois disso, foi o de sempre. A TV exigindo ser assistida, os pesadelos, as coisas aparecendo no quarto. A gente fica velho e se ilude que tudo o que acontecia na infância era imaginação. E então nossos filhos nos lembram que algumas coisas não são feitas para ter explicação.

— Eu recebi a imagem faz muito tempo, mais de dois anos. Eu não tinha entendido o que era até ver a reportagem das chuvas em Três Rios. Quando entendi, corri direto pra cá.

— E o que você viu?

— Essa mesma cena. A gente conversando, alguém nos filmando de costas.

Foi quase ao mesmo tempo, mas quem viu primeiro foi Tales.

O homem de jaqueta vermelha.

— Calma aí, meu amigo. Eu não sei quem é você, mas não estamos invadindo — Tales disse.

— Se não foram convidados, estão invadindo, sim. Pra dentro, os dois — o homem ergueu o revólver. Renan foi o primeiro, e Tales o seguiu, tentando não escorregar nos blocos de pedra do pavimento.

— Pode abaixar esse revólver, moço. Eu sou engenheiro de trânsito e o meu amigo aqui me deu uma carona. Meu carro ficou lá trás, você pode conferir se quiser.

— O Renault? Eu já vi, sim. E vi quando você desceu dele sozinho. Do mesmo jeito que vi um táxi trazendo seu amigo boiola pra cá.

— Que ótimo — Renan bufou, baixinho. Não era uma boa coisa começar um relacionamento com um homem armado usando uma mentira.

— Diz pra mim que isso não é o que eu tô pensando — Tales disse ao homem de jaqueta assim que entrou na igrejinha.

Eram explosivos usados em demolição. Não existia muita gente na cidade que pudesse reconhecê-los, mas quem já botou o olho em um pacotinho daqueles dificilmente conseguiria esquecê-los. Usaram muitos explosivos no ano passado, quando um terceiro acesso ao matadouro precisou ser feito a pedido de Hermes Piedade, que pretendia facilitar o escoamento direto de suas carnes para as cidades vizinhas.

— Você quer acabar com a cidade — Tales disse.

— Cidade? Esse lugar é o inferno, moço. Já era um inferno quando eu era menino e é um inferno ainda maior agora. Um anjo não cria outro, mas pode destruir um demônio, é o que eu vou fazer.

Renan arriscou um passo para o lado, provavelmente testando o nível de atenção do sujeito. Sendo um especialista em filmes, sabia que o maior erro de todos os personagens em uma situação de perigo é aceitar o cárcere em vez de fugir. Mesmo nos filmes de terror com assassinos implacáveis como *Sexta-Feira 13*, *Halloween* e *O Massacre da Serra Elétrica*, a fuga é o único caminho razoável para conseguir sobreviver.

Mas o terrorista estava atento.

— Faz isso de novo e acerto você daqui.

Pode ter sido o cromo do revólver, o jeito como aquele cara estreitou os olhos, provavelmente foi a própria empunhadura, meio de lado, que o deixou reconhecível a Tales.

— É você, não é? O menino que matou os colegas.

— Gabriel? Gabriel Cantão? Disseram que você tinha...

— Morrido? É o que eles falam. Ficam espalhando que eu morri pra desencorajar que outra pessoa limpe essa cidade.

— Limpar? Você matou aqueles meninos! — Tales disse.

— Eles eram sujos, eram gente ruim, gente muito má. Iam deixar essa cidade ainda pior.

Gabriel continuou com a programação do *timer* do acionador dos explosivos, sem tirar os olhos totalmente dos dois reféns.

— A limpeza é um trabalho que nunca termina. Você acorda cedo, varre um filho da puta pra longe, e mais dois desgraçados nascem antes do meio-dia. Aquela puta macumbeira da Mãe Clemência vivia falando que a terra daqui tinha sede de sangue, e ela tava certa. Agora eu vou matar a sede da terra, e junto vou matar a sede de justiça de muita gente.

— Por onde você andou, Gabriel?

Ele tinha o cheiro das ruas. Um odor mofado, rançoso, um cheiro tão incômodo que se tornava azedume no fundo da língua. Não tinha muitos cabelos, e o que sobrou estava comprido e engomado. A pele do rosto tinha muitas marcas, um mapa composto por rugas, cicatrizes e perfurações herdadas da adolescência.

— Melhor se preparar agora — Renan distraiu Tales do sujeito.
Tales o encarou, Renan olhou para trás.
— Pai!
— Paiê!
— Merda... — Tales disse e já abriu os braços, disposto a parar qualquer bala direcionada aos filhos com o próprio peito.
— Que porra é essa? Quem são esses pivetes?
— São meus filhos. Você não precisa atirar neles, não tem motivo, entendeu? Pode atirar em mim, mas não neles. — Ele se virou para os garotos. — O que estão fazendo aqui?!
— A gente viu na TV — Uriel disse.
— Você sabia, desgraçado! — Tales disse a Renan. — Sabia o que ia acontecer e trouxe eles aqui do mesmo jeito.
Renan riu. E, por um momento, era o Renan dos velhos dias. O Renan magrelo, virgem e entupido de espinhas que sempre conhecia os melhores filmes.
— Pode soltar a arma, Gabriel — disse. — Isso acaba aqui.
O homem transtornado que Gabriel havia se tornado deixou os explosivos e começou a se aproximar depressa. O revólver já nas mãos, o cano mirado para o abdômen de Renan, a fim de não errar uma tentativa.
— O tiro vai falhar, e, se o tiro falhar, você morre — Renan disse. — Essa história pode ter dois finais, Gabriel. Você só precisa deixar a arma no chão.
Mas a arma encostou no estômago de Renan.
— Pense na sua família. Eles não precisam passar por isso de novo.
— Você não conhece a minha família.
— Mas eu conhecia você.
Sem saber o que poderia fazer sem arriscar a vida dos filhos, Tales os mantinha às suas costas, abrindo os braços, funcionando como uma barreira humana. Ele sabia o que aquele cara era capaz de fazer, ele o viu matando aqueles meninos e sorrindo, como todo fanático de merda gosta de fazer.
— Vai falhar, Gabriel. Esse tiro vai falhar — Renan repetiu, com uma tranquilidade tão irritante que só podia ser verdade. — Uma das meninas continua viva, ela fala comigo, fala comigo e com esses meninos.
— É verdade! — Uriel disse e tomou a frente do pai.
Gabriel apontou o revólver para ele e puxou o lábio inferior para dentro. Quando o soltou, estava sangrando.
— E o que acontece agora, baixinho? — perguntou.
O soco veio pela esquerda, no queixo, um soco com tudo o que Renan tinha. Com o golpe, Gabriel caiu de joelhos, e Renan saltou sobre ele, imediatamente buscando o braço armado. Mesmo estando por baixo, Gabriel conseguiu se virar e o acertou no saco com o joelho. Renan esmoreceu, mas não saiu de cima, e Tales se juntou à briga, segurando o braço que ainda mantinha o revólver.

— Pega ele, pai! — Elder gritou.
— Mostra pra ele! — Uriel disse.
— Pra fora! Já pra fora! — Tales disse aos dois.

Mas os meninos não viam o real perigo daquilo. Tudo o que viam era o pai e o seu novo amigo no chão, tentando derrotar o monstro. Uma tempestade de gemidos, gritos, xingamentos e socos, aquilo era melhor que qualquer filme da TV, chegava a ser melhor que uma briga no portão da escola.

— Morde ele! — Uriel gritou.

E em seguida um disparo fez os dois meninos saltarem para trás.

— Não! — Renan gritou.

E outro estouro.

— Pai! Pai, não morre pai! — Elder disse e agarrou o irmão, que já estava correndo na direção dos três homens.

— Porra, como isso dói — um deles resmungou. Os meninos não conseguiram identificar a voz.

— Me solta! Pai! Eu quero o meu pai! — Uriel continuou gritando.

Na configuração daquele amontoado, Tales era o meio do sanduíche. Por baixo estava o homem mau, que agora tinha os olhos arregalados e a boca cheia de sangue. Em cima, o amigo novo de seu pai, que acabara de rolar para o lado. O revólver apareceu logo em seguida, quando Tales se levantou, tateando a própria barriga, tentando ter certeza que aquele sangue não tinha saído dele.

— Não precisava ter sido assim — Renan disse. Sem a mesma sorte, continuava no chão, depois de rolar para o lado direito.

Com um pouco de receio de acertar o próprio traseiro, Tales colocou a arma no cós da calça e se abaixou.

— Você vai ficar bem. Não disse que aquele merda não ia atirar?

— Não dá pra entender um filme se você não assistir inteiro. Essa parte foi cortada na edição.

Tales acabou sorrindo. — Consegue chegar no carro se apoiando em mim?

— Acho que sim — começou a se levantar. Assim que conseguiu ficar de pé, olhou para um dos vitrais estilhaçados da igrejinha.

— Parece que a chuva deu um tempo.

— É. Parece que sim — Tales disse.

Enquanto isso, Gabriel gastava seus últimos segundos de vida olhando para aqueles dois meninos. Sua boca cheia de sangue sorria. Depois de morto, talvez reencontrasse a paz roubada da infância.

Se errou ou acertou? Nada daquilo importava.

Haveriam outros depois dele.

Enquanto houvesse uma TV ligada, haveriam muitos outros.

Please follow these instructions.

Agora eu não vou sair até domingo
Vou ter que dizer que fiquei com os amigos
Mas vale a pena ter formado este hábito
Se é um meio para justificar o fim
THIN LIZZY

GAIOLAS ABERTAS

> Now I won't get out until Sunday // I'll have to say I stayed with friends /... But it's a habit worth forming / If it means to justify the end — **THIN LIZZY**

Alguém ligou o aparelho de som e o velho abriu um sorriso.

Era bom saber que algumas coisas nunca perdem o brilho. O blues, o ouro... aquela vontade de ser jovem e sair por aí fazendo merda.

Agora, todo passeio que Milton Costalarga podia fazer era visitar o refeitório e o salão de recreação, e, mais frequentemente, suas próprias memórias — que começavam a se tornar um pouco confusas. Dr. Bráulio Miranda, plantonista da Doce Retorno, disse que não se tratava de Alzheimer ou demência, que era no máximo um desgaste do cérebro, que por algum motivo já não operava na mesma velocidade.

O mais estranho é que Costalarga se lembrava claramente de algumas coisas. Do corte de cabelo da sua mãe, da primeira briga no colégio... Já o rosto da juventude de sua falecida esposa, por exemplo, era um grande borrão — mas ele se lembrava que nos últimos anos Marcela chorava sem parar, sentia medo de tudo, e urinava como um hidrante sem registro.

À alguma distância, Márcia, a supervisora da enfermagem, o observava enquanto conversava com Guilherme Risqué, um enfermeiro jovem e cheio de motivação que começara na Doce Retorno há cinco meses.

— Por que será que eles olham tanto para o lado de fora?

Márcia cruzou os braços e quase sorriu.

— Por que não arrisca um palpite? — perguntou para Guilherme.

— Sei lá. Vontade de dar uma volta por aí? Ver o mundo?

Dessa vez a supervisora riu, muito discretamente, como deveria ser em um lugar como aquele.

— São velhos, mas não são bobos. Sabem que não chegariam muito longe.

Guilherme olhou para o lado de fora, para um cão caramelo, de pelos longos, que estava deitado na grama há algumas horas.

— Então o que eles querem? — Guilherme insistiu.

— O que não podem ter. Nossos velhinhos são como passarinhos com as asas cortadas. Se você soltar um passarinho assim na natureza, ele sabe que vai morrer. Depois de tanto tempo na gaiola, sem voar, eles ficam tão mansos que desistem de sair, mesmo que suas asas cresçam de novo. Um velhinho sabe que não vai rejuvenescer, depois de um tempo eles se conformam.

— Isso é meio cruel, dona Márcia.

— Envelhecer é cruel. — De repente, Márcia se pareceu com um daqueles velhinhos, olhando para fora, procurando algo que, de fato, sequer existia mais.

— Tivemos um paciente há doze anos, ele nunca saiu da minha cabeça. Seu Heinz tinha um passado complicado, ele trabalhou para uma gente perigosa aqui da região. Quando nos conhecemos, ele já estava bem velhinho, e continuava preso ao passado.

Márcia caminhou até mais perto da janela. Guilherme fez o mesmo. O sol banhou o rosto da supervisora e ela ficou ainda mais branca.

— Seu Heinz dizia que via fantasmas, e que eles queriam vingança.

Guilherme golpeou o vidro com a ponta dos dedos, uma pequena borboleta pousada ali levantou voo.

— Ele trabalhava com quê? Esse Heinz?

— Fazendo coisas ruins, Guilherme. Muito ruins.

Os dois ficaram em silêncio, olhando para o dia bonito que torturava todos aqueles passarinhos sem asas.

— Você acredita nessa coisa de fantasmas? — o rapaz perguntou.

— Acreditei no seu Heinz. Meu amigo sofreu uma fatalidade e a polícia nunca encontrou quem fez aquilo com ele. O que se tem certeza é que alguém entrou no quarto trinta e sete, aqui mesmo, e atacou o pobrezinho. Clisman Heinz foi agredido mais de uma vez e na última... foi castigo demais, entende? Não importa o que aquele homem tenha feito na vida.

— Meu tio também via fantasmas, sabia? Ele até perdeu a profissão por causa disso — revelou.
— E o que ele fazia?
— Era padre.

Ao lado, o velho Costalarga sorriu meio engasgado, e em seguida engatou em uma crise de tosse. Sem se preocupar em pedir desculpas, assim que voltou a respirar, disse aos dois:

— Se vão ficar falando essas baboseiras, podem conversar em outro lugar. Eu cheguei aqui primeiro. Na janela e no mundo.

Márcia sorriu meio sem jeito. Ergueu as sobrancelhas de uma maneira divertida e foi embora, sem dizer nada. Guilherme já estava fazendo o mesmo quando o velho o segurou pelo braço.

— Tá com tempo, meu filho?
— Eu estava ind...
— Claro que está. Se você recebe dinheiro pra cuidar de gente velha, então precisa ter tempo pra gente velha.

Apanhado de surpresa, Guilherme não teve outra alternativa que não fosse concordar. — Eu tenho uns minutos pro senhor.

— Senta, meu filho. Eu não quero ficar com torcicolo.

Guilherme acatou novamente. Descansar um pouco era uma boa pedida. Ele estava em pé desde cedo ajudando a movimentar os velhos que não saíam mais da cama. Por sorte havia poucos deles na Doce Retorno, em compensação, o mais levinho pesava noventa e dois quilos.

— Vocês e a dona Márcia estavam falando aí do que a gente procura lá fora... Bom, eu não posso falar por todo mundo, mas eu procuro justiça, uma reparação para um criminoso.

— Pra isso existe a polícia, seu Costalarga.
— Pois eu era a polícia, e no meu caso não existiu reparação nenhuma. Me diga uma coisa, quantos anos você tem?
— Vinte e cinco.
— Você ainda é um frango — riu. — O mundo era diferente quando eu trabalhava na polícia. Não digo que as coisas ficaram muito melhores do que eram antes, aqui em Assunção ou no resto do mundo, mas os tempos estão mais mansos.
— Sei, não, seu Milto. No jornal só aparece desgraça.
— E o que você esperava encontrar no jornal? Mulher pelada?

Guilherme deu uma risadinha.

— Essa gente só faz dinheiro com o sofrimento dos outros. Eles não são muito melhores que as porcarias que mostram. Tudo o que eles sabem fazer é dizer que a felicidade não existe, e a alegria não dá Ibope, entende? Nunca deu. Na polícia, eu conheci muita gente que não valia o sal do batizado, e até eles tinham alguma moral. Com o jornal é diferente. Eles fazem o que bem entendem com a cabeça do povo, não tem isso de certo ou errado.

— Conheço alguns policiais que também confundem o certo e o errado, seu Milto.

— Conhece de verdade ou também viu isso no jornal?

Guilherme se calou outra vez. O velho o encarou.

O rapaz se remexeu no assento, ligeiramente desconfortável.

— Não liga pra mim, rapaz. Sou só um velho bobo.

— Qual foi a pior coisa que o senhor viu na polícia? É isso que faz o senhor ficar olhando pela janela? — Guilherme soou meio azedo. Ao que parecia, todo o restinho de bom humor matinal havia evaporado.

— Acredita em mim, filho, você não quer saber. — O velho girou o corpo alguns graus à direita, sinalizando que aquela conversa tinha azedado. Por alguns segundos, Guilherme esperou que Costalarga recomeçasse, então desistiu e se levantou, aproveitando a chance de dar a conversa por encerrada. Ainda precisava ajudar dona Olga Richthofen no banho, uma alemã que não deixava mais ninguém da clínica tocar nela. Olga dizia que era porque confiava apenas nele, mas sempre escorregava a mão pelo eixo do rapaz enquanto era higienizada.

— Mocinho? — o velho o chamou de volta. Guilherme girou o corpo de onde estava. — Se quiser ouvir minha história, me traz um chocolate branco. Garanto que vai ser melhor que o jornal.

Seria exagero dizer que Guilherme estava ansioso pelas histórias do homem, mas negar um pedacinho de chocolate era exigir demais de alguém tão jovem. Antes de entregar o doce, porém, Guilherme tomou o cuidado de dar uma olhada nos últimos exames de Costalarga, para ter certeza de que ele não tinha diabetes. Descobriu que ele tivera mais de cinco fraturas e uma bala alojada na perna esquerda. Isso o deixou mais curioso em voltar a falar com ele.

Chegou perto de Costalarga outra vez quando a TV mostrava o último bloco da novela das oito (que começava perto das nove). Muitos velhinhos dormiam mais cedo, mas Costalarga preferia esperar o toque de recolher, por volta das onze. No caso daquele homem, ir para o quarto não significava dormir, e sim ficar remoendo o passado que ele gostaria de esquecer.

— Parece que você é mais esperto do que eu pensei — o velho apanhou o chocolate e rodou o pedacinho entre os dedos. — Cadê o resto?

— Só tinha esse, seu Milto.

O velho colocou na boca. — Jesus Cristo, uma coisa tão boa não pode ter sido inventada por Deus.

— Credo, seu Milto.

O velho continuou chupando o doce, evitando mastigar, fazendo durar.

— Coisas boas não são do mercado divino, tudo o que é bom de verdade vem do mercado da tentação. Isso inclui chocolate, boceta e qualquer coisa à base de álcool.

— Misericórdia. O senhor tá afiado hoje.

— Só estou me divertindo com a sua inocência. É bom rir um pouco antes do que vou contar. Quer dizer, se é que você tem tempo pra um velho. Me diga uma coisa, a que horas termina o seu turno?

— Só meia-noite.

— Uma pena que eu precise dormir às onze, não é mesmo?

Guilherme ensaiou uma cara divertida.

— Nem pense em me passar a perna, seu Milto.

— Eu não faria uma coisa dessas com alguém que me trouxe chocolate.

Usando a bengala para se apoiar, o velho se ajeitou, e deu uma nova olhada na TV. A noite estava um pouco fria, Costalarga usava um cobertor fino sobre os ombros. Os pés estavam protegidos por meias e uma pantufa felpuda; as pernas, por um pijama branco com listras azuis.

— Assistindo um pouco de novela? — Guilherme puxou assunto, para garantir que a conversa não morresse antes da hora.

— Essa novela nova é uma merda, quem perde tempo com uma coisa que se chama *Laços de Família*? Família já basta a que todo mundo tem. Que eu me lembre, a última novela boa foi *Rei do Gado*. Tinha o nosso sotaque carregado, o ranço dos Berdinazzi, mas tudo era tratado com respeito. É bem diferente da ideia que fazem da gente lá na capital. Conhece São Paulo, rapaz?

— Fui umas duas vezes. Gostei bastante.

— Pois vão fazer você de tonto, se é que já não fizeram antes. Não estou dizendo que ser subestimado na maior cidade do país é uma coisa ruim, só estou dividindo minha experiência de vida.

— E desde quando ser subestimado é bom, seu Milto?

— Desde sempre. Quando alguém se dá conta da superioridade do outro, sempre acende uma luzinha vermelha dentro do cérebro. Já se você estiver sendo subestimado, pode usar a surpresa a seu favor e fazer as coisas na hora certa. Hermes Piedade, o desgraçado do Hermes Piedade, é um ótimo exemplo disso. Já ouviu falar dele, aposto.

— Minha mãe trabalhou pra ele em Três Rios, na AlphaCore. Ela diz que é um bom homem. O irmão dela trabalhou até se aposentar no Matadouro 7.

— Bom homem... — Costalarga resmungou. — Quando ele chegou na nossa região, enganou todo mundo com aquela conversinha de progresso. Hermes é um bandido, um corno, foi ele que envenenou nossa terra de vez.

— O senhor me desculpe, mas é só pegar um livro de história pra descobrir que o noroeste sempre foi uma região violenta. Não parece muito justo culpar seu Hermes por tudo de ruim que acontece aqui.

— O que não é racional é deixar que ele continue respirando. Hermes Piedade é como um dos fertilizantes que ele joga na terra, um veneno, um adubo de coisa ruim. Desde que ele pisou em Três Rios, o que mais prosperou na região foi o crime e a maldade. Hermes pode não ser o mal, rapaz, mas sem dúvida ele incentiva o pior nas pessoas.

— E não é a mesma coisa?

— Pelo jeito, muita gente acha que não.

O velho deu outra olhada para a TV.

— O pessoal que idolatra esse verme se comporta como os bois do matadouro dele. Vão se juntando e seguindo em frente, mugindo baixo, comemorando cada passo que dão na direção da marreta. Me diga uma coisa, você falou que a sua mãe, que Deus a proteja, trabalhou para Hermes Piedade. Como ela está hoje em dia?

— Hoje ela tá bem. A mãe teve um problema sério no fígado. Tiraram algumas partes, o tumor vem e vai.

— E o seu tio? Não o que era padre, esse do matadouro.

— Ficou louco.

O velho deu um risinho cheio de certezas.

— Ele não ficou louco por causa do matadouro — Guilherme se adiantou.

— Eu disse isso? Porque se a minha boca se abriu, eu nem percebi.

— A loucura sempre existiu na minha família. Meu avô se matou quando minha mãe era menina, e o pai dele, meu bisavô, já tinha colocado fogo na fazenda e tentado acabar com a família toda. Minha bisavó deu a sorte de acordar e tirar os filhos, mas não sobrou nada da casa.

— E o velho?

— Encontraram de joelhos, no meio do terreiro de secar café. Estava pedindo perdão pra alguém que só ele enxergava. De lá ele foi direto pra Clínica Amparo, em Velha Granada. Minha avó contava que ele ficou ajoelhado ali por quase uma hora, que foi o tempo que levou pra alguém de fora aparecer. Acho que ele viveu mais uns dois ou três anos antes da parada cardíaca.

— Família interessante, mocinho.

— Todo mundo tem uma história triste pra contar.

— Tem. Tem, sim. E quem conheceu Hermes Piedade tem mais de uma.

— O senhor não desiste, não é mesmo?

— Desistir é pra quem é jovem e tem tempo de recomeçar. Não é o meu caso. Você não precisa acreditar em mim, mas eu aposto meu ovo esquerdo que a doença da sua mãe tem relação com os venenos de Hermes Piedade.

— Ela trabalhou menos de cinco anos pra ele, e sempre usou máscara de proteção. Eu me lembro bem disso, morria de medo daquela máscara.

— Devia ter medo daquele homem.

— Seu Milto... Imagino que o senhor tenha tido algum problema feio com o seu Hermes, mas isso não é razão pra ficar levantando esse tipo de suspeita. Nem dele e nem da saúde da minha mãe.

O velho se levantou e ajustou as pantufas.

— Rua das Oliveiras, rapaz. Número 384. Fica na mesma rua da Funerária Campos das Flores, aqui mesmo na cidade. O nome do sujeito é Silas Brás. Se você for até lá falar com ele, podemos continuar essa conversa amanhã.

— Amanhã é a minha folga.

— Melhor ainda. Vai ter tempo de dar um passeio — o velho seguiu andando em direção à saída do salão de jogos. — E não esqueça de trazer mais chocolate branco.

No dia seguinte, Costalarga conversou bem pouco. Também não ficou próximo às janelas, preferindo habitar umas das mesas de tabuleiro. Não deixou ninguém chegar muito perto, e passou o dia todo com um pequeno caderno de anotações.

Por volta das duas horas, Márcia tentou dar uma espiada, por pura curiosidade, já que aquele caderninho era novidade. Como uma criança, o velho se debruçou sobre as folhas a cada investida da supervisora da enfermagem.

Milton Costalarga só fechou o bendito caderno em duas ocasiões: na hora do lanche da tarde, e quando a música espalhafatosa da kombi de Lázaro Formoso invadiu o estacionamento. De repente, todos os velhinhos da Doce Retorno começaram a dançar, o que continuou até que a música (uma versão acelerada da música tema de *Um Tira da Pesada*) desistisse de tocar. Dois minutos depois, o homem negro, magro, e alto como um poste, entrou no salão de jogos. Lázaro usava uma roupa tão espalhafatosa quanto sua música: jeans, botas e um blazer vinho, com calda de besouro.

Lázaro costumava entregar as compras da Casa de Repouso. Ele também trazia umas coisinhas escondidas dos olhos atentos de Márcia Ferreira. Um macinho de Plaza aqui, uma bebidinha acolá, coisinhas carregadas com açúcar — e baralhos com nudez para os mais animados. Vez ou outra, também trazia roupas especiais, que só mesmo Lázaro Formoso conseguia encontrar. Sua cumplicidade e carinho com os residentes era notável.

Em companhia de outro enfermeiro, Lázaro entrou e saiu várias vezes, sempre carregando caixas com o logotipo dos Supermercados Piedade. Quando descarregou a última, chegou mais perto do velho Costalarga.

— Tem alguma coisa pra mim? — Costalarga perguntou.
— Um passarinho me contou que o senhor andou negociando chocolates com outra pessoa.
— Passarinho que come pedra sabe o cu que tem, é o que eu digo.
Lázaro riu e se sentou à mesa.
— Pensou na minha proposta, seu Milton?
— Mudar de um asilo pro outro é uma ideia infeliz, seu Lázaro. Eu gosto muito do senhor, respeito muito o senhor, mas sair daqui, assim, pra ir pro meio do mato...
— Bem, o senhor é quem sabe. Só tenta não se meter em confusão, agora que as confusões o deixaram em paz. A terceira idade é uma dádiva, seu Milton, não uma penitência.
— Isso é fácil pra alguém que pode descer da cama sem precisar se alongar meia hora. Se deixa o senhor feliz, eu talvez repense o convite daqui um tempinho. Por hora, tenho negócios pendentes por aqui.
— Homem, é preciso agarrar uma oportunidade assim que ela aparece! Não foi exatamente isso que o senhor me disse quando nos conhecemos?
— E, pelo que me lembro, o senhor me respondeu que cada coisa tem o momento certo para acontecer.
Os dois homens riram com o tipo de reconhecimento que só grandes parceiros dividem. Lázaro entregou um bolinho de notas a Costalarga e o velho o guardou no bolso da calça.
— Talvez alguém do banco ligue pro senhor, eles ficaram desconfiados com a retirada. Conferiram os papéis mais de uma vez.
— Desconfiaram foi da sua cor, aqueles filhos da puta. Mas deixa comigo, se eles telefonarem vamos ter uma conversinha sobre honestidade. Leve meu abraço lá pro seu pessoal.
— Levo, sim. Passar bem, seu Milton.
— Devagar na estrada, seu Lázaro — Costalarga respondeu e voltou ao caderno de anotações.
Não demorou muito e o som da kombi de Lázaro Formoso voltou a animar a Casa de Repouso. Com a música alta, muitos velhinhos se levantaram e começaram a dançar outra vez. Ernesto-Sem-Sorte, um dos mais velhos da clínica, foi um dos únicos que continuou sentado (ele já não conseguia se sustentar sobre as pernas). Mesmo assim, Ernesto fez questão de se inclinar na cadeira e peidar bem alto.

O plantão de quarta-feira de Guilherme Risqué começava às nove da noite, mas, naquela quarta, ele chegou à Doce Retorno antes das sete. Deixou sua mochila no armário, usou o banheiro, em seguida foi apanhar um gole de café na cozinha, onde a chefe da enfermagem acabara de se servir.

— E aí, aproveitou bem a folga?

— É... deu pra descansar, sim.

Márcia deu uma nova olhada no garoto. Ele parecia tão descansado quanto alguém que acabou de sair de uma luta com Mike Tyson.

— Tá tudo bem com você?

— É a minha mãe. Ela anda fraquinha de novo, a gente tá com medo que a doença tenha voltado.

— Como foram os últimos exames?

— O médico falou que ela tá com um pouco de anemia, mas que o fígado continua na mesma.

— Então são boas notícias — Márcia se adiantou até a pia e deixou o copinho de café em uma lixeira. — Não sofra por antecipação. Faça o melhor que conseguir por ela, fique por perto, seja seu melhor amigo. Se agir dessa forma vai ficar em paz, não importa o que venha a acontecer depois.

— Dona Néia sempre ralou pra criar os filhos. Deu estudo pra mim, pro meu irmão, casou a minha irmã e pagou tudo sozinha, porque o safado do meu pai arranjou outra família. Agora que ela podia aproveitar um pouco da vida, aparece essa doença maldita. Não é justo, dona Márcia.

Márcia respirou fundo e acabou pensando em Clisman Heinz outra vez.

— Se tem uma coisa que esse lugar me ensinou, é que o mundo tem uma maneira estranha de fazer justiça.

Guilherme bem que tentou, mas só conseguiu falar com Milton Costalarga quando o jantar terminou. Dessa vez, o local de encontro não foi o salão de jogos, mas um dos bancos do corredor que separava o bloco recreação e alimentação dos quartos. Como se soubesse o que o rapaz pretendia, Costalarga o esperou por lá, apesar do vento mais fresco daquela noite quase sem lua.

Sem dizer nada, Guilherme estendeu um bom pedaço de Galak a ele.

O velho o apanhou, dividiu em dois e comeu um dos pedaços, o outro foi pro bolso da camisa.

— Fui ver o seu amigo — Guilherme disse.

— Pensei que iria. Como ele está?

— Em uma cadeira de rodas.

— Chegou a mencionar o meu nome?

— Só uma vez. Silas disse que se eu repetisse, ele me dava um tiro.

Isso fez Costalarga rir. Manso como um rio sem vento.

— Precisei prender nosso amigo no começo de oitenta e sete. No final das contas, acho que foi um bom negócio pra ele. Uns anos depois, quase todos os químicos que trabalhavam pro Hermes desapareceram. Como o Silas estava na cadeia, acabou ficando de fora da festa.

Mais alguns segundos de silêncio. O vento brincando com as folhas de uma mangueira, enquanto os morcegos que moravam nos galhos investiam em voos cada vez mais longos em busca de alguns insetos.

— Descobriu alguma coisa interessante com ele, rapaz?

— O senhor sabe que sim.

— Saber e supor são coisas diferentes.

Pararam de falar outra vez, porque Derci Bonavento estava atravessando o corredor com uma amiga a tiracolo.

— Boa noite — ela disse ao passar por eles, depois de sofridos dez passos. A amiga a tiracolo continuou na mesma, calada, como uma bolsa de carne enrugada.

— Boa noite, meninas — Costalarga respondeu de volta.

Esperou que elas se afastassem mais um punhado de passos artríticos.

— Derci era gerente do Banco do Brasil. Era bonitona, bunduda, a gente ficava de olho no traseiro dela quando ia na agência. Dá pra acreditar? Agora não serve nem como pano de chão.

— Ela deve dizer o mesmo do senhor.

Costalarga riu. — Se ela ainda enxergar alguma coisa, é certo que sim.

— Seu amigo me mostrou uma pasta de documentos, do tempo que ele trabalhou pro Hermes Piedade. Tava tudo ali. Produtos cancerígenos, mutagênicos, teratogênicos. Quase tudo considerado tóxico e impróprio para o consumo humano. O próprio Silas ficou doente com a manipulação dos reagentes.

— Não se engane com aquele filho da mãe. Silas era um dos testas-de-ferro do Hermes, ele ajudou a forjar os documentos que foram aprovados pelas autoridades sanitárias.

— Ele foi pra cadeia por isso?

— Não. Ele era viciado em morfina. Armamos um flagrante na esperança de que ele confessasse tudo, mas ele nunca disse uma palavra contra o Hermes. Quinze anos em cana e ele nunca abriu a boca.

— E por que ele concordou em falar comigo?

— Ele tinha uma filha, morreu no ano passado em um acidente de carro. Agora ninguém pode fazer nada pior pra ela. Sem contar que pouca gente vai acreditar no Silas agora. Mesmo que acreditasse, Hermes é o dono da polícia.

— Minha mãe está doente por causa dele. O senhor estava certo.

— E o que vai fazer com essa informação, meu jovem?

— Se Hermes Piedade é tudo o que o senhor diz, eu não posso denunciar esse homem. Ele acabaria comigo em dois tempos. Ou pior, acabaria com a minha mãe e com os meus irmãos.

— Sabe, mocinho, ele faria exatamente isso. E quer saber como eu tenho tanta certeza?

— Acho que o senhor vai me contar de qualquer jeito.

— Exatamente. Em oitenta e oito, um ano antes de eu me aposentar, tínhamos tudo armado pra acabar com Hermes, pra pegar o safado de jeito. Flagrante, testemunhas, um juiz honesto pra julgar o caso. De algum jeito aquele bandido ficou sabendo de tudo, então ele mandou sequestrar a minha esposa. A pobrezinha ficou nas mãos dos capangas por uma semana. Fizeram o diabo com ela, Marcela só não morreu porque eu entreguei todas as provas que tinha pra um dos advogados do salafrário. A Marcela nunca se recuperou. Tinha pesadelos todas as noites, tentou se matar, nós não pudemos ter filhos porque eles... machucaram ela, ela não podia mais. Além do vício do álcool, minha mulher começou a gostar de barbitúricos. O último médico dela disse que os remédios e a depressão podem ter acelerado a disfunção cerebral. Ela foi parando, parando, e um dia parou de vez.

Quando terminou a história, o velho Costalarga suspirou tão forte que poderia ter roubado a alma de alguém.

— Hermes Piedade precisa morrer, garoto. E você vai me ajudar nisso.

— O senhor perdeu o juízo. — Guilherme saltou do banco. — Eu não vou matar ninguém.

— Recoloque seu cu magro no banquinho, meu filho. Não precisa ficar todo emocionado só porque alguém falou em morte. Ainda mais na morte de um canalha, de um facínora, como é o caso daquele verme. Você não vai matar ninguém, em algum momento eu disse que você ia matar? Não, eu não disse. Mas digo que pode ganhar um bom dinheiro com essa jogada.

Nunca se descobriu se o motivo foi a garantia do não-assassinato ou o dinheiro, mas Guilherme voltou a se sentar.

— Já contei que não tivemos filhos, mas eu fiz um bom pé-de-meia na polícia. Parte desse dinheiro está comigo, mas o grosso ainda está no banco. Pode ser tudo seu se você me ajudar. Tenho um pré-testamento, um bom plano, tenho gente me ajudando do lado de fora. Você só precisa...

— Ajudar a matar um homem?

— Você precisa deixar o portão aberto. Eu me viro com o resto.

— O senhor é louco.

O velho riu mais uma vez. — Um louco que foi duas vezes campeão estadual de tiro. Eu posso parecer velho, rapaz, mas sou a melhor chance que esse mundo já teve contra Hermes Piedade.

Guilherme e Costalarga não se falaram na quinta-feira ou na sexta, mas no sábado, por volta das sete da noite, o enfermeiro mais jovem da Doce Retorno deixou um pequeno embrulho sobre o caderninho que o velho lia. Era um chocolate branco. Rabiscado no papel amassado do guardanapo que envolvia o chocolate, uma nota: "Domingo, 20h30, primeiro vaso de flor (o que tem lírio)".

Depois de comer o chocolate, o velho amassou o papel o máximo que conseguiu e voltou a rabiscar o caderninho. Domingo era mais que perfeito, era o que ele e os rapazes da polícia chamavam de "melhor que a encomenda".

Despedir-se do quarto foi um pouco estranho.

Milton Costalarga nunca gostou dele, achava pequeno e sem graça, e por mais que desinfetassem o banheiro, sempre havia um cheiro meio mofado escapando pela porta. Mesmo assim, quando deu aquela última olhada, sentiu o coração apertar. Mofado ou não, aquele lugar havia sido seu lar por dez anos, uma vida resumida a um guarda-roupa, uma cômoda e uma mala que raramente saía de baixo da cama.

Levou consigo somente uma cartela de analgésicos e uma fotografia, onde ele e Marcela tomavam um banho de sol em sua primeira ida ao Rio de Janeiro. Primeira e única.

Como Guilherme apontou no bilhete, havia uma surpresa no vaso de lírios. Duas chaves presas em uma argola. Nada de chaveiro. Oito e meia era o horário que os guardinhas trocavam de turno de noite, então tudo o que Costalarga precisou fazer foi esperar que eles se distraíssem, discutindo sobre o futebol do fim de semana (coisa que sempre faziam).

Tentou andar depressa, mas as pernas não ajudaram muito. Com isso, Costalarga quase acabou flagrado à porta de grade que dava acesso aos portões de saída da clínica. Como o Deus da terceira idade devia estar de plantão, o guardinha dois resolveu passar mais um café providencial antes de começar seu turno. Era o tempo e a distração que Costalarga precisava para atravessar aquela porta.

Sentiu uma aceleração cardíaca assim que pisou na rua.

Era esquisito estar do lado de fora, principalmente em uma noite fria, onde a dupla Artrite & Artrose cantava bem alto. Por precaução, Costalarga enfiou outras duas aspirinas na boca. Aquilo foderia com seu estômago, e tudo bem, desde que os comprimidos o mantivessem caminhando até cumprir a missão.

Pegou o táxi no quarteirão seguinte, e já foi logo engordando o bolso do motorista para o sujeito não fazer muitas perguntas.

A primeira parada foi em Assunção mesmo, na Padaria do Pereba, onde o velho comprou um cartão de orelhão. Depois de cinco quarteirões, pararam em um orelhão, próximo a uma pequena igreja, onde ninguém o notaria com todo o vai e vem dos fiéis que pensavam que Deus tinha algum interesse em salvar o mundo.

O Chevrolet parou pela terceira vez no Bico do Colibri, um bairro pesado de Assunção.

Tendo trabalhado tanto tempo na polícia, Costalarga acumulou muitos favores. Embora boa parte dos credores já estivesse morto ou bem longe de poder retribuir, Paulinho Pavão ainda estava na ativa, e administrava uma das maiores bancas de jogo de bicho da cidade. Nos tempos de polícia, Costalarga livrava a cara do bicheiro sempre que podia, pelo simples prazer de poder continuar jogando. Quinze minutos atrás, o velho gastou o cartão de telefone e pediu o que precisava a Pavão.

Na chegada, a conversa entre os dois não ultrapassou cinco minutos. Paulinho disse que Costalarga estava só o "Caco da Viola" e Costalarga retribuiu, falando que aquela viola ainda podia tocar uma última moda. Depois, Costalarga estendeu as notas e Paulinho lhe entregou uma bolsa de academia com o logotipo da Nike. Costalarga abriu e deu uma espiada. Paulinho puxou um pacotinho do roupão e entregou as balas extras.

— Essas são por minha conta.

Costalarga as colocou na bolsa. A esposa de Pavão, que tinha quarenta anos a menos que o bicheiro, quis saber o que estava acontecendo. Paulinho mandou ela se foder. Depois, se despediu do antigo amigo da polícia e disse:

— Acerta a testa daquele filho da puta.

Costalarga sabia que esse seria o último tiro e respondeu isso a ele.

Já estava quase chegando no carro quando sentiu vontade de fazer xixi e voltou para dentro. Pediu para usar o banheiro. Pavão permitiu, mas respondeu grosseiramente para a esposa de novo quando a mulher, do quarto, insistiu em perguntar quem estava usando sua privada.

Aliviado, Costalarga voltou para o carro.

Chegou à vizinha Três Rios pouco antes das dez e meia da noite, que era, por assim dizer, o horário limite daquela operação. Costalarga pagou o motorista de táxi e agradeceu com uma nova gorjeta. De volta, recebeu um sorriso e um cordial: "cuidado com o sereno, tiozinho", pelo qual preferiu não agradecer.

O que ainda sabia sobre Hermes Piedade é que era tão velho quanto ele, um pouco mais, e que todo velho sempre mantém uma rotina.

Hermes era um desses, e um de seus passatempos preferidos continuava sendo frequentar igrejas. Aquele verme não tinha fé em algo melhor que o Diabo, mas as igrejas significavam aliados fiéis (que ficavam mais fiéis ainda com boas doações) e uma ótima propaganda para os seus negócios. Com a ajuda dos jornais e enfermeiros da Doce Retorno, Costalarga acompanhou Hermes à distância por dez anos. Sabia que, agora, além da empresa de biotecnologia e do Matadouro 7, ele possuía uma rede de açougues e supermercados, e que se interessava pelo mercado de medicamentos. Boa parte dos açougues e drogarias eram franqueados, mas a rede de supermercados levava seu nome e administração.

Como a memória não tinha sido preservada tão bem quanto a visão, Costalarga precisou sacar seu caderninho mais uma vez para recordar o modelo e a placa do carro que Hermes usava agora. Conseguiu a informação sobre o carro e o paradeiro com um antigo colega da polícia, também aposentado, que gostava tanto de Hermes quanto de suas varicosas.

E que diabo era aquilo de Honda? No seu tempo, Honda era marca de moto, mas era o que caderninho dizia. Honda preto. Placa BFK 4230.

Demorou um pouco até encontrar o carro preto, e precisou de mais analgésicos para conseguir ficar de pé até Hermes sair da igreja. Quando se é velho, o tempo passa bem mais devagar, e Costalarga agradeceu por se distrair com um bando de galinhas que estava empoleirado na árvore, bem em cima do carro. Às vezes, elas mudavam de posição, e sempre uma delas estava acordada, como se montasse guarda. Elas cagaram em cima do carrão do Hermes doze vezes, Costalarga fez questão de contar.

Como esperava, Hermes não veio sozinho. E, como também esperava, aquele pedaço de merda velho e arrogante não se preocupou muito com outro velho surrado encostando em seu carrão.

— Desencosta daí — foi tudo o que disse.

Costalarga deu um bote e o agarrou pelo braço, a arma já apontada para a cara do infeliz. O motorista se adiantou e colocou a mão direita sob o paletó.

— Manda o filho da puta levantar as mãos, Hermes. E pula pro volante.
— Costalarga disse e revistou a cintura do empresário.

— Faz o que ele tá mandando — Hermes pediu ao motorista. O outro não se moveu um único centímetro.

— Eu acerto um piolho na sua cabeça sem precisar pôr os óculos, então é melhor obedecer seu chefe — Costalarga reforçou.

As posições foram tomadas rapidamente. Hermes ao volante, Costalarga no banco de trás. O segurança do lado de fora.

— Toca pro Matadouro.

Hermes não relutou, e depois de perceber que a respiração de seu sequestrador se acalmou, disse a ele:

— Já tentaram me matar antes. É melhor ter certeza do que está fazendo.

Costalarga apenas raspou a garganta.

O carro continuou rodando.

Passou pelo reformado Country Club Três Rios, por duas drogarias e pelo maior dos três Supermercados Piedade da cidade.

— O que você quer? Dinheiro? Se for isso, posso providenciar pelo telefone, não precisa insistir nessa loucura.

Costalarga nada disse.

Muitos acreditam que o sangue, a violência e o pânico são as piores substâncias do medo. Mas alguém que viveu o suficiente, como era o caso daqueles dois homens, conhece o poder intoxicante de uma palavrinha chamada ansiedade.

Quanto mais se afastava da cidade, mais Hermes apertava as mãos no volante. Quanto mais apertava as mãos, mais o coração, costumeiramente frio como aço, acelerava seu compasso moroso. Agora, a estrada era feita de terra, e a noite, de silêncio e escuridão. Lá em cima, a lua parecia uma foice, enquanto dentro daquele carro, o suor escorria pelo rosto como pequenas estrelas salgadas.

— Quem é você?

— Vira na próxima à esquerda.

— Não íamos pro 7?

— Eu não, mas você vai. Pra sete palmos do chão.

O Honda atravessou uma porteira e seguiu por um caminho já tomado pelo mato. Havia uma casa grande a certa distância. Estava em ruínas. O carro seguiu em direção a ela. Antes que chegasse, Costalarga comandou:

— Desce e deixa o carro ligado.

— Tá com pressa, companheiro? Teve todo esse trabalho de me trazer até aqui pra me dar um tiro e cair fora?

— Exatamente. Vai pra frente dos faróis.

Hermes demorou um pouco para descer, mas obedeceu. Socou a porta com tudo, deu outra olhada em seu oponente e riu.

— Você é só um velho.

Conforme Hermes se aproximava do brilho dos faróis, Costalarga se surpreendia. Não era só a firmeza dos passos, mas...

— Você não mudou nada. Como pode não ter mudado nada?

Hermes riu.

— Você não se lembra de mim, não é mesmo? — Costalarga perguntou.

— E deveria?

— Milton Costalarga. O senhor me chantageou nos anos oitenta, mandou sequestrar minha esposa, acabou com a nossa vida.

— Não me lembro de vocês.

— Claro que lembra! Precisa lembrar! — Costalarga gritou e sacudiu o revólver na cara dele.

— O senhor acha que um homem na minha posição guarda o nome de cada um dos seus desafetos? Ou que esses supostos problemas que nós tivemos foram pessoais? Não sei o que aconteceu com você e a sua esposa, mas sou um empresário. Garanto que o que quer que tenha feito, fiz pelo bem dessa cidade.

— Eu não sou dessa cidade.

O revólver desceu um pouco, e Hermes recuou um passo quando reconheceu o destino da mira.

— Eu vou atirar no seu pau e deixar você sangrando, como um dos porcos castrados do seu matadouro.

— E o que vai ganhar com isso? Paz de espírito? Na sua idade? Eu posso conseguir coisa melhor. Dinheiro, mulheres, posso recompensar o sofrimento que você acredita que eu causei.

— Minha única recompensa é o seu fim, desgraçado. Eu não perdi só a minha esposa, perdi a chance de ter uma família. Perdi gente que morreu envenenada com as porcarias que você derramou na água.

— Botou na conta as famílias que existem graças ao meu dinheiro? Graças às minhas... porcarias, como o senhor disse? Minha carne alimenta essa região, meu dinheiro faz as molas sociais saltarem com o triplo da velocidade. Graças a mim, esse furúnculo chamado noroeste paulista ganhou um lugar de respeito na anatomia desse país. Foi o sangue dessa cidade aqui, da minha amada Três Rios — bateu contra o chão —, que irrigou todas as cidades vizinhas.

— Chega de falatório — Costalarga engatilhou o revólver.

Hermes girou de costas e começou a descer o paletó pelos braços. Rapidamente, começou a desabotoar a camisa.

— Vira de frente, cão!

Mas Hermes não se virou. Quando a camisa também desceu, Costalarga prendeu a respiração.

— Vou sobreviver, meu caro — Hermes disse. — Vou sobreviver porque já me acostumei com isso.

As costas de Hermes Piedade eram um mapa de cicatrizes. Perfurações consolidadas, queimaduras, pedaços de pele que provavelmente haviam sido enxertados. Da base do pescoço até o quadril, uma longa cicatriz em linha, engrossada por queloides.

— Já tentaram me matar mais vezes do que a Fidel Castro. A primeira vez não me rendeu uma cicatriz, mas chegou bem cedo. Tinha seis anos quando meu pai tentou me enforcar. Depois disso foram facadas, tiros, em setenta e oito eu fui atropelado por uma Mercedes Bens, e eu nunca soube quem estava dirigindo. Eu não morro fácil, meu senhor. — Bateu contra a cabeça, um ruído estranho, quase oco, foi ouvido. — Tenho uma placa de titânio bem aqui. Aconteceu cinco anos antes de eu vir parar nessas terras.

— Chega dessa conversa! Vira de frente pra morrer feito homem.

— Acho bom dar uma olhada no carro antes de continuar com isso.

— Eu não vou cair ness...

Mas o Honda piscou, as travas se fecharam e a buzina ressoou um bip. Costalarga olhou para trás, e, assim que se endireitou, uma bala o acertou no estômago. Hermes estava com o joelho apoiado no chão, segurava um pequeno revólver. A calça suspendida na perna direita mostrava um coldre vazio.

Bamn! Bamn! Bamn!

A Beretta .25 atirou mais três vezes. Costalarga se estendeu no chão.

Hermes apanhou a camisa, seu paletó e devolveu o controle remoto do Honda ao bolso. Jogou o paletó sobre os ombros. Chegou mais perto e chutou a mão armada do homem que pretendia matá-lo.

— Um homem na minha posição tem certos privilégios. Aula de tiro e defesa pessoal são dois deles. Aprendi a carregar uma chave extra comigo, para o caso de alguém render um segurança e conseguir me pegar. Tentaram me sequestrar em noventa e cinco, uma chave parecida com essa também salvou minha pele na ocasião. Mas isso aqui nem deve ser do seu tempo...

Hermes se abaixou. O homem à sua frente agonizava.

— Costalarga, um sobrenome peculiar demais pra cair no esquecimento. Claro que eu me lembro de você e da vagabunda da sua mulher. Eu disse que você não ia conseguir acabar comigo. Não conseguiu quando era mais jovem e muito menos agora, que mal consegue parar em pé.

Costalarga gorgolejou alguma coisa, mas o sangue na boca não permitiu que ele fosse compreendido. Hermes voltou a se levantar e olhou para o céu.

— Eu sou ungido, senhor Costalarga. Sou abençoado pelas forças do progresso e da civilização, e voar cada vez mais alto é tudo o que importa para a natureza humana. Ergui essa cidade sobre os ossos de vagabundos e covardes como o senhor, homens que se achavam grandes demais pra caber nas exigências de uma nova e prolífica sociedade.

— Monstro — o velho conseguiu cuspir no rosto de Hermes antes de arregalar os olhos e morrer de vez.

Hermes sorriu e se limpou com a camisa.

— O senhor não faz ideia do que essa palavra significa.

Please follow these instructions.

Solitária é a noite
Quando não estou com você
Solitária é a noite
Nenhuma luz
Brilhará de verdade
AIR SUPPLY

DEVORAC

Lonely is the night // When I'm not with you //
Lonely is the night // Ain't no light //
Shining through — **AIR SUPPLY**

1

As crianças estavam no quintal de terra batida, olhando atentamente para a varanda da casa. À frente do tanque de lavar roupas, uma mulher robusta, de cabelos já cinzentos e bochechas rosadas, fechava a torneira e enxugava as mãos em seu avental florido. Livre da umidade que poderia desestabilizar suas mãos, ela se abaixou e apanhou a galinha que se debatia, de pernas amarradas, bem ao lado daquele tanque.

— Calminha, fia, já vai acabá.

Sentou-se em uma cadeira, virada de frente para as crianças, e colocou a galinha em seu colo. Começou a acariciá-la ao som das dez melhores de Ronnie Von que chegavam do radinho da cozinha. Do terreiro, as crianças logo viam uma galinha diferente, muito calma e serena.

Estavam em cinco naquela tardinha, todas entre dez e doze anos. Bezerra, Paulo Cesar, Ana Maria, Emerson Chicote e Marcelinho. Claudinho não apareceu, mas era esquisito desde sempre e tinha medo de quase tudo, então... nem fez muita falta. De certo deve ter desconfiado do que aconteceria no meio da tarde.

— Tá chegando a hora, cadê o dinheiro? — Marcelinho perguntou.

O dinheiro não era dinheiro de verdade, porque a mulher com a galinha odiava todo e qualquer jogo de azar. Mas Marcelinho encontrou uma solução, substituindo as moedas por milho. Sem contar que era bem difícil todo mundo ter uma moeda no bolso a toda hora. Já o milho? Crescia que nem mato.

— Aposto que ela perde pra Luciana — Bezerra sacou seu punhado de milho.

— Vinte que ela ganha — disse Chicote.

— Vinte que dá vexame — Marcelinho disse.

— Vexame teu cu — Paulo Cesar disse. — Toma vinte nela.

— Ô, boca! — Ana Maria reclamou.

— Tá bem aqui — Paulo Cesar esticou o pescoço e bateu de leve nos lábios.

— Ela tá certa — Bezerra disse a ele —, a vó não gosta de palavrão.

— Também vou na Elaine — Ana Maria estendeu seus grãos a Marcelinho, que fazia o papel de banca.

Na varanda, a velha ainda fazia carinho na ave. Naquele horário, o sol batia direto no alpendre, e tanto a galinha quanto a mulher ficavam mais iluminadas, parecendo uma pintura. Cabelos e penas ainda mais radiantes, o desenho florido das roupas tão vivo quanto a crista de Elaine.

— Ela não vai chegar nem perto da Luciana — Chicote disse. — E se fosse a Keyla ela ia perder mais feio ainda.

— Da Keyla que tinha medo de lagartixa? — Ana Maria disse.

— Não era medo, era receio. E ela foi a única que escapou da panela até hoje. Ainda deve tá viva, deve ser a galinha mais velha da cidade.

— E por que colocar nome de mulher nas galinhas, posso saber?

Foi um momento delicado este em que Ana Maria fez a pergunta e foi ficando vermelha, os quatro garotos se encolhendo. Mais uma vez, o dia foi salvo por Marcelinho: — Porque elas não são galo, ué...

— Presta atenção, tá quase — Chicote o cutucou com o cotovelo.

A velha estava com Elaine no colo, as mãos sobre o dorso, a galinha tão tranquila quanto um cachorrinho nas mãos do dono. As mãos leves indo e vindo, suaves e competentes. A velha olhava para cima, como quem se confessa antes de cometer o pecado. Voltou a olhar para a galinha. A mão direita foi tomando a base do pescoço, a outra continuou deslizando sobre o dorso. Os olhos de Elaine, pesando, se tornando lentos e morosos. A mão saindo do dorso e chegando mais perto da outra. Os olhos da velha diminuindo um pouco; uma mordida ansiosa nos lábios. Então, aquele movimento rápido e preciso, e o som abafado e pastoso dos ossos se desarticulando sob as penas. "Throck!"

— Solta ela! — Chicote gritou um segundo depois.

A avó não só soltou, como atirou Elaine no meio da terra. A galinha voou como um planeta que perdeu a órbita, as pernas arreganhadas, o pescoço chicoteando. — Só não chuta ela, senão endurece a carne. — a mulher avisou e voltou para dentro da casa.

As crianças rapidamente formaram um círculo em volta da galinha destroncada. Por algum mistério da natureza, galinhas degoladas não morriam imediatamente, e, mesmo com o pescoço quebrado, elas ficavam pulando, quicando, sacudindo aquele pescoço mole e enchendo os olhos de terra.

— Aguenta firme, Laine! — disse Chicote.

E Bezerra começou a contagem: — Um!

— Desiste logo, oferenda! — Paulo Cesar se abaixou e gritou para a galinha.

A galinha subiu quase um metro de altura e rodou na direção de Ana Maria. A menina a socou em pleno ar: — Sai pra lá, nojenta!

— Dois!

Os garotos riram enquanto contavam, e riram um pouco mais quando a galinha se enrolou nos pés de Bezerra.

— Acho que ela gosta de você! — Chicote provocou.

— Cinco! — Bezerra não se abalou.

A galinha começou a rolar no chão em vez de pular, e todos sabiam que aqueles eram seus atos finais. Mas então, para a surpresa de todos, ela soltou um jato de merda que alcançou quase a altura de Paulo Cesar. — Que nojeira! — ele mesmo gritou.

— Dez!

— Onze!

A galinha só trepidava, o traseiro manchado de merda, todos os garotos se inclinando à sua volta, suando, rindo, socando o ar, contando.

— Doze!

— Treze!

— Quatorze...

Ela já não trepidava muito. Os olhos cheios de terra, a língua para fora, as asas meio desconjuntadas, como se as penas tivessem sido embaraçadas por dentro.

— Falei que a Luciana aguentava mais. — Marcelinho disse ao último movimento convulsivo.

— Galinha de bosta. — Paulo Cesar fechou a cara e enfiou as mãos nos bolsos da bermuda jeans.

— De bosta ou não, quem perde tem que ajudar a vó a depenar. — Bezerra o recordou e pegou sua parte do milho. Em seguida se sentou ao lado do outro vencedor, Marcelinho, à frente da varanda. A avó já colocava uma bacia de água fervendo sobre a mesa enquanto o rádio tocava mais uma do Ronnie Von.

Perder dinheiro era ruim, morrer destroncado devia ser péssimo, mas nada se comparava ao fedor das penas na água quente.

2

Ao lado da Igreja da Saudade, Eupídia e Augusto se esforçavam com o carrinho de mão. Ela, um pouco menos. Seu papel era coordenar os esforços daquele homem, e não trabalhar no lugar dele.

— Eu me pergunto quantas vêis a gente ainda vai fazê isso — ele disse.

— Se tamo vivo, é porque tá dano certo.

Continuaram subindo a estradinha, os músculos tão cansados que rangiam por dentro da pele.

No carrinho de mão, duas galinhas mortas, um pedaço de pernil e um cachorro morto que eles encontraram pelo caminho. Também um pouco de arroz, e umas sobras de hortaliças que ameaçavam apodrecer. Ninguém sabia o que aquela coisa comia, mas todos sabiam que, sem fome, coisa nenhuma comia.

— Já parô pra pensá que isso não faz ninhum sentido? — o velho perguntou.

— Falá demais faz menos sentido ainda pra mim.

Depois do coice, o silêncio os acompanhou até a figueira velha, que era o máximo que alguém com um pouco de juízo se aproximava daquele lugar. A fim de acelerar o trabalho, Eupídia se dispôs a ajudar no descarregamento.

— Pegaru otro semana passada — Augusto disse.

— Conhecido?

— Era conhecido meu. Zé Olímpio tinha comércio quando eu era moço. Ele num era muito mais véio, mas mais esperto, sim.

— Isso num é difícil...

O velho se obrigou a parar de trabalhar e encarou todas as rugas de sua esposa.

— De onde vem tanto prazê em me atiçá?

— E de onde mais uma velha que nem eu vai tirá prazer?

Os olhos se cruzaram, eles riram, ela logo esmoreceu.

— Eu fico nervosa de chegá tão perto. E se ele aparecê de surpresa? O que nóis faz?

— Corre, uai. — O velho riu e desceu o pedaço de pernil no mato. — Ele não sai antes da lua. Mas se ele saísse... vou te dizê que a gente não ia muito longe. Esse bicho é esperto, caça o que consegue pegar. Véio não corre, véio não briga, tem véio que ia ficá até sastifeito de morrê antes da hora. Ele também não deve sê novinho, não, porque se existe tem tanto tempo...

No firmamento, havia somente o sangue que restou do dia. As nuvens já estavam alaranjadas, começando a se borrar com o que sobrava de céu. Nas proximidades das águas que corriam sob a Igreja da Saudade, apenas o velho e a velha.

— Não sei porque ninguém nunca invadiu aquela caverna e arrancô ele de lá — Eupídia continuou. — Tanto véio que morre, tanta família que sofre, e ninguém faz nada com essa disgr... — o choro enfim venceu, e tudo o que coube a Augusto foi oferecer seu consolo.

— A gente é véio, paxão. E nóis sabe que ninguém liga muito pá pranta véia. Vamo vortá pra casa e vê nossa novelinha. Se Deus quisé ele come isso aqui e deixa os véio em paz por uns dia.

3

Alguns homens nascem com uma carga extra de obstinação, e quando o quinto idoso foi assassinado em menos de um mês em Três Rios, toda tenacidade de Almir Ibrahim veio à tona.

Já era a décima primeira xícara de café daquele fim de tarde.

— Me diga uma coisa, que tipo de indecente mata um bando de velhos, Morassai? Que porra de assassino é esse?

Toshio Morassai, investigador e homem de confiança do delegado, simplesmente suspirou. Ele sabia a importância de um pouco de resignação.

— Alguém preguiçoso — disse, muito sério. — Ou então alguém que foi abusado, eu não sei... que tipo de gente odeia velho?

— Isso nem parece serviço de gente.

Ibrahim estava de novo com aquele punhado de fotos nas mãos. Homens, mulheres, pretos, brancos, a única pista era a idade avançada. A foto que olhava agora era de um homem. Branco, setenta e cinco anos, fora separado das duas pernas. Havia um talho em seu peito, tão profundo que atravessou toda a musculatura. O rosto também perdeu um naco de carne, parecia ter sido mordido. Um pouco afastado da poça de sangue, um casal de urubus observava a análise do perito, aparentemente se recusando a abandonar o prato.

— Pietro Mourisco. Eu conhecia ele, sabia? Seu Mourisco era ministro da igreja, dava curso de noivos, batizados, esse monte de baboseira. Você é católico, Morassai?

— Budista.

Ibrahim passou para outro retrato. Dessa vez era uma mulher. Maria do Socorro Moreira não tinha um pedaço da pelve, alguma coisa parecia ter chupado toda a carne que encontrou na junção das pernas. Os tecidos carnais que sobraram estavam desfiados e mastigados. Um dos seios fora arrancado. A nádega direita perdeu toda a pele. Ibrahim jogou a foto sobre a mesa. Depois jogou outra. E mais outra.

— Jesus Cristo.

— Isso precisa acabar — Morassai disse.

— Pra acabar, precisamos emboscar esse animal. E com tanto velho dando sopa nessa cidade, o que não vai faltar é isca. Já falou com seus pais?

— Meu pai falou que ia morder o assassino de volta.

Ibrahim riu. — E a sua mãe?

— Falou que na idade dela levar uma mordida era lucro. Daí pai tá sem falar com ela desde ontem.

— Meu pai nem quis me receber. Falou no telefone que eu não lembrava que ele existia fazia dois anos, então era melhor continuar desse jeito. Não digo que ele esteja totalmente errado, mas puta que pariu, será que não dá pra ser menos cabeça dura?

Morassai apanhou um café e mandou uma golada sem açúcar, para manter a mente acordada. Nas últimas semanas, vinha dormindo uma média de quatro horas por noite, basicamente o dobro do homem do outro lado da mesa.

— Pessoal do rádio colocou aviso na programação — disse Morassai. — Eu ouvi mais cedo. Falaram que tem um assassino à solta.

— Outra ideia fantástica do nosso prefeito de bosta. Sinceramente, você acha que algum velho dessa cidade vai ficar em casa por causa de uma propaganda no rádio?

— Duvido muito.

Ficaram calados com outro gole de café. Pensando bem, o rádio não era uma ideia tão cretina assim. O problema era o dono da ideia, prefeito Mário Onório, que precisou de dez mortes para colocar a cidade em alerta. Baile da Primavera, Baile da Saudade, só faltou distribuir vacina no meio da madrugada.

Ainda pensava em como gostaria de encher o prefeito de porrada quando ouviu um ruído. Era algo muito sutil, um leve tec-tec no PVC da porta da sala.

— Tá ouvindo isso? — perguntou a Morassai.

Mais próximo da entrada da sala, o investigador se levantou e foi dar uma olhada. Abriu a porta, olhou para os lados, e então um rastro marrom passou como um foguete pelo chão da sala. Ibrahim se levantou no susto, mas antes que fizesse qualquer movimento calculado a invasora alçou um voo todo acidentado e acabou se acocorando em cima do móvel de fichários.

— Morassai, me diz uma coisa: o que é que uma porra de uma galinha está fazendo na minha delegacia?

4

As crianças devoraram Elaine até o tutano dos ossos.

Apesar de não participar da cerimônia de abertura, Claudinho acabou sendo convidado para o banquete (a avó de Bezerra disse que ninguém comeria uma asinha se "aquela gracinha de menino também não estivesse na mesa") e, assim como os outros meninos, comeu dois pratos bem cheios de galinhada. O que sobrou de espaço foi ocupado pela Tubauva, uma cópia do refrigerante Grapete, produzida pela Hermes Piedade Produtos Alimentícios. Claudinho conhecia aquele gosto desde sempre, seu pai trabalhava na fábrica, e ele sempre trazia uns fardos de "Guaraná do Hermes" para casa.

Com a chegada da noite, todos foram brincar em um descampado próximo. Os vagalumes que existiam ali não eram como os pequeninhos, que os garotos chamavam de "caga-sebo". Os do terreno eram vagalumes tec-tec, brilhavam pelos olhos, eram escuros, e eles estalavam como molas se você ficasse mexendo muito com eles.

Como sempre acontecia, Claudinho ficou por perto de Ana Maria, para fugir da provocação dos outros garotos. Claudinho não tinha a mesma agressividade, era mais calmo, mais comedido, muitos diziam que ele tinha algum tipo de trauma.

A verdade é que Claudinho viu um cadáver uma vez, um velho morto e meio despedaçado, e esse tipo de coisa nunca sai da cabeça de uma criança.

Ana Maria seguia um pouco à frente, saltando e cantando "Vagalume tem-tem, teu pai tá aqui, tua mãe também", assim como os outros meninos. Não parecia possível, mas a algazarra dos meninos tinha algum efeito sobre os vagalumes, como se toda aquela gritaria fizesse os bichinhos perderem altitude.

Em um salto, Ana Maria pegou mais um.

— Abre! Abre logo! — ela disse a Claudinho.

Ele quase derrubou o frasco. Depois começou a abrir o vidro que já continha três vagalumes. Com muito cuidado para que nenhum fugisse, Ana Maria colocou mais um bicho lá dentro. Depois apanhou o vidro e chacoalhou um pouco, para que todos ficassem acesos.

— Tem coisa mais bonita?

— É bonito, sim... Mas tadinhos...

Ana Maria apertou os olhos.

— Tá vendo porque eles chamam você de boiolinha?

— Mas eles morrem, Ana! Como isso pode ser bonito?

— Eles não vão morrer, conseguem respirar pelos furinhos, ó — apontou.

— Sim. E eles comem e bebem ar. Eles vão viver quanto tempo comendo respiração?

Sem conseguir argumentar (ela já tinha tentado fazer os vagalumes comerem, mas era inútil, eles morriam em dois dias), Ana Maria disse:

— Tomara que o Devorac te dê uma mordida!

Correu até os outros meninos e levou os vagalumes com ela.

Ana Maria detestava aquela palavrinha chamada remorso, e Claudinho era especialista em fazer os outros se arrependerem. Vai ver era bem feito mesmo pegarem no pé dele. Quem mandou ser tão tonto?

Claudinho foi logo atrás. Não é que não tivesse orgulho, ou amor próprio, mas por que ficar sozinho no meio do mato?

— Ei! Espera eu! — gritou. Ana Maria e os outros meninos já estavam longe, todos levando seus vagalumes em direção ao casebre.

Três Rios era uma cidade estranha. Um lugar de lendas e maldições. O casebre era outra dessas histórias. Diziam que aquela casinha existia desde sempre, e que aquele terreno todo era maldito, porque havia sido um cemitério há muito tempo. Os mais velhos diziam que os vagalumes daquele terreno eram as almas de gente ruim que foram colocadas nos bichos. Era por isso que poucas crianças tinham pena deles.

Claudinho ainda estava a dez metros do grupo quando as outras crianças cruzaram a abertura da porta. Nada de madeira. Porta mesmo, a casa nem tinha. E o telhado não era grande coisa fazia tempo.

— Gente? — Claudinho chamou, quando chegou a dois metros da casa.

Não ouvia som algum. Nenhuma risadinha, respirações, nem mesmo o barulho das lanternas de vagalume tilintando no chão. Ouvia, sim, o som dos gafanhotos, o vento bagunçando o mato, e um cachorro uivando a dezenas de metros dali.

— Gente? Ô, gente, para com isso, vai... Esse negócio de susto já perdeu a graça. — Avançou um passo. — Tá bom, vocês me pegaram. Eu sou medroso mesmo. Agora podem sair.

Já estava bem perto da porta.

E ele quase caiu de costas quando um lençol branco silenciosamente ocupou a abertura da porta. Quem quer que estivesse nele, também usava uma lanterna na mão, não de vagalumes, mas uma lanterna de verdade.

— Tá, eu quase morri de medo... — Claudinho tentou outra estratégia. Pensava na aula de biologia, quando a professora explicou sobre os animais que se passam por outros bem mais valentes para escapar dos predadores. Os olhos nas asas das borboletas, cobras sem veneno, vermelhas como um tomate, peixes que se inflavam e triplicavam de tamanho.

E um segundo lençol surgiu ao lado daquele. Depois mais outro. Em segundos, existiam cinco crianças cobertas à frente da casa.

— Eu sei que são vocês, tá bom? — disse, já quase nada mimetizado.

Os corpos cobertos à frente não faziam nada. Não riam, não falavam, não se mexiam. Só ficavam ali, parados, como estátuas esquecidas em um porão. Conforme o vento batia neles, o contorno dos corpos se desenhava. As lanternas sobre o tecido se parecendo cada vez mais com algo que não pertencia a esse mundo.

— De-vo-rac — uma das crianças engrossou a voz e cantarolou.

— De-vo-rac — outra repetiu, no mesmo tom.

— Isso já perdeu a graça faz uns cem anos. — Claudinho disse.

E as vozes entoaram juntas:

— De-vo-rac! De-vo-rac!

Claudinho recuou um passo. Eram seus amigos, tinham que ser eles, mas por que ele não conseguia ter certeza?

— DEVORAC! — o último gritou, a voz tão rachada quanto a de um velho.

Incentivados com aquele urro gutural, todos se mexeram ao mesmo tempo, estendendo mãos e lanternas, partindo para cima de Claudinho. Ele nem tentou resistir. Quando percebeu, corria tanto que seus joelhos ardiam. Atrás dele, as crianças não faziam por menos, e enquanto queimavam a grama com seus tênis, gritavam:

— De-vo-rac!

— Ele vai pegar você!

— Ele vai morder a sua bunda!

— De-vo-rac!

— Vai arrancar seu pinto e jogar pros porcos!

— Não! Não! — Claudinho gritou.

— AHHHHH — alguém gritou de volta, e naquele instante ele teve plena certeza de estar sendo perseguido pelo próprio Devorac, a coisa que nasceu nas águas e se esconde nas pedras. Podia imaginar seu corpo cheio de escamas, seus dentes podres, os olhos amarelos que brilhavam como duas luas. O rabo batendo no chão, o cuspe escorrendo da boca.

Então, como se não estivesse ruim o bastante, ele enfiou o pé em um buraco e rolou por uns dois metros de capim. O cotovelo bateu em alguma coisa durante os rolamentos, e o braço esquerdo doeu tanto que os olhos não seguraram as primeiras lágrimas.

— Me deixem em paz — Claudinho se agarrou ao braço.

Acima dele, cinco vultos seguravam suas lanternas, cegando-o com a luz.

— Ah, eu não acredito que você tá chorando... — Paulo Cesar foi o primeiro a se descobrir. — Perdi cincão apostando que você aguentava firme...

— Mas é um franguinho mesmo — Chicote riu.

Aos poucos, todos foram retirando os lençóis e rindo.

— Quer que eu ligue pra sua mamãe? — Marcelinho debochou.

— Eu odeio vocês! Eu odeio todos vocês!

Bezerra foi um dos últimos a tirar o lençol, depois de Ana Maria e Marcelinho. Assim que deixou o tecido no chão, chegou tão perto de Claudinho que ele conseguiu sentir seu cheiro. Claudinho se encolheu mais um pouco.

— Odeia a gente, né? Nesse caso a gente te odeia de volta.

Bezerra puxou a fila e os meninos foram saindo um a um, ainda rindo e tirando sarro. Ana Maria não ria, mas a decepção em seu rosto era bem mais dolorosa.

— Desculpa, é que eu me assustei — Claudinho estava mais comedido.

— Você sempre estraga tudo — ela também começou a andar.

Claudinho só saiu do chão quando eles estavam longe. Limpou o corte que tinha feito no cotovelo, sugou o nariz e chorou mais um pouco. Depois sentiu raiva, uma raiva enorme. Quem eles pensavam que eram? Ficar correndo feito um bando de assombração era fácil, mas nenhum deles tinha visto o que ele viu. Ele sabia onde o Devorac morava. Ele já o tinha visto. Ou *achava* que já. Mas aquele velho morto ele viu, disso, tinha certeza.

Se queria perder o medo, era daquela lembrança que precisava se libertar.

5

Seu Gervásio tinha oitenta e sete anos. Perdera os cabelos aos quarenta, alguns dentes aos setenta, o bigode se foi aos oitenta e dois (aqueles pelos sobre a boca o deixavam ainda mais velho). Começou a pintar os cabelos de preto-carvão-radioativo quando fez oitenta e cinco, um mês depois de ter se apaixonado perdidamente pela jovem Ecomênica, de setenta e duas primaveras.

Agora, com aquele bicho lá fora, todo mundo o tratava feito uma criança.

Puta merda, não era de hoje que aquela aberração matava os velhos, toda criança da cidade sabia disso. Chamavam de Dentes Grandes, de Mal das Águas, quando era menino, chamavam a coisa simplesmente de Bicho-Papão e de Bicho Feio (o que parecia bem mais próximo da verdade).

Então, no momento mágico e sublime em que o Viagra salvou a ereção de todo mundo, e ele finalmente descobriu uma teteia como Ecomênica, ninguém mais podia sair de casa.

— Não pode sair é uma ova... — disse ao espelho, enquanto assentava o colarinho da camisa turquesa. Em seguida, apanhou um pentinho flamengo do bolso da frente para dar uma geral nos cabelos finos. Eles pareciam mais fartos com aquela cor preta, mas a verdade é que continuavam a mesma coisa escorrida de sempre, como também costumava ser seu pinto.

Por segurança, bateu a mão no bolso da frente, onde estavam os comprimidinhos mágicos que ele apelidou carinhosamente de guindaste.

Ecomênica morava sozinha, ela era o que chamavam na cidade de mulher independente. Aquela seria uma noite especial, Ecomênica tinha uma roupinha nova, e tudo o que ele precisava fazer era escapar da milícia dos Fleuri.

A porta da frente, nem pensar, o filho da puta do seu genro tinha dado fim na chave. Eriberto também fez o mesmo com a chave da copinha, mas, aquela, o velho conseguiu copiar a tempo.

Saiu do quarto com os sapatos nas mãos, macio como um gato. Tomou o corredor, passou pelo banheiro, pelo quarto vazio da neta, avançou pela porta trancada do quarto do menino, que era meio esquisitinho desde que nasceu. Seu neto parecia perdido no tempo, ouvindo músicas estranhas, se comportando como se não gostasse de nada no mundo. Uma vez o velho o apanhou passando batom, era bem novinho ainda.

Enfim, a copa. Bastava passar por ela, atravessar a porta e cair nos braços de Ecomênica. Com todo sorriso possível de "quem é mais esperto agora" pendendo na cara, o velho apanhou a chavinha e enfiou na fechadura. Deslizou como manteiga. Com mais cuidado, puxou a maçaneta.

Puxou de novo.

Sem paciência, fez um pouco de força e sacolejou a porta, para que aquela porcaria funcionasse.

— Que bonito, hein, seu Gervásio.

Antes mesmo de olhar para trás, o velho encontrou o que impedia a abertura. Alguém tinha instalado um cadeado extra, claro que sim.

— Você não pode me prender, Silvinha.

— Prender? Pai! Estamos evitando que o senhor seja morto! Eu amo o senhor, como eu posso ficar tranquila sabendo que meu pai está batendo perna por aí? Tem um doido lá fora, pai, um maluco que mata velhinhos.

— E pode parar com os diminutivos. Eu me sinto um idiota quando vocês fazem isso. Cadê a chave dessa porta?

— Não tá comigo, pai. O Eriberto ficou com todas as chaves extras.

O velho respirou fundo, bem fundo.

— Eu sabia que tinha o dedo podre daquele peidorreiro do seu marido.

— A ideia foi minha.

— E vão fazer o quê? Me prender pra sempre? Isso é cárcere privado, sabia?

— O senhor vai ficar seguro com a sua família até alguém descobrir o que está acontecendo nessa merda de cidade! Tá bom assim, pai? — ela gritou. — É isso o que senhor queria ouvir, papaizinho?!

Não, não era. Mas, notando o desespero da filha, o velho riu e se acalmou um pouco. Quando se perde uma guerra, é bom saber que o adversário também levou uns tiros.

6

No segundo quarto do corredor, Claudinho aumentava o volume e deixava Ney Matogrosso cantar sobre lobisomens. Em um pôster acima do toca-discos, aquela mesma figura enérgica o encarava, como um abutre.

Em frente ao espelho pregado no guarda-roupas, Claudinho se preparava para a guerra. Soldados mancham o rosto de verde, índios se pintam com urucum, ele se pintava como Ney. Não sabia quem ou o que era Ney exatamente, mas se sentia encorajado só de olhar para ele; se sentia mais forte. Havia certa imponência naquele homem, algum tipo de fúria, um estranho senso de coragem para divergir e assumir suas verdades. O vocalista do Secos e Molhados parecia ter a própria liberdade como sua escrava.

Os olhos já estavam pretos e repuxados perto da fronte, exatamente como os olhos no pôster. O resto do rosto estava branco e pálido. No pescoço, uma porção de colares vagabundos que ele afanou da irmã. Claudinho também não se esqueceu das penas, mas, na falta de pavões, surrupiou o lixo da casa da avó de Bezerra e conseguiu um punhado do que sobrou de Elaine.

Agora só faltavam dois detalhes: uma câmera e uma arma.

A câmera acabou sendo uma daquelas porcarias instantâneas de supermercado que ele tinha comprado há uns seis meses. Pretendia fotografar a si mesmo, mas nunca teve coragem de fazê-lo — o moço que revelava as fotos era amigo de seu pai, seria praticamente suicídio. A arma não era muito melhor, um canivete de churrasco que ele afanou das gavetas da cozinha.

Naquela noite, Claudinho não usaria camisa, porque Ney nunca saía para a guerra usando muitas roupas. Quanto aos sapatos, achou melhor colocar algo nos pés (na verdade um tênis, cheio de fosforescências). Seu herói nunca usaria uma coisa daquelas, mas Ney parecia ter salto alto no lugar dos ossos.

Enquanto o avô discutia com a filha e o genro, o neto saiu de fininho, e rapidamente chegou à porta principal. Como o resto da casa (excluindo seu avô), ele também tinha uma chave.

Um segundo antes de mergulhá-la na fechadura, a porta se abriu em um único golpe. Era Renata, sua irmã mais velha. Ela o mediu de cima a baixo, depois levou as mãos à boca e começou a rir. Estava um pouco descabelada, o que sobrou de batom estava chegando no queixo. Claudinho nem se deu ao trabalho de abrir a boca e passou por ela como um raio.

Renata ainda ficou rindo mais um pouco — Tá usando minhas bijuterias?!

Ela observou o irmão se esgueirando entre os carros estacionados, arisco como um gato que escapou do canil. Teve a impressão que o caçula usava uma meia-calça escura por baixo da bermuda. Não tentou dissuadi-lo. Tinha acabado de chegar do carro do namorado, o suor dele ainda estava nela. Aliás, havia outras coisas do rapaz nadando dentro dela. O mais sensato era ir logo tomar um banho e evitar seu próprio flagrante.

Aparentemente teria tempo para isso. Seu avô estava gritando de novo por causa da namorada.

— Eu amo a Ecomênica!

7

A noite tem um significado muito diferente para uma criança. Medo, excitação, perigo. Mas naquela noite, tudo o que Claudinho sentia era harmonia. Enquanto se esgueirava feito um leopardo, um falcão, muitas vezes um macaco, experimentava uma conexão que nunca imaginou existir. Estava vivo, pela primeira vez se sentia vivo de verdade.

Mesmo quando passou pela casa de Ana Maria e sentiu uma vontade louca de falar com ela, seu impulso mais forte foi a compreensão de que eles não pertenciam mais à mesma espécie.

Depois de deixar o centro, ele sequer pensou nela ou nas outras crianças. Estava livre, consciente da criatura que nascera para ser. Claudinho se sentia tão alto e brilhante quanto a própria lua.

Logo chegaria à estradinha desabitada que o levaria ao seu destino implacável, mas antes, uma parada em uma árvore, para urinar. Uma mulher com a idade de sua mãe passou por ele e perdeu o compasso da respiração, horrorizada. Sem pensar duas vezes, Claudinho virou o pirulito de frente para ela e apertou a bexiga, para mijar um pouco mais longe. A mulher atravessou a rua em menos de três segundos.

— Corre mesmo! — Claudinho gritou e socou o próprio peito, como um babuíno. Depois saiu pulando, trotando, saltando em pleno ar como se um daqueles pulos pudesse levá-lo às nuvens.

A empolgação só voltou a diminuir quando ele chegou a Antúrios, o bairro mais perigoso da cidade. Ali era a verdadeira savana de Três Rios, um lugar onde você precisava andar em bandos para não morrer nas ruas. Naquela noite, Claudinho passou despercebido, como um dos muitos bêbados adormecidos que encontrou a cada três ou quatro quarteirões.

Depois de Antúrios, finalmente a estradinha.

Depois, o pensamento: "E se o Devorac também comesse crianças?".

Sim, porque todo mundo sabia que ele matava velhos, que ele arrancava suas carnes e bebia o sangue. Seu avô contou a história pela primeira vez quando Claudinho ainda era bem pequeno. O velho disse que, no tempo dele, chegavam a morrer cinco velhos de uma vez só, e que ele achava que o bicho hibernava, porque de repente as carcaças estropiadas paravam de aparecer. Também falou que muita gente acreditava que o bicho tivesse sido gente um dia, e que aquela igreja lá em cima foi feita para acalmar a ira de Deus. Claudinho não acreditava muito nele, em Deus, mas preferiu acreditar quando venceu a estradinha e viu aquele monte de comida no chão.

De repente, ele não se sentia mais o caçador ou o guerreiro, mas um daqueles pedaços mastigados e sujos de terra. Naquele momento, preferiu ser igual aos outros e fazer as mesmas piadas imbecis dos outros, em vez de ter aquele monte de ideias que ele não sabia de onde vinha. Que droga, por que ele não podia ser mais... simples? E de que adiantava tanta coragem se a coragem dele só servia para mostrar alguma coisa a alguém?

— Porque você existe, eu sei que você existe — disse à gruta distante, que recebia boa parte da luz da lua.

Claudinho se acocorou, besuntou as mãos na terra e as esfregou em seu rosto. Doeu, feriu, mas agora ele estava no comando de novo. Com a dor na pele, sentiu-se mais vivo do que nunca, então apanhou mais terra e esfregou no braço ferido. O sangue veio em profusão, e seu cheiro foi tão gostoso que o menino sentiu fome.

— Você é só um medo que colocaram em mim.

Munido de coragem, Claudinho pisou sobre os restos de comida e tomou a direção da gruta.

A cada passo, sua pele ficava um pouco mais arrepiada. Não era medo, era outra coisa, era algo que nascia daquele mato, daquela terra, daquelas pedras. Quantos estiveram ali antes dele? Quantos perderam a vida? Quantos foram concebidos naquela mesma gruta? Gruta dos Pecados, era esse o nome. E existe nome melhor para a casa de um demônio? De um monstro?

Claudinho apanhou a máquina e testou a ocular. Era entrar e sair. Bater aquela foto e reescrever sua própria história. Talvez nunca contasse a ninguém que esteve ali, sozinho, no meio da noite, mas sabia que estava acontecendo, assim como sabia que os próximos segundos mudariam sua vida para sempre.

Estava em frente à gruta. Havia um odor saindo dela. Era meio podre, mas, ao mesmo tempo, não chegava a ser ruim. De alguma forma era quase doce, como o cheiro que os cachorros ficam quando terminam de se fartar com carniça.

Click, uma foto.

Click, mais uma.

Talvez nem precisasse entrar. O flash iluminou quase todo o nada que existia lá dentro. Tinha algo no chão, sim, mas não era maior que um cachorro.

Ou talvez devesse chegar mais perto, só para garantir que o nada era mesmo nada. Porque se fosse alguma coisa, bem, se alguém estivesse deitado ali, daquele tamanho, poderia ser uma criança.

Um pouco receoso, Claudinho deu dois passos na escuridão.

Conhecia aquela sensação, aquela *paúra*, como dizia seu avô, quase italiano. Mas se o que havia naquele breu era tão ruim, tão maléfico, porque ele sentia tanta vontade de seguir em frente? O que a verdadeira escuridão escondia de tão perigoso? De tão poderoso? Queria tocar a coisa e nunca mais ter medo dela. Tatear aquele corpinho, provar que se tratava mesmo de um cachorro, seguir com sua vida.

— Eu não quero mais ter medo — confessou à escuridão. — Eu só preciso entrar aí e ficar um pouquinho. Só um pouquinho, tá bom?

E ele ficou. E não soube quanto tempo ficou.

Dentro da gruta, a escuridão era tão grande que o mundo parou de existir. Claudinho se sentia abraçado pelo escuro, abençoado, dormindo em seu colo. Em um instante, ele não precisava mais provar nada para ninguém. Mas a coisa deitada ali à frente estava esperando seu toque. Seu pé esquerdo a havia encontrado. Claudinho recarregou os pulmões e se abaixou, deixando a mão chegar bem perto. Sentiu o frio da carcaça e a recolheu. Ouviu o zumbido espantado das moscas.

— Desculpa — pediu ao escuro. Não era direito sentir medo, não mais.

Sua mão voltou à carcaça e não encontrou pelos, mas carne. Estava fria, um pouco repugnante. Claudinho continuou deslizando a palma da mão direita. Com um pouco mais de força, percebeu que se tratava de uma pele mole, sem firmeza, provavelmente enrugada. Localizou um braço, o outro, deslizou a mão pela face até sentir... Deus, eram os olhos. Os olhos abertos de um morto. Pensou em parar, não por medo, mas por temer as vontades que ainda tinha. Queria tocar aquele corpo, experimentar, tripudiar sobre seu medo e dizer a ele que seu reinado tinha chegado ao fim.

A mão chegou à cintura, e ali se deteve um pouco. Quais as consequências de continuar com aquilo? Qual era o limite daquela... expedição? Deveria haver um limite para a curiosidade de um menino?

— Não — Claudinho disse e a deixou descer. Tomou algo úmido, e a fim de ter certeza do que encontrara, deixou que as duas mãos perscrutassem a coisa. Recolheu os braços depressa ao sentir algo pastoso, úmido e desfiado, que eriçou um forte cheiro de aço. Bem que tentou, mas Claudinho não encontrou maneiras de negar aquela verdade.

Não era um cão. Não era uma criança. Era a metade do corpo de um velho.

O pavor que o varreu foi tão intenso que os músculos demoraram para voltar a responder. Assim que o fizeram, assim que Claudinho chegou à saída, uma coisa escura e ensopada lhe saltou à frente. O menino ergueu os olhos, e tudo o que viu foram aqueles dentes. Com aquela magnitude, ele finalmente compreendeu que o ser não poderia caber naquela gruta. Ele vinha das águas.

Ainda segurava a câmera, e seu braço foi arrancado em um só golpe. O sangue esguichou como uma mangueira de jardim. O membro foi atirado para longe, e se bagunçou com todo o mato que encontrou pelo caminho. A câmera ainda disparou uma última foto.

A coisa impossível de ser classificada caiu sobre as quatro patas para cima do menino. Apanhou uma perna em cada garra e puxou. A direita se separou do corpo, e ele a deixou de lado, como um gato que se desinteressa do rabo de uma lagartixa. Sentou sobre o menino e rosnou. Ele ainda vivia, ainda gritava. Inexplicavelmente, existia certa felicidade a cada novo golpe, a cada nova injúria. Quando um dos globos oculares foi perfurado, a boca do menino sorriu. E uma alegria ainda maior brotou às gargalhadas, enquanto sua língua lhe era arrancada.

Morreria como um guerreiro, enfim estaria livre das agonias da vida.

Mas a morte não veio. E Claudinho observou a coisa o seccionando e se servindo dele. Arrancando alguns dedos, chupando o coto da perna esquerda, virando-o de bruços para se alimentar com a carne mais gordurosa de seu traseiro. Quando terminou de se fartar, o ser apanhou o que ainda vivia e arremessou na parede, até que o cérebro vertesse sua mais preciosa iguaria. Então ele chupou aquela cabeça e o menino se foi.

8

Morassai tirou o delegado da cama perto das quatro da madrugada. Ibrahim se vestiu com um jeans e um casaco vagabundo, seria o suficiente para aquecê-lo, com todo o sangue quente que corria em suas veias.

Precisou subir a pé boa parte do caminho porque um bando de traficantes de Antúrios tinha feito uma barricada que impediu a passagem dos carros. Um morador assustado contou que fizeram aquilo para se proteger do que matava lá em cima. O delegado quase acreditou nele.

Naquele horário, muitas moscas estavam acordadas, e elas formavam uma capa viva no que sobrou da criança. Assim que o viu, Ibrahim precisou vomitar.

— Santa Maria, o que aconteceu com essa...

— Menino. É um menino. Tem um pedaço com o pênis dele logo ali em cima — Morassai explicou.

— Mas essas roupas... Isso é uma meia-calça?

Morassai ignorou o comentário e acendeu um cigarro.

— Parece que a gente descartou um abusador cedo demais, chefe. É evidente que quem fez isso é algum tipo de tarado.

Ibrahim olhou ao redor e encontrou os restos de comida. Algumas flores entre a carne. O sangue do menino chegou até aquele ponto. Não era só um tarado, era um doente. Ibrahim chutou alguns pedaços da comida com raiva, e sentia tanto ódio que seria capaz de mastigá-los. Ficou sem forças em seguida. Morassai tentou ajudá-lo, mas o delegado preferiu se acocorar. O rosto estava queimando, ele estava efervescendo por dentro.

Da posição onde estava, viu dois velhos encarando de longe, como quem apenas observa um pedaço mais sujo da paisagem.

— Tira eles daqui — pediu a Morassai.

Ainda teria que descobrir a identidade do menino. E depois teria que explicar para os pais o quanto ele e sua equipe foram incompetentes, e de certa forma culpados, por aquela atrocidade. Os amiguinhos da escola ficariam tristes, tirariam uma semana de folga, então ficariam felizes de novo. Com uma nova agonia, pensou que aqueles dois velhos poderiam estar fatiados no lugar da criança, e se sentiu um pouco mais ordinário do que já estava.

No horizonte, mais um dia de sol começava a nascer cheio de cinza.

Please follow these instructions.

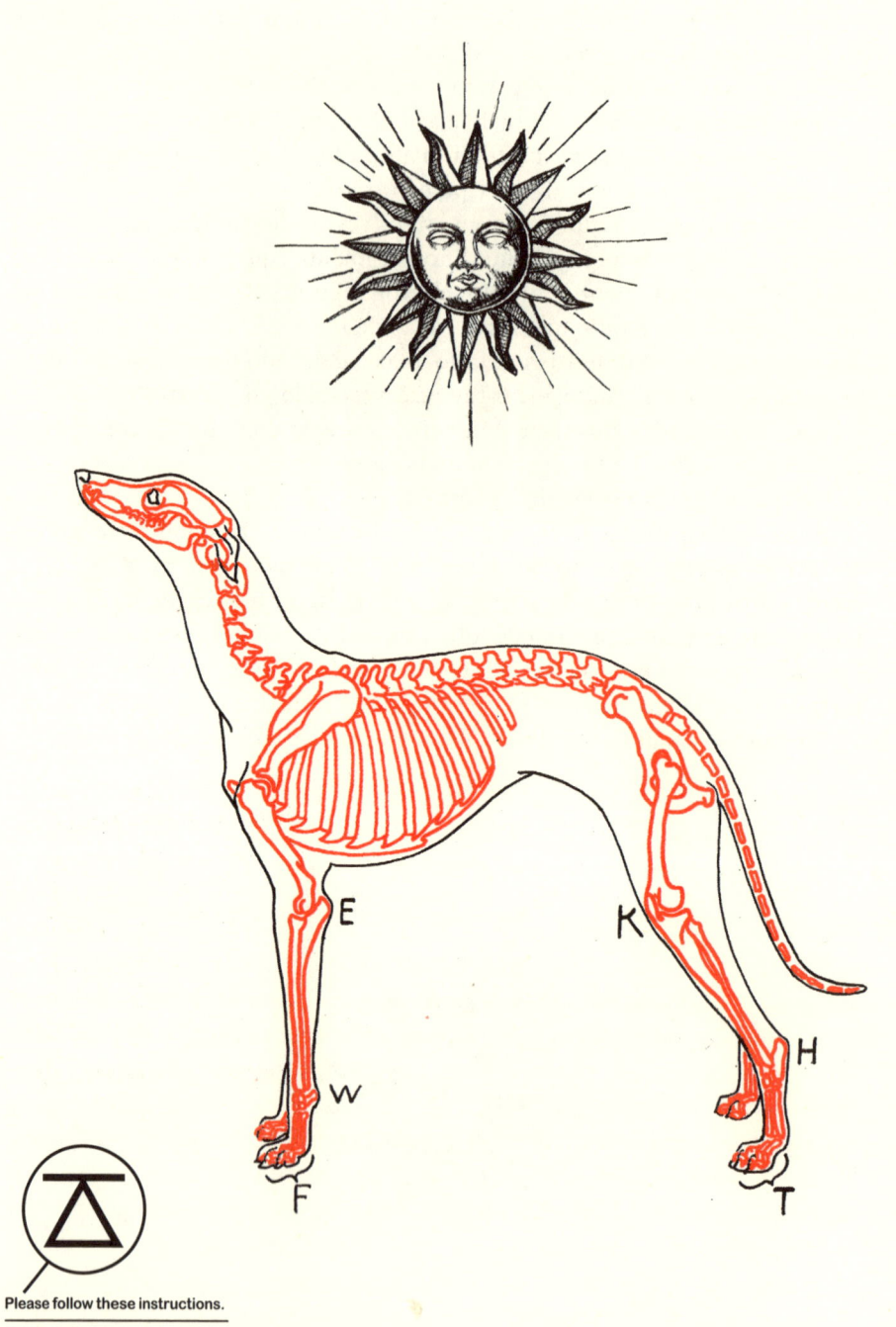

Não consigo me imaginar amando ninguém além de você
Por toda a minha vida
Quando você está comigo
Baby, o céu é azul
Por toda a minha vida
THE TURTLES

BOM PRA CACHORRO

> I can't see me loving nobody but you /
> For all my life / When you are with me
> // Baby the skies will be blue /.. For
> all my life — **THE TURTLES**

Os Freitas sempre gostaram de cachorros. O primeiro foi o vira-lata chamado Elvis. Depois dele chegou John Lennon, um fila. Quando John se foi, Janis Joplin assumiu o posto. Janis era uma pastora-alemã que morreu bem velhinha, sem muitos dentes, e então apareceu Kurt, o border collie que parecia movido à plutônio. Kurt, tão agitado quanto bom amigo. Inteligente com os truques, gostava de correr, e sempre estava disponível para um passeio com seu dono, Daniel, ou uma corrida com sua dona, Elizete.

Ficou um pouco preguiçoso quando Jefferson (filho daquele casal de humanos) nasceu, afinal, a família passou a ter olhos só para aquele bebê chorão. Kurt sentiu ciúme, mijou nos tapetes, cagou no sofá, e rasgou todas as roupinhas que conseguiu alcançar no varal. Nada que tenha durado, porque quando o menino começou a andar, ele e o cão se tornaram inseparáveis.

Kurt tinha o DNA dos pastores em algum lugar dentro dele, e isso significava que ele não desgrudaria de seu amigo Jeffinho, e que ainda seria capaz de morrer por ele!

Em Gerônimo Valente, era comum ver Kurt por todos os lados.

Quando não estava com o pai, estava com a mãe, e quando não estava com nenhum dos dois, era só procurar pelo menino.

Na literatura, dizem que um border collie pode viver até quatorze anos, então, quando Kurt começou a ficar quieto demais, aos nove, ninguém deu muita importância. Nessa época, seu amigo humano, Jeffinho, já tinha seis anos, e ele foi o único da casa que ficou realmente preocupado desde o começo. Tanto que pegou seu próprio cobertor do *He-Man* e levou para o quintal, para que seu amiguinho não sentisse muito frio à noite.

Kurt parou de caminhar normalmente em maio de noventa e nove, mas só foi diagnosticado com problemas irreversíveis nas articulações um ano depois, quando passou a se lamber tanto que abriu uma ferida na pata traseira direita.

Medicado, tudo parecia que ficaria bem, mas em dois mil e um ele parou de caminhar de novo. Jeffinho, sempre ao seu lado, disse ao pai que a barriga de seu amigão estava inchando, e Daniel pediu um ou dois dias de prazo para ver se o cão se recuperava sozinho e ele escapava de gastar outra nota no veterinário. Vencido o prazo, saiu bem cedo de casa, já supondo que alguma coisa muito ruim estava acontecendo com Kurt. Na noite anterior, ele e Elizete conversaram que, da maneira como o cãozinho estava respirando com dificuldade, era um risco enorme ele sofrer uma parada cardíaca bem ali, na frente do menino.

Naquele dia, Daniel voltou sozinho para casa, com os olhos vermelhos e uma coleira vazia na mão. Explicou ao menino que Kurt precisou ser submetido a uma cirurgia de emergência, e ressaltou que o procedimento era muito, mas muito arriscado mesmo. O menino pediu para que a mãe acendesse uma vela para o anjo da guarda de Kurt. E ela fez isso, fez sem nem mesmo pestanejar. Enquanto Daniel chorava no banheiro, Jeffinho fechava os olhos e rezava junto com a mãe.

A verdade que já estava escrita apareceu horas mais tarde, quando Daniel conseguiu contar o que já havia acontecido mais cedo sem cair no choro.

Se existiu um dia ruim na vida da família Freitas, esse foi o treze de abril de dois mil e um.

No dia quatorze, o quintal amanheceu vazio. Elizete acordou cedo, apanhou uma vassoura, a mangueira e um saco de lixo bem grande. Varreu o quintal e tudo o que encontrou de Kurt foi para aquele saco. Os remédios, os brinquedos, as tigelas de alumínio, o que ainda havia de ração e biscoitos. Chorou um bocado ao fazê-lo, e se zangou com Deus, porque não era justo levar um cachorro bom como o Kurt tão cedo. Quatorze anos passava longe de ser grande coisa, mas dez? Isso era maldade pura!

Jeffinho não chorou de novo, talvez porque tivesse esgotado seu suprimento de lágrimas no dia anterior, quando o pai deu a notícia do óbito. O menino também preferiu não ver o cão depois de morto, e o pai achou isso muito maduro e respeitoso, disse ao menino que a última lembrança seria a última vez que eles estiveram juntos, uma boa memória. Jeffinho se lembrava bem. Ele fora até o carro, Daniel tinha colocado seu amigo no banco de trás. Jeffinho se debruçou sobre seu pelo e sentiu seu cheiro, o cheiro de cachorro dele, que era o melhor cheiro desse mundo. Depois se despediu e pediu que ele fosse um bom menino com o doutor Evandro, o veterinário de Kurt, e que voltasse logo para casa, porque eles ainda tinham que participar do passeio de cães do dia vinte e dois. Kurt lambeu sua mão e o carro saiu da garagem. E ele ainda acenou quando Kurt ergueu a cabeça e o encarou pela última vez.

— Pode chorar, filho. Às vezes é bom botar pra fora — Elizete disse quando terminou com a limpeza.

Mas o menino não chorou. Esperou no quintal até que seu pai chegasse para o almoço. Não demorou muito e Daniel estava nos fundos da casa com ele.

— E aí, amigão? Tudo bem?

— Claro que não, né.

Daniel se sentou em um banco da varanda, que ficava em frente ao quintal gramado, e se deu conta de como aquele espaço havia ficado terrivelmente vazio. Todos os cães da família foram amados, todos se foram e a vida seguiu em frente, mas nenhum deles conviveu com Jeffinho, nenhum deles abriu mão de sua própria felicidade para tornar uma criança mais feliz.

— A gente tratava ele feito um bebezinho antes de você nascer. Tratávamos ele como um filho.

— Ele morreu mesmo?

— Ele descansou, meu filho.

— Parece que ele ainda tá vivo. Parece que, se eu fechar os olhos, ele vai voltar correndo no quintal, como se nada tivesse acontecido.

O pai riu, complacente.

— Eu queria que ele voltasse. — O menino disse.

— Lembra do filme do cemitério, do Stephen King?

— Eu não queria que ele voltasse daquele jeito, papai, só queria que ele... não tivesse ido.

— Algumas vezes, viver mais só significa mais sofrimento.

O menino se calou, então apanhou uma bolinha de borracha, que ele conseguiu resgatar do quintal mais cedo. Nem mesmo Kurt ligava para aquela bola suja, mas agora ela tinha o mesmo valor de um videogame novo.

— Ainda tem o cheiro do Kurt. Da babinha dele.

E finalmente o menino começou a chorar de novo. Daniel o abraçou, e Jeffinho chorou mais um pouco, apertando a bolinha no peito como se ela pudesse levá-lo de volta ao passado.

— Por que ele não voltou pra casa? O que aconteceu? O que aconteceu de verdade, papai?

— Ele não aguentou a...

E Daniel caiu no erro terrível de olhar nos olhos mareados do menino. Não poderia mentir para ele, não queria, não conseguiria. Que o menino o odiasse, se esse era o peso de uma confissão, mas que fosse um ódio legítimo e verdadeiro, que passasse bem longe de um amor construído sobre mentiras.

— Tivemos uma doença muito ruim com os animais de Gerônimo Valente. Já faz muito tempo, mas eu me lembro que alguns deles machucavam a si mesmos. Aves se bicavam, cães se mordiam, quando estavam perto um do outro, eles se atacavam e só paravam quando um dos bichos morria. Seu avô José tinha um pastor-belga na época, a gente precisou mandar ele... dormir.

— E o Kurt tava com essa doença?

— Não, mas quando eu coloquei ele no carro, pensei que pudesse estar.

— E o que ele tinha?

— Quer mesmo saber de tudo?

O menino assentiu. E no meio de toda aquela conversa esquisita, o pai sentiu um orgulho danado de ter um filho tão corajoso.

— O Kurt estava com um problema nos órgãos, principalmente no fígado.

— Que tipo de problema?

— Câncer, meu filho. O fígado do nosso amiguinho estava sangrando, era por isso que a barriga dele estava inchando. Doutor Evandro fez os exames e achou melhor tentar uma cirurgia, era isso ou o Kurt ia morrer aqui em casa.

— E ele morreu na operação?

E a fada da mentira sacudiu sua varinha de condão outra vez.

Seria muito mais fácil dizer que sim e terminar aquela conversa. Almoçar, colocar um potão de sorvete de chocolate em cima da mesa e dizer um monte de besteiras que fizesse todo mundo rir. Ao final da tarde, passar na FireStar e alugar uma porção de comédias para continuar rindo até se esquecer da verdade. Uma coisa nesse mundo é certa: quem inventou a mentira, sabia exatamente o que estava fazendo.

— Nosso amigo estava indo bem na operação.
— Mas...
— Eram os órgãos, meu filho. O problema na pata traseira, o Kurt não ia mais andar, a não ser que... ele ia perder a perna e precisar de um carrinho. E se ele sobrevivesse à cirurgia, os tumores iam continuar crescendo e fazendo ele sofrer. Seria impossível curarmos ele, não tinha como. E manter o Kurt vivo sofrendo... eu não podia fazer isso com ele. Não faria nem mesmo com um ser humano.
— Daí você...
— Doutor Evandro me perguntou o que eu queria: manter o Kurt vivo e sofrendo, e ele não garantia que o Kurt pudesse sobreviver depois da operação, ou deixar ele ir embora. Ele já estava dormindo para fazer a cirurgia, então ele iria dormir e não acordar mais.

O menino pensou um pouco.

— E ele não sofreu?
— Nadinha. Ele estava anestesiado, dormindo e sonhando com o céu dos cachorros.
— E depois?

Dessa vez a fada da mentira ficou bem quietinha. Com as verdades que tinham sido ditas, não havia mais espaço para ela.

— Depois ele foi cremado.
— Não enterrou ele?!
— Não, filho. Da mesma forma que não enterramos o vovô. Nossa família acredita que tudo de bom que deve ser feito para o outro, deve ser feito em vida. O que sobra depois é só uma casca.

Foram dois longos minutos de silêncio, minutos intermináveis sentindo o vento morno da tarde deslizar sobre a pele frouxa, enquanto o cérebro disparava lembranças de que aquele mesmo quintal um dia fora o melhor lugar da casa.

— Entendi, pai, eu não tô com raiva. Só queria que ele vivesse mais tempo.
— Viver tanto tempo também não é bom — Daniel disse. E sendo seu filho, Jeffinho percebeu que havia certeza demais naquela frase. Havia o que o vovô, que foi para a fogueira igual ao Kurt, chamava de convicção.
— Eu queria ver um cachorro velho, velho de verdade — o menino disse.
— Por quê?
— Se eu visse, acho que eu ia ficar menos triste pelo Kurt morrer tão novo.

Daniel pensou um pouco no assunto. O que estava prestes a sugerir ao filho talvez passasse muito longe da atitude mais certa, ou mesmo esperada de um pai, mas ele precisava fazer alguma coisa. Não enterraria Kurt em um cemitério indígena Micmac, mas, com sorte, ajudaria o filho a compreender alguns mistérios da morte.

— Nós vamos dar um passeio hoje à tarde. Eu e você.

Embora preferisse ter dito a verdade, Daniel aceitou alegremente as bençãos da fada da mentira quando disse à Elizete que levaria o filho para uma voltinha no seu emprego, na Secretaria Municipal de Saúde, para distrair o menino.

O Peugeot, no entanto, tomou a vicinal Francis Maia e, em seguida, uma longa estrada cuja única construção em pé era uma granja abandonada. Quando o asfalto ficou tão liso e reto quanto um bloco de gelo, o menino finalmente conseguiu ver as letras no topo do prédio espelhado por vidros verdes e escurecidos.

— É ali?
— É sim, o centro de pesquisas da AlphaCore Biotecnologia.
— É onde você trabalha?
— Não, mas o papai tem um conhecido que trabalha lá e me deve um favor.

Calados de novo, deixaram o System of a Down rolar no aparelho de CDs do carro até que chegasse à guarita, onde Daniel se apresentou ao vigia.

— Toma, um pra você, um pra mim — Daniel entregou um crachá de visitante ao menino. Ajudou a colocá-lo em sua camiseta.

— Legal! — Só aquele sorriso já valeria o passeio, mas a missão ainda estava longe de chegar ao fim.

O carro entrou nas instalações e demorou mais cinco minutos até estacionar em frente ao prédio certo. Daniel afrouxou o cinto de segurança e deu uma conferida no espelho, para depois explicar ao filho:

— É muito difícil eles deixarem uma criança entrar. Então, você vai precisar ficar quietinho e não tocar em nada, tá bom?

— Por que as crianças não podem entrar?
— São leis, Jeffinho.
— Então a gente tá quebrando a lei?
— Não exatamente. Como eu pedi autorização, estamos trabalhando de acordo com a lei, mesmo que façamos o contrário.
— Ah, tá — Jeffinho disse, sem entender nada.

Desceram do carro e seguiram caminhando lado a lado pelo corredor estreito e cercado de arbustos floridos que levava à entrada.

Depois da porta de vidro estava uma moça bonita, que usou o telefone assim que descobriu o nome completo de Daniel. Ela logo se levantou e abriu outra porta, essa de PVC.

— Podem entrar, o dr. Cintra está esperando. — Daniel foi na frente, e quando Jeffinho estava passando, a moça se abaixou. — Qual é o seu nome, gracinha?

— Jefferson, mas todo mundo me chama de Jeffinho.
— Eu queria me congelar pra esperar você crescer, lindinho.

Lindinho ficou corado e se adiantou depressa até o pai. A moça riu da reação e fechou a porta.

— Acho que esse é mais um segredo nosso, tá bom? — Daniel disse a ele.
— Sua mãe não vai ficar muito feliz se descobrir que a bonitona ali se encantou pelo bebezinho dela.

— Eu não sou mais bebezinho.

— E sua mãe também não gosta disso — Daniel riu. Em quatro passos foi recebido pelo dr. Cintra. Eles pareciam ter a mesma idade, mas o homem da AlphaCore tinha os dentes tão brancos que pareciam iluminados por dentro.

— Esse aí é o herdeiro?

— É sim, senhor Jefferson Freitas.

— Prazer, seu Freitas — Cintra estendeu a mão. Como ele usava jaleco, Jeffinho não se sentiu assim tão à vontade, mas retribuiu o cumprimento.

— Pronto para conhecer nossos amigos? — o homem de jaleco perguntou.

Responder àquela pergunta foi a tarefa mais difícil da manhã, mas o menino acabou dizendo:

— Acho que sim.

A plaquinha na porta dizia: CENTRO DE ESTUDOS ANIMAIS.

Do lado de dentro, a primeira coisa que Jeffinho viu foi uma porção de gaiolas. Dentro das gaiolas, animaizinhos peludos e curiosos, que se pareciam com coelhos e esquilos.

— São chinchilas. São animais sensíveis, elas reagem antes que os coelhos em alguns testes.

— Que tipo de testes?

— Nesse laboratório, testamos repelentes de pragas, inseticidas para a lavoura. Para que um repelente dessa natureza seja considerado seguro, eles precisam ser testados nos animais.

— Então eles morrem? — o menino se assustou.

— Não. Quer dizer, esperamos que não. Se eles morrerem, significa que os cientistas fizeram tudo errado, entendeu?

Mais tranquilo (bem pouco), o menino assentiu.

Dr. Cintra tomou à frente com ele, Daniel seguindo dois passos atrás. Seu filho começava a confiar em Cintra, o que era ótimo. Daniel estava exausto desde a morte de Kurt, seria bom ter uma ajuda com o garoto por alguns minutos.

— Pronto pra ver os animais velhinhos? — A conversa continuava à frente. — Pelo que o seu pai me contou, foi isso o que vocês vieram fazer. Com o brinde de conhecer nosso trabalho e a maior fábrica da região noroeste.

— É que o meu cachorro morreu.

Cintra engoliu a saliva, pigarreou e continuou. — Não é muito bom viver mais do que o que seria natural. Isso vale pra nós, para os peixes, pros insetos, acho que pra toda forma de vida animal. Não sei se você conhece essa história, mas, trinta anos atrás, tivemos um acidente químico aqui na nossa região, e alguns animais ficaram muito doentes.

— Meu pai me contou. E que os bichos ficavam se machucando.

— E foi assim mesmo. Eu ainda era um garoto naquela época, e quase todo mundo perdeu um grande amigo. Minha mãe dizia que era por isso que essa cidade não prestava, ela era doidinha por animais.

À medida que caminhavam, os animais iam mudando. Agora, as gaiolas guardavam macacos, papagaios, uma porção de coelhos e lebres. Ratinhos brancos, então? Jeffinho cansou de contá-los.

Quando passaram pela gaiola dos lagartos, chegaram a outra porta, com um lembrete bastante intimidador escrito nela: ENTRADA PROIBIDA. Mas dr. Cintra tinha um crachá que logo fez a fechadura eletrônica se abrir.

Do outro lado, seguiu explicando e caminhando enquanto o menino se maravilhava com as jaulas que tomaram o lugar das gaiolas.

— Alguns animais que foram contaminados — Cintra explicou —, desenvolveram a estranha capacidade de não morrer. Um cavalo vive, em média, de vinte a trinta anos, o Corcel ali já tinha mais de trinta quando foi contaminado. O que joga a sua idade atual para uns quarenta e seis anos.

Curioso, o menino colou os olhos na grade.

— Melhor não chegar tão perto — Cintra pediu.

O cavalo estava no chão, tão magro quanto era possível, cego dos dois olhos. Havia um pouco de estrume atrás do rabo. Ele respirava com dificuldade, parecia exausto. Os pelos estavam ralos e bem brancos, mas dava para ver que a cor original era marrom. Na boca, o bicho tinha um aparato metálico que o impedia de morder. Havia muita baba escorrendo pelos ferros.

Sem conseguir olhar muito tempo para ele, o menino seguiu adiante.

— Esse aqui é o Opala. Parece um vira-lata comum, mas deve ter quase trinta anos. Em idade de gente, isso passa dos cento e cinquenta.

O menino deu atenção a ele. Opala não olhava de volta como um cão, ele olhava como uma cobra, um jacaré, alguma coisa faminta.

— O que ele tem na perna? E por que todos eles usam isso no rosto?

— Pra não se morderem. Quando um animal sente dor, faz parte do instinto eles começarem a lamber. O problema com esses animais velhinhos é que eles não param. Eles comeriam a perna toda se a gente não impedisse.

Jeffinho deu uma olhada ao redor. Em um aquário, até um peixe tinha uma coisa parafusada na boca, como um freio de cavalo. E ele se movia depressa, batendo a cabeça no vidro. O menino parecia hipnotizado.

— Acho que já chega — Daniel disse. O filho girou o corpo na direção dele.

— Eu não queria que o Kurt ficasse desse jeito.

— Eu sei que não, por isso viemos — Daniel se abaixou e o abraçou. — Agora agradece o dr. Cintra e vamos voltar pra casa antes que a sua mãe coloque a polícia atrás da gente.

O menino estava prestes a fazê-lo quando ouviu:

— Não vai mostrar a Jezebel pra eles? — Quem fez a pergunta foi outro homem de jaleco. Estava sentado aos fundos da sala, era bem jovem e usava óculos escuros. À frente dele, um computador com letras verdes.

— Quem é Jezebel? — o menino se interessou.

— Uma galinha — dr. Cintra respondeu. — A galinha mais velha que você vai conhecer.

O menino acenou para o homem sentado. Não teve resposta.

— Henrico é nosso programador prodígio. Ele teve um acidente com os olhos quando era do seu tamanho, mas o olho esquerdo ainda consegue enxergar um pouco da cor verde. Isso foi o suficiente para ele se tornar o melhor programador do estado. Diz oi pro garoto, Rico.

— Oi — o rapaz disse e continuou teclando.

Os visitantes dobraram à esquerda, passaram por duas gaiolas com gatos e ouviram um golpe na grade de uma gaiola superior.

— Me levanta! — Jeffinho pediu ao pai.

Daniel o fez, mas ficou a uma distância segura.

A galinha chamada Jezebel usava uma espécie de capuz de falcoaria, só que era feito de ferro. O bico também estava protegido por um material emborrachado, mas ela golpeava com tanta força que a gaiola chegava a tremer.

— Como ela é feia — o menino disse.

Ouvindo sua voz, a galinha ficou ainda mais violenta, e passou a usar as pernas, como um galo de rinha faz com suas esporas. Além disso, ela grasnava, como um corvo, e gemia feito gente. Batia as asas, e o menino notou que elas tinham uma porção de cicatrizes por baixo das penas.

— Acho que eu quero ir embora — disse ao pai.

Daniel o colocou no chão e ajustou a camiseta do menino, já um pouco amarrotada. — Tá tudo bem?

— Tá.

— Ficou arrependido de ter vindo?

— Não. Mas isso... isso que a Jezebel tem, isso pega?

— Não — Cintra respondeu. — É só uma coisa ruim que aconteceu com ela e com os outros bichos.

— Tadinha. Acho que o meu cachorro teve muito mais sorte.

Como se tivesse ouvido e compreendido aquele pequeno humano, Jezebel se acocorou em um canto da gaiola e grasnou.

Please follow these instructions.

Como um batimento de coração na hora da bruxa
Estou correndo no vento, uma sombra na poeira
E como a condução da chuva, como a insaciável ferrugem
Eu nunca durmo
DEF LEPPARD

POLAROID
COLORPACK 80

> Like a movin' heartbeat in the witching hour //
> I'm runnin' with the wind, a shadow in the dust /...
> And like the drivin' rain, yeah, like the restless
> rust // I never sleep — **DEF LEPPARD**

A vida de um negociante é uma caixinha de surpresas.

Pagar pouco por uma raridade valiosa, pagar caro por uma réplica vagabunda, muitas vezes ter uma surpresa transitória e, a olhos cegos, arrematar uma obra de arte por uma merreca. No final das contas, viver caçando o tesouro dos outros era sempre uma grande loteria, e fazia algum tempo que Leone Dantas não fechava ao menos uma quina.

Às dez e quarenta da manhã de uma segunda-feira nublada, o negociante estava testando uma TV de tubo e se perguntando como, em nome de Deus, alguém teve a ideia cretina de trocar a ex-namorada do Pelé pelo bando de cachorros gigantes da TV Colosso. Leone já não era um baixinho fazia algum tempo, mas puta merda, era a Xuxa...

De qualquer forma, estar com aquela TV Telefunken nas mãos era um prêmio. Comprou o aparelho da família de um velho alemão, que acabou indo morar em uma casa de repouso (um asilo, ok?) de Assunção. A família não pediu quase nada por ela, e foi honesta em dizer que a Telefunken sofria alguma interferência na sintonia das emissoras mais distantes. Pelo que explicaram, ela captava sinais espúrios, imagens sem áudio, possivelmente transmissões internacionais. Naquela segunda-feira, ela já estava ligada desde o início do dia, e o único defeito era a programação matinal da Globo.

O negócio das TVs de segunda mão ainda era uma boa oportunidade de ganhar dinheiro. Com os aparelhos mais velhos barateando, os pais, atentos, não perdiam a chance de mandarem seus filhos para o quarto mais cedo. Nos anos noventa, muita gente tinha uma TV chulé exclusivamente dedicada aos videogames, e a coisa era tão séria que os especialistas (da TV) previam que todos aqueles garotos não desenvolveriam laços afetivos verdadeiros com seus pais e blá, blá, blá. O que faltava dizer? Que eles se tornariam assassinos e matariam os pais para ficar com a grana?

— Seu Leone? — alguém perguntou à porta.

— Entra aí, seu Jaime.

Jaime não era tão senhor, e Leone não tinha mais de trinta anos, mas na maior parte do tempo eles se tratavam dessa maneira.

— É uma alemãzinha? — Jaime foi chegando mais perto da TV.

Para uma loja de segunda mão, a Paraíso Perdido era uma raridade. Existiam outras lojas como aquela em Três Rios e por toda região, além daquele museu plantado no meio do nada, mas dificilmente se encontraria uma lojinha tão organizada quanto aquela. Um corredor para aparelhos de som, outro para televisores, havia uma seção inteira para livros e revistas, e outra exclusiva para revistas adultas (ficava mais aos fundos, depois dos eletrodomésticos maiores, como as geladeiras e os fogões). Ali, você poderia encontrar imagens exóticas como a Elba Ramalho mostrando suas dunas ou a Mara Maravilha tocando atabaque nua.

O centro de operações da loja ficava mais à frente, uma mesa de granito partida ao meio, cheia de rebarbas, que gentilmente acomodavam a cadeira de Leone Dantas. Jaime Extremo estava ao lado dessa mesa sorrindo para a Telefunken.

— Ela é mesmo uma belezinha.

— Se é. Uma pena que não vale muita coisa.

— Nas mãos certas, deve valer — Jaime disse.

— Algumas coisas precisam fracassar para ter algum valor. Uma Telefunken como essa, que vendeu horrores e dura pra sempre, demora muito pra se tornar valiosa. Mas se você pegar uma TV que nunca caiu no gosto do povo, uma bem porcaria e cheia de cores na carenagem de preferência, ela vira um clássico em dois tempos.

— Mas que é uma belezinha, é — Jaime riu. — Tá interessado num lote novo, chefe?

— Porteira fechada?

— É sim. Quem passou a bola foi o Pedro Queixo da locadora. Parece que a casa era de uma parente dos Dulce, uma que acabou renegada.

— E quem renega um Dulce nessa cidade?

Jaime deu um risinho bem mais que malicioso. — Outro Dulce. A história é que Rosana Dulce embarrigou de um criado da família e foi expulsa da fazenda da Dona Gemma. Ela foi tirada da sociedade, do testamento, acabou mudando com o marido para Trindade Baixa para ter o filho. Voltou na velhice, sem marido, quando a poeira tinha baixado. Ela morou com o filho naquela casa até morrer. Os próximos herdeiros fizeram a mesma coisa, gente pobre, mas com um orgulho bem maior do que a vontade de reclamar o dinheiro dos parentes. O último era um homem chamado Amâncio Gruta.

— Descobriu alguma coisa dele? Seria bom ter umas dicas, pra estimar o que tem lá dentro.

— Pedro Queixo falou que ele era cliente lá da locadora. Amâncio ficava muito tempo em casa, já tava aposentado, só o que eu sei é que ele ficou doido antes de morrer. Quem contou essa parte foi o molecote que trabalha pro Queixo, o rapazinho levava as fitas pro sujeito, depois que ele cismou de não sair mais de casa.

— Tá com cara de roubada.

— Pode até ser. Mas o sujeito não saía de casa e continuava alugando filmes, recebendo mercado, ele devia ter alguma fonte de renda. Fico pensando nesses escritores que só têm valor depois de morto.

— Mesmo que fosse analfabeto, ele era um Dulce e um Dulce excêntrico, acho que só isso já vale uma visita. Quanto eles estão pedindo?

— Por quinhentos o senhor leva tudo o que tem lá dentro.

A calculadora interna de Leone rapidamente chegou a um resultado.

— Quinhentos tá salgado. Desde que aquele cu murcho do Collor roubou a poupança de todo mundo, nosso dinheiro só encolhe. Dulce ou não, é melhor passar essa bola, meu amigo.

— Não quer nem que eu tente pechinchar? O pessoal do banco deve tá meio nervoso pra vender a casa logo, e se eles forem pro leilão direto vão perder tudo o que tem lá dentro.

— Acho que o senhor só vai perder mais tempo no banco. Eles são inflexíveis pra burro.

— Nada. O chefão lá do banco é doido em manga *burbão*, e o pé lá de casa tá até envergando de tanta manga. Eu levo uma caixa pra amaciar o homem e a gente vê o que consegue.

— E quanto isso vai me custar?
— Se o senhor deixar eu pegar umas três revistinha lá de trás, fica tudo certo. Leone estendeu a mão.
— Combinado. Três bonitona e dez por cento do que eu lucrar.

Antes de sair, Jaime Extremo calculou o que aconteceria se o negócio desse prejuízo, mas saiu da loja em silêncio. Que soubesse, pensar no azar sempre dava um azar danado.

— Meu Deus, que casa velha — Leone disse e puxou o freio de mão do Opala. Pelo visto, os trezentos mangos acertados com o banco acabavam de ficar caros demais. Ainda dentro do carro, Jaime também parecia surpreso.
— Fazia muito tempo que eu não vinha pra cá. Nem dá pra acreditar que esse já foi o bairro mais rico da cidade.
— Se eu não soubesse, não acreditava mesmo — Leone desceu do carro. Do lado do passageiro, Jaime Extremo fez o mesmo.
— A gente vinha jogar bola aqui quando era menino — Jaime disse. — Ali na frente era a casa do seu Esmeraldo Felício, ele era do Exército e todo mundo tinha medo dele. A casa amarela era azul, Dona Catarina morava ali. A molecada espiava ela tomando banho, e ela fingia que esquecia a janela aberta. Seu Giliarde morava na casa de grade cinza, era o único daqui que tinha carro velho. Carro, não, era uma perua branca, que ele usava na feira. Eu era da banda mais pobre, mas ficava feliz em poder jogar bola com os meninos daqui.
— Três Rios mudou muito.
— Mudou, sim. Desde que a gente começou a vender carne e inseticida, as coisas viraram do avesso. Agora o centro parece um amontoado de loja, e todo mundo quer virar seu bolso pelo avesso. Antes não era assim. O comércio era diferente, o pessoal que vendia fazia questão que o cliente ficasse feliz — Jaime acendeu um cigarro Plaza. Ofereceu um a Leone. Ele aceitou.
— É engraçado pensar na infância. Por pior que tenha sido, ainda parece bem melhor que o que temos hoje. Meu pai, por exemplo, só sabia dar valor pro trabalho. Eu nunca entendi muito essa fixação dele, até me tornar um adulto.
— Pra entender por que um homem pode gostar tanto de trabalhar, a gente precisa entender o que é paixão. Em que ele trabalhava?
— Agente funerário.

Leone seguiu em frente, possivelmente imaginando a expressão atordoada de seu amigo. Poucas pessoas se dispunham a falar da morte, e um número ainda mais reduzido falava sobre ela de uma maneira confortável. Quase sempre, a morte não passava de um boletim diário, uma atração mórbida, uma maneira de dizer a qualquer tragédia póstuma: "poderia ter sido pior".

A casa fodida do Dulce-renegado tinha alguma inspiração europeia. Portões altos, uma pequena varanda, telhado em sete águas. No chão, um mosaico em cimento queimado entulhado de folhas secas e poeira. Construções como aquela tinham tijolos grossos, com o dobro ou o triplo da espessura dos atuais, e era comum algumas paredes feitas de barro. Do lado de fora, era possível ver uma dessas paredes, já com a tinta e reboque arruinados. Presa a ela, a janela de madeira perdera o verniz há décadas, adquirindo uma tonalidade cinza e queimada.

Jaime fez as honras com o portão e a porta da frente.

— Detesto casas abandonadas — Leone disse. Tá tudo aqui. A TV, os sofás, as fotografias. Mas ao mesmo tempo não tem nada.

— É assim mesmo, chefe. Uma casa feito essa aqui só guarda tristeza. É o que sobra quando o resto vai embora. Se fechar os olhos, ainda dá pra sentir o cheiro dele, e olha que o sujeito saiu daqui já tem mais de seis meses.

Em silêncio, Leone tentava sentir o que a mobília queria dizer. O sofá preferido da casa era a poltrona de solteiro, em frente à TV. Ela tinha o assento amassado e puído, já um pouco desfiado. A poltrona dupla devia ser o lugar preferido do animal de estimação. Pelo comprimento dos pelos, um gato ou um cachorro de pelos curtos. Como a casa não cheirava tão mal, era de se supor que o animal tivesse tido mais sorte que o dono. O chão tinha um tapete que ocupava todo o cômodo. Em cima dele, a mesa pequena e baixa de centro guardava uma bíblia, e essa foi a primeira coisa que Leone tocou naquele lugar, uma espécie de identificação, um pedido de permissão ao morto. Ele a abriu e leu mentalmente um trecho grifado: "De fato, o homem não passa de um sopro. Sim, cada um vai e volta como a sombra".

Feitas as obrigações com o livro, foi até a janela do cômodo e passou o dedo pelo anteparo. A capa de poeira estava grossa o bastante para ser desenhada. Em uma rápida olhada na cozinha, o fogão e a geladeira estavam em um estado razoável.

Era uma casa simples e velha, sem dúvida estava muito suja, mas passava longe de ser tão ruim quanto esperavam. Só os eletrodomésticos da parte de dentro empatariam o jogo, e eles ainda tinham os quartos para ver. Segundo o homem do banco tarado por mangas *burbão*, ainda existia um depósito aos fundos da casa, com um pouco de sorte haveria algo por lá também.

— No quarto dá pra aproveitar um rádio-relógio velho, mas, tirando isso, é melhor nem perder tempo. A cama é de madeira boa, mas tá toda carunchada. O guarda-roupa é daqueles vagabundos da *Mesba*. — Jaime provavelmente se referia à loja Mesbla. — E tem um punhado de máquina de fotografia. Tá tudo largado em um quartinho. Umas eu reconheço de quando eu era pequeno, então deve valer alguma coisa. O finado devia consertar máquinas, tem pedaços delas desmontadas em uma caixa de sapato.

— Tá com a chave dos fundos?

— Deve tá no molho. Eu não quero soar pessimista, seu Leone, mas pelo que a encontramos aqui, não dá pra imaginar nada melhor que tétano lá atrás.

Leone riu do amigo. — Tomou vacina quando era pequeno?

O quintal conseguia ser um bom pedaço de chão. Havia uma rede estirada na varanda, um fogãozinho de lenha no canto, duas ou três cadeiras com fiação feita de náilon no chão de cimento. No pomar à frente, um pé de fruta do conde, um limoeiro e um grande pé de romã. Também uma horta, já estraçalhada pelos passarinhos e lagartas. Aos fundos, um rancho de quatro metros, coberto com telhas cancerígenas de amianto.

Não era um dos dias mais quentes em Três Rios, mas assim que a porta se abriu, todas as glândulas de suor de Jaime pareceram se ativar.

— Jesus amado, seu Leone, quer mesmo entrar aí?

— A gente não demora — Leone passou à frente.

Nada mais longe da verdade, principalmente pela bagunça do lugar. Haviam mangueiras de jardim enroladas, rastelos, enxadas, vassouras, uma vitrola toda cheia de poeira, caixas de som comidas por carunchos, e um motor, que parecia ter saído de um fusca.

Na parede oposta à porta havia um armarinho todo esganiçado, torto, e cheio de quinquilharias (um aspirador de pó detonado, um ventilador sem a hélice, dois ou três rolos de fiação elétrica). Ao lado do armário, uma prateleira de madeira rústica, que deve ter sido construída pelo antigo morador daquela casa. Leone chegou mais perto das tábuas quando viu o primeiro vinil.

Havia muitos discos ali, de Luiz Gonzaga à trilhas sonoras de novelas recentes como *Rainha da Sucata*, *O Dono do Mundo* e *Fera Ferida*.

— Valem alguma coisa?

— Mais que nada — Leone riu. — Me alcança uma daquelas caixas — apontou para a lateral do armário. Eram caixas de hortifrutis, perfeitas para vinis.

— Tem umas coisas no fundo, acho que são fotos.

— Tá vendo alguma sacola por aí?

Jaime virou uma porção de cotovelos e junções de encanamentos no chão. Acomodou, sem nem mesmo olhar, as fotos nas sacolas que recebeu. Limpou as mãos no jeans da calça assim que terminou.

— Esse pozinho preto tá em todo lugar. Espirrou em seguida.

Leone também espirrou quando começou a remexer os vinis. O tal pozinho era fino como talco, preto como carvão. Não tinha um odor característico, mas fazia espirrar. Em um segundo momento, uma crise de tosse era quase certa. Foi o que Leone experimentou até conseguir colocar todos os vinis na caixa.

— Acho melhor colocar o que tiver salvação no carrinho. Depois a gente faz uma peneira mais fina.

Jaime começou imediatamente a separação, levando um filtro de barro para fora. Quando voltou, ouviu do amigo:

— E fica de olho em miudezas. Caixinhas de madeira, porta-joias... se eu contasse o que já achei nessas despensas você não acreditaria.

— E eu não sei? — Jaime riu e secou a testa, deixando um rastro daquela coisa escura pela pele.

O saldo não era negativo, mas, pelo trabalho que tiveram, poderia ter rendido um pouco mais. O que salvou boa parte do negócio acabou sendo a caixa de vinis, que continha clássicos do samba carioca e quase toda a discografia de Tim Maia e Roberto Carlos. Na verdade, não foi uma caixa, mas três delas (Leone encontrou outras pilhas de vinil sob um encerado).

Deu um trabalhão para limpar as capas, e aquele pozinho preto estava até mesmo dentro dos discos. Parecia um milagre que muitos dos vinis não estivessem riscados depois de serem abandonados sabe-se lá por quanto tempo, mas o único seriamente comprometido nas primeiras duas caixas foi um do Oingo Boingo, que aliás destoava completamente daquela coleção basicamente nacional (à exceção das trilhas sonoras internacionais das novelas).

Depois de trocar as capas e os plásticos internos, eles ficaram novinhos, e em melhores condições que todo o estoque antigo da Paraíso Perdido.

Quanto ao motor na casinha dos fundos, era mesmo de um Volkswagen, da década de sessenta. Não teria muita serventia dentro de um carro, mas a mecânica quase vizinha da Paraíso Perdido, Oficina do Cidão, acabou pagando alguma coisa pelas peças (valor de sucata, compra por quilo).

Parte dos eletrodomésticos seguiu destino imediatamente, uma nova casa de amparo a toxicômanos acabou comprando a geladeira, o fogão e as ferramentas destinadas ao plantio. Conforme o gestor da Campos Elíseos explicou, parte do programa de recuperação envolvia o trabalho físico no cultivo das verduras, que depois de colhidas eram consumidas ali mesmo e também repassadas a outras instituições locais. A segunda parte do tratamento era um pouco mais complicada porque exigia que os internos praticassem algum tipo de fé. Para não parecer pagão demais, Leone deu a bíblia do defunto para o homem.

Três dias e ainda tinham muitos discos para limpar. Leone ficou com essa parte enquanto seu amigo Jaime Extremo ajudava no que ainda estava encaixotado. Jaime não era exatamente um funcionário da Paraíso Perdido, mas passava o dia todo na loja sempre que podia. No final do expediente, umas cervejas e uns trocados deixavam tudo certo.

Próximo à frente da loja, sentado em um banquinho baixo, Leone observava a capa de *1981*, de Ney Matogrosso. Quem nesse mundo teria imaginado que o Ney com uma galinha na cabeça poderia ser um chamariz de venda? Mas fato é que, quinze anos depois, o disco valia dinheiro. Leone o limpou, trocou os plásticos e colocou na pilha que continuava crescendo.

Antes de apanhar outro candidato ao *perfex* com álcool — Raimundo Fagner pitando um cigarro de palha e se traduzindo —, Leone notou algo nos fundos da caixa, uma sacola de plástico. Retirou dali e juntou os pequenos pedaços retangulares, como quem organiza um baralho.

A primeira foto não dizia muita coisa. Era uma senhora japonesa saindo de um supermercado. Pequena, encurvada, solitária. A segunda foto era igualmente estranha, mas tinha alguma beleza. Era um menino segurando uma galinha e um velhinho orgulhoso ao seu lado, possivelmente seu avô. Do lado do velho, um cachorro. Olhou atrás do retrato de Polaroid, à procura de uma identificação. Nada, assim como a anterior. A próxima era um campo de futebol. E um dos homens de uniforme segurava um revólver, apontado para o alto. Os homens riam. Também tinham muitos sorrisos na foto de um grupo de sete homens sobre uma canoa. Dois deles usavam chapéus enormes e seguravam remos com o dobro de seu tamanho. Outros dois estavam bizarramente elegantes, de terno e botas até os joelhos; os outros três pareciam ordinários e pobres. Na próxima fotografia, alguém vestido como os técnicos do Exército, do filme ET, se abaixava ao lado do que parecia ser um riacho de sangue. Depois um enorme flamboyant, uma casa velha parcialmente soterrada na lama e crianças brincando de amarelinha. Uma menina que parecia estar em coma.

E, finalmente, um rosto que todos conheciam, embora estivesse bem mais jovem do que Leone houvera visto. Hermes Piedade, entre um caminhão de gado e um Volkswagen TL azul. Segurava uma mala. Cabelos ralos e despenteados. Parecia um pobre coitado.

Leone continuou olhando as fotos e as deixando no chão, como quem monta um quebra-cabeças. Não demorou a encontrar mais coisas que preferia não ter visto. Mas os olhos não paravam, exercitando e se submetendo ao estranho fascínio que todo ser humano nutre pelo sofrimento e pela morte. Entre cadáveres e suturas, cenas de uma Três Rios bem diferente da que existia do lado de fora da loja.

— Perdido no paraíso, seu Leone? — Jaime o surpreendeu.

— Chegou a dar uma olhada nisso aqui? — Leone estendeu metade do maço de fotos a ele.

— Tava lá na casa do morto. Acabei deixando aí sem perceber.

Jaime começou a folhear as fotos.

O rosto possui pelo menos vinte músculos dedicados à expressão facial, e Jaime ativou cada um deles, e por diversas vezes, enquanto observava as fotos Polaroid em suas mãos.

Uma mulher ensanguentada vestida com roupa de balé, um garoto saindo furtivamente de uma casa com um revólver na mão direita, uma Três Rios (que ele só reconheceu pela igreja do centro) tomada pelas águas. Também fotos de um incêndio e um homem sentado à calçada, desolado. Algo escuro e bolhoso ao lado de um rio, uma máquina de costura empoeirada, uma sopa de letrinhas com caldo vermelho. Como uma surpresa muito bem-vinda, um Border Collie saltando em busca de sua bolinha amarela, uma das únicas fotos razoáveis da coleção. Na próxima foto, um velho descendo de um táxi com um pacote pardo nas mãos, que não significava coisa alguma para Jaime. Depois, uma igreja, que estranhamente parecia ocupar o endereço de uma das locadoras da cidade. Na última que Jaime aceitou ver, havia um casal. As roupas rasgadas, sangue, estava claro o que acontecera com a garota.

— Isso é indecente.

— É, sim.

— A gente devia era levar isso tudo pra polícia.

— Parece o certo, seu Jaime, mas o certo também pode ser perigoso. A gente não sabe se quem tirou essas fotos foi Amâncio Gruta. E no caso de ter sido outra pessoa? Ele pode vir atrás da gente, entende? Tem tortura nessas fotos.

— Tem morte.

— E depravação.

— A gente devia colocar fogo em tudo — Jaime resumiu.

— Não, seu Jaime, não podemos fazer isso. De alguma forma, essas fotos podem ser provas de crimes. O melhor que podemos fazer é guardar bem guardadinho e esperar que elas nunca precisem aparecer.

Jaime usou todos os músculos do rosto mais uma vez, e dessa vez eles praticamente trancafiaram a pele.

— É essa cidade. Minha avó, mãe do meu pai, falava que nada que nasce aqui fica bom depois que cresce. É como um veneno que tem na terra.

Leone folheou as fotos, escolheu duas ou três delas.

— Essas aqui são ainda mais estranhas, seu Jaime. Bem mais estranhas — Leone separou algumas e estendeu ao amigo.

— Com todo respeito, seu Leone, o senhor notou alguma coisa de normal nas outras?

Mas Jaime seguiu dando uma olhada, e parou na que mostrava uma inundação. — É só água.

— Lembra de já ter visto Três Rios alagada?

— Não, mas...

— Dá uma olhada nos carros, seu Jaime. Não parecem com carros de hoje.

Jaime apanhou o retrato e o afastou um pouco, para driblar o astigmatismo.

— Não parece mesmo. Mas a igreja é a mesma.

— E a sorveteria do lado da igreja?

— Tá errado. O que tem lá é a sapataria do seu Freitas. Não pode ser, não, isso aí é uma falsificação.

Leone sorriu, de puro nervoso.

— Essa foto veio dessa Polaroid — apanhou a máquina que estava ao lado da pilha de discos. — É uma foto instantânea, você aperta o botão e em um minuto a máquina cospe o retrato. Se existe um jeito de falsificar, ninguém descobriu ainda.

— Mas como é que alguém pode tirar uma foto do que ainda não aconteceu? Credo em Cruz, seu Leone — benzeu-se. — Bateu até um arrepio.

Jaime embaralhou as fotos, procurando por aquela resposta.

— Nessa aqui dá pra ver o nome da rua. É a Salles Evandro, de Terracota. — Continuou a procurar outra foto. — Quase não dá pra ver, mas essa máquina de costura tem o logotipo da Jutta, de Cordeiros.

— E tem um bar aí que fica em Assunção. Além do ferro velho União, lá de Acácias.

Os dois ficaram calados, e pareceu que aqueles dois segundos de quietude duraram um minuto e meio. O silvo do vento, a música brega que alguém da vizinhança ouvia, um cachorro vira-lata que latia para seus próprios fantasmas.

— Eu não sei o que é, e muito menos como foi feito — Jaime disse —, mas sei que não é coisa boa. Se alguém colocou uma foto da birosca de Gerônimo Valente no meio dessas, é sinal que fez questão de mapear a desgraceira de todas as cidades vizinhas. Foi lá que morreu aquele monte de bicho, não foi? Depois que vazou a nojeira da fábrica do seu Hermes.

— Tenho a impressão de que eles tão tentando nos dizer alguma coisa.

— Quem, seu Leone?

— Eles. O senhor sabe. O outro lado.

Jaime respirou bem fundo, como quem barganha o ar novo em troca de sanidade. — Eu vou dar uma geral na caixa que ficou lá atrás. Acho que vi mais umas fotografias junto com a outra câmera. Tá ali do lado daquele Semp que o senhor negociou com a sobrinha do seu Demétrio. Se isso aí é tão perigoso quanto a gente pensa, é melhor não deixar nada pra trás.

Enquanto o amigo se afastava, Leone apanhou outra foto. Era uma das poucas com alguma identificação, embora o que estava escrito, "Bicho--Papão", não fizesse sentido algum para um adulto. Estava bem escura, como se tivesse sido tirada em um local penumbroso. A fim de clareá-la o máximo que podia, Leone a ergueu. Com a luz da manhã, que conseguia entrar na loja, ele notou o entorno de um cão. E só depois que os olhos se adaptaram ainda mais ele notou que o cão...

— É um homem. Você é um homem.

Ao lado, no chão, o que poderia ser a vasilha de ração. Um pouco acima, um leve brilho no aço de uma corrente. Mais aos fundos, quase se rendendo à escuridão da penumbra, duas silhuetas humanas de pé.

Jaime vinha voltando, e Leone guardou a fotografia junto ao maço, a fim de não assustá-lo ainda mais.

— Achei mais umas seis.

Leone olhou uma a uma.

Uma criança com uma máscara de monstro, outra fazendo bolhas de sabão, uma forca vazia com o laço perdido no vento. Um casebre condenado com quatro homens cortando um caminho de mato fustigado, uma árvore feita de pele seca, um avião descansando no topo de uma colina.

— O que é tudo isso? — confabulou consigo mesmo.

— Eu também achei a caixinha — Jaime disse.

Leone a apanhou e a rodou entre os dedos.

— Lote Quarenta e Dois.

— Jesus amado — Jaime se benzeu outra vez.

Leone continuou olhando, procurando novos detalhes. Não queria pensar que existiam outras quarenta e uma caixinhas antes daquela, e muito menos que o número pudesse crescer. Checou todos os lados da caixinha novamente e chegou ao fundo, e então um retrato se soltou e acabou caindo no chão.

Quem apanhou o retrato foi o próprio Leone, que perdeu a cor e o compasso da respiração antes de enfiá-la no bolso da camisa.

Pelo que parecia, quem tirou aquela foto velha estava na entrada da loja. Leone estava sentado em um banquinho, com os olhos no chão, Jaime às suas costas, erguendo uma espécie de arma bem na direção de sua cabeça.

— E o que a gente faz agora, seu Leone?

O dono da Paraíso Perdido continuou arrepiado. Nas mãos certas, aquelas fotos valeriam dinheiro, muito dinheiro. Fechou a caixinha como quem fecha a tampa de um bueiro. Em seguida, deslizou a mão sobre a caixa de vinis, a câmera Polaroid estava entre os discos. Ouviu um rastejar dos pés às suas costas. Não teve dúvidas do que Jaime pretendia.

Leone se levantou e girou o corpo em um só golpe. Usou a câmera para acertar o queixo de Jaime com tudo. Com o impacto inesperado, o velho tropeçou nas próprias pernas e caiu. Leone pulou para cima dele e continuou batendo, esmagando, rasgando, até que as pernas do velho parassem de escoicear. Conferiu a mão direita de Jaime quando se deu por satisfeito. O homem não tinha uma arma na mão, afinal, era apenas uma revista *Playboy*.

Antes que o sangue manchasse tudo, Leone começou a juntar as fotografias uma a uma.

— O que a gente faz agora, seu Jaime?

Retratos de um tempo que já não existia, retratos de um tempo que ainda estava por vir.

— Quer saber o que a gente faz agora?

Leone enfiou as fotos no bolso, colocou a Polaroid no pescoço e caminhou até a entrada da loja.

Olhou para um lado do calçamento, depois para o outro.

— Eu vou contar o que a gente faz agora.

Apanhou a haste de ferro que usava para descer a porta.

— Agora a gente finge que isso aqui nunca existiu.

Câmara **Polaroid**
"A foto que aparece na hora."

GRATIS: Uma foto sua colorida, para você comprovar a qualidade Polaroid.

Com o seu cartão de Crédito basta dizer: "Débite em minha conta"

POLAROID é marca registrada da Polaroid Corp., Cambridge, Mass. U.S.A.

Economize

CÂMARA FOTOGRÁFICA POLAROID COLORPACK 80

A câmara que, em poucos segundos, revela os momentos inesquecíveis da vida. Veja como é simples: basta apertar o botão e puxar o filme. Seu corpo é sólido, possui flash integrado e foco regulável a partir de 1 m, com controle automático de exposição. Usa dois filmes, à sua escolha:

FILME POLAROID PACK 87 - Preto e Branco
8 fotos. Tam. 8,3 x 8,3 cm.

FILME POLAROID PACK 88 - Colorido
8 fotos. Tam. 8,3 x 8,3 cm.

SATISFAÇÃO GARANTIDA OU SEU DINHEIRO DE VOLTA: SE A COMPRA NÃO AGRADAR, NÓS TROCAMOS OU REEMBOLSAMOS

Please follow these instructions.

E o dia continua a preocupar-me
Há um cão do inferno no meu caminho
Cão do inferno no meu encalço
Cão do inferno no meu encalço
ROBERT JOHNSON

TOMADA EN PASSANT

```
And the days keeps on worryin me
/... there's a hellhound on my trail /
hellhound on my trail // hellhound
on my trail — ROBERT JOHNSON
```

A mãe de Almirante Querido sempre dizia a ele: "No final do jogo, peões e reis voltam para a mesma caixa". Era bem possível que Adelaide Querido tivesse razão, como também tinha razão quando dizia que ia chover no fim de tarde ou que essa ou aquela sirigaita não era boa o bastante para seu único filho. O problema em Três Rios, no entanto, era que o próprio jogo mudava suas regras o tempo todo.

Almirante nasceu em Velha Granada, cidade vizinha, e só chegou em Três Rios aos vinte e dois anos. Veio de carona, na boleia de um caminhão, e na mesma semana começou a trabalhar na lavoura. Esperto como era, o rapaz nunca fechou as portas para novas oportunidades, e em cinco meses foi notado por um dos encarregados da fazenda-controle de Hermes Piedade, quando sugeriu que os homens da lavoura trabalhariam melhor e mais honestamente se ganhassem por produção, em vez de receberem por dia.

O próprio encarregado da fazenda conseguiu a vaga no Primeiro Cartório da cidade, onde Almirante (conhecido intimamente como Almir) trabalhou por cinco anos. No sexto, já com um pequeno comércio no centro (venda de grãos), Almir trouxe sua mãe para a maior cidade da região, e só abriu mão de Adelaide aos trinta e oito, quando a equação esposa/sogra se tornou irresolúvel.

Agora já estava com quarenta e sete anos, e era considerado um homem poderoso por muita gente da cidade.

O caminho de Almir se cruzou com o dos Filho de Jocasta em meados de noventa, quando a ordem perdeu quase todos os seus membros na cidade de Cordeiros em um massacre horrível. Com o escândalo e o medo que se abateu sobre um suposto envolvimento dos Homens do Porão (como eram conhecidos) com um grupo de crianças mortas trinta anos antes, as cadeiras ficaram vazias, não só em Cordeiros, mas em todo o noroeste paulista.

Mas restaram alguns Filhos, e como a brasa que retoma o vigor com um pequeno golpe de vento, novos homens de bem foram requisitados para recompor a ordem e manter a chama acesa.

Almir prosperou ainda mais depois disso.

Ajudando e sendo ajudado, construindo e sendo construído, ele adquiriu posses e novos negócios em um processo contínuo de remodelação moral e política. Chegou inclusive a ser vereador em Três Rios, e pensou seriamente em se candidatar à prefeitura, mas acabou abdicando desse direito em favor de outro amigo de ordem, alguém tratado e reconhecido como irmão.

Já estavam na metade da sessão, e os ombros pareciam ter o mesmo peso dos assuntos tratados. Um suposto desvio de dinheiro da prefeitura, alunos que não receberam seus livros, a rede pública de saúde que ameaçava interromper o atendimento aos casos de envenenamento e intoxicação se providências não fossem tomadas contra a indústria de pesticidas local.

Mas era a década de dois mil, e desde a virada do milênio o mundo parecia acabar todo santo dia.

Os olhos de Almir continuavam presos às três chamas do altar sagrado, onde o eleito intitulado "Filho Mais Velho de Jocasta", ou simplesmente Velho, devia estar na faixa dos noventa. Ele era reformado do Exército, ainda tinha boa capacidade física e era afiado como uma raposa.

Dizia-se que as chamas das velas falavam por si em sessões como aquela — ou em qualquer outra que englobasse mais de uma dezena de mentes compartilhando um mesmo objetivo. Uma chama pacífica, congelada, sinalizava que tudo estava em paz. Uma chama mais agitada, denunciava tensão e desequilíbrio. As chamas daquela sessão pareciam chicotes de fogo.

O assunto em pauta era um novo problema na obra subterrânea na Igreja da Saudade (que não coincidentemente estava sendo conduzida pela Soares & Filho Engenharia, empresa de um dos associados da ordem). Desde o atentado ocorrido na mesma igreja em dois mil e cinco, duas equipes tentaram assumir os trabalhos. A primeira encerrou sua participação por falta de pagamento, já a segunda, sofreu um embargo do conselho de engenharia, após uma denúncia de que o engenheiro responsável estava com a licença cassada. Agora, um ano depois, e sob a condução de Toller Soares, os problemas eram outros.

— Amados Filhos de Jocasta, meus irmãos, peço a palavra — disse Toller.

O Filho Mais Velho olhou para o posto do Secretário (o dono das palavras ficava à esquerda do trono) e o homem assentiu com a palma da mão. O Filho Mais Velho franqueou o pedido:

— A palavra é sua, irmão.

Feitas as devidas saudações (como toda ordem sigilosa e antiga, o excesso de burocracia era, no mínimo, uma ótima ferramenta para se exercitar a paciência...), o dono da Soares Engenharia começou a falar:

— Os homens estão com medo. Eles relatam ter visto... coisas... coisas dentro daquela igreja.

Muitos homens se remexeram nos assentos, dois ou três riram com desfaçatez. O secretário se levantou antes que tudo fugisse ao controle.

— Perdoe a intromissão, Édipo (se referindo ao Filho Mais Velho, o homem ao trono, chamado Bosco), mas seria mais produtivo colocar a sessão em debate aberto.

— Quem decide é a família — disse Édipo. — Quem for a favor do debate aberto, que responda com o sinal.

O sinal eram duas palmas, e praticamente todos o executaram. Quem ficou de fora foi Paulo Peixoto, que não concordava com qualquer tipo de flexibilização na ritualística antiga. Se o Porão estivesse totalmente nas mãos daqueles "moleques", era provável que eles já tivessem escancarado as portas.

— Com todo o respeito — disse Almirante —, "ver coisas" me parece um pouco vago.

— Se bem me lembro, disseram o mesmo em Cordeiros. E qual foi o saldo? — Toller Soares insistiu.

— Apenas para ficar bem claro, irmão — Almirante continuou. — Sobre essas... estranhas visões, qual é a sua opinião? Você acredita no que ouviu dos seus empregados?

— Eu...

— E, aproveitando esse parlatório em aberto, o senhor nos garante que não existe nenhum interesse de sua parte em deixar a obra nas mãos do acaso já que o irmão foi pago antecipadamente por toda a empreitada?

Toller engessou os olhos, depois pigarreou, depois começou a tossir.
— O senhor... — tosse — não tem... — tosse — direito de...
Tosse.
Tosse.
— ... falar nesse...
Tosse.
— ... tom.
Respirou fundo. E conseguiu domar a tosse.
— Até o dia de hoje, não existe nada que me desabone perante os irmãos, e se vamos seguir nesse tom — respira fundo de novo —, eu também posso falar sobre como a sua empresa de contabilidade tem sido generosa com os impostos dos caríssimos irmãos que nos acompanham nessa noite gloriosa! — O rosto incendiando de tão vermelho.
— Sugiro um pouco de prudência, jovens irmãos — disse Édipo. — Palavras são como o vento, uma vez atiradas ao longe, elas podem se tornar furacões. Convém guardar as mais tempestuosas para si.
— Não foi minha intenção ofendê-lo — Almirante disse a Toller.
— Nesse caso eu vos perdoo.
(Não que alguém tivesse pedido perdão, mas...)
E Toller continuou:
— Meus homens viram crianças de olhos brancos se esgueirando pela igreja. E também uma mulher velha, de vestido longo, eles acreditam que seja a viúva, Gemma Dulce. Um dos meus mergulhadores viu alguma coisa na água, ele não disse o que era, mas pediu para deixar a função no dia seguinte. São sinais, meus irmãos, sinais que já recebemos antes.
— Pelo amor de Jocasta, se vai recomeçar com a lenga-lenga de Cordeiros, eu tenho mais o que fazer — Almirante sacolejou a cabeça.
— Lenga-lenga? Nossos irmãos morreram! — O Secretário se levantou.
— Morreram porque eram um bando de salafrários! — Dino Lagosta, médico-chefe do Hospital Municipal, também ficou de pé. — Forjaram laudos, conspiraram, isso não faz de ninguém um santo!
— Não levante falso testemunho dos seus irmãos! — Édipo, o Filho Mais Velho, se manifestou.
Daquele momento em diante, ninguém mais ouviu coisa alguma que não fossem os gritos e ofensas dos mais empolgados. Almirante Querido, no entanto, estava novamente de olho nas velas. As chamas estavam maiores e mais violentas, indo e vindo, lambendo o ar à sua volta. Seus irmãos estavam de pé, os dedos apontados, as palavras brotando como espinhos.
TUM! A pancada na porta foi alta o bastante para que todos pudessem ouvi-la. Mas não forte o bastante para que todos se calassem.

TUM-TUM! Com o golpe repetido, muitos se domaram. As pancadas poderiam significar algo, mas, para isso, deveria haver o último dos sinais.

TUM! Imediatamente, o silêncio se refez. Mesmo a maior das velas, que ficava em frente ao altar, se deitou para não subir novamente. A porta se abriu em seguida, e o rosto redondo e assustado do filho de Jocasta que fazia a vigilância ocupou a abertura.

— Estamos sendo invadidos? — Édipo perguntou e levou a mão ao seu espadim (que tinha o fio de uma faquinha de festa de aniversário).

— Sai da minha frente — alguém disse quando deslocou o homem com o posto de guardião para o lado. O dono da porta era apenas um homem gordinho e pequeno, proprietário de uma empresa de refrigeração, que acabou derrubando sua espada quando foi pressionado.

— Hermes? — Édipo disse. — O que faz na casa de...

— Pode parar com o teatrinho, Bosco. Se eu vim até aqui, é porque tenho um bom motivo.

— Isso é um absurdo! — Elias Leal, atual presidente da Associação Comercial de Três Rios disse.

— Senta a bunda aí, Elias. Ou pode dizer adeus pra sua candidatura à deputado federal. E eu sugiro que todos vocês façam o mesmo, a menos que pretendam começar uma briguinha que não vai ser boa pra ninguém.

O empresário mais rico e poderoso da região continuou avançando sob os olhares perplexos dos homens, e rapidamente chegou ao meio do salão, onde ficou parado sobre o sol raiado que se parecia muito com uma criatura marinha. Dois seguranças de Hermes ficaram na porta, ao lado do cara da refrigeração.

— Hermes, isso aqui não é casa da mãe Joana — Bosco, o homem ao trono, disse. — Existem procedimentos. Nós não vamos forçá-lo a ir embora, mas podemos nos recusar a ouvi-lo.

— Só um idiota expulsaria seu dinheiro porta afora, é tudo o que posso dizer em minha defesa.

Palavras mágicas possuem poderes inacreditáveis. Abracadabra! Alakazam! Sim Sala Bim! Hocus Pocus! Hey Prestro! Bastava dizer "dinheiro", que todas as outras se tornavam farelo.

— Claro que não vamos expulsá-lo, Hermes. Nos conhecemos há quanto tempo? Estamos entre amigos, essa é uma casa de paz. Ainda assim... — Bosco retirou o quipá vermelho de sua cabeça e o colocou na mesa à sua frente. — Declaro encerrada a sessão ao toque do machado.

O guardião atarracado e especializado em refrigeração industrial apanhou um machado do chão e tocou a porta com o cabo. Os irmãos relaxaram um pouco. Isso não fez com que as respirações se desacelerassem, mas alguns homens afrouxaram suas gravatas e abriam seus paletós.

O silêncio logo se tornou um animal incômodo, e nem mesmo Hermes teve a intenção de açoitá-lo. Quando se tornou incômodo demais, foi Almirante quem fez a pergunta:

— Vai nos contar o motivo dessa invasão, Hermes?

— Estou invadindo?

— Se não recebeu nosso convite, é bem possível que esteja.

Hermes chegou mais perto, caminhando com a leveza firme de quem nada tem a temer. Olhava para o chão, as mãos cruzadas às costas, um meio-sorriso encardindo o rosto. Continuou a caminhada até chegar perto de Almirante.

— Me lembro da primeira vez que ouvi seu nome vazando pela boca de um dos xucros da fazenda. Célio Trigueiro disse que tinha um rapaz bom de fazer conta, bom de lábia, que seria um desperdício manter o coitado calejando as mãos em vez de entregar uma caneta a ele. Almirante... sem dúvida um nome imponente. Imponente e estranho, meu caçula tem um nome parecido nesse sentido.

— O senhor me ajudou, sim. E eu ajudei a AlphaCore a se tornar o que ela é hoje.

— Mas é claro que ajudou! Sem o seu talento nato em lidar com meu gado, eu não teria conseguido baratear os custos no nível que alcançamos. Sua gestão de recursos humanos ainda é alvo de orgulho e referência nas minhas empresas. Mas você mudou, Almir, como muita gente nessa cidade.

Hermes deixou o homem e caminhou mais um pouco.

— Aqui eu vejo médicos, juristas, militares e políticos de carreira, vejo meninos que ajudei a tornar homens. Lembro de você, William Trovão. Nos conhecemos em uma bomba de gasolina, se bem me lembro. Obviamente, eu estava dentro do carro — Hermes sorriu. — Hoje, o senhor William é dono da maior frota de caminhões de transporte da região. Um belo salto, meu filho, eu o parabenizo — Hermes bateu palmas. — Vamos, minha gente, vamos homenagear o rapaz!

Timidamente alguns homens concordaram em bater palmas. Hermes continuou a falar quando o silêncio voltou.

— Não me opus à loucura de cavarem naquela igreja, mesmo sabendo que a análise das águas poderia me comprometer. E de fato teria me comprometido, se não tivesse o meu grande amigo, Lino Prata, proprietário do Belisário Penna Análises Laboratoriais, colaborado com a transparência dos laudos.

Lino Prata até pigarreou.

— Entendem onde quero chegar?

— Não, mas tenho certeza que você vai explicar melhor — disse Paulo Peixoto, reconhecidamente o associado mais ranzinza da casa.

— Tenho planos para nossa Três Rios. Não só para Três Rios, mas para todo o nosso amado noroeste paulista. Começamos no campo. Plantamos uma semente de mudança e ainda hoje colhemos seus frutos. Pagamos o preço? Claro que sim. Perdemos amigos, aliados, gente que não concordava ou se esforçava para entender nossas razões. Os que confiaram em mim colheram dividendos, mudaram de vida, ou alguém discorda que essa cidade era um chiqueiro antes da minha chegada?

— Chiqueiro me parece um pouco ofensivo, Hermes.

— Muito bem, Bosco. Vamos trocar por um puteiro. Um puteiro cheio de putas feias, gordas e doentes, cheias de clientes piolhentos, sifilíticos e gonorreicos... e aidéticos! — Riu. E dessa vez, um tanto enlouquecidamente, como alguém que se desapegou do juízo há algum tempo. — Era isso o que essa cidade e suas vizinhanças representavam: um puteiro.

— Vão deixar esse homem falar essas coisas? — Paulo disse a Bosco.

— Recebi duas notícias terríveis nessa semana — Hermes prosseguiu —, e esse é um dos motivos de eu ter decidido fazer essa visita. O outro motivo pode ser uma ótima notícia ou uma pá de cal em cima de todos vocês, mas discutiremos isso depois. Vamos aos problemas, certo? Dizem que é pra isso que somos pagos. Que devemos agradecer aos nossos problemas.

Esperou que alguém concordasse, e muitos assentiram com as cabeças.

— Quem foi o filho da puta que disse uma merda desse tamanho? É o que me pergunto desde que era um menino. Coisa de coach vagabundo, de ladrão de boa vontade. — Hermes caminhou até um dos púlpitos e se apoiou nele. Parecia um pouco cansado. — Chegou ao meu conhecimento que um homenzinho da capital está vasculhando meus negócios. Consequentemente, os negócios de quase todos vocês. Eu não pertenço a essa ordem, declinei o convite pelo menos cinco vezes, mas estamos irreversivelmente ligados. Posso não ser um irmão para vocês, mas com certeza passo longe de um desconhecido. Somos quase sangue do mesmo sangue, quase carne da mesma carne. Eu alimentei vocês com meu matadouro. Coloquei minhas plantações nas suas dietas. Isso me coloca em uma posição um pouco melhor que um desconhecido, certo?

— Claro que sim — Paulo Peixoto disse.

— Esse homenzinho da capital pretende nos visitar em breve. Pode levar algum tempo, um ou dois anos, mas um cupim não desiste da madeira, assim como um verme não para de roer a carne até chegar nos ossos. Ele está comandando uma operação na Polícia Federal. Valha-me, Deus... depois que deram autonomia pra essa gente, sem ofensas delegado Dantas, eles estão procurando pelo em ovo. Eu sou a favor da justiça, mas preciso salvaguardar nossos investimentos, nossos cofres! A justiça não é só cega, meus companheiros. Como todos sabemos, ela muitas vezes é burra. A justiça é uma completa idiota.

— Podemos ajudar — Almirante disse. — *Podemos*, mas precisamos garantir nosso anonimato. Todo mundo aqui tem família, gente que depende do nosso bom nome. Não quero parecer provocador, Hermes, mas não podemos pagar advogados como os seus.

— O que se faz em dois, não se comenta em três. O que se faz em três ou mais, viaja com a gente pro túmulo. Sangue não lava sangue, Almir. Todos aqui sabem disso. No que depender de mim, tudo será feito na mais absoluta discrição. Com a colaboração de todos para resolver esse impasse, poderemos dar o passo seguinte: a reconstrução social que buscamos desde que nos tornamos homens! Esses frouxos que infestam nossas ruas, eles não são como nós, não têm nossa coragem, nossa resistência. É o tipo de gente que se rende a qualquer doença de merda, gente sem aço nas veias.

Hermes começou a mudar sua expressão em seguida. O rosto murchou, a boca ganhou rugas, os olhos desceram. Mesmo a respiração se tornou lenta e morosa. Era um homem velho, e naquele momento todos viram isso.

— Mas cachorro pequeno também sabe morder, e isso nos leva ao segundo ponto dessa reunião. Acho que todos sabem que eu tenho filhos. Meu caçula, Sagitário, sempre foi o que mais deu trabalho. Como cada filho veio de uma mulher, não tenho dúvidas que o sangue ruim da mãe passou para o menino. Sagitário era uma criança teimosa, persistente, eu precisava surrá-lo duas vezes mais que os outros pra que entendesse alguma coisa. Nosso delegado, o amigo Dantas, deve se lembrar de quantas vezes me recebeu na cadeia, pra livrar a cara do infeliz do meu filho.

— Mais do que eu gostaria, Hermes.

— O fato é que apesar da vida desregrada do rapaz, ele ainda era meu filho.

Hermes respirou fundo mais uma vez, e o ruído do ar escoando por aquele nariz torto encheu toda casa de Jocasta.

— Encontraram um corpo no Rio da Onça, perto do meu matadouro. Ninguém sabia quem era porque a coisa era praticamente uma ossada. Meu filho desapareceu da minha vida faz muito tempo, então... o que eu posso dizer? Eu não sabia no que ele estava enfiado. Deixaram a carteira com o corpo, dentro tinha um cartão de locadora em bom estado. Ele gostava de filmes, era um desses cartões vip que duram pra sempre. Chamei um pessoal da minha confiança pra identificar o corpo e ter certeza.

— Como não fiquei sabendo de nada disso? — delegado Dantas perguntou.

— Perdemos nossos laços, Dantas. Em um caso tão delicado, precisava de alguém com quem pudesse falar abertamente sobre o que acontece em minhas empresas, alguém que eu pudesse telefonar no meio da noite. Tive dúvidas se você ainda seria essa pessoa. Da pior forma possível, a morte do meu filho deixou claro que estou sendo atacado.

— Ele não era santo, Hermes. Sabe disso tão bem quanto eu — Dantas disse.

— E alguém é santo nessa cidade? Nesse estado? Na porra desse país? Eu não estou lamentando a morte dele, eu só pretendo não lamentar *a minha*. Vim até aqui para buscar um compromisso com vocês, uma nova aliança. Precisamos nos unir contra essa gente que não entende suas próprias necessidades. Já disseram que eu envenenei as terras, que o Matadouro 7 é irregular, já fui acusado de ser assassino! De ser nazista!

Suspirou, incrédulo.

— Eu fico me perguntando o que seria de todos nós sem as minhas indústrias. Sem o MEU DINHEIRO, que mantém a economia caquética dessa região respirando!

Hermes precisou se acalmar um pouco antes de continuar.

— Como todos sabem, tentaram me matar há alguns anos. Um velho podre, mas um velho podre com uma arma nas mãos. Ele sabia onde eu estaria, sabia com quem eu estaria, eu fico me perguntando como um velho arrombado como aquele conseguiu tantos detalhes.

— Se desconfia de alguém, podemos resolver isso imediatamente — o delegado se colocou à disposição. — Basta apontar o dedo.

— Farei algo melhor com meu dedo, delegado. E é aqui que começa nossa nova aliança.

Hermes se afastou do centro e foi caminhando até a porta. Falou com um de seus seguranças. O homem passou um rádio para alguém do lado de fora. Uma porta se abriu e os passos começaram a ecoar. Passos pesados, ruidosos, como cascos.

Um rosto sem marcas apareceu pela abertura da porta. Jovem, sorridente, bonito em meio à toda feiura senil do Porão. Usava um terno, como era de bom tom, mas ele talvez ficasse bem melhor em uma jaqueta de couro. Os cabelos eram intermediários entre o curto e o longo, o sorriso, capaz de esvaziar os bolsos.

— Esse é Lúcio Ferro. Um jovem empreendedor, alguém com uma ambição tão grande quanto a nossa. Lúcio pode parecer inexperiente, mas é um tubarão dos negócios, uma verdadeira serpente em sagacidade e inteligência. Nos conhecemos há alguns anos, em uma ocasião bastante... inusitada — Hermes riu. O outro retribuiu, como um grande amigo, um pouco encabulado com toda aquela apresentação presunçosa.

— Lúcio chegou para ficar em nossa cidade.

Os homens do porão o encararam com um misto de surpresa e descrédito.

Lúcio os encarou de volta com simpatia e resolução. Ele tinha o olhar dos predadores, ninguém podia negar. Aquele rapaz trazia um tipo de confiança que enganaria reis e diplomatas, um poder capaz de construir — e devastar — reinos.

— Humr-rum — um dos homens raspou a garganta. Todos se viraram e encontraram Paulo Peixoto.

— Acredito que o rapaz seja mesmo ambicioso, isso está escrito em seu rosto. Mas antes que os Filhos de Jocasta decidam por esse apoio, por essa aliança, como o senhor elencou, gostaria de conhecer a área de atuação do menino.
— Tecnologia — Lúcio respondeu por si.
O velho Hermes se afastou para dar destaque a ele, algo que foi mais estranho que qualquer outro acontecimento daquela noite. Hermes dando o espaço a alguém? Parecia impossível de acontecer.
— Desde que o computador se tornou pessoal, um novo mundo se abriu para quem estava disposto a enxergar — Lúcio começou a falar. — Estou em Três Rios para reformular minha empresa, contratando os melhores, os mais aptos. Com todo o respeito ao mundo antigo, precisamos de sangue novo para seguir em frente.
— Isso não me parece muito respeitoso — Paulo Peixoto disse.
— Morrer em batalha é bem mais respeitoso do que morrer em uma cama, mas muitos preferem se deitar. Estou errado?
Não era fácil deixar o velho Peixoto sem palavras, mas ele não encontrou um único argumento capaz de confrontar o que ouviu. Artrite, hemorroida, dores nas costas, impotência, incontinência urinária; tumores na próstata aos mais azarados. A velhice podia ser boa até certo ponto, mas era exatamente isso, um ponto, um pingo, uma pequena mancha na escala existencial da vida humana.
— Também nos associamos ao meu grande amigo Hermes no negócio de carnes e supermercados. Inauguramos duas ou três drogarias pela região, nosso plano é que logo elas estejam em todo o território nacional.
— E quem precisa de mais farmácias? — Ariano Vargas, ex-proprietário de uma farmácia engolida pela rede de drogarias de Piedade, perguntou.
— Teremos muitas doenças novas, é o que todas as pesquisas indicam. Com a globalização que vem por aí, os povos dividirão cultura, conhecimento e, principalmente, doenças. A indústria farmacêutica é uma das mais valiosas ideias do globo, e isso ficará cada vez mais evidente nos próximos anos. Também estamos estruturando uma nova indústria bélica.
— Mais armas? — Dantas se surpreendeu.
— Senhores, desde que o primeiro macaco trocou a árvore por uma caverna, o homem precisa de três coisas: comida, remédio e pólvora. São os três pilares da civilização moderna.
— Espera aí, rapaz. Ninguém vai concordar com uma merda desse tamanho — Almirante Querido disse. — Já mandou seus técnicos darem uma olhada nos gráficos de violência urbana? A periferia sangra pelo país todo, e colocar armas na mão dessa gente é praticamente iniciar uma chacina em âmbito nacional.
— Almirante, tenho certeza que o nosso amigo está perfeitamente ciente dos desafios — Hermes disse.

O rapaz caminhou até a barreira acarpetada que separava as cadeiras, no centro do salão.

— Almirante. Bom nome. Em uma guerra, Almirante, o único que vence é o fabricante das balas. Lutar é uma energia humana, ouso dizer que é uma energia divina, primordial! Tudo o que faremos é fornecer o que os homens precisam para travarem suas guerras. Se nós não fizermos, alguém vai fazer.

— Eu não vou ouvir esse tipo de absurdo — Almir começou a deixar seu lugar, tomando o caminho até o rapaz.

— Fingir não ouvir os tiros não vai desviar as balas, Almirante. O lugar mais perigoso não é à direita ou à esquerda, mas a parte de cima do muro. Quando a parede cai, quem ficou lá em cima sempre quebra uma perna.

Almirante parou em frente ao rapaz, os olhos embarcaram uns nos outros. Os rostos tão perto que os hálitos se misturavam.

— Posso ter errado feio no passado, mas os anos me ensinaram que a vida humana vale alguma coisa. O que você propôs não é razoável, não é cristão.

O jovem riu.

— Também pensamos nisso, na fé das pessoas. Temos planos para doações regulares para duas igrejas aqui da cidade, duas igrejas novas. Entenda, meu amigo, para alguém na minha posição, existe um valor muito alto para a alma humana.

Almir lançou um risinho desdenhoso, girou o corpo e foi caminhando até a saída.

— Os homens se vão, Almirante, mas seus feitos ecoam pela eternidade. — Lúcio recitou.

— Almirante, não se precipite — Hermes ainda o apanhou pelo braço, tentou dissuadi-lo.

— Não estou — Almir se livrou dele e atravessou a porta.

Lúcio caminhou de volta até o centro da casa.

— Se mais alguém quer se afogar fora do barco, esse é o momento certo de saltar da proa.

Algumas contrariedades só descem pela garganta com um bom copo de uísque. Foi o que Almirante fez naquela noite, assim que chegou em casa. Sua esposa tentou descobrir que bicho o havia mordido, mas tudo o que ouviu foi "uma cobra".

Na TV, nada que conseguisse distraí-lo, e pela primeira vez em muito tempo Almir contabilizava o mal que vinha causando, por omissão que fosse, à sua amada Três Rios. Ele nasceu em Velha Granada, mas Três Rios sempre o tratou bem melhor. Namoradas, filhos, uma vida que poderia se orgulhar — desde que não tivesse que olhar para trás em noites como aquela.

Pensava em sua mãe, em como ele abriu mão dela quando as coisas ficaram complicadas. Pensou nos homens que foram prejudicados por ele, nas famílias que se dissolveram graças à sua ânsia em economizar o dinheiro de Hermes Piedade.

Uma moça perdeu o bebê.

Um homem se matou com veneno.

Alguém esfaqueou outro homem num bar, dizendo que estava maluco desde que perdera o emprego.

Os olhos finalmente começavam a pesar. Na TV, *O Dia Depois de Amanhã* trazia um apocalipse glacial e inevitável.

Os homens se vão, mas seus feitos ecoam pela eternidade.

Foi o que o sujeitinho disse.

E Almirante pensava nos feitos que deixaria para trás. E no que seus netos ainda diriam dele. E os filhos dos seus netos.

Quantas gerações são necessárias para se esquecer um canalha?

Sim, mas foi o dinheiro de Hermes que pagou a faculdade dos meninos. E foi o mesmo dinheiro que comprou aquela casa enorme. Cinco quartos, três banheiros, sauna, churrasqueira, um escritório no segundo andar. Só faltou mesmo a piscina, porque Almirante, apesar do nome de batismo, sempre detestou a água. Em vez disso, havia o quintal gramado e um punhado de árvores que deixavam a casa mais fresca nos dias mais secos do ano. E foi dos fundos da casa que nasceu aquele ruído.

Abriu os olhos pendentes.

A TV saiu de sintonia, e em seguida tudo se apagou.

Tentando não se render ao breu, Almirante apanhou seu telefone celular, mas o aparelho também estava completamente descarregado.

Outro barulho nos fundos, dessa vez algo metálico. Possivelmente uma das portas do armário acima da pia, próximo à churrasqueira.

Com a escuridão, Almir se deslocava devagar. Conseguiu chegar à estante e apanhou um revólver que ficava na parte mais alta, oculto em uma cerâmica japonesa. Retirou a arma da flanela e a engatilhou.

Continuou em silêncio, a fim de surpreender o suposto invasor, antes que ele surpreendesse sua família. Almir ainda tinha uma das filhas morando em casa, além de sua esposa. A esposa era bonita, assim como a filha adolescente, e Almir não conseguiu evitar os pensamentos mais horríveis.

A porta de acesso aos fundos estava aberta, a corrente de vento fazia a cortina ondular. O mesmo vento sacudia os galhos e cantava entre as folhas do quintal. Suspirava e gemia, assoviava.

Havia algo muito errado na relação entre humanos e a noite, e bastava um pouco de silêncio para se redescobrir esse fato. No silêncio noturno, o que grita é o pavor interno, é a consciência de que nossos corpos são frágeis, e a suposição de que existem coisas que nossos olhos talvez não possam ver. Era isso o que Almirante sentia quando atravessou as cortinas esvoaçantes.

Não viu nada do outro lado, não havia nada de estranho em um primeiro momento. Só que existia um odor sulfuroso no ar. Um fumo azedo e irritante, penetrante a ponto de fazer o nariz arder.

E não havia fogo, e não havia fumaça. Mas havia uma escuridão um pouco maior no rancho da churrasqueira. Com a arma empunhada, Almir caminhou lentamente até lá, deslizando os pés descalços pela grama, preparado para reagir, caso fosse surpreendido. Ele não sabia atirar muito bem, mas uma arma era uma arma. Foi o que o levou de volta àquele rapaz, o tal Lúcio.

Talvez não tivesse sido boa ideia desafiá-lo até conhecê-lo melhor, saber do que era capaz. Alguém que se alinha com Hermes Piedade não devia ser menos perigoso que uma banana de dinamite no forno.

Ouviu um pequeno movimento nas árvores do jardim e girou o corpo. Havia um pé de fruta do conde plantado ali, além de uma porção de arbustos que nunca se tornaram a topiaria pretendida pela dona da casa. A coisa escura estava entre os galhos do pé de conde. Um fumo; escuridão, ausência.

— Se tiver alguém aí, é melhor falar agora.

As folhas se remexeram, mas a escuridão ocultou o que quer que tivesse existido ali.

Alguma coisa começou a chiar ao lado da churrasqueira. E a escuridão pareceu se albergar ali. O ruído aumentou e a torneira começou a espargir água. A escuridão se foi novamente.

— Então é você que está me assustando... — Almir riu de si mesmo, se permitindo relaxar um pouco. No fundo, a espécie humana é tão precavida quanto otimista, o autoengano é praticamente nossa segunda essência.

Deixou a arma na pia, bem ao lado da churrasqueira, e tocou a torneira, a fim de abri-la e acabar com a pressão que fazia o cano chiar.

— Puta merda! — recuou a mão ao peito, apertando, notando uma vermelhidão imediata onde o metal tocou a pele.

Não era só pressão, a torneira estava quente a ponto de derreter os dedos. Almirante recuou um passo e acabou deixando a arma onde estava, temendo que aquela torneira explodisse e o borrifasse com água fervente.

Ouviu um novo movimento das árvores, sentiu mais uma vez o sopro gelado da noite. Só depois ouviu as palavras que o vento trazia.

— Almirante... Bom nome.

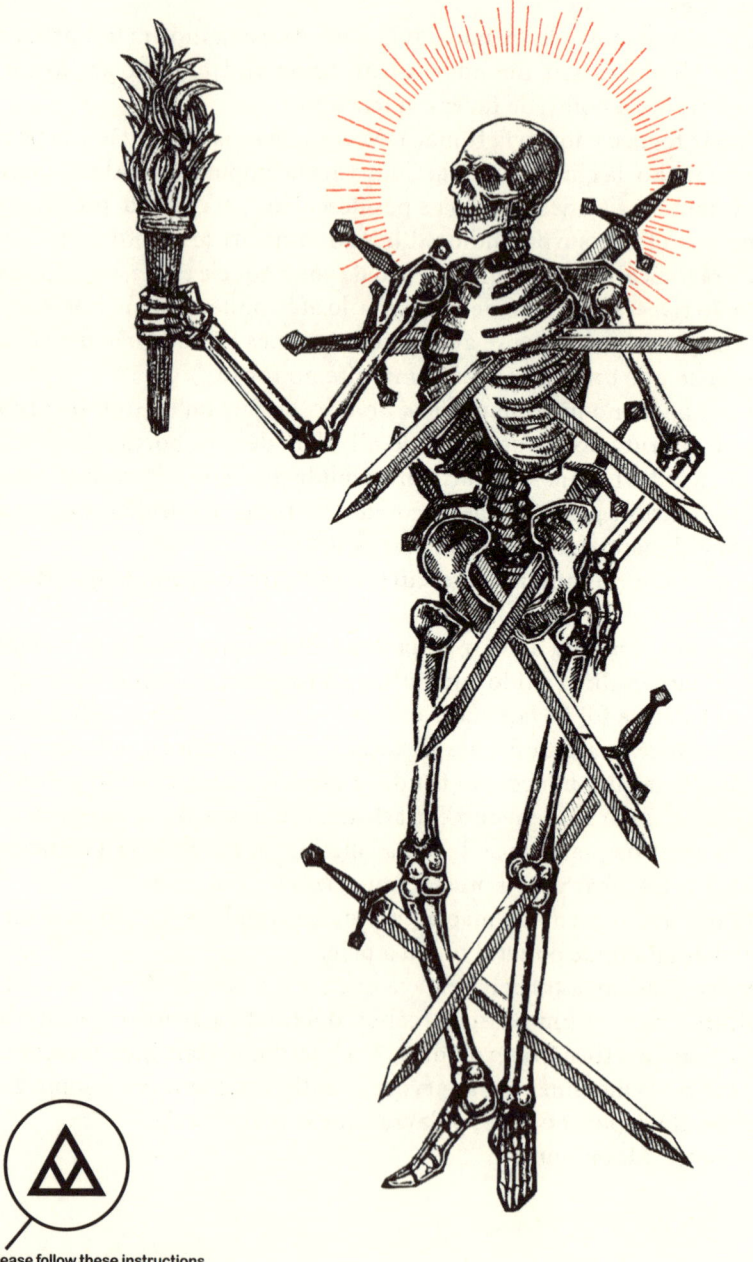

Please follow these instructions.

Eu sou um garoto rebelde
Eu não me importo como você olha para mim
Porque eu sou o único e você verá
Nós podemos fazer isso funcionar, nós podemos fazer assim
Então me dê só um minuto e eu te direi por quê
ZZ TOP

SETE
VIDAS

```
I'm a rough boy / I don't care how you look
at me // Because I'm the one and you
will see // We can make it work, we can
make it by /... So give me one more minute
and I'll tell you why — ZZ TOP
```

Em pequenas cidades, é inevitável que muita gente se conheça e reconheça, ou que pelo menos se tenha ouvido falar desse ou daquele infeliz. Os laços se cruzam nos supermercados, nos empregos, nos cartórios de registro; se retrocedermos o suficiente no tempo, notaremos que mesmo as mais frágeis ligações parecem predestinadas a se tornarem insolúveis com o lento avançar dos anos.

Sagitário era um garoto forte e barulhento, afamado principalmente pelos garotos do Ensino Básico (que em algum lugar no tempo fora conhecido como "Primeiro Grau") que precisavam usar o banheiro da escola.

Na primeira infância, os problemas não foram poucos, e o mais sério começou com uma moeda encontrada no chão. Cassio Guedes, filho de um vereador da cidade de Três Rios, disse que a moeda era dele. Sagitário disse que "achado não é roubado", e a luta aconteceu a dois quarteirões da escola, naquele mesmo dia, quando Cassio Guedes partiu para cima de Sagitário aos gritos de "seu ladrão, filho da puta!".

Sagitário era grande, mas Cassio era maior. Aos nove, tinha o tamanho de um menino de quinze. Dessa forma, quando o primeiro punho encontrou o nariz de Sagitário, um monte de sangue desceu pelo queixo. Tentando não apanhar muito, Sagitário ficou onde estava, no chão, fingindo ter sido atropelado. Cassio chegou mais perto e cuspiu em suas costas, depois o chutou nas costelas. Mais contente, apanhou de volta a moeda, do bolso de trás do jeans de Sagitário.

Poderia ter acabado ali mesmo, deveria ter acabado ali mesmo, com Cassio se afastando e conferindo aquela moeda que compraria dois chicletes.

Não foi o que aconteceu.

— Cassio? — O menino ouviu às suas costas.

Quando girou o corpo, viu o enorme tronco de madeira se aproximando depressa de seu rosto. Com o impacto, a moeda voltou ao chão, e enquanto Cassio desmaiava e formava uma poça de sangue, Sagitário a apanhava e se afastava cantando a música de abertura do *Jaspion*.

— Traz ele de volta — a voz ecoou de algum lugar distante.

Sagitário tentou abrir os olhos e não conseguiu. Mesmo com o esforço, tudo o que obteve de visão foi a carne fina e avermelhada das pálpebras.

Antes de uma nova tentativa, sentiu o corpo todo se retesar, como se todos os seus músculos estivessem sofrendo de uma mesma câimbra. Os dentes se uniram, as articulações travaram, a mandíbula se apertou com tanta força que o osso estalou.

— Bem-vindo de volta — a voz disse.

Em seguida a mão o esbofeteou.

Não muito forte, apenas para trazê-lo de volta.

— Hora de acordar — a voz repetiu.

Dessa vez, os olhos se abriram.

No primeiro instante, a luz acima deles não permitiu que ficassem assim por muito tempo. A luminosidade ardia, fazia os globos queimarem. Claridade que logo diminuiu, quando um rosto feminino e angelical se interpolou no caminho da fonte de luz.

— Quem é você? — Sagitário perguntou.

— Não importa. — O rosto angelical sorriu e, por um segundo, Sagitário pensou finalmente ter chegado ao céu. O único problema é que tipos como ele não deviam ir para o paraíso com tanta frequência...

— Consegue entender o que acabou de acontecer?

Sagitário pensou um pouco.

— Acho que alguém me deu um choque.

Rosto Angelical sorriu. O homem na maca tentou se mexer.

— Me prenderam? Que porra é essa?

Ouviu passos, e uma voz masculina se aproximando:

— Coloco pra dormir de novo?

— Não. Ele vai se acalmar — a mulher respondeu.

Sagitário tentou se soltar outras duas vezes, forçou braços e pernas, então desistiu.

— O que vocês querem comigo? Que lugar é esse?

— Quer arriscar um palpite?

— Se eu não morri, deve ser um hospital.

Rosto Angelical voltou a sorrir.

— Errou duas vezes.

Sagitário apertou os olhos e os reabriu. Estavam um pouco embaçados.

— Minha cabeça tá latejando. Que merda é essa, dona? Eu fui dopado?

— Por que não descobrimos juntos? Qual é a última coisa de que você se lembra? — incentivou.

— Eu tava tomando uma sopa — disse de pronto. Mas dentro da mente havia uma infinidade de outras imagens. Era como um punhado de cartas lançadas por uma criança em um tapete. Tudo embaralhado, fora de ordem.

Pensando um pouco mais, uma das cartas brilhou e se sobressaiu às outras.

— Não... a sopa foi antes. Eu tava no bar. Estava com uma garota no bar. O que fizeram com ela?

— Ela não é importante. Era só uma isca para um peixe maior.

— Quem são vocês?

— Os pescadores. — Rosto Angelical se afastou. Quando Sagitário tentou mover o pescoço em sua direção, percebeu que alguma coisa também imobilizava sua cabeça. Pelo reflexo arredondado de uma bandeja de aço inox, ele conseguiu ver essa espécie de... morsa, que o mantinha preso pelas têmporas.

O novo rosto se aproximou, o homem. O sujeito usava máscara e tinha uma voz ordinariamente calma. Os olhos, porém, escondiam alguma coisa, uma espécie de rancor, uma monstruosidade discreta.

— Você sabia que existem mais de dez maneiras de tirar a vida de alguém? E isso falando das maneiras limpas, não estamos colocando no jogo desmembramentos, decapitações, balística, esquisitices, eu tirei da listagem até mesmo a morte por esmagamento, que na minha opinião é uma das mais esplêndidas.

— E por que tá me contando tudo isso, patrão?

— O caso aqui, senhor Sagitário, é que o senhor acabou de morrer, isso deve explicar sua desorientação momentânea.

— Morri?
— Morreu, sim. O senhor sucumbiu graças a uma parada cardíaca induzida por sobrecarga de potássio. Como o senhor estava anestesiado, só deve ter sentido algum incômodo na volta pra casa. No seu caso, na volta para o corpo.
— Seu monte de bosta!
— Voltando ao assunto, faz alguma ideia de qual era o assassinato premeditado preferido dos romanos, senhor Sagitário?
— Por que estão fazendo isso? Vocês pegaram o cara errado! Pegaram o cara errado, tá ouvindo!?
— Envenenamento — o outro continuou calmamente, como se não estivesse ouvindo. — Na época, eles gostavam muito de cicuta, mas também usavam arsênico, beladona, dizem inclusive que eles se anteciparam ao cianeto, mas isso ainda habita o campo da especulação.
— Me ouve, cara. Só me escuta, vocês pegaram o cara errado — Sagitário abrandou o tom.
— Alguém acusou o senhor de alguma coisa?
Sagitário pensou um pouco.
— Não.
— Ainda não. Se eu estivesse em seu lugar, encararia tudo o que acontece nessa sala como uma grande chance de redenção, e por que não dizer, um experimento científico? O que viu do outro lado, senhor Sagitário? Existe mesmo alguma coisa além da vida que conhecemos?
— Isso é loucura, você tá louco, cara.
O homem passou as mãos sobre a fronte úmida de Sagitário. — Como estão os sinais vitais?
— Melhores do que quando ele chegou — a voz feminina respondeu.
O homem voltou a desaparecer. Voltou bem depressa, trazendo um vidrinho âmbar nas mãos. Continuava com a máscara cirúrgica.
— O que tenho nas mãos é um extrato alcoólico vegetal. O acônito é uma planta resistente, bonita e particularmente perigosa. Para dizer a verdade, o simples toque em suas folhas pode causar reações horríveis. Muitos afirmam que Alexandre, O Grande, foi morto com essa plantinha, mas isso também habita o campo da especulação. Outra teoria é que Alexandre teria sucumbido a ele mesmo, vitimado pela síndrome de Guillain-Barré, uma condição que deixa os músculos paralisados e pode levar à morte.
— Alexandre que se foda. Vai fazer o que com isso aí?
Os olhos do homem fecharam um pouco, os pés de galinha sulcaram, e Sagitário imaginou que ele estivesse rindo quando respondeu.
— Pingar na sua boca, é claro!

Amarrado como estava, só restou a Sagitário se debater. Ele fez isso com todo vigor que possuía, mas aquela coisa em sua cabeça não permitia nada melhor que alguns milímetros de movimento, e a sensação era a de um prego enfiado nas laterais da cabeça. Mas ele ainda poderia fechar a boca, e foi exatamente o que fez quando o conta-gotas chegou perto dos lábios.

— Não seja infantil, senhor Sagitário. O senhor não precisa se machucar. É só morrer, entendeu? Morrer e, com a nossa ajuda, voltar a viver novamente.

Sagitário apertava a boca com tanta vontade que a pele do rosto tremia. Nos lábios, tremia um pouco mais, a pele arroxeada por conta da compressão.

— Preciso de uma ajudinha aqui — o homem disse. Rosto Angelical não demorou a chegar, trazendo outro instrumento cheio de aço e parafusos. Tinha o formato de um queixo, de uma metade inferior da mandíbula.

— Vamos usar aqui nos seus ossos se você não colaborar — ela disse e começou a afrouxar as borboletas de aço. Foi chegando mais perto do rosto de Sagitário, os olhos dele hipnotizados pela ponta brilhante dos parafusos.

— Puta merda, eu abro, caralho! Eu abro até o cu, mas não coloca isso no meu rosto, porra!

A mulher chegou bem perto. — Não dessa vez. Mas se você testar nossa paciência de novo, eu não vou pensar duas vezes. — Ela reexibiu o aparato de aço. E não precisou dizer mais nada até as gotas começarem a cair na abertura da boca. — Viu? Não doeu nada — o homem de máscara disse. Com dois tapinhas enluvados no rosto de Sagitário, se afastou. Em seguida voltou trazendo uma câmera vhs Panasonic nas mãos.

O gosto do veneno era quase como o de uma bebida destilada, mas havia uma nota amarga se alojando no fundo da língua, se impregnando bem perto da garganta. A boca começou a se encher de saliva depressa, de modo que a língua ficou completamente mergulhada em poucos segundos. Incapaz de girar a cabeça, e inseguro de engolir aquela saliva envenenada, Sagitário começou a gritar, e os gorgolejos eram tão dolorosos quanto repugnantes. O corpo tremia com vontade, os batimentos do coração estavam acelerados ao limite. De fato, os músculos cardíacos contraíam tão fortemente que Sagitário conseguia senti-los sob a pele, pulsando, empurrando, tentando se libertar do corpo que logo começaria a falir.

— Me ajud... eu estou morren... — Sagitário disse e o ar não voltou. — Sem ar... sufoc...

Os pulmões doíam, encolhiam, as costas replicavam o sofrimento, forçando a musculatura dorsal a se expandir. Sagitário empurrou o ar para fora para se livrar da saliva excessiva, sufocou mais um pouco, e sentiu o músculo cardíaco se contrair como uma bexiga atirada no vácuo. A sala ficando escura.

— Aqui vamos nós! — disse o homem com a Panasonic.

Sagitário abriu os olhos e a viu.

Se aquilo fosse a morte, ele não reclamaria de ficar morto para sempre. Mesmo assim, a surpresa de voltar àquele carro, àquele momento esquecido, causou uma espécie de... efeito colateral.

— O que foi? — a garota perguntou a ele. A mão da garota ainda estava nele, um pouco suada, quente, tentando ressuscitar o membro instantaneamente adormecido de seu parceiro.

— Eu tive um... uma visão. Uma visão ruim pra caralho... — um Sagitário bem mais jovem explicou.

— Deve ter sido muito ruim mesmo — ela se afastou um pouco e começou a se vestir. Antes que ela recolocasse a camiseta do Metallica, deu uma boa olhada nos seios. Eles estavam à mostra, eram grandes, mamilos pequenos, eram a coisa mais perfeita que Sagitário havia botado os olhos. E olhando para aqueles seios, os desejando, ele começou a se esquecer de onde estava antes; do que parecia improvável, temporalmente errado, se lembrar.

— Me leva pra casa — ela pediu.

— Já passou. Eu tô bem de novo. — Sagitário, o Sagitário daquele dia errante, partiu para cima dela.

— Agora não. Você teve sua chance, tá bom? Tá tentando me comer faz mais de seis meses, e quando consegue dá nisso?

Tentou beijá-la. Ela virou o rosto. Tentou de novo segurando seu rosto.

— A gente ainda pode se entender — A mão deslizou entre as pernas da garota. Ela resistiu, mas ele chegou lá. Não havia tecidos pelo caminho, só havia a carne mais macia que já havia tocado.

— Tira a mão daí, porra! — ela reagiu.

— De jeito nenhum, sua puta! A gente vai foder, sim! Agora eu vou fazer o que eu quero e do jeito que eu quero — ele forçou a abertura das pernas.

O espelho retrovisor mostrou um rapaz de cabelos compridos, sobrancelhas quase juntas, olhos diretos e apertados. Ainda havia espinhas no rosto e febre nas gônadas. Ele a virou de bruços sem muita dificuldade. Então enfiou nela.

Dessa vez, o coração pareceu cortado ao meio. O lado direito latejou, o esquerdo congelou, depois esquentou, como se tivesse sido alimentado por um jato de sangue novo. O corpo todo tremia, vibrava, e a sensação de falta de controle era quase pior que a dor. Os pinos que seguravam a cabeça arrancando algum sangue da pele, os pulmões simplesmente colapsando, enquanto os insufladores de oxigênio trabalhavam duro para descolar suas paredes.

— Será que ele consegue? — a voz feminina perguntou.

— Tomara que não — a voz masculina disse.

Os olhos não enxergavam coisa alguma além de um imenso borrão de luz. Sagitário travou os dentes ao sentir outro daqueles choques que faziam o corpo todo esticar. Tão logo a energia se foi, sentiu o gosto do sangue tomando sua boca. Os pulmões voltaram em seguida, e a tosse veio no encalço.

— Calma aí, camarada — o homem disse. Tinha uma toalha branca com ele, que quando saiu do rosto de Sagitário, estava toda manchada de vermelho. — Olha só isso — o homem riu e mostrou o que nem de longe se parecia com um sudário —, você quase decepou sua língua.

— Caramba, olha o tamanho desse talho... — disse Rosto Angelical.

— Puta merda — Sagitário ofegou. — Puta que pariu — ofegou mais.

O ar retornando aos poucos, áspero como poeira de vidro.

— Boca fechada, camarada. Você precisa de oxigênio ou vai enfartar — o homem de máscara avisou. — Outra vez.

Sagitário parou de se debater, mas a imagem do estupro que acabara de cometer novamente ainda dançava no fundo dos olhos. Ângela. Esse era o nome dela. Ângela, uma das poucas garotas do colégio que confiaram nele. Ângela, que desapareceu sem deixar vestígios.

Demorou um pouco, mas os sinais vitais voltaram a estabilizar. Havia uma seringa vazia na bandeja de instrumentação ao lado da maca, havia algum sangue manchando o plástico.

— O que fizeram comigo?

— Se eu não estiver muito enganado, trouxemos você de volta à vida.

— Antes... Quantas vezes vocês...

— E isso importa?

— Estão me matando e me trazendo de volta?

O riso do homem quicou pelo ar como um macaco solto da jaula. Então parou de quicar, como um macaco abatido na selva.

— Digamos que a justiça está sendo feita. Você já parou para contar? Já somou quantas vidas empurrou pela latrina? Espancamentos, chantagens, queima de arquivo, estupros, assassinatos.

— Pegaram o cara errado, eu já falei que pegaram o cara errado!

— Falou, sim. Mas essa parte não está sob discussão.

Sagitário ofegou. Os pulmões funcionavam, mas o ar queimava dentro deles. — Aconteceu alguma coisa. Eu... eu estava lá. Estava lá de novo.

— Será que era o céu, camarada? Porque no seu caso a probabilidade de ter sido o inferno é muito maior.

— Tem coisa errada. Não podem continuar com isso. Vocês estão fritando a minha cabeça.

O homem de máscara se afastou e Rosto Angelical voltou. Estava com algo plástico nas mãos, havia uma espécie de tampo na parte de cima. Era parecido com uma bolsa térmica, do tipo que se adiciona água, mas transparente. Também havia um fecho na outra extremidade.

— Que merda é essa?

— Um equipamento especialmente projetado para você. Por motivos óbvios, decidimos chamar de Afogador. Me passa a mangueira? — ela pediu. O homem se aproximou com uma tubulação de inox e a mulher fez a conexão com o equipamento.

— Mais uma vez — Rosto Angelical continuou —, nós temos duas maneiras de fazer isso. A primeira é você colaborar, e nesse caso não vamos precisar apelar para nenhum incentivo físico. A segunda opção pode machucar bem mais do que usar esse equipamento.

— Vocês estão errados. Não sou quem vocês tão procurando. Se é por causa do velho, eu não trabalho mais pra ele. Eu odeio aquele filho da puta mais do que vocês dois juntos! Mais do que vocês imaginam!

O homem voltou a se aproximar.

— Opção um ou dois, camarada?

Para piorar tudo, a água entrava devagar. Cobria a nuca, a base do queixo, o ouvido direito.

Sagitário sabia a inutilidade do que fazia, mas a cabeça, agora livre da compressão lateral, buscava um delicado equilíbrio a fim de proteger a entrada nasal. A boca era um traço fino e sem lábios, os olhos estavam presos ao lado de fora, tentando enxergar através da distorção do plástico.

— Merda — Sagitário disse, sem abrir a mandíbula.

Os dois ouvidos já estavam cobertos. Com isso, os sons se tornaram borrados, e estranhamente amplificados. O homem caminhou até mais perto da maca e seus passos pareceram gigantes. Rosto Angelical chegou mais perto e o som da água ficou mais rápido. Era como uma cascata, uma catarata, uma forma horrível de aguardar pelo fim da vida.

— Deus — Sagitário se esticou todo. Respirou fundo, a fim de guardar a maior quantidade de oxigênio possível. Aquelas pessoas eram loucas, só podiam ser. Alguém devia estar procurando por ele, exceto que... quem sentiria sua falta? A garota? Os caras? A polícia? O filho da puta do seu pai? Não, Hermes Piedade só se importava consigo mesmo.

Uma pequena porção de água invadiu o final daquela aspiração. Os pulmões a expulsaram em um jato de tosse. E a próxima respiração trouxe muito mais água. Os pulmões doeram, a garganta inflou, o esôfago parecia tentar explodir. A bexiga também não resistiu ao medo e começou a ceder, porém, a próxima contração dos pulmões travou a uretra do começo ao fim. A rebelião muscular foi o terceiro passo, e então, a calmaria dos nervos. E aquela pequena e solitária bolha deixando o nariz e procurando uma saída do afogador.

Sagitário puxou a máscara do rosto e encontrou outra máscara (de esquiador) o encarando. Atrás do tecido, um par de olhos cinzentos.
— Veste essa porra, cara! — o outro disse.
O momento confuso se repetiu, apesar da diferença de cenas. De repente, por alguns segundos, Sagitário não estava ali, não aquele Sagitário que deveria estar, mas sua versão futura. Mais uma vez, as memórias mescladas e confusas duraram muito pouco, e a fração invasora se foi assim que o dono dos olhos cinzentos perguntou: — O que deu em você?
Sagitário recolocou a máscara.
— Essa merda tava me sufocando. Tá pronto?
— Tô sim. — O outro ergueu o pé de cabra.
Sagitário foi até o caixa.
O outro avançou depressa até a câmera de vigilância próxima ao teto e a espatifou. Já haviam desativado o alarme na entrada, mas as câmeras eram independentes. Assim que elas explodiram, Sagitário deixou o caixa, sem tocar em nada (uma simulação de assalto para a gravação de segurança). Voltou de onde havia saído e apanhou um frasco pesado, de dez litros ou mais. Começou a verter o líquido amarelo no chão. Com o suficiente despejado no piso, começou a fazer o mesmo sobre as centenas de embalagens de DVDs.
Enquanto isso, Olhos Cinzentos cobria o resto da locadora com seu próprio galão. A exemplo de Sagitário, também fez questão de molhar muito bem cada invólucro de DVD, perdendo um pouco mais de tempo nos títulos pornôs. Terminada essa dura tarefa, ele passou pela área de locação de games, então retornou ao hall.
Deixou o hall e Sagitário fez o mesmo. Para finalizar, Sagitário acendeu um fósforo e o jogou no chão. Caminhou lentamente até a entrada secundária, usada por fornecedores e funcionários. Do lado de fora, retirou a máscara e entrou no Chevrolet. Acendeu um cigarro. A última coisa que a filmagem caseira mostrava era a placa daquele carro.

Sagitário já havia acordado machucado, bêbado, assustado, quando criança acordou apanhando, porque urinou na cama. Mas ele nunca tinha acordado vomitando água.

Mesmo com as contrações, sentia que ainda estava submerso em algum lugar. Não exatamente água, não exatamente sólido, não vivo e não morto, mas o que havia de mais confuso entre todas as sensações conhecidas: o limbo. Os ouvidos ainda registravam um som grave, amplificado, muito distante da possibilidade de interpretação. A dor nos pulmões era brutal, a sensação de sufocamento era tão forte que os sentidos imploravam por um desmaio, um apagão, qualquer coisa. Os golpes no tórax passavam longe da gentileza, e o insuflador de oxigênio era pressionado com uma força desmedida.

De repente os ouvidos expeliram o líquido quente que os obliterava e Sagitário voltou a ouvir.

— Ele não vai conseguir.

— Vai sim, esse filho da puta tem fibra! — o homem disse. — Dá outra injeção nele.

— Mais?

— Mais, sim! Se ele vai morrer de qualquer maneira, vamos tentar de tudo.

Sagitário engulhou mais uma vez, e o que saiu dele pareceu feito de ácido. O insuflador se afastou e o segundo jato voou para longe. O insuflador voltou à boca.

— Cadê a seringa?

— Mas ele vai conseguir sem...

— Sei que vai, mas eu faço questão — o homem disse e enterrou a agulha no coração. Apertou o embolo tão forte que a mão chegou a tremer.

Com a descarga de adrenalina, o corpo se tornou rígido como uma viga de concreto. Ficou assim por um tempo, lutando contra as amarras, então cedeu. O vômito veio de novo, e Sagitário o deixou escorrer pela boca. Em seguida, ainda mergulhado em um estado pleno de confusão e sofrimento, sentiu a cabeça ser pressionada pelas têmporas.

— Por que... — a garganta engoliu involuntariamente. — Pra que me trazer de volta? — respirou fundo, mas os pulmões pareciam alagados.

— Vamos fazer isso algumas vezes — Rosto Angelical respondeu.

— Pegaram o...

— Cara errado, né? A gente acha que não — ela mesma disse. O outro homem estava de pé, checando os sinais vitais.

— O caso aqui, senhor Sagitário, é que sabemos exatamente quem é o senhor e o que o senhor fez, sabemos mais sobre o senhor do que sobre nossos pais. Tivemos muito tempo para procurar. Tivemos anos.

— Ouvi você me chamando de filho da puta antes de me enfiar uma agulha. — Respirou fundo. — Corta essa de me chamar de senhor.

— Como achar melhor. — O homem deixou o aparelho e chegou mais perto. — Pronto pra a próxima?

— Me deixa em paz.

— Não posso fazer isso.

— Me deixa morrer em paz.

— Também não posso ajudar nisso. Mas se esse for mesmo o seu desejo, talvez possa convencer seu próprio corpo a desistir. Dizem que a mente cria e o corpo conquista, isso deve valer para as coisas ruins também...

— Vocês estão errados. Tem alguma coisa esquisita do lado de lá.

— Quer falar sobre isso? Vamos lá... Experiências de quase morte podem produzir estranhas visões. Anjos, demônios, algumas pessoas viram torres de luz e uma nova civilização. Voaram em um túnel de carne, de gelo, e alguns dizem que sentiram uma mudança no próprio tempo! Consegue imaginar isso?

— Eu posso mudar. Acho que... eu posso mudar o que já aconteceu, entende?

— Não entendo. E, para ser sincero, não me importo. O que eu entendo é que o senh... você... já fez essa viagem mais vezes do que pensei que conseguiria. E isso nos leva a uma nova questão delicada.

— Desgraçado! É melhor me matar na próxima, seu filho da puta! Porque se eu sair daqui, é só isso o que você vai querer: morrer de uma vez!

— Esse é o homem que esperávamos encontrar.

— Não! Eu não sou mais esse cara! Eu voltei, seu maníaco! E eu vi coisas que eu não gostaria de fazer de novo — os olhos se encheram.

— O que fez você mudar tão depressa? — Rosto Angelical perguntou. Mas o homem enfiou uma bola de borracha na boca de Sagitário antes da resposta.

— Hummmmmggg! HUMMPGH!

Tentou expeli-la com a língua, um esforço inútil. A bola estava forçosamente acomodada dentro da boca, pressionando os dentes, ela não sairia de onde estava a menos que alguém a puxasse.

— Você não devia ouvir esse canalha, principalmente você.

Rosto angelical sorriu, em seguida fez algo com as mãos, como quem prepara um peteleco. A mão se aproximou do olho direito de Sagitário e o dedo médio golpeou o globo ocular com tudo.

— HUMMGGG!

Um bocado de lágrima escorreu depressa. O outro olho piscou várias vezes, como se quisesse saltar e ajudar o amigo que morava do outro lado do rosto. A dor foi tamanha que Sagitário mastigou a bola de borracha.

— Vamos logo com isso — Rosto Angelical disse. — Eu não quero perder a novela.

Enquanto a respiração reencontrava o ritmo, as duas pessoas que acompanhavam Sagitário no... experimento redentor... se afastaram. A princípio falavam algo sobre igrejas, mas logo as vozes se tornaram frágeis e embaralhadas. Não havia nenhum problema com as vozes, ele imaginava. O problema estava nele, em seus órgãos, em seus sistemas sobrecarregados pelo ir e vir ao mundo dos vivos.

Afastados da maca, Homem e Rosto Angelical conversavam em um tom discreto, para que o sujeito em repouso não conseguisse entender do que falavam.

Estavam à frente do que parecia uma balança de precisão, que na verdade era um aquecedor elétrico. Sobre ele, uma panela de inox com capacidade de cinco litros, com apanhadores laterais de madeira. Havia um termômetro dentro dela.

Rosto Angelical girou o corpo na direção de Sagitário.

— Por que ele não morre?

— Porque nós não permitimos, minha querida. Não era esse o plano?

— Sim, mas torturar alguém dessa maneira...

— Arrependida?

— Não.

O homem verificou o termômetro. Aumentou a temperatura do aparelho.

— O que preocupa você? Ficar me olhando e remoendo coisas aí dentro não vai amenizar o que você sente.

— É que... ele... Ele me parece arrependido de verdade.

— Arrependido? Ou apavorado a ponto de parecer arrependido?

— Será que monstros como ele conseguem se apavorar? Ou se arrepender?

O homem abrandou o rosto. A máscara pendendo em seu queixo.

— É da natureza desse planeta lutar para preservar a existência. Você verá isso em todas as espécies, das consideradas evoluídas até as mais primitivas. Eu tenho certeza que se ele pudesse se desamarrar, colocaria nós dois naquela maca. E ele faria pior, minha querida, muito pior. — Voltou a conferir o termômetro. — Prontinho. Água aquecida. Agora é só preparar a sopa.

A alguns metros, Sagitário ouviu o silvo fino de rolamentos e o sacolejar de metais. Abriu os olhos e reencontrou Rosto Angelical, que o livrou da bola de borracha.

— O que vão fazer comigo agora?

Ela se afastou e o homem mascarado ocupou seu lugar. A pele untada, estava suado na proximidade dos olhos.

— Que se saiba, camarada, uma das formas mais dolorosas de perder a vida é ser consumido pelo fogo.

Sagitário imediatamente se debateu, escoiceou, puxou os punhos, fibrilou o corpo todo. Agitou-se tanto que a têmpora direita começou a sangrar de novo. Os dentes cravados poderiam partir couro cru, os olhos foram injetados por um turbilhão de veias.

— Não! Você não pode fazer isso! Que tipo de gente são vocês dois!?

— Melhor se acalmar ou precisaremos apelar pra um relaxante muscular.

Sagitário continuou lutando com as amarras, relaxar passava longe de uma ideia ruim. E o homem continuou falando.

— Você precisa entender que nada mudará o que pretendemos fazer, tudo o que você receberá por sua impertinência será mais sofrimento e dor. É estranho quando somos reféns de outra pessoa, não é mesmo, camarada? Quando estamos sujeitos à vontade dos outros. Acho que uma das piores coisas que pode acontecer é estar sob o julgo do oponente. Você sabe do que estou falando...

— Eu nunca coloquei fogo em ninguém!

— Nunca?

— Não conscientemente.

— Se isso deixa o senh... você mais seguro, não pretendemos deixá-lo queimar até a morte. Incendiá-lo da maneira convencional acabaria com a relação que estamos criando aqui, compreende? Evidentemente, encontramos um artifício para essa questão.

O homem se afastou e, quando voltou, calçava um par de grossas luvas. Sagitário ouviu o som das roldanas novamente e pôde ver a panela esfumaçada sobre o carrinho. Voltou a sacolejar a maca. Rosto Angelical chegou mais perto com um bisturi na mão direita. A lâmina chegando perigosamente perto do cavalo da calça. Sagitário parou de se mexer e reteve o ar nos pulmões.

— Moça... Moça, pelo amor de Deus, toma cuidado com isso aí!

Mas a lâmina subiu e começou a cortar a camiseta do Soundgarden que Sagitário usava. Ao terminar o corte, ela calçou luvas de látex e cuidou das calças; as retirou do corpo.

— Isso vai doer — disse a ele antes de sumir de seu campo de visão.

Voltou com a câmera Panasonic de mão. Ligou o aparelho e acenou um positivo com o dedão direito. O homem apanhou a panela fervente.

— Não! Puta merda, não faz isso! Não faz... Não... Nãooo! Nãããããoooooo!

O cheiro do cômodo era um pool de urina, fezes e comida azeda. Em um cantinho, um menino de short de náilon azul e camiseta da seleção brasileira dormia encolhido, como um animalzinho que passou frio a noite inteira. A sala estava mergulhada na penumbra, e toda luz vinha do pouco que escapava pela janela.

Nos primeiros dias, o menino gritou sem parar, então percebeu que estava longe demais para ser ouvido por alguém. A comida continuou vindo dia sim, dia não, e era tão ruim quanto a água barrenta que ele precisava beber para não morrer de sede. Agora ele podia ficar sem a corda, mas só porque o homem mau sabia que ele não iria muito longe, fraco como estava. Além de fraco, de desnutrido, estava doente. E quando começava a tossir parecia que nunca mais pararia.

O sequestraram a dois quarteirões da escola. O menino sempre fazia aquele caminho, então não foi tão difícil. Colocaram um pano fedido na boca dele, e quando o menino acordou estava naquela sala.

Com um pedacinho de cimento, um caco que saiu do chão, o menino marcava os dias em uma parede. O homem tirou seu relógio já no primeiro dia. Também tirou uma correntinha de ouro, que era presente de seu pai. Perder aquilo foi doloroso, porque ele e o pai...

— Hora de acordar, bostinha.

O homem sempre o chamava desse jeito. A reação do menino também foi a de todos os dias: se levantar e correr até a parede mais distante da porta. O homem estava com um revólver nas mãos, e aquilo era uma novidade ruim.

— Vem aqui.

O menino sacudiu a cabeça e os olhos se encheram. Mas ele não derramou uma gota. Chorar deixava o homem nervoso, e quando ele ficava bravo era sempre pior. Às vezes, por mais vergonhoso que fosse, era melhor se acovardar e obedecer. Foi o que o menino fez.

Com a fragilidade dos músculos, ele tremia um pouco, a sola dos pés quase não se afastava do chão.

— Veio me matar, tio?

— Sabe como é, moleque... Negócios — Sagitário empunhou a pistola, a colou na testa do menino.

Foi quando o menino notou alguma coisa naqueles olhos maus. Eles eram os mesmos, mas ao mesmo tempo, mudaram, ficaram diferentes. Estavam mais mansos e... perdidos. A mão armada desceu um segundo depois, meio mole, mas ainda sustentando o revólver.

O menino olhou para a porta aberta, e em seguida olhou para o homem.

— Corre, moleque — a boca do homem disse. — Corre o mais depressa que puder.

O corpo todo ardia, populado por bolhas, sufragado pela vermelhidão dos tecidos. Quando o homem derramou a fervura, não parou no peito, não poupou as partes íntimas. O pouco que sobrou foi derramado no rosto.

Infelizmente, os olhos pagaram o preço, e agora Sagitário estava completamente cego. Os lábios inchados, ligeiramente em melhores condições, sofreram ao dizer:

— Moça? Cara? Tem alguém aí.

— Estamos aqui — a voz feminina disse.
— Acaba comigo de vez, moça; tô implorando.
Rosto Angelical suspirou.
— Eu bem que gostaria. Mas não é o que vai acontecer.

Sagitário não se movia, e mesmo se pudesse, não arriscaria qualquer movimento desnecessário. O corpo doía integralmente. Respirar doía, acionar qualquer músculo doía, mesmo uma simples corrente de vento era como um chicote riscando a pele. Falar também causava grande sofrimento, mas esse era um direito do qual ele não poderia se privar.

— Eu consegui. Eu mudei... você entende? Mudei o passado. Eu não atirei no menino.

Aos pés da maca, as mãos do homem se fecharam. Estava sem máscara agora, com Sagitário cego, não havia mais a necessidade daquilo.

— Eu peguei ele, essa parte não deu tempo de mudar, era tarde demais. Maltratei dele. Eu...

A expressão do homem ia além da raiva, aquilo era nojo, era vontade de aniquilar o ser desprezível que continuava falando à sua frente.

— Eu não atirei nele. Eu consegui deixar ele ir. Ele fugiu.
— E como deveria ter sido? — o homem aos pés da maca perguntou, fazendo o possível para parecer calmo.
— Eu... eu atirava, eu atirei na cabeça dele. O pai do moleque que não se dobrou, então tivemos que resolver do pior... do pior jeito. Precisam acreditar em mim, eu consigo mudar as coisas, consigo... evitar o pior.
— Não, desgraçado — o homem disse e o pegou pela canela. Apertou, o tecido maculado começou a rasgar.
— Deus! — Sagitário gemeu. — Isso dói demais.
— O menino morreu. Mataram o menino. Cortaram a garganta do menino!
— Não fui eu... huphggg... não fui eu. Precisa acreditar que não fui eu...

O homem o soltou, em seguida jogou as luvas ensanguentadas de lado.

— Segue com ele. Acho que eu preciso de um tempo.

Sagitário ouviu seus passos se afastando. Ouviu um soluço, um rompante de choro. Então ouviu uma porta se fechando.

— Me mata, dona. Não tô pedindo para sair dessa, só acaba de uma vez comigo, eu não aguento mais.
— Você já teve essa mesma humanidade com alguém, Sagitário? Alguma vez nessa vida entendeu o significado dessa palavra?

Sagitário se calou e Rosto Angelical se levantou.

— Uma das formas mais eficazes de matar alguém é a eletrocussão. Existem centenas de casos na literatura, muitos deles relacionados à pena de morte. Você sabe que não existe isso no Brasil, não ainda, então não considere o que vamos fazer uma execução formal.

— E o que mais pode ser isso que estão fazendo comigo?
— Que tal carma? Lei do retorno? Ação e reação?

Conversar era cada vez mais difícil, então Sagitário se calou de novo. Ouviu dezenas de ruídos mecânicos antes que alguma voz tornasse a falar. O silêncio havia se tornado uma estranha benção, um lugar seguro. Quando os ruídos voltavam, a mente trabalhava depressa, supondo e antecipando que tipo de sofrimento o corpo ainda teria que suportar.

Ela falou sobre cadeira elétrica, e tudo o que Sagitário sabia sobre o assunto vinha dos filmes. *Shocker*, *The Chair* e muitos outros, e o mais famoso deles continuava sendo *À Espera de um Milagre*. Sagitário se lembrava claramente da cabeça do francês pegando fogo porque um dos guardas decidiu sacaneá-lo. Em outros filmes, viu olhos explodindo e corpos derretendo. Ouviu personagens dizendo que o sujeito poderia continuar vivo, sofrendo, com a mente ativa, se a carga não fosse suficiente. O que era exatamente o esperado, uma vez que aqueles dois bastardos sempre o traziam de volta.

O homem pigarreou.

— Você vai receber uma descarga daquelas, então, eu sugiro apertar bem os dentes, ou dessa vez vai cortar sua língua ao meio. Seus tornozelos, suas têmporas, seus pulsos, até mesmo a maca onde está deitado será energizada. Vai doer muito, vai doer bem mais do que tudo o que você experimentou até agora.

Sagitário não reagiu.

— Geralmente, quando os órgãos param, o cérebro faz o mesmo, mas a eletrocussão está longe de ser uma ciência exata.

— Se eu soubesse o que sei hoje, não teria feito o que fiz — Sagitário suspirou. — Mas eu não sabia.

— Então vamos colocar a câmera em posição e registrar esse momento, quem sabe isso sirva para alguém algum dia? No estado crescente de violência do mundo, eu não me surpreenderia se pagassem pequenas fortunas para ver um desgraçado como você fritar por dentro.

Em frente aos olhos cegos de Sagitário, Rosto Angelical entregou um dispositivo ligado a um fio em serpentina nas mãos do homem e se distanciou, já iniciando a filmagem com a câmera de VHS.

— Vocês dois são piores que eu. Vocês também vão pagar.
— Não, camarada. Nós somos os cobradores.
— Ahhhhhh!

O casal estava no descampado. Era noite. Os faróis dos dois carros atiravam luz sobre seus corpos espancados. O rapaz sangrava por todo o rosto, e a garota tinha sangue pelo corpo todo. Ao lado dos carros, alguns homens riam e entornavam suas garrafas.

— Quem vai agora? — um dos homens perguntou. Ele tinha olhos cinzentos. Um antigo comparsa.

— Deixa a cadelinha descansá. A gente ainda pode brincá bastante com ela. — Outro disse. Era o mais alto dos bandidos, devia ter mais de um metro e noventa de altura.

— E aí, chegado? Vai nela, ou não? — Olhos Cinzentos perguntou. — A gente segura o frango, se bem que eu acho que ele já se conformou em dividir o pão com os parcêro.

— Bom se conformar mesmo — o terceiro cara, que usava uma jaqueta jeans encardida, disse ao rapaz —, e quando ela ficá larga, a gente vai alargá você.

No centro das luzes, o casal se abraçou. A mulher chorava, os cabelos sujos cobriam quase todo o rosto.

— Vai fazê ela ou não? — Olhos Cinzentos insistiu. Sagitário não respondeu novamente. Ele nem se mexeu.

— Mano, que merda tá rolando contigo?

Sagitário ergueu a automática e a avaliou, como se a estivesse reconhecendo de um lugar muito distante. Apontou para o centro da testa de Olhos Cinzentos. E o tampo da cabeça voou pela nuca.

O cara grande não soube como reagir, e levou uma bala no estômago.

Mais distante, o cara de jeans encardido atirou de volta, mas o projétil acertou um dos faróis do carro, em vez de acertar Sagitário. Já a bala que saiu da automática, acertou o oponente no pescoço. O corpo caiu e ainda se arrastou, mas o gorgolejo de sangue logo venceu. Sagitário caminhou para a outra direção, o cara alto que levou a bala no estômago ainda vivia.

Sagitário enfiou duas balas no seu coração. Depois caminhou em direção ao casal, que não parecia saber como reagir. Continuavam do mesmo jeito, abraçados, de joelhos.

— Vocês podem ir.

O rapaz foi o primeiro a se levantar. Ele ajudou a garota. Ela tinha um rosto bonito. Quase angelical.

— Melhor atirar em mim, desgraçado! — Ela tentou partir para cima dele, mas o rapaz a segurou. Ele também era um rosto conhecido na cidade, trabalhava em uma agência bancária. A garota nem devia estar ali. Dia errado. Hora errada. Namorado errado.

— Atira em mim! Atira, agora! — Ela chorou. O rapaz começou a se afastar em direção ao carro.

— Eu não vou esquecer seu rosto, tá ouvindo? Eu nunca vou esquecer! — ela gritou, pouco antes de entrar no carro.

Sagitário acendeu um cigarro e guardou o revólver no cós do jeans.

— Eu sei que não, garota.

Ao fim dos sinais vitais, Rosto Angelical desligou a câmera e retirou a vhs. Levou a Panasonic até um balcão de granito, onde muitos aparelhos de laboratório esperavam o início da próxima semana.

— Eu quase acreditei que ele tivesse se arrependido, se arrependido de verdade. Quase acreditei pela segunda vez. E quer saber o que é pior? Nada do que ele sofreu vai trazer o seu filho de volta, ou apagar da minha mente as coisas que eles fizeram comigo.

O homem apanhou a vhs que ainda estava sobre o balcão e a rodou nas mãos, com um olhar fixo.

— O único jeito de apagar algumas coisas é gravando por cima.

TRÊS RIOS
18 88

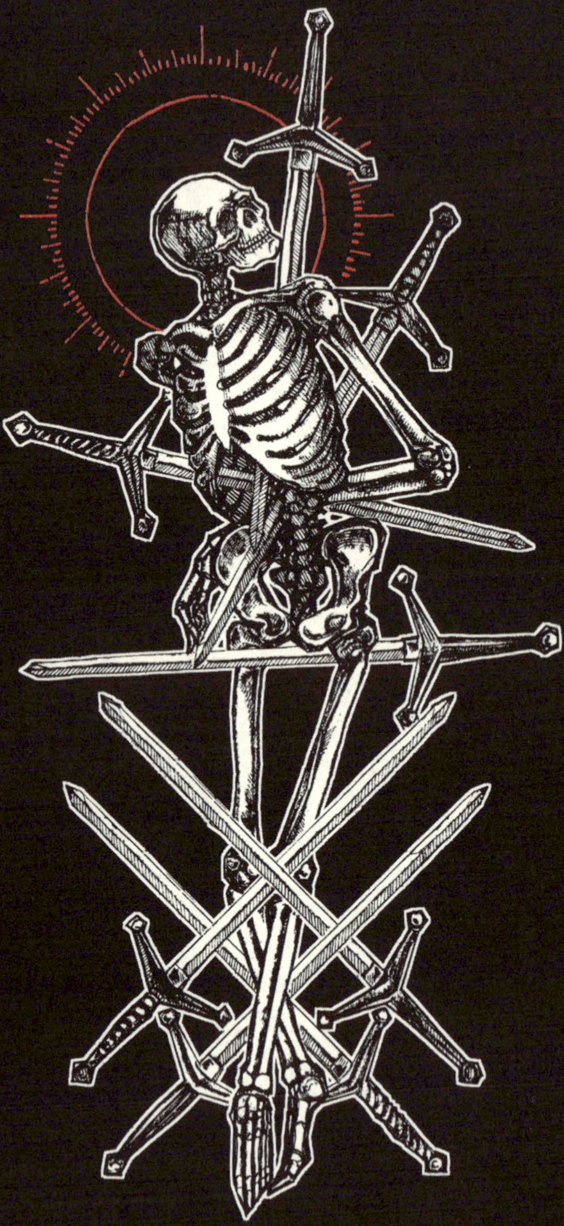

DÓ MAIOR

epílogo das covas

Depois de mais de quarenta anos convivendo com a morte, Sarapião quase conseguia compreendê-la.

Ainda era um menino quando começou, e lembrava perfeitamente de seu pai dizendo: "não existe trabalho ruim para homem bom". Ele também enterrou o pai. Assim como enterrou a mãe e dois de seus sete irmãos. A cada pá de terra jogada no caixão, um pouco dele sempre caía junto, e depois de tanto tempo fazendo aquilo, a vida já começava a se misturar com a morte.

Naquela tarde, João dos Santos tocava seu violão novamente, agora com menos destreza, porque a artrite nos dedos não permitia que ele acertasse todos os acordes. João quase não ia para o buraco, em vez disso coordenava os molecotes contratados pela prefeitura. Aqueles rapazes sempre iam e vinham, duravam coisa de seis ou sete meses, depois arrumavam coisa melhor para fazer — ou coisa pior, contanto que fosse bem longe do cemitério. A prefeitura mandou contratar vinte cabeças de bagre extras naquele mês. Sarapião estava estressado, cansado, estava, sobretudo, angustiado.

Quando os rapazes terminaram de abrir o septuagésimo buraco, ele os dispensou para um café. Já eram quase quatro da tarde, os cadáveres estavam atrasados, pelo jeito ele perderia a colação de grau de seu neto mais velho. Ao contrário dele, o menino cursou medicina, preferiu salvar vidas em vez de condená-las à perpetuidade.

O filho de Sarapião não fez uma coisa nem outra, acabou sendo instrutor de autoescola (e Sarapião gostava de pensar que Juca salvava algumas vidas ensinando outros cabeças de bagre a dirigir pela cidade).

Muito lentamente, Sarapião se sentou ao lado do amigo. Suas costas tortas brigaram com a pá há uns cinco anos. Ele ainda ia pro buraco às vezes, mas era só para se divertir com os garotos novos e relembrar o passado. Perto do que experimentava agora, o passado era um ótimo lugar para se frequentar.

Notando a agonia silenciosa do amigo, João dos Santos ponteou as três cordas mais finas, rastejou os dedos de novo, fez uma variação em sétima e voltou ao dó maior. Então deixou as cordas vibrarem até que as notas morressem.

Guardaram silêncio por um tempo, sentindo o vento morno e olhando para a cidade que não parava de sangrar.

O cemitério ficava em um aclive, como se encarasse a cidade exatamente como aqueles dois homens, como se dissesse: "Estou esperando". Lá embaixo, as pessoas se aglomeravam como formigas, viviam e morriam sem muito propósito, compunham seus próprios labirintos de redenção e perdas.

— Como foi acontecer uma desgraça dessas? — Sarapião perguntou.

A resposta do amigo demorou um pouco.

— Aconteceu porque tinha que acontecer, porque quem podia ter evitado não fez nada pra que não acontecesse.

Na quietude da tarde, o cemitério era o melhor lugar da cidade. Às vezes se ouvia um choro, raramente um desespero, mas a maior parte do tempo era feita de silêncio e saudade. Sarapião gostava tanto de estar ali que muitas vezes ia até mesmo na folga, para escapar um pouco da barulheira de Três Rios.

Pela estrada de acesso, já conseguia ver os caminhões trazendo os corpos. Como não existia jeito de refrigerar todos aqueles cadáveres, teriam que enterrar depressa, para que nenhum deles começasse a apodrecer na frente dos parentes.

— Será que um dia as coisas vão voltar a ser como eram antes? — João perguntou.

— Com tanta desgraça acontecendo, eu já nem lembro como era antes — Sarapião respirou bem fundo.

— Cansado?

— Um pouco. Mas imagino que a morte esteja muito mais.

ANTONIO SEVERIAI
DE ALMEIDA
N 14 12 1935
F 17 3 1997
SAUDADE DA ESPOS
FILHOS NETOS
NILZA CRISTINA
MARTINS
JOVELINA
ALVES DE LIRA
VICENTE
SOUZA

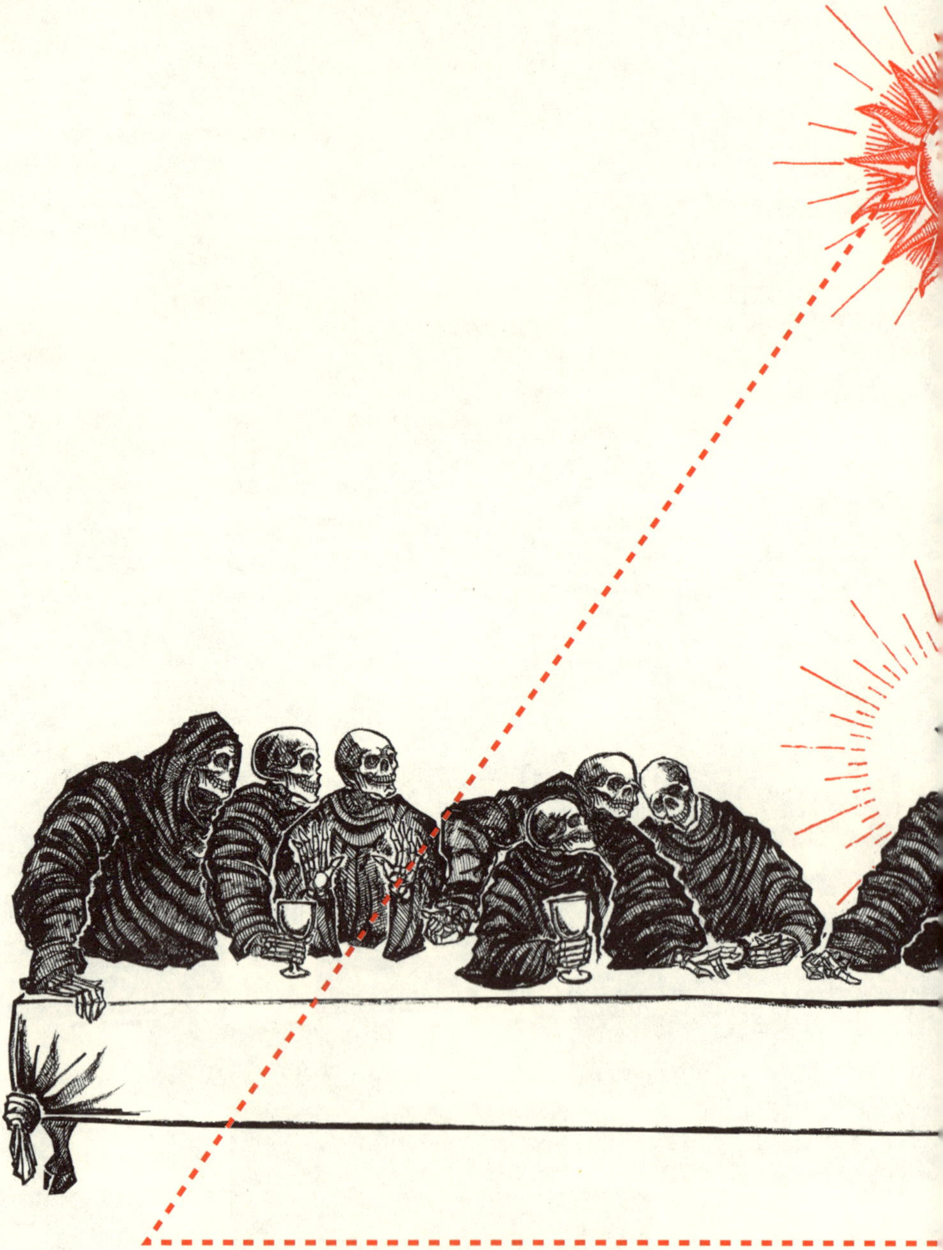

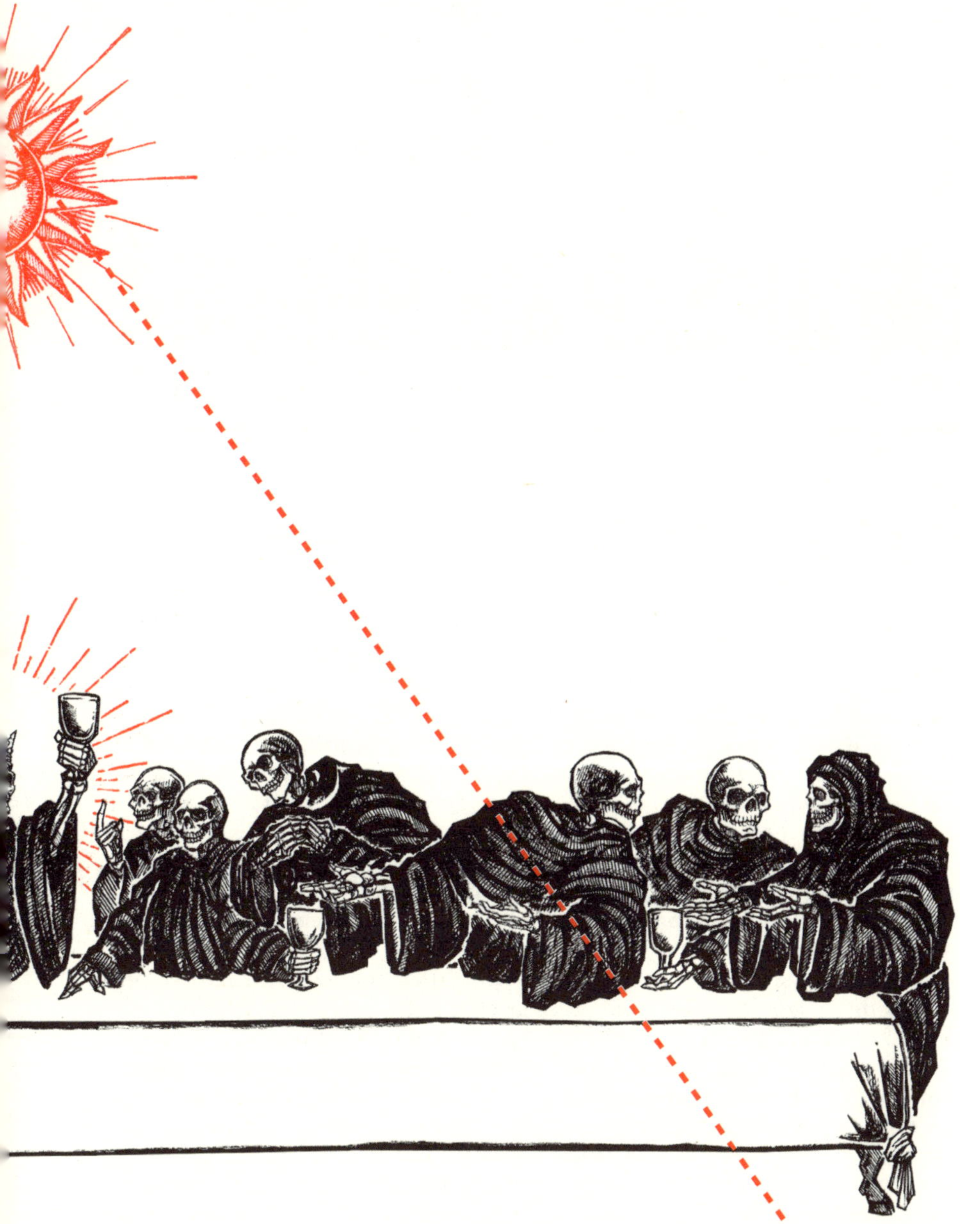

GAZETA

EXPANSÃO MILIONÁRIA
O EMPRESÁRIO POR TRÁS DOS NEGÓCIOS DE PIEDADE

Lúcio Ferro, proprietário da D. Investimentos, chega a Três Rios

A imagem de Lúcio Ferro vestindo a camiseta da seleção brasileira decora uma das paredes do escritório luxuoso de Hermes Piedade, localizado no metro quadrado mais valorizado de toda Três Rios e região.

A chegada do novo empresário e associado do grupo AlphaCore foi divulgada na última segunda-feira (14). Bem-sucedido, o proprietário da D. Investimentos é um jovem tubarão dos negócios e foi bem recebido pelo atual prefeito (que teve sua campanha eleitoral parcialmente financiada por Ferro): "Lúcio é um caso raro de juventude, empreendedorismo e sucesso, ele vai sacudir essa cidade em muito pouco tempo".

As operações de Lúcio, no entanto, não devem começar imediatamente. A negociação da fusão com o grupo de Hermes Piedade já está em andamento, mas deve levar pelo menos um ano para as novas indústrias cheguem às ruas. "O Brasil é um caso único de burocracia e engessamento de novas empresas", Lúcio comentou à nossa reportagem. "Não que isso vá me convencer a desistir daqui", explicou.

Douglas Travassos, que foi vice-presidente da AlphaCore Biotec por 14 anos, afirma que a fusão é um ponto de evolução para o grupo de Piedade: "Chegamos caminhando até onde podíamos. Agora queremos voar".

A AlphaCore, segunda maior empresa de insumos agrícolas do país, alinhou-se recentemente a um dos monstros do mercado farmacêutico, que vinha sendo conduzido com maestria pelo jovem empresário desde 1998. Além das drogarias, o grupo também investiu no varejo supermercadista e na indústria da carne, que vem sendo largamente defendida e ampliada por Hermes Piedade e seus gestores desde o início dos anos 1970. "Estamos inaugurando uma nova era de prosperidade no noroeste paulista", afirmou Aim Lamé, principal porta-voz dos negócios de Lúcio Ferro. "Três Rios só tem a ganhar com essa nova parceria."

TRIBUNA RIO VERDE

TRAGÉDIA EM TERREIRO

Novas evidências chocantes sugerem incêndio criminoso

O fogo que se alastrou pelo Bairro dos Antúrios, bairro que albergava o terreiro da conhecida médium Mãe Clemência, pode ter sido motivado por questões religiosas, segundo declarações de moradores vizinhos ao terreiro. O incêndio que vitimou fatalmente mais de 50 pessoas continua sendo investigado pela polícia, que busca uma explicação.

Quando a reportagem chegou ao local, por volta das 23 horas do dia 01 de abril, as chamas já haviam queimado toda a casa onde funcionava o terreiro, e o fogo avançava de forma descontrolada para as casas vizinhas.

O produtor musical Mariano Peixoto disse que precisou retirar sua família às pressas. "O que está acontecendo aqui é que os caras ficaram de tititi na igreja, dizendo que iam queimar o Diabo dentro na casa dele. Quando eu cheguei, já estava esse fogaréu danado", disse Peixoto. "Consegui salvar minha família. Não deu pra fazer mais nada." Questionado sobre a autoria do fogo, Peixoto apontou para duas igrejas da cidade. "Foram eles, não tem como dizer que foi outra pessoa. Mandaram um menino lá em casa pra avisar que iam atear fogo no meio da noite."

Sobre os motivos, Mariano disse que o objetivo deles era "limpar" a cidade das "doenças" do terreiro. "Esses ignorantes disseram que o povo da Clemência tinha trazido essa praga de volta, porque acham que eles fazem sacrifícios por lá." A praga a qual Mariano se refere é o Lodo, condição clínica que voltou a afetar o noroeste paulista.

O delegado Luís Sérgio Pontes não quis comentar os depoimentos do produtor, que foi o único morador do bairro que concordou em falar com o Tribuna.

"Vocês serão os primeiros a saber quando encontrarmos os responsáveis. Até lá, tudo habita o campo malicioso da especulação", concluiu o delegado.

TRIBUNA RIO VERDE

A ÚNICA SOBREVIVENTE DO PANDEMONIUM SAI DO COMA DEPOIS DE 17 ANOS

Aparentemente, boas notícias sobre a saúde de Beatrice Calisto Guerra. Dezessete anos depois de ter sofrido um atentado na chacina que vitimou fatalmente outras sete crianças, a menina está fora do coma e não respira mais com ajuda de aparelhos. As informações foram divulgadas pelo hospital onde a menina seguia internada.

De acordo com a família, apesar das evoluções, Bia continua precisando de cuidados intensivos. Ao longo de quase duas décadas, pouco foi noticiado sobre o estado de saúde da Bia, única sobrevivente do massacre que ficou conhecido como Pandemonium. Joana Graaus Guerra, avó paterna da menina, só concordou em falar pelo telefone, a fim de garantir a privacidade e manter a neta a salvo dos olhos curiosos de jornalistas e especuladores.

Joana falou sobre a falta de notícias até agora. "Nunca tivemos interesse em expor nossa neta. Quando ela sobreviveu àquele menino louco e entrou em coma, fizemos de tudo para manter a Bia longe dos curiosos. Minha neta já tinha perdido a mãe, sobrevivido a um incêndio que matou a avó materna, ela não precisa passar por tudo de novo. Bia me disse, em uma ocasião: 'Eu queria desaparecer igual a mamãe'. Acho que desaparecer era o sonho secreto da minha netinha."

Sobre o futuro da neta, Joana afirmou: "Nossa única preocupação agora é que ela consiga recuperar os anos que perdeu".

Bia estava longe das reportagens desde a chacina promovida por Gabriel Cantão, no ano de 1989, quando o menino assassinou um grupo de amigos na sua casa.

TRIBUNA RIO VERDE

CHEGOU A HORA DE RECOMEÇAR

TRÊS RIOS GANHA UM NOVO TEMPLO

Na manhã do dia 20 de janeiro, o Revmo. Bispo Jurandir Santiago aprovou a inauguração do novo templo da Igreja Evangelista, construída sobre os escombros da antiga videolocadora FireStar em Três Rios/SP. Além dos membros da Igreja, estavam presentes os vizinhos e convidados, autoridades municipais e muitos empresários locais, entre eles Hermes Piedade, que se prova mais uma vez interessado nos caminhos da fé cristã.

Foi um dia muito especial para todos; um ano e dois meses a contar da data da demolição da antiga videolocadora, já muito castigada pelo incêndio. "Foi um sonho se concretizando", disse o atual pastor titular da Igreja, Saulo Renan Sampaio, que coordenou os trabalhos desde a sua concepção, quando o terreno ainda tinha apenas os escombros do que restou da locadora tristemente incendiada. O projeto contou com ajuda dos irmãos da igreja, área regional e a valorosa contribuição de parceiros que ajudaram missionariamente.

Com a inauguração do novo espaço, a Igreja Águas da Paz conta com um amplo salão de culto, banheiros já projetados com acessibilidade, cozinha e salão social com rampa de acesso para cadeirantes.

"Agora é tempo de construirmos um novo amanhã", disse o Bispo em seu sermão de inauguração. "Ele está no comando, este templo não pertence a uma pessoa ou a um grupo", finalizou.

A Igreja Águas da Paz está localizada no bairro de Passo das Pedras, rua Coronel Ernesto Guerra, 515, Três Rios/SP, e está aberta todos os dias para os fiéis.

O NOVO AMANHÃ É HOJE

IGREJA ÁGUAS DA PAZ

RUA CORONEL ERNESTO GUERRA, 515, TRÊS RIOS/SP, TRAGA SEUS AMIGOS E FAMILIARES PARA O NOVO AMANHÃ

GAZETA

MELHOR INFORMAÇÃO E SERVIÇO EM TRÊS RIOS — 08 de outubro de 2005

CRATERA CONTINUA CRESCENDO E ATRAI CRIANÇAS

No total, 12 residências e 2 casas comerciais foram engolidas pela cratera sob o solo do Jardim Pisom, na cidade de Três Rios. Expansões do buraco sempre trouxeram pânico e especulação aos munícipes, mas a cratera vinha sendo considerada estática desde o ano passado. Em 1998, 33 imóveis foram interditados na área de risco, deixando cerca de 90 pessoas desalojadas. A maioria se abrigou nas residências de parentes e amigos, e outras se estabeleceram provisoriamente no Edifício Glória, com as despesas custeadas pelos proprietários do terreno, o grupo empresarial Hermes Piedade.

Desde ontem à noite, o terreno do antigo Autocine Três Rios voltou a chamar atenção dos munícipes e autoridades, quando moradores avistaram dezenas de crianças se dirigindo até o local. Elas carregaram brinquedos, livros, frutas, algumas trouxeram barraquinhas, pretendendo montar acampamento. "Foi assim que começou, em um dia não tinha nada, e no outro a gente acordou com aquele buraco enorme. O seu Antônio, que Deus o tenha, ainda tentou fechar aquela coisa", disse Adamastor Tritão, antigo lanterninha do Autocine, e hoje morador da casa de repouso Doce Retorno, na cidade de Assunção.

Maria Morena da Luz era dona de uma das primeiras casas que desmoronou. Ela perdeu tudo e foi para a casa de seu irmão. "O problema é que ninguém quer tapar aquela coisa, vai saber o que tem lá embaixo? Falaram até em nióbio, diz que vale mais que ouro", comentou Maria, depois de participar de uma reunião de moradores com representantes da prefeitura e do Ministério Público Estadual (MPE). "Um buraco tem que ter fundo, estamos cansados de brigar com os políticos dessa cidade."

Berenice Nakura ainda mora no local, sua casa está a um quarteirão da cratera de cerca de 200 metros. Ela e o marido são donos do Hortifruti União, a família insiste em não deixar o local, mesmo com a interdição da Defesa Civil. Segundo a filha do casal, outras crianças começaram a chegar antes, há dois dias.

"Elas vieram de todo lado. Algumas a gente conhece, outras a gente nunca viu na vida. Elas colocam as coisas na beira do buraco e ficam olhando, rindo, esperando alguma coisa acontecer."

Crianças curiosas se aproximam do enorme buraco que continua crescendo.

Tentamos falar com os responsáveis pelo caso, mas nenhum deles concordou em nos dar explicações. Fátima Withhs, do conselho tutelar, afirmou que os pais estão desautorizados a frequentar o local, já que algumas crianças ameaçaram se jogar, se tentassem tirá-las à força.

"É uma situação sem precedentes", disse um dos engenheiros que há uma década tenta encontrar uma solução para o problema do solo, Toller Soares. Seu filho mais novo é uma das crianças do terreno. "Queremos tirar nossos filhos daquele lugar o mais rápido possível, mas precisamos agir com cautela", informou Soares.

No final da noite de ontem, por volta das onze da noite, conseguimos falar com uma das crianças, uma menina chamada Ravena, que não quis nos informar seu sobrenome: "A gente precisa ficar aqui. Ele vai crescer".

Quando questionada sobre quem organizou a estranha peregrinação de tantas crianças em apenas dois dias, ela escreveu uma enorme letra na areia gasta do terreno, algo tão grande que possivelmente seria visto da antiga torre, um D.

O prefeito Rúbio Callebre informou que no momento é necessário cuidar do bem-estar das crianças, mas que o problema será resolvido, e os moradores, ressarcidos. "Vamos acionar os loteadores, que são co-responsáveis por isso", avisou o prefeito. Callebre citou ainda que os seus antecessores no cargo fizeram vistas grossas para a situação. "Já existia um laudo especificando riscos de deslizamento na área na época da venda do Autocine." Para o prefeito, a culpa deve ser dividida em três partes: loteadores, poder público, e até o MPE, que não teria agido desde o início do problema, há anos.

Enquanto isso, as crianças continuam observando o buraco, talvez esperando que ele aumente e engula os objetos que elas trouxeram. Para um observador atento, fica a impressão de que a imensa cratera não pretende parar de crescer tão cedo.

JORNAL DO BRASIL

Teoria diz que forças eletromagnéticas geram as galáxias em espiral

Para o físico teórico Anthony Peratt, [...] mais importante do universo. A molécula [...] a reprodução dos seres vivos, tem form[...] escorrendo pelo ralo de uma banheira [...] espiral. Na atmosfera da Terra, ciclones espirais e a Grande Mancha Vermelha de [...]maior que o nosso planeta, que há [...] atmosfera do planeta Júpiter, é uma espi[...]

Da concha dos pequeninos caram[...] concentrações de estrelas do universo, a[...]

GAZETA

COCEIRAÇA EM SURTO

NOVA PESTE AMEAÇA TRÊS RIOS

No dia 31 de dezembro de 2000, a Vigilância Sanitária de Três Rios foi alertada sobre vários casos de alergia e superpopulação de caramujos na zona rural do município. O agente causador da doença ainda permanecia desconhecido, mas afirmou-se algum contato prévio dos infectados com a água.

Uma semana depois, as autoridades confirmaram a identificação de um novo germe que estava sendo chamado temporariamente de LODO, ou COCEIRAÇA. A ANVISA (Agência Nacional de Vigilância Sanitária) trabalha com as autoridades municipais e especialistas do estado de São Paulo para saber mais sobre esse agente infeccioso, como ele afeta as pessoas, como deve ser o tratamento e o que as pessoas podem fazer para responder a essa doença. Ao que tudo indica trata-se de uma família de superbactérias que pode infectar animais e seres humanos, e causar doenças que variam de coceiras comuns até a infeção generalizada e problemas psicológicos e motores. O nome Lodo vem da situação da pele comprometida, que passa a uma tonalidade esverdeada, de aspecto apodrecido.

A nova doença é transmitida pela água ou alimentos, ou por contato pessoal com secreções contaminadas, como gotículas de saliva, espirro, tosse, catarro, contato pessoal próximo, como toque ou aperto de mão, e contato com objetos ou superfícies contaminadas, seguido de toque na boca, nariz ou olhos.

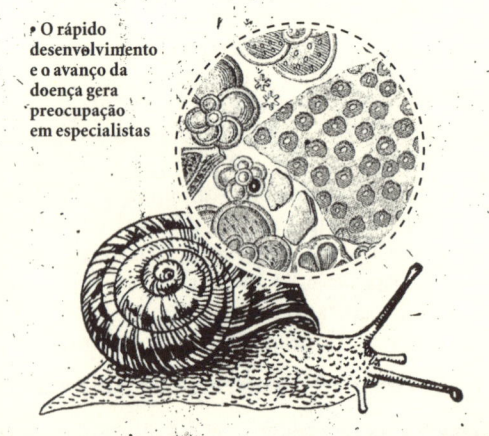

▸ O rápido desenvolvimento e o avanço da doença gera preocupação em especialistas

ALERTA

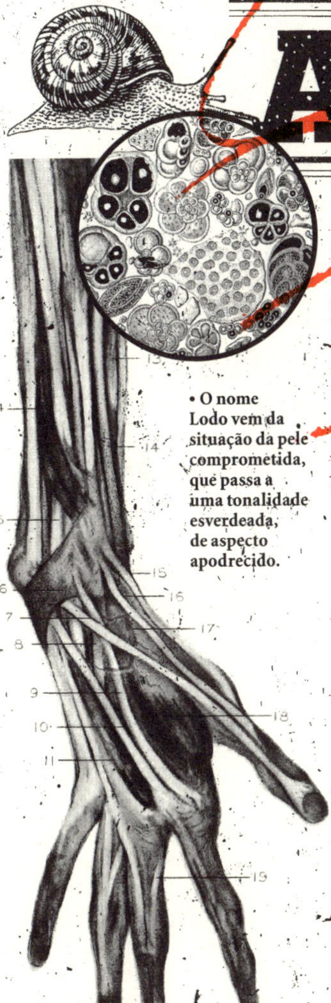

Segundo as autoridades, a fonte primária do surto tem origem animal, ao que tudo indica os epicentros da doença foram os açougues e mananciais de água da cidade. Não se sabe qual espécie teria passado o vírus a humanos e quão facilmente ele é transmitido de pessoa para pessoa.

A taxa de transmissão de cada pessoa infectada é, atualmente, de 5 a 8 pessoas, segundo as estimativas. Ele parece se equiparar ao dos vírus que atingiu a região na década de 1980, sendo ligeiramente mais transmissível.

Sobre a transmissão sexual, a professora de infectologia da UniRios, Erika Oliveira Trindade, acrescenta que, se o vírus pode ser transmitido pela urina e fezes, é possível que o faça também pelo líquido vaginal e sêmen.

O controle de pragas e endemias de Três Rios disse que ainda é cedo para prever o fim do surto. Na década de 1980, um germe parecido se arrastou em surto por quase um ano. Segundo a dra. Luiza Maria de Fátima, bióloga consultada para esta matéria, esta bactéria pode se espalhar com rapidez e se mostrar extremamente fatal.

A assessoria de Hermes Piedade, acusado na década de 1980 pela contaminação dos rios com agentes tóxicos e potencialmente mutagênicos de suas empresas, não quis comentar as novas implicações da doença sobre as indústrias locais. O jornal ainda aguarda uma posição.

• O nome Lodo vem da situação da pele comprometida, que passa a uma tonalidade esverdeada, de aspecto apodrecido.

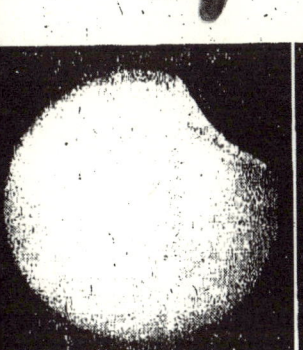

o eclipse durou duas horas, mas foi parcial.   *foi total (D), durante quase três m*

Festa, medo e religião marcam eclipse

MANILA — Festa e medo, folclore e religião se misturaram nas comemorações com que os [...] seberam o eclipse solar de ontem, às 9h da manhã. Que foi parcial em Manila, [...]zón e algumas ilhas do centro, mas total no sul, onde a ilha de

Em algumas partes, porém, rezou-se o rosário, porque o eclipse "é uma advertência de Deus à humanidade, para que se arrependa de seus pecados", como explicou uma funcionária da administração da Província de Pampanga. E o medo das

O lado [...] emissora filipi[...] solar", soltou a [...]

TRIBUNA DA IMPRENSA

12 de dezembro de 1996

ARTE DE SANGUE

DESCOBERTA SALA SECRETA COM OBRAS INÉDITAS DE WLADIMIR LESTER

No último dia 07, Leone Dantas, proprietário da loja de usados e reutilizáveis Paraíso Perdido, encontrou, por acaso, um tesouro que data da fundação da cidade de Três Rios.

Enquanto realizavam a retirada dos móveis comprados, que pertenceram em vida a Amâncio Gruta, Leone e um colega descobriram uma passagem escondida por um alçapão em uma das salas da residência. Por baixo do alçapão, degraus de tijolos e cimento levavam a um salão com praticamente a extensão da casa toda.

Nas paredes, Leone encontrou o que pareciam ser desenhos a carvão e giz, feitos pela mão do famoso artista prodígio Wladimir Lester. Também existiam tintas, esboços e algumas estatuetas, duas delas quebradas. Em uma das paredes, entre esboços e riscos, havia um grande espelho rachado, com muitas deformidades, aparentemente sem valor.

Amâncio Gruta, falecido dono da casa captada por um banco da cidade, era filho de Rosana Dulce (também falecida). A mãe se afastou da família ainda na juventude, por questões pessoais, saindo de Três Rios e indo morar em Trindade Baixa, cidade vizinha. Quando voltou a Três Rios, preferiu viver no anonimato com o filho.

O mais impressionante, entretanto, ainda estava por vir.

Quando o espelho foi removido, havia um compartimento escavado atrás dele, e Leone encontrou um pequeno encadernado em couro em seu interior. Nas páginas, dezenas de desenhos de Wladimir Lester.

Dono de um gênio indomável, Wladimir Lester viveu uma vida discreta e misteriosa, desde que fora abandonado por seus pares e deixado aos

...putados denunciam as m...

TRÊS RIOS
CADERNO CULTURAL

cuidados do primeiro orfanato da cidade. Quando o Orfanato Católico ardeu em um incêndio, pensou-se que Lester tivesse perecido junto com as outras crianças, embora colecionadores de arte alegassem que ele continuou produzindo (e tendo suas peças vendidas no submundo das artes) por, pelo menos, mais vinte anos.

"Quando esbarramos em qualquer coisa relacionada aos Dulce, é melhor prestar atenção", explica Toshio Morassai, ex-policial e atual detetive, contratado por Leone Dantas. "Descobrimos que o menino se albergou com a família Dulce por mais de dez anos, e acabou sendo expulso por Gemma Dulce, matriarca da família. Os motivos de Gemma ainda são um mistério, inclusive para os atuais descendentes, mas um dos filhos de Ítalo e Gemma se lembra perfeitamente desse estranho rapaz que morava na fazenda e pintava o dia inteiro."

RESGATE DA OBRA DE LESTER

Sob a direção do Museu Três Rios, Nôa D'Nor, restaurador de obras de arte e um aficionado por Wladimir Lester, passou semanas removendo meticulosamente a poeira e umidade das páginas. Quando a cobertura de pó deixou o encadernado, ganharam vida dezenas de desenhos, muitos deles referenciando grandes trabalhos de Lester — incluindo esboços de uma escultura conhecida como Ciganinha, que acredita-se estar perdida, e dezenas do que parecem ser autorretratos.

Nôa D'Nor concluiu que o artista ocupou o interior da câmara na velhice, durante dez ou quinze anos, passando pela década de 1970 — alguns jornais datados dessa época estavam presentes no local, e parecem ter servido de forração para as tintas.

Os motivos para Wladimir Lester preferir ser considerado morto pela sociedade nunca ficaram claros, mas suspeita-se de algum envolvimento no incêndio que ceifou dezenas de vidas inocentes no orfanato sob a direção de Dom Augusto Giordano, em medos de 1900.

"Naturalmente, Wladimir estava com medo para se esconder aqui. Ele viveu com medo", diz Nôa. "Lester passou a ser copiado por dezenas de artistas locais, muitos deles tão refinados que é quase impossível ter certeza que essa ou aquela obra teve autoria de Wladimir, mas com o caderno é diferente. Existem detalhes no caderno que podem nos dar uma identificação segura das autorias", Nôa conclui.

Leone Dantas diz que pretende vender o caderno assim que as questões burocráticas forem resolvidas. Segundo o comerciante, Hermes Piedade, conhecido empresário da região, tem a intenção de comprar o caderno e leiloá-lo, a fim de reverter o dinheiro arrecadado para o orfanato onde Lester morou alguns anos de sua infância.

"O menino era um gênio, acredito que continuará fazendo história na nossa cidade", conclui Leone Dantas.

AK EPP 6005   42   KÖ

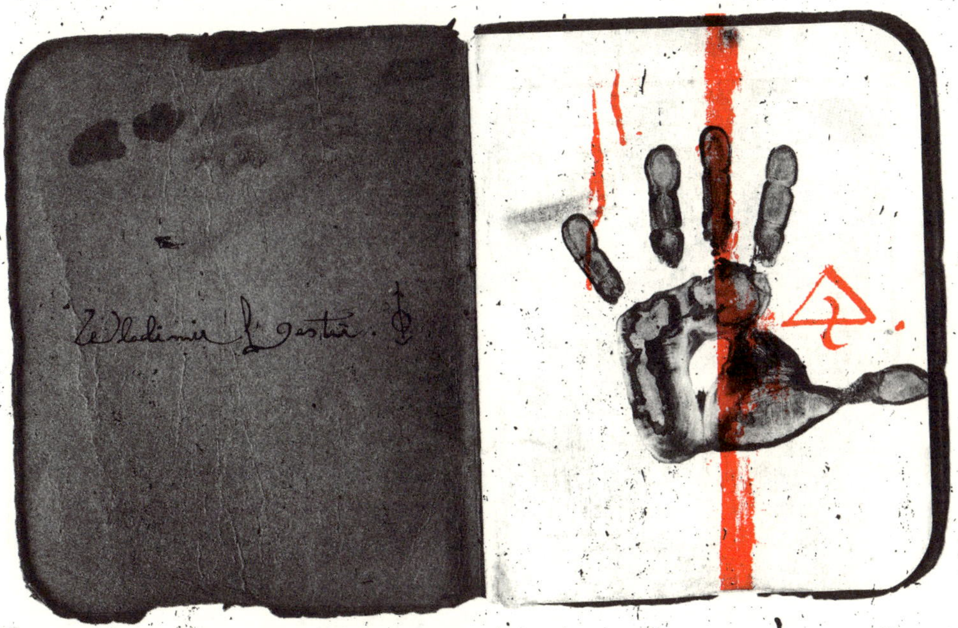

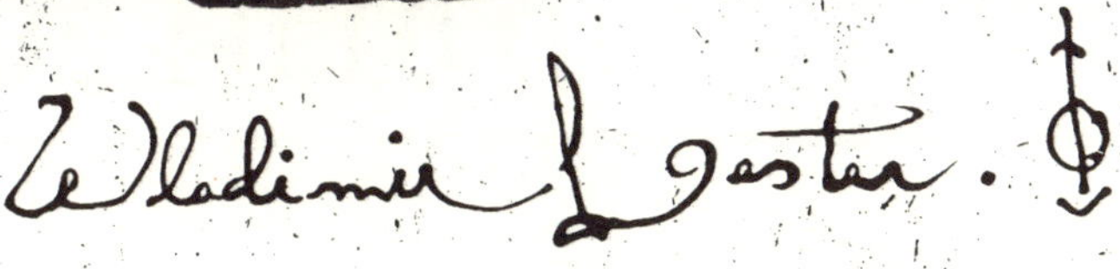

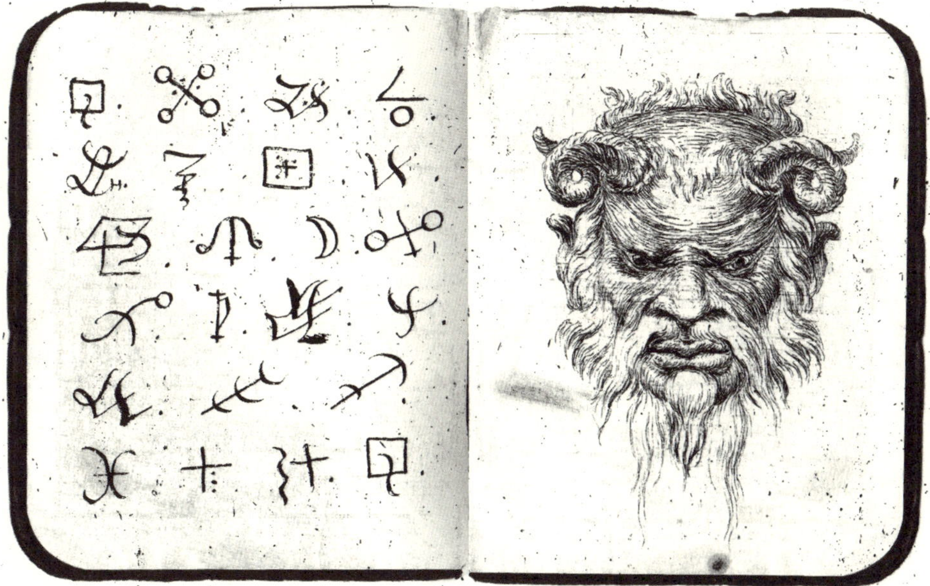

TRIBUNA RIO VERDE

NOTA DE FALECIMENTO & OBITUÁRIO 01.04.2005

Às famílias enlutadas, os sentimentos de pesar da Prefeitura Municipal de Três Rios. Pesares que são compartilhados pela Igreja Católica Santo Antônio das Águas, pela Brigada do 13º Batalhão da Polícia Militar da Macrorregião Noroeste Paulista e pelo senhor Hermes Piedade, que estende as condolências em nome de toda AlphaCore Biotecnologia e seus colaboradores.

GENY LUCINDA DA LUZ
* 20.05.1935 † 01.04.2005 (70 anos)

JOSÉ LUIZ DE ANDRADE
* 02.09.1945 † 01.04.2005 (59 anos)

MARIA DA PIEDADE VITAL
* 23.11.1936 † 01.04.2005 (68 anos)

JOSÉ FRANCISCO FILHO
* 17.10.1940 † 01.04.2005 (64 anos)

JOSÉ AUGUSTO DE LIMA
* 29.07.1913 † 01.04.2005 (91 anos)

LUIZ ALFREDO KREPP
* 20.09.1968 † 01.04.2005 (36 anos)

JORGE LUIZ CAETANO
* 05.07.1944 † 01.04.2005 (60 anos)

SEBASTIANA DA PEDRA OLIVEIRA
* 17.12.1916 † 01.04.2005 (88 anos)

JOSIAS COIFA
* 23.08.1976 † 01.04.2005 (28 anos)

MARIA IMACULADA DA CONCEIÇÃO PRESÉPIO
* 27.04.1949 † 01.04.2005 (55 anos)

JOSÉ PLÍNIO MONTEIRO
* 13.06.1959 † 01.04.2005 (45 anos)

GLAUBER FRANCISCO FALCÃO
* 22.09.1972 † 01.04.2005 (32 años)

LUCINDA GAMMA DOMITH
* 24.08.1932 † 01.04.2005 (72 anos)

JUSSARA ROCHA
* 13.06.1962 † 01.04.2005 (42 anos)

JOSÉ ALTAMIRO FERREIRA
* 20.09.1933 † 01.04.2005 (71 anos)

THEREZINHA NASCIMENTO CAMAROTA
* 27.06.1967 † 01.04.2005 (83 anos)

AMILTON ROCHA
* 09.04.1956 † 01.04.2005 (48 anos)

ANÉZIA JUSTINA DE SOUZA
* 17.11.1916 † 01.04.2005 88 anos)

GERALDO CARRARA
* 14.06.1950 † 01.04.2005 (54 anos)

LUIZ ASSUNÇÃO RODRIGUES
* 09.09.1965 † 01.04.2005 (39 anos)

GEOVANNI TEDESCCO DE SENA
* 21.12.1955 † 01.04.2005 (49 anos)

ANDREIA NASCIMENTO

THEREZINHA NASCIMENTO CAMAROTA
* 27.06.1967 ✝ 01.04.2005 (83 anos)

GERALDO CARRARA
* 14.06.1950 ✝ 01.04.2005 (54 anos)

DARDÂNIA VALÃO DA SILVA
* 01.02.1956 ✝ 01.04.2005 (49 anos)

FERREIRA GEOCZE
* 06.05.1903 ✝ 01.04.2005 (101 anos)

MARIA DE LOURDES JUSTO
* 21.01.1923 ✝ 01.04.2005 (82 anos)

JAIR PEREIRA DELGADO
* 27.01.1930 ✝ 01.04.2005 (75 anos)

CONCEIÇÃO DE MORALES DUTRA
* 15.09.1913 ✝ 01.04.2005 (91 anos)

SEBASTIÃO ANTÔNIO DE OLIVEIRA
* 16.11.1945 ✝ 01.04.2005 (59 anos)

MARIA DE LOURDES AMARAL SOBRINHA
* 18.08.1914 ✝ 01.04.2005 (90 anos)

JOSIANE MALTA
* 22.11.1964 ✝ 01.04.2005 (40 anos)

MARIA IZABEL COUTINHO
* 19.12.1921 ✝ 01.04.2005 (83 anos)

VIGÁRIA LUIZA
* 21.10.1905 ✝ 01.04.2005 (99 anos)

ANTÔNIA BRANCA DE SÁ
* 21.09.1926 ✝ 01.04.2005 (78 anos)

ALYSSON AGENOR AUGUSTUS
* 16.06.1982 ✝ 01.04.2005 (22 anos)

MILLA SANTANA
* 17.08.1967 ✝ 01.04.2005 (37 anos)

SABRINA GORETE SOUZA
* 15.10.1966 ✝ 01.04.2005 (38 anos)

CONCEBIDA DE ANTÔNIO MENDES
* 12.11.1920 ✝ 01.04.2005 (84 anos)

---

* 09.04.1956 ✝ 01.04.2005 (48 anos)

LUIZ ASSUNÇÃO RODRIGUES
* 09.09.1965 ✝ 01.04.2005 (39 anos)

ANDREIA NASCIMENTO VERDE
* 24.09.1955 ✝ 01.04.2005 (49 anos)

ERCILIA PONTES DE ALVARENGA
* 23.04.1948 ✝ 01.04.2005 (56 anos)

JOSÉ MAGALHÃES CARVALHO
* 09.09.1949 ✝ 01.04.2005 (55 anos)

LUIZ CHÁGAS DO NASCIMENTO CESÁRIO
* 13.10.1927 ✝ 01.04.2005 (77 anos)

MARLY AZEVEDO PIANNO
* 15.08.1952 ✝ 01.04.2005 (52 anos)

ELIZABETH PIERRE
* 11.06.1938 ✝ 01.04.2005 (66 anos)

SEBASTIANA ALVES DA MATTA
* 12.03.1930 ✝ 01.04.2005 (75 anos)

HAMILTON ALVES MOURISCO
* 07.03.1944 ✝ 01.04.2005 (61 anos)

JÚLIO CERRI
* 27.03.1948 ✝ 01.04.2005 (57 anos)

ALBERTO MORENO FILHO
* 25.02.1972 ✝ 01.04.2005 (33 anos)

CARLOS DA SILVA PASIN
* 29.01.1927 ✝ 01.04.2005 (78 anos)

GRIMÉLIA ZÉLIA MIRANDA
* 14.12.1929 ✝ 01.04.2005 (75 anos)

GERALDO LARUSKO
* 10.11.1959 ✝ 01.04.2005 (45 anos)

MARIA DAS DORES CAMPINA
* 17.10.1918 ✝ 01.04.2005 (86 anos)

NEIDE CLEMENTE
* 25.08.1912 ✝ 01.04.2005 (92 anos)

---

* 17.11.1916 ✝ 01.04.2005 88 anos)

GEOVANNI TEDESCCO DE SENA
* 21.12.1955 ✝ 01.04.2005 (49 anos)

ANA DE AIMARINS GUERRA
* 24.10.1933 ✝ 01.04.2005 (71 anos)

ADÁRO ANTÔNIO MARINHO
* 23.12.1959 ✝ 01.04.2005 (45 anos)

SEBASTIÃO CRISTÓVÃO
* 19.09.1969 ✝ 01.04.2005 (35 anos)

KATIA LUIZA DE SOUZA
* 17.06.1963 ✝ 01.04.2005 (41 anos)

MARIA DAS GRAÇAS CIPRIANO
* 21.05.1948 ✝ 01.04.2005 (56 anos)

MÁRIO LÚCIO FABRICIANO
* 25.04.1945 ✝ 01.04.2005 (59 anos)

CARLOS CANASTRA
* 29.08.1967 ✝ 01.04.2005 (37 anos)

JAIR CANASTRA
* 24.06.1939 ✝ 01.04.2005 (65 anos)

FLAVIO CANASTRA
* 28.05.1965 ✝ 01.04.2005 (39 anos)

LEON MESSIAS CARVALHO
* 30.08.1982 ✝ 01.04.2005 (22 anos)

LORAN CÉLIO SPAGNOLLO
* DESCONHECIDO ✝ 01.04.2005

LEOPOLDINA PEREIRA BOTELHO
* DESCONHECIDO ✝ 01.04.2005

CÉLIO HELINHO BASTOS
* DESCONHECIDO ✝ 01.04.2005

GOUVEA DE ALMEIDA NETO
* DESCONHECIDO ✝ 01.04.2005

REBECA ARONI GRIZENDE
* DESCONHECIDO ✝ 01.04.2005

DAVI JOSÉ BERZENI
* DESCONHECIDO ✝ 01.04.2005

CLASSIFICADOS

NOROESTE PAULISTA

Prosperidade, família e devoção. Cultivamos o futuro.

✳✳✳ CASA DE CARNES ✳✳✳
HONORATO

ENCOMENDA JÁ!
3321-7849

Qualidade, preço justo e garantia de procedência!

Aceitamos encomendas para espetinhos e frango assado!

Residencial para idosos
DOCE RETORNO

Residência, bem-estar e convivênvia para Idosos.
Há mais de 30 anos cuidando de quem cuidou de você.
Ligue e agende uma visita.

FONE 3381-3366

MATADOURO
✪✪✪ 7 ✪✪✪

Matadouro Sete contrata abatedores com experiência para trabalho temporário e/ou definitivo.

Tratar com Kelly Milena. 3321-7777 Ramal 3 - RH

NÃO DEIXE O MOTOR DO SEU CARRAO NA MÃO!

GASOLINA DE PRIMEIRA É SÓ NO AUTO-POSTO

COBRA DE FOGO

PREÇOS ESPECIAIS PARA CAMINHONEIROS E TRANSPORTADORAS!

Rodovia Afrânio Guerra, Km 132

PROCURO EMPREGO

Larga experiência em demolição de imóveis.
Tratar com Fausto Alexandre Duna.
Tel: 3321-9965

TILÁPIA & SOBRINHO
Exterminadores de Pragas

Acabamos com ratos, baratas e QUALQUER visitante indesejável. Consulte nossas soluções para galinhas.

ENTRE EM CONTATO!

19ª Campanha do Agasalho Três Marias

Traga sua doação até um de nossos postos de coleta (Supermercados e Farmácias Piedade e Locadoras Firestar).

NOSSAS CRIANÇAS PRECISAM DO SEU CALOR HUMANO.

AUTO-CINE TRÊS RIOS

O melhor do cinema no conforto do seu carro. Grandes lançamentos, melhor qualidade de áudio, venha reviver uma experiência inesquecível!

CONSULTE A PROGRAMAÇÃO: 3321-2631

Crematório de Animais SÃO DAMIÃO

A melhor despedida para seu melhor amigo. Conheça nossos planos para clínicas veterinárias e criadores.

Tel. 3625-7731

MORASSAI
Detetive Particular

Mais de vinte anos de experiência. Pessoas desaparecidas, situações conjugais, resolvemos seu problema na mais absoluta discrição e sigilo.

LIGUE AGORA! 3321-1558

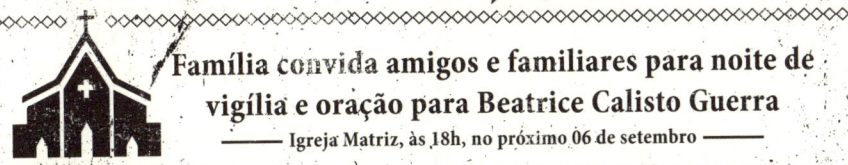

Família convida amigos e familiares para noite de vigília e oração para Beatrice Calisto Guerra

Igreja Matriz, às 18h, no próximo 06 de setembro

Paloma
Fotografias

Seus melhores momentos
registrados para sempre.
Preços especiais para
batizados, casamentos
e formaturas.

3321-6550

FIRE STAR
DVD & VÍDEO

PRIMEIRA MOSTRA DE
CINEMA AMADOR
DE TRÊS RIOS

Faça seu sonho se tornar realidade

Mais informações na
Locadora Fire Star Dvd & Vídeo.
INSCRIÇÕES NO 3321-4848.
Tratar com Renan

DESAPARECIDO

Ofereço Recompensa: Sagitário Piedade
Informações no 3321-0666

PARAÍSO
PERDIDO

MÓVEIS USADOS
SEMINOVOS
ELETROMÉSTICOS
E PEQUENOS TESOUROS
PAGAMOS A VISTA E BUSCAMOS
NA PORTA DA SUA CASA

Contato: 3321-6325

Drogarias Piedade

AQUI VOCÊ COMPRA SAÚDE!

Descontos especiais para
médicos e conveniados.

....

Parcele suas compras
sem juros com seu cartão
Supermercados Piedade.

....

Conheça nossas unidades em
http://www.grupohpiedade.com.br

PROCURO
TRABALHO
EM TRÊS RIOS

Nôa, Pintor Residencial e Automotivo.
Também faço restauração de móveis

Telefone: 9744-4436

PIRELLI GAMES

Os melhores jogos, consoles destravados e com garantia!
Rua dos Comerciários, 319. Centro

PARCELAMOS 6X NO CRÉDITO

✝ Brigada Militar de Três Rios convida amigos e parentes para ✝
Missa de sétimo dia de CARLA GOMES KRUMMER
Será realizada na igreja do centro no próximo domingo, às 20 horas

Mercadinho & Hortifruti União

O verde que alimenta a sua vida. Cultivo orgânico e livre de agrotóxicos.

Rua Giordano Bruno
Jardim Pisom

Ambiente discreto, bons amigos e ótimas porções.

Cerveja gelada de Segunda a Sábado.

BAR DOZE
TEMOS GELO

Av. da Saudade, 531

Mel da Gruta

Mais de um século adoçando Três Rios e região.

Faça agora mesmo seu pedido pelo 3321-4255 ou acesse:

http://www.meldagruta.com.br

FIRE STAR
DVD & VÍDEO

DVD | VHS | COMPACT DISC DIGITAL AUDIO | DOLBY DIGITAL

✳ MEGA ✳ PROMOÇÃO DE REINAUGURAÇÃO

Conheça nossos lançamentos e visite seus filmes preferidos com a qualidade DVD!

Firestar Dvd & Vídeo Loja 1 - Rua Coronel Ernesto Guerra, 515

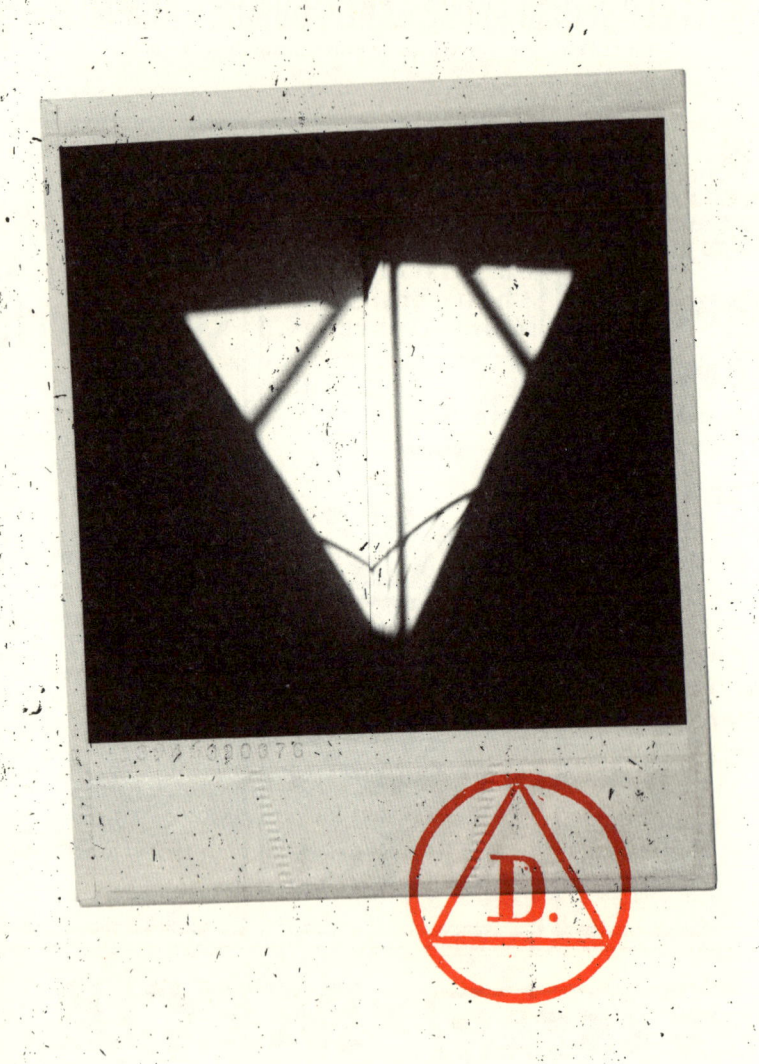

D.

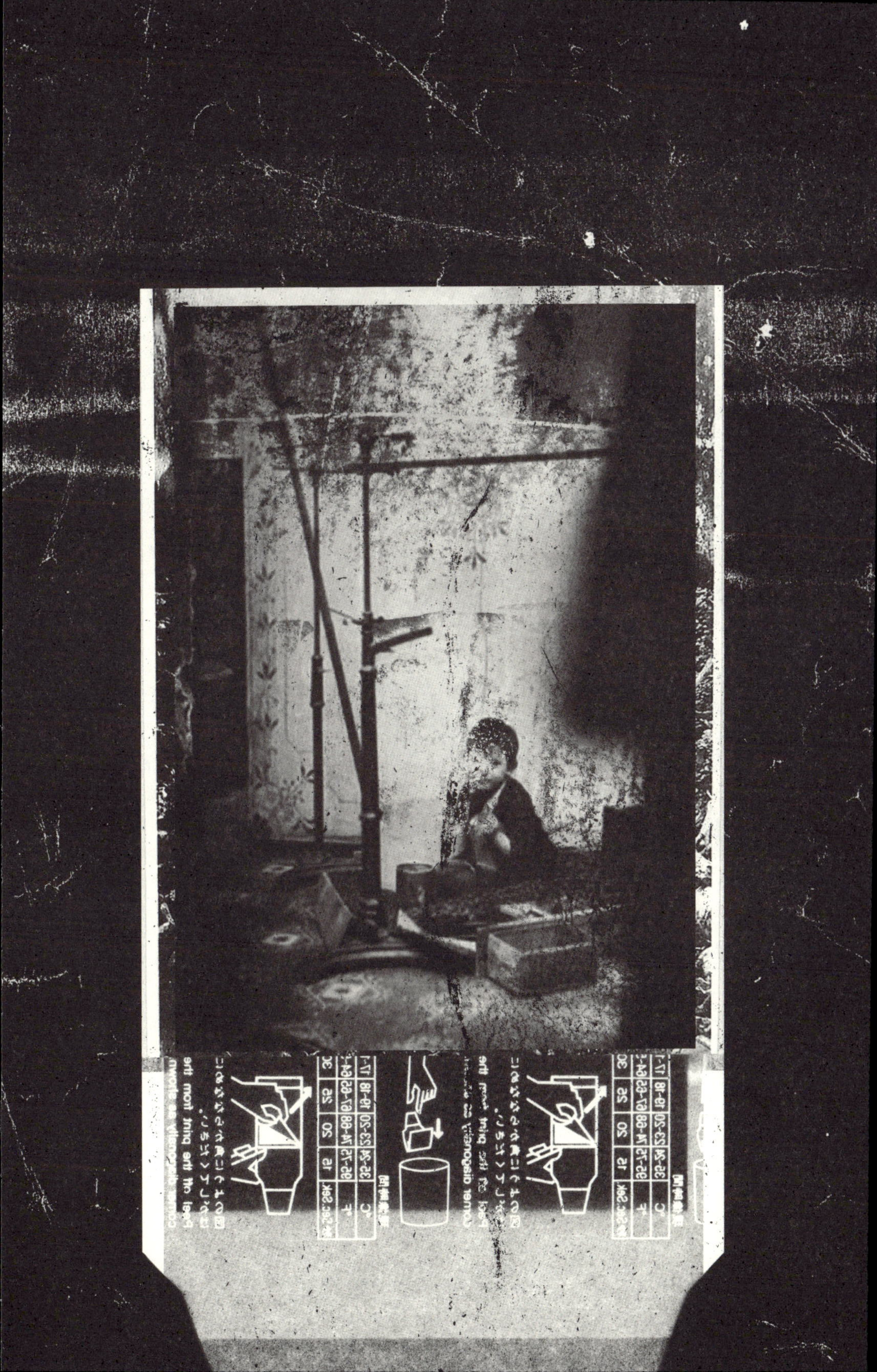

D.

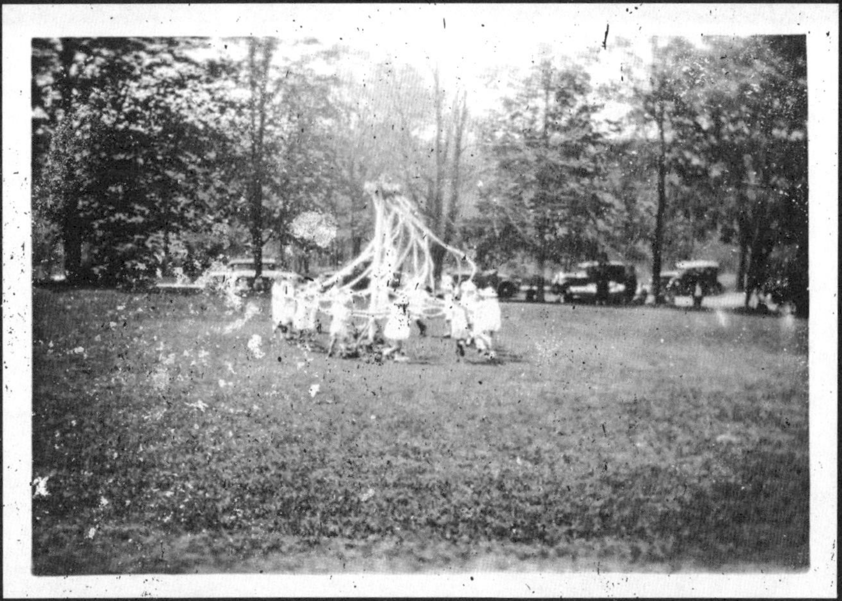

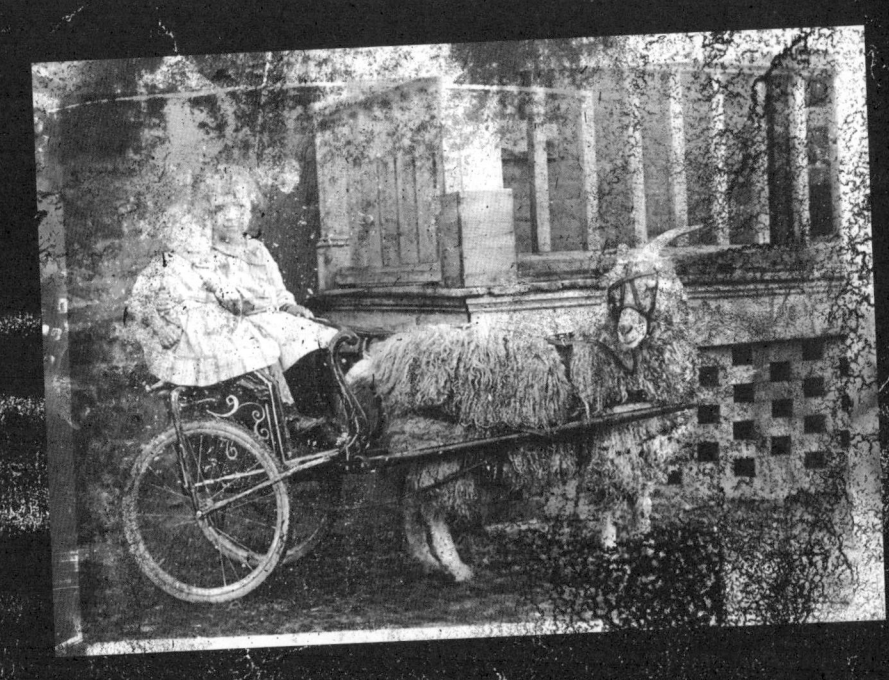

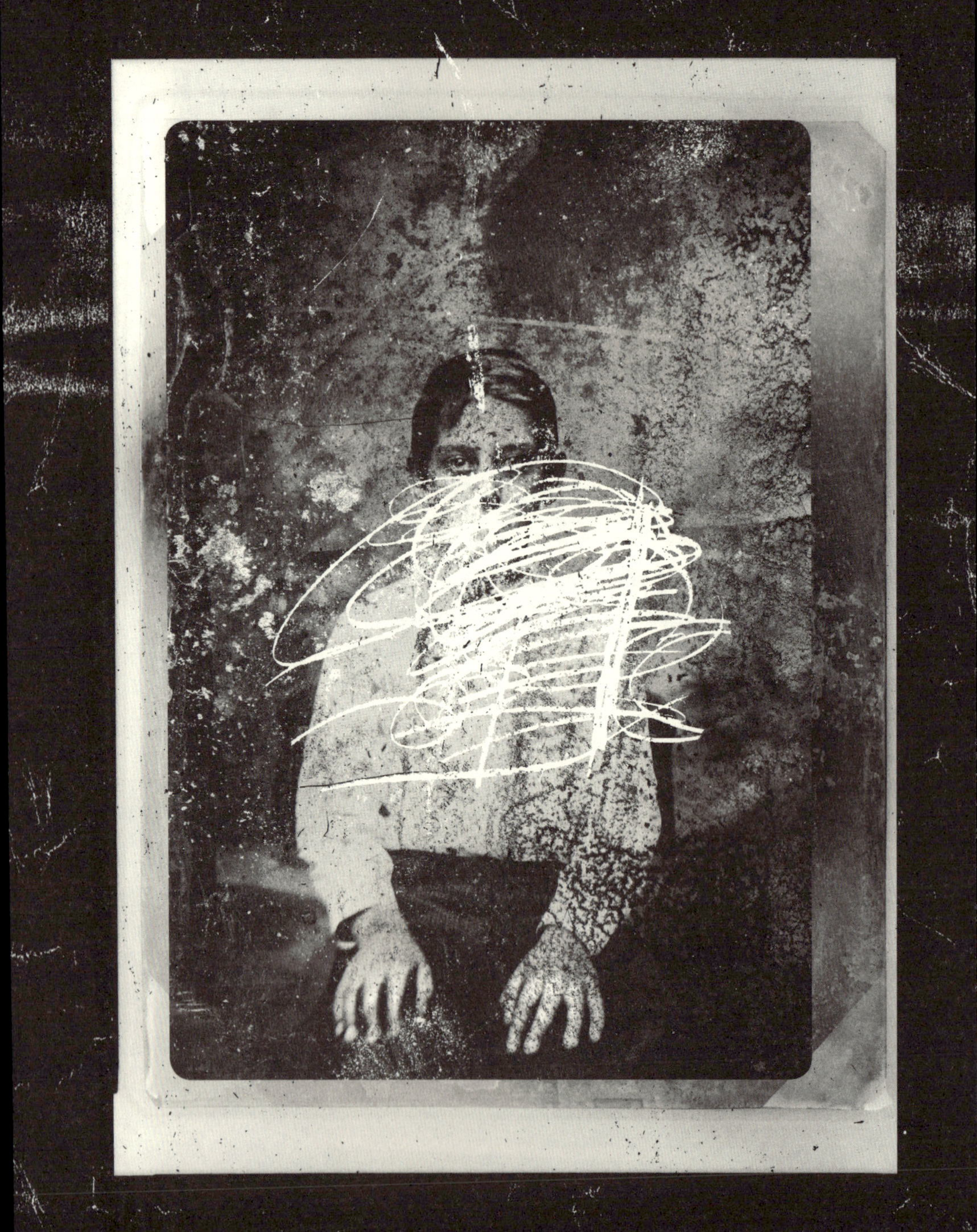

Wladimir Gaster.

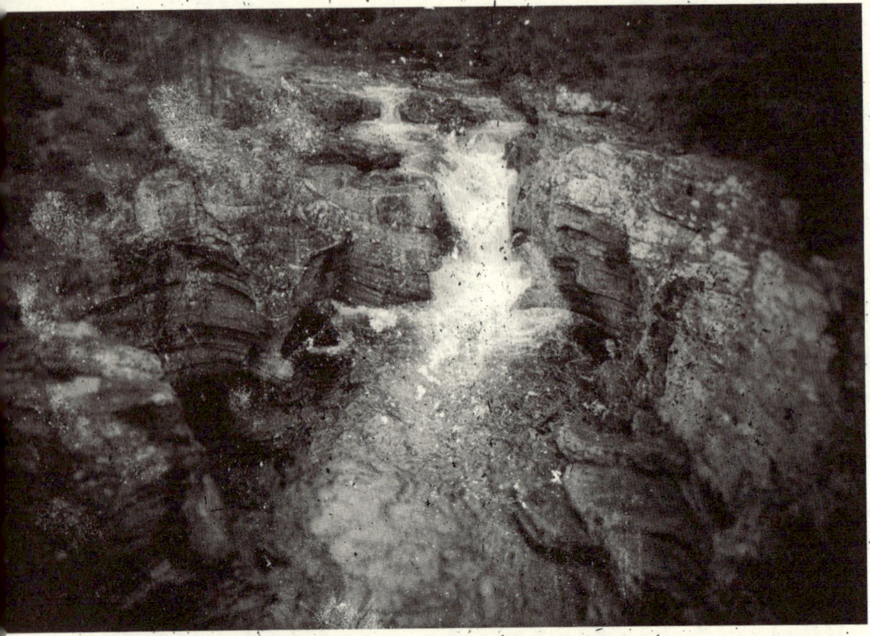

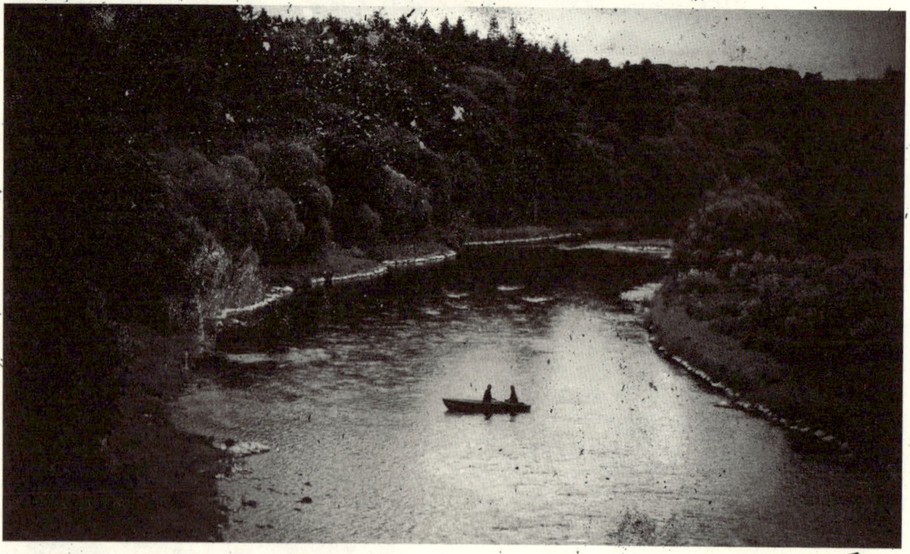

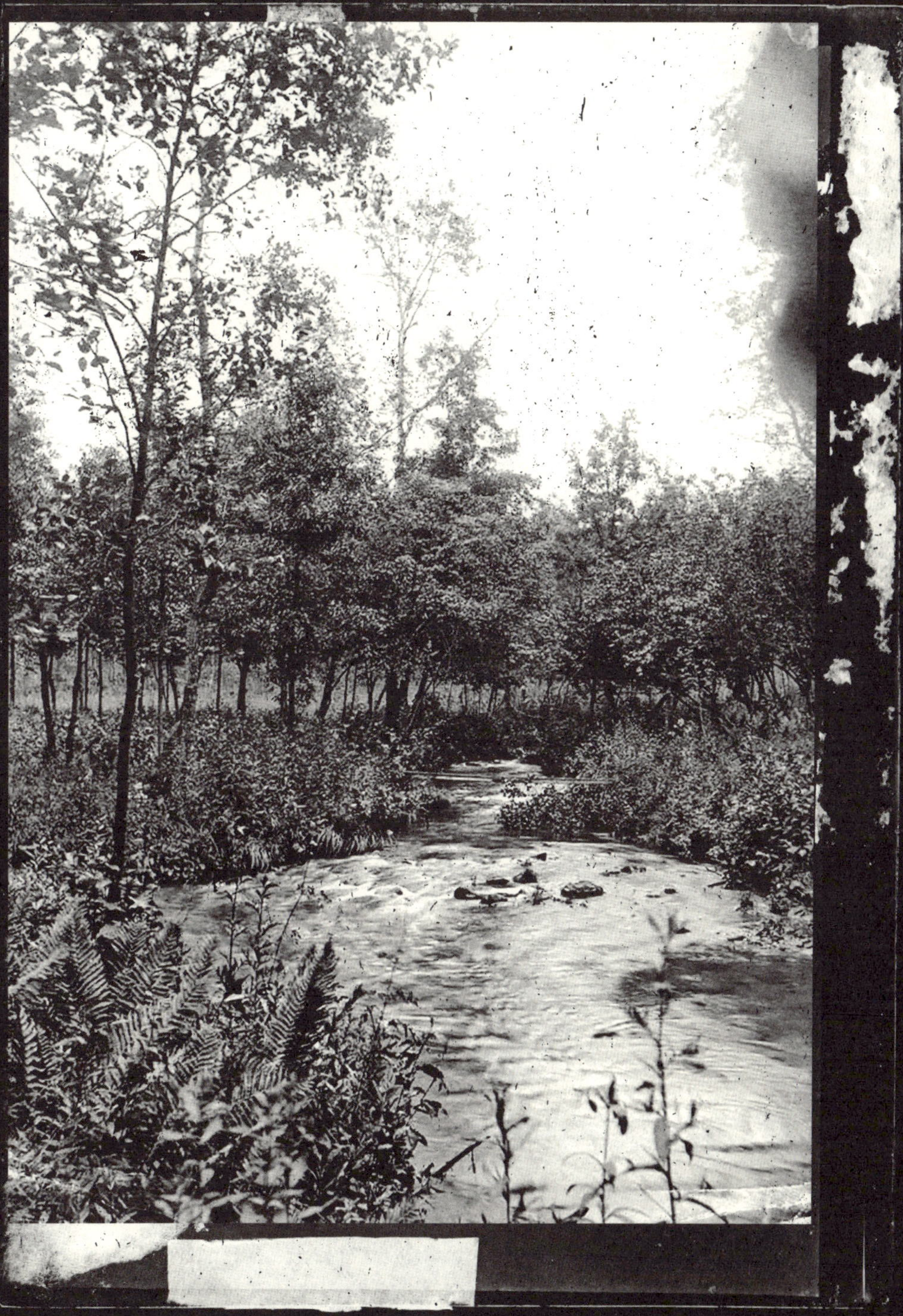

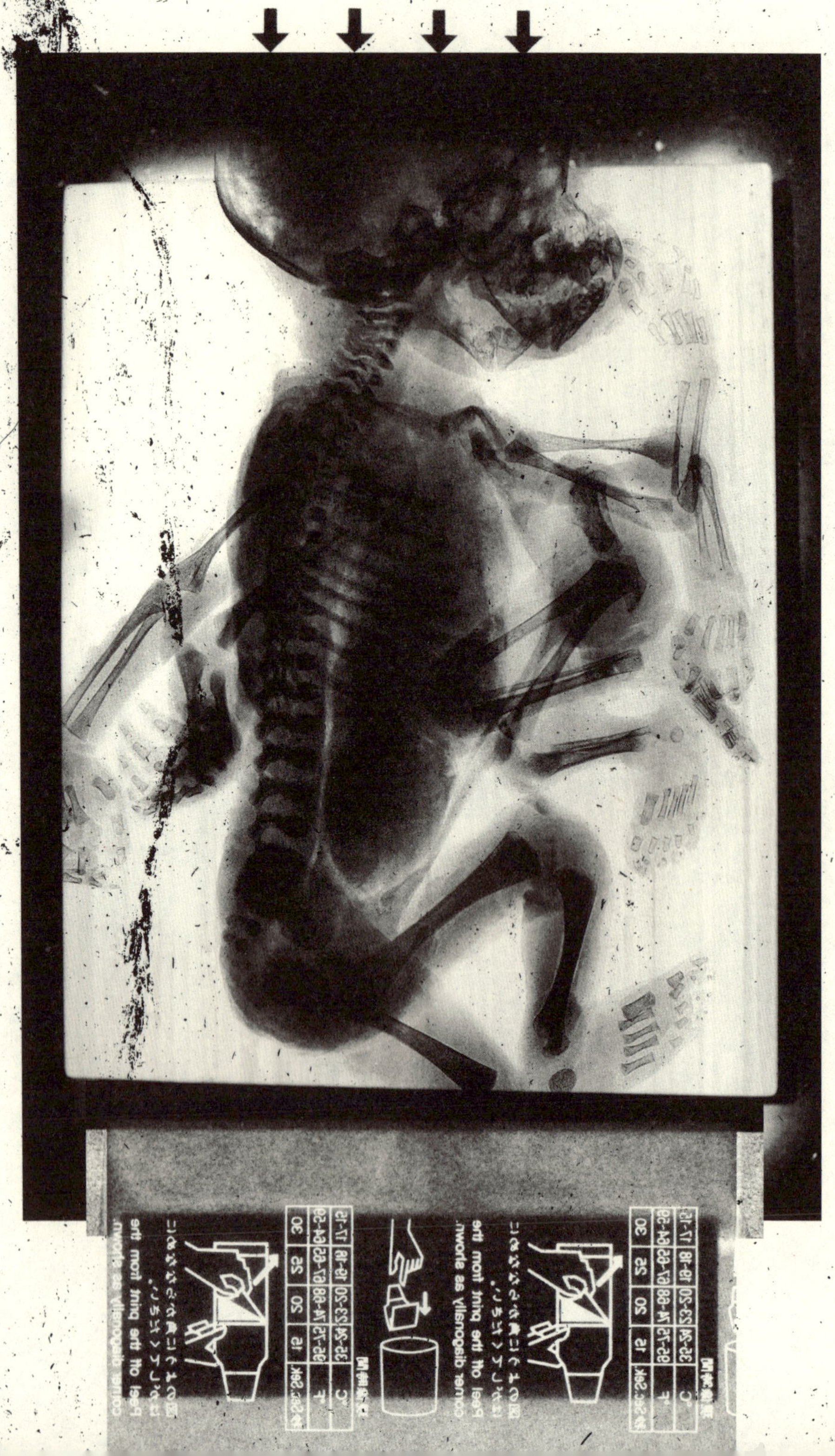

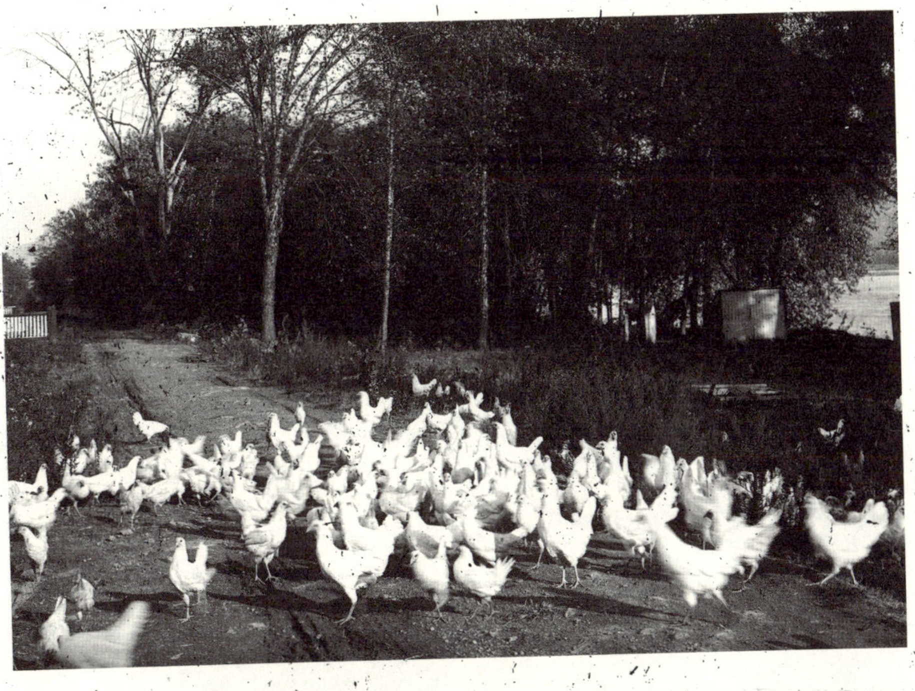

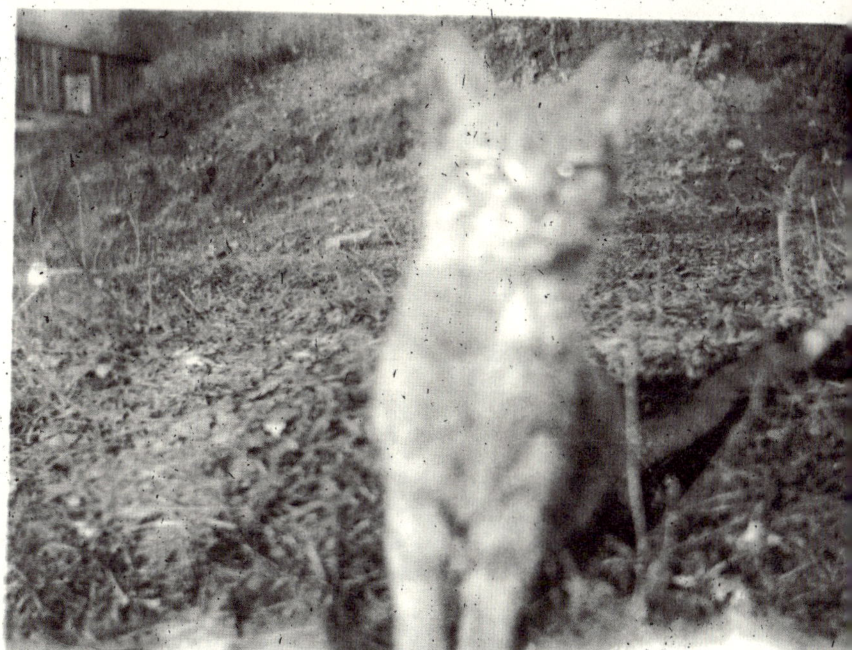

Monkeying around

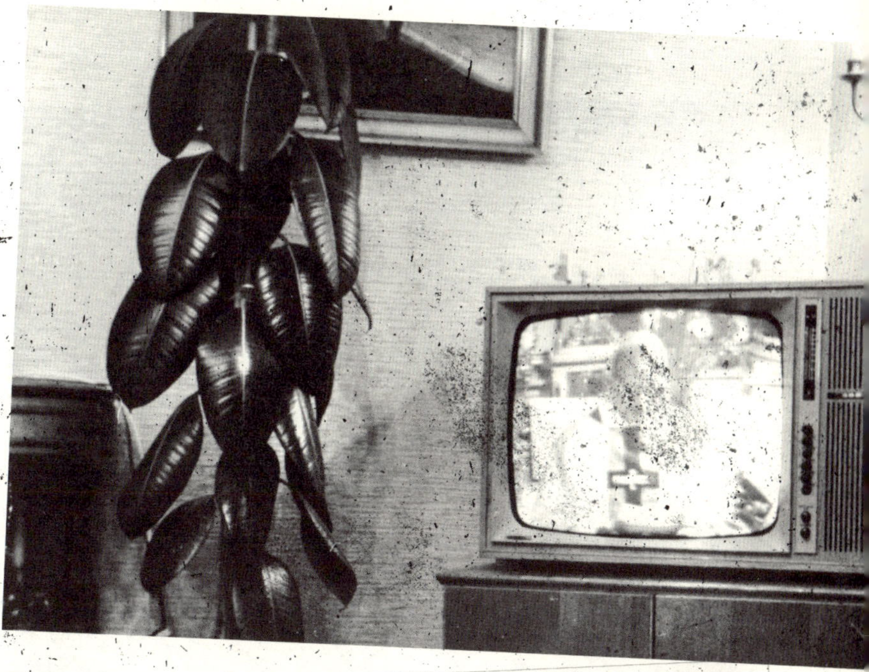

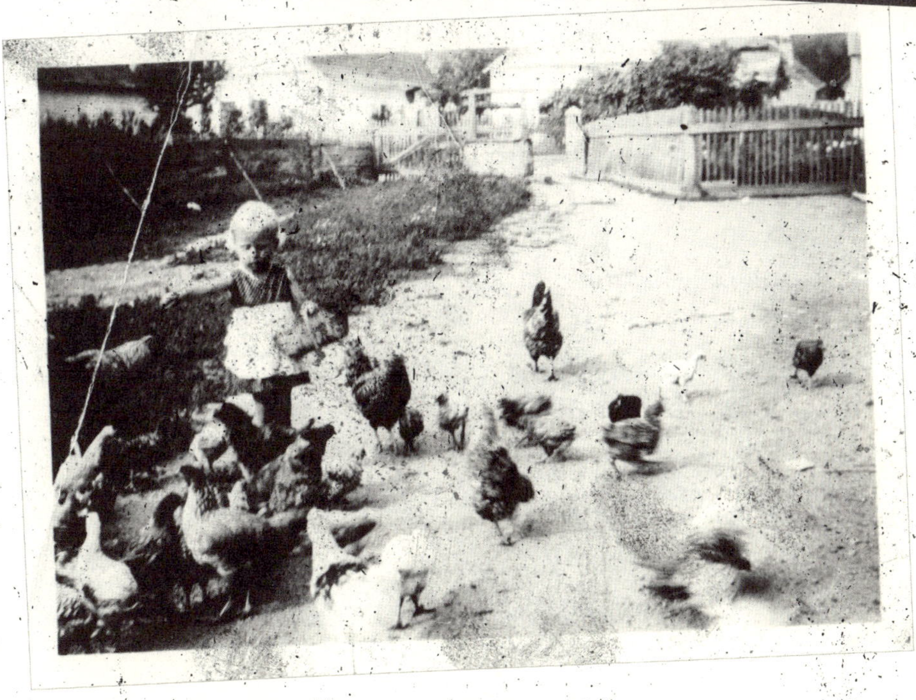

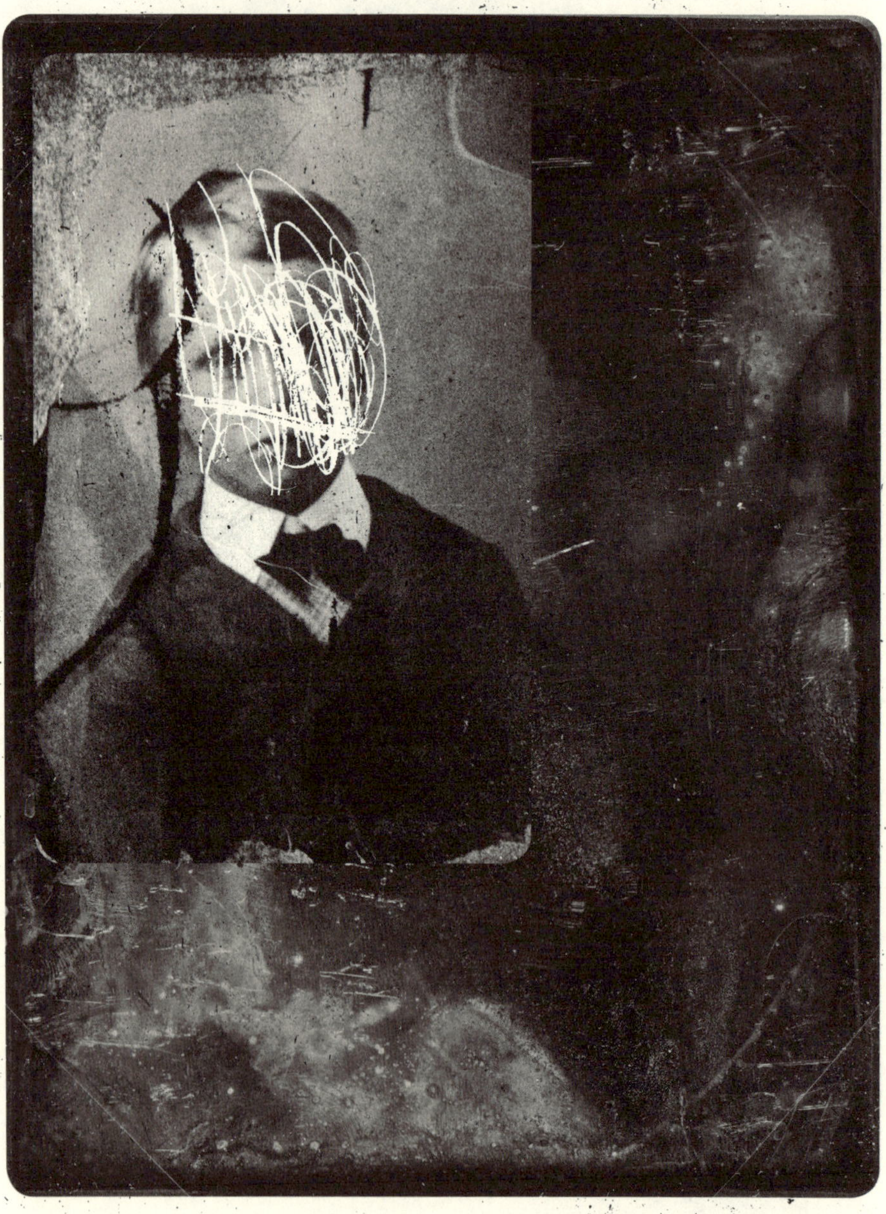

°C	35-24	23-20	19-18	17-15
°F	95-75	74-68	67-65	64-59
Sec./Sek.	15	20	25	30

Peel off the print from the corner diagonally as shown.

図のように角からななめに はがしてください。

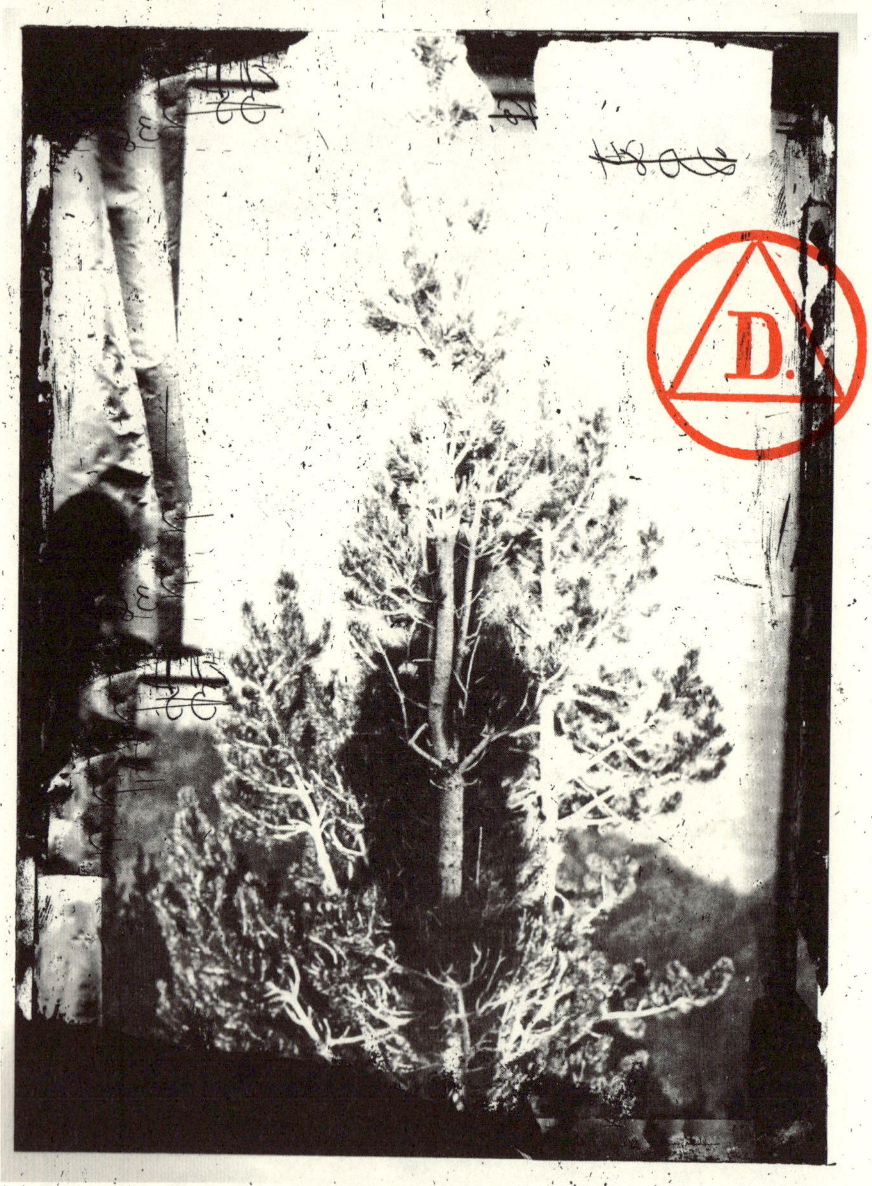
D.

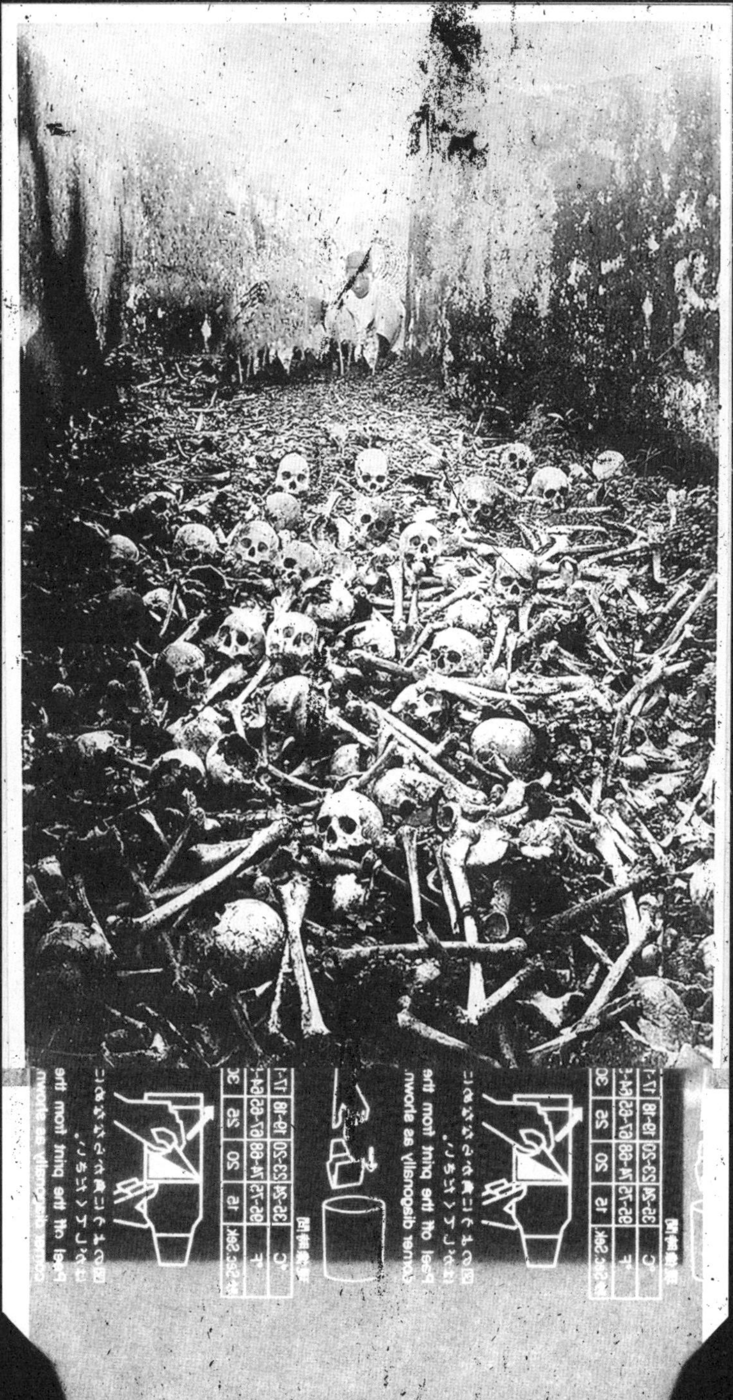

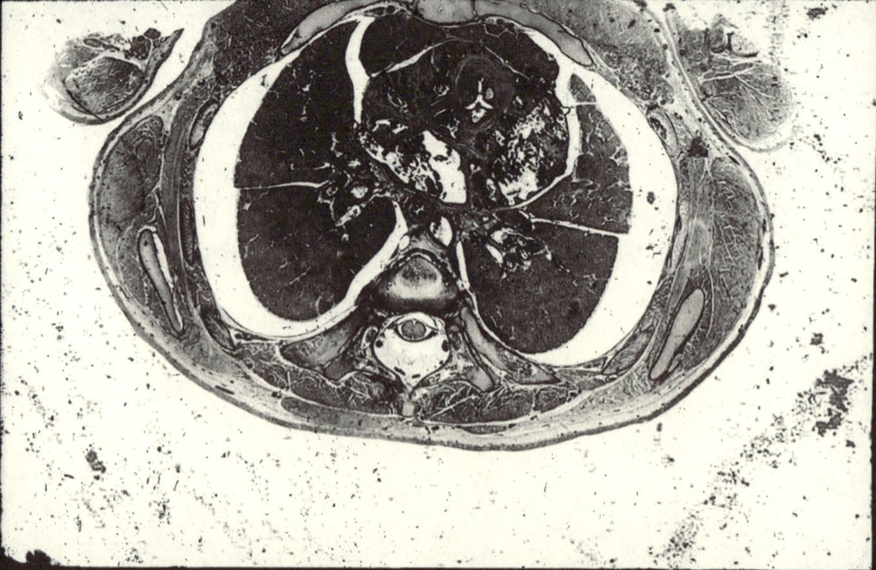

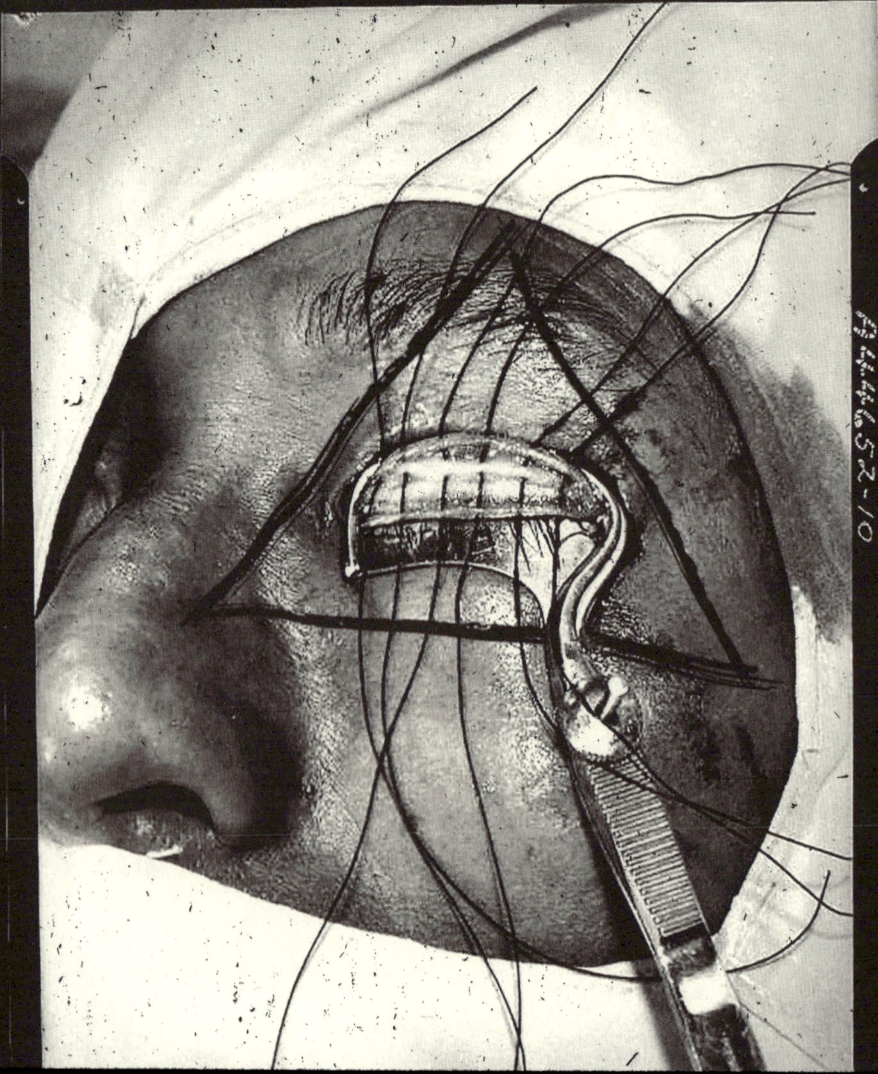

Bild 1. Schuppenflechte

Bild 2. Rheumatischer Auss

Bild 3. Brand an den Fing

AGRADECIMENTOS

Foi um ano difícil, essa é uma maneira honesta de começar essa parte.

Em uma reviravolta da natureza, que maltratamos há anos, fomos obrigados a nos retirar de cena. Nos isolamos, trancamos nossas portas, dedicamos toda a nossa energia à difícil tarefa de sobreviver. Ficamos sozinhos e, mesmo quando acompanhados, a solidão foi inevitável.

Devoção Verdadeira a D. nasceu dessa vontade de estar por perto outra vez, de abraçar e ser abraçado, de compartilhar. Este livro veio ao mundo para que novas histórias nunca deixem de ser contadas, mesmo nos piores momentos (se esse DVD deixou você bem mais feliz que os jornais, já me dou por satisfeito).

Começo agradecendo aos que sempre estiveram por perto, confiando no que escrevo e me incentivando a encontrar as palavras certas para o livro certo (vocês sabem quem são, família sempre sabe...).

A você, meu querido e insistente leitor, meu maior agradecimento. Sei bem como nossas prioridades mudam em tempos de crise, e fico realizado em saber que, para muitos de vocês, minha escrita ainda faz parte da lista.

Continuem firmes do lado de fora das páginas, lutem em suas arenas, conquistem seus próprios reinos. Tenham em mente que o impossível também passa. E, se não passa, nós sempre podemos imaginar uma nova realidade.

Fiquem bem e continuem escrevendo suas próprias histórias.

Nós ainda estamos aqui.

FIRE STAR

OBRIGADO A TODAS AS VIDEOLOCADORAS E SEUS MAIS FIÉIS CLIENTES

CESAR BRAVO nasceu em setenta e sete, em Monte Alto, São Paulo, e há mais de uma década dá voz à relação visceral com a literatura. Bravo publicou suas primeiras obras de forma independente, e ganhou reconhecimento dos leitores e da imprensa especializada. É autor e coautor de contos, romances, enredos, roteiros e blogs. Transitando por diferentes estilos, possui uma escrita afiada, que ilumina os becos mais escuros da psique humana. Suas linhas, recheadas de suspense, exploram o bem e o mal em suas formas mais intensas, se tornando verdadeiros atalhos para os piores pesadelos humanos. Pela DarkSide®, o autor já publicou *Ultra Carnem* e *VHS: Verdadeiras Histórias de Sangue*, organizou a *Antologia Dark* em homenagem a Stephen King e, também para o mestre, traduziu *The Dark Man: O Homem que Habita a Escuridão*, poema do autor inédito no Brasil. Como histórias de sangue sempre voltam para nos assombrar, *DVD: Devoção Verdadeira a D.* é seu novo convite macabro para Três Rios.

MICAH ULRICH é ilustrador e nasceu em Chicago. Sempre esteve conectado com a arte, seja pela cena musical de sua cidade, ou pela família, de forte veia artística. Os pais o incentivaram, desde adolescente, a desenhar e trabalhar com sua paixão. A arte, expressão máxima do ser humano, caminha lado a lado com a magia e a beleza do oculto se manifesta nas mãos de Micah Ulrich de maneira especial. Saiba mais em micahulrichart.com

"Faça-se sangue.
Faça-se agonia.
Que todos sejam vencidos."
CLIVE BARKER

FIRE STAR
DVD & VÍDEO

O DVD ARMAZENA MEMÓRIAS
QUE JAMAIS SERÃO SOBRESCRITAS.
DARKSIDEBOOKS.COM